Pesadelos e paisagens noturnas

I

SUMA de letras

STEPHEN KING

Pesadelos e paisagens noturnas

I

Tradução
M. H. C. Côrtes

SUMA de letras

EDITORA OBJETIVA LTDA.
Rua Cosme Velho, 103
Rio de Janeiro – RJ – Cep: 22241-090
Tel.: (21) 2199-7824 – Fax: (21) 2199-7825
www.objetiva.com.br

Título original
Nightmares & Dreamscapes

Capa
Rodrigo Rodrigues

Revisão
Suelen Lopes

Editoração eletrônica
Abreu's System Ltda.

CIP-BRASIL. CATALOGAÇÃO-NA-FONTE
SINDICATO NACIONAL DOS EDITORES DE LIVROS, RJ

K64p
v.1

King, Stephen,
Pesadelos e paisagens noturnas, vol. I / Stephen King; tradução M. H. C. Côrtes. – Rio de Janeiro: Objetiva, 2013.
2v

Tradução de: *Nightmares & dreamscapes*
415p ISBN 978-85-60280-97-1

1. Ficção americana. I. Côrtes, Marcos H. C. II. Título.

11-7997. CDD: 813
CDU: 821.111(73)-3

À memória de
Thomas Williams, 1926-1990,
poeta, romancista e
grande contador de histórias norte-americano

Sumário

Introdução*

Mito, crença, fé e acredite se quiser

Quando eu era garoto, acreditava em tudo que me diziam, em tudo que lia e em todas as mensagens recebidas de minha própria imaginação extremamente fértil. Isso me causou mais do que algumas noites sem dormir, mas também encheu o mundo em que vivia de cores e texturas que não trocaria por toda uma existência de noites tranquilas. Já naquela época, eu sabia que havia no mundo pessoas, na verdade muitas delas, cuja capacidade imaginativa estava dormente ou completamente morta e que viviam num estado mental equivalente ao daltonismo. Sempre senti pena delas, sem jamais desconfiar (pelo menos então) que muitos desses tipos sem imaginação ou tinham pena de mim ou me desprezavam, não apenas porque eu padecia de inúmeros medos irracionais como porque era profunda e ilimitadamente crédulo a respeito de quase qualquer assunto. "Aí está um menino", muitos deles devem ter pensado (sei que minha mãe pensava assim), "que comprará a ponte do Brooklyn não só uma vez, mas repetidamente pelo resto da vida".

Acho que, naquela época, havia algo de verdade nisso e, para ser sincero, acho que ainda hoje há algo de verdade nisso. Minha mulher ainda adora contar aos outros que o marido votou pela primeira vez numa eleição presidencial, com a tenra idade de 21 anos, em Richard

* Na edição brasileira, optou-se pela apresentação da obra em dois volumes. Esta introdução do autor é publicada integralmente em ambos. (N. da E.)

Nixon. Geralmente com um brilho divertido nos olhos, ela conta: "Nixon disse que tinha um plano para nos tirar do Vietnã *e Steve acreditou nele!*"

É verdade: Steve acreditou nele. E não foi só nisso que Steve acreditou no curso, muitas vezes excêntrico, de seus 45 anos. Fui, por exemplo, o último dos meninos da vizinhança a chegar à conclusão de que todos aqueles Papais Noéis nas esquinas significavam que não havia um Papai Noel *de verdade*. (Ainda não vejo nenhuma lógica nessa ideia: é como dizer que a existência de um milhão de discípulos prova que não há um mestre.) Nunca duvidei da afirmação do tio Oren de que se podia arrancar a sombra de uma pessoa com uma estaca de prender barraca (isto é, se o golpe fosse dado ao meio-dia em ponto) ou da afirmação de sua mulher de que toda vez que você estremecia era porque um ganso estava passando por cima do lugar onde um dia você seria sepultado. Tendo em vista o curso da *minha* vida, isso deve querer dizer que estou destinado a ser enterrado atrás do galpão da tia Rhody, em Goose Wallow, no Wyoming.

Também acreditava em tudo que me contavam no pátio da escola. Engolia lorotonas e lorotinhas com a mesma facilidade. Um garoto me disse, com plena convicção, que, se alguém pusesse uma moeda de dez centavos no trilho do trem, ela faria descarrilar o primeiro trem que passasse por ali. Outro menino me disse que uma moeda de dez centavos deixada sobre o trilho do trem ficaria perfeitamente esborrachada (foi exatamente assim que ele definiu: *perfeitamente esborrachada*) pelo primeiro trem e, depois que ele tivesse passado, você retiraria do trilho uma moeda flexível e quase transparente do tamanho da de um dólar de prata. Minha própria crença era de que ambas as coisas eram verdadeiras: que moedas de 10 centavos deixadas no trilho do trem ficavam perfeitamente esborrachadas antes de fazerem descarrilar os trens que as tinham esborrachado.

Durante meus anos na Escola Central em Stratford, no Connecticut, e na Escola Primária Durham, em Durham, no Maine, outros fatos fascinantes que aprendi nos pátios se referiam a diversos assuntos, como bolas de golfe (cujo núcleo era venenoso e corrosivo), abortos (às vezes os fetos nasciam vivos, como monstros deformados que tinham que ser mortos por indivíduos dos serviços de saúde denominados ominosamente "as enfermeiras especiais"), gatos pretos (se um deles cruzasse o seu caminho, você tinha que fazer depressa o sinal de "isola" com os dedos na sua direção para não correr o risco da morte quase certa antes do fim do dia) e as rachaduras na calçada. Imagino que não preciso explicar o perigo em potencial da relação dessas rachaduras com as colunas de mães completamente inocentes.

Naquele tempo, minhas principais fontes de fatos maravilhosos e espantosos eram as compilações em livros em brochura do *Acredite se quiser*, publicados pela Pocket Books. Foi com o Ripley, criador do programa de TV que daria origem aos livros, que descobri que se podia fabricar um explosivo poderoso raspando o celuloide do dorso das cartas de baralho e depois socando a substância num pedaço de cano; que você podia fazer um orifício no seu próprio crânio e depois tapá-lo com uma vela, tornando-se assim uma espécie de tocha noturna humana (só muitos anos mais tarde é que me perguntei por que alguém iria querer fazer algo assim); que havia gigantes de verdade (um homem com bem mais do que 2,5 metros de altura), duendes de verdade (uma mulher com apenas 28 centímetros de altura) e MONSTROS de verdade HORRÍVEIS DEMAIS PARA SEREM DESCRITOS... mas eram todos descritos por Ripley nos mínimos detalhes e geralmente com um retrato (mesmo que viva cem anos, jamais esquecerei o do sujeito com uma vela enfiada no meio da cabeça raspada).

Aquela coleção de livros era, pelo menos para mim, o espetáculo mais maravilhoso do mundo, que eu podia carregar no bolso de trás das calças e com ele me enroscar em tardes chuvosas de fim de semana, quando não havia jogos de beisebol e todos estavam cheios de jogar Monopoly. Será que todas as fabulosas curiosidades e os monstros humanos de Ripley existiam mesmo? No contexto atual, isso não chega a ser relevante. Para *mim,* eles existiam, e isso provavelmente é relevante: dos meus 6 aos 11 anos de idade, anos cruciais nos quais se forma a maior parte da imaginação humana, para mim eles eram *muito* reais. Acreditava neles da mesma maneira que acreditava que se podia descarrilar um trem com uma moeda de dez centavos ou que a substância melada que havia no centro de uma bola de golfe iria corroer toda a sua mão se você não tivesse cuidado e deixasse um pouco cair em você. Foi no *Acredite se quiser* que comecei a ver como a linha entre o fabuloso e o monótono podia ser bastante tênue e a entender que a justaposição dos dois contribuía tanto para iluminar os aspectos comuns da vida quanto para iluminar seus ocasionais surtos bizarros. Lembre-se de que aqui estamos falando de *crença* e que a crença é o berço do mito. Você pode perguntar: e a realidade? Bem, no que me diz respeito, a realidade pode ir para o quinto dos infernos. Nunca dei muita bola para a realidade, pelo menos no meu trabalho escrito. Na maioria das vezes, ela está para a imaginação como as estacas de madeira estão para os vampiros.

Acho que mito e imaginação são, de fato, conceitos intercambiáveis e que a crença é a fonte de ambos. Crença em quê? Para dizer a verdade, penso que não tem muita importância. Um deus ou muitos. Ou que uma moeda de dez centavos pode descarrilar um trem de carga.

Vamos deixar bem claro uma coisa sobre esse tema: essas minhas crenças não tinham nada a ver com a fé. Fui criado como metodista e guardo o bastante dos ensinamentos fundamentalistas recebidos na minha infância para acreditar que uma afirmação desse tipo seria, na melhor das hipóteses, presunçosa e, na pior, completamente blasfema. Eu acreditava em todas aquelas coisas estranhas porque fui *feito* para acreditar em coisas estranhas. Outros participam de corridas porque foram feitos para correr rápido, jogam basquete porque Deus lhes deu 2,10 metros de altura ou resolvem equações longas e complicadas no quadro-negro porque foram feitos para ver os lugares em que todos os números se encaixam uns com os outros.

Contudo, a fé aparece em algum lugar, e acho que esse lugar tem a ver com retornar e fazer a mesma coisa repetidamente embora você acredite, bem no fundo do seu coração, que jamais será capaz de fazer melhor do que já fez e que, se insistir, só poderá piorar. Você não tem nada a perder quando tenta pela primeira vez acertar numa *piñata*, mas tentar uma segunda vez (e terceira... e quarta... e 34ª) é expor-se ao fracasso, à depressão e, no caso do autor de contos que trabalha com um gênero muito bem definido, à paródia de si mesmo. Porém, a maioria de nós de fato persiste e isso fica difícil. Há vinte anos, ou mesmo há dez, não teria acreditado nisso, mas é assim. Fica difícil. E para mim há dias em que acho que meu velho processador de textos Wang parou de funcionar movido a eletricidade há cerca de cinco anos e que, desde que escrevi *A metade negra*, ele tem funcionado movido apenas pela fé. Mas tudo bem, seja lá o que for que faça as palavras aparecerem na tela, certo?

A ideia para cada uma das histórias deste livro me veio num momento de crença e foi escrita num surto de fé, felicidade e otimismo. Entretanto, esses sentimentos positivos têm seus análogos sombrios e o medo do fracasso está longe de ser o pior deles. Para mim, pelo menos, o pior deles é a especulação atormentadora de que eu possa já ter dito tudo que tinha para dizer e que agora estou apenas escutando o matraquear constante da minha própria voz porque o silêncio, quando ela para, é por demais assustador.

O salto de fé necessário para fazer com que os contos aconteçam se tornou particularmente difícil nos últimos anos. Hoje em dia, parece que tudo quer ser um romance e cada romance quer ter aproximadamente 4 mil páginas. Um número razoável de críticos se referiu a isso, geralmente de forma nada favorável. Nas críticas de todos os romances longos que escrevi, de *A dança da morte* a *Trocas macabras*, fui acusado de escrever demais. Em alguns casos, as críticas são válidas; em outros, são apenas os grunhidos mal-humorados de homens e mulheres que aceitaram a anorexia literária dos últimos trinta anos com uma misteriosa (ao menos para mim) falta de debate e controvérsia. Esses sacerdotes autonomeados da Igreja da Literatura Americana do Último Dia parecem olhar a generosidade com desconfiança, a filigrana com desagrado e qualquer traço literário amplo com puro ódio. O resultado é um clima literário árido e estranho, no qual um aparar de unhas sem sentido como o *Vox*, de Nicholson Baker, torna-se objeto de debate e dissecação fascinantes e um romance americano realmente ambicioso como o *Heart of the Country* (Coração do país), de Greg Matthews, é quase ignorado.

Tudo isso, porém, é sem propósito, não só porque está fora do assunto mas também porque está um pouco lamurioso. Afinal, houve algum dia um escritor que não se sentisse maltratado pelos críticos? Tudo que comecei a dizer, antes de interromper a mim mesmo de maneira tão rude, foi que nos últimos anos tenho encontrado um pouco mais de dificuldade em alcançar o ato de fé que transforma um momento de crença num objeto real, isto é, num conto que as pessoas vão de fato ter vontade de ler.

— Bem, então, não os escreva — poderia dizer alguém (só que geralmente é uma voz que ouço dentro da minha própria cabeça, como as que Jessie Burlingame ouve em *Jogo Perigoso*). — Afinal, você agora não precisa do dinheiro que eles produzem como precisava antigamente.

Isso sem dúvida é verdade. Há muito se foram os dias em que o cheque por uma maravilha de 4 mil palavras pagava a penicilina para a infecção de ouvido de uma das crianças ou ajudava a cobrir o aluguel. Mas essa lógica, mais do que ilegítima, é perigosa. Não chego nem a precisar do dinheiro que os *romances* produzem. Se fosse apenas pelo dinheiro, poderia pendurar as chuteiras e ir para o chuveiro... ou passar o resto da minha vida em alguma ilha do Caribe, tomando sol e vendo até onde posso deixar crescer as unhas.

Mas, independentemente do que possam dizer os brilhantes tabloides, *não* se trata de dinheiro, nem de se vender, como os críticos mais arrogantes na verdade parecem acreditar. As coisas fundamentais continuam sendo válidas com o passar do tempo e para mim o objetivo não se modificou: o trabalho continua sendo chegar até *você*, Leitor Fiel, prendê-lo pelos cabelos mais curtos e, espero, lhe meter tanto medo que você não conseguirá ir dormir sem deixar a luz do banheiro acesa. Continua sendo uma questão de, primeiro, ver o impossível... e, depois, dizê-lo. Continua sendo fazer com que você acredite no que eu acredito, pelo menos durante algum tempo.

Não falo muito nisso porque fico encabulado e soa pomposo, mas continuo vendo as histórias como uma coisa importante, algo que não só realça as vidas, mas na verdade as salva. Nem estou falando metaforicamente. O que é bem-escrito, as boas *histórias*, são o precursor da imaginação e, creio eu, a finalidade da imaginação é nos proporcionar consolo e proteção em situações e passagens da vida que, de outro modo, seriam insuportáveis. É claro que só posso falar por minha própria experiência, mas, para mim, a imaginação que tantas vezes me manteve acordado de pavor quando criança me fez vencer alguns encontros terríveis de dura realidade alucinante como adulto. Se as histórias que resultaram dessa imaginação fizerem o mesmo por algumas das pessoas que as lerem, então fico perfeitamente feliz e perfeitamente satisfeito, sentimentos que, até onde eu sei, não podem ser comprados com polpudos negócios de cinema ou multimilionários contratos de livros.

Além disso, o conto é um gênero literário difícil e desafiador, e é por isso que fiquei tão contente, e tão surpreso, ao descobrir que tinha uma quantidade suficiente de contos para publicar uma terceira coletânea. Além do mais, isso veio num momento propício, porque um daqueles fatos sobre os quais tinha tanta certeza quando menino (eu provavelmente peguei no *Acredite se quiser* também) era o de que as pessoas se renovam completamente a cada sete anos: todos os tecidos, todas as células, todos os músculos substituídos por células inteiramente novas. Estou reunindo *Pesadelos e paisagens noturnas* no verão de 1992, sete anos depois da publicação de *Tripulação de esqueletos*, minha última coletânea de contos, e *Tripulação de esqueletos* foi publicada sete anos depois de *Sombras da noite*, minha primeira coletânea. A melhor coisa é saber que, embora o salto de fé necessário para transformar uma ideia em realidade tenha ficado mais difícil (os músculos para saltar ficam um pouco mais velhos a cada dia, entende?), ainda é perfeitamente possível. A segunda melhor coisa é saber que ainda há alguém que tem vontade de lê-los. Caso não saiba, esse alguém é você, Leitor Fiel.

O mais antigo desses contos (se você quiser, minhas versões da gosma mortífera da bola de golfe e dos abortos monstruosos) é "A gente se acostuma", publicado inicialmente numa revista literária da Universidade do Maine chamada *Marshroots*... embora tenha sido bastante modificado para este livro, para que pudesse ser melhor do que aparentemente queria ser: um derradeiro olhar para trás, para a cidadezinha condenada de Castle Rock. O mais recente, "As Pessoas das Dez Horas", foi escrito em três dias frenéticos durante o verão de 1992.

Estão aqui algumas autênticas curiosidades: a primeira versão da minha única peça escrita originalmente para televisão; um conto de Sherlock Holmes no qual o doutor Watson se adianta para solucionar um caso; um conto dos Mitos de Cthulhu que se passa no subúrbio de Londres onde Peter Straub vivia quando o encontrei pela primeira vez; um conto endurecido de "aventura" do tipo Richard Bachman e uma versão ligeiramente diferente de um conto chamado "Meu cavalinho bonito", que primeiro apareceu numa edição limitada feita pelo Whitney Museum, com ilustrações de Barbara Kruger.

Depois de muito pensar, decidi incluir também um trabalho longo, de não ficção, "Abaixe a cabeça", que trata de garotos e beisebol. Foi publicado inicialmente na revista *The New Yorker*, e provavelmente trabalhei mais duro nele do que em qualquer outra coisa que escrevi durante os últimos quinze anos. É claro que isso não faz com que seja bom, mas só sei que escrevê-lo e publicá-lo me deu uma enorme satisfação, e por esse motivo o estou passando adiante. Na verdade, ele não se encaixa numa coletânea de contos que falam sobretudo de suspense e do sobrenatural... exceto que de alguma forma ele também fala disso. A estrutura é a mesma. Veja se você não concorda.

No que mais me esforcei foi em manter-me longe dos velhos chavões, dos contos de baú e das coisas de fundo de gaveta. Desde mais ou menos 1980, alguns críticos dizem que eu poderia publicar minha lista de roupas para a lavanderia e venderia cerca de um milhão de exemplares, mas são, na sua maioria, críticos que acham que foi isso que vim fazendo o tempo todo. Obviamente, as pessoas que leem minhas obras por prazer pensam de forma diferente e foi pensando sobretudo nelas, e não nos críticos, que fiz este livro. Acho que o resultado é uma obra que parece uma caverna de Aladim desigual, que completa uma trilogia da qual *Sombras da noite* e *Tripulação de esqueletos* são os dois primeiros volumes. Agora, todos os contos bons estão reunidos em coletâneas; todos os ruins foram metidos debaixo do tapete o máximo que pude e lá ficarão. Se vier a surgir uma outra coletânea, ela consistirá inteiramente em contos que ainda não foram escritos ou sequer cogitados (se você preferir, contos em que ainda não acreditei) e calculo que ela será publicada num ano começando com o número 2.

Nesse ínterim, aqui estão esses cerca de vinte contos estranhos (alguns dos quais, devo preveni-lo, são *muito* estranhos). Cada um contém alguma coisa em que acreditei durante algum tempo e sei que algumas dessas coisas — o dedo saindo do ralo, os sapos comedores de gente, os dentes famintos — são um pouco assustadoras, mas acho que estaremos todos bem se formos juntos. Antes, repita comigo o catecismo:

Acredito que uma moeda de dez centavos pode descarrilar um trem de carga.

Acredito que há crocodilos no sistema de esgotos da cidade de Nova York, para não falar nos ratos do tamanho de pôneis *shetland*.

Acredito que se pode arrancar a sombra de alguém com uma estaca de aço de prender barraca.

Acredito que Papai Noel realmente *existe* e todos aqueles sujeitos com roupa vermelha que vemos no Natal são de fato seus ajudantes.

Acredito que há um mundo invisível que nos cerca por completo.

Acredito que as bolas de golfe estão cheias de gás venenoso e que, se você cortar uma ao meio e aspirar o que sair de dentro, morrerá.

Acima de tudo, acredito *mesmo* em fantasmas, acredito *mesmo* em fantasmas, acredito *mesmo* em fantasmas.

Está bem? Pronto? Ótimo. Aqui está minha mão. Agora vamos. Conheço o caminho. Tudo que você precisa fazer é segurar firme... e *acreditar*.

Bangor, Maine
6 de novembro de 1992

O Cadillac de Dolan

A vingança é um prato mais saboroso se comido frio.
— Provérbio espanhol

Durante sete anos, esperei e observei. Eu o via ir e vir: Dolan. Observei-o entrando calmamente em restaurantes de luxo, de *smoking*, sempre com uma mulher diferente em seu braço, sempre cercado por dois guarda-costas. Acompanhei seu cabelo passar de cinza-chumbo para um prateado elegante, enquanto o meu simplesmente foi sumindo, até que fiquei careca. Observei-o saindo de Las Vegas em suas peregrinações regulares para a costa Oeste. Observei-o regressando. Em duas ou três ocasiões, fiquei observando de uma rua lateral enquanto seu Sedan DeVille, da mesma cor do seu cabelo, passava veloz pela rodovia 71 em direção a Los Angeles. E em algumas ocasiões observei-o saindo de sua casa em Hollywood Hills, no mesmo Cadillac cinza, para regressar a Las Vegas. Mas não muitas vezes. Sou professor primário. Os professores primários e os facínoras de coturno alto não têm a mesma liberdade de movimento. Trata-se de uma mera realidade da vida.

Ele não sabia que eu o estava observando. Nunca me aproximei tanto que ele pudesse perceber. Eu tomava cuidado.

Ele matou minha mulher ou fez com que ela fosse morta, o que dá na mesma, uma coisa ou outra. Você quer detalhes? Não os obterá por mim. Se os quiser, procure em exemplares antigos dos jornais. Ela se chamava Elizabeth. Dava aula na mesma escola em que eu lecionava e ainda leciono. Ela dava aula para alunos da primeira série. Eles a adoravam e acho que alguns deles talvez ainda não tenham esquecido do quanto a amavam, embora a essa altura já sejam adolescentes. Sem dúvida, *eu* a amava e ainda a amo. Não era linda, mas era bonitinha. Era tranquila, mas sabia dar gargalhadas. Sonho com ela. Com seus olhos cor de avelã. Nunca houve outra mulher para mim. Nem nunca haverá.

Ele se descuidou — Dolan. Isso é tudo de que você precisa saber. E Elizabeth estava lá, no lugar errado e na hora errada, para ver o descuido. Ela foi à polícia, a polícia a mandou para o FBI, ela foi interrogada e disse que sim, que serviria de testemunha. Eles prometeram que a protegeriam, mas ou se descuidaram ou subestimaram Dolan. Talvez ambas as coisas. O que quer que tenha sido, uma noite ela entrou no carro e a dinamite ligada na ignição fez de mim um viúvo. *Ele* me tornou um viúvo — Dolan.

Sem testemunha para depor, foi posto em liberdade.

Voltou para o seu mundo e eu, para o meu. O apartamento de cobertura em Las Vegas para ele, a casa caindo aos pedaços para mim. Para ele, a sucessão de mulheres bonitas, com casacos de pele e vestidos de seda; para mim, o silêncio. Os Cadillacs cinza, quatro deles ao longo dos anos, para ele, e o velho Buick Riviera para mim. Seu cabelo foi ficando prateado enquanto o meu apenas se foi.

Mas eu observava.

Eu tomava cuidado, ora se tomava! Muito cuidado. Sabia o que ele era, do que era capaz. Sabia que me esmagaria como um inseto se visse ou percebesse o que eu significava para ele. Portanto, eu tomava cuidado.

Há três anos, durante minhas férias de verão, eu o segui (a uma distância prudente) até Los Angeles, aonde ele ia com frequência. Ele ficava na sua bela casa e dava festas (eu observava as idas e vindas escondido num canto sombrio no fim do quarteirão, dando ré para me esconder quando os carros da polícia faziam suas patrulhas frequentes). Eu ficava num hotel barato, onde as pessoas tocavam seus rádios alto demais e as luzes de néon do bar de *topless* do outro lado da rua refletiam na janela. Nessas noites, caía no sono e sonhava com os olhos cor de avelã de Elizabeth, sonhava que nada daquilo tinha acontecido e, às vezes, acordava com lágrimas secando no meu rosto.

Estive perto de perder a esperança.

Sabe, ele era bem protegido, muito bem protegido. Não ia a lugar algum sem aqueles dois gorilas bem armados com ele, e o próprio Cadillac era blindado. Os grandes pneus radiais eram do tipo que se autolacrava, o preferido por ditadores em países pequenos e instáveis.

Então, naquela última vez, vi como poderia ser feito. Porém, não antes de levar um susto muito grande.

Segui-o de volta para Las Vegas, sempre mantendo entre nós uma distância de pelo menos um quilômetro e meio; às vezes, três; outras vezes, quatro. Enquanto cruzávamos o deserto, rumando para o leste, seu carro às vezes não passava de um reflexo de sol no horizonte e eu pensava em Elizabeth, em como o sol se refletia nos seus cabelos.

Nessa ocasião, eu estava bem para trás. Era no meio da semana e o tráfego na rodovia federal 71 estava livre. Quando o tráfego está livre, seguir um carro fica perigoso. Até um professor de escola primária sabe disso. Passei por uma placa laranja que dizia DESVIO A 5 QUILÔMETROS e fiz o carro ficar ainda mais para trás. Os desvios no deserto fazem o tráfego ficar se arrastando e não queria me arriscar a aparecer bem atrás do Cadillac cinza enquanto seu motorista o conduzia com cuidado por uma estrada secundária esburacada.

A placa seguinte dizia DESVIO A 3 QUILÔMETROS e, logo abaixo, ÁREA DE EXPLOSÕES À FRENTE — DESLIGUE RÁDIOS TRANSMISSORES-RECEPTORES.

Comecei a refletir sobre um filme que tinha visto alguns anos antes. Nele, um bando de ladrões armados havia atraído um carro blindado para o deserto usando placas falsas de desvio de tráfego. Quando o motorista caiu na armadilha e entrou por uma estrada de terra praticamente fora de uso (há milhares delas no deserto, trilhas para ovelhas, estradinhas de fazenda e antigas estradas públicas que não levam a lugar algum), os ladrões retiraram as placas, garantindo o isolamento, e depois simplesmente cercaram o carro blindado até que os guardas tiveram que sair.

Mataram os guardas.

Lembrava-me disso.

Mataram os guardas.

Cheguei ao desvio e entrei por ele. A estrada era tão ruim quanto eu tinha imaginado: terra compactada, com duas pistas, cheia de buracos que faziam meu velho Buick pular e ranger. O Buick precisava de amortecedores novos, mas eles representavam uma despesa que um professor primário às vezes tem que adiar, mesmo se for um viúvo sem filhos e não tiver nenhum *hobby* além do seu sonho de vingança.

Enquanto o Buick saltava e gingava pela estrada, tive uma ideia. Em vez de seguir o Cadillac de Dolan da próxima vez que ele fosse de Vegas para Los Angeles ou de Los Angeles para Vegas, passaria por ele, iria à frente dele. Criaria um desvio falso como o do filme, atraindo-o para os ermos que existem, silenciosos e cercados de montanhas, a oeste de Las Vegas. Depois, retiraria as placas, como os ladrões tinham feito no filme...

De repente, voltei à realidade. O Cadillac de Dolan estava na minha frente, *bem na minha frente*, parado de um lado da pista poeirenta. Um dos pneus, autolacrável ou não, estava furado. Não, não apenas furado. Estava rasgado, metade para fora da roda. A culpa provavelmente tinha sido da borda afiada de uma pedra enfiada no chão compactado, como uma armadilha antitanque em miniatura. Um dos dois guarda-costas estava usando um macaco sob a parte dianteira. O segundo, um ogro com uma cara de porco e o suor escorrendo do cabelo cortado à escovinha, estava de pé, numa atitude protetora, ao lado do próprio Dolan. Mesmo no deserto, veja bem, eles não se arriscavam a nada.

Dolan estava de pé, mais para o lado, esguio numa camisa de gola aberta e calça esporte escura, com o cabelo prateado esvoaçando com a brisa do deserto. Estava fumando um cigarro e observando os homens como se estivesse em algum outro lugar, talvez um restaurante, um salão de baile ou uma sala de visitas.

Seus olhos se encontraram com os meus pelo para-brisa do meu carro e depois se desviaram sem qualquer sinal de reconhecimento, embora ele tenha me visto uma vez, sete anos antes (quando eu tinha cabelo!), numa audiência preliminar, sentado ao lado de minha mulher.

Meu pânico de ter chegado junto do Cadillac deu lugar a uma fúria total.

Pensei em me inclinar para o lado, baixar a janela do lado do passageiro e gritar: *Como ousa se esquecer de mim? Como ousa me ignorar?* Ah, mas isso teria sido a atitude de um lunático. Era *bom* que ele tivesse se esquecido de mim, era *ótimo* que ele tivesse me ignorado. É melhor ser um camundongo por trás do rodapé, roendo a fiação. É melhor ser uma aranha, lá em cima no forro do teto, fazendo sua teia.

O homem que acionava o macaco fez sinal para que eu parasse, mas Dolan não era o único capaz de ignorar alguém. Olhei com ar indiferente para além do homem agitando o braço, desejando-lhe um infarto ou um derrame ou, melhor ainda, ambos ao mesmo tempo. Continuei em frente, mas minha cabeça pulsava e latejava e, durante alguns minutos, as montanhas no horizonte pareceram se duplicar ou até triplicar.

Se estivesse com um revólver!, pensei. *Se pelo menos estivesse com um revólver! Teria podido acabar com sua vida podre e desgraçada ali mesmo, se pelo menos estivesse com um revólver!*

Alguns quilômetros adiante, restabeleceu-se alguma forma de racionalidade. Se estivesse com um revólver, a única coisa certa era que teria conseguido ser morto. Se estivesse com um revólver, poderia ter encostado quando o homem que estava usando o macaco me acenou, ter saído do carro e começado a disparar feito um louco pela paisagem do deserto. Poderia ter ferido alguém. Depois, teria sido morto e enterrado numa cova rasa, e Dolan teria continuado a sair com as mulheres bonitas e a fazer suas peregrinações entre Las Vegas e Los Angeles no seu Cadillac cinza, enquanto os animais do deserto desenterravam meus restos e disputavam meus ossos sob a lua fria. Elizabeth não teria sido vingada, de nenhuma forma.

Os homens que viajavam com ele eram treinados para matar. Eu tinha sido treinado para dar aula a alunos da terceira série.

Isso não era um filme, recordei a mim mesmo quando voltei para a rodovia e passei por uma placa laranja dizendo FIM DAS OBRAS • O ESTADO DE NEVADA LHE AGRADECE! Se algum dia viesse a cometer o erro de confundir a realidade com um filme, de pensar que um professor de terceira série, careca e míope, poderia chegar a ser Dirty Harry fora de seus próprios devaneios, nunca haveria qualquer vingança, nunca.

Mas *poderia* haver vingança, algum dia? *Poderia* haver?

Minha ideia de criar um desvio falso era tão romântica e fantasiosa quanto a de saltar de meu Buick velho e crivar os três de balas, eu, que desde os 16 anos não atirava e jamais havia feito isso com um revólver.

Uma coisa dessas só seria possível com um bando de conspiradores. Até o filme que eu tinha visto, por mais romântico que fosse, tinha deixado isso claro. Tinham sido oito ou nove deles, em dois grupos separados, comunicando-se com rádios portáteis. Havia até um homem num avião, voando lentamente sobre a rodovia, para certificar-se de que o carro blindado estava relativamente isolado quando se aproximasse do ponto certo da estrada.

O argumento, sem dúvida, tinha sido criado por algum roteirista bem gordo, sentado à beira da piscina, com uma *piña colada*, um estoque de canetas Pentel novas de um lado e dicas de tramas de Edgar Wallace do outro. E mesmo esse cara tinha precisado de um pequeno exército para dar forma à sua ideia. Eu era um homem só.

Não ia dar certo. Tinha sido apenas um lampejo momentâneo e falso, como os outros que tive ao longo dos anos: a ideia de que poderia colocar algum tipo de gás venenoso no sistema de ar-condicionado de Dolan, colocar uma bomba na sua casa em Los Angeles ou, talvez, conseguir alguma arma realmente mortal, digamos uma bazuca, e transformar seu maldito Cadillac prateado numa bola de fogo quando ele estivesse indo pela 71, a toda velocidade, para leste, rumo a Vegas, ou para oeste, rumo a Los Angeles.

Melhor abandonar essa ideia.

Mas ela não ia embora.

Procure isolá-lo do grupo, continuava sussurrando a voz interior que falava por Elizabeth. *Isole-o como um cão pastor experiente isola uma ovelha do rebanho quando seu dono a aponta. Desvie-o para o vazio e mate-o. Mate-os todos.*

Não ia dar certo. Mesmo que não admitisse nenhuma outra verdade, pelo menos teria de admitir que um homem como Dolan, que se manteve vivo por tanto tempo, tinha que ter um instinto de sobrevivência apurado muito cuidadosamente, talvez até ao ponto da paranoia. Ele e seus homens perceberiam num instante o truque do desvio.

Eles entraram por aquele hoje, retrucou a voz que falava por Elizabeth. *Eles nem titubearam. Agiram exatamente como um cordeirinho.*

Mas eu sabia — é, de alguma maneira, eu sabia! — que homens como Dolan, homens que, na verdade, se parecem mais com lobos do que com homens, desenvolvem uma espécie de sexto sentido quando se trata de perigo. Eu poderia roubar umas placas de desvio autênticas de algum galpão do departamento de estradas de rodagem e colocá-las nos lugares certos. Poderia até acrescentar uns cones alaranjados fluorescentes e algumas lamparinas no asfalto. Poderia fazer tudo isso, e Dolan ainda seria capaz de sentir o cheiro do suor nervoso das minhas mãos no cenário montado. Ele sentiria o cheiro mesmo através das janelas à prova de bala. Fecharia os olhos e ouviria o nome de Elizabeth lá no fundo daquele ninho de serpentes que era sua mente.

A voz que falava por Elizabeth ficou calada e pensei que ela finalmente desistira naquele dia. E então, já com Vegas à vista, azulada, enevoada e trêmula na extremidade distante do deserto, ela tornou a falar.

Então não tente enganá-lo com um desvio falso, sussurrou. *Engane-o com um desvio* de verdade.

Dei uma guinada com o Buick para o acostamento e parei de estalo com ambos os pés no pedal do freio. Olhei fixo para meus próprios olhos arregalados no espelho retrovisor.

Dentro de mim, a voz que falava por Elizabeth começou a rir. Era uma gargalhada descontrolada, alucinada, mas depois de alguns instantes comecei a dar gargalhadas junto com ela.

Os outros professores riram de mim quando entrei para a Academia de Ginástica da Ninth Street. Um deles queria saber se alguém tinha jogado areia nos meus olhos. Ri junto com eles. As pessoas não ficam desconfiadas de um homem como eu, desde que ele continue a rir com elas. E por que não haveria de rir? Minha mulher estava morta há sete anos, não estava? Afinal, ela não era mais do que pó, cabelos e alguns ossos no caixão! Então, por que não haveria de rir? É só quando um homem para de rir como homem que as pessoas ficam imaginando que alguma coisa está errada.

Ri com eles embora meus músculos ficassem doendo durante todo aquele outono e verão. Ria apesar de estar sempre com fome: já não repetia a comida, já não beliscava tarde da noite, cortei a cerveja e o gim-tônica antes do jantar. Mas consumia um bocado de carne vermelha e verduras, verduras, verduras.

No Natal, me dei de presente um aparelho Nautilus.

Não, não foi bem assim. *Elizabeth* me deu um aparelho Nautilus de presente de Natal.

Vi Dolan menos vezes. Estava ocupado demais malhando, perdendo minha barriga, desenvolvendo meus braços, tórax e pernas. Porém, havia momentos em que parecia que não podia mais continuar, que seria impossível recuperar algo como forma física de verdade, que não podia viver sem repetir a comida, sem fatias de bolo de café e as colheradas ocasionais de creme no café. Quando esses momentos surgiam, estacionava em frente a um dos restaurantes prediletos de Dolan ou, às vezes, entrava em um dos clubes que ele frequentava e esperava que aparecesse, descendo de seu Cadillac cinza-névoa, de braço dado com uma loura arrogante e fria ou uma ruiva rindo alto, ou uma em cada braço. Lá estava ele, o homem que tinha matado minha Elizabeth, lá estava ele, resplandecente numa camisa social de Bijan, seu Rolex de ouro faiscando nas luzes da boate. Quando estava cansado e desanimado, ia para Dolan da mesma forma como um homem morto de sede buscaria um oásis no deserto. Bebia sua água envenenada e me refrescava.

Em fevereiro, comecei a correr todos os dias, e então os outros professores riam da minha careca, que descascava e ficava vermelha e depois descascava e ficava vermelha de novo, apesar de todo o protetor solar com que a besuntava. Ria com eles o tempo todo, como querendo esquecer que por duas vezes, ao final das corridas, quase tinha desmaiado, passando longos minutos a tremer com cãibras aguilhoando os músculos das pernas.

Quando o verão chegou, candidatei-me a um emprego no Departamento de Estradas de Rodagem de Nevada. O serviço municipal de emprego pôs um carimbo de autorização provisória no meu formulário e me encaminhou para um capataz de distrito chamado Harvey Blocker. Era um homem alto, queimado de um tom quase negro pelo sol de Nevada. Usava *jeans*, botas de trabalho empoeiradas e uma camiseta azul com as mangas cortadas. MAU HUMOR, anunciava a camiseta. Seus músculos eram enormes placas movediças por debaixo da pele. Olhou para o meu formulário. Depois, olhou para mim e deu uma gargalhada. O formulário parecia muito pequenino, enrolado em um dos seus punhos imensos.

— Você tem que estar brincando, amigo. Quero dizer, você *só pode* estar brincando. Estamos falando aqui de sol do deserto e calor do deserto, nada dessa merda de salão de bronzear de yuppie. O que você faz na vida real, meu chapa? É contador?

— Professor — respondi. — Terceira série.

— Oh, *meu benzinho* — disse ele, e deu outra gargalhada. — Dá o fora, tá bem?

Eu tinha um relógio de bolso, herança do meu bisavô, que tinha trabalhado no último trecho da grande estrada de ferro transcontinental. Segundo a lenda da família, ele tinha estado lá quando o último cravo de ouro tinha sido fincado. Tirei o relógio do bolso e balancei-o pela corrente na frente do rosto de Blocker.

— Está vendo isso? — falei. — Vale 600, talvez 700 dólares.

— Isso é um suborno? — Blocker deu outra gargalhada. Ele era um homem de muitas gargalhadas. — Cara, já ouvi falar de gente que fez tratos com o diabo, mas você é o primeiro que conheço que quer pagar propina para entrar no inferno. — Aí olhou para mim com ar de compaixão. — Pode ser que você pense que sabe no que está tentando se meter, mas estou aqui para lhe dizer que você não tem a menor ideia. Nos meses de julho, já vi chegar a 47 graus lá a oeste de Indian Springs. Faz homens fortes chorarem. E você não é forte, meu chapa. Não preciso ver você sem camisa para saber que você não tem nada em cima do esqueleto além de uns músculos de academia de ginástica de yuppies, e eles não servem pra nada lá no Grande Vazio.

Falei:

— No dia em que você achar que eu não sirvo, vou embora. Você fica com o relógio. Sem discussão.

— Você é um mentiroso de merda.

Olhei para ele. Ele ficou olhando de volta durante algum tempo.

— Você *não* é um mentiroso de merda — disse num tom espantado.

— Não.

— Você daria o relógio para Tinker guardar? — apontou com o polegar para um negro gigantesco, com uma camisa tingida no tanque, que estava sentado ali perto, na cabine de um trator, comendo uma torta de frutas do McDonald's e escutando.

— Ele é de confiança?

— Pode crer, amizade!

— Então ele pode guardar até você me mandar embora ou até eu ter que voltar para a escola em setembro.

— E o que é que *eu* tenho que depositar?

Apontei para o formulário de pedido de emprego na sua mão:

— Assine isso — disse. — Esse é o seu depósito.

— Você é doido.

Pensei em Dolan e Elizabeth e não disse nada.

— Você começa com um trabalho de merda — preveniu Blocker. — Tirar betume de um caminhão com a pá e colocar nos buracos. Não porque eu queira ficar com seu relógio maldito, embora adorasse ficar com ele, mas porque é assim que todo mundo começa.

— Está bem.

— Se é que você entendeu, meu chapa.

— Entendo.

— Não — disse Blocker —, você não entende. Mas vai entender.

E ele tinha razão.

Não me lembro de quase nada das primeiras duas semanas, só de tirar betume com a pá e socá-lo nos buracos e ir andando atrás do caminhão, com a cabeça baixa, até que ele parasse no buraco seguinte. Algumas vezes, trabalhávamos na Faixa e eu ouvia o som das campainhas anunciando os grandes prêmios nos cassinos. Às vezes acho que as campainhas só estavam tocando na minha cabeça. Levantava os olhos e via Harvey Blocker olhando para mim com aquele estranho olhar de compaixão, a imagem do rosto tremulando no calor que se erguia do asfalto. E às vezes olhava lá para Tinker, sentado debaixo do guarda-sol de lona que cobria a cabine de seu trator, e ele erguia o relógio de meu bisavô e o balançava pela corrente de modo que ele refletia os raios do sol.

A grande luta era para não desmaiar, para manter-me consciente não importava o que acontecesse. Consegui me aguentar durante junho todo e na primeira semana de julho, quando, na hora do almoço, Blocker se sentou junto a mim enquanto eu estava comendo um sanduíche com a mão trêmula. Às vezes eu tremia até as 22h. Era o calor. Era uma questão de tremer ou desmaiar e quando eu pensava em Dolan de alguma forma eu conseguia continuar tremendo.

— Você ainda não ficou forte, meu chapa — disse ele.

— Não — falei. — Mas, como disse o homem, você devia ter visto como eu era quando comecei.

— Continuo esperando olhar em volta e ver você desmaiado no leito da estrada, e você continua a não fazer isso. Mas vai fazer.

— Não, não vou.

— Vai, sim. Se você continuar atrás do caminhão com uma pá, você vai.

— Não.

— A parte mais quente do verão ainda está pra vir, meu chapa. Tink chama de clima para assar biscoito.

— Vou ficar bem.

Ele tirou algo do bolso. Era o relógio do meu bisavô. Jogou-o no meu colo.

— Fique com essa coisa de merda — disse ele, com ar de desprezo. — Não quero isso.

— Você fez um trato comigo.

— Estou cancelando o trato.

— Se você me despedir, vou levá-lo para o juiz trabalhista — falei. — Você assinou o meu formulário. Você...

— Não estou despedindo você — disse, olhando para o lado. — Vou mandar o Tink ensinar você a dirigir um carregador de caçamba dianteira.

Fiquei olhando para ele por muito tempo, sem saber o que dizer. Minha sala de aula da terceira série, tão fresca e agradável, nunca tinha me parecido tão distante... e ainda assim eu não tinha a menor ideia de como um homem como Blocker pensava, ou o que ele queria dizer quando dizia as coisas que dizia. Sabia que ele me admirava e me desprezava ao mesmo tempo, mas não fazia ideia alguma de por que ele se sentia de uma maneira ou de outra. *"E você não tem por que se preocupar, querido"*, falou Elizabeth de repente, dentro da minha cabeça. *"O seu negócio é o Dolan. Lembre-se do Dolan."*

— Por que você quer fazer isso? — perguntei afinal.

Ele tornou a olhar para mim e vi que estava ao mesmo tempo furioso e achando graça. Mas acho que a fúria era a emoção mais forte.

— O que que há com você, meu chapa? Quem você pensa que eu sou?

— Eu não...

— Você acha que quero matá-lo por causa da merda do seu relógio? É isso que você acha?

— Desculpe.

— É, é bom se desculpar. Você é o filho da mãe mais desgraçado que *eu* já vi.

Meti o relógio do meu bisavô no bolso.

— Você *nunca* vai ser forte, meu chapa. Algumas pessoas e plantas vingam no sol. Algumas murcham e morrem. Você tá morrendo. Você sabe que tá, e mesmo assim você não vai pra sombra. Por quê? Por que você tá jogando essa merda em cima de você mesmo?

— Tenho meus motivos.

— É, aposto que tem. E que Deus ajude quem atravessar seu caminho.

Levantou-se e foi andando.

Tinker se aproximou, sorrindo.

— Você acha que pode aprender a dirigir um carregador de caçamba dianteira?

— Acho que sim — respondi.

— Também acho — disse ele. — Esse cabeça-dura gosta de você, ele só não sabe como dizer isso.

— É, notei isso.

Tink deu uma gargalhada.

— Você é um durão filho da mãe, não é?

— Assim espero.

Passei o resto do verão dirigindo um carregador de caçamba dianteira e, quando voltei para a escola naquele outono, quase tão preto quanto o próprio Tink, os outros professores pararam de rir de mim. Às vezes me olhavam pelo canto dos olhos depois que eu passava, mas tinham parado de rir.

Tenho meus motivos. Era o que tinha dito para ele. E tinha. Não passei aquela estação no inferno só por um capricho. Precisava ficar em forma, entende? Estar preparado para cavar uma sepultura para um homem ou uma mulher pode não exigir providências tão drásticas, mas não era apenas um homem ou uma mulher que tinha em mente.

Era o raio daquele Cadillac que eu pretendia enterrar.

* * *

Por volta de abril do ano seguinte, eu tinha sido incluído na mala direta da Comissão Estadual de Estradas de Rodagem. Todo mês, recebia um boletim chamado *Avisos Rodoviários de Nevada*. Passava rapidamente pela maior parte dos textos, que tratavam de projetos de legislação para melhoria de estradas, equipamento rodoviário que tinha sido comprado e vendido, iniciativas da Assembleia Legislativa a respeito de assuntos como controle de dunas de areia e novas técnicas contra a erosão. O que me interessava estava sempre na última ou nas duas últimas páginas do boletim. Essa seção, intitulada simplesmente "O Calendário", relacionava as datas e os locais de obras em estradas em cada mês subsequente. Estava especialmente interessado nos locais e datas seguidos de uma simples abreviatura de cinco letras: REPAV. Ela significava repavimentação, e minha experiência na turma de Harvey Blocker tinha me ensinado que essas eram as operações que mais frequentemente requeriam desvios. Mas nem *sempre*, nem sempre mesmo. A Comissão de Estradas de Rodagem nunca toma a providência de fechar um trecho de rodovia a menos que não tenha escolha. Mas, pensei eu, mais cedo ou mais tarde aquelas cinco letras iam significar o fim de Dolan. Eram apenas cinco letras, mas às vezes eu as via nos meus sonhos: REPAV.

Não que viesse a ser fácil, ou talvez nem viesse a acontecer logo. Sabia que poderia ter que esperar anos a fio e que, nesse meio-tempo, alguém podia pegar o Dolan. Era um homem mau, e os homens maus levam vidas perigosas. Era preciso que quatro vetores levemente relacionados se juntassem, como uma rara conjunção de planetas: viagem de Dolan, minhas férias, um feriado nacional e um fim de semana de três dias.

Anos, talvez. Ou quem sabe nunca. Mas sentia uma espécie de serenidade: uma convicção de que isso *iria acontecer* e que, quando acontecesse, eu estaria preparado. E acabou acontecendo. Não naquele verão, não naquele outono e não na primavera seguinte. Mas, em junho do ano passado, abri os *Avisos Rodoviários de Nevada* e no "Calendário" li o seguinte:

01/JULHO — 22/JULHO (TENT.): U.S. 71 KM 440 — 472 (RUMO OESTE) REPAV

Com as mãos trêmulas, virei as folhas do meu calendário de mesa até julho e vi que 4 de julho caía numa segunda-feira.

Portanto, ali estavam três dos quatro vetores, pois sem dúvida haveria um desvio em algum ponto no meio de uma obra tão extensa de repavimentação.

Mas Dolan... o que seria de Dolan? Onde estaria o quarto vetor?

Podia lembrar-me de três vezes anteriores em que ele fora a Los Angeles durante a semana do 4 de julho, uma das poucas semanas em que as coisas ficam mais devagar em Las Vegas. Podia me lembrar de três outras ocasiões em que ele tinha ido a outro lugar — uma a Nova York, uma a Miami, uma até Londres — e uma quarta vez em que ele simplesmente ficara em Vegas.

Se ele fosse...

Haveria uma maneira de descobrir?

Pensei nisso por muito tempo e com muita intensidade, mas havia duas visões que estavam sempre interferindo. Na primeira, eu via o Cadillac de Dolan indo veloz pela 71 para o oeste, no fim da tarde, rumo a Los Angeles, deixando uma sombra comprida atrás de si. Via-o passando por placas de DESVIO ADIANTE, a última delas avisando os donos de rádios transmissores-receptores que desligassem seus aparelhos. Via o Cadillac passando por equipamento rodoviário abandonado: tratores, niveladoras, carregadores de caçamba dianteira. Abandonados não apenas porque já tinha passado do fim do horário de trabalho, mas porque era fim de semana, um fim de semana de três dias.

Na segunda visão, tudo era igual, salvo que as placas de desvio tinham desaparecido.

Tinham desaparecido porque eu as tinha retirado.

Foi no último dia de escola que de repente me dei conta de como poderia descobrir. Estava quase cochilando, minha mente a milhões de quilômetros de distância tanto da escola como de Dolan, quando de repente me endireitei na cadeira abruptamente, fazendo uma jarra que estava no lado da mesa (com umas flores bonitinhas do deserto, que meus alunos me haviam trazido como presente de fim do ano letivo) cair no chão e se espatifar. Vários dos meus alunos, que *também* estavam cochilando, pularam na cadeira e talvez algo na minha fisionomia tivesse assustado um deles, pois um menino pequeno chamado Timothy Urich desatou a chorar e tive de acalmá-lo.

Lençóis, pensei, consolando Timmy. *Lençóis, fronhas, roupa de cama e prataria; os tapetes; os jardins. Tudo tem que estar como deve ser. Ele vai querer tudo como deve ser.*

Claro. Ter tudo como deve ser era tão característico de Dolan como seu Cadillac.

Comecei a sorrir e Timmy Urich sorriu de volta, mas não era para Timmy que eu estava sorrindo.

Estava sorrindo para Elizabeth.

Nesse ano, as aulas terminaram em 10 de junho. Voei para Los Angeles 12 dias depois. Aluguei um carro e fui para o mesmo hotel barato onde tinha me hospedado em outras ocasiões. Em cada um dos três dias seguintes, fui de carro até Hollywood Hills e fiquei vigiando a casa de Dolan. Não podia ser uma vigilância *permanente,* pois isso teria chamado a atenção. Os ricos contratam pessoas para observar intrusos, porque frequentemente eles acabam se revelando perigosos.

Como eu.

No princípio, não houve nada. A casa não estava com as janelas cobertas, o gramado não estava crescido demais — Deus o livre! —, a água da piscina sem dúvida estava limpa e clorada. Mas mesmo assim havia um ar de vazio e falta de uso: as cortinas fechadas para bloquear a luz do sol de verão, nenhum carro no círculo central do caminho de entrada, ninguém para usar a piscina, que um jovem com rabo de cavalo limpava todas as manhãs.

Convenci-me de que era uma fria. Porém, permaneci ali, fazendo votos e torcendo pelo vetor final.

No dia 29 de junho, quando já quase me tinha resignado a mais um ano observando, esperando fazendo ginástica e dirigindo um carregador de caçamba dianteira no verão para Harvey Blocker (isto é, se ele me aceitasse de volta), um carro azul em que estava escrito SERVIÇOS DE SEGURANÇA DE LOS ANGELES parou no portão da casa de Dolan. Um homem de uniforme desceu e abriu o portão com uma chave. Entrou com o carro e foi para o lado da casa. Alguns momentos depois, reapareceu a pé, fechou o portão e tornou a trancá-lo com a chave.

Pelo menos isso era uma variação da rotina. Senti um leve lampejo de esperança.

Fui embora no meu carro e consegui manter-me afastado por quase duas horas. Depois, voltei com o carro e, dessa vez, estacionei no princípio do quarteirão e não no final. Quinze minutos depois um furgão azul encostou na frente da casa de Dolan. Na lateral do furgão estava escrito SERVIÇO DE LIMPEZA DO BIG JOE. Meu coração deu um salto no peito. Estava observando pelo espelho retrovisor e me lembro de como minhas mãos ficaram apertando com força o volante do carro alugado.

Quatro mulheres saíram do furgão, duas brancas, uma negra e uma latina. Estavam vestidas de branco, como garçonetes, que, é claro, não eram. Eram faxineiras.

O segurança respondeu quando uma delas tocou a campainha no portão e abriu-o. Os cinco falaram e riram juntos. O segurança tentou passar a mão numa das mulheres e ela deu-lhe um tapa na mão para afastá-la, sempre rindo.

Uma das mulheres voltou ao furgão e entrou com ele até o círculo do caminho de entrada. As outras seguiram adiante, falando entre si, enquanto o segurança fechava o portão e o trancava à chave novamente.

O suor escorria pelo meu rosto. Parecia óleo. Meu coração estava disparado, descompassado.

Elas estavam fora do meu campo de visão no espelho retrovisor. Resolvi correr o risco e olhei para trás.

Vi as portas traseiras do furgão se escancararem.

Uma delas carregava uma pilha certinha de lençóis, outra, toalhas e a terceira levava um par de aspiradores de pó.

Marcharam para a porta, e o segurança as deixou entrar.

Saí com o carro, tremendo tanto que mal conseguia dirigir.

Estavam abrindo a casa. Ele estava chegando.

Dolan não trocava de Cadillac todo ano, nem de dois em dois anos. O Sedan DeVille em que andava quando esse mês de junho chegava ao fim tinha três anos de uso. Eu sabia suas dimensões exatas. Passando por autor de uma pesquisa, tinha escrito à empresa GM pedindo as dimensões. Tinham me mandado um manual de instruções e uma ficha de especificações do modelo daquele ano. Até me restituíram o envelope já selado e endereçado a mim mesmo que eu lhes havia remetido. Aparentemente, as grandes empresas mantêm sua cortesia mesmo quando estão operando com prejuízo.

Levei então três medidas — a largura do Cadillac no seu ponto mais largo, a altura no ponto mais alto e o comprimento no ponto mais comprido — para um amigo meu que ensina matemática na Escola de Ensino Médio de Las Vegas. Eu lhe disse, acho, que havia me preparado para isso e nem todos os meus preparativos eram físicos. Certamente não.

Apresentei a questão como um problema puramente hipotético. Disse que estava tentando escrever um conto de ficção científica e queria que minhas medidas fossem corretas até a precisão. Cheguei mesmo a montar alguns fragmentos plausíveis da história. Fiquei bastante impressionado com minha própria inventividade.

Meu amigo queria saber a que velocidade estaria indo esse veículo de reconhecimento dos alienígenas. Era uma pergunta que não estava esperando e perguntei se isso fazia diferença.

— É claro que faz diferença — disse ele. — Faz muita diferença. Se você quer que o veículo de reconhecimento da sua história caia diretamente *dentro* da sua armadilha, esta tem que ter o tamanho exato. Agora, as dimensões que você me deu são de 5 metros por 2 metros e 70 centímetros.

Abri a boca para dizer que não eram exatamente essas, mas ele já estava erguendo a mão.

— Só uma aproximação — falou. — Fica mais fácil para calcular o arco.

— O quê?

— O arco de descida — repetiu, e eu me acalmei. Era uma frase que um homem empenhado em vingança era capaz de adorar. Tinha um som escuro, suavemente portentoso. *O arco de descida.*

Eu tinha dado como certo que, se cavasse a cova de forma que o Cadillac pudesse caber, ele *iria* caber. Foi preciso esse meu amigo para me fazer ver que, antes de servir de sepultura, ela tinha que funcionar como uma armadilha.

Ele explicou que a própria forma era importante. O tipo de trincheira retilínea que eu tinha visualizado talvez não funcionasse. Na verdade, a probabilidade de que não funcionasse era maior do que a de que desse certo.

— Se o veículo não atingir o começo da trincheira bem reto — disse ele —, pode não entrar todo de jeito nenhum. Ele iria apenas deslizar inclinado durante algum tempo e, quando parasse, os alienígenas sairiam pela porta de passageiros e incinerariam seus heróis. A solução — explicou — era alargar a extremidade de entrada, dando uma forma afunilada à escavação toda.

Depois, havia o problema da velocidade.

Se o Cadillac de Dolan estivesse indo depressa demais e o buraco fosse curto demais, o carro iria voar por cima, perdendo um pouco de altura na trajetória e o chassi ou os pneus bateriam na borda do buraco na extremidade oposta. Ele capotaria para a frente, mas sem cair no buraco de maneira alguma. Por outro lado, se o Cadillac estivesse indo demasiado devagar e o buraco fosse comprido demais, ele poderia cair no fundo sobre o nariz em vez de sobre as rodas, o que não serviria. Não se pode enterrar um Cadillac com os últimos 60 centímetros da mala e do para-choque traseiro emergindo do chão, da mesma maneira que não se pode enterrar um homem com as pernas espetadas para fora.

— Então, a que velocidade estará indo seu veículo de reconhecimento?

Calculei rapidamente. Na rodovia desimpedida, o motorista de Dolan mantinha o carro entre 95 e 105. Provavelmente, ele estaria indo um pouco mais devagar do que isso no trecho onde eu planejava fazer minha tentativa. Eu poderia retirar as placas de desvio, mas não poderia ocultar as máquinas de estrada nem apagar os indícios de obras.

— A cerca de 20 *rulls* — falei.

Ele riu.

— Tradução, por favor.

— Digamos 80 quilômetros por hora.

— Arrá. — Começou imediatamente a trabalhar com sua régua de cálculo enquanto eu fiquei sentado ao seu lado, com os olhos brilhando e sorridente, pensando naquela frase maravilhosa: *arco de descida*.

Ergueu os olhos quase imediatamente.

— Sabe — falou —, talvez você pudesse cogitar mudar as dimensões do veículo, meu amigo.

— Ah! Por que diz isso?

— Cinco por 2,60 metros é um bocado grande para um veículo de reconhecimento. — Deu uma gargalhada. — Mais parece o tamanho de um Lincoln Mark IV.

Também soltei uma gargalhada. Gargalhamos juntos.

Depois de ver as mulheres entrando na casa com os lençóis e as toalhas, voei de volta para Las Vegas.

Abri a porta da minha casa, fui até a sala de visitas e peguei o telefone. Minha mão estava tremendo um pouco. Durante nove anos, tinha esperado e observado como uma aranha no teto ou um camundongo atrás do rodapé. Jamais tinha tentado dar a Dolan a mais leve pista de que o marido de Elizabeth ainda estava interessado nele. O olhar inteiramente vago que me dirigira naquele dia em que passei por seu Cadillac avariado no caminho de volta para Vegas, mesmo que me tivesse feito ficar furioso na ocasião, era minha merecida recompensa.

Agora, porém, ia ter que correr um risco. Tinha que corrê-lo porque não podia estar em dois lugares ao mesmo tempo e era imperativo que soubesse *se* Dolan estava vindo e *quando* eu deveria fazer o desvio desaparecer temporariamente.

No avião, voltando para casa, tinha arquitetado um plano. Achava que ia funcionar. Iria *fazê-lo* funcionar.

Liguei para o auxílio à lista de Los Angeles e pedi o número do Serviço de Limpeza do Big Joe. Consegui o número e disquei para lá.

— Aqui é Bill, do Bufê do Rennie — falei. — Temos uma festa no sábado à noite em Aster Drive nº 1.121, em Hollywood Hills. Queria saber se uma das suas garotas podia ver se a poncheira grande do senhor Dolan está no armário por cima do fogão. Você podia verificar isso pra mim?

Pediram-me que esperasse na linha. Fiquei esperando, de alguma maneira, embora a cada interminável segundo aumentasse minha certeza de que ele tinha desconfiado de alguma coisa e estava ligando para a companhia telefônica numa linha enquanto eu esperava na outra.

Por fim, muito, *muito* depois, ele voltou à linha. Parecia perturbado, mas isso era bom. Era exatamente como queria que ele parecesse.

— *Sábado* à noite?

— É, é isso mesmo. Mas eu não tenho uma poncheira do tamanho que eles vão querer, a menos que vá buscar do outro lado da cidade, e minha impressão é que ele já tem uma. Só queria ter certeza.

— Olha, cara, minha agenda diz que o senhor Dolan não deve chegar antes das 15h de *domingo*. Terei prazer em mandar uma das minhas garotas conferir sua poncheira, mas primeiro quero esclarecer esse negócio. O senhor Dolan não é um homem com quem se faça uma cagada, se você me desculpa o termo...

— Inteiramente de acordo — disse eu.

— ...e se ele vai chegar um dia antes, preciso mandar algumas garotas a mais para lá imediatamente.

— Deixe-me dar uma segunda conferida — falei. O livro de textos de leitura que uso para a terceira série, *Caminhos para todos os lados*, estava na mesa ao meu lado. Peguei-o e folheei algumas páginas perto do telefone.

— Oh, diabos — exclamei. — Falha minha. Ele vai receber gente no *domingo* à noite. Mil desculpas. Você vai me dedurar?

— Deixa pra lá. Ouça, fique esperando na linha de novo. Vou chamar uma das garotas e mandar ela conferir no...

— Não precisa, se é *domingo* — falei. — Minha poncheira grande está voltando de uma recepção de casamento em Glendale na manhã de domingo.

— Tá bem. Vá com calma. — Soava tranquilo. Sem desconfianças. A voz de um homem que não ia pensar duas vezes.

Esperava eu.

Desliguei e fiquei sentado sem me mexer, planejando mentalmente com o maior cuidado possível. Para chegar a Los Angeles até as 15h, ele estaria saindo de Vegas por volta das 10h de domingo. E chegaria nas adjacências do desvio entre 11h15 e 11h30, quando, de qualquer modo, o movimento de tráfego seria quase nulo.

Resolvi que era hora de parar de sonhar e começar a agir.

Percorri os anúncios classificados, dei alguns telefonemas e depois saí para ver cinco veículos usados que estavam dentro do meu limite financeiro. Decidi-me por um furgão Ford castigado que tinha saído da linha de montagem no mesmo ano em que Elizabeth tinha sido morta.

Paguei em dinheiro. Fiquei com 257 dólares na minha caderneta de poupança, mas isso não me causava a menor preocupação. No caminho de volta para casa, parei num estabelecimento de aluguel do tamanho de uma loja de departamentos de preços populares e aluguei um compressor de ar portátil, utilizando meu MasterCard por garantia.

No final da tarde de sexta-feira, carreguei o furgão: picaretas, pás, compressor, um carrinho de mão, uma caixa de ferramentas, binóculos e uma britadeira que tomara emprestada do Departamento de Estradas de Rodagem, com um jogo de pontas utilizadas para cortar asfalto. Uma peça grande, quadrada, de lona cor de areia, mais um rolo comprido de lona — esse último tinha sido um projeto especial meu do verão anterior — e 21 ripas de madeira fina, com um metro e meio de comprimento cada uma. Por último, mas não menos importante, um grampeador grande, de uso industrial.

Na orla do deserto, parei num shopping, roubei um par de placas de carro e coloquei-as no meu furgão.

Cento e vinte e dois quilômetros a oeste de Vegas vi a primeira placa laranja: OBRAS À FRENTE • PROSSIGA POR SUA PRÓPRIA CONTA E RISCO. Depois, cerca de um quilômetro e meio além dessa, vi a placa por que estava esperando desde... bem, desde que Elizabeth foi morta, acho eu, embora nem sempre me tivesse dado conta: DESVIO À FRENTE/10 QUILÔMETROS.

O crepúsculo estava se transformando em escuridão quando cheguei e fiz um levantamento da situação. Poderia ter sido melhor se tivesse planejado, mas não muito melhor.

O desvio era uma curva à direita, entre duas elevações. Parecia uma velha estrada ao longo de uma cerca, que o Departamento de Estradas de Rodagem tinha aplainado e alargado para acomodar temporariamente o fluxo mais pesado de veículos. Estava marcado por uma seta pisca-pisca, alimentada por uma bateria que zumbia numa caixa de aço fechada a cadeado.

Logo adiante do desvio, quando a rodovia subia em direção à crista daquela segunda elevação, a pista estava bloqueada por uma fileira dupla de cones de tráfego. Adiante deles (se alguém fosse tão extraordinariamente idiota a ponto de ter, primeiro, deixado de ver a seta pisca-pisca e, segundo, passado por cima dos cones sem se dar conta — e imagino que alguns motoristas seriam idiotas assim), havia uma placa laranja quase do tamanho de um outdoor, em que se lia ESTRADA FECHADA • UTILIZE O DESVIO.

Contudo, a *razão* para o desvio não era visível dali e isso era bom. Não queria que Dolan tivesse a mínima chance de desconfiar de uma armadilha antes de cair nela.

Movendo-me depressa, pois não queria ser visto nessa tarefa, saí do furgão e rapidamente empilhei algumas dúzias de cones de tráfego, criando uma pista larga o bastante para dar passagem ao furgão. Arrastei a placa de ESTRADA FECHADA para a direita, depois corri de volta até o furgão, entrei e dirigi pela passagem.

Agora podia ouvir o barulho de um motor que se aproximava.

Agarrei os cones novamente, recolocando-os o mais depressa que podia. Dois deles escapuliram-me das mãos e rolaram na vala. Corri atrás deles, ofegante. Tropecei numa pedra no escuro, caí esparramado e levantei-me rápido, com poeira na cara e sangue pingando da palma de uma das mãos. O carro estava mais perto agora; logo apareceria por cima da última elevação antes da junção do desvio e no brilho lançado por seus faróis altos o motorista veria um homem de jeans e camiseta tentando recolocar cones de tráfego enquanto seu furgão estava parado, com o motor ligado, onde não devia estar nenhum veículo que não pertencesse ao Departamento de Estradas de Rodagem de Nevada. Coloquei o último cone no lugar e corri de volta para a placa. Puxei com força demais. Ela balançou e quase caiu no chão.

Quando as luzes do carro que se aproximava começaram a clarear na elevação a leste, de repente me convenci de que era a polícia estadual de Nevada.

A placa estava de volta onde tinha estado, ou pelo menos estava bem perto. Disparei até o furgão, entrei e dirigi para além da elevação seguinte. Logo que passei pela crista, vi os faróis se espalharem por cima da elevação atrás de mim.

Será que ele me viu, com minhas próprias luzes apagadas?

Achava que não.

Recostei-me no banco, os olhos fechados, esperando que meu coração se acalmasse. Por fim ele se acalmou, enquanto o som do carro pulando e sacolejando, avançando pelo desvio, ia sumindo.

Aqui estava eu, seguro por trás do desvio.

Era hora de começar a trabalhar.

Além da elevação, a estrada descia para uma área plana e comprida. A dois terços desse longo trecho reto, a estrada simplesmente deixava de existir e era substituída por pilhas de terra e um trecho largo e comprido de saibro.

Será que eles iriam ver isso e parar? Dar meia-volta? Ou iriam continuar, confiando em que tinha de haver um caminho autorizado, já que não tinham visto nenhuma placa de desvio?

Agora era tarde demais para me preocupar com isso.

Escolhi um ponto a cerca de 20 metros pela parte plana adentro, mas ainda a uns 400 metros antes do lugar onde a estrada sumia. Encostei do lado da estrada, fui até a traseira do furgão e abri as portas de trás. Puxei para fora duas pranchas e tirei o equipamento. Depois descansei e ergui os olhos para as estrelas frias do deserto.

— Aqui vamos nós, Elizabeth — sussurrei para elas.

Tive a sensação de uma mão fria acariciando minha nuca.

O compressor fez uma barulheira e a britadeira era ainda pior, mas não tinha jeito. O melhor que podia esperar era que a primeira etapa do trabalho estivesse terminada antes da meia-noite. De qualquer modo, se demorasse muito mais do que isso, ia ter problemas, pois a quantidade de gasolina para o compressor era limitada.

Não importa. Não pense em quem poderia estar escutando e imaginando que idiota estaria usando uma britadeira no meio da noite. Pense em Dolan. Pense no Sedan DeVille cinza.

Pense no arco de descida.

Primeiro marquei as dimensões da cova, usando giz branco, a trena da minha caixa de ferramentas e as cifras que meu amigo matemático tinha calculado. Quando terminei, havia um desenho aproximadamente retangular de quase um metro e meio de largura por 13 metros de comprimento brilhando na escuridão. Na extremidade mais próxima, ele se alargava. Na escuridão, aquele alargamento não parecia tanto com um funil como tinha parecido no papel quadriculado em que meu amigo matemático o tinha esboçado inicialmente. Na escuridão, parecia uma boca aberta no final de uma goela reta e comprida. *Para melhor engoli-lo, minha querida,* pensei, sorrindo no escuro.

Tracei mais vinte linhas transversais no retângulo, fazendo faixas de 60 centímetros de largura. Por último, tracei uma única linha vertical pelo centro, criando um reticulado de 42 quase quadrados, de 60 por 70 centímetros. O 43º segmento era o alargamento em forma de pá na extremidade.

Depois, enrolei as mangas, dei partida no compressor e fui para o primeiro quadrado.

O trabalho andou mais depressa do que tinha o direito de esperar, mas não tão rápido quanto tinha ousado sonhar. Será que isso alguma vez acontece? Teria sido melhor se tivesse podido usar o equipamento pesado, mas isso ia vir depois. A primeira coisa era cortar os quadrados de pavimento. Não tinha terminado quando chegou a meia-noite, nem quando deu três da manhã, quando acabou a gasolina do compressor. Tinha previsto que isso podia acontecer e estava equipado com um sifão para o tanque de gasolina do furgão. Cheguei a desatarraxar a tampa do tanque, mas, quando senti o cheiro da gasolina, simplesmente atarraxei a tampa de volta e me deitei na parte traseira do furgão.

Não mais, não nessa noite. Não podia. Apesar das luvas de trabalho que tinha usado, minhas mãos estavam cobertas de bolhas grandes, muitas das quais agora estavam estourando. Meu corpo todo parecia vibrar da batida repetida e esgotante da britadeira e meus braços pareciam um diapasão enlouquecido. Minha cabeça doía. Meus dentes doíam. Minhas costas me atormentavam, minha espinha parecia que estava cheia de vidro moído.

Tinha cortado 28 quadrados.

Vinte e oito.

Faltavam catorze.

E isso era só o começo.

Nunca, pensei. *É impossível. Não pode ser feito.*

Aquela mão fria novamente.

Pode, meu querido. Pode sim.

Agora o tinir nos meus ouvidos estava diminuindo um pouco. De quando em quando, podia ouvir um motor que se aproximava... e depois ia diminuindo até se tornar um zumbido à direita, quando dobrava no desvio e começava a ir pelo arco que o Departamento de Estradas de Rodagem tinha criado para contornar as obras.

Amanhã é sábado... perdão, hoje. *Hoje* é sábado. Dolan está vindo no domingo. Não dá tempo.

Dá sim, meu querido.

A explosão a fez em pedaços.

Minha querida tinha sido feita em pedaços por ter contado à polícia a verdade sobre o que viu, por se recusar a se deixar intimidar, por ser corajosa, e Dolan ainda estava andando no seu Cadillac e bebendo seu uísque de vinte anos enquanto o seu Rolex brilhava no pulso.

Vou tentar, pensei, e então caí num sono sem sonhos, que era como a morte.

Acordei com o sol, já quente, às 8h, brilhando no meu rosto. Sentei-me e gritei, minhas mãos latejantes voando para minhas costas, na altura dos rins. Trabalhar? Cortar outros 14 pedaços de asfalto? Não conseguia nem *andar*.

Mas conseguia andar. E andei.

Movendo-me como um homem muito velho indo para o seu jogo de damas, arrastei-me até o porta-luvas e abri-o. Tinha posto ali uma cartela de aspirinas para o caso de uma ressaca como essa.

Eu tinha achado que estava em forma? Tinha *mesmo*?

Ora! Isso era muito engraçado, não era?

Tomei quatro comprimidos de aspirina com água, esperei 15 minutos para que se dissolvessem no meu estômago e depois devorei um café da manhã de frutas secas e de biscoitos Pop-Tarts frios.

Olhei para onde o compressor e a britadeira estavam. A pele amarela do compressor já parecia fervilhar no sol da manhã. Indo na direção dele, de cada lado da minha incisão, havia bem cortados quadrados de asfalto.

Não tinha vontade de ir até lá e pegar aquela britadeira. Pensei em Harvey Blocker dizendo:

Você nunca *vai ser forte, meu chapa. Algumas pessoas e plantas vingam no sol. Algumas murcham e morrem... Por que você está jogando essa merda em cima de você mesmo?*

— Ela estava despedaçada — falei num tom lamuriento. — Eu a amava e ela estava despedaçada.

Como incentivo, nunca iria substituir "Pra frente, gente!" ou "Manda brasa, pessoal!", mas serviu para que me pusesse em movimento. Aspirei gasolina do tanque do furgão, engasgando com o gosto e o fedor, segurando meu café da manhã só com grande força de vontade. Imaginei por um instante o que faria se a turma de construção tivesse esvaziado o diesel de suas máquinas antes de ir para casa no fim de semana longo, e rapidamente tirei o pensamento da cabeça. Não fazia sentido preocupar-me com coisas sobre as quais não tinha controle. Sentia-me cada vez mais como um homem que saltou da barriga de um B-52 com um guarda-chuva na mão em vez de um paraquedas nas costas.

Carreguei a lata de gasolina até o compressor e despejei-a no tanque. Tive que usar minha mão esquerda para dobrar os dedos da direita em volta da alça do cordel de partida do compressor. Quando puxei, outras bolhas arrebentaram e, quando o compressor pegou, vi pus grosso pingando do meu punho.

Não vou conseguir nunca.

Por favor, querido.

Andei até a britadeira e recomecei.

A primeira hora foi a pior e depois a repetitiva batida da britadeira combinada com a aspirina pareceu fazer tudo ficar dormente: minhas costas, minhas mãos, minha cabeça. Terminei de cortar o último bloco de asfalto por volta das 11h. Estava na hora de me lembrar do que Tinker me disse sobre como dar partida em máquinas rodoviárias fazendo uma ligação direta.

Aos trancos e barrancos, voltei até o furgão e fui nele uns dois quilômetros pela estrada até onde estavam sendo feitas as obras. Vi quase imediatamente minha máquina: uma carregadora de caçamba Case-Jordan, com uma garra móvel na parte de trás. Uma máquina que valia 135 mil dólares. Tinha dirigido um Caterpillar para Blocker, mas essa deveria ser mais ou menos a mesma coisa.

Assim esperava.

Subi na cabine e olhei para o diagrama impresso na cabeça da alavanca de mudança. Parecia quase igual ao que havia no meu Cat. Ensaiei as marchas uma ou duas vezes. No princípio, encontrei alguma resistência, porque um pouco de areia tinha entrado na caixa de mudança: o sujeito que dirigia essa gracinha não tinha abaixado seus protetores de areia e seu capataz não tinha conferido. Blocker teria conferido. E multado o motorista em cinco pratas, com ou sem fim de semana longo.

Os olhos dele. Os olhos dele, metade de admiração e metade de desprezo. O que pensaria de uma tarefa como essa?

Não importa. Essa não era a hora de estar pensando em Harvey Blocker. Era a hora de pensar em Elizabeth. E em Dolan.

Havia um pedaço de saco no chão metálico da cabine. Levantei-o, procurando a chave. É claro que não havia nenhuma chave ali.

A voz de Tink na minha cabeça:

Porra, um garoto conseguiria ligar uma belezinha dessas com uma ligação direta, bicho da goiaba. Não tem mistério. Pelo menos os carros têm uma tranca de ignição, isto é, os novos certamente terão. Olhe aqui. Não, não onde vai a chave, você não tem chave nenhuma, então pra que quer ver onde vai a chave? Olhe embaixo disso aqui. Tá vendo esses fios dependurados?

Olhei agora e vi os fios dependurados, parecendo exatamente como estavam quando Tinker os tinha apontado para mim: vermelho, azul, amarelo e verde. Desencapei uns dois centímetros de cada um e depois peguei um fio de cobre que estava no meu bolso de trás.

OK, bicho da goiaba, preste atenção porque pode ser que depois a gente faça umas perguntas, sacou? Você vai ligar o vermelho no verde. Você não vai se esquecer disso, porque é feito Natal. Isso resolve o caso da sua ignição.

Usei o fio que tinha para segurar juntos os pedaços desencapados dos fios vermelho e verde da ignição da Case-Jordan. O vento do deserto apitava, fino, como o som de alguém soprando por cima do gargalo de uma garrafa de refrigerante. O suor escorria pescoço abaixo pela minha camisa, onde ficava retido e fazia cócegas.

Agora você só tem o azul e o amarelo. Você não vai juntá-los, só vai tocar um no outro e vai tomar cuidado para não tocar nenhuma parte de fio desencapado em você quando fizer isso, salvo se você quiser produzir um pouco de água quente eletrificada nas suas cuecas, meu camaradinha. Os fios azul e amarelo são os que ligam o arranque. Lá vai você. Quando você achar que já passeou bastante, você simplesmente separa os fios vermelho e verde. É como se desligasse a chave que você não tem.

Encostei os fios azul e amarelo um no outro. Uma grande centelha amarela saltou e pulei para trás, batendo com a parte posterior da cabeça numa das hastes de metal no fundo da cabine. Depois, inclinei-me para a frente e encostei-os um no outro novamente. O motor virou, tossiu e a carregadora de caçamba deu um repentino e espasmódico tranco para diante. Fui atirado de encontro ao painel, e o lado esquerdo do meu rosto bateu na barra de direção. Tinha esquecido de pôr o raio da transmissão em ponto morto e como resultado quase perdi um olho. Quase podia ouvir a gargalhada de Tink.

Consertei e depois experimentei os fios de novo. O motor virou e virou. Tossiu uma vez, expelindo para cima um sinal sujo de fumaça marrom, que logo foi levado pelo vento incessante, e então o motor continuou sem pegar. Fiquei tentando me convencer de que a máquina simplesmente estava em mau estado. Afinal, um homem que tinha saído sem abaixar os protetores de areia era capaz de esquecer qualquer coisa. Mas fui ficando cada vez mais certo de que, exatamente como tinha receado, eles tinham esvaziado o diesel.

E então, bem quando estava a ponto de desistir e procurar alguma coisa que pudesse usar para medir o nível do tanque de combustível da carregadora (*para melhor ler as más notícias, minha querida*), o motor começou a funcionar com um guincho.

Soltei os fios — o pedaço desencapado no fio azul estava fumegante — e empurrei o acelerador. Quando estava funcionando normalmente, engatei uma primeira, dei meia-volta e fui na direção do longo retângulo marrom cortado certinho na pista que levava para oeste.

O resto do dia foi um inferno longo e luminoso de motor rugindo e sol flamejante. O tratorista da Case-Jordan tinha esquecido de armar seus protetores de areia, mas tinha se lembrado de levar seu guarda-sol. Bem, os antigos deuses às vezes dão risadas, acho eu. Não há nenhuma razão para isso. Eles apenas riem. E acho que os antigos deuses têm um senso de humor esquisito.

Já se tinham passado quase duas horas antes que tivesse colocado todos os pedaços de asfalto na vala, porque jamais conseguira um bom grau de controle das garras. E, com a peça em forma de pá na ponta, tinha que cortar os pedaços em dois e depois arrastar com as mãos cada pedaço até o fundo da vala. Receei que usando as garras pudesse parti-los.

Quando todas as peças de asfalto estavam na vala, levei a carregadora de caçamba de volta para o estacionamento das máquinas rodoviárias. Meu combustível estava ficando baixo e estava na hora de usar o sifão. Parei junto do furgão, peguei a mangueira... e me vi olhando fixo, hipnotizado, para a grande lata de água. Naquele momento, joguei o sifão para o lado e engatinhei pela parte traseira do furgão. Derramei água sobre meu rosto, pescoço e peito e gritei de prazer. Sabia que se bebesse iria vomitar, mas precisava beber. Assim fiz e vomitei, sem me levantar, mas apenas virando a cabeça para um lado e depois me esgueirando como um caranguejo o mais longe possível daquela porcariada. Depois dormi de novo e quando acordei já era quase o fim da tarde e em algum lugar um lobo estava uivando para a lua nova surgindo no céu púrpura.

Na luz que se extinguia, o corte que eu havia feito parecia mesmo com uma sepultura, a sepultura de algum ogro mitológico. Golias, talvez.

Nunca, falei para o buraco alongado no asfalto.

Por favor, sussurrou Elizabeth de volta. *Por favor... por mim.*

Tirei mais quatro aspirinas do porta-luvas e as engoli.

— Por você — disse eu.

Estacionei a Case-Jordan com seu tanque de combustível perto do tanque do trator e usei um pé de cabra para forçar a tampa de ambos. Um motorista de trator de uma turma de trabalho do estado poderia não ser punido por se esquecer de baixar os protetores de areia do seu veículo, mas e se esquecesse de trancar a tampa do tanque nos dias atuais, em que o diesel está a 1,05 dólar? Jamais.

Consegui fazer o combustível fluir do trator para minha carregadora e fiquei esperando, tentando não pensar, olhando a lua se erguer cada vez mais alto no céu. Depois de algum tempo, dirigi de volta para o corte no asfalto e comecei a cavar.

Dirigir uma carregadora de caçamba sob o luar era muito mais fácil do que operar uma britadeira sob o sol escaldante do deserto, mas ainda assim era um trabalho lento, porque eu estava decidido a fazer com que o piso de minha escavação tivesse a inclinação exata. Em consequência, frequentemente o conferia com o nível de carpinteiro que tinha trazido comigo. Isso significava parar a carregadora, descer, medir e subir de novo no banco lá em cima. Comumente, isso não seria um problema, mas lá pela meia-noite meu corpo estava ficando enrijecido e cada movimento era um grito de dor em meus ossos e músculos. Minhas costas estavam piores; comecei a recear ter-lhes causado um dano bastante desagradável.

Mas isso, como tudo o mais, era algo com que teria de me preocupar mais tarde.

Se precisasse de um buraco de um metro e meio de profundidade, além de medir um metro e meio de largura por 13 de comprimento, a tarefa *teria* sido de fato impossível, com ou sem carregadora de caçamba. Seria tão fácil quanto planejar despachá-lo para o espaço sideral ou jogar o Taj Mahal em cima dele. O material extraído de tais dimensões dá quase 30 metros cúbicos de terra.

— Você precisa criar uma forma afunilada que sugará seus alienígenas perversos — disse meu amigo matemático. — Depois, você tem que criar um plano inclinado que imite muito bem o arco de descida.

Ele tinha feito o desenho numa outra folha de papel quadriculado.

— Isso quer dizer que seus rebeldes intergalácticos, ou o que quer que eles sejam, só precisam remover *metade* da quantidade de terra que os cálculos inicialmente tinham indicado. Nesse caso — rabiscou numa folha de rascunho e abriu um sorriso —, menos de 15 metros cúbicos. Brincadeira de criança. Um homem sozinho poderia fazê-lo.

Eu também tinha pensado assim, em outros tempos, mas não tinha levado em conta o calor... as bolhas... a exaustão... a dor constante nas minhas costas.

Pare por um momento, mas não muito longo. Meça a inclinação da trincheira.

Não é tão ruim quanto você pensava, não é, querido? Pelo menos é leito de estrada e não solo endurecido do deserto...

Movi-me mais devagar ao longo do comprimento da cova à medida que o buraco ficava mais fundo. Minhas mãos agora estavam sangrando quando eu mexia nos controles. Empurre a alavanca de soltar para a frente até o fim, até que a caçamba esteja no chão. Puxe para trás essa alavanca e empurre a que estende a armação, com um guincho hidráulico agudo. Observe enquanto o metal oleado e brilhante desliza de dentro da bainha laranja suja, enfiando a caçamba na terra. De quando em quando cintilava uma faísca, quando a caçamba roçava sobre um pedaço de rocha. Agora erga a caçamba... gire-a, uma forma escura quadrangular contra as estrelas ao fundo (e tente ignorar a dor latejante e constante no pescoço do jeito que você está tentando ignorar o latejar ainda mais intenso da dor nas costas)... e despeje na vala, cobrindo os pedaços de asfalto que já estão lá.

Não tem importância, querido. Você pode pôr umas ataduras nas mãos quando tiver terminado. Quando ele *estiver terminado.*

— Ela estava despedaçada — choraminguei e guiei a caçamba de volta para o lugar a fim de tirar mais 100 quilos de terra e cascalho da cova de Dolan.

Como o tempo voa quando você está se divertindo.

Momentos depois de ter notado os primeiros leves raios de luz no leste, desci para medir de novo a inclinação do fundo com o nível de carpinteiro. Na verdade, estava chegando ao fim e pensei que poderia conseguir. Ajoelhei-me e, ao fazê-lo, senti alguma coisa se desprender nas costas. Foi uma ruptura pequena e seca.

Soltei um grito gutural e caí de lado no chão estreito e inclinado da escavação, os lábios distendidos sobre os dentes, as mãos comprimindo a parte inferior das costas.

Pouco a pouco a pior parte da dor passou e consegui pôr-me de pé.

Está certo, pensei. *É o fim. Acabou-se. Foi uma bela tentativa, mas acabou-se.*

Por favor, querido, sussurrou Elizabeth de volta. Por mais impossível que fosse acreditar nisso numa determinada época, essa voz sussurrante havia assumido tons desagradáveis na minha mente. Ela possuía um sentido de monstruosa implacabilidade. *Por favor, não desista. Por favor, continue.*

Continuar a cavar? Não nem sei se consigo caminhar!

Mas falta tão pouco!, gemeu a voz. Não era mais a voz que *falava* por Elizabeth, se é que alguma vez foi: *era* Elizabeth. *Falta tão pouco, querido!*

Olhei para minha escavação na luz que ia aumentando e assenti lentamente com a cabeça. Ela tinha razão. A carregadora de caçamba estava a apenas um metro e meio do fim, 2 metros no máximo. Mas, é claro, eram o metro e meio ou os 2 metros *mais fundos*, o metro e meio ou os 2 metros que continham a maior quantidade de terra.

Você pode fazê-lo, querido. Eu sei que pode. Persuadindo suavemente.

Mas, na verdade, não foi sua voz que me convenceu a continuar. O que realmente resolveu a parada foi uma imagem de Dolan deitado, dormindo, na sua cobertura, enquanto eu estava de pé naquele buraco, ao lado de uma carregadora de caçamba fedorenta, barulhenta, coberta de terra, com as mãos em frangalhos. Dolan dormindo com umas calças de pijama de seda, com uma das suas louras ao lado, usando só a parte de cima do pijama.

Lá embaixo, na seção envidraçada da garagem de estacionamento, o Cadillac, já carregado com a bagagem, estaria abastecido e pronto para partir.

— Está bem, então — disse eu. Subi devagar de volta para o banco da carregadora de caçamba e acelerei o motor.

Prossegui até as 9h e então parei. Havia outras coisas a fazer e estava ficando sem tempo. Meu buraco inclinado tinha 12 metros de comprimento. Teria que ser suficiente.

Fui com a carregadora de caçamba de volta para seu lugar original e a estacionei. Precisaria dela mais uma vez e isso significava aspirar mais gasolina, mas agora não tinha tempo para isso. Queria mais aspirina, porém havia poucas pílulas na cartela e precisaria de todas elas mais tarde nesse dia... e no dia seguinte. Ah, sim, o dia seguinte: segunda-feira, o glorioso 4 de julho.

Em vez de aspirina, tirei 15 minutos de descanso. Esse tempo me faria falta, mas me forcei a tomá-lo mesmo assim. Fiquei deitado de costas no furgão, com os músculos saltando e se contorcendo, pensando em Dolan.

Ele estaria colocando umas coisas de última hora na maleta de viagem: alguns documentos para examinar, um jogo de toalete, talvez um livro ou um baralho.

E se ele pegar o avião dessa vez?, sussurrou uma voz maliciosa bem dentro de mim e não pude me conter: deixei escapar um gemido. Ele nunca tinha voado para Los Angeles antes; tinha ido sempre no Cadillac. Desconfiava que ele *não gostava* de voar. Contudo, ele tinha voado algumas vezes, tinha voado até Londres uma vez. E o pensamento persistiu, latejando e coçando como um pedaço de pele descascada.

Eram 9h30 quando retirei o rolo de lona, o grampeador grande de uso industrial e as ripas de madeira. O dia estava nublado e mais fresco: às vezes, Deus concede um favor. Até então, eu tinha me esquecido da minha careca devido a agonias maiores, mas agora, quando a tocava com os dedos, retirava-os com um pequeno silvo de dor. Olhei-a no espelho externo do lado do passageiro e vi que ela estava com uma cor vermelho-escura, quase como casca de ameixa.

Lá em Vegas, Dolan devia estar dando seus telefonemas de última hora. Seu motorista estaria trazendo o Cadillac para a frente da casa. Havia apenas cerca de 120 quilômetros entre mim e ele e, em breve, o Cadillac iria começar a encurtar essa distância a 95 quilômetros por hora. Não tinha tempo para ficar parado, lamentando minha careca queimada de sol.

Adoro sua careca queimada de sol, querido, falou Elizabeth ao meu lado.

— Obrigado, Beth — disse, e comecei a levar as ripas para o buraco.

O trabalho agora era leve, comparado com a escavação que tinha feito antes, e a agonia quase insuportável nas costas tinha se reduzido a um latejar constante e cansativo.

Mas, e mais tarde?, perguntou aquela voz insinuante. *E então, hein?*

O que viesse mais tarde tinha de se resolver por conta própria, era só isso. Começava a parecer que a armadilha ia estar pronta e isso era o importante.

As ripas cobriam o buraco com comprimento extra apenas suficiente para me permitir apoiá-las firmemente nos lados de asfalto que formavam a camada superior da minha escavação. Esse trabalho teria sido mais difícil de noite, quando o asfalto estava duro, mas agora, no meio da manhã, a substância estava flexivelmente pastosa e era como enfiar lápis em placas de bala puxa-puxa esfriando.

Depois que coloquei todas as ripas no lugar, o buraco ficou com a aparência do meu diagrama inicial de giz, exceto pela linha do meio. Dispus o pesado rolo de lona perto do lado raso do buraco e retirei as laçadas de corda que o mantinham enrolado.

Então desenrolei 13 metros da rodovia 71.

De perto, a ilusão não era perfeita, do mesmo modo que maquiagem e cenários de teatro nunca são perfeitos vistos das três primeiras filas. Porém, mesmo de alguns metros de distância, era praticamente imperceptível. Era uma faixa cinza-escura que casava perfeitamente com a verdadeira superfície da rodovia 71. Na extremidade oposta da faixa de lona (olhando para oeste), estava pintada uma linha amarela intermitente, permitindo a ultrapassagem.

Ajeitei a longa faixa de lona sobre a estrutura de madeira, depois fui lentamente, no sentido do comprimento, grampeando a lona nas ripas. Minhas mãos não queriam fazer o trabalho, mas convenci-as a fazê-lo.

Com a lona presa, voltei ao furgão, me meti por trás do volante (sentar-me causou outro espasmo muscular, curto mas agoniante) e fui até o topo da elevação. Fiquei parado ali por um minuto inteiro, olhando para minhas mãos feridas e cheias de bolhas, pousadas no meu colo. Depois saí e olhei de volta para a rodovia 71, quase de maneira casual. Não queria focalizar nada em particular, entende. Queria ter a visão completa — um estado de espírito, se quiser. Queria, tanto quanto possível, ver a cena tal como Dolan e seus homens iriam vê-la quando chegassem ao topo da elevação. Queria ter uma ideia de o quanto ela lhes pareceria normal — ou não.

O que vi parecia melhor do que podia esperar.

As máquinas rodoviárias no extremo oposto do trecho reto justificavam as pilhas de terra produzidas pela escavação. Os pedaços de asfalto estavam quase todos enterrados. Alguns ainda apareciam — o vento estava aumentando e tinha soprado a terra em volta —, mas isso parecia resto de um antigo trabalho de pavimentação. O compressor que tinha trazido na traseira do furgão parecia equipamento do Departamento de Estradas de Rodagem.

E daqui a ilusão da faixa de lona era perfeita: a rodovia 71 parecia estar absolutamente intacta lá embaixo.

O tráfego tinha estado pesado na sexta-feira e razoavelmente pesado no sábado. O ronco dos motores entrando no desvio tinha sido quase constante. Nessa manhã, porém, quase não havia movimento. A maioria das pessoas tinha chegado aonde quer que quisessem passar o 4 de Julho ou estavam tomando a interestadual, 65 quilômetros ao sul, para chegar lá. Para mim, isso era ótimo.

Estacionei o furgão fora do campo de visão passando o topo da elevação e fiquei deitado de barriga para baixo até as 10h45. Então, depois de um grande caminhão de leite entrar se arrastando pelo desvio, dei marcha a ré com o furgão até lá embaixo, abri as portas de trás e joguei todos os cones de tráfego dentro dele.

A seta pisca-pisca era um caso mais complicado. Inicialmente, não conseguia ver como iria desconectá-la da caixa da bateria sem me eletrocutar. Aí vi a tomada. Ela estava quase completamente oculta por uma rodela de borracha dura afixada do lado da caixa do sinal. Imaginei que era uma pequena apólice de seguro contra vândalos e engraçadinhos que poderiam achar que era uma brincadeira divertida puxar a tomada de um sinal de estrada como esse.

Encontrei um martelo e um formão na minha caixa de ferramentas e quatro pancadas foram suficientes para partir a rodela. Arranquei-a com um alicate e soltei o cabo com um puxão. A seta parou de piscar e ficou apagada. Empurrei a caixa de bateria para a vala e enterrei-a. Era esquisito ficar de pé ali e ouvi-la zumbindo lá embaixo na areia. Mas me fez pensar em Dolan e isso me fez rir.

Achei que Dolan não iria zumbir.

Poderia *berrar*, mas não acreditava que fosse zumbir.

Quatro parafusos grandes prendiam a seta numa base baixa de aço. Afrouxei-os o mais depressa que pude, as orelhas em pé para detectar outro motor. Passava um naquela hora, mas sem dúvida não estava ainda na hora de Dolan.

Isso voltou a acionar o pessimista interior.

E se ele for de avião?

Ele não gosta de voar.

E se ele estiver dirigindo, mas indo por outro caminho? Indo pela interestadual, por exemplo? Hoje todo mundo está...

Ele sempre *vai pela 71.*

É, mas e se...

— Cale a boca — falei entre os dentes. — Cale a boca, que diabo, simplesmente *cale a porra dessa boca.*

Calma, querido, calma! Vai dar tudo certo.

Meti a seta na parte de trás do furgão. Bateu de encontro à parede lateral e algumas das lâmpadas se quebraram. Outras mais se quebraram quando joguei a base lá dentro, depois dela.

Com isso feito, dirigi de volta para a elevação, parando no topo para olhar para trás. Tinha retirado a seta e os cones. Tudo que restava agora era a grande placa laranja: ESTRADA FECHADA • UTILIZE O DESVIO.

Estava vindo um carro. Pensei que, se Dolan estivesse vindo mais cedo, tudo teria sido em vão: o bandido que estava guiando simplesmente entraria pelo desvio, me deixando pronto para ficar louco aqui no deserto.

Era um Chevrolet.

Meu coração se acalmou e soltei o ar num sopro longo e estremecido. Mas não havia mais tempo para ficar tendo ataques de nervos.

Dirigi de volta para o lugar onde tinha estacionado para olhar meu trabalho de camuflagem e estacionei lá de novo. Enfiei a mão por baixo do montão de coisas na parte de trás do furgão e tirei o macaco. Ignorando implacavelmente minhas costas urrando de dor, com o macaco levantei a traseira do furgão, soltei os parafusos grandes do pneu traseiro que eles veriam quando (se) viessem e atirei-o na parte de trás do furgão. Mais vidro quebrado e só esperei que o pneu não tivesse sido danificado. Não tinha estepe.

Fui até a parte da frente do furgão, peguei meus velhos binóculos e depois voltei na direção do desvio. Passei por ele e cheguei até o topo da próxima elevação tão depressa quanto pude. Na verdade, tudo que consegui a essa altura foi uma corridinha arrastada.

Uma vez no topo, apontei meus binóculos para o leste.

Tinha um campo de visão de 8 quilômetros e podia ver pedaços da estrada por 3 quilômetros a leste dali. No momento, havia seis veículos a caminho, espaçados como contas ao acaso num cordão comprido. O primeiro era um carro estrangeiro, Datsun ou Subaru achei eu, a menos de um quilômetro e meio de distância. Atrás dele havia uma picape e para além dela o que parecia ser um Mustang. Os outros não passavam de lampejos da luz do deserto sobre cromado e vidro.

Quando o primeiro carro se aproximou — era um Subaru — fiquei de pé e fiz sinal com o polegar. Não esperava que me dessem carona do jeito que eu estava e não me enganei. A mulher com penteado caro que dirigia deu um olhar horrorizado e sua fisionomia se amarrou como um punho fechado. Depois ela sumiu colina abaixo e entrou pelo desvio.

Meio minuto depois o motorista da picape berrou para mim:

— Vá tomar um banho, meu chapa!

O Mustang era, na verdade, um Escort. Veio seguido por um Plymouth, este por um Winnebago que, pelo barulho, parecia estar cheio de crianças no meio de uma briga de travesseiros.

Nem sinal de Dolan.

Olhei para meu relógio. Eram 11h25. Se ele ia aparecer, tinha que ser dentro de muito pouco tempo. Era uma ótima ocasião.

Os ponteiros do meu relógio moveram-se lentamente para 11h40 e ainda não havia sinal dele. Só um Ford modelo antigo e um rabecão preto como uma nuvem de chuva.

Ele não vem. Ele foi pela interestadual. Ou foi de avião.

Não. Ele vem.

Não vem não. Você estava com medo de que ele desconfiasse de novo e ele desconfiou. Foi por isso que contrariou seu hábito.

Um novo brilho de luz sobre cromado surgiu ao longe. Esse era um carro grande. Grande o bastante para ser um Cadillac.

Fiquei deitado de barriga, os cotovelos apoiados no cascalho do acostamento, os binóculos nos olhos. O carro desapareceu atrás de uma elevação... ressurgiu... sumiu numa curva... e depois apareceu de novo.

Era mesmo um Cadillac, mas não era cinza, era verde-escuro como hortelã.

O que se seguiu foram os trinta segundos mais angustiantes da minha vida, trinta segundos que pareceram durar trinta anos. Parte de mim chegou à conclusão, bem ali, de modo absoluto e irrevogável, que Dolan tinha trocado o Cadillac velho por um novo. Evidentemente, ele já tinha feito isso antes e, embora nunca tivesse trocado por um verde, sem dúvida não havia nenhuma lei proibindo isso.

A outra metade argumentava com veemência que havia pilhas de Cadillacs nas rodovias e estradas entre Vegas e Los Angeles, e a probabilidade contra o Cadillac verde ser o de Dolan era de cem para uma.

O suor escorria nos meus olhos, turvando-os, e baixei os binóculos. De qualquer modo, não iam me ajudar a resolver essa. Quando conseguisse ver os passageiros, já seria tarde demais.

Já é quase tarde demais agora! Vá lá embaixo e derrube a placa de desvio! Você vai perdê-lo!

Deixe que lhe diga o que você vai pegar na sua armadilha se esconder aquela placa agora: duas pessoas ricas indo a Los Angeles para ver os filhos e levar os netos à Disneylândia.

Faça isso! É ele! É sua única oportunidade!

É isso mesmo. A única oportunidade. Portanto, não a desperdice pegando as pessoas erradas.

É Dolan!

Não é!

— Parem com isso — gemi, segurando a cabeça. — Parem com isso, parem com isso.

Podia escutar o motor agora.

Dolan.

Os velhos.

A senhora.

O tigre.

Dolan.

Os ve...

— Elizabeth, me ajude! — gemi.

Querido, aquele homem nunca teve um Cadillac verde na vida. Nunca iria ter. É claro que *não é ele.*

A dor na minha cabeça se foi. Consegui ficar de pé e erguer meu polegar.

Não eram os velhos nem era Dolan. Pareciam 12 coristas de Vegas amontoadas com um coroa que usava o maior chapéu de caubói e os óculos mais escuros que jamais tinha visto. Uma das coristas me mostrou a bunda quando o Cadillac verde entrou derrapando de traseira pelo desvio.

Lentamente, sentindo-me exausto, ergui os binóculos novamente.

E vi que ele estava vindo.

Não havia como confundir *aquele* Cadillac quando ele fez a curva no extremo oposto do contínuo campo de visão que tinha da estrada. Era tão cinza quanto o céu lá em cima, mas se destacava com surpreendente nitidez contra o marrom opaco das elevações do terreno a leste.

Era ele: Dolan. Meus longos momentos de dúvida e indecisão pareceram, de repente, tolos e longínquos. Era Dolan e não precisava ver o Cadillac cinza para saber.

Não sabia se ele podia me farejar, mas *eu* podia farejá-*lo*.

Saber que ele estava a caminho tornou mais fácil para mim mover minhas pernas doloridas e correr.

Voltei até a placa grande de DESVIO e empurrei-a na vala, com a face escrita para baixo. Sacudi um pedaço de lona por cima dela, depois com as mãos, joguei areia solta sobre as estacas de suporte. O efeito geral não era tão bom como o pedaço falso de estrada, mas achei que serviria.

Depois corri para a segunda elevação, onde tinha deixado meu furgão, que agora era apenas outra parte do quadro: um veículo temporariamente abandonado pelo dono, que tinha ido a algum lugar para conseguir um pneu novo ou para consertar o velho.

Entrei na cabine e me deitei no banco, com o coração batendo forte.

Mais uma vez, o tempo se esticou. Fiquei lá prestando atenção para escutar o motor e o som não vinha, não vinha, não vinha.

Eles desviaram. Ele percebeu você no último momento apesar de tudo... ou alguma coisa pareceu esquisita, para ele ou para um dos seus homens... e eles desviaram.

Fiquei deitado no banco, as costas latejando em ondas longas e lentas, os olhos apertados com força, como se isso fosse de alguma maneira me ajudar a escutar melhor.

Isso era um motor?

Não, só o vento, que agora soprava tão forte que, de vez em quando, jogava um lençol de areia contra o lado do furgão.

Não está vindo. Desviou ou deu meia-volta.

Apenas o vento.

Desviou ou deu mei...

Não, *não* era apenas o vento. Era um motor, o som estava aumentando e alguns segundos depois um veículo, um único veículo, passou veloz por mim.

Sentei-me e agarrei o volante — precisava agarrar *alguma coisa* — e fiquei olhando fixo pelo para-brisa, os olhos esbugalhados, a língua presa entre os dentes.

O Cadillac cinza flutuou colina abaixo na direção do trecho reto, indo a 80 ou talvez um pouco mais. As luzes do freio nunca se acenderam. Nem mesmo no final. Eles nunca chegaram a ver, nunca tiveram nem mesmo a mais leve ideia.

O que aconteceu foi o seguinte: de repente, parecia que o Cadillac estava indo *por dentro* da estrada em vez de *por cima* dela. Essa ilusão foi tão convincente que senti um momento de vertigem confusa, embora eu mesmo tivesse criado a ilusão. O Cadillac de Dolan estava na rodovia 71 na altura das calotas e depois estava na altura das portas. Tive um pensamento estranho: se a GM fabricasse submarinos de luxo, era assim que eles pareceriam quando estivessem submergindo.

Podia ouvir uns sons agudos à medida que as ripas em que a lona estava apoiada iam se partindo debaixo do carro. Podia ouvir o som da lona se enrolando e se rasgando.

Tudo aconteceu em apenas três segundos, mas são os três segundos dos quais vou me lembrar por toda a minha vida.

Tive uma impressão do Cadillac correndo naquele instante só com o teto e os 5 ou 10 centímetros superiores das janelas de vidro polarizado à vista. Depois houve um baque forte, surdo, e o barulho de vidro se partindo e lataria amassando. Uma grande nuvem de poeira se elevou no ar e o vento a espalhou.

Queria ir até lá embaixo, queria ir lá embaixo imediatamente, mas primeiro precisava recompor o desvio. Não queria que viéssemos a ser interrompidos.

Saí do furgão, fui até a parte de trás e puxei o pneu para fora. Recoloquei-o na roda, apertei os seis parafusos grandes o mais depressa que pude, usando apenas os dedos. Podia fazer um trabalho mais meticuloso depois, nesse meio-tempo só precisava recuar com o furgão até o lugar em que o desvio saía da rodovia 71.

Abaixei o macaco que estava sob o para-choque e corri, mancando, para a cabine do furgão. Parei por um momento, com a cabeça inclinada para o lado, escutando.

Podia ouvir o vento.

E do buraco longo e retangular lá na estrada, o som de alguém berrando... ou talvez uivando.

Sorrindo, entrei no furgão.

Dei marcha a ré pela estrada, o furgão zanzando depressa como se estivesse bêbado. Desci, abri as portas de trás e recoloquei os cones de tráfego. Mantive os ouvidos atentos para detectar qualquer movimento de veículos que estivessem se aproximando, mas o vento tinha ficado forte demais para que esse empenho valesse a pena. Quando escutasse um veículo se aproximando, ele já estaria praticamente em cima de mim.

Comecei a descer pela vala, tropecei, caí de bunda e deslizei até o fundo. Empurrei o pedaço de lona cor de areia para o lado e arrastei a grande placa de desvio para o topo. Coloquei-a novamente de pé, depois voltei para o furgão e fechei as portas de trás com força. Não tinha nenhuma intenção de recolocar o sinal com a seta.

Dirigi por cima da elevação seguinte, parei no antigo ponto logo fora da vista da entrada do desvio, desci e apertei os parafusos da roda de trás do furgão, dessa vez usando a chave de roda. Os berros tinham parado, mas, quanto aos uivos, não havia mais dúvida: estavam muito mais altos.

Demorei-me apertando os parafusos. Não estava preocupado com que eles pudessem sair e me atacar ou fugir pelo deserto, porque eles não podiam sair. A armadilha tinha funcionado com perfeição. O Cadillac estava agora pousado sobre suas rodas, na extremidade oposta da escavação, com menos de 10 centímetros de espaço de cada lado. Os três homens lá dentro só podiam abrir suas portas o suficiente para meter um pé para fora, se tanto. Não podiam abrir as janelas, porque elas eram elétricas e a bateria seria, a essa altura, um esmagado bolo de plástico, metal e ácido em algum ponto do motor destroçado.

O motorista e o homem no lugar do segurança também podiam estar esmagados nas ferragens, mas isso não me preocupava. Sabia que *alguém* ainda estava vivo lá, tanto quanto sabia que Dolan sempre viajava no banco de trás e usava o cinto de segurança como é dever de todos os bons cidadãos.

Tendo apertado os parafusos como queria, dirigi o furgão até a extremidade larga e rasa da armadilha e desci.

A maior parte das ripas tinha desaparecido por completo, mas podia ver as pontas estilhaçadas de algumas, ainda se projetando do asfalto. A "estrada" de lona estava no fundo do corte, amassada, rasgada e retorcida. Parecia uma pele de cobra descartada.

Caminhei até a extremidade mais funda e ali estava o Cadillac de Dolan.

A frente estava completamente destroçada. O capô tinha virado uma sanfona que se elevava, numa forma irregular de leque. O compartimento do motor era um amontoado de metal, borracha e tubos, tudo coberto pela areia e pela terra que tinham desmoronado na sequência do impacto. Havia um som de assobio e podia ouvir fluidos escorrendo e pingando em algum ponto lá embaixo. O perfume frio do álcool anticongelante pairava forte no ar.

Tinha ficado preocupado com o para-brisa. Havia sempre um risco de que ele pudesse se partir para dentro, dando a Dolan espaço suficiente para se esgueirar para fora e para cima. Mas não tinha me preocupado muito. Como lhe disse, os carros de Dolan eram feitos segundo o tipo de especificação exigida por ditadores de meia-tigela e líderes militares despóticos. O vidro não devia se partir e não tinha se partido.

O vidro traseiro do Cadillac era ainda mais resistente, porque a área era menor. Dolan não podia quebrá-lo, sem dúvida não durante o tempo que *eu* ia lhe dar, e não ousaria tentar arrebentá-lo a tiros. Dar um tiro de perto num vidro à prova de balas é uma variante de roleta-russa. A bala deixaria apenas uma ligeira marca esbranquiçada no vidro e ricochetearia para dentro do carro.

Tenho certeza de que ele encontraria uma saída, se dispusesse de liberdade e de tempo suficientes, mas eu estava ali e não iria lhe dar nem um nem outro.

Com um chute, fiz cair uma chuva de terra no teto do Cadillac.

A reação foi imediata.

— Precisamos de ajuda, por favor. Estamos presos aqui dentro.

Era a voz de Dolan. Ele parecia não estar ferido e com uma calma espantosa. Mas detectei o medo por trás disso, mantido rigorosamente sob controle, e naquele instante estive o mais perto que me seria possível de sentir pena dele. Podia imaginá-lo sentado no banco de trás do Cadillac imprensado, um de seus homens ferido e gemendo, provavelmente preso pelo bloco do motor, o outro morto ou desacordado.

Imaginei isso tudo e senti um momento trêmulo, o qual chamaria de claustrofobia empática. Aperte os botões das janelas: nada. Tente as portas, embora você possa ver que elas vão parar com um barulho seco muito antes que você consiga se esgueirar para fora.

Então parei de tentar imaginar, porque foi ele que causou isso para si mesmo, não? Foi. Ele tinha comprado o que merecia, com pagamento integral.

— Quem está aí?

— Eu — respondi —, mas não sou a ajuda que você está procurando, Dolan.

Chutei outro leque de terra e cascalho sobre o teto do Cadillac cinza. O sujeito que gritava começou sua cena de novo quando o segundo punhado de pedrinhas pipocou no teto.

— *Minhas pernas! Jim, minhas pernas!*

A voz de Dolan de repente ficou cautelosa. O homem do lado de fora, lá em cima, sabia seu nome. O que significava que ele estava numa situação extremamente perigosa.

— *Jimmy, estou vendo os ossos das minhas pernas!*

— Cale a boca — disse Dolan com frieza. Era lúgubre ouvir suas vozes subindo dessa maneira. Acho que poderia ter descido sobre a mala do Cadillac e olhado pelo vidro traseiro, mas não poderia enxergar muita coisa, mesmo com o rosto colado nele. O vidro era polarizado, como já devo ter-lhes dito.

De qualquer modo, não queria vê-lo. Sabia como ele era. Para que ia querer vê-lo? Para ver se ele estava usando seu Rolex e seus *jeans* de grife?

— Quem é você, meu chapa? — perguntou.

— Não sou ninguém — falei. — Apenas um zé-ninguém que tinha um bom motivo para pôr você onde você está agora.

E com uma rapidez sinistra, de meter medo, Dolan disse:

— O seu nome é Robinson?

Senti como se alguém me tivesse dado um soco no estômago. Ele tinha feito a ligação com essa rapidez, selecionado dentre todos os nomes e rostos de que tinha uma vaga lembrança e chegado exatamente ao certo. Eu não tinha pensado nele como sendo um animal, com os instintos de um animal? Não sabia da missa nem a metade, e foi melhor que não tivesse sabido, pois do contrário não teria coragem para fazer o que tinha feito.

Falei:

— Meu nome não tem importância. Mas você sabe o que vai acontecer agora, não sabe?

O sujeito que gritava recomeçou, com grandes urros borbulhantes, líquidos:

— *Jimmy, tire-me daqui! Tire-me daqui! Pelo amô dideus! Minhas perna tão quebrada!*

— Cale a boca — disse Dolan. E depois, para mim: — Não posso ouvi-lo, cara, do jeito que ele está gritando.

Agachei-me e inclinei o corpo para a frente.

— Eu disse que você sabe o que vai acon...

De repente vi a imagem do lobo, vestido como a Vovozinha, dizendo a Chapeuzinho Vermelho: — *Para melhor ouvir você, minha querida... chegue um pouco mais perto*. Puxei o corpo para trás e bem na hora. A arma disparou quatro vezes. Os tiros soaram alto onde eu estava, devem ter sido ensurdecedores dentro do carro. Quatro olhos negros se abriram no teto do Cadillac de Dolan e senti alguma coisa cortar o ar a 2 centímetros da minha testa.

— Peguei você, seu veado? — perguntou Dolan.

— Não — respondi.

O sujeito que gritava começou a chorar. Ele estava no banco da frente. Vi suas mãos, pálidas como as de um afogado, batendo sem forças no para-brisa, e o corpo caído ao seu lado. Jimmy tinha que tirá-lo dali, ele estava sangrando, a dor era forte, a dor era *terrível*, a dor estava acima das suas forças, pelo *amô dideus* ele se arrependia, se arrependia de todo coração por seus pecados, mas isso era mais do que...

Houve mais um par de estampidos fortes. O homem no banco da frente parou de gritar. As mãos caíram para longe do para-brisa.

— Pronto — disse Dolan numa voz que era quase de reflexão. — Ele não está mais sofrendo e nós podemos escutar o que dizemos um ao outro.

Não disse nada. Subitamente, senti-me atordoado e sem poder acreditar. Ele tinha acabado de matar um homem. *Matou*-o. Voltou-me a sensação de que o tinha subestimado a despeito de todas as minhas precauções e que tinha sorte de estar vivo.

— Quero lhe fazer uma proposta — disse Dolan.

Continuei em silêncio...

— Meu amigo?

...e em silêncio fiquei por algum tempo mais.

— Ei! Você! — sua voz tremia ligeiramente. — Se você ainda está aí em cima, fale comigo! No que isso pode lhe prejudicar?

— Estou aqui — falei. — Só estava pensando que você disparou seis vezes. Estava pensando que talvez dentro de pouco tempo você vai desejar que tivesse reservado uma para você mesmo. Mas talvez haja oito no pente ou você tenha munição para recarregar.

Foi a vez de ele ficar em silêncio. Então:

— O que você está planejando?

— Acho que você já adivinhou — disse. — Passei as últimas 36 horas cavando a cova mais comprida do mundo e agora vou enterrar você na merda do seu Cadillac.

O medo na voz dele ainda estava sob controle. Queria que esse controle se rompesse.

— Você quer ouvir minha proposta antes?

— Ouvirei. Dentro de alguns segundos. Primeiro preciso pegar uma coisa.

Fui até o furgão e peguei minha pá.

Quando regressei, ele estava dizendo:

— Robinson? Robinson? Robinson? — como um homem falando num telefone que ficou mudo.

— Estou aqui — disse. — Você fala. Eu escuto. E quando você tiver terminado, posso fazer uma contraproposta.

Quando falou, parecia mais animado. Eu tinha mencionado contraproposta, estava falando num trato. E se estava falando num trato, ele já estava a meio caminho de sair dali.

— Ofereço-lhe um milhão de dólares para me tirar daqui. Mas, o que é igualmente importante...

Joguei uma pá de terra com pedrinhas sobre a parte traseira do Cadillac. Pedrinhas saltaram e matraquearam na pequena janela traseira. Um pouco de terra correu para dentro da fenda da tampa da mala.

— O que você está fazendo? — Sua voz estava aguda de susto.

— Mãos desocupadas acabam fazendo bobagem — falei. — Achei melhor manter as minhas ocupadas enquanto ouço.

Meti a pá de novo na terra e joguei mais uma quantidade lá embaixo.

Dolan estava falando mais depressa, sua voz mais intensa:

— Um milhão de dólares e minha garantia pessoal de que ninguém jamais tocará em você... nem eu, nem meus homens, nem os homens de qualquer pessoa.

Minhas mãos não estavam mais doendo. Era incrível. Fui trabalhando com a pá num ritmo regular e em menos de cinco minutos a parte traseira do Cadillac estava mergulhada fundo sob a terra. Colocar a terra para dentro, mesmo com as mãos, era sem dúvida mais fácil do que retirá-la.

Fiz uma pausa, apoiando-me na pá por um momento.

— Continue a falar.

— Olhe, isso é uma maluquice — disse ele, e agora podia ouvir nítidas lascas de pânico na sua voz. — Quero dizer, é simplesmente *uma maluquice.*

— *Nisso* você tem razão — falei e joguei mais terra com a pá.

Ele aguentou mais tempo do que pensei que um homem poderia aguentar, argumentando, tentando me convencer. Contudo, à medida que a areia e a terra iam se amontoando sobre a janela traseira, ia ficando cada vez mais desconexo, se repetindo, indo para trás, começando a gaguejar. Num determinado momento, a porta de trás se abriu até onde podia ir e esbarrou na parede lateral da escavação. Vi uma mão com pelos negros nas falanges e um grande anel de rubi no segundo dedo. Mandei rapidamente quatro cargas de pá de terra solta sobre a abertura. Ele gritou palavrões e bateu a porta de novo.

Ele se descontrolou pouco depois. Acho que foi o ruído da terra caindo que finalmente mexeu com ele. Sem dúvida foi isso. O ruído devia estar muito alto dentro do Cadillac. A terra e as pedras tamborilando no teto e caindo do lado da janela. Ele deve finalmente ter se dado conta de que estava sentado num caixão estofado, de oito cilindros e injeção direta.

— *Tire-me daqui!* — gritou esganiçado. — *Por favor! Não suporto isso! Tire-me daqui!*

— Você está pronto para a contraproposta? — perguntei.

— *Sim! Sim! Meu Deus! Sim! Sim! Sim!*

— Grite. A contraproposta é isso. É isso que eu quero. Grite para mim. Se você gritar suficientemente alto, tiro-o daí.

Ele gritou a plenos pulmões.

— Foi bom! — disse, e falava a verdade. — Mas não chegou nem perto de ser satisfatório.

Comecei de novo com a pá, atirando montes e montes de terra sobre o teto do Cadillac. Torrões de terra se desintegraram, rolaram pelo para-brisa, enchendo a fenda de seus limpadores.

Ele gritou de novo, mais alto ainda, e me perguntei se seria possível que um homem gritasse tão alto a ponto de estourar sua própria laringe.

— Nada mal! — disse, redobrando meus esforços. Apesar das costas latejantes, estava sorrindo. — Você talvez chegue lá, Dolan, talvez chegue mesmo.

— Cinco milhões. — Foi a última coisa coerente que ele falou.

— Acho que não — respondi, apoiando-me na pá e limpando o suor da testa com o dorso da mão suja. Agora a terra cobria o teto do carro quase de um lado ao outro. Parecia uma estrela de muitas pontas... ou uma grande mão marrom segurando o Cadillac de Dolan. — Mas se você conseguir fazer um som sair da sua boca que seja tão alto como, digamos, oito bananas de dinamite presas à ignição de um Chevrolet 1968, então tirarei você daí, pode confiar nisso.

Então ele gritou e eu joguei mais pás de terra sobre o Cadillac. Durante algum tempo, ele realmente gritou muito alto, embora eu achasse que nunca gritou mais alto do que duas bananas de dinamite presas à ignição de um Chevrolet 1968. Três, no máximo. E quando a última parte da carroceria do Cadillac ficou coberta e descansei para olhar o montão de terra no buraco, ele não produzia mais do que uma série de grunhidos roucos e partidos.

Olhei meu relógio. Passava da uma hora. Minhas mãos estavam sangrando novamente e o cabo da pá estava escorregadiço. Uma porção de areia voou no meu rosto, fazendo-me recuar. Um vento forte no deserto produz um som caracteristicamente desagradável — um zumbido constante, longo, que simplesmente não para. Parece a voz de um fantasma idiota.

Debrucei-me sobre o buraco:

— Dolan.

Não houve resposta.

— Grite, Dolan.

A princípio, não houve resposta, depois um série de latidos ásperos.

Satisfatório!

Voltei para o furgão, liguei o motor e percorri dois quilômetros e meio de volta até o trecho das obras na estrada. No trajeto, sintonizei na estação WKXR, de Las Vegas, a única que o rádio do furgão conseguia captar. Barry Manilow me disse que compunha músicas que faziam o mundo inteiro cantar, uma afirmação que recebi com certo ceticismo e depois entrou o boletim meteorológico. A previsão era de ventos fortes, e avisos aos viajantes tinham sido colocados nas principais estradas entre Vegas e o limite estadual com a Califórnia. Havia probabilidade de problemas de visibilidade causados por lençóis de areia, falou o locutor, mas as pessoas deviam mesmo tomar cuidado com as rajadas de vento. Sabia do que ele estava falando, porque podia senti-las chicoteando o furgão.

Ali estava minha carregadora de caçamba Case-Jordan. Já pensava nela como minha. Subi nela, cantarolando a música de Barry Manilow, e encostei os fios azul e amarelo de novo. A carregadora pegou com facilidade. Dessa vez, tinha me lembrado de pôr o câmbio em ponto morto. *Nada mau, garoto branco* — podia ouvir Tink dizendo na minha cabeça. *Tá aprendendo.*

É, estava sim. Aprendendo o tempo todo.

Fiquei sentado, parado, por um momento, olhando as paredes de areia guinchando através do deserto, ouvindo o ronco do motor da carregadora de caçamba e pensando no que Dolan estaria tentando. Essa era, afinal de contas, sua Grande Chance. Tentar partir o vidro traseiro ou engatinhar por cima do assento dianteiro e tentar quebrar o para-brisa. Tinha posto meio metro de areia e terra sobre cada um deles, mas ainda assim era possível. Dependia do grau de loucura em que estivesse agora e isso era algo que eu não tinha como saber, de modo que não valia mesmo a pena pensar nisso. Em outras coisas, sim.

Engatei a marcha da carregadora de caçamba e segui pela rodovia até a trincheira. Quando cheguei lá, dei uma corridinha, ansioso, até a borda e olhei para baixo, quase esperando ver um buraco de toupeira do tamanho de um homem na frente ou atrás do monte do Cadillac mostrando onde Dolan tinha quebrado um dos vidros e se arrastado para fora.

Meu trabalho feito com a pá não tinha sido alterado.

— Dolan — falei, acho que num tom bastante animado.

Não houve resposta.

— Dolan!

Nenhuma resposta.

Ele se matou, pensei, sentindo uma desilusão amarga e nauseante. *Matou-se de alguma maneira ou morreu de pavor.*

— Dolan?

Uma gargalhada elevou-se do monte; uma gargalhada sonora, irreprimível, inteiramente autêntica. Senti uns calombos se formando por baixo da minha pele. Era a gargalhada de um homem que tinha perdido a razão.

Ele dava gargalhadas uma atrás da outra, com sua voz roufenha. Depois, ele gritou, depois tornou a dar gargalhadas. Finalmente, fez as duas coisas ao mesmo tempo.

Durante algum tempo, dei gargalhadas junto com ele, ou gritei, ou o que quer que fosse, e o vento dava gargalhadas e gritava de volta para nós dois.

Depois retornei para a Case-Jordan, baixei a lâmina e comecei a cobri-lo de verdade.

* * *

Em quatro minutos, até a forma do Cadillac tinha sumido. Havia apenas um buraco cheio de terra.

Achei que podia ouvir alguma coisa, mas, com o som do vento e o constante ronco do motor da carregadora, era difícil dizer. Pus-me de joelhos, depois deitei-me por completo, com a cabeça pendurada sobre o que restava do buraco.

Bem lá embaixo, sob toda aquela terra, Dolan ainda estava dando gargalhadas. Eram sons como alguma coisa que se poderia ler numa revista em quadrinhos: — *Hii-hii-hii, aaah-hah-hah-hah.* — Também podia haver algumas palavras. Era difícil dizer. Não obstante, sorri e balancei a cabeça em sinal de aprovação.

— Grite — sussurrei. — Grite se quiser. — Mas aquele som fraco de gargalhada simplesmente continuou, filtrando-se para cima através da terra como um vapor venenoso.

Um súbito terror negro se apossou de mim: Dolan estava atrás de mim! Sim, de alguma maneira Dolan tinha se colocado atrás de mim! E antes que pudesse me virar, ele *me* empurraria dentro do buraco e...

Dei um salto e me voltei, minhas mãos estropiadas fazendo um arremedo de punhos.

A areia impelida pelo vento me golpeou.

Não havia nada mais.

Limpei meu rosto com a faixa suja que tinha usado na cabeça e voltei para a cabine da carregadora de caçamba e retomei o trabalho.

O corte estava cheio de novo muito antes de escurecer. Havia até terra sobrando, a despeito da que o vento tinha espalhado para longe, por causa da área deslocada pelo Cadillac. Foi tudo rápido... tão rápido.

O ritmo de meus pensamentos estava cansado, confuso e meio delirante quando guiei a carregadora de volta pela estrada, passando bem por cima do ponto em que Dolan estava enterrado.

Estacionei-a no lugar original, tirei minha camisa e com ela esfreguei todas as partes metálicas da cabine num esforço para apagar impressões digitais. Até hoje não sei bem por que fiz isso, já que devo tê-las deixado em uma centena de outros lugares em volta da área. Depois, na escuridão cinza e marrom daquele crepúsculo tempestuoso, retornei ao furgão.

Abri uma das portas traseiras, observei Dolan agachado ali dentro e recuei tropeçando, gritando, uma das mãos erguida para proteger meu rosto. Pareceu que meu coração ia explodir dentro do meu peito.

Nada, ninguém saiu do furgão. A porta balançou e bateu com o vento como a última persiana de uma casa mal-assombrada. Por fim, esgueirei-me de volta, o coração disparado, e olhei para dentro. Não havia nada a não ser o montão de coisas que tinha deixado lá: a seta da estrada com as lâmpadas quebradas, o macaco, minha caixa de ferramentas.

— Você precisa se controlar — falei baixinho. — Controle-se.

Esperei que Elizabeth dissesse: — *Você vai ficar bem, querido...* — algo assim... mas só havia o vento.

Entrei de novo no furgão, liguei o motor e dirigi até a metade do caminho na direção da escavação. Era o máximo a que conseguia forçar-me a ir. Embora soubesse que era uma completa tolice, estava cada vez mais convencido de que Dolan estava à espreita dentro do furgão. Meus olhos ficavam indo para o espelho retrovisor, tentando identificar sua sombra no meio das outras.

O vento estava mais forte do que nunca, sacudindo o furgão sobre suas molas. A poeira que ele recebia do deserto e impelia à sua frente parecia fumaça na luz dos faróis.

Por fim, encostei ao lado da estrada, desci e tranquei todas as portas. Sabia que era loucura tentar dormir ao ar livre com esse tempo, mas não podia dormir lá dentro. Simplesmente não podia. Então me arrastei para debaixo do furgão com meu saco de dormir.

Depois de fechar o zíper, adormeci em cinco segundos.

Quando despertei de um pesadelo, do qual só podia me lembrar de umas mãos buscando agarrar minha garganta, descobri que *eu* tinha sido enterrado vivo. Havia areia até o meu nariz, areia nas minhas orelhas, pela minha garganta abaixo, fazendo-me engasgar.

Dei um grito e lutei para erguer-me, convencido de que o saco de dormir que me confinava era terra. Então bati com a cabeça na parte inferior do furgão e vi caírem flocos de ferrugem.

Rolei para sair dali debaixo em direção a um alvorecer da cor de cobre encardido. Meu saco de dormir foi levado pelo vento, como vegetação seca do deserto, no momento em que meu peso foi retirado de cima dele. Dei um berro de surpresa e saí correndo atrás dele por uns 10 metros antes de perceber que isso seria o pior erro do mundo. A visibilidade era de não mais de 20 metros, talvez menos. Em alguns lugares, a estrada tinha desaparecido por completo. Olhei para trás, para o furgão, e ele parecia esmaecido, como se mal estivesse ali, uma fotografia em sépia de uma relíquia de cidade fantasma.

Fui cambaleando de volta para ele, encontrei minhas chaves e entrei. Ainda estava cuspindo areia e com uma tosse seca. Liguei o motor e fui dirigindo devagar pelo mesmo caminho pelo qual tinha vindo. Não era preciso esperar pelo boletim meteorológico, pois o tempo era o único assunto do locutor nessa manhã. A pior tempestade do deserto na história de Nevada. Todas as estradas estavam fechadas. Fique em casa a menos que tenha absoluta necessidade de sair e, se for o caso, fique em casa do mesmo jeito.

O glorioso 4 de Julho.

— *Fique aqui dentro. Você está doido se for lá fora. Você ficará cego pela areia.*

Esse risco eu iria correr. Era uma oportunidade única de cobri-lo para sempre. Nos meus sonhos mais fantásticos, nunca imaginara que pudesse ter tal oportunidade, mas ela estava ali e eu ia aproveitá-la.

Tinha trazido três ou quatro mantas extras. De uma delas rasguei uma faixa larga e comprida e atei-a em volta da cabeça. Parecendo uma espécie de beduíno alucinado, saí do furgão.

Passei a manhã toda carregando pedaços de asfalto da vala para cima e colocando-os de volta na trincheira, tentando ser tão preciso quanto um pedreiro construindo uma parede... ou tapando um nicho com tijolos. Pegar e carregar os blocos de asfalto não foi demasiado difícil, embora tivesse que desencavar a maioria deles como um arqueólogo em busca de artefatos e, a cada vinte minutos mais ou menos, tinha que me recolher ao furgão para sair da areia carregada pelo vento e dar um descanso a meus olhos que ardiam.

Trabalhei devagar na direção oeste, a partir do que tinha sido a extremidade rasa da escavação e lá pelas 12h15 — começara às 6h — tinha chegado aos últimos 5 metros aproximadamente. A essa altura, o vento tinha começado a diminuir e podia enxergar ocasionais pedaços irregulares de azul acima de mim.

Peguei e coloquei, peguei e coloquei. Agora estava em cima do ponto onde calculava que Dolan estivesse. Ele já estaria morto? Quantos centímetros cúbicos de ar um Cadillac podia conter? Em quanto tempo aquele espaço se tornaria incapaz de sustentar a vida humana, presumindo que nenhum dos dois companheiros de Dolan ainda estivesse respirando?

Ajoelhei-me na terra nua. O vento tinha comido as marcas das lagartas da Case-Jordan, mas não as tinha apagado por completo. Em algum lugar por debaixo daqueles leves entalhes estava um homem usando um Rolex.

— Dolan — falei num tom amistoso —, mudei de ideia e resolvi tirá-lo daí.

Nada. Nenhum som de espécie alguma. Dessa vez não havia dúvida de que estava morto.

Voltei e peguei outro quadrado de asfalto. Coloquei-o e, quando começava a me levantar, ouvi uma gargalhada fraca, cacarejada, filtrando-se para cima através da terra.

Deixei-me cair para trás, ficando acocorado, com a cabeça para a frente. Se ainda tivesse cabelos, eles estariam caindo sobre meu rosto. Fiquei nessa posição por algum tempo, escutando enquanto ele dava gargalhadas. O som era fraco e sem timbre.

Quando parou, voltei e peguei outro quadrado de asfalto. Nesse havia um pedaço da linha amarela intermitente. Parecia um hífen. Ajoelhei-me com ele.

— Pelo amor de Deus! — gritou ele. — Pelo amor de Deus, Robinson!

— Certo — disse, sorrindo. — Pelo amor de Deus.

Coloquei o bloco de asfalto justinho ao lado do vizinho e, embora prestasse atenção, não o ouvi mais.

Regressei a minha casa em Vegas naquela noite, às 23h. Dormi durante 16 horas, levantei-me, andei em direção à cozinha para fazer café e então desabei contorcendo-me no chão do corredor quando um espasmo monstruoso me sacudiu. Esfregava a parte inferior das costas com uma das mãos, enquanto mordia a outra para abafar os gritos.

Depois de algum tempo, me arrastei até o banheiro. Tentei ficar de pé uma vez, mas isso provocou outro raio. Usei a pia para me erguer o suficiente para pegar a segunda cartela de aspirinas no armário de remédios.

Engoli três e botei a água para correr na banheira. Fiquei deitado no chão enquanto esperava que ela se enchesse. Então me desvencilhei do pijama e consegui entrar nela. Fiquei lá durante cinco horas, cochilando a maior parte do tempo. Quando saí, podia caminhar.

Um pouco.

Fui a um ortopedista. Ele me disse que estava com hérnia em três discos e tinha sofrido um grave deslocamento da parte inferior da coluna. Queria saber se tinha resolvido substituir algum homem forte do circo.

Disse-lhe que tinha feito isso cavando no jardim.

Ele me disse que eu tinha que ir para a cidade de Kansas.

Fui.

Eles me operaram.

Quando o anestesista colocou a máscara de borracha sobre meu rosto, ouvi Dolan dando gargalhadas dentro da escuridão que assobiava e soube que ia morrer.

A sala de recuperação era de ladrilhos verde-água.

— Estou vivo? — choraminguei.

Um enfermeiro deu uma risada.

— Ah, está sim. — Sua mão tocou minha testa, a testa que ia por cima de minha cabeça toda. — Como você está queimado de sol! Deus meu! Isso doeu ou você ainda está muito dopado?

— Ainda muito dopado — respondi. — Eu falei enquanto estava anestesiado?

— Falou — disse ele.

Fiquei todo gelado. Gelado até os ossos.

— O que que eu falei?

— Você disse: "Está escuro aqui. Tire-me daqui!" — e deu outra risada.

— Oh — disse eu.

* * *

Nunca encontraram Dolan.

Foi a tempestade. Aquela tempestade inesperada. Tenho quase certeza do que aconteceu, embora ache que você entenderá se lhe disser que nunca fui conferir muito de perto.

REPAV — lembra-se disso? Eles estavam repavimentando. A tempestade quase soterrou o trecho da 71 que estava fechada com o desvio. Quando retornaram ao trabalho, não se preocuparam em remover as dunas novas todas de uma vez, mas só à medida que iam avançando. Por que agir de outro modo? Não havia tráfego com que se preocupar. Portanto, eles removiam a areia e levantavam o pavimento velho ao mesmo tempo. E se o operador do trator chegasse a notar que o asfalto coberto de areia num determinado trecho, um trecho de uns 12 metros de comprimento, estava se quebrando na frente de sua lâmina em pedaços precisos, quase geométricos, nunca iria comentar nada. Talvez ele estivesse bêbado. Ou talvez ele estivesse apenas sonhando em sair com sua garota naquela noite.

Depois, vieram os caminhões com suas cargas novas de cascalho, seguidos pelos espalhadores e compactadores. Depois deles, chegariam os grandes caminhões-tanque, os que têm os acessórios largos de pulverização na traseira e cheiro de piche quente, que se parece tanto com couro de sapato se derretendo. E quando o asfalto fresco tivesse secado, viria a máquina de pintar linhas, o operador debaixo de seu grande guarda-sol de lona, olhando toda hora para trás para se certificar de que a linha amarela intermitente estava perfeitamente reta, sem saber que estava passando por cima de um Cadillac cinza-névoa com três pessoas dentro, sem saber que lá embaixo na escuridão havia um anel de rubi e um relógio Rolex de ouro que podia ainda estar marcando as horas.

Era quase certo que um desses veículos pesados faria desabar um Cadillac comum. Haveria um baque, uma depressão e depois um bando de homens cavando para ver o que, ou quem, haviam encontrado. Mas aquele Cadillac de fato *era* mais um tanque do que um carro e a própria precaução de Dolan impedira até hoje que alguém o encontrasse.

É claro que, mais cedo ou mais tarde, o Cadillac irá desabar, provavelmente debaixo do peso de uma jamanta passando por cima e o veículo que passar a seguir verá uma rachadura grande na pista que vai para oeste. O Departamento de Estradas de Rodagem será notificado e haverá outra REPAV. Mas se não houver operários do Departamento de Estradas de Rodagem bem naquele lugar para ver o que aconteceu, para observar que o grande peso de um caminhão que passava fez com que algum objeto oco debaixo da estrada desabasse, acho que irão supor que o "buraco de pântano" (é assim que o chamam) foi causado por uma geada, uma cavidade de sal-gema ou possivelmente um tremor no deserto. Farão os reparos e a vida seguirá normalmente.

Dolan foi dado como desaparecido.

Algumas lágrimas foram derramadas.

Um colunista do *Las Vegas Sun* aventou a hipótese de que ele poderia estar jogando dominó ou sinuca em algum lugar com Jimmy Hoffa.

Talvez isso não esteja muito longe da verdade.

Eu estou muito bem.

Minhas costas estão boas outra vez. Estou sob ordens expressas para não levantar nada que pese mais de 15 quilos sem ajuda, mas este ano tenho um bom grupo de alunos da terceira série e toda a ajuda de que possa necessitar.

Dirigi para cima e para baixo por aquele trecho de estrada várias vezes no meu novo carro Acura. Uma vez até parei, desci e (depois de conferir que a estrada estava deserta em ambas as direções) dei uma mijada onde eu tinha bastante certeza de ser o lugar. Mas não consegui produzir muito líquido, embora minha bexiga estivesse cheia, e quando continuei fiquei conferindo pelo espelho retrovisor. Sabe, eu estava com essa ideia engraçada de que ele ia se levantar do banco de trás, a pele queimada numa cor de canela e esticada por cima de sua caveira como a pele de uma múmia, o cabelo cheio de areia, os olhos e o Rolex de ouro brilhando.

Na realidade, essa foi a *última* vez em que estive na 71. Agora, quando preciso ir para oeste, tomo a interestadual.

E Elizabeth? Tal como Dolan, ela caiu em silêncio. Para mim, isso foi um alívio.

O fim da confusão toda

Quero lhe falar do fim da guerra, da degeneração da humanidade e da morte do Messias. Uma história épica, que mereceria milhares de páginas e uma prateleira inteira de volumes, mas você (se é que haverá algum "você" mais tarde para ler isto) terá que se contentar com a versão condensada. A injeção na veia faz efeito muito rápido. Calculo que tenho algo entre 45 minutos e duas horas, dependendo do meu tipo sanguíneo. Acho que é A, o que deveria me dar um pouco mais de tempo, mas que o diabo me carregue se consigo me lembrar com certeza. Se acabar sendo O, você poderá estar diante de uma porção de páginas em branco, meu amigo hipotético.

De qualquer modo, acho que é preferível pressupor o pior e ir o mais rápido possível.

Estou usando a máquina de escrever elétrica. O processador de textos de Bobby é mais rápido, mas o ciclo do gerador é irregular demais para se confiar, mesmo com o estabilizador de voltagem. Só tenho uma chance para isso. Não posso correr o risco de percorrer a maior parte do caminho e então ver a coisa toda ir parar no paraíso dos dados por causa de uma queda na amperagem ou um pico forte demais para ser contido pelo estabilizador.

Meu nome é Howard Fornoy. Era escritor freelancer. Meu irmão, Robert Fornoy, era o Messias. Matei-o quatro horas atrás, atirando nele e na sua descoberta, que ele chamava de O Calmamoto. Um nome melhor poderia ter sido Um Erro Muito Grave, mas o que está feito está feito e não pode ser desfeito, como os irlandeses vêm dizendo há séculos... o que *prova* quão imbecis eles são.

Merda, não posso me dar ao luxo dessas divagações.

Depois que Bobby morreu, cobri-o com um edredom e fiquei sentado durante umas três horas à única janela da sala de estar da casa de campo, olhando para a floresta. Antigamente se podia ver o brilho alaranjado das luzes de gás de sódio de alta intensidade de North Conway, mas isso acabou. Agora só há as Montanhas Brancas, que parecem triângulos escuros de papel crepom recortados por uma criança, e as estrelas sem razão de ser.

Liguei o rádio, passei por quatro faixas, encontrei um sujeito maluco e desliguei. Fiquei sentado lá pensando nas maneiras de contar esta história. Minha mente continuava a deslizar em direção a todos aqueles quilômetros de escuras florestas de pinheiros, todo aquele nada. Por fim me dei conta de que precisava tirar o rabo da cadeira e mandar brasa. Merda. Nunca *consegui* trabalhar sem um prazo-limite.

E Deus bem sabe que agora tenho um prazo-limite.

Nossos pais não tinham razão alguma para esperar algo diferente do que tiveram: filhos inteligentes. Papai era formado em história e se tornou professor titular em Hofstra aos 30 anos de idade. Dez anos depois, era um dos seis vice-administradores dos Arquivos Nacionais em Washington, D.C., na fila para chegar ao posto principal. Ele era também um sujeito formidável: tinha todos os discos de Chuck Berry e tocava blues bastante bem no seu próprio violão. Meu pai arquivava durante o dia e tocava rock à noite.

Mamãe se formou com as mais altas notas em Drew. Recebeu uma chave da Phi Beta Kappa* que às vezes usava presa num horrível chapéu de feltro. Ela se tornou uma contadora pública bem-sucedida na capital federal, conheceu meu pai, casou-se com ele e retirou-se da atividade profissional quando ficou grávida de quem vos fala. Entrei em cena em 1980. Por volta de 1984, ela estava trabalhando em impostos para al-

* Sociedade de âmbito nacional nos Estados Unidos, fundada em 1776, para honrar pessoas que tenham se destacado em seus cursos universitários. (N. do T.)

guns dos sócios de meu pai, no que ela chamava de seu "pequeno *hobby*". Quando Bobby nasceu, em 1987, ela estava cuidando de impostos, carteiras de investimentos e planejamento de bens para uma dúzia de homens poderosos. Poderia revelar os seus nomes, mas quem se importa com isso? A esta altura, eles estão mortos ou se tornaram uns idiotas completos.

Acho que ela provavelmente ganhou mais com "seu pequeno *hobby*" a cada ano do que meu pai no emprego dele, mas isso nunca teve importância, pois eles eram felizes com o que significavam para si próprios e um para o outro. Eu os vi discutirem uma porção de vezes, mas nunca os vi brigarem. Quando estava crescendo, a única diferença que via entre minha mãe e as mães dos meus colegas era que as deles costumavam ler, passar roupa, costurar ou falar ao telefone, enquanto as novelas iam passando na TV, e minha mãe costumava usar uma calculadora de bolso e anotar números em grandes folhas de papel verde enquanto as novelas iam passando na TV.

Eu não desapontaria um casal com Cartões Platinum em suas carteiras. Mantive as notas entre 8 e 10 durante toda minha passagem pela escola pública (até onde sei, a ideia de que eu ou meu irmão fôssemos para uma escola particular nunca chegou sequer a ser considerada). Também escrevia bem desde jovem, sem qualquer esforço. Vendi meu primeiro texto para revista quando tinha 20 anos: era a respeito de como o Exército Continental tinha passado o inverno em Valley Forge.* Vendi-o para a revista de uma empresa aérea por 450 dólares. Meu pai, a quem amava profundamente, perguntou-me se podia comprar aquele cheque de mim. Deu-me um cheque seu e mandou emoldurar o cheque da revista da empresa aérea, pendurando-o sobre sua escrivaninha. Um gênio romântico, se você quiser. Um gênio romântico *que tocava blues*, se você preferir. Acredite no que lhe estou dizendo, um garoto podia ter muito menos sorte. É claro que ele e minha mãe morreram no final do ano passado, loucos e mijando nas calças, como quase todos nesse nosso grande mundo redondo, mas nunca parei de amar qualquer dos dois.

Eu era o tipo de criança que eles tinham todos os motivos para esperar: um menino bom com uma mente inteligente, um menino ta-

---

* Episódio da Guerra de Independência dos Estados Unidos. (N. do T.)

lentoso cujo talento evoluiu para uma maturidade precoce numa atmosfera de amor e confiança, um menino fiel que amava e respeitava seu pai e sua mãe.

Bobby era diferente. *Ninguém*, nem mesmo pessoas Platinum como nossos pais, *jamais* esperam ter um filho como Bobby. *Jamais* mesmo.

Larguei as fraldas dois anos antes de Bobby e essa foi a única coisa na vida em que ganhei dele. Mas nunca senti inveja, pois seria como um lançador razoavelmente bom da American Legion League sentir inveja de Nolan Ryan ou Roger Clemens. A partir de um certo ponto, as comparações que causam sentimentos de inveja simplesmente deixam de existir. Passei por isso e posso lhe dizer: depois de um certo ponto, você apenas fica para trás e protege os olhos dos clarões do *flash*.

Bobby lia aos 2 anos e começou a escrever pequenos ensaios ("Nosso cachorro", "Uma viagem a Boston com minha mãe") aos 3 anos. Sua escrita consistia nas encantadoras construções esforçadas e irregulares de um menino de 6 anos, o que por si só já era surpreendente, mas havia mais. Uma vez transcrita, de modo que sua coordenação motora, que ainda estava se desenvolvendo, não fosse mais um fator de avaliação, você iria pensar que estava lendo o trabalho de um aluno da quinta série, inteligente, embora ingênuo. Ele progrediu de períodos simples para períodos compostos e destes para períodos complexos com uma rapidez estonteante, dominando frases e orações e modificando-as com um grau de intuição assustador. Às vezes, sua sintaxe era confusa e seus adjetivos e advérbios mal colocados, mas essas falhas, que atormentam a maioria dos escritores por toda a vida, já estavam bem dominadas quando chegou aos 5 anos de idade.

Ele começou a ter dores de cabeça. Meus pais ficaram com medo de que tivesse algum tipo de problema físico, talvez um tumor cerebral, e levaram-no a um médico. Ele o examinou cuidadosamente, ouviu-o com cuidado ainda maior e depois disse a meus pais que não havia nada de errado com Bobby a não ser estresse: ele estava num estado de extrema frustração porque sua mão direita não conseguia trabalhar tão bem quanto seu cérebro.

— Vocês têm um garoto que está tentando passar uma pedra renal mental — disse o médico. — Poderia receitar alguma coisa para as dores de cabeça, mas acho que o remédio de que realmente necessita é uma máquina de escrever.

Então mamãe e papai deram a Bobby uma IBM. Um ano depois, deram a ele um Commodore 64 com Wordstar como presente de Natal e as dores de cabeça de Bobby pararam. Antes de passar a outros assuntos, quero apenas acrescentar que ele pensava, durante mais ou menos os três anos seguintes, que tinha sido Papai Noel que tinha deixado debaixo da nossa árvore aquela máquina de fazer palavras. Agora que penso nisso, essa foi outra coisa em que ganhei de Bobby: também descobri mais cedo que Papai Noel não existia.

Há tanta coisa que poderia lhe contar sobre aqueles tempos iniciais e imagino que terei de lhe contar um pouco, mas terei de andar depressa e ser breve. O prazo-limite. Ah, o prazo-limite. Uma vez li um texto muito engraçado chamado "O *E o vento levou* indispensável", que era mais ou menos assim:

— Uma guerra? — riu Scarlett. — Oh, fiau-fiau!

Bum! Ashley foi para a guerra! Atlanta incendiada! Rhett entrou e depois saiu!

— Fiau-fiau — disse Scarlett em meio às lágrimas —, pensarei nisso amanhã, porque amanhã é outro dia.

Ri gostosamente quando li isso, mas, agora que estou diante de fazer algo parecido, não parece tão engraçado assim. Mas aqui vai:

— Uma criança com um QI que não pode ser medido por nenhum teste existente? — sorriu India Fornoy para seu marido devotado, Richard. — Fiau-fiau! Proporcionaremos a ele um ambiente em que seu intelecto possa se desenvolver, para não mencionar o do seu irmão mais velho que não chega a ser burro. E os educaremos como meninos normais, tipicamente americanos, como eles o são muito bem, sim senhor.

Bum! Os meninos Fornoy cresceram! Howard foi para a Universidade de Virgínia, formou-se entre os primeiros da turma e se estabeleceu como um escritor profissional! Montou uma vida confortável! Saiu com uma porção de mulheres e foi para a cama com um bocado delas! Conseguiu evitar as doenças sociais, tanto venéreas quanto farmacológicas! Comprou um som estéreo Mitsubishi! Escrevia aos pais pelo menos uma vez por semana! Publicou dois romances que venderam bastante bem!

— Fiau-fiau — disse Howard —, essa é a vida que eu quero!

E assim foi, pelo menos até o dia em que Bobby apareceu inesperadamente (na melhor tradição do cientista louco) com suas duas caixas de vidro, numa delas uma colmeia de abelhas e na outra um ninho de vespas, usando pelo lado avesso uma camiseta "Educação Física/Mumford", prestes a destruir o intelecto humano e feliz como uma ostra na maré alta.

Acho que pessoas como meu irmão Bobby surgem apenas uma vez em cada duas ou três gerações, pessoas como Leonardo da Vinci, Newton, Einstein, talvez Edison. Todos eles parecem ter uma coisa em comum: são como bússolas enormes que ficam girando sem direção durante muito tempo, procurando algum norte verdadeiro, e então se dirigem para ele com uma força de meter medo. Antes que isso aconteça, essas pessoas são capazes de surgir com umas merdas estranhas, e Bobby não era exceção.

Quando ele tinha 8 e eu 15, ele veio até mim e disse que tinha inventado um aeroplano. A essa altura já conhecia Bobby o suficiente para não dizer simplesmente "Vá se ferrar" e pô-lo para fora do meu quarto. Fui até a garagem, onde estava aquela estranha engenhoca de madeira compensada, apoiada em cima do seu carrinho vermelho de quatro rodas. Parecia-se um pouco com um avião de caça, mas as asas eram fortemente inclinadas para a frente em vez de para trás. Ele tinha montado a sela do seu cavalo de balanço no meio com uns parafusos grandes. Havia uma alavanca do lado. Não havia motor algum. Ele disse que era um planador. Queria que eu o empurrasse na descida de Carrigan's Hill, que era o declive mais íngreme do Grant Park em Washington. Havia um caminho cimentado no meio, para os idosos. Bobby disse que aquela seria sua pista de decolagem.

— Bobby — disse eu —, você colocou as asas desse brinquedo de trás para a frente.

— Não — retrucou —, é assim que elas têm que ser. Vi alguma coisa sobre gaviões no Animal Planet. Eles mergulham sobre a presa e depois invertem as asas ao subir. Elas têm juntas duplas, entende? Você consegue uma subida melhor desse jeito.

— Então por que a Força Aérea não está construindo os seus desse jeito? — perguntei, feliz na minha ignorância de que as forças aéreas tanto americanas como russas tinham nas suas pranchetas planos de aviões de caça assim, com asas para a frente.

Bobby apenas deu de ombros. Não sabia e não se importava.

Fomos até Carrigan's Hill e ele subiu na sela do seu cavalo de balanço e segurou firme a alavanca.

— Empurre-me *com força* — falou. Seus olhos estavam girando com aquela luz meio alucinada que eu conhecia tão bem. Meu Deus, às vezes os olhos dele se iluminavam desse jeito ainda no berço. Mas juro por Deus que nunca o teria empurrado com tanta força pelo caminho cimentado se achasse que aquela coisa ia mesmo funcionar.

Mas eu não sabia e dei-lhe um empurrão dos diabos. Ele foi a toda velocidade ladeira abaixo, berrando como um caubói que acabava de sair da trilha com o gado e ia para a cidade tomar umas cervejas geladas. Uma senhora idosa teve de pular para sair da frente e ele quase bateu num velho apoiado num andador. No meio do trajeto de descida, ele puxou a alavanca e fiquei observando, com os olhos esbugalhados e me borrando de medo e espanto, o frágil avião de madeira compensada se separar do carrinho. A princípio ele apenas pairou alguns centímetros acima do carrinho e por um segundo parecia que ia cair de volta. Então houve uma lufada de vento e o avião de Bobby decolou como se alguém o tivesse puxado com um cabo invisível. O carrinho saiu do caminho de concreto e entrou por umas moitas. Muito de repente, Bobby estava a 3 metros de altura, depois 6, depois 15. Continuou planando sobre o Grant Park, num avião que continuava subindo cada vez mais, berrando alegremente.

Fui correndo atrás dele, gritando para que descesse, tendo na minha cabeça visões terrivelmente nítidas de seu corpo caindo daquela sela idiota do cavalo de balanço e se empalando numa árvore ou numa das muitas estátuas do parque. Não me limitei apenas a imaginar o funeral do meu irmão, na verdade, estou lhe dizendo: eu *fui* a ele.

— BOBBY! — gritei — DESÇA AQUI!

— *Oiiiiiiiiii!* — gritou Bobby de volta, com a voz tênue mas claramente extasiada. Assustados jogadores de xadrez, lançadores de frisbee, pessoas lendo, namorados e corredores paravam o que estivessem fazendo para olhar.

— BOBBY, ESSA BOSTA NÃO TEM CINTO DE SEGURANÇA! — gritei. Ao que me recordo, era a primeira vez que usava essa palavra.

— Vooooou ficar muiiiiito beeeeiiiim... — ele gritava a plenos pulmões, mas fiquei estupefato ao perceber que mal podia ouvi-lo. Desci correndo a Carrigan's Hill, gritando o tempo todo. Não tenho a mais ligeira lembrança do que estava gritando, mas no dia seguinte minha voz não emitia mais do que um sussurro. Lembro-me *sim* de passar por um sujeito jovem, com um terno completo, que estava parado perto da estátua de Eleanor Roosevelt ao pé da colina. Olhou para mim e disse num tom coloquial:

— Vou lhe dizer uma coisa, meu amigo, estou tendo um *puta flashback* de ácido.

Lembro-me daquela sombra estranha e disforme deslizando pelo chão verde do parque, elevando-se e ondulando à medida que atravessava bancos, latas de lixo e os rostos para cima das pessoas que estavam olhando. Lembro-me de correr atrás dela. Lembro-me de como a fisionomia de minha mãe desmoronou e como ela começou a chorar quando eu lhe disse que o avião de Bobby, que não tinha nada que voar para início de conversa, virou de cabeça para baixo num súbito remoinho de vento e Bobby terminou sua curta mas brilhante carreira inteiramente espatifado na D Street.

Do jeito que as coisas acabaram, talvez tivesse sido melhor para todos se as coisas tivessem de fato ocorrido desse jeito, mas não foi assim.

Ao contrário, Bobby deu uma curva inclinada de volta para Carrigan's Hill, segurando-se com displicência na cauda do seu próprio avião para não cair daquela maldita coisa e baixou com ela na direção do pequeno lago no centro do Grant Park. Foi deslizando no ar a 2 metros de altura, depois um e meio... e logo estava esquiando com seus tênis sobre a superfície da água, deixando para trás duas trilhas brancas, assustando os patos geralmente plácidos (e superalimentados) que saíram grasnando em revoadas indignadas à sua frente, enquanto ele dava sua gargalhada alegre. Pousou no lado oposto, exatamente entre dois bancos do parque que cortaram fora as asas do seu avião. Ele foi projetado da sela, bateu com a cabeça e começou a berrar.

Assim era a vida com Bobby.

Nem tudo foi tão espetacular. Na realidade, acho que *nada* foi... pelo menos até O Calmamoto. Mas lhe contei a história porque acho que, pelo menos dessa vez, o caso extremo ilustra a norma: a vida com Bobby era uma fundição de cuca constante. Aos 9 anos, ele estava frequentando as aulas de física quântica e álgebra avançada na Universidade de Georgetown. Houve o dia em que ele interferiu em todos os aparelhos de rádio e TV da nossa rua, bem como dos quatro quarteirões à nossa volta, com sua própria voz. Ele encontrou uma TV portátil no sótão e transformou-a numa estação emissora de banda larga. Uma velha Zenith preto e branco, quatro metros de cabo de alta fidelidade, um cabide de arame montado no telhado da nossa casa, e pronto! Durante cerca de duas horas, quatro quarteirões de Georgetown só conseguiam receber a WBOB... que era meu irmão, lendo alguns dos meus contos, contando piadas idiotas e explicando que o alto conteúdo de enxofre em feijões cozidos era a razão pela qual nosso pai dava tantos peidos na igreja todos os domingos de manhã. "Entretanto", falou Bobby para sua audiência de aproximadamente 3 mil pessoas, "ele solta a maioria deles bem silenciosamente ou, às vezes, segura aqueles realmente explosivos até a hora dos hinos."

Meu pai, que não ficou propriamente feliz com tudo isso, acabou pagando uma multa de 75 dólares imposta pela Comissão Federal de Comunicações, quantia que descontou da mesada de Bobby durante o ano seguinte.

A vida com Bobby, ah sim... e, veja só, estou chorando. Será que isso é sentimento genuíno ou, quem sabe, o começo? Acho que é o primeiro — só Deus sabe como eu o amava —, mas também acho que, de qualquer modo, é bom tentar ir um pouco mais depressa.

Para todos os efeitos, Bobby tinha concluído o ensino médio com a idade de 10 anos, mas nunca chegou a colar grau universitário e muito menos fazer qualquer curso avançado. Era aquela grande bússola poderosa na cabeça dele, girando sem parar, procurando algum norte verdadeiro para onde apontar.

Atravessou um período de física e um período mais curto em que era vidrado em química, mas no fim das contas Bobby tinha muito pouca paciência para matemática para que qualquer desses campos o prendesse. Ele era capaz de lidar com matemática, mas ela — como todas as chamadas ciências exatas — lhe causava tédio.

Ao chegar aos 15 anos, era arqueologia. Ele vasculhou o sopé da Montanha Branca, em volta de nossa casa de veraneio em North Conway, elaborando uma história dos índios que tinham vivido ali, baseado em pontas de flecha, pedras lascadas, e até mesmo nas padronagens de carvão vegetal de fogueiras há muito extintas nas cavernas mesolíticas das regiões de New Hampshire.

Porém, isso também passou e ele começou a estudar história e antropologia. Quando tinha 16 anos, meu pai e minha mãe, com relutância, deram sua aprovação quando Bobby pediu licença para acompanhar um grupo de antropólogos da Nova Inglaterra numa expedição à América do Sul.

Voltou cinco meses depois, com o primeiro bronzeado autêntico da sua vida. Também tinha mais 2,5 centímetros de altura, emagrecera 8 quilos e estava muito mais tranquilo. Ainda era bastante alegre ou podia sê-lo, porém sua exuberância de menino pequeno, às vezes contagiante, às vezes cansativa, mas sempre presente, tinha desaparecido. Ele tinha ficado adulto. E lembro-me que, pela primeira vez, ele conversava sobre as notícias, ou melhor, sobre como elas eram más. Era 2003, o ano em que um grupo dissidente da OLP chamado Filhos do Jihad (um nome que para mim sempre soou horrendamente como um grupo católico de serviços comunitários, em alguma parte da região ocidental da Pensilvânia) detonou em Londres uma Bomba de Jorro que poluiu 60 porcento da cidade e tornou o resto dela extremamente insalubre para pessoas que tinham pretendido ter filhos (ou, ao menos, viver além dos 50 anos). Foi o ano em que tentamos impor um bloqueio às Filipinas depois de o governo Cedeño aceitar um "pequeno grupo" de assessores chineses comunistas (uns 15 mil, segundo nossos satélites-espiões) e só recuamos quando ficou claro que *a*) os chineses não estavam brincando quando falavam em esvaziar os buracos se não retrocedêssemos e *b*) o povo americano não estava tão entusiasmado assim em cometer suicídio em massa por causa das ilhas Filipinas. Foi também o ano em que algum outro grupo de malucos filhos da mãe, acho que eram albaneses, tentaram espalhar vírus da AIDS sobre Berlim com *spray*.

Esse tipo de coisa deprimia todo mundo, mas Bobby entrava numa depressão *do caralho*.

— Por que as pessoas são tão desgraçadamente más? — perguntou-me um dia. Estávamos na casa de veraneio em New Hampshire, era fim de agosto e a maioria das nossas coisas já estava nas caixas e malas. A casa de campo tinha aquele ar triste e abandonado que sempre assumia logo antes de nós todos seguirmos nossos respectivos caminhos. Para mim, significava voltar para Nova York e para Bobby, significava Waco, Texas, por incrível que pareça. Ele tinha passado as férias estudando textos de sociologia e geologia (que tal essa em matéria de geleia geral?) e disse que queria realizar algumas experiências por lá. Disse isso de modo casual, despreocupado, mas, nas duas semanas em que estivemos todos juntos, eu já tinha visto minha mãe olhando para ele com uma atenção inquisitiva peculiar. Nem papai nem eu desconfiávamos, mas acho que minha mãe sabia que a agulha da bússola de Bobby tinha finalmente deixado de girar e começado a apontar firme.

— Por que as pessoas são tão más? — indaguei eu. — Tenho que responder isso?

— É melhor que *alguém* responda — disse ele. — E, além do mais, bem depressa, do jeito que as coisas estão indo.

— Elas estão indo do jeito que sempre foram — falei —, e calculo que é assim porque as pessoas foram feitas para serem más. Se você quer culpar alguém, culpe a Deus.

— Isso é besteira. Não acredito nisso. Até aquele negócio de cromossomo duplo X acabou se revelando uma besteira, no fim das contas. E não me venha dizer que são apenas as pressões econômicas, o conflito entre os que têm e os que não têm, porque isso tampouco explica tudo que acontece.

— O pecado original — disse eu. — Para mim funciona: tem uma boa batida e dá para dançar.

— Bem — falou Bobby —, talvez *seja* o pecado original. Mas qual é o instrumento, irmão maior? Você já se fez essa pergunta?

— Instrumento? Qual instrumento? Não estou entendendo.

— Acho que é a água — disse Bobby soturnamente.

— Como *é que é*?

— A água. Alguma coisa na água.

Olhou para mim.

— Ou alguma coisa que *não está* nela.

No dia seguinte, Bobby partiu para Waco. Não o vi de novo até que ele apareceu no meu apartamento usando a camisa de Mumford pelo avesso e carregando duas caixas de vidro. Isso foi três anos mais tarde.

— Howie, Howardzinho — disse ele, entrando e me dando um tapa despreocupado nas costas, como se tivessem se passado apenas três dias.

— Bobby! — gritei, e atirei os dois braços em volta dele num abraço grande. Umas quinas agudas me espetaram no peito e ouvi um zumbido coletivo irritado.

— Também estou contente de vê-lo — disse Bobby —, mas é melhor você se acalmar. Você está perturbando os nativos.

Dei um passo rápido para trás. Bobby pousou no chão a grande sacola de papel que estava trazendo e tirou a mochila. Depois, com cuidado, retirou as caixas de vidro de dentro da sacola. Numa havia uma colmeia e na outra, um ninho de vespas. As abelhas já estavam se acalmando e retomando o que quer que seja o trabalho das abelhas, mas as vespas estavam nitidamente descontentes com a coisa toda.

— Está bem, Bobby — disse. Olhei para ele e abri um largo sorriso. Eu parecia não conseguir parar de sorrir. — O que você está aprontando agora?

Ele abriu o zíper da mochila e tirou um jarro de maionese que estava até a metade com um líquido transparente e incolor.

— Está vendo isso? — falou.

— Tô. Parece que é água, ou sidra.

— Na verdade são ambas as coisas, se é que pode acreditar nisso. Veio de um poço artesiano em La Plata, uma cidadezinha a 65 quilômetros a leste de Waco e, antes que a transformasse nessa forma concentrada, havia cinco galões. Tenho uma pequena destilaria bem boa funcionando lá, Howie, mas não acho que o governo vá cair em cima de mim por causa dela. — Estava sorrindo, e agora o sorriso aumentara. — Isso não passa de água, mas ainda assim é a mais miserável bomba que a raça humana já viu.

— Não tenho a mais vaga ideia do que você está falando.

— Sei que não. Mas vai ter. Sabe de uma coisa, Howie?

— O quê?

— Se a idiota da raça humana conseguir manter-se inteira por mais seis meses, aposto que se manterá inteira pelo resto da eternidade.

Ergueu o vidro de maionese e um olho de Bobby, aumentado pelo efeito do vidro, olhou-me fixo através dele com um ar enormemente solene.

— Isso é o grande prêmio — falou. — A cura para a pior doença que acomete o *Homo sapiens*.

— Câncer?

— Não — disse Bobby. — A guerra. As brigas de botequim, os tiros disparados de um carro que passa. Toda a confusão. Onde é o seu banheiro, Howie? Minha bexiga está estourando.

Quando voltou, ele tinha não só posto a camiseta de Mumford do lado direito como havia penteado os cabelos, e vi que não tinha mudado seu método de se pentear. Bobby simplesmente metia a cabeça embaixo da água por algum tempo, depois penteava tudo para trás com os dedos.

Olhou para as duas caixas de vidro e declarou que as abelhas e as vespas tinham voltado ao normal.

— Não que um ninho de vespas jamais chegue perto de qualquer coisa que sequer se pareça com "normal", Howie. As vespas são insetos sociais, como as abelhas e as formigas, porém, ao contrário das abelhas, que quase sempre são sadias, e das formigas, que têm ocasionais lapsos esquizofrênicos, as vespas são completamente alucinadas. — Sorriu. — Exatamente como nós, os velhos *Homo sapiens*.

Retirou a tampa da caixa de vidro que continha as abelhas.

— Vamos fazer uma coisa, Bobby — disse eu. Eu estava sorrindo, mas o sorriso parecia um tanto exagerado. — Coloque a tampa de volta no lugar e apenas me *conte* como é, o que é que você acha? Deixe a demonstração para depois. Quero dizer, meu senhorio é uma flor de sujeito, mas a porteira é uma sapatão enorme que fuma charutos Odie Perode e tem 15 quilos mais do que eu. Ela...

— Você vai gostar disso — disse Bobby como se eu não tivesse falado nada, um hábito com que eu estava tão familiarizado como com o seu Método dos Dez Dedos para Penteado. Ele nunca era indelicado, mas frequentemente ficava totalmente absorto. E tinha como pará-lo?

Que merda, não. Era bom demais tê-lo de volta. O que quero dizer é que acho que já aí eu sabia que alguma coisa ia dar inteiramente errado, mas, quando estava com Bobby por mais de cinco minutos, simplesmente ficava hipnotizado por ele. Ele era Lucy segurando a bola de futebol e me prometendo que, dessa vez, era *pra valer*, e eu era Charlie Brown, correndo até o fundo do campo para chutá-la. — Na realidade, você provavelmente já viu isso sendo feito antes: de tempos em tempos publicam-se fotografias disso nas revistas ou aparece em documentários de televisão sobre a vida animal. Não é nada muito especial, mas *parece* ser uma coisa formidável porque as pessoas têm esses preconceitos completamente irracionais sobre as abelhas.

E o mais estranho era que ele estava certo: eu *tinha* visto isso antes.

Enfiou a mão dentro da caixa, entre a colmeia e o vidro. Em menos de 15 segundos, sua mão tinha adquirido uma luva preta e amarela. Isso produziu em mim um instante de recordação nítida: sentado diante da TV, usando um pijama tipo macacão e agarrando meu urso de pelúcia, talvez uma meia hora antes de ir para a cama (e sem dúvida antes de Bobby nascer) vendo, com uma mistura de horror, nojo e fascínio, um apicultor permitir que as abelhas lhe cobrissem o rosto todo. Primeiro tinham formado uma espécie de capuz de carrasco e depois ele as havia empurrado, fazendo com que formassem uma barba viva.

Bobby apertou os olhos de repente, com força, depois deu um sorriso.

— Uma delas me deu uma ferroada — disse. — Ainda estão um pouco agitadas por causa da viagem. Peguei uma carona de La Plata até Waco com a corretora de seguros local, que tem um velho teco-teco, e depois embarquei numa pequena companhia aérea de terceiro nível, Companhia Aérea Imbecil, acho que era, de lá até Nova Orleans. Fiz umas quarenta conexões, mas juro por Deus que foi o trajeto no táxi de La Garbage que as deixou doidas. A Segunda Avenida ainda tem mais buracos do que a Bergenstrasse depois que os alemães se renderam.

— Sabe, eu realmente acho que você devia tirar a sua mão daí, Bobby — disse eu. Continuava esperando que algumas delas saíssem voando de lá e podia me ver perseguindo-as com uma revista enrolada durante horas, abatendo-as uma por uma, como se fossem foragidos em algum filme de prisão antigo. Mas nenhuma delas tinha escapado... pelo menos até então.

— Fique tranquilo, Howie. Você já viu alguma abelha dar uma ferroada numa flor? Aliás, já ouviu falar nisso?

— Você não se parece com uma flor.

Ele deu uma risada.

— Porra, você pensa que as *abelhas* sabem como é a aparência de uma flor? Ahn, ahn! De jeito nenhum, cara! Elas conhecem a aparência de uma flor tanto quanto você ou eu conhecemos o som de uma nuvem. Elas sabem que eu sou doce porque estou exalando dioxina de sacarose no meu suor... junto com 37 outras dioxinas, e essas são apenas as que nós sabemos que existem.

Fez uma pausa, pensativo.

— Embora deva confessar que *tomei* a precaução de, bem, me adocicar um pouco a noite passada. Comi uma caixa de cerejas cobertas de chocolate no avião...

— Oh, Bobby, Deus meu!

— ...e comi uns dois MallowCremes no táxi a caminho daqui.

Enfiou a outra mão e, com cuidado, começou a empurrar as abelhas para fora da mão. Vi-o fazer uma careta mais uma vez antes de terminar de tirá-las e depois me tranquilizou bastante ao recolocar a tampa na caixa de vidro. Vi uma inchação vermelha em cada uma das mãos: uma na concha da palma esquerda e a outra bem para trás na mão direita, perto do que as quiromantes chamam de *Pulseiras da Sorte*. Ele tinha sido picado, mas percebi muito bem o que ele queria me mostrar: parecia que pelo menos umas quatrocentas abelhas o tinham investigado. Somente duas o tinham ferroado.

Tirou uma pinça do bolso pequeno da sua calça *jeans* e foi até a minha escrivaninha. Empurrou para o lado a pilha de manuscritos junto do micro Wang que eu estava usando naquela época e colocou minha lâmpada Tensor sobre o lugar onde as folhas tinham estado, mexendo nela até que formou um pequeno foco de luz intensa sobre o tampo de cerejeira.

— Tá escrevendo algo que preste, Bow-Wow? — perguntou de modo displicente, e senti os cabelos se eriçarem na minha nuca. Quando fora a última vez que ele tinha me chamado de Bow-Wow? Quando tinha 4 anos? 6? Que merda, cara, não sei. Estava trabalhando cuidadosamente na sua mão esquerda com a pinça. Vi-o extrair uma coisa diminuta, que parecia um pelo da narina, e colocá-la no meu cinzeiro.

— Um estudo sobre falsificação de obras de arte para *Vanity Fair* — disse. — Bobby, em que você está metido desta vez?

— Quer tirar a outra para mim? — pediu, estendendo-me a pinça, sua mão direita e um sorriso embaraçado. — Fico sempre pensando que, se sou tão danado de esperto, devia ser ambidestro, mas minha mão esquerda continua tendo um QI de seis aproximadamente.

O mesmo Bobby de sempre.

Sentei-me ao seu lado, peguei a pinça e tirei o ferrão de abelha da inchação vermelha perto do que, no seu caso, deveria se chamar *as Pulseiras do Juízo Final.* Enquanto fazia isso, ele me falou das diferenças entre abelhas e vespas, a diferença entre a água em La Plata e a água em Nova York e de como, com os demônios, tudo ia dar certo com a sua água e um pouco da minha ajuda.

E, porra, como acabei correndo para a bola de futebol enquanto meu irmão risonho e alucinadamente inteligente a segurava para mim, pela última vez.

— As abelhas só dão ferroadas se for preciso, porque depois disso elas morrem — disse Bobby num tom professoral. — Você se lembra daquela vez, em North Conway, quando você disse que nós continuávamos nos matando uns aos outros por causa do pecado original?

— Lembro. Fique quieto.

— Bem, se *existe* uma coisa assim, se existe um Deus capaz de, ao mesmo tempo, nos amar tanto a ponto de nos entregar seu Filho numa cruz e nos mandar a todos num trenó a foguete para o inferno só porque uma vaca idiota mordeu uma maçã podre, então a maldição foi apenas o seguinte: ele nos fez à semelhança das vespas e não das abelhas. *Porra*, Howie, o que que você está fazendo?

— Fique quieto — retruquei — e vou tirá-lo. Se você quer gesticular muito, posso esperar.

— Está bem — disse ele, e a partir daí manteve-se relativamente parado enquanto eu extraía o ferrão. — As abelhas são os pilotos camicases da natureza, Bow-Wow. Olhe na caixa de vidro e você verá as duas que me ferroaram caídas mortas no fundo. Seus ferrões têm umas farpas, como anzóis. Entram com facilidade, mas quando são puxadas pra fora, deixam as tripas para trás.

— Nojento — disse, deixando cair o segundo ferrão no cinzeiro. Não conseguia ver as farpas, mas não dispunha de microscópio.

— Contudo, isso as torna especiais — assinalou.

— Sem dúvida.

— As vespas, por outro lado, têm ferrões lisos. Elas podem picá-lo quantas vezes quiserem. Gastam o veneno na terceira ou quarta ferroada, mas podem continuar fazendo buracos se quiserem... e geralmente é o que fazem. Especialmente as vespas de parede. A espécie que eu trouxe ali. Você tem que dopá-las. Uma substância chamada Noxon. Deve dar-lhes uma ressaca braba, porque elas despertam mais loucas do que nunca.

Olhou para mim com um ar sério e, pela primeira vez, vi as olheiras de cansaço sob seus olhos e me dei conta de que nunca tinha visto meu irmão caçula tão cansado.

— É *por isso* que as pessoas continuam brigando, Bow-Wow. Sempre, sempre, sempre. Nós temos ferrões lisos. Agora observe isso.

Levantou-se, foi até onde estava sua mochila, vasculhou dentro dela e tirou um conta-gotas. Abriu o jarro de maionese, meteu o conta-gotas nele e retirou uma pequena bolha de sua água destilada do Texas.

Quando levou-a para a caixa de vidro na qual estava o ninho de vespas, vi que sua tampa era diferente: havia uma pequena peça de plástico que podia ser deslizada para formar uma abertura. Não precisava que me desse grandes explicações: com as abelhas, ele estava perfeitamente disposto a retirar a tampa toda, mas com as vespas ele não ia se arriscar.

Apertou a borracha do conta-gotas. Duas gotas d'água caíram no ninho, fazendo uma mancha escura que desapareceu quase imediatamente.

— Dê-lhes uns três minutos — falou.

— O que...

— Não pergunte nada — disse. — Você vai ver. Três minutos.

Nesse tempo, leu meu trabalho sobre falsificação de obras de arte... embora ele já estivesse com vinte páginas.

— Está bem — falou, deixando as páginas sobre a escrivaninha. — Isso está muito bom, cara. Mas você devia ler um pouco sobre como Jay Gould equipou o salão de estar do seu trem particular com uns Manet falsificados. É um barato! — Enquanto falava, ia tirando a tampa da caixa de vidro onde estava o ninho de vespas.

— Meu Deus, Bobby, pare com a brincadeira! — gritei.

— O mesmo medroso de sempre — riu Bobby, e puxou para fora da caixa o ninho, que era de um cinza fosco e quase do tamanho de uma bola de boliche. Segurou-o nas mãos. Algumas vespas saíram e pousaram nos seus braços, suas bochechas, sua testa. Uma voou em minha direção e pousou no meu antebraço. Dei-lhe um tapa e ela caiu morta no tapete. Estava com medo, com medo de verdade. Meu corpo estava cheio de adrenalina e podia sentir os olhos querendo sair das órbitas.

— Não as mate — disse Bobby. — Seria o mesmo que estar matando bebês, pela espécie de mal que podem causar. Esse é o *objetivo* todo. — Atirou o ninho de uma mão para a outra como se fosse uma bola de *softball* aumentada. Jogou-o para o alto. Fiquei olhando, aterrorizado, enquanto as vespas esvoaçavam pela sala de estar de meu apartamento como se fossem aviões de caça em patrulha.

Com cuidado, Bobby baixou o ninho de volta para dentro da caixa e pousou-a no meu sofá. Bateu com a mão no lugar ao lado dele e fui para lá, quase hipnotizado. Elas estavam por toda a parte: no tapete, no teto, nas cortinas. Havia uma meia dúzia andando sobre a tela da minha TV gigante.

Antes que pudesse me sentar, ele espantou umas duas que estavam na almofada do sofá para onde estava apontado o meu traseiro. Elas fugiram voando rápido. *Todas* elas estavam voando com facilidade, andando com facilidade, movendo-se depressa. Nada no seu comportamento indicava estarem dopadas. Enquanto Bobby falava, elas foram pouco a pouco retornando para seu lar de papel machê, andaram por cima dele e acabaram por desaparecer para dentro novamente, entrando pelo buraco no topo.

— Não fui o primeiro a me interessar por Waco — disse ele. — Acontece simplesmente que ela é a maior cidade naquela curiosa pequena parte não violenta do que é, *per capita*, o estado mais violento da federação. Os texanos *adoram* atirar uns nos outros, Howie, quero dizer, é como se fosse um passatempo estadual. Metade da população masculina anda armada. Nos sábados à noite, nos bares de Fort Worth, é como se fosse um estande de tiro ao alvo em que você acerta nos bêbados em vez de nos patos de cerâmica. Há mais membros da Associação Nacional do Rifle do que metodistas. Entenda bem, não é que o Texas seja o único lugar onde as pessoas atiram umas nas outras, se retalham com navalhas ou metem seus filhos pequenos no forno se choram demais, mas o fato é que eles gostam um bocado de armas de fogo.

— Salvo em Waco — falei.

— Ah, eles também gostam delas por lá — disse. — Só que as usam uns contra os outros muitíssimo menos.

Meu Deus, acabei de olhar para o relógio na parede e vi a hora. Tenho a sensação de ter estado escrevendo há uns 15 minutos mais ou menos, quando na realidade foi mais de uma hora. Isso às vezes me acontece, quando estou indo a toda velocidade, mas não posso me deixar seduzir por esses detalhes. Sinto-me tão bem como sempre: aparentemente sem secura nas membranas da garganta, sem ter de procurar as palavras e, quando dou uma olhada para trás no que escrevi, vejo apenas os erros de datilografia e os cortes usuais. Porém não devo me iludir. Tenho que me apressar. "Fiau-fiau", disse Scarlett, e tudo o mais.

A atmosfera não violenta da área de Waco tinha sido notada e investigada antes, sobretudo por sociólogos. Bobby disse que, quando se inseriam suficientes dados estatísticos sobre Waco e áreas semelhantes num computador — densidade populacional, idade média, nível econômico médio, nível de instrução médio e dezenas de outros fatores —, o que se obtinha de volta era uma anomalia sensacional. Os estudos sérios raramente se permitem jocosidades, mas mesmo assim vários dos mais de cinquenta que Bobby tinha lido sobre o assunto indicavam ironicamente que talvez fosse "alguma coisa na água".

— Resolvi que já estava em tempo de se levar essa piada a sério — disse Bobby. — Afinal de contas, há alguma coisa na água de uma porção de lugares que evita a cárie dental. Chama-se flúor.

Foi para Waco em companhia de um trio de assistentes de pesquisa: dois alunos de sociologia e um professor de geologia que estava em licença da universidade e pronto para a aventura. No prazo de seis meses, Bobby e os rapazes da sociologia tinham produzido um programa de computador que ilustrava o que meu irmão chamava de *o único calmamoto do mundo*. Tinha uma cópia impressa, ligeiramente amarrotada, na sua mochila, que me entregou. Vi uma série de quarenta anéis concêntricos. Waco estava no oitavo, nono e décimo à medida que se ia em direção ao centro.

— Agora veja isso — disse, colocando uma transparência sobre a folha impressa. Mais anéis, mas em cada um deles havia um número. Quadragésimo anel: 471. Trigésimo nono: 420. Trigésimo oitavo: 418. E assim por diante. Em uns dois lugares, os números subiam em vez de descer, mas só nesses (e só ligeiramente).

— O que são esses números?

— Cada número representa a incidência de crimes violentos no círculo em pauta — disse Bobby. — Homicídio, estupro, latrocínio, até atos de vandalismo. O computador atribui um número de acordo com uma fórmula que leva em conta a densidade populacional. — Bateu com o dedo no 27º círculo, que levava o número 204. — Por exemplo: em toda essa área há menos de 900 pessoas. O número representa três ou quatro casos de violência doméstica, umas duas brigas de botequim, um ato de crueldade contra animal (algum fazendeiro senil mijou num porco e deu-lhe um tiro de sal, segundo me lembro) e um caso de homicídio involuntário.

Vi que os números nos círculos centrais caíam de forma radical: 85, 81, 70, 63, 40, 21, 5. No epicentro do calmamoto de Bobby, estava a cidade de La Plata. Chamá-la de cidadezinha sonolenta é mais do que justo.

O valor numérico atribuído a La Plata era zero.

— Então aqui está, Bow-Wow — disse Bobby, inclinando-se para a frente e esfregando suas mãos compridas com nervosismo —, meu candidato a Jardim do Éden. Aqui está uma comunidade de 15 mil pessoas, 24 por cento das quais são mestiças, comumente chamadas de índios. Há uma fábrica de mocassins, umas duas pequenas agências de automóveis, umas duas fazendolas pobres. Em termos de trabalho, é isso aí. Para diversão, há quatro bares, uns dois salões de dança onde você pode ouvir qualquer tipo de música que quiser desde que seja parecida com a de George Jones, dois cinemas *drive-in* e um boliche. —

Parou por um instante e acrescentou: — Também existe um alambique. Não sabia que se fazia uísque tão bom fora do Tennessee.

Em suma (e agora é tarde demais para fazer mais do que isso), La Plata devia ser um campo fértil para aquela espécie de violência despreocupada que é noticiada todos os dias na seção policial do jornal local. Devia ser, mas não era. Durante os cinco anos antes da chegada de meu irmão, tinha havido em La Plata apenas um homicídio, dois casos de agressão física, nenhum estupro registrado, nenhum incidente de violência contra crianças. Tinha havido quatro assaltos a mão armada, mas descobriu-se que todos os quatro tinham sido cometidos por pessoas que passavam por ali, como o do homicídio e um dos casos de agressão. O xerife local era um republicano gordo e velho, que fazia uma imitação bastante boa de Rodney Dangerfield. Na realidade, constava que ele passava dias inteiros no café do lugar, ajustando o nó da gravata e pedindo às pessoas que lhe fizessem o favor de comer sua mulher. Meu irmão disse que achava que era mais do que uma piada sem graça, pois tinha quase certeza de que o pobre sujeito estava num estágio inicial do mal de Alzheimer. Seu único ajudante era seu sobrinho. Bobby me contou que o sobrinho se parecia muito com Junior Samples no velho programa *Hee-Haw*.

— Coloque esses dois sujeitos numa cidade da Pensilvânia semelhante em tudo a La Plata exceto na localização geográfica — disse Bobby — e eles teriam sido postos no olho da rua 15 anos atrás. Mas em La Plata, vão continuar até morrer... provavelmente dormindo.

— O que você fez? — perguntei. — Como é que você procedeu?

— Bem, durante mais ou menos uma semana depois de termos reunido toda a merda das nossas estatísticas, nós só ficamos por ali sentados, olhando uns para os outros — disse Bobby. — Quero dizer, estávamos preparados para *alguma coisa*, mas nada como isso. Nem mesmo Waco prepara você para La Plata. — Bobby se mexeu inquieto e estalou os nós dos dedos.

— Meu Deus, detesto quando você faz isso — falei.

Ele deu um sorriso.

— Desculpe, Bow-Wow. De qualquer modo, começamos os testes geológicos, depois a análise microscópica da água. Não esperava muita coisa. Todos na área têm um poço, geralmente fundo, e regularmente mandam fazer testes na sua água para ter certeza de que não estão bebendo bórax ou algo assim. Se tivesse havido alguma coisa óbvia, ela teria aparecido muito tempo antes. Então fomos para a submicroscopia e foi aí que começamos a encontrar substâncias bastante esquisitas.

— Que espécie de substância esquisita?

— Quebras nas cadeias de átomos, flutuações elétricas subdinâmicas e algum tipo de proteína não identificada. A água, na verdade, não é H_2O, você sabe, não quando você adiciona sulfetos ferrosos, só Deus sabe o que calha estar no lençol d'água de uma região determinada. No caso da água de La Plata, seria preciso dar uma fieira de letras como as que se põem depois do nome de um professor emérito. — Seus olhos brilharam. — Mas a coisa mais interessante foi a proteína, Bow-Wow. Pelo que nós sabemos, ela só é encontrada em um outro lugar: no cérebro humano.

Oh, oh.

Acabou de chegar, entre uma engolida e outra: a secura na garganta. Ainda não é muita, mas o suficiente para que interrompesse e fosse tomar um copo d'água gelada. Restam-me talvez uns quarenta minutos. E, meu Deus, há tanto que quero contar! Os ninhos de vespas que encontraram, com vespas que não davam ferroadas. A batida de para-choque e para-lama vista por Bobby e um de seus assistentes em que os dois motoristas, dois homens, ambos bêbados e ambos com cerca de 24 anos (em outras palavras, touros sociológicos) desceram, apertaram as mãos e trocaram informações sobre seus seguros de forma amistosa e depois foram ao bar mais próximo tomar um drinque.

Bobby falou durante horas, mais do que as de que disponho. Porém, o resultado foi simples: a substância no jarro de maionese.

— Agora temos nosso próprio alambique em La Plata — disse ele. — Essa é a substância que estamos destilando, Howie: pinga pacificadora. O lençol d'água sob essa área do Texas é profundo e impressionantemente grande. É como um incrível lago Vitória injetado entre os sedimentos porosos que estão sobre o Moho. A água é potente, mas fomos capazes de tornar a substância que eu aspergi sobre as vespas ainda mais potente. Nós temos agora cerca de 6 mil galões, nesses grandes tanques de aço. Lá pelo final do ano, teremos 14 mil. Por volta de junho próximo, teremos 30 mil. Mas isso não é suficiente. Precisamos de mais, precisamos dela com mais rapidez... e depois precisamos transportá-la.

— Transportá-la para onde? — perguntei-lhe.

— Bornéu, para começar.

Pensei que tinha ficado maluco ou não o tinha entendido direito. Pensei mesmo.

— Olhe, Bow-Wow... desculpe, Howie. — Estava vasculhando sua mochila novamente. Tirou umas fotografias aéreas e as passou para mim. — Você está vendo? — perguntou enquanto eu as ia olhando. — Está vendo que perfeição do diabo isso é? É como se o próprio Deus de repente entrasse nas nossas transmissões rotineiras com alguma coisa como: "E agora lhes trazemos um boletim especial! Esta é a sua última oportunidade, seus imbecis! E agora voltamos para *Days of Our Lives*."

— Não estou entendendo — falei. — E não faço nenhuma ideia do que tenho diante dos olhos. — É claro que eu sabia. Era uma ilha, não Bornéu propriamente dita, mas uma ilha que ficava a oeste de Bornéu, identificada como Gulandio, com uma montanha no meio e uma porção de pequenas aldeias cheias de lama nas suas encostas inferiores. Era difícil ver a montanha por causa da cobertura de nuvens. O que eu queria dizer é que não sabia o que deveria estar *procurando*.

— A montanha tem o mesmo nome da ilha — disse ele. — Gulandio. No dialeto local, significa *graça*, *sorte*, *destino* ou escolha o que você quiser. Mas Duke Rogers diz que ela é de fato a maior bomba de tempo do mundo... e está armada para detonar por volta de outubro do próximo ano. Provavelmente antes.

A coisa mais doida é a seguinte: a história só é maluca se você tentar contá-la numa velocidade desabalada, que é o que estou tentando fazer agora. Bobby queria que eu o ajudasse a levantar algo entre 600 mil e 1,5 milhão de dólares para fazer o seguinte: primeiro, sintetizar de 50 a 70 mil galões do que ele chamava "qualidade superior"; segundo, transportar por avião toda essa água até Bornéu, que tinha pista de pouso (em Gulandio podia-se pousar com um planador, mas era só); terceiro, levá-la de navio para essa ilha chamada Sorte, Destino ou Graça; quarto, carregá-la de caminhão pela encosta do vulcão, que estava inativo desde 1804, e então despejá-la pelo tubo enlameado da sua caldeira.

Duke Rogers era, na verdade, John Paul Rogers, o professor de geologia. Ele afirmava que Gulandio ia fazer mais do que apenas entrar em erupção. Segundo sustentava, o vulcão iria explodir, como o Krakatoa tinha feito no século XIX, criando uma detonação que iria fazer a Bomba de Esguicho que tinha envenenado Londres parecer fogos de artifício de uma criança.

Bobby me disse que os detritos da explosão do Krakatoa tinham, literalmente, circundado o globo. Os resultados observados tinham formado uma parte importante da teoria do inverno nuclear do grupo Sagan. Durante os três meses subsequentes, as alvoradas e os crepúsculos do outro lado do mundo tinham ficado grotescamente cheios de cores como resultado das cinzas rodopiando tanto nas correntes aéreas como nas correntes de Van Allen, que ficam a 65 quilômetros abaixo do Cinturão de Van Allen. Ocorreram mudanças climáticas que duraram cinco anos e as palmeiras nipa, que antes só cresciam na África Oriental e na Micronésia, de repente apareceram nas Américas do Norte e do Sul.

— Todas as nipas da América do Norte morreram antes de 1900 — disse Bobby —, mas estão vivendo muito bem ao sul do Equador. O Krakatoa as tinha plantado lá, Howie... da maneira como quero plantar a água de La Plata por todo o mundo. Quero que as pessoas fiquem embaixo da água de La Plata quando chover, e vai chover um bocado depois que Gulandio explodir. Quero que bebam a água de La Plata que cai nos seus reservatórios, quero que lavem os cabelos nela, que se banhem nela, mergulhem suas lentes de contato nela. Quero que as prostitutas a usem para suas lavagens vaginais.

— Bobby — disse, sabendo que não era verdade. — Você está louco.

Ele me deu um sorriso de lado, cansado.

— Não estou louco — falou. — Você quer ver alguém louco? Ligue na CNN, Bow... Howie. Você vai ver loucos em cores vibrantes.

Mas não precisei ligar o noticiário da TV a cabo (o que um amigo meu tinha passado a chamar de Tocador de Realejo do Juízo Final) para saber do que Bobby estava falando. Os indianos e os paquistaneses estavam à beira da guerra. Os chineses e os afegãos, idem. Metade da África estava morrendo de fome, a outra metade pegando fogo com AIDS. Tinham ocorrido lutas de fronteira ao longo de todo o limite entre o Texas e o México nos últimos cinco anos, desde que o México tinha se tornado comunista, e as pessoas começaram a chamar o ponto de travessia de Tijuana de a Pequena Berlim da Califórnia, por causa do muro. O tinir de sabres transformara-se num barulho ensurdecedor. No último dia do ano anterior, os Cientistas em Prol da Responsabilidade Nuclear tinham reajustado seu relógio negro para 15 segundos antes da meia-noite.

— Bobby, vamos imaginar que isso pudesse ser feito e que tudo funcionasse como planejado — disse eu. — Provavelmente, nenhuma dessas coisas vai ocorrer, mas vamos imaginar que sim. Você não tem a menor ideia de quais poderiam ser os efeitos a longo prazo.

Ele começou a dizer alguma coisa e abanou a mão indicando ter mudado de ideia.

— Nem tente sugerir que você sabe, porque você não sabe! Concordo que você teve tempo para descobrir esse seu calmamoto e isolar a causa. Mas você já ouviu falar em talidomida? Aquela conveniente pílula para dormir e antiacne que causou câncer e ataques cardíacos nas pessoas de 30 anos? Não se lembra da vacina contra AIDS em 1997?

— Howie?

— *Essa* vacina parou a doença, mas transformou os alvos dos testes em epilépticos incuráveis que morreram, todos, em 18 meses.

— Howie?

— Depois houve...

— Howie?

Parei e olhei para ele.

— O mundo — disse Bobby e depois parou. Engoliu em seco. Vi que estava lutando para conter as lágrimas. — O mundo precisa de medidas heroicas, cara. Não sei nada sobre os efeitos a longo prazo, e não há tempo para estudá-los, porque não há perspectiva de longo prazo. Talvez possamos dar um jeito na confusão toda. Ou talvez...

Deu de ombros, tentou sorrir e olhou para mim com olhos brilhantes dos quais duas lágrimas deslizaram lentamente.

— Ou talvez estejamos dando heroína a um paciente com um câncer terminal. De qualquer modo, vai parar o que está acontecendo agora. Isso vai parar o sofrimento do mundo. — Estendeu as mãos, com as palmas para cima, para que pudesse ver as ferroadas nelas. — Me ajude, Bow-Wow. Por favor, me ajude.

Então eu o ajudei.

E fizemos uma cagada. Na realidade, acho que você pode dizer que fizemos uma cagada monumental. E quer saber a verdade? Caguei para isso. Matamos todas as plantas, mas pelo menos salvamos a estufa. Algo irá crescer aqui, um dia. Assim espero.

Você está lendo isso?

Minhas engrenagens estão começando a ficar meio emperradas. Pela primeira vez em muitos anos, estou tendo que pensar no que estou fazendo. Os movimentos mecânicos de escrever. Devia ter ido mais depressa no começo.

Não tem importância. Agora é tarde demais para mudar as coisas.

Nós o fizemos, é claro: destilamos a água e a levamos de avião, transportamos para Gulandio, construímos um sistema elevatório primitivo — metade guincho a motor, metade ferrovia de cremalheira — subindo por um dos lados do vulcão, e jogamos pela borda 12 mil recipientes de cinco galões de água de La Plata, na sua versão rebenta-cérebro, nas profundezas escuras e enevoadas da caldeira do vulcão. Fizemos tudo isso em apenas oito meses. Não custou 600 mil dólares, nem 1,5 milhão de dólares. Custou mais de 4 milhões, ainda assim menos de 16 avos de um porcento dos gastos militares dos Estados Unidos naquele ano. Você quer saber como nós levantamos isso? Contaria a você se tivesse mais tempero mas minha cabeça está caindo aos pedaços, por isso deixa pr'acolá. Levantei a maior parte eu mesmo, se é importante para você. Parte na marra, parte no murro. Para lhe dizer a verdade, não sabia que podia fazer eu mermo até que fiz. Mas fizemos e, de alguma maneira, o mundo se manteve intacto e aquele vulcão — qualquer que foçe seu nome, não consigo me lembrar direito agora e num ar tempo para reler o manuscrito — ele historou exatamente quando se sprv

Espere

Está bem. Estou um pouco melhor. Digitalina. Bobby tinha um pouco. O coração está batendo disparado, mas consigo pensar de novo.

O vulcão — nós o denominamos monte da Graça — histourou quando Dook Rogers predisse. Tudo foi pros'ares e durante algum tempo a atenção de todos se desviou do que quer que estivessem fazendo e se voltou para os céu. E enfiou-ou-ou, disse Escarlatina!

Aconteceu bem depressa, como sexo e cheques e defeitos especiais e todos ficaram sãos de novo. Quero dizer

espere

Deus meu, por favor deixe-me terminar isso.

Quero dizer que todos ficaram quietos. Todos começaram a ter uma pequena pespotiva da situação. O mundu começou a ficar como as vespas no ninho du Bobby o que ele me mostrou em que elas não pecavam muito. Houve três asnos como um veranico. As pessoas se reunindo como naquela velha canção dus Youngblood que dizia vamu todos se reunir agora mermo, como todos os ripis queriam, você sobe, pais e amô e

spe

Uma explosão grande. Parece que meu coração está saindo pelas orelhas. Mas se me concentrar com todas as minhas forças, minha *concentração...*

Foi como um veranico, era isso que queria dizer, como três anos de um veranico. Bobby prosseguiu com suas perquisas. La Plata. Antecedentes sociológicos etc. Lembra-se do velho xerife do lugar? Velho gordo republicano que fazia uma boa imitassão de Rodney Youngblood? Como Bobby tinha dito que ele tinha sintomas preliminares do mal de Rodney?

concentre-se imbecil

Não era só ele: descobriu-se que havia muito disso acontecendo naquela parte do Texas. Todos com mal de Hallows é o que quero dizê. Bobby e eu estivemos lá durante três asnos. Criamos um novo programa. Novos garficos de circos. Vi o que estava acontece e voltei para cá. Bobby e seus insistentes ficaram. Um se mantou contou Bobby quando apareceu aqui.

Espere mais uma explo

* * *

Está bem. A última vez. Coração batendo tão rápido que mal posso raspirar. O novo gráfico, o *último* gráfico, na realidade só lhe causava impacto quando era colocado sobre o gráfico do calmamoto. O gráfico do calmamoto mostrava indis de volência indo para baixo à medida que você se aproximava de La Plata no mio; o gráfico de Alzheimer mostrava a incidência de senilidade precoce indo *para cima* à medida que você se aproximava de La Plata. As pessoas lá estavam ficando muito bobas muito mossas.

Eu e Bobo tivemos o máximo de cuidado possível durante os três anos seguintes, bebemos só Água Parrier e unzávamos rampas compridas na suva, de modo que nenhuma arga e quando todos começaram a ficar bombos nós num e voltei para cá porque ele meu irmão não consego lembrar qual seu nome

Bobby

Bobby quando ele veio aqui hoje de noite xorano e eu dis Bobby eu armo você Bobby dis mesculpe Bowwow mesculpe eu fiz o mundo toldo chio de indiotas e bambalalões e eu dis melhor ilhotas e balões do que um pedaço grande de garvão preto no ispaus e ele xorô e eu xorei Bobby eu armo você e ele dis você me dá um gole da arga espaciar e eu dis chim e ele dis você vai inscrevê tudo e eu dis chim i eu acho eu fiz mas num me lembro de vedado eu vejo parlavas mas num se o que elas qué dizê

Eu tenho um Bobby seu noume é ermão e eu pens eu escarvei e tenho uma casca para botar isso dentro qui Bobby ds cheia de ar sãoficente para durar um melão asno então bãozinho, bãozinho todagente, euvô pará bãozinho bobby eu amo você não fois suas farta eu amo você

perdoocê

amo você

cintado (pelo mundu),

Que sofram as criancinhas

Ela se chamava senhorita Sidley e sua profissão era ensinar.

Era uma mulher pequena que precisava ficar na ponta dos pés para escrever na parte superior do quadro-negro, como estava fazendo naquele momento. Às suas costas, nenhuma das crianças dava risinhos, sussurrava ou mastigava doces escondidos nas mãos em concha. Conheciam muito bem os instintos mortais da senhorita Sidley. Ela sempre sabia quem estava mascando chiclete no fundo da sala, quem trazia um estilingue no bolso, quem queria ir ao banheiro para trocar figurinhas e não para usar as instalações. Como Deus, ela parecia saber tudo ao mesmo tempo.

Estava ficando com os cabelos grisalhos e a armação que usava para sustentar sua coluna debilitada ficava claramente delineada sob seu vestido estampado. Uma mulher pequena, sempre sofrida, com olhos miúdos. Mas eles a temiam. Sua língua era uma lenda no pátio do recreio. Os olhos, quando focalizavam um aluno dando risinhos ou sussurrando, podiam fazer tremer os joelhos mais fortes.

Naquele momento, escrevendo no quadro-negro a lista das palavras do dia para o exercício ortográfico, ela concluía que o êxito de sua longa carreira de ensino podia ser resumido e comprovado por essa singular ação cotidiana: ela podia ficar de costas para seus alunos com confiança.

— Férias — falou ela, pronunciando a palavra enquanto a escrevia com sua caligrafia firme e sem floreios. — Edward, por favor, empregue a palavra *férias* numa sentença.

— Fui de férias à cidade de Nova York — falou Edward, com voz esganiçada. Depois, como a senhorita Sidley tinha ensinado, repetiu a palavra cuidadosamente. — Fé-ri-as.

— Muito bem, Edward. — Ela passou à palavra seguinte.

Evidentemente, ela possuía seus pequenos truques. Acreditava firmemente que o êxito dependia tanto das pequenas coisas quanto das grandes. Aplicava esse princípio na sala de aula constantemente e nunca falhava.

— Jane — disse em voz baixa.

Jane, que estava folheando seu livro de leitura às escondidas, ergueu os olhos com ar de culpa.

— Agora feche esse livro, por favor. — O livro foi fechado e Jane olhou com olhos claros e furiosos para as costas da senhorita Sidley. — E você ficará sentada à sua carteira durante 15 minutos depois do sinal.

Os lábios de Jane tremeram.

— Sim, senhorita Sidley.

Um de seus pequenos truques era o uso cuidadoso dos óculos. A turma toda era refletida nas suas lentes grossas, e ela sempre achou um pouco de graça nos seus rostos culpados, assustados, quando ela os apanhava nas suas pequenas travessuras. Agora ela viu quando, na primeira fila, um Robert meio fantasmagórico e distorcido franziu o nariz. Não disse nada. Ainda não. Robert se enforcaria se lhe desse um pouco mais de corda.

— Amanhã — pronunciou com clareza. — Robert, você vai usar a palavra *amanhã* numa sentença, por favor.

Robert franziu a testa diante do problema. A sala de aula estava silenciosa e sonolenta sob o sol do fim de setembro. O relógio elétrico sobre a porta zumbia um boato da saída às 15h dentro de apenas meia hora, e a única coisa que impedia que as cabeças jovens cochilassem sobre seus livros de ortografia era a ameaça silenciosa e sinistra das costas da senhorita Sidley.

— Estou esperando, Robert.

— Amanhã vai acontecer uma coisa ruim — disse Robert. As palavras eram perfeitamente inócuas, mas a senhorita Sidley, com o sétimo sentido de todas as pessoas que aplicam uma disciplina rígida, não gostou delas nem um pouco. — A-ma-nhã — terminou Robert. Suas mãos estavam pousadas corretamente sobre a carteira e ele franziu o nariz de novo. Também esboçou um pequeníssimo sorriso no canto da boca. A senhorita Sidley, de repente e sem explicação, teve certeza de que Robert conhecia seu pequeno truque com os óculos.

Está certo, muito bem.

Começou a escrever a palavra seguinte sem qualquer menção de elogio para Robert, deixando que seu corpo ereto transmitisse sua própria mensagem. Ficou observando cuidadosamente com um dos olhos. Logo Robert iria pôr a língua de fora ou fazer aquele gesto asqueroso com um só dedo que eles todos conheciam (hoje em dia, até as meninas pareciam conhecê-lo), só para ver se ela realmente sabia o que ele estava fazendo. Então ele seria punido.

O reflexo era pequeno, fantasmagórico e distorcido. E ela estava só com uma pontinha do olho na palavra que estava escrevendo.

Robert se transformava.

Ela pegou apenas um lampejo disso, apenas uma olhada assustadora do rosto de Robert se transformando em alguma coisa... diferente.

Ela se voltou rápido, o rosto pálido, quase sem sentir a fisgada de dor reclamando nas suas costas.

Robert olhava para ela com ar afável e intrigado. Suas mãos estavam pousadas corretamente. Os primeiros sinais de um penteado bico de pato apareciam na parte de trás de sua cabeça. Ele não parecia estar assustado.

Foi imaginação minha, pensou ela. *Estava à procura de alguma coisa e quando não havia nada, minha mente simplesmente inventou alguma coisa. Muito gentil de sua parte. Entretanto...*

— Robert? — Ela quis ser autoritária, quis que sua voz fizesse a exigência muda de uma confissão. Mas não soou assim.

— Sim, senhorita Sidley? — Seus olhos eram de um castanho muito escuro, como a lama no fundo de um riacho que passa devagar.

— Nada.

Virou-se de volta para o quadro-negro. Um pequeno sussurro correu pela turma.

— *Silêncio!* — Gritou ela e voltou-se para encará-los. — Mais um ruído e ficaremos todos depois da aula com Jane!

Ela se dirigiu a toda a turma, mas olhou bem diretamente para Robert. Ele devolveu o olhar com uma inocência de criança: *Quem, eu? Eu não, senhorita Sidley.*

Virou-se para o quadro-negro e começou a escrever, sem olhar pelos cantos de seus óculos. A última meia hora se arrastou e pareceu que Robert lhe lançou um olhar estranho quando estava saindo. Um olhar que dizia: *Temos um segredo, não temos?*

O olhar não lhe saía da cabeça. Estava fixado ali, como um pequeno fiapo de rosbife entre dois molares: na verdade, uma coisa de nada, mas que parece grande como uma lasca de madeira.

Sentou-se para comer seu jantar solitário às 17h (ovos pochê numa torrada) ainda pensando nisso. Sabia que estava ficando mais velha e aceitava essa constatação com tranquilidade. Não ia ser uma daquelas professoras velhas, solteironas, que tinham que ser arrastadas esperneando da sua sala de aula ao chegarem à idade da aposentadoria. Elas lhe faziam recordar jogadores que não eram capazes de deixar a mesa de jogo quando estavam perdendo. Mas *ela* não estava perdendo. Ela sempre fora uma vencedora.

Olhou para os ovos pochê.

Não fora?

Pensou nos rostos bem lavados da sua turma da terceira série e deu com o rosto de Robert se destacando entre eles.

Levantou-se e acendeu mais uma luz.

Mais tarde, logo antes de pegar no sono, o rosto de Robert flutuou na sua frente, sorrindo de maneira desagradável na escuridão por trás de suas pálpebras. O rosto começou a se transformar...

Mas antes que ela visse exatamente em que ele estava se transformando, a escuridão tomou conta dela.

A senhorita Sidley passou uma noite agitada e, consequentemente, no dia seguinte estava de mau humor. Ficou à espera, quase desejando que surgisse um sussurrador, uma risadinha, talvez um passador de bilhete. Mas a turma estava sossegada, muito sossegada. Todos olhavam para ela impassíveis e parecia que ela podia sentir o peso dos olhos deles sobre si, como formigas cegas se arrastando.

Pare com isso!, disse para si mesma com severidade. *Você está agindo como uma menina assustada recém-saída do magistério!*

Mais uma vez o dia custou a passar e ela achou que ficou mais aliviada do que as crianças quando soou a campainha da saída. As crianças se alinharam em filas comportadas junto à porta, meninos e meninas por altura, de mãos dadas como deviam.

— Podem ir embora — disse ela e ficou escutando com azedume enquanto elas iam gritando pelo corredor rumo à luz intensa do sol.

O que foi que eu vi quando ele se transformou? Alguma coisa cheia de calombos. Alguma coisa que tremulava. Alguma coisa que ficava olhando fixo para mim, é, olhando fixo e sorria e não era nenhuma criança. Era velho e mau e...

— Senhorita Sidley?

Sua cabeça se ergueu de súbito e um pequeno Oh! escapou involuntariamente da sua garganta como um soluço.

Era o senhor Hanning. Ele deu um sorriso encabulado.

— Não quis assustá-la.

— Não há problema algum — disse ela, com mais aspereza do que tinha desejado. Em que estivera pensando? O que havia de errado com ela?

— A senhorita se importaria de conferir as toalhas de papel no banheiro das meninas?

— Claro que não. — Levantou-se, colocando as mãos na parte inferior das costas. O senhor Hanning olhou-a com uma expressão solidária. *Não fale nada,* pensou ela. *A solteirona não está achando graça. Nem mesmo interessada.*

Passou pelo senhor Hanning e se encaminhou pelo corredor para o banheiro das meninas. Um bando de meninos carregando equipamentos de beisebol arranhados e amassados caiu em silêncio ao vê-la, e se esgueiraram com ar de culpa porta afora, recomeçando então sua algazarra.

A senhorita Sidley franziu a testa na direção deles, pensando em como as crianças eram diferentes na sua época. Não que agora fossem mais delicadas — as crianças nunca tiveram inclinação para isso — e não propriamente mais respeitosas em relação aos mais velhos. Era uma espécie de hipocrisia que nunca tinha existido antes. Uma tranquilidade sorridente em volta dos adultos que nunca tinha existido antes. Uma espécie de desprezo sereno que causava perturbação e nervosismo. Como se eles estivessem...

Escondendo-se por trás de máscaras? É isso?

Mandou o pensamento para longe e entrou no banheiro. Era um ambiente pequeno, em forma de L. As privadas ficavam enfileiradas ao longo da perna maior, as pias nos dois lados da menor.

Quando estava conferindo as caixas das toalhas de papel, percebeu de relance o reflexo do seu rosto num dos espelhos e ficou surpresa ao olhá-lo mais de perto. Não gostou do que viu, nem um pouco. Havia uma expressão que não estava lá dois dias antes, um olhar assustado, vigilante. Com um choque súbito, deu-se conta de que o impreciso reflexo do rosto pálido e respeitoso de Robert nos seus óculos havia penetrado nela e estava se inflamando.

A porta se abriu e ela ouviu duas meninas entrando, dando risinhos de segredo sobre alguma coisa. Estava a ponto de dobrar a parede e passar por elas quando ouviu seu próprio nome. Voltou para as pias e começou a conferir as caixas das toalhas de papel de novo.

— E então ele...

Risinhos suaves.

— Ela sabe, mas...

Mais risinhos, suaves e pegajosos como sabão se derretendo.

— A senhorita Sidley está...

Parem! Parem com esse barulho!

Movendo-se rapidamente, ela podia ver suas sombras, borradas e indefinidas pela luz difusa que se filtrava pelas janelas opacas, abraçando-se com uma alegria de meninas.

Outro pensamento emergiu da sua mente.

Sabiam que ela estava ali.

Sabiam. Sabiam sim. As vagabundinhas sabiam.

Ela ia sacudi-las. Sacudi-las até que ficassem batendo os dentes e seus risinhos se transformassem em gemidos, ia bater com suas cabeças nas paredes de ladrilho e ia fazê-las *confessarem* que sabiam.

Foi então que as sombras se modificaram. Pareceram alongar-se, deslizar como melado gotejante, assumindo umas estranhas formas encurvadas que fizeram a senhorita Sidley se encolher de encontro às pias de louça, o coração inchando no peito.

Mas elas continuaram dando risinhos.

As vozes se modificaram, não mais de meninas, mas agora sem sexo e sem alma, e muito, muito más. Um som lento e intumescido de humor irracional que deu a volta pela quina da parede em sua direção, como um fluxo de esgoto.

Ela ficou olhando fixamente para as sombras encurvadas e de repente gritou para elas. O grito continuou sem parar, inundando sua cabeça até que chegou a um tom de alucinação. E então ela desmaiou. Os risinhos, como o riso de demônios, seguiram-na pela escuridão adentro.

Ela não podia, é claro, contar-lhes a verdade.

A senhorita Sidley percebeu isso no momento em que abriu os olhos e viu os rostos ansiosos do senhor Hanning e da senhora Crossen. A senhora Crossen estava segurando sob seu nariz um frasco de sais do estojo de primeiros socorros do ginásio de esportes. O senhor Hanning voltou-se para trás e disse às duas meninas, que estavam olhando curiosas para a senhorita Sidley, que fossem para casa, por favor.

Ambas sorriram para ela — sorrisos lentos de temos-nosso-segredo — e saíram.

Muito bem, ela guardaria seu segredo. Por enquanto. Ela não ia fazer com que as pessoas pensassem que ela estava maluca ou que os primeiros tentáculos da senilidade a tinham tocado mais cedo. Ela entraria no jogo delas. Até que pudesse revelar a perversidade delas e arrancá-la pelas raízes.

— Acho que escorreguei — disse calmamente, sentando-se e não fazendo caso da dor excruciante nas costas. — Um pedaço úmido.

— Isso é terrível — disse o senhor Hanning. — Terrível. A senhorita está...

— A queda machucou suas costas, Emily? — interrompeu a senhora Crossen. O senhor Hanning olhou-a agradecido.

A senhorita Sidley se levantou, as costas urrando dentro do seu corpo.

— Não — respondeu. — Na realidade, a queda parece ter produzido um pequeno milagre ortopédico. Há anos não sentia minhas costas tão bem.

— Podemos mandar chamar um médico... — começou a dizer o senhor Hanning.

— Não é preciso. — A senhorita Sidley dirigiu-lhe um sorriso tranquilo.

— Vou até minha sala pedir um táxi.

— O senhor não vai fazer nada disso — falou a senhorita Sidley, caminhando para a porta do banheiro das meninas e abrindo-a. — Eu sempre pego o ônibus.

O senhor Hanning deu um suspiro e olhou para a senhora Crossen. A senhora Crossen ergueu os olhos para o teto e não disse nada.

No dia seguinte, a senhorita Sidley prendeu Robert depois da aula. Ele não fizera nada para justificar o castigo, de modo que ela simplesmente o acusou sem razão. Não sentiu qualquer remorso, pois ele era um monstro e não um garotinho. Ela precisava fazê-lo confessar isso.

Suas costas eram uma agonia. Ela percebeu que Robert sabia e esperava que isso o favorecesse. Mas não ia favorecê-lo. Essa era outra das suas pequenas vantagens. Suas costas tinham sido para ela uma dor constante durante os últimos 12 anos e em muitas ocasiões estiveram tão mal como agora. Bem, *quase* tão mal.

Fechou a porta, trancando-se com ele na sala.

Por um momento, ela ficou imóvel, seu olhar fixado em Robert. Esperou que ele baixasse os olhos. Ele não baixou. Devolveu seu olhar e afinal um pequeno sorriso começou a brincar nos cantos da sua boca.

— Por que você está sorrindo, Robert? — perguntou ela mansamente.

— Não sei — disse Robert, e continuou sorrindo.

— Diga-me, por favor.

Robert não falou nada.

E continuou sorrindo.

O som das crianças brincando lá fora era distante, como num sonho. Só o zumbido hipnótico do relógio de parede era real.

— Há uma porção de nós — disse Robert de repente, como se estivesse falando do clima.

Foi a vez da senhorita Sidley ficar calada.

— Onze bem aqui nessa escola.

Muito mau, pensou ela, espantada. *Muito, incrivelmente mau.*

— Os menininhos que inventam histórias vão para o inferno — falou ela com clareza. — Sei que muitos pais não fazem mais com que... sua *prole*... tenha consciência desse fato, mas posso lhe garantir, Robert, que isso é um fato *verdadeiro*. Menininhos que inventam histórias vão para o inferno. Aliás, as menininhas também.

O sorriso de Robert se abriu mais, ficando parecido com o de uma raposa.

— Quer ver me transformar, senhorita Sidley? Quer ver bem de perto?

A senhorita Sidley sentiu um arrepio na espinha.

— Vá embora — disse secamente. — E traga sua mãe ou seu pai à escola com você amanhã. Vamos resolver esse assunto. — Pronto. Novamente em terreno firme. Ficou esperando que sua fisionomia se desmanchasse, esperando as lágrimas.

Em vez disso, o sorriso de Robert abriu-se ainda mais, o bastante para mostrar seus dentes.

— Vai ser igualzinho ao Aponte e Diga, não é, senhorita Sidley? Robert, o *outro* Robert, gostava do Aponte e Diga. Ele ainda está se escondendo lá no fundo, bem no fundo da minha cabeça. — O sorriso se curvou nos cantos da boca como se fosse de papel queimado. — Às vezes ele fica dando voltas... dá coceira. Ele quer que eu o deixe sair.

— Vá embora — disse a senhorita Sidley sem inflexão. O zumbido do relógio parecia muito alto.

Robert se transformou.

De repente, seu rosto se desfez como cera derretida, os olhos se achatando e se espalhando como gema de ovo cortada à faca, o nariz se alargando e se abrindo, a boca desaparecendo. A cabeça se alongou e o cabelo subitamente não era cabelo, mas extensões que se contorciam.

Robert começou a dar uma risada contida.

O som lento e cavernoso vinha do que antes fora seu nariz, mas o nariz estava se projetando para a parte inferior do rosto, as narinas se unindo e se fundindo numa área negra como se fosse uma boca gigantesca, berrando.

Robert se levantou, ainda rindo, e por trás disso tudo ela podia ver os últimos restos destroçados do outro Robert, o verdadeiro menininho que essa coisa alienígena tinha usurpado, uivando num terror maníaco, gritando para ser libertado.

Ela saiu correndo.

Ela fugiu gritando pelo corredor e os poucos alunos que estavam saindo tarde se viraram para olhar para ela com olhos arregalados, sem entender. O senhor Hanning abriu sua porta depressa e olhou para fora exatamente quando ela se lançava pelas amplas portas de vidro da entrada, com os braços agitados, um alucinado espantalho delineado contra o céu claro de setembro.

Ele correu atrás dela, com o pomo-de-adão subindo e descendo na garganta.

— Senhorita Sidley! *Senhorita Sidley!*

Robert saiu da sala de aula e ficou olhando intrigado.

A senhorita Sidley nem viu nem ouviu nada. Ela desceu esbaforida a escada, cruzou a calçada e foi parar na rua, com os gritos de Robert indo atrás dela. Uma buzina enorme berrando e o ônibus estava crescendo sobre ela, o rosto do motorista uma máscara de gesso de medo. Os freios rincharam e assobiaram como se fossem dragões raivosos.

A senhorita Sidley caiu e as rodas imensas estremeceram numa parada fumegante a apenas 20 centímetros de seu corpo frágil, com uma armação de suporte. Ficou tremendo no chão, escutando a multidão se aglomerar à sua volta.

Virou o corpo e as crianças estavam olhando de cima para ela. Estavam formando um pequeno círculo apertado, como acompanhantes do cortejo em torno de uma sepultura aberta. E na cabeça da sepultura estava Robert, um pequeno coveiro pronto para lançar a primeira pá de terra sobre seu rosto.

Lá de longe, o balbuciar trêmulo do motorista do ônibus:

— ...doida ou algo assim... meu Deus, mais 15 centímetros...

A senhorita Sidley ficou olhando fixamente para as crianças. Suas sombras a cobriam. Seus rostos estavam impassíveis. Algumas delas estavam exibindo pequenos sorrisos secretos, e a senhorita Sidley se deu conta de que logo iria começar a gritar novamente.

Então o senhor Hanning rompeu o nó apertado que elas formavam, mandou-as embora e a senhorita Sidley começou a soluçar debilmente.

Ficou um mês sem voltar para sua terceira série. Disse serenamente ao senhor Hanning que não tinha estado bem e o senhor Hanning sugeriu que fosse ver um médico conhecido para conversar sobre o assunto. A senhorita Sidley concordou que essa era a única coisa racional e sensata a fazer. Também disse que, se a diretoria da escola quisesse sua demissão, ela a pediria imediatamente, embora isso a fosse magoar muitíssimo. O senhor Hanning, aparentando estar sem jeito, disse duvidar que isso fosse necessário. O resultado foi que a senhorita Sidley voltou no final de outubro, mais uma vez pronta para entrar no jogo e agora sabendo como jogá-lo.

Durante a primeira semana, ela deixou as coisas seguirem como sempre. Parecia que a turma toda a via com olhos hostis e dissimulados. Robert lhe dava sorrisos distantes da sua carteira na primeira fila, e ela não tinha coragem de interpelá-lo.

Uma vez, quando ela estava tomando conta do pátio de recreio, Robert foi até ela, segurando uma bola de trapos e sorrindo.

— Agora nós somos tantos que você nem iria acreditar — disse ele. — Nem qualquer outra pessoa. — Espantou-a ao piscar o olho para ela com um ar de infinita malícia. — Sabe, caso você tentasse contar para eles.

Uma menina nos balanços olhou através da área de jogos bem nos olhos da senhorita Sidley e deu uma risada para ela.

A senhorita Sidley sorriu serenamente para Robert abaixo dela:

— Ora, Robert, o que você está querendo dizer?

Mas Robert apenas continuou sorrindo enquanto voltava para seu jogo.

A senhorita Sidley trouxe a pistola para a escola na sua bolsa. Tinha pertencido ao seu irmão. Ele a tinha tirado de um alemão morto pouco depois da Batalha do Bolsão. Jim estava morto fazia agora dez anos. Ela não abrira a caixa onde a pistola tinha estado durante pelo menos cinco anos, mas quando a abriu ela ainda estava lá, brilhando soturnamente. Os pentes de munição também ainda estavam lá, e ela carregou a pistola com cuidado, exatamente como Jim lhe tinha ensinado.

Sorriu com um jeito amável para sua turma e para Robert em especial. Robert devolveu o sorriso e ela pôde ver a obscura feição estranha nadando logo abaixo da pele, lamacenta, cheia de imundície.

Ela não tinha a menor ideia do que agora estava vivendo dentro da pele de Robert, e não se importava com isso. Ela apenas esperava que, a essa altura, o verdadeiro menininho tivesse desaparecido por completo. Ela não queria ser uma assassina. Chegou à conclusão de que o verdadeiro Robert devia ter morrido ou enlouquecido, vivendo dentro da coisa suja e rastejante que tinha dado risada para ela na sala de aula e a havia impelido aos gritos para a rua. Portanto, mesmo que ele ainda estivesse vivo, libertá-lo de seu sofrimento seria um ato de caridade.

— Hoje vamos fazer uma prova — disse a senhorita Sidley.

A turma não gemeu nem se mexeu apreensivamente, apenas ficaram olhando para ela. Podia sentir seus olhos, como se fossem pesos. Pesados, sufocantes.

— É uma prova muito especial. Vou chamá-los à sala do mimeógrafo, um por um, e dá-la a cada um. Depois vocês podem comer um doce e ficarão livres pelo resto do dia. Vai ser bom, não vai?

Deram uns sorrisos vagos e não disseram nada.

— Robert, você quer vir em primeiro lugar?

Robert se levantou, dando aquele seu sorrisinho. Franziu seu nariz bem ostensivamente para ela.

— Está bem, senhorita Sidley.

A senhorita Sidley pegou sua bolsa e foram juntos pelo corredor vazio, que ecoava, passando pelo zumbido sonolento das turmas lendo alto por trás das portas fechadas. A sala do mimeógrafo ficava no fim do corredor, depois dos banheiros. Tornaram-na à prova de som dois anos antes, pois a máquina grande era muito velha e muito barulhenta.

A senhorita Sidley fechou a porta atrás de si e trancou-a.

— Ninguém pode ouvi-lo — disse ela calmamente. Tirou a pistola da bolsa. — Nem você nem isso.

Robert deu um sorriso inocente.

— Mas há muitos de nós. Muitos mais do que aqui. — Colocou uma mãozinha bem lavada sobre a gaveta de papel do mimeógrafo. — Você gostaria de ver eu me transformar novamente?

Antes que ela pudesse falar, o rosto de Robert começou a tremular, passando para a feição grotesca que havia por baixo, e a senhorita Sidley atirou nele. Uma vez. Na cabeça. Ele caiu para trás, de encontro às prateleiras forradas de papel e deslizou para o chão, um menininho morto com um buraco circular negro por cima do olho direito.

Tinha uma aparência patética.

A senhorita Sidley ficou de pé sobre ele, ofegante. Seu rosto estava pálido.

A figura encolhida não se mexeu.

Era humana.

Era Robert.

— Não!

— Era tudo imaginação sua, Emily. Tudo imaginação sua.

— Não! Não, não, *não*!

Voltou à sala de aula e começou a levá-los, um por um. Matou 12 deles e teria matado todos se a senhora Crossen não tivesse ido até lá em busca de papel almaço.

Os olhos da senhora Crossen ficaram muito esbugalhados, e uma das mãos subiu lentamente e apertou-se sobre a boca. Começou a gritar e ainda estava gritando quando a senhorita Sidley a alcançou e colocou uma mão sobre seu ombro.

— Tinha que ser feito, Margaret — disse à senhora Crossen, que estava aos berros. — É terrível, mas tinha que ser. Eles são todos monstros.

A senhora Crossen ficou olhando para os pequenos corpos com roupas alegres espalhados em volta do mimeógrafo e continuou a gritar. A menininha cuja mão a senhorita Sidley segurava começou a chorar sem parar, monotonamente:

— *Uaahhh... uaahhh... uaahhh.*

— Transforme-se — disse a senhorita Sidley. — Transforme-se para a senhora Crossen. Mostre a ela que tinha que ser feito.

A menina continuava a chorar sem entender.

— Maldita, *transforme-se!* — gritou a senhorita Sidley. — Sua vagabunda suja, suja e vil, sua vagabunda imunda e desnaturada! *Transforme-se!* Que Deus a maldiga, *transforme-se!* — Ergueu a pistola. A menininha se encolheu e então a senhora Crossen saltou sobre ela como uma gata e sua coluna cedeu.

Não houve julgamento.

Os jornais exigiram um julgamento, pais desesperados fizeram ameaças histéricas contra a senhorita Sidley e a cidade ficou paralisada, em estado de choque, mas, no final, as cabeças mais ponderadas prevaleceram e não houve julgamento. A Assembleia Legislativa exigiu exames mais rigorosos para seleção de professores, a Escola da Summer Street ficou fechada em sinal de luto durante uma semana e a senhorita Sidley foi em silêncio para Juniper Hill, em Augusta. Foi submetida à análise profunda, recebeu as drogas mais modernas e foi posta em sessões diárias de terapia ocupacional. Um ano mais tarde, sob condições rigorosamente controladas, a senhorita Sidley foi colocada numa situação experimental de terapia de encontro.

Ele se chamava Buddy Jenkins e era psiquiatra.

Ficava sentado atrás de um vidro semiespelhado, com um bloco de anotações, olhando para dentro de uma sala que tinha sido decorada como se fosse uma escola maternal. Na parede oposta, a vaca estava saltando por cima da lua e o ratinho subia pelo relógio. A senhorita Sidley estava sentada numa cadeira de rodas com um livro de histórias, rodeada por um grupo de crianças confiantes, babando, sorridentes e cataclismicamente retardadas. Sorriam para ela, babavam e a tocavam com seus dedinhos molhados, enquanto assistentes na janela seguinte vigiavam para notar o primeiro sinal de um movimento agressivo.

Durante algum tempo, Buddy achou que ela estava reagindo bem. Lia em voz alta, acariciava a cabeça de uma menina, consolou um menino pequeno quando caiu por cima de um bloco de madeira. Depois ela pareceu ver algo que a perturbou. Sua testa se franziu e ela desviou o olhar das crianças.

— Leve-me embora, por favor — disse a senhorita Sidley, em tom manso e sem expressão, sem se dirigir a qualquer pessoa em especial.

E então ela foi levada embora. Buddy Jenkins observou as crianças que a viram ir embora, os olhos bem abertos e inexpressivos, mas de algum modo profundos. Uma sorriu e outra meteu os dedos na boca maliciosamente. Duas menininhas se abraçaram e deram uns risinhos.

Naquela noite, a senhorita Sidley cortou a garganta com um pedaço de espelho partido e depois disso Buddy Jenkins começou a observar as crianças cada vez mais. No final, mal conseguia tirar os olhos de cima delas.

O Piloto da Noite

1

A despeito da sua licença de piloto, Dees não chegou de fato a se interessar, até que ocorreram os assassinatos no aeroporto em Maryland, o terceiro e o quarto da série. Então ele sentiu o cheiro daquela combinação especial de sangue e vísceras com que os leitores da *Inside View* tinham se acostumado. Somada com um bom mistério barato como esse, abria-se a probabilidade de um aumento explosivo da tiragem e, no negócio dos tabloides, tiragem maior era mais do que o objetivo do jogo, era o Santo Graal.

Para Dees, entretanto, havia uma notícia boa e outra má. A boa é que ele tinha chegado à história antes do resto da matilha. Ainda estava invicto, ainda campeão, ainda o porco-chefe na pocilga. A má notícia era que quem de fato merecia as palmas era Morrison... pelo menos até então. Morrison, o editor recém-chegado, tinha continuado a esmiuçar o raio da coisa mesmo depois de Dees, o repórter veterano, ter garantido que não havia mais do que fumaça e boatos. Dees não gostava da ideia de que Morrison tinha sentido o cheiro de sangue primeiro — na verdade, odiava o fato — e isso lhe dava uma ânsia inteiramente compreensível de provocar o homem. E ele sabia exatamente como fazê-lo.

— Duffrey, em Maryland, é?

Morrison assentiu com a cabeça.

— Alguém na imprensa séria já acordou para o caso? — perguntou Dees e ficou contente por ver Morrison ficar imediatamente ouriçado.

— Se você quer dizer se alguém levantou a hipótese de que há um *serial killer* à solta, a resposta é não — retrucou num tom formal.

Mas não vai demorar muito, pensou Dees.

— Mas não vai demorar muito — disse Morrison. — Se acontecer mais outro...

— Me dá a pasta — falou Dees, apontando para a pasta bege que estava sobre a escrivaninha sinistramente arrumada de Morrison.

Em vez disso, o editor careca pôs a mão em cima dela e Dees percebeu duas coisas: Morrison ia entregá-la a ele, mas não sem antes fazê-lo pagar um pouco por sua descrença inicial... e por sua atitude arrogante do aqui-o-veterano-sou-eu. Bem, talvez isso estivesse certo. Talvez mesmo o porco-chefe da pocilga precisasse de vez em quando que lhe torcessem o rabicho enroscado, só para refrescar sua memória quanto ao seu lugar no quadro geral das coisas.

— Pensei que você devia estar lá no Museu de História Natural, conversando com o sujeito dos pinguins — disse Morrison. Os cantos da boca se curvaram para cima, num sorriso leve mas inegavelmente perverso. — O que acha que eles são mais inteligentes que as pessoas *e* os golfinhos.

Dees apontou para a única coisa sobre a escrivaninha de Morrison além da pasta e as fotografias da sua mulher com cara de idiota e de seus três filhos com caras de idiotas: uma caixa de entrada de papéis com um rótulo PÃO DE CADA DIA. Naquele momento, ela continha um fino maço de manuscrito, umas seis ou oito folhas presas com um dos clipes de papel lilás que Dees sempre usava e um envelope em que estava escrito FOTOS — NÃO DOBRE.

Morrison tirou a mão de cima da pasta (parecendo pronto a baixá-la de novo sobre ela ao menor movimento de Dees), abriu o envelope e sacudiu-o para fazer sair duas folhas cobertas de provas de fotos preto e branco pouco maiores do que selos postais. Cada foto mostrava longas filas de pinguins olhando silenciosamente para o espectador. Havia alguma coisa inegavelmente horripilante neles. Para Merton Morrison, eles pareciam zumbis de George Romero vestidos de *smoking*. Balançou a cabeça num gesto de confirmação e enfiou-as de volta no envelope.

Dees detestava todos os editores por princípio, mas tinha que admitir que esse pelo menos reconhecia o mérito de quem o tinha. Era uma qualidade rara, que, Dees desconfiava, iria causar ao homem todo tipo de problema de saúde mais tarde. Ou, talvez, esses problemas já tivessem começado. Ali estava ele sentado, certamente com menos de 35 anos, com pelo menos 70 porcento do crânio descoberto.

— Nada mal — falou Morrison. — Quem as tirou?

— *Eu* tirei — disse Dees. — *Sempre* tiro as fotos que acompanham minhas matérias. Você nunca olha para os créditos das fotos?

— Não, geralmente não — disse Morrison e deu uma olhada na manchete provisória que Dees tinha colocado no topo da sua história de pinguins. É claro que Libby Grannit, na composição, viria com uma mais chamativa, de maior impacto — afinal, esse era seu trabalho —, mas os instintos de Dees funcionavam até para as manchetes e geralmente ele acertava com a rua, embora nem sempre com o número da porta e do apartamento. Essa dizia INTELIGÊNCIA ALIENÍGENA NO POLO NORTE. Evidentemente, os pinguins não eram alienígenas e Morrison tinha uma vaga ideia de que eles na realidade viviam no polo *Sul*, mas essas coisas não tinham muita importância. Os leitores da *Inside View* eram alucinados por Alienígenas e por Inteligência (talvez porque a maioria deles se sentisse como os primeiros e intuísse uma profunda deficiência da segunda) e *isso* é que tinha importância.

— A manchete está um pouco fraca — começou Morrison —, mas...

— ...é para isso que serve Libby — completou Dees por ele. — Então...

— Então? — perguntou Morrison. Seus olhos eram grandes, azuis e inocentes por trás dos óculos de armação dourada. Tornou a pôr a mão em cima da pasta, deu um sorriso para Dees e ficou esperando.

— Então, o que você quer que eu diga? Que me enganei?

O sorriso de Morrison abriu-se mais um ou dois milímetros.

— Apenas que é possível que você *tenha* se enganado. Acho que isso é suficiente, você sabe o banana que sou.

— É, me engana que eu gosto — falou Dees, mas estava aliviado. Era capaz de aguentar uma pequena humilhação; não gostava mesmo era de ter que rastejar de barriga.

Morrison ficou sentado, olhando para ele, com a mão direita espalmada sobre a pasta.

— Tá certo, é possível que eu estivesse enganado.

— Que generosidade a sua reconhecer isso — disse Morrison, e entregou-lhe a pasta.

Dees pegou-a com sofreguidão, levou-a até a cadeira junto da janela e abriu-a. O que leu dessa vez — não passava de uma desordenada coletânea de matérias de agências de notícias e recortes de alguns semanários de cidades do interior — o deixou atônito.

Não vi isso antes, pensou. E logo em seguida: *Por que* não vi isso antes?

Não sabia... mas *sim,* sabia que talvez precisasse rever a ideia de ser o porco-chefe na pocilga do tabloide se deixasse passar muitas outras histórias como essa. Ele também sabia de uma outra coisa: se as posições sua e de Morrison estivessem invertidas (e Dees tinha recusado a cadeira de editor da *Inside View* não uma, mas duas vezes nos últimos sete anos), teria obrigado Morrison a se arrastar de barriga como um réptil antes de lhe entregar a pasta.

Corta essa, falou para si mesmo. Você o teria colocado na rua com um pontapé no rabo.

A ideia de que podia estar começando a bater pino esvoaçou por sua cabeça. Sabia que nessa atividade a proporção de gente que pifava era muito alta. Aparentemente, alguém só podia passar um certo número de anos escrevendo sobre discos voadores levando embora aldeias brasileiras inteiras (geralmente ilustradas com fotografias desfocadas de lâmpadas penduradas com linhas), cães que sabiam calcular e pais desempregados cortando suas crianças em pedacinhos como se fossem lenha. Então um dia, de repente, você estourava. Como Dottie Walsh, que foi para casa uma noite e se meteu na banheira com um saco plástico de lavanderia enrolado na cabeça.

Não seja bobo, disse para si mesmo. Mas mesmo assim estava inquieto. A história tinha estado ali, *bem ali,* do tamanho de um dinossauro e tão feia quanto. Como, com todos os diabos, tinha podido deixá-la passar?

Ergueu os olhos para Morrison, que estava com a cadeira recostada para trás, com as mãos trançadas sobre o estômago e observando-o.

— E aí? — indagou Morrison.

— É — retrucou. — Isso pode ser uma boa. E não é só isso. Acho que a história é verdadeira.

— Não me interessa se ela é verdadeira ou não — falou Morrison — desde que ela venda o jornal. E vai vender um *bocado* de jornal, não vai, Richard?

— Vai. — Levantou-se e enfiou a pasta debaixo do braço. — Quero refazer a trilha desse cara, começando com o primeiro de que temos conhecimento, lá em cima, no Maine.

— Richard?

Voltou-se da porta e viu que Morrison estava novamente olhando para as folhas com as provas das fotos. Estava sorrindo.

— O que você acha de nós publicarmos as melhores dessas ao lado de uma fotografia do Danny DeVito naquele filme do Batman?

— Por mim está bem — disse Dees, e saiu. Para seu alívio, as indagações e as dúvidas sobre si próprio foram de repente postas de lado. Sentia de novo o velho odor de sangue, forte e amargamente atraente, e no momento só queria ir atrás dele até o final. O final chegou uma semana depois, não no Maine, não em Maryland, mas muito mais ao sul, na Carolina do Norte.

2

Era verão, o que queria dizer que a vida devia estar fácil e o algodão crescendo alto, mas nada estava sendo fácil para Richard Dees enquanto aquele longo dia ia terminando rumo à escuridão.

O maior problema era sua incapacidade, pelo menos até então, de pousar no pequeno aeroporto de Wilmington, que atendia apenas a uma companhia aérea grande, algumas empresas de segunda e uma porção de aviões particulares. Havia pesados núcleos de nuvens de tempestade na área e Dees estava dando voltas a uns 150 quilômetros do aeroporto, indo para cima e para baixo como um ioiô no ar, instável e dizendo palavrões à medida que a última hora de luz do dia ia se esgotando. Quando recebeu permissão para o pouso, eram 19h45. Faltavam menos de quarenta minutos para o pôr do sol oficial. Ele não sabia se o

Piloto da Noite obedecia às regras tradicionais ou não, mas, em caso afirmativo, ia estar em cima da hora.

E Dees tinha certeza de que o Piloto *estava* ali. Tinha encontrado o lugar certo, o Cessna Skymaster certo. Sua presa podia ter escolhido Virginia Beach, Charlotte, Birmingham ou algum ponto ainda mais ao sul, mas não tinha. Dees não sabia onde ele tinha se escondido entre deixar Duffrey, em Maryland, e chegar aqui, mas isso não o preocupava. Bastava saber que sua intuição tinha estado certa: seu menino tinha continuado a percorrer o circuito das birutas de aeroporto. Dees tinha passado uma boa parte da semana anterior chamando todos os aeroportos, ao sul de Duffrey, que pareciam apropriados para o modo de ação do Piloto, repetindo o percurso das chamadas uma vez atrás da outra, digitando no teclado do telefone de seu quarto de hotel da cadeia Days Inn até ficar com o dedo doendo e seus contatos no outro lado da linha começarem a se mostrar irritados com a sua persistência. Contudo, no final, a persistência tinha dado resultado, como frequentemente acontecia.

Na noite anterior, aviões particulares tinham pousado em todos os aeroportos mais prováveis e havia Cessna Skymaster 337s em todos eles. Não era de surpreender, pois eles eram os fuscas da aviação particular. Mas o Cessna 337 que tinha pousado na noite anterior em Wilmington era, sem sombra de dúvida, o que ele estava procurando. Estava em cima do cara.

Caindo em cima.

— N471B, vetor ILS* pista 34 — recitou laconicamente a voz pelo rádio nos seus fones de ouvido. — Voe rumo 160. Baixe e permaneça a 3 mil.

— Rumando 160. Deixando 6 para 3 mil, entendido.

— E esteja prevenido que ainda estamos com um tempo ruim aqui embaixo.

— Entendido — disse Dees, pensando que o velho matuto, lá embaixo, num barril de cerveja qualquer que fazia as vezes de Controle do Tráfego Aéreo em Wilmington, era de fato um grande boa-praça por lhe dizer isso. Ele *sabia* que ainda estava um tempo ruim na área. Podia ver as frentes

* ILS (*Instrument Landing System*) é a sigla usada internacionalemnte para designar o sistema de pouso por instrumento. (N. do T.)

de tempestade, algumas com raios ainda disparando no seu bojo como se fossem gigantescos fogos de artifício, e tinha passado os últimos cerca de quarenta minutos voando em círculos e se sentindo mais como um homem dentro de um liquidificador do que num Beechcraft bimotor.

Desligou o piloto automático, que durante tanto tempo o tinha conduzido em volta do mesmo pedaço idiota, ora visível, ora escondido, de campos agrícolas da Carolina do Norte, e agarrou os controles. Que ele pudesse enxergar, não havia nenhum algodão lá embaixo, nem alto nem nada. Só um monte de áreas gastas de plantio de fumo, agora tomadas de capim selvagem. Dees ficou feliz por poder apontar o nariz do seu avião em direção a Wilmington e começar a descida, monitorada por piloto, Controle de Tráfego Aéreo e torre, para fazer a aproximação pelo ILS.

Pegou o microfone, pensou em dar um berro pro velho matuto, perguntando se por acaso havia alguma coisa estranha acontecendo lá embaixo — aquela coisa de noite escura e com tempestade que os leitores da *Inside View* adoravam —, depois recolocou o microfone no gancho. Tinha conferido a hora oficial de Washington quando vinha voando do Aeroporto Nacional de Washington — ainda faltava um pouco até o pôr do sol. Não, pensou, talvez fosse melhor guardar as perguntas só para si por mais algum tempo.

Dees acreditava que o Piloto da Noite fosse um vampiro de verdade da mesma maneira como acreditava que tinha sido a Fada do Dente que havia posto aquelas moedinhas embaixo de seu travesseiro quando ele era garoto e arrancava um dente. Porém, se o sujeito *achava* que era um vampiro — e Dees estava convencido de que esse sujeito de fato achava que era —, isso era suficiente para fazê-lo seguir as regras.

Afinal, a vida imita a arte.

O Conde Drácula com uma licença de piloto civil.

Você tem que admitir, pensou Dees, que era bem melhor do que pinguins assassinos conspirando para derrubar a raça humana.

O Beech sacolejou quando passou por uma grossa camada de cúmulo no seu rumo de descida constante. Dees disse um palavrão e ajustou a altitude do avião, que parecia cada vez mais infeliz com o tempo.

Nós dois, vocês e eu, meninas, pensou Dees.

Quando saiu da nuvem, pôde ver nitidamente as luzes de Wilmington e de Wrightsville Beach de novo.

Sim, senhor, as gorduchas que fazem compras nas 7-Eleven vão adorar essa, pensou enquanto caíam uns raios à esquerda. *Vão comprar uns 70 zilhões de exemplares dessa beleza quando forem comprar sua ração noturna de Twinkies e cerveja.*

Mas era mais do que isso e ele o sabia.

Essa podia ser... bem... apenas muito, muito boa.

Essa podia ser *autêntica.*

Houve uma época em que uma palavra como essa nunca teria passado pela sua cabeça, meu velho, pensou ele. Talvez *estivesse* começando a bater pino.

Mesmo assim, grandes manchetes bailavam na sua cabeça como promessas deliciosas: REPÓRTER DA *INSIDE VIEW* CAPTURA O LOUCO PILOTO DA NOITE. HISTÓRIA EXCLUSIVA DE COMO O PILOTO DA NOITE BEBEDOR DE SANGUE FOI FINALMENTE APANHADO. O DRÁCULA MORTÍFERO DECLARA: — PRECISAVA DE SANGUE.

Não chegava a ser uma ópera, Dees tinha que admitir, mas achou que dava para cantar do mesmo jeito. Achou que dava uma boa música.

Acabou pegando o microfone e apertou o botão. Sabia que seu companheiro sanguinário ainda estava lá embaixo, mas também sabia que não ia ficar descansado enquanto não tivesse absoluta certeza.

— Wilmington, aqui é N471B. Vocês ainda estão com um Skymaster 337 de Maryland aí no pátio do estacionamento?

Em meio à estática:

— Parece que sim, meu chefe. Não posso falar agora. Estou com tráfego aéreo.

— Ele tem umas listras vermelhas? — insistiu Dees.

Por um instante, ele achou que ia ficar sem resposta, e então:

— Listras vermelhas, entendido. Larga disso, N471B, se não quiser que eu veja se posso tacar uma multa da FCC* em vocês. Tenho mais o que fazer nesta noite do que ficar de papo.

— Obrigado, Wilmington — falou Dees na sua voz mais cortês. Pendurou o microfone e depois fez um gesto obsceno com o dedo na

* A FCC (*Federal Communications Commission*) é a autoridade responsável pelo uso correto dos meios de telecomunicações nos Estados Unidos. (N. do T.)

sua direção, mas estava sorrindo, mal notando os solavancos quando passou por outra camada de nuvem. Skymaster, listras vermelhas e estava pronto a apostar o salário do próximo ano que, se o imbecil na torre não estivesse tão ocupado, teria sido capaz de confirmar também o número na cauda: N101BL.

Uma semana, meu Deus, uma semaninha. Fora tudo de que precisara. Tinha encontrado o Piloto da Noite, ainda não estava escuro e, por incrível que pudesse parecer, não havia polícia nenhuma no local. Se *houvesse* policiais e se eles estivessem lá por causa do Cessna, era quase certo que o caipira o teria dito, com engarrafamento aéreo e mau tempo ou não. Havia certas coisas que eram boas demais para não serem comentadas.

Quero uma foto sua, seu desgraçado, pensou Dees. Agora podia enxergar as luzes de aproximação, brilhando bem brancas no crepúsculo. Pegarei sua história no devido tempo, mas em primeiro lugar, a fotografia. Só uma, mas preciso consegui-la.

É, porque era a foto que tornava a coisa real. Nada de luzes mal delineadas, fora de foco. Nada de "interpretação artística". Uma foto de verdade, em nome de Deus, em preto e branco e ao vivo. Embicou mais, não tomando conhecimento do bipe de descida. Sua fisionomia estava pálida e tensa. Seus lábios estavam ligeiramente arreganhados, deixando à mostra pequenos dentes brancos e brilhantes.

Na combinação das luzes do crepúsculo e do painel de instrumentos, o próprio Richard Dees parecia bastante com um vampiro.

3

Havia muitas coisas que a *Inside View* não era. Erudita era uma, demasiado preocupada com questões menores como exatidão e ética era outra. Mas uma coisa era inegável: ela era primorosamente afinada com horrores. Merton Morrison era um tanto babaca (embora não tanto quando Dees tinha pensado primeiro, quando viu o homem fumando aquela porra daquele seu cachimbo idiota), porém Dees tinha que lhe reconhecer uma coisa: ele tinha se lembrado das coisas que haviam feito da *Inside View* um sucesso — sangue aos baldes e vísceras aos punhados.

Ah, ainda havia retratos de bebês bonitos, um bocado de previsões mediúnicas e Dietas Milagrosas destacando alguns itens improváveis como chocolate, batatas fritas e cerveja. Mas Morrison tinha percebido uma mudança de maré no estado de ânimo dos tempos e nunca tinha duvidado por um só momento de sua própria avaliação quanto à direção que o jornal devia tomar. Dees supunha que confiança era a principal razão pela qual Morrison tinha durado tanto como durara, apesar de seu cachimbo e de seus paletós esporte de *tweed* dos Irmãos Babacas de Londres. O que Morrison sabia era que as crianças das flores dos anos 1960 tinham se transformado nos canibais dos anos 1990. A terapia do abraço, o politicamente correto e a "linguagem dos sentimentos" podiam ser muito importantes entre a classe superior intelectual, mas o sempre popular homem comum continuava muito mais interessado em assassinatos em massa, escândalos ocultos nas vidas das estrelas e em como exatamente Magic Johnson tinha pego AIDS.

Dees não tinha dúvidas de que ainda havia público para *Todas as coisas brilhantes e bonitas*, mas o público de *Toda a merda horrível e sangrenta* voltara a ser uma ação em alta à medida que a geração de Woodstock começou a descobrir fios brancos no cabelo e rugas curvando-se para baixo nos cantos da boca petulante e de boa-vida. Merton Morrison, a quem Dees agora reconhecia como uma espécie de gênio intuitivo, tinha divulgado sua própria visão interior* num famoso memorando dirigido a todo o pessoal e colaboradores, menos de uma semana depois de ele e seu cachimbo terem se instalado no escritório do canto. Fiquem inteiramente à vontade para parar e cheirar as rosas a caminho do trabalho, sugeria esse memorando, mas, depois de chegarem aqui, abram as narinas, abram-nas *muito bem*, e comecem a buscar cheiro de sangue e vísceras.

Dees, que *era feito* para sentir cheiro de sangue e vísceras, ficara maravilhado. Seu nariz era a razão de estar ali, voando para Wilmington. Havia um monstro humano lá embaixo, um homem que pensava que era um vampiro. Dees tinha um nome especialmente escolhido para ele, que queimava na sua cabeça como uma moeda de valor pode-

* Jogo de palavras com o nome do tabloide, *Inside View*, traduzido no português como visão interior. (N. do T.)

ria queimar no bolso de um homem. Logo retiraria a moeda e a gastaria. Quando o fizesse, o nome estaria estampado por todas as prateleiras de venda de tabloides dos caixas de todos os supermercados dos Estados Unidos, berrando para os fregueses em letras tamanho 60, que ninguém poderia deixar de notar.

Tenham cuidado, damas e pessoas que buscam emoções, pensou Dees. Vocês ainda não sabem, mas um homem muito mau está indo ao seu encontro. Vocês vão ler o seu verdadeiro nome e esquecê-lo, mas não tem importância. Vão se lembrar é do nome que *eu* lhe dei, o nome que vai colocá-lo bem lá em cima com Jack, o Estripador; o Assassino de Torsos de Cleveland e a Dália Negra. Vocês vão se lembrar do Piloto da Noite, em breve, num caixa perto de vocês. A história exclusiva, a entrevista exclusiva... mas o que eu mais quero é a *fotografia* exclusiva.

Conferiu a hora novamente e permitiu-se relaxar só um pouquinho (que era o máximo que *podia* relaxar). Tinha ainda quase meia hora antes de escurecer e iria estacionar ao lado do Skymaster com listras vermelhas (e N101BL na cauda, num vermelho semelhante) em menos de 15 minutos.

Será que o Piloto estava dormindo na cidade ou em algum hotel no caminho da cidade? Dees achava que não. Uma das razões da popularidade do Skymaster 337, além do preço relativamente baixo, estava em que era o único avião do seu tamanho que tinha um porão. Não era muito maior do que o porta-mala de um fusca antigo, é verdade, mas era espaçoso o bastante para três malas grandes ou cinco pequenas... e certamente podia acomodar um homem, desde que ele não tivesse o tamanho de um jogador de basquete profissional. O Piloto da Noite podia estar no porão do Cessna, desde que *a*) estivesse dormindo na posição fetal, com os joelhos dobrados até debaixo do queixo; *b*) fosse suficientemente maluco para pensar que era um vampiro de verdade, ou *c*) ambas essas coisas.

Dees estava apostando na letra *c*.

Agora, com seu altímetro baixando de 4 para 3 mil pés, Dees pensou: Não mesmo, nem hotel nem motel para você, meu amigo, não estou certo? Quando *você* se faz de vampiro, você é feito Frank Sinatra: você faz do seu próprio jeito.* Sabe o que eu acho? Acho que, quando o

---

* Na famosa canção *My way*. (N. do T.)

porão daquele avião se abrir, a primeira coisa que vou ver é uma chuva de terra de sepultura (mesmo que não seja, pode apostar seus incisivos superiores que será quando sair a história) e então vou ver primeiro uma perna de calça de *smoking* e depois a outra, porque você vai estar *vestido*, não vai? Ah, meu caro, você vai estar vestido elegantemente, vestido para *matar*, e o *zoom* automático da minha câmera já está ligado e quando eu vir aquela capa se agitar na brisa...

Mas foi então que seus pensamentos pararam, porque foi então que as luzes brancas intermitentes nas duas pistas de pouso abaixo dele se apagaram.

4

Quero refazer a trilha desse sujeito, tinha dito a Merton Morrison, *começando com o primeiro de que nós sabemos, em coma lá no Maine.*

Menos de quatro horas mais tarde, ele estava no Aeroporto Municipal de Cumberland, falando com um mecânico chamado Ezra Hannon. O senhor Hannon parecia ter acabado de se arrastar para fora de uma garrafa de gim, e Dees não o teria deixado chegar à distância de um grito do seu próprio avião, mas mesmo assim dispensou a esse camarada sua atenção integral e cortês. É claro que sim: Ezra Hannon era o primeiro elo do que Dees estava começando a pensar que poderia ser uma cadeia muito importante.

Aeroporto Municipal de Cumberland era um nome que parecia importante para um campo de pouso do interior que consistia em dois barracões de alumínio e duas pistas entrecruzadas. Na verdade, uma dessas pistas era asfaltada. Como Dees nunca tinha pousado numa pista de terra, pediu para pousar na asfaltada. Os trancos sofridos por seu Beech 55 (pelo qual estava endividado até as orelhas e um pouco mais) quando aterrissou o convenceram a pegar a de terra para decolar, e então se deu conta de que ela era firme e macia como o seio de uma colegial. O campo também tinha uma biruta, é claro, e também, é claro, ela estava remendada como um velho par de ceroulas. Lugares como o AMC *sempre* tinham uma biruta de vento. Era parte do seu charme duvidoso, como o velho biplano que sempre parecia estar estacionado em frente do único hangar.

O município de Cumberland era o mais populoso do Maine, mas nunca se desconfiaria disso a julgar por seu aeroporto cheio de bosta de vaca, pensou Dees... e muito menos por Ezra, o Fantástico Mecânico Pé de Cana. Quando ele sorria, exibindo todos os seis dentes que lhe restavam, parecia um figurante da versão cinematográfica do livro de James Dickey, *Amargo Pesadelo.*

O aeroporto ficava nos arredores da cidade mais luxuosa de Falmouth, cuja subsistência provinha, na sua maior parte, das taxas de pouso pagas pelos ricos residentes de veraneio. Claire Bowie, a primeira vítima do Piloto da Noite, tinha sido controlador de tráfego noturno no AMC e era dono de um quarto da participação financeira do aeroporto. Os outros empregados eram dois mecânicos e um segundo controlador de tráfego (os controladores de tráfego também vendiam saquinhos de batata frita, cigarros e refrigerantes, além disso, Dees tinha descoberto que o homem assassinado fazia um cheeseburguer muito gostoso).

Os mecânicos e os controladores também serviam como frentistas e vigias. Não era raro que o controlador tivesse que sair correndo do banheiro, onde estava limpando a latrina com detergente industrial, para dar autorização de pouso e designar uma pista do desafiante emaranhado das duas ao seu dispor. A operação se desenvolvia sob pressão tão alta que, durante a estação de pico do aeroporto, no verão, o controlador noturno às vezes só conseguia seis horas de um bom sono entre a meia-noite e as sete da manhã.

Claire Bowie tinha sido morto quase um mês antes da visita de Dees, e o quadro que o repórter reuniu foi uma composição criada a partir das histórias da imprensa da pasta fina de Morrison e com o acréscimo dos floreios muito mais pitorescos de Ezra, o Fantástico Mecânico Pé de Cana. E mesmo depois de ter dado os devidos descontos em relação à sua fonte primária, Dees continuou certo de que algo muito estranho tinha acontecido naquele aeroportozinho de titica no início de julho.

O Cessna 337, número de matrícula N101BL, tinha contatado o campo pelo rádio para pedir autorização de pouso pouco antes do amanhecer, na madrugada de 9 de julho. Claire Bowie estava cobrindo o turno da noite, como fazia desde 1954, quando os pilotos às vezes tinham que arremeter na aproximação (manobra que naquela época era conhecida simplesmente como "puxar pra cima") por causa das vacas que por vezes vagueavam pela então única pista. Ele registrou o pedido às 4h32. Anotou a hora do pouso como 4h49, o nome do piloto como Dwight Renfield e o ponto de origem do N101BL como Bangor, no Maine. As horas estavam sem dúvida corretas. O resto era falso. Dees tinha conferido com Bangor e não se surpreendeu ao constatar que eles nunca tinham ouvido falar do N101BL. Mas mesmo que Bowie tivesse sabido que tudo era falso, isso provavelmente não teria feito nenhuma diferença: no AMC, a atmosfera era tranquila, e uma taxa de pouso era uma taxa de pouso.

O nome que o piloto havia dado tinha sido uma piada sinistra. Acontecia simplesmente que Dwight era o primeiro nome de um ator chamado Dwight Frye, e Dwight Frye tinha acabado de fazer, dentre uma infinidade de outros personagens, o papel de Renfield, um lunático abobalhado cujo ídolo era o vampiro mais famoso de todos os tempos. Mas usar o rádio na frequência UNICOM e pedir autorização para pouso em nome do conde Drácula poderia ter levantado suspeitas mesmo num lugarzinho sonolento como esse, supôs Dees.

Poderia — Dees não tinha tanta certeza. Afinal de contas, uma taxa de pouso era uma taxa de pouso, e "Dwight Renfield" tinha pago a sua prontamente, em dinheiro, como também tinha pago para completar os tanques. O dinheiro estava na caixa registradora no dia seguinte, junto com uma cópia carbono do recibo que Bowie tinha preenchido.

Dees conhecia o jeito despreocupado e improvisado com que o tráfego aéreo de aviões particulares tinha sido controlado nos aeroportos menores nos anos 1950 e 1960, mas ainda estava espantado com a maneira informal com que o avião do Piloto da Noite fora recebido no AMC. Afinal de contas, já não estávamos mais nos anos 1950 nem 1960. Vivíamos na era da paranoia das drogas, e a maioria da merda à qual você devia dizer não entrava por pequenos portos em pequenas embarcações ou por pequenos aeroportos em aviões pequenos... aviões como o Cessna Skymaster de "Dwight Renfield". Tudo bem que uma taxa de pouso era uma taxa de pouso, mas Dees teria esperado que Bowie tivesse dado uma bronca em Bangor sobre o plano de voo que não fora feito, pelo menos para se cobrir. Mas não o tinha feito. Nesse ponto, a ideia de um suborno tinha ocorrido a Dees, mas seu informante, encharcado de gim, afirmou que Claire Bowie era tão honesto quanto o dia era comprido, e os dois policiais de Falmouth com quem Dees falou mais tarde haviam confirmado o juízo de Hannon.

A resposta mais provável era negligência, mas no final das contas não fazia diferença, pois os leitores da *Inside View* não estavam interessados em questões esotéricas como por que ou de que forma as coisas tinham acontecido. Os leitores da *Inside View* se satisfaziam em saber o que tinha acontecido, quanto tempo tinha levado e se a pessoa a quem isso tinha acontecido teve tempo para gritar. E, é claro, fotografias. Queriam fotografias. Se possível, grandes, em preto e branco, de alto contraste — do tipo que parecia saltar da página num enxame de pontinhos e acertá-lo bem na testa.

Ezra, o Fantástico Mecânico Pé de Cana, tinha feito um ar de surpresa e de reflexão quando Dees lhe perguntou para onde ele achava que "Renfield" poderia ter ido depois de pousar.

— Num sei — respondeu. — Um hotel, eu acho. Deve de tê tomado um táxi.

— Você entrou às... a que horas você disse? Sete da manhã? Nove de julho?

— Isso mermo. Logo antes de Claire sair pra ir pra casa.

— E o Cessna Skymaster estava estacionado, amarrado e vazio?

— Isso. Estacionado bem ali onde o seu tá agora. — Ezra apontou e Dees recuou um pouco. O mecânico tinha um cheiro bem parecido com um queijo Roquefort bem velho que tivesse sido deixado de molho em gim Gilbey's.

— Claire por acaso disse que tinha chamado um táxi para o piloto? Para levá-lo a um hotel? Porque não parece haver nenhum a que se possa ir facilmente a pé.

— Num tem — concordou Ezra. — O mais perto é o Sea Breeze, e tá a 3 quilômetros de distança. Talvez mais. — Coçou o queixo com a barba por fazer. — Mas eu num me lembro de Claire dizê nadinha de chamá um táxi pro camarada.

Dees anotou mentalmente um lembrete para, de qualquer modo, telefonar para as empresas de táxi na área. Àquela altura, estava prosseguindo baseado no que parecia uma suposição razoável: que o sujeito por quem estava procurando dormia numa cama, como quase todo mundo.

— E uma limusine? — perguntou.

— Não — disse Ezra com mais certeza. — Claire num falô nada duma limbusine e isso ele teria dito.

Dees assentiu com a cabeça e resolveu telefonar também para as empresas de limusine da vizinhança. Também ia fazer perguntas ao resto do pessoal, mas não esperava que surgissem quaisquer luzes dali. Esse velho pau-d'água era praticamente tudo o que tinha. Ele tinha tomado uma xícara de café com Claire antes que este fosse embora para casa e outra quando voltou para o trabalho no turno daquela noite, e parecia que isso era tudo. Com exceção do próprio Piloto da Noite, Ezra parecia ter sido a última pessoa a ver Claire com vida.

O objeto dessas elucubrações ficou olhando com ar astucioso para longe, coçou a papada, depois voltou os olhos injetados para Dees.

— Claire num falô nada de táxi nem de limbusine, mas ele falou uma outra coisa sim.

— É mesmo?

— É — disse Ezra. Puxou o zíper de um bolso do seu macacão manchado de graxa, tirou um maço de Chesterfield, acendeu um e deu uma horrível tossida de velho. Olhou para Dees através da fumaça com um ar de meia esperteza. — Pode num querê dizê nada, mas também pode que sim. Mas bem que Claire achô isquisito. Tem qui tê achado, porque nos mais das vez Claire num dizia merda ninhuma mermo qui tivesse cum a boca cheia dela.

— O que foi que ele disse?

— Num si lembro bem — falou Ezra. — As vez, ocê sabe, quando eu se isqueço das coisa, um retrato do Alexander Hamilton* cumu qui refresca minha memória.

— Que tal um de Abe Lincoln? — perguntou Dees secamente.

Depois de pensar por um instante, bem curto, Hannon concordou que algumas vezes Lincoln também produzia esse efeito e, consequentemente, um retrato desse cavalheiro passou da carteira de Dees para a mão ligeiramente trêmula de Ezra. Dees achava que o retrato de George Washington poderia ter dado certo, mas queria ter certeza de que o

---

* A efígie de Alexander Hamilton aparece na cédula de 10 dólares, a de Abraham Lincoln na de 5 e a de George Washington na de 1. (N. do T.)

homem ia ficar inteiramente do seu lado... e, além do mais, isso entrava nas despesas reembolsáveis.

— Desembucha.

— Claire disse qui o sujeito parecia qui istava indo pruma danada duma festa di fantasia — falou Ezra.

— É? Por que disse isso? — Dees estava pensando que, afinal, talvez devesse ter insistido por Washington.

— Disse qui o sujeito parecia qui tinha saído duma banda. Ismuque, gravata di seda, todas essas coisa. — Ezra fez uma pausa. — Claire disse qui o sujeito tava inté usano uma capa grande. Vermelho qui nem carro de bombeiro pru dentro, negra qui nem cu di marmota. Disse qui, quano ela si espaiava atrás dele, parecia qui nem uma asa di murcego.

Uma palavra em letras grandes piscou de repente em luz de néon vermelha na cabeça de Dees. A palavra era BINGO.

Você não sabe disso, meu amigo encharcado de gim, pensou Dees, *mas talvez você tenha acabado de dizer as palavras que vão torná-lo famoso.*

— Todas essas perguntas sobre Claire — disse Ezra — i ocê inda num perguntô ninhuma vez si *eu* vi arguma coisa di engraçado.

— Você viu?

— Pra dizê a verdade, vi sim.

— E o que foi, meu amigo?

Ezra coçou o queixo por barbear com umas unhas compridas e amarelas, olhou com uma expressão sabida para Dees pelo canto dos olhos injetados e depois deu outra tragada no cigarro.

— Lá vamos nós de novo — falou Dees, mas apresentou outro retrato de Abe Lincoln e teve o cuidado de manter um aspecto amistoso na voz e na fisionomia. Agora seus instintos estavam plenamente acesos e lhe diziam que o senhor pé de cana ainda tinha o que contar. Um pouco mais, de qualquer modo.

— Isso num parece como qui bastante pra tudo qui eu tô contando procê — disse Ezra num tom recriminatório. — Um camarada rico da cidade cumu ocê devia di podê dá mais du qui dez pratas.

Dees olhou para o relógio, um Rolex pesado com brilhantes faiscando no mostrador.

— Puxa vida! — falou. — Olhe como está ficando tarde! E eu ainda nem fui falar com a polícia de Falmouth!

Antes que pudesse ir além de começar a se levantar, a nota de cinco tinha desaparecido de entre seus dedos e havia ido se juntar à sua companheira no bolso do macacão de Hannon.

— Muito bem, se você tem alguma outra coisa para falar, fale — disse Dees. Agora o ar amistoso tinha desaparecido. — Tenho que ir a uma porção de lugares e falar com uma porção de pessoas.

O mecânico ficou pensando, coçando a papada e soltando pequenas baforadas de cheiro parecido com queijo velho. Depois disse, quase a contragosto:

— Vi um monte grande di terra dibaixo do Skymaster. Foi bem dibaixo do porta-bagagem.

— É mesmo?

— É. Chutei cum minha botina.

Dees ficou esperando. Podia esperar.

— Coisa ruim. Cheia di minhoca.

Dees ficou esperando. Isso era material bom e útil, mas achava que o homem mesmo assim ainda tinha mais para contar.

— E vermes — disse Ezra. — Tinha vermes também. Como donde qui arguma coisa tinha morrido.

Dees passou aquela noite no motel Sea Breeze e, por volta das oito da manhã seguinte, estava voando a caminho da cidade de Alderton, no interior do estado de Nova York.

5

De todas as coisas que Dees não entendia sobre os movimentos de sua presa, a que mais o intrigava era a falta de pressa com que o Piloto tinha se comportado. No Maine e em Maryland ele tinha, na realidade, ficado na área por algum tempo antes de matar. Só em Alderton, que havia visitado duas semanas depois de liquidar Claire Bowie, ele havia ficado apenas uma noite.

O Aeroporto de Lakeview, em Alderton, era ainda menor do que o AMC, com uma única pista não pavimentada, um posto de operações e um posto da UNICOM que não passava de um galpão com uma mão de tinta recente. Não havia sistema de aproximação por instrumentos, mas havia uma antena parabólica grande para que nenhum dos fazendeiros voadores que utilizam o local tivesse que perder *Murphy Brown* ou *Roda da Fortuna* ou qualquer coisa realmente importante como essas.

De uma coisa Dees gostou muito: a pista não pavimentada de Lakeview era lisa como seda, tanto quanto a do Maine. Podia me acostumar com isso, pensou Dees ao baixar o Beech suavemente sobre a superfície e começar a reduzir sua velocidade. Nada de trancos grandes por cima de remendos de asfalto, nada de buracos que querem fazer você capotar quando pousa... é, poderia me acostumar com isso com muita facilidade.

Em Alderton, ninguém tinha pedido retratos de presidentes ou amigos de presidentes. Em Alderton, a cidade inteira, uma comunidade de pouco menos de mil almas, estava em estado de choque, não só os poucos que, junto com o falecido Buck Kendall, tinham operado em regime de meio expediente o Aeroporto de Lakeview, quase como uma instituição de caridade (e certamente deficitária). De qualquer maneira, não havia na verdade ninguém com quem falar, nem mesmo uma testemunha do quilate de Ezra Hannon. Hannon tinha sido vago, pensou Dees, mas pelo menos podia ser citado.

— Deve ter sido um homem muito forte — disse a Dees um dos que faziam meio expediente. — O velho Buck pesava por volta dos 100 quilos e era pacato a maior parte do tempo, mas se você chegasse *mesmo* a irritá-lo, ele faria você se arrepender. Vi-o derrubar um camarada numa luta de boxe num parque de diversões que passou por P'keepsie* dois anos atrás. Esse tipo de luta não é legal, tá claro, mas Buck estava pendurado no pagamento dum pequeno Piper dele, de modo que nocauteou aquele lutador do parque de diversões. Recebeu 200 dólares e levou pra companhia de financiamento uns dois dias antes que eles mandassem alguém retomar seu aparelho, eu acho.

O meio expediente balançou a cabeça, com um ar realmente angustiado, e Dees gostaria de ter se lembrado de tirar a câmera do estojo.

---

* Forma popularmente abreviada do nome da cidade de Poughkeepsie. (N. do T.)

Os leitores da *Inside View* teriam se babado com aquela cara comprida, enrugada e pesarosa. Dees anotou mentalmente que devia descobrir se o finado Buck Kendall tinha um cachorro. Os leitores da *Inside View* também se babavam com retratos do cachorro do homem morto. Colocava-se o cachorro numa pose na entrada da casa do falecido e punha-se a legenda COMEÇA A LONGA ESPERA DE BUFFY ou coisa parecida.

— É realmente uma pena — falou Dees num tom de solidariedade.

O meio expediente deu um suspiro e concordou com a cabeça.

— O sujeito deve tê-lo apanhado por trás. É a única maneira que posso imaginar.

Dees não sabia de que direção Gerard "Buck" Kendall tinha sido apanhado, mas sabia que dessa vez a garganta da vítima não tinha sido dilacerada. Dessa vez havia buracos, buracos pelos quais se supunha que "Dwight Renfield" tinha sugado o sangue da vítima. Exceto pelo fato de que, segundo o laudo do legista, os buracos estavam de lados opostos do pescoço, um na veia jugular e outro na artéria carótida. Não eram as pequenas marcas discretas de mordida da era de Bela Lugosi, nem tampouco as ligeiramente mais sangrentas dos filmes de Christopher Lee. O laudo do legista dava as medidas em centímetros, mas Dees podia interpretá-las perfeitamente bem e Morrison dispunha da infatigável Libby Grannit para explicar o que a linguagem seca do legista só revelava parcialmente: o assassino ou bem tinha dentes do tamanho de um dos adorados monstros gigantes da *View* ou então fez os buracos de um modo muito mais prosaico, com prego e martelo.

O MORTÍFERO PILOTO DA NOITE PERFUROU AS VÍTIMAS E BEBEU SEU SANGUE, pensaram os dois homens em lugares diferentes nesse mesmo dia.

— Nada mau.

O Piloto da Noite tinha pedido permissão para aterrissar no Aeroporto de Lakeview pouco depois das 22h30, na noite de 23 de julho. Kendall tinha dado a permissão e tinha anotado o número de matrícula com que Dees já estava familiarizado: N101BL. Kendall tinha registrado o "nome do piloto" como "Dwite Renfield" e "marca e modelo do avião" como "Cessna Skymaster 337". Nenhuma referência às listras vermelhas e, é claro, nenhuma referência à capa asa de morcego que era vermelha como carro de bombeiros por dentro e negra como cu de marmota pelo lado de fora, mas, apesar disso, Dees tinha certeza das duas coisas.

O Piloto da Noite tinha pousado no Aeroporto de Lakeview, em Alderton, pouco depois das 22h30, matou o grandalhão do Buck Kendall, bebeu seu sangue e decolou de novo no seu Cessna algum tempo antes que Jenna Kendall passasse por lá às cinco horas da madrugada do dia 24 para dar um *waffle* que acabara de fazer ao marido e, em vez disso, descobrira seu corpo sem sangue.

Enquanto estava de pé, do lado de fora da dilapidada torre de controle de Lakeview, matutando sobre essas coisas, ocorreu a Dees que, se alguém *doava* sangue, o máximo que podia esperar era um copo de laranjada e um muito obrigado. Entretanto, se alguém o *tomava* — *sugava*, para ser preciso —, conseguia manchetes. Enquanto despejava no chão o resto de uma xícara de café ruim e se encaminhava para seu avião, pronto para voar rumo ao sul, para Maryland, Richard Dees pensou que talvez a mão de Deus tivesse tremido só um pouquinho quando estava dando os toques finais no que devia ser a obra-prima de Seu império criativo.

6

Agora, duas horas difíceis depois de sair do Aeroporto Nacional de Washington, as coisas de repente tinham ficado bem piores e de forma assustadoramente súbita. As luzes da pista tinham se apagado, mas Dees viu que não eram só elas que tinham se apagado: metade de Wilmington e toda a Wrigthsville Beach também estavam às escuras. O ILS ainda estava operando, mas quando Dees agarrou o microfone e berrou — O que aconteceu? *Fale* comigo, Wilmington! —, tudo que recebeu de volta foi um guincho de estática em que algumas vozes balbuciavam como fantasmas distantes.

Bateu com o microfone de volta no painel, não acertando no gancho. Ele caiu no chão da cabine, no fim do seu fio enrolado, e Dees se esqueceu dele. O gesto de tê-lo agarrado e berrar tinha sido puro instinto de piloto e nada mais. Sabia o que tinha acontecido com a mesma certeza com que sabia que o sol se põe no oeste... o que agora iria acontecer logo logo. Um raio devia ter acertado em cheio numa subestação perto do aeroporto. A questão era saber se, de qualquer maneira, devia pousar ou não.

— Você já tinha permissão — disse uma voz. Outra retrucou imediatamente (e corretamente) que isso não passava de racionalização inútil. Você aprendia o que devia fazer numa situação como essa, quando ainda era o equivalente a um aluno de curso para motorista. A lógica e o manual lhe dizem que deve se dirigir para outra alternativa e tentar contatar o Controle de Tráfego Aéreo. Aterrissar em condições péssimas como essas podia lhe custar uma infração e uma multa pesada.

Por outro lado, se *não* aterrissasse agora — agora *mesmo* —, poderia perder o Piloto da Noite. Também poderia custar uma vida (ou vidas), mas Dees mal chegou a incluir esse fator na equação... até que uma ideia brotou como um *flash* na sua cabeça, uma inspiração que surgiu, como a maioria das suas inspirações, em tipos de letra enormes de tabloide:

REPÓRTER HEROICO SALVA (acrescente um número, tão elevado quanto possível, o que seria bastante elevado, dados os limites incrivelmente generosos que caracterizam a amplitude da credulidade humana) DO LOUCO PILOTO DA NOITE.

Engula *essa*, caipira, pensou Dees e continuou sua descida rumo à pista 34.

As luzes da pista lá embaixo de repente se reacenderam, como se estivessem aprovando sua decisão, depois se apagaram novamente, deixando umas imagens azuis nas suas retinas que, um instante depois, passaram para um verde enjoativo de abacates estragados. Então desapareceu a estática estranha que estava vindo pelo rádio e a voz do caipira berrou:

— *Vire para a esquerda, N471B / Piedmont, vire para a direita / Deus, oh Deus, no ar, acho que temos uma...*

Os instintos de autopreservação de Dees eram tão afiados quanto os que lhe permitiam sentir o cheiro de sangue no mato. Ele nem chegou a ver as luzes estroboscópicas do 727 da Piedmont Airlines. Tão logo a segunda palavra saiu da boca do caipira, ele se ocupou intensamente em fazer a curva para a esquerda mais fechada de que o Beech era capaz — que era tão fechada quanto o buraco de uma virgem, e Dees estava pronto a dar seu depoimento sobre esse fato se saísse vivo dessa merda de tempestade. Teve uma visão momentânea de alguma coisa imensa apenas a alguns centímetros acima dele e depois o Beech 55 levou uma surra que fez o ar turbulento de antes parecer liso como vidro. Os cigarros voaram do bolso do peito e se espalharam por todos os lados. A linha do céu semiescurecido de Wilmington se inclinou de um jeito maluco. Seu estômago parecia querer espremer o coração pela garganta acima e pela boca afora. Um pouco de saliva escorreu para cima de um lado do rosto como um garoto deslizando por um escorrega engraxado. Os mapas voavam como pássaros. Agora o ar do lado de fora rugia com o trovão do jato e com o trovão da natureza. Uma das janelas no compartimento para quatro passageiros implodiu e um vento asmático entrou uivando, revolvendo num tornado tudo lá atrás que não estivesse preso.

— *N471B, retome a altitude que lhe tinha sido designada antes!* — gritava o caipira. Dees se deu conta de que tinha acabado de estragar uma calça de 200 dólares regando-a com cerca de meio litro de mijo quente, porém sentiu-se parcialmente consolado por uma forte sensação de que o caipira tinha acabado de encher suas cuecas tipo jóquei com o equivalente a um carregamento de caminhão de barras de chocolate fresquinhas. De qualquer modo, era o que parecia por sua voz.

Dees estava com um canivete suíço. Tirou-o do bolso direito da calça e, segurando o manche com a mão esquerda, fez um corte através da camisa logo acima do cotovelo esquerdo, tirando sangue. Depois, sem se deter, fez outro talho, superficial, logo abaixo do olho esquerdo. Fechou o canivete e enfiou-o na bolsa de mapas com borda elástica que havia na porta do piloto. Preciso limpá-lo mais tarde, pensou. E se me esquecer, posso me meter numa bruta encrenca. Mas sabia que não iria se esquecer e, levando em conta as coisas feitas impunemente pelo Piloto da Noite, achou que não lhe aconteceria nada.

As luzes da pista tornaram a se acender, dessa vez para valer, esperava ele, embora a maneira como estavam pulsando lhe indicasse que estavam sendo alimentadas por um gerador. Embicou o Beech novamente para a pista 34. O sangue escorria pelo lado esquerdo do rosto até o canto da boca. Sugou um pouco e depois cuspiu uma mistura de sangue e saliva sobre o IVSI. Nunca deixe passar nenhum truque: limite-se a seguir esses instintos e eles sempre o levarão até a linha de chegada.

Olhou para o relógio. Agora faltavam apenas 14 minutos para o pôr do sol. Estava ficando muito em cima.

— *Arremeta, Beech!* — berrou o caipira. — *Você está surdo?*

Sem tirar por um instante os olhos das luzes da pista, Dees tateou buscando o fio enrolado do microfone. Foi puxando o fio por entre os dedos até que chegou ao próprio microfone. Segurou-o na palma da mão e apertou o botão para transmitir.

— Escute uma coisa, seu filho da puta de uma figa — falou ele, com os lábios arreganhados até a linha das gengivas. — Escapei de ser transformado em geleia de morango por aquele 727 porque a merda do seu gerador não ligou quando tinha que ter ligado. Em consequência, fiquei sem comunicação com o CTA. Não sei quantas pessoas no *avião comercial* escaparam por pouco de virar geleia de morango, mas aposto que *você* sabe e sei que a tripulação da cabine também. A única razão pela qual aqueles caras ainda estão vivos se deve ao fato de o capitão daquele barco ter sido suficientemente esperto para dar uma guinada para a direita e eu ter sido suficientemente esperto para fazer o mesmo, mas sofri danos estruturais e físicos. Se não me der autorização para pousar agora mesmo, vou pousar de qualquer jeito. A única diferença é que, se tiver que pousar sem autorização, vou levá-lo perante uma audiência da FAA.* Mas antes vou pessoalmente providenciar para que sua cabeça e sua bunda troquem de lugar. Entendeu tudo isso, *chefe*?

Um silêncio longo e cheio de estática. Depois, uma voz miúda, completamente diferente do tom robusto anterior tipo "Ei, garoto!" do caipira, disse:

— N471B, você está autorizado a pousar na pista 34.

Dees sorriu e embicou para a pista.

Apertou o botão do microfone e falou:

— Fiquei bravo e gritão. Peço desculpas. Isso só acontece quando eu quase morro.

---

* *Federal Aviation Administration*, órgão responsável pelo controle da aviação civil nos Estados Unidos. (N. do T.)

Não houve resposta de terra.

— Bem, vá se foder — disse Dees, e depois continuou descendo, contendo o impulso de dar uma olhada rápida no relógio.

7

Dees estava calejado pelos casos que vira e se orgulhava disso, mas não adianta mentir para si mesmo: o que encontrou em Duffrey lhe deu calafrios. O Cessna do Piloto da Noite tinha passado um outro dia inteiro, 31 de julho, no estacionamento, mas na verdade isso era só onde começavam os calafrios. É claro que seus leitores fiéis da *Inside View* só queriam saber de sangue, e era assim que tinha que ser, até o fim do mundo, amém, amém. Mas Dees cada vez mais se dava conta de que o sangue (ou, no caso dos bons Ray e Ellen Starch, a falta de sangue) era apenas o começo dessa história. Por baixo do sangue, havia cavernas escuras e estranhas.

Dees chegou a Duffrey em 8 de agosto, àquela altura quase uma semana depois do Piloto da Noite. Tornou a conjecturar sobre aonde iria seu amigo entre um ataque e outro. Disney World? Busch Gardens? Talvez Atlanta, para ver como estavam indo os Braves? Agora, com a caçada ainda em andamento, essas coisas tinham relativamente pouca importância, porém mais tarde elas teriam valor. Elas se tornariam, na realidade, o equivalente jornalístico à máquina de fazer hambúrguer, fazendo render as sobras da história do Piloto da Noite por mais alguns números, permitindo que os leitores voltassem a desfrutar o sabor mesmo depois de os pedaços maiores de carne crua terem sido digeridos.

Contudo, *havia* cavernas nessa história: lugares escuros nos quais um homem podia entrar e se perder para sempre. Isso parecia ao mesmo tempo maluquice e cafonice mas, quando Dees começou a ver o quadro do que tinha acontecido em Duffrey, ele começou a acreditar nele para valer... o que queria dizer que *essa* parte da história jamais seria publicada, e não apenas porque era uma questão pessoal. Isso violaria a única regra inflexível que tinha Dees: nunca acredite no que você publica e nunca publique aquilo em que você acredita. Graças a ela pudera, ao longo dos anos, manter sua sanidade mental enquanto todos ao seu redor a perdiam.

Tinha aterrissado no Aeroporto Nacional de Washington — um aeroporto *de verdade* para variar — e alugara um carro para cobrir os 100 quilômetros até Duffrey, porque, sem Ray Sarch e sua mulher, Ellen, *não havia* Aeroporto de Duffrey. Com exceção da irmã de Ellen, Raylene, que era uma boa mecânica de fundo de quintal, a operação toda se resumia neles dois. Havia uma única pista de terra oleada (tanto para segurar a poeira como para inibir o crescimento de ervas daninhas) e um compartimento de controle pouco maior do que um *closet* anexado ao reboque Jet-Aire no qual morava o casal Sarch. Eram ambos aposentados, ambos pilotos, ambos com a reputação de serem duros como aço e ainda loucos de amor um pelo outro mesmo depois de quase cinco décadas de casados.

Dees descobriu que, além disso, os Sarch vigiavam muito de perto todo o tráfego de pouso e decolagem de aviões particulares em seu campo, pois tinham um empenho pessoal na guerra contra as drogas. Seu único filho tinha morrido nos Everglades da Flórida, tentando pousar no que parecia ser uma faixa desimpedida de água com mais de uma tonelada de ouro de Acapulco, metido num Beech 18 roubado. A superfície d'água *estava* desimpedida... salvo por um só toco. O Beech 18 se chocou contra ele, capotou dentro d'água e explodiu. Doug Sarch foi atirado longe, seu corpo queimado e fumegante, mas provavelmente ainda vivo, apesar de seus pais amargurados não quererem acreditar nisso. Ele tinha sido comido pelos crocodilos e tudo que restava dele quando os sujeitos da DEA* finalmente o encontraram, uma semana depois, era um esqueleto desmembrado, alguns poucos pedaços de carne cheios de vermes, um *jeans* Calvin Klein queimado e um paletó esporte da Paul Stuart, de Nova York. Num dos bolsos do paletó havia mais de 20 mil dólares em dinheiro; em outro, foram encontradas quase 20 gramas de pasta de cocaína peruana.

— Foram as drogas e os filhos da mãe dos traficantes que mataram meu garoto — Ray Sarch tinha dito em várias ocasiões, e Ellen Sarch estava pronta para dobrar e redobrar essa afirmação. Dissera repetidamente a Dees que o ódio que ela nutria contra drogas e traficantes só era ultrapassado pela sua dor e espanto em relação à sedução de seu filho

---

* *Drug Enforcement Agency*, o principal órgão de combate ao tráfico de tóxicos dos Estados Unidos. (N. do T.)

por esses mesmos elementos. (Dees tinha achado graça na crença quase unânime em Duffrey de que o assassinato dos velhos Sarch tinha sido uma "eliminação por bandidos profissionais".)

Depois da morte do filho, os Sarch tinham se mantido atentos para qualquer coisa ou qualquer pessoa que parecesse mesmo remotamente relacionada com um traficante de drogas. Fizeram a Polícia Estadual de Maryland vir ao campo quatro vezes por causa de alarmes falsos, mas os ursos estaduais não tinham se importado porque os Sarch também tinham denunciado três pequenos traficantes e dois graúdos. O último deles estava carregando 15 quilos de cocaína boliviana pura. Esse era o tipo de estouro que fazia esquecer uns poucos alarmes falsos, o tipo de estouro que dava promoções.

Então, muito tarde na noite de 30 de julho, vem esse Cessna Skymaster com um número e uma descrição que tinham sido distribuídos para todos os campos de pouso e aeroportos dos Estados Unidos, inclusive o de Duffrey. Um Cessna cujo piloto se identificava como Dwight Renfield, o ponto de origem como o Aeroporto de Bayshore, no Delaware, um campo onde nunca se ouvira falar de "Renfield" ou de um Skymaster com o número de matrícula N101BL. O avião de um homem que era, quase com certeza, um assassino.

— Se tivesse pousado aqui, ele agora estaria no xilindró — tinha dito a Dees pelo telefone um dos controladores de Bayshore. Mas Dees duvidava disso. Sim. Duvidava muito.

O Piloto da Noite pousou em Duffrey às 23h27, e "Dwight Renfield" não só assinara o livro de registro dos Sarch como tinha aceito o convite de Ray Sarch para entrar no reboque, tomar uma cerveja e assistir a uma reprise de *Gunsmoke* na TNT. Ellen Sarch contara tudo isso no dia seguinte para a proprietária do Salão de Beleza de Duffrey. Essa mulher, Selida McCammon, identificou-se para Dees como uma das mais íntimas amigas da falecida Ellen Sarch.

Quando Dees perguntou como Ellen estava, Selida parou por um instante e depois falou:

— Nas nuvens. Como uma menina de colégio com uma paixonite, com quase 70 anos ou não. Ela estava com um colorido tão intenso que pensei que fosse maquiagem, até que comecei a fazer o seu permanente. Então vi que ela estava apenas... você sabe... — Selida McCammon encolheu os ombros. Sabia o que queria dizer mas não sabia como dizê-lo.

— Esbaforida — sugeriu Dees, o que fez Selida dar uma risada e bater palmas.

— Esbaforida! É isso mesmo! Você é mesmo um escritor!

— Oh, eu escrevo como uma águia — falou Dees e ofereceu um sorriso que queria que parecesse afetuoso e bem-humorado. Era uma expressão que numa época ele praticava quase constantemente e ainda continuava praticando com certa regularidade no espelho do banheiro do apartamento em Nova York que chamava de lar e nos espelhos dos hotéis e motéis que realmente eram seu lar. Pareceu funcionar — Selida McCammon respondeu a ele bem depressa —, mas a verdade era que Dees nunca tinha se sentido afetuoso e bem-humorado na vida. Como garoto, ele acreditava que essas emoções na realidade não existiam de todo, eram apenas uma farsa, uma convenção social. Mais tarde, concluiu que se enganara a esse respeito: a maioria do que ele considerava como "as emoções da *Reader's Digest*" eram verdadeiras, pelo menos para a maioria das pessoas. Talvez até o amor, a famosa Sorte Grande, fosse verdadeiro. Sem dúvida era uma pena que ele próprio não conseguisse sentir essas emoções, mas não chegava a ser o fim do mundo. Afinal de contas, havia por aí pessoas com câncer, AIDS e a capacidade de memória de periquitos retardados. Quando você olha para as coisas dessa maneira, você logo se dá conta de que ser privado de algumas emoções de beijinhos e abracinhos é bem pouca coisa. O importante é que, se você consegue esticar os músculos faciais nas direções certas de vez em quando, você está muito bem. Não dói e é fácil. Se você é capaz de puxar o zíper da sua braguilha depois de dar uma mijada, você é capaz de se lembrar de sorrir e parecer afetuoso quando as pessoas esperavam isso de você. E ele tinha descoberto ao longo dos anos que um sorriso compreensivo é o melhor instrumento do mundo para interrogatório. De vez em quando, uma voz interior lhe perguntava qual era a *sua própria* visão interior, mas Dees *não queria* uma visão interior. Queria tão somente escrever e tirar fotografias. Ele era melhor escrevendo, sempre tinha sido e sempre seria, e sabia disso, mas mesmo assim gostava mais das fotografias. Gostava de tocá-las. Ver como elas congelavam as pessoas, fosse com suas fisionomias verdadeiras expostas para todo mundo ver ou com suas máscaras não nitidamente visíveis que não podiam ser negadas. Gostava de como, nas melhores, as pessoas sempre pareciam surpresas e horrorizadas. Como elas tinham um ar de terem sido pegas.

Se fosse pressionado, teria dito que as fotografias forneciam toda a visão interior de que necessitava. Mas, de qualquer modo, o assunto não tinha ali nenhuma relevância. Relevante era o Piloto da Noite, seu amiguinho pirado, e como ele tinha entrado bailando nas vidas de Ray e Ellen Sarch cerca de uma semana antes.

O Piloto tinha descido do seu avião e entrado num escritório com um aviso da FAA com bordas vermelhas anexado à parede, no qual se indicava que havia um sujeito perigoso por aí pilotando um Cessna Skymaster 337, número de matrícula N101BL, que poderia ter assassinado dois homens. Esse sujeito, continuava o aviso, poderia ou não estar usando o nome de Dwight Renfield. O Skymaster tinha aterrissado, Dwight Renfield tinha assinado o livro de registro e era quase certo que tinha passado o dia seguinte no compartimento de carga do seu avião. E os Sarch, aquelas duas pessoas idosas de olhar de lince?

Os Sarch não tinham dito nada, os Sarch não tinham *feito* nada.

Só que essa segunda parte não fora bem assim, como Dees descobriu. Ray Sarch tinha na verdade feito algo: tinha convidado o Piloto da Noite para assistir a um episódio de *Gunsmoke* e tomar uma cerveja com sua mulher. Eles o trataram como a um velho amigo. E depois, no dia seguinte, Ellen Sarch tinha marcado hora no salão de beleza, o que causou surpresa em Selida McCammon, pois as visitas de Ellen geralmente eram regulares como um relógio e essa vinha pelo menos duas semanas antes de quando Selida a esperava. Suas instruções foram inusitadamente explícitas: não queria apenas o corte habitual, mas um permanente... e um pouco de tintura também.

— Ela queria parecer mais jovem — dissera Selida McCammon a Dees, e depois limpara uma lágrima do rosto com o dorso da mão.

Mas o comportamento de Ellen Sarch fora corriqueiro comparado com o do seu marido. Ele telefonara para a FAA no Aeroporto Nacional de Washington, solicitando que fosse emitida uma NOTAM, retirando Duffrey da rede de aeroportos em serviço, pelo menos por algum tempo. Em outras palavras, ele tinha baixado as portas de correr e fechado o boteco.

A caminho de casa, parou no posto da Duffrey Texaco para reabastecer e dissera a Norm Wilson, o proprietário, que achava que tinha pegado uma gripe. Norm disse a Dees que achou que Ray provavelmente tinha razão: ele estava pálido e abatido, de repente muito mais velho do que a sua idade.

Naquela noite, foi como se os dois vigias contra incêndio tivessem morrido queimados. Ray Sarch foi encontrado na pequena sala de controle, a cabeça arrancada e jogada no canto oposto, onde estava apoiada num toco de pescoço dilacerado, olhando fixo para a porta aberta com os olhos vidrados, esbugalhados, como se de fato ali houvesse alguma coisa para ver.

Sua mulher fora encontrada no dormitório do reboque dos Sarch. Estava deitada na cama. Usava um roupão tão novo que talvez nunca tivesse sido usado antes daquela noite. Um auxiliar do delegado (a 25 dólares: tinha sido uma tacada mais cara do que Ezra, o Fantástico Mecânico Pé de Cana, mas valera a pena) contara a Dees que ela era velha, mas, mesmo assim, bastava dar uma olhada para saber que ali estava uma mulher que tinha se vestido para ir para a cama pensando em fazer amor. Dees tinha gostado tanto da sonoridade desta frase que a escreveu no seu bloco de anotações. No pescoço dela, estavam aqueles buracos enormes, como que feitos por cravos, um na carótida, o outro na jugular. Sua fisionomia estava composta, os olhos fechados, as mãos sobre o peito. Embora ela tivesse perdido quase até a última gota de sangue do corpo, só havia alguns pingos nos travesseiros debaixo dela e alguns mais no livro que jazia aberto sobre seu estômago: *O Vampiro Lestat,* de Anne Rice.

E o Piloto da Noite?

Em algum momento, pouco antes da meia-noite de 31 de julho ou pouco depois, na madrugada de 1º de agosto, ele tinha simplesmente alçado voo. Como uma águia.

Ou um morcego.

8

Dees pousou em Wilmington sete minutos antes do pôr do sol oficial. Enquanto reduzia a rotação dos motores, ainda cuspindo o sangue que escorria do corte abaixo do olho para a boca, viu um raio cair como uma faísca branco-azulada tão intensa que quase o cegou. Logo atrás da luz veio o trovão mais ensurdecedor que tinha escutado. Sua opinião subjetiva do som foi confirmada quando outra janela no compartimento de passageiros, estalada pela quase colisão com o 727 da Piedmont, agora cedeu para dentro numa pulverização de brilhantes de imitação.

No brilho ofuscante, no lado esquerdo da pista 34 viu um edifício acaçapado, parecendo um cubo, ser empalado pelo raio. Ele explodiu, lançando fogo para o céu numa coluna que, embora luminosa, não chegava nem perto da potência do raio que a deflagrara.

Dees pensou meio confuso que era como acender uma banana de dinamite com uma pequena bomba nuclear e logo percebeu: o gerador. Aquilo era o gerador.

As luzes — todas elas: as brancas, que marcavam as bordas da pista, e as vermelhas, que marcavam seu final — de repente sumiram, como se não passassem de velas apagadas por uma forte rajada de vento. Subitamente, Dees estava indo desembestado, a mais de 130 quilômetros por hora, do escuro para a escuridão.

O baque da explosão que destruíra o gerador principal do aeroporto atingiu o Beech como um punho. Mais do que atingir, martelou-o como se fosse uma barra de bater feno. O Beech, ainda sem saber que voltara a ser uma criatura presa ao chão, saltitou apavorado para a direita, ergueu-se e caiu com a roda direita subindo e descendo em cima de alguma coisa — algumas coisas — que Dees percebeu vagamente que eram as luzes de pouso.

Vá para a esquerda! Vá para a esquerda, seu babaca!, gritou sua mente.

Quase fez isso antes que seu raciocínio mais frio tomasse conta. Se tivesse guinado com a roda para a esquerda nessa velocidade, teria capotado. Provavelmente não explodiria, considerando o pouco combustível que ainda havia nos tanques, mas era uma possibilidade. Ou o Beech poderia simplesmente se partir em dois, deixando Richard Dees da cintura para baixo se contorcendo no assento, enquanto Richard Dees da cintura para cima ia numa direção diferente, arrastando atrás de si intestinos cortados como serpentina e deixando cair os rins no concreto como dois pedaços de titica de passarinho gigantes.

Berrou para si mesmo:

— Aguente e siga em frente! Aguente e siga em frente, seu filho da puta, aguente e siga em frente!

Então alguma coisa explodiu. Calculou, quando teve tempo para calcular, que tinham sido os tanques de reserva de combustível do gerador. A explosão empurrou o Beech ainda mais para a direita, o que foi bom, pois retirou-o de cima das luzes de pouso apagadas e, de repente, estava novamente correndo com relativa suavidade, a roda da esquerda sobre a borda da pista 34 e a roda da direita sobre aquela beirada assustadora entre as luzes e a pequena vala que ele tinha observado do lado direito da pista. O Beech ainda estava estremecendo, mas não demais, e ele percebeu que estava rodando com um pneu furado, o da direita, estraçalhado pelas luzes de pouso que tinha esmagado.

O importante era que estava indo mais devagar, com o Beech finalmente começando a entender que tinha se tornado uma coisa diferente, uma coisa que pertencia à terra novamente. Dees estava começando a se descontrair quando viu o Learjet de fuselagem larga, que os pilotos chamavam de Fat Albert, crescendo à sua frente, estacionado de forma maluca, atravessado na pista onde o piloto tinha parado quando taxiava para a pista 5.

Dees foi direto sobre ele, viu as janelas iluminadas, viu os rostos olhando fixo para ele com expressão de idiotas num asilo assistindo a um truque de mágica, e então, sem raciocinar, empurrou o leme todo para a direita, fazendo o Beech saltar para fora da pista, para a pequena vala, deixando de bater no Lear por uns quatro centímetros. Ouviu uns gritos abafados, porém não estava consciente de nada a não ser do que agora explodia à sua frente como uma fieira de fogos de artifício enquanto o Beech tentava de novo se tornar uma coisa do ar, impotente para fazê-lo com os flaps abaixados e os motores se desacelerando, mas tentando de qualquer jeito. Houve um salto como uma convulsão na luz amortecida da explosão secundária, e logo estava derrapando por cima da pista de taxiar, olhando por um instante o terminal de aviação particular com seus cantos iluminados pelas luzes de emergência alimentadas por baterias, vendo os aviões estacionados — um deles quase certamente o Skymaster do Piloto da Noite — como silhuetas escuras de papel crepom contra uma luz alaranjada maligna que era o crepúsculo, agora revelado pelas nuvens pesadas que se abriam.

— Vou capotar! — gritou para si e o Beech de fato *tentou* virar. A asa da esquerda produziu uma fonte de centelhas na pista de taxiar do lado do terminal e sua ponta acabou se partindo, rolando pelas moitas onde o calor do atrito acendeu um fogo baixo no mato úmido.

Depois, o Beech ficou imóvel e os únicos sons eram o ronco abafado da estática do rádio, o som das garrafas quebradas esguichando seu conteúdo no carpete do compartimento de passageiros e as batidas desatinadas do coração do próprio Dees. Ele bateu na placa de desengate do seu cinto de segurança e dirigiu-se para a portinhola pressurizada mesmo antes de ter plena certeza de que estava vivo.

Lembrava-se com uma clareza eidética do que aconteceu posteriormente, mas do momento em que o Beech parou de derrapar na pista de taxiar, com a cauda para o Lear e adernado para um lado, até o momento em que ouviu os primeiros gritos vindos do terminal, tudo de que se recordava com certeza era de ter virado depressa para pegar sua câmera. Não podia abandonar o avião sem sua câmera — a Nikon era a coisa mais parecida com uma esposa que Dees possuía. Ele a comprara numa loja de penhores em Toledo, quando tinha 17 anos, e a levava consigo desde então. Tinha acrescentado lentes, mas o corpo básico era hoje o mesmo de então. As únicas modificações eram os arranhões e lascas que faziam parte do trabalho. A Nikon estava na bolsa com borda elástica nas costas do seu assento. Tirou-a dali, examinou-a para ver se estava intacta e viu que sim. Pendurou-a no pescoço e inclinou-se sobre a portinhola.

Acionou a alavanca, saltou para fora e para baixo, cambaleou, quase caiu e pegou a câmera antes que ela pudesse bater no concreto da pista. Houve outro ronco de trovão, mas dessa vez *apenas* um ronco, longínquo e não ameaçador. Uma brisa o tocou como a carícia de uma mão bondosa sobre sua face... porém de forma mais gélida abaixo da cintura. Dees fez uma careta. Como ele tinha mijado nas calças quando seu Beech e o jato da Piedmont quase tinham raspado um no outro *também* não ia aparecer na história.

Então um grito fino e penetrante veio do terminal de aviação particular, um grito mesclado de agonia e horror. Foi como se alguém lhe tivesse dado uma bofetada na cara. Voltou à realidade. Concentrou-se novamente no seu objetivo. Olhou para o relógio. Não estava funcionando. Ou o baque o tinha quebrado ou tinha parado. Era uma daquelas antiguidades engraçadas em que se tinha que dar corda e não se lembrava quando tinha sido a última vez que o fizera.

O sol já tinha se posto? Estava escuro como o diabo, sim, mas com todas as nuvens de tempestade acumuladas em volta do aeroporto era difícil dizer até que ponto ele havia se posto. *Havia mesmo*?

Veio outro grito — não, um grito não, um guincho — e o som de vidro se quebrando.

Dees chegou à conclusão de que o pôr do sol já não tinha importância.

Saiu correndo, vagamente consciente de que os tanques de reserva do gerador ainda estavam em chamas e que podia sentir o cheiro de gasolina no ar. Tentou aumentar a velocidade, mas parecia que estava correndo sobre cimento mole. O terminal estava ficando mais perto, mas não muito depressa. Não suficientemente depressa.

— *Por favor, não! Por favor, não!* POR FAVOR, NÃO! OH, POR FAVOR, NÃO*!*

Esse grito, aumentando sempre numa espiral, foi subitamente interrompido por um uivo terrível, desumano. Contudo, *havia* algo de humano nele e isso era talvez a coisa mais terrível. Na luz titubeante das lâmpadas de emergência nos cantos do terminal, Dees viu alguma coisa escura se agitando e partindo mais vidros na parede do terminal que dava para a área de estacionamento — a parede era quase toda de vidro — e sair voando. Caiu na pista com um baque úmido, rolou e Dees viu que era um homem.

A tempestade estava se afastando, mas os relâmpagos ainda tremulavam esporadicamente e quando Dees entrou correndo na área de estacionamento, ofegante agora, finalmente viu o avião do Piloto da Noite, com N101BL pintado nitidamente na cauda. As letras e os números pareciam pretos nessa luz, mas ele sabia que eram vermelhos, o que, de qualquer modo, não tinha importância. A câmera estava carregada com filme preto e branco de alta velocidade e armada com um *flash* inteligente, que só dispararia quando a luz fosse fraca demais para a velocidade do filme.

O compartimento de carga do Skymaster estava com a tampa aberta para baixo como a boca de um cadáver. Abaixo dela havia um monte de terra onde umas coisas se mexiam e se contorciam. Dees viu isso, se deu conta do que tinha visto e deu uma derrapada para parar. Agora seu coração estava cheio não só de pavor como de uma felicidade travessa, desenfreada. Que bom que tudo se tinha juntado dessa maneira!

É, pensou ele, mas não diga que foi sorte, não *ouse* dizer que foi sorte. Nem se atreva a dizer que foi palpite.

Correto. Não tinha sido sorte o que o mantivera enfurnado naquela quartinho de merda de hotel, com o ar-condicionado barulhento, nem palpite — bem, não *exatamente* palpite, de qualquer jeito — que o havia mantido grudado ao telefone por horas a fio, ligando para uns aeroportos minúsculos e repetindo sem parar o número de matrícula do Piloto da Noite. Isso tinha sido puro instinto de repórter e era aqui que tudo isso começava a render. Salvo que não era um rendimento comum, era o prêmio maior, El Dorado, aquela famosa Sorte Grande.

Parou deslizando na frente do escancarado compartimento da barriga do avião e tentou erguer a câmera. Quase se estrangulou com a correia. Disse um palavrão. Desenrolou a correia. Apontou.

Do terminal veio outro grito — de uma mulher ou de uma criança. Dees mal reparou. A ideia de que lá dentro estava acontecendo uma carnificina era acompanhada pela ideia de que a carnificina apenas ampliaria a história e logo ambas as ideias desapareceram enquanto ele batia rapidamente três fotos do Cessna, assegurando-se de pegar o compartimento da barriga escancarado e o número na cauda. O mecanismo de avanço automático zumbia.

Dees saiu correndo novamente. Mais vidros partidos. Houve outro baque quando outro corpo foi projetado sobre o cimento como uma boneca de trapo que tivesse sido bem recheada com um líquido espesso e escuro como xarope para tosse. Dees olhou, viu um movimento confuso, o enfunar de alguma coisa que *podia* ser uma capa... mas ainda estava muito longe para ver direito. Deu meia-volta. Bateu mais duas fotos do avião, essas bem de frente. O compartimento da barriga escancarado e o monte de terra ficariam nítidos e inegáveis quando impressos.

Depois, voltou-se e correu para o terminal. O fato de estar armado apenas com uma velha Nikon nem lhe passou pela cabeça.

Parou a 10 metros de distância. Havia três corpos ali fora, dois adultos, um de cada sexo, e um que podia ser de uma mulher pequena ou de uma menina de uns 13 anos. Era difícil dizer sem a cabeça.

Dees apontou a câmera e bateu seis fotos rapidamente, o *flash* disparando seu próprio relâmpago branco, o avanço automático fazendo seu zumbidinho satisfeito.

Seu cérebro nunca perdia a conta. Tinha carregado um filme de 36 poses. Havia tirado 11. Restavam 25. Tinha mais filme enfiado nos bolsos fundos de sua calça, o que era ótimo... se tivesse tempo para recarregar. Entretanto, nunca se podia contar com isso. Com fotografias como essas, tinha que se pegar o que desse sopa. Era rigorosamente um banquete de pratos feitos.

Dees chegou ao terminal e abriu a porta com um puxão.

9

Achava que já tinha visto de tudo, mas *nunca* tinha visto nada assim. *Nunca*.

Quantos?, choramingou sua mente. Quantos você pegou? Seis? Oito? Uma dúzia, talvez?

Não sabia dizer. O Piloto da Noite transformara o pequeno terminal numa loja de material de demolição. Havia corpos e pedaços de corpos por toda parte. Dees viu um pé enfiado num tênis preto Converse e fotografou-o. Um tronco dilacerado — fotografou-o. Ali estava um homem, vestido com um macacão de mecânico sujo de graxa, que ainda estava vivo. Por um momento estranho, achou que era Ezra, o Fantástico Mecânico Pé de Cana do Aeroporto Municipal de Cumberland, mas esse sujeito não estava apenas ficando careca, ele já tinha concluído o curso completo. Seu rosto tinha sido rachado bem ao meio, da testa até o queixo. Seu nariz estava cortado ao meio, fazendo Dees pensar, por alguma razão alucinada, numa salsicha na grelha, partida e pronta para botar no pão.

Dees tirou uma foto.

E de repente, assim sem mais nem menos, algo dentro dele se rebelou e gritou *Chega!*, numa voz imperativa que era impossível ignorar, muito menos desobedecer.

Chega, pare, acabou-se!

Viu uma seta pintada na parede, com o texto POR AQUI PARA OS TOALETES escrito abaixo dela. Dees correu na direção indicada pela seta, a câmera balançando.

O banheiro dos homens foi o primeiro a que ele chegou, mas para Dees não teria feito diferença se fosse o banheiro dos alienígenas. Estava chorando, com uns soluços grandes, ásperos, roucos. Mal podia acreditar que esses sons estavam saindo de dentro de si. Fazia anos que não chorava. Da última vez, ainda era garoto.

Atirou-se pela porta, deslizou como um esquiador quase descontrolado e agarrou a beirada da segunda pia da fileira.

Debruçou-se sobre ela e tudo saiu numa enxurrada espessa e fedorenta, um pouco respingando de volta no seu rosto, um pouco caindo em coágulos marrons sobre o espelho. Sentiu o cheiro da galinha à Creole para viagem que tinha comido debruçado sobre o telefone no quarto do hotel — isso tinha sido logo antes de acertar em cheio e sair correndo para o avião — e vomitou de novo, emitindo um som enorme de algo se raspando, como uma máquina trabalhando em excesso que está a ponto de quebrar as engrenagens.

Deus, pensou ele, Deus meu, não é um homem, não pode ser um homem...

Foi então que ouviu o barulho.

Era um barulho que tinha escutado pelo menos mil vezes antes, um barulho que era comum na vida de qualquer norte-americano... mas agora o encheu de pavor e um terror crescente que estava além de toda sua experiência ou crença.

Era o barulho de um homem se aliviando num mictório.

Porém, embora pudesse ver todos os três mictórios do banheiro no espelho salpicado de vômito, não via ninguém diante de qualquer deles.

Dees pensou: Os vampiros não se refl...

Então ele viu um líquido avermelhado atingindo a louça do mictório central, viu-o escorrer pela louça, viu-o rodopiar por dentro da disposição geométrica de orifícios na parte inferior.

Não havia um jato no ar. Só viu quando ele atingiu a louça inanimada.

Era então que ficava visível.

Ficou petrificado. Ficou de pé, as mãos na beirada da pia, a boca, a garganta, o nariz e os seios nasais repletos do sabor e do cheiro da galinha à Creole e ficou observando a coisa prosaica e no entanto incrível que estava se desenrolando bem atrás dele.

Estou assistindo a um vampiro dando uma mijada, pensou lentamente.

Parecia não acabar mais: a urina sanguinolenta atingindo a porcelana, tornando-se visível e rodopiando pelo ralo abaixo. Dees ficou parado, com as mãos plantadas dos lados da pia na qual tinha vomitado, olhando fixo para a imagem refletida no espelho, sentindo-se como uma engrenagem emperrada numa imensa máquina engasgada.

É quase certo que estou liquidado, pensou.

No espelho, viu a alavanca cromada da descarga abaixar-se sozinha. A água jorrou.

Dees ouviu um farfalhar e uma batida e sabia que era uma capa, do mesmo modo que sabia que se desse meia-volta podia eliminar o "quase certo" de seu último pensamento. Ficou onde estava, as palmas das mãos apertando com força a beirada da pia.

Uma voz baixa, eterna, falou bem atrás dele. O dono da voz estava tão perto que Dees podia sentir seu hálito frio no pescoço.

— Você vem me seguindo — disse a voz eterna.

Dees deu um gemido.

— Vem sim — disse a voz eterna, como se Dees tivesse discordado dele. — Eu o conheço, entende. Sei tudo a seu respeito. Agora preste bem atenção, meu amigo abelhudo, porque vou dizer isso só uma vez: pare de me seguir.

Dees deu outro gemido, um som que parecia mais de cachorro, e mais líquido correu-lhe pela calça abaixo.

— Abra sua câmera — falou a voz eterna.

Uma parte de Dees gritou:

Meu filme! Meu filme! Tudo que tenho! Tudo que tenho! Minhas fotos!

Outra batida seca da capa, feito um morcego. Embora Dees não pudesse ver nada, sentiu que o Piloto da Noite tinha chegado ainda mais perto.

— *Já*.

O filme *não era* tudo que tinha.

Havia sua vida.

Pelo que ela pudesse valer.

Viu-se dando meia-volta e enxergando o que o espelho não iria, não podia, mostrar. Viu-se olhando para o Piloto da Noite, seu amigo pirado, uma coisa grotesca salpicada de sangue, pedaços de carne e tufos de cabelos arrancados. Viu-se tirando uma foto atrás da outra enquanto o avanço automático zumbia... mas não ia haver nada disso.

Absolutamente nada.

Porque eles tampouco podiam ser fotografados.

— Você existe mesmo — resmungou, sem se mover, as mãos aparentemente soldadas à beirada da pia.

— E você também — arranhou a voz eterna e Dees podia agora sentir no seu hálito o cheiro de criptas antigas e tumbas lacradas. — Por enquanto, pelo menos. Esta é sua última chance, meu abelhudo candidato a biógrafo. Abra sua câmera... ou eu a abrirei.

Com mãos que pareciam completamente dormentes, Dees abriu a Nikon.

O ar fez um zumbido perto do seu rosto gelado, parecendo lâminas de barbear em movimento. Por um instante, ele viu uma mão branca e comprida, com estrias de sangue. Viu unhas irregulares com sujeira acumulada por baixo.

Então o filme se soltou e se desenrolou livre para fora da câmera.

Houve outra batida seca. Outro bafo fedorento. Por um instante, ele pensou que o Piloto da Noite iria matá-lo de qualquer maneira. Depois, pelo espelho, viu a porta do banheiro masculino se abrir sozinha.

Ele não precisa de mim, pensou Dees. *Deve ter comido muito bem esta noite.* Imediatamente, vomitou de novo, dessa vez diretamente sobre o reflexo de seu próprio rosto olhando fixamente para o espelho.

A porta deu um suspiro ao se fechar por ação da mola pneumática.

Dees ficou exatamente onde estava durante mais uns três minutos. Ficou ali até que as sirenes que se aproximavam estivessem quase em cima do terminal. Ficou ali até ouvir a tossida e o ronco de um motor de avião.

Quase indubitavelmente, o motor de um Cessna Skymaster 337.

Depois saiu do banheiro sentindo as pernas como se fossem de pau, chocou-se com a parede oposta do corredor do lado de fora, voltou e entrou de novo no terminal. Escorregou numa poça de sangue e quase caiu.

— Parado, cara! — berrou um policial atrás dele. — Parado bem aí! Um movimento e você está morto!

Dees nem se virou.

— Imprensa, seu policial — disse, erguendo a câmera numa das mãos e sua carteira de identidade na outra. Foi até uma das janelas quebradas com o filme exposto ainda pendurado da câmera como uma comprida serpentina marrom e ficou ali olhando o Cessna pegar velocidade na pista 5. Por um momento, houve uma forma negra delineada contra o fogo que se erguia em círculos do gerador e dos tanques de reserva, uma forma que se parecia muito com um morcego. E logo tinha sumido, e o guarda estava empurrando Dees contra a parede com força suficiente para fazer sangrar seu nariz, mas não se importou. Não se importava com nada e quando os soluços começaram a sair do seu peito, fechou novamente os olhos e ainda via a urina sanguinolenta do Piloto da Noite atingindo a porcelana, ficando visível e rodopiando pelo ralo abaixo.

Achou que ia ver isso para sempre.

Popsy

Sheridan estava andando lentamente pelo shopping comprido e inexpressivo quando viu o garotinho empurrar para fora as portas principais debaixo do aviso luminoso onde se lia COUSINTOWN. Era um menino-criança, talvez grande para 3 anos, mas certamente ainda não tinha 5. No seu rosto, havia uma expressão com a qual Sheridan tinha passado a se identificar de uma forma especial. Ele estava tentando não chorar, mas logo começaria.

Sheridan parou por um instante, sentindo a conhecida onda suave de desprezo por si próprio... embora, cada vez que pegava uma criança, essa sensação ficasse um pouco menos intensa. Na primeira vez, passou uma semana sem dormir. Ficou pensando naquele turco grandalhão e ensebado que usava o nome de senhor Mago, pensando no que ele fazia com as crianças.

— Eles vão dar um passeio de barco, senhor Sheridan — disse-lhe o turco. Só que tinha saído: — Elish von numa basseo dji barrco, sénhorr Sherridon. — O turco tinha dado um sorriso. — E se você sabe o que é bom para você, não vai mais fazer perguntas sobre isso — tinha dito o sorriso em alto e bom som, sem qualquer sotaque.

Sheridan não tinha perguntado mais, mas isso não queria dizer que tivesse deixado de pensar a respeito. Principalmente depois. Mexendo e se remexendo na cama, desejando que pudesse começar a coisa toda de novo de modo a invertê-la, de modo a poder se afastar da tentação. Na segunda vez, tinha sido quase tão ruim... na terceira, um pouco menos... e, quando chegou à quarta vez, tinha quase parado de pensar sobre o *basseo dji barrco* e o que poderia estar à espera dos garotinhos no final.

Sheridan parou o furgão numa das vagas para deficientes físicos bem em frente ao shopping. Tinha na traseira do furgão uma dessas placas especiais que o estado dava aos aleijados. Essa placa valia seu peso em ouro, porque evitava qualquer guarda da segurança do shopping e essas vagas eram muito convenientes e quase sempre estavam livres.

Você sempre finge que não vai sair para procurar, mas você sempre afana uma dessas placas de aleijados um ou dois dias antes.

Deixa pra lá essa merda toda. Ele estava numa enrascada e aquele garoto lá poderia solucionar alguns problemas bem grandes.

Saiu do furgão e caminhou na direção do garoto, que estava olhando ao redor com um ar de pânico crescente. É, pensou Sheridan, tem mesmo 5, talvez até 6, só é muito franzino. Na luz forte e dura lançada pelas lâmpadas fluorescentes através das portas de vidro, o menino tinha uma pele branco-pergaminho, não apenas assustado, mas talvez se sentindo fisicamente mal. Sheridan, entretanto, achou que era apenas um medo grande. Geralmente ele reconhecia esse olhar quando o via, porque durante o último ano e meio, mais ou menos, tinha visto um bocado de medo grande em seu próprio espelho.

O menino erguia os olhos para as pessoas que passavam ao seu redor, pessoas entrando no shopping, ansiosas por fazer compras, saindo carregadas de pacotes, as fisionomias deslumbradas, quase como se estivessem drogadas, com alguma coisa que elas provavelmente pensavam que era satisfação.

O garoto, vestindo uma calça jeans Tuffskin e uma camiseta dos Pittsburgh Penguins, olhava buscando ajuda, procurando que alguém olhasse para ele e visse que alguma coisa estava errada, buscando por alguém que lhe fizesse a pergunta certa. — *Você se perdeu de seu pai, menino?* — serviria.

Procurando por um amigo.

Aqui estou eu, pensou Sheridan se aproximando. *Aqui estou eu, meu filhinho. Eu serei seu amigo.*

Estava quase alcançando o garoto quando viu um dos seguranças do shopping circulando lentamente pelo pátio em direção às portas.

Estava enfiando a mão no bolso, provavelmente para pegar um maço de cigarros. Viria para fora, veria o menino e lá se ia a coisa certa de Sheridan.

Merda, pensou, mas pelo menos não seria visto falando com o garoto quando o guarda viesse ali fora. Isso teria sido pior.

Sheridan recuou um pouco e se dedicou a apalpar seus próprios bolsos, como se estivesse querendo se certificar de que ainda estava com suas chaves. Seu olhar saltava do menino para o segurança e voltava para o menino. O menino tinha começado a chorar. Não um berreiro descontrolado, ainda não, mas com grandes lágrimas grossas, que o brilho refletido do letreiro vermelho COUSINTOWN fazia parecerem cor-de-rosa enquanto deslizavam por suas bochechas lisas.

A moça no balcão de informações chamou o guarda com a mão e lhe disse alguma coisa. Era bonitinha, com cabelos escuros, cerca de 25 anos. Ele tinha cabelo louro-claro e bigode. Quando o guarda ficou apoiado nos cotovelos, sorrindo para ela, Sheridan achou que pareciam com os anúncios de cigarro que ele via na capa de trás das revistas. *Salem Spirit. Light My Lucky.* Ele estava morrendo aqui fora e eles estavam lá dentro numa conversa fiada: o que é que você vai fazer depois do trabalho, você quer ir tomar um drinque naquele lugar novo, e blá-blá-blá. Agora ela estava piscando os olhos para ele. Que gracinha.

De repente, Sheridan resolveu se arriscar. O peito do garoto estava se agitando mais e logo que começasse a chorar aos berros alguém iria notar. Sheridan não gostava da ideia de avançar com um guarda a menos de 20 metros de distância, mas calculou que, se não cobrisse sua cota com o senhor Reggie dentro das próximas 24 horas, um par de homens muito grandes iria fazer-lhe uma visita e executar uma cirurgia improvisada nos seus braços, acrescentando a cada um várias dobras de cotovelo adicionais.

Caminhou até o garoto, um homem grande com uma camisa Van Heusen e uma calça cáqui comum, um homem com um rosto largo, comum, que à primeira vista tinha um ar bondoso. Abaixou-se sobre o menininho, as mãos apoiadas nas pernas logo acima dos joelhos e o menino ergueu seu rosto pálido e assustado para Sheridan. Tinha os olhos verdes como esmeraldas, com a cor realçada pelas lágrimas que os banhavam e refletiam as luzes.

— Você se perdeu de seu pai, menino? — perguntou Sheridan.

— Do meu *Popsy* — disse o garoto, enxugando os olhos. — Eu... eu não consigo encontrar o meu P-P-Popsy!

Agora o garoto começou a soluçar e uma mulher que ia entrar deu uma olhada na sua direção com um ar de certa preocupação.

— Está tudo bem — disse-lhe Sheridan e ela se afastou. Sheridan colocou um braço consolador nos ombros do menino e puxou-o um pouco para a direita... na direção do furgão. Depois tornou a olhar para dentro do shopping.

O guarda terceirizado estava com o rosto bem junto do da moça das informações. Parecia que, nessa noite, iam acender mais do que o Lucky da menininha. Àquela altura, podia haver um assalto no banco logo depois da entrada que o guarda não notaria nada. Estava começando a parecer que isso ia ser uma sopa.

— Quero meu Popsy! — chorou o menino.

— Claro que você quer, evidente que você quer — falou Sheridan. — E nós vamos encontrá-lo. Você não precisa se preocupar.

Levou-o um pouco mais para a direita.

O menino levantou os olhos para ele, de repente mais esperançoso.

— Pode? O senhor pode?

— Claro! — disse Sheridan com um sorriso alegre. — Encontrar Popsys perdidos... bem, pode-se dizer que é um pouco minha especialidade.

— É mesmo? — O garoto chegou até a sorrir um pouco, embora seus olhos ainda estivessem vertendo lágrimas.

— Sem dúvida que é — disse Sheridan, dando mais uma olhada para se assegurar de que o guarda, que ele agora mal podia enxergar (e que mal poderia enxergar Sheridan e o menino caso erguesse os olhos), ainda estava entretido. Estava. — Como era a roupa do seu Popsy, meu filho?

— Ele estava usando terno — falou o menino. — Quase sempre ele usa terno. Só uma vez ele estava de calça jeans — disse, como se Sheridan devesse saber todas essas coisas sobre o seu Popsy.

— Aposto que era um terno preto — falou Sheridan.

Os olhos do menino se iluminaram.

— O senhor *viu* ele! Onde?

Começou a voltar com entusiasmo na direção da porta, esquecido do choro, e Sheridan teve que se conter para não agarrar o pestinha de rosto pálido bem ali naquele mesmo instante. Esse tipo de coisa não era nada bom. Não podia provocar uma cena. Não podia fazer nada de que as pessoas se lembrassem mais tarde. Precisava fazê-lo entrar no furgão. O furgão tinha vidros de filtro solar em todas as partes exceto no para-brisa e era quase impossível enxergar o lado de dentro a menos que se estivesse com o rosto grudado bem de encontro ao vidro.

Primeiro precisava fazer com que entrasse no furgão.

Tocou o braço do menino.

— Não o vi lá dentro, meu filho. Eu o vi bem do lado de lá.

Apontou para o lado oposto do enorme pátio do estacionamento, com seus intermináveis pelotões de automóveis. Havia uma rua de acesso no lado oposto e, para além dela, estavam os arcos duplos do McDonald's.

— Por que Popsy teria ido *lá*? — perguntou o menino, como se Sheridan ou Popsy — ou ambos — tivessem ficado completamente malucos.

— Não sei — disse Sheridan. Sua cabeça estava trabalhando depressa, indo como um trem expresso como sempre fazia quando chegava bem no ponto em que você tinha que parar de ficar embromando para fazer a coisa certa logo ou então fazer uma cagada monumental. Popsy. Nem pai nem papai, mas Popsy. O garoto o tinha corrigido sobre isso. Sheridan decidiu que talvez Popsy quisesse dizer Vovô. — Mas tenho quase certeza de que era ele. Um sujeito mais velho com um terno preto. Cabelos brancos... gravata verde...

— Popsy estava com a gravata azul — falou o menino. — Ele sabe que é a de que eu gosto mais.

— É, pode ter sido azul — disse Sheridan. — Debaixo dessas luzes não dá pra ver direito. Vamos, entre no furgão e levo você lá ao encontro dele.

— Tem certeza de que era Popsy? Porque eu não sei por que ele iria a um lugar onde eles...

Sheridan encolheu os ombros.

— Olhe, garoto, se você tem certeza de que não era ele, talvez seja melhor você procurá-lo sozinho. Você é até capaz de encontrá-lo. — E afastou-se bruscamente, indo de volta para o furgão.

O garoto não estava caindo nessa. Pensou em voltar, tentar de novo, mas isso já tinha demorado demais: ou você mantinha o contato observável num mínimo ou está pedindo para pegar 20 anos em Hammerton Bay. Era melhor que fosse para outro shopping. Scoterville, talvez. Ou...

— Espere, moço! — Era o garoto, com pânico na voz. Umas batidas leves de tênis correndo. — Espere aí! Eu disse a ele que estava com sede, deve ter achado que tinha que ir até lá longe para trazer alguma coisa para beber. Espere!

Sheridan deu meia-volta, sorrindo.

— De qualquer maneira, não ia mesmo abandoná-lo, filho.

Levou o menino para o furgão, que tinha 4 anos e estava pintado com um azul discreto. Abriu a porta e sorriu para o garoto, que levantou os olhos para ele com um ar de dúvida, os olhos verdes dançando no seu rostinho pálido, tão enormes como os olhos de uma criança abandonada numa pintura de veludo, do tipo que era anunciado em tabloides semanais baratos como *The National Enquirer* e *Inside View*.

— Entre no meu salão, amiguinho — disse Sheridan, dando-lhe um sorriso largo que parecia quase inteiramente natural. Na realidade, era meio sinistro o fato de ele ter ficado tão bom nisso.

O garoto entrou e, embora não o soubesse, no minuto em que a porta do lado do passageiro se fechou, seu destino estava nas mãos de Briggs Sheridan.

Só tinha um problema na vida. Não eram as mulheres, embora gostasse, como qualquer homem, de ouvir o roçar de uma saia ou sentir a suavidade de umas meias de seda. Não era a bebida, embora todos soubessem que ele era capaz de tomar uma ou três doses numa noitada. O problema de Sheridan — sua falha fatal, podia-se dizer — eram as cartas. Qualquer tipo de jogo de cartas, desde que fosse daqueles em que se podia fazer apostas. Tinha perdido empregos, cartões de crédito, o lar que sua mãe lhe havia deixado. Nunca, pelo menos até então, tinha estado preso, mas na primeira vez em que se meteu em encrencas com o senhor Reggie, tinha achado que a cadeia seria, por comparação, uma clínica de repouso.

Tinha ficado meio maluco naquela noite. Tinha descoberto que é melhor quando você perde logo de cara. Quando perde logo de cara, você fica desanimado, vai para casa, assiste a Letterman na TV e depois vai dormir. Quando você ganha um pouco no princípio, você vai atrás. Sheridan foi atrás naquela noite e terminara devendo 17 mil dólares. Ele mal podia acreditar. Tinha ido para casa atordoado, quase eufórico pela enormidade disso. No carro, a caminho de casa, ficou repetindo para si mesmo que devia ao senhor Reggie não 700, não 7 mil, mas 17 mil paus. Cada vez que tentava pensar nisso, dava uns risinhos e aumentava o volume do rádio.

Mas não estava dando risinhos na noite seguinte, quando os dois gorilas — os que iriam garantir que seus braços se dobrariam de vários modos novos e interessantes se não pagasse — o levaram ao escritório do senhor Reggie.

Sheridan começou logo a balbuciar:

— Eu vou pagar. Escute, eu vou pagar, não há problema nenhum, uns dois dias, uma semana no máximo, duas semanas para exagerar...

— Sheridan, você me aborrece — disse o senhor Reggie.

— Eu...

— Cale a boca. Se lhe der uma semana, você acha que não sei o que você vai fazer? Vai apelar para um amigo para lhe dar uns 200, se é que você ainda tem um amigo para quem apelar. Se não conseguir encontrar um amigo, vai atacar uma loja de bebidas... se tiver peito. Duvido que tenha, mas tudo é possível. — O senhor Reggie inclinou-se para a frente, apoiou o queixo nas mãos e sorriu. Cheirava a colônia de Ted Lapidus. — E se você conseguir 200 dólares, o que vai fazer com eles?

— Entregar ao senhor — balbuciou Sheridan. Àquela altura, estava bem a ponto de chorar. — Eu os entregaria ao senhor, imediatamente!

— Não entregaria não — falou o senhor Reggie. — Você vai levar o dinheiro para as corridas e tentar fazê-lo crescer. O que dará a mim será um punhado de desculpas de merda. Dessa vez, meu amigo, você está metido até as orelhas. Bem fundo, até as orelhas.

Sheridan não conseguiu mais conter as lágrimas e começou a choramingar.

— Esses caras poderiam fazer com que você ficasse no hospital durante muito tempo — disse o senhor Reggie num tom pausado. — Você ficaria com um tubo em cada braço e outro saindo do seu nariz.

Sheridan começou a choramingar mais alto.

— Vou lhe dar uma oportunidade — disse o senhor Reggie, empurrando uma folha dobrada por cima da mesa, para Sheridan. — Você poderia se dar bem com esse sujeito. Ele se intitula senhor Mago, mas é um monte de merda como você. Agora saia daqui. Mas quero você de volta daqui a uma semana e estarei com a sua dívida em cima desta mesa. Ou você paga ou vou mandar meus amigos praticarem em você. E, como diz Booker T., quando começam, eles ficam nisso até se sentirem satisfeitos.

O nome verdadeiro do Turco estava escrito na folha de papel. Sheridan foi vê-lo e ouviu a história dos garotos e do *basseo dji barrco*. O senhor Mago também mencionou uma quantia que era razoavelmente mais elevada do que devia ao senhor Reggie. Foi então que Sheridan começou a circular pelos shoppings.

Saiu do pátio do estacionamento principal do Cousintown Mall, observou o tráfego, depois atravessou a pista de acesso e entrou pela alameda do McDonald's. O garoto estava sentado bem para a frente no assento ao lado do motorista, as mãos sobre os joelhos da sua calça Tuffskin, olhos angustiadamente atentos. Sheridan dirigiu rumo ao edifício, deu uma volta aberta para evitar a pista de atendimento direto a carros e foi em frente.

— Por que o senhor está dando a volta por trás? — perguntou o garoto.

— É preciso dar a volta para chegar às outras portas — falou Sheridan. — Não se afobe, garoto. Acho que o vi lá dentro.

— O senhor viu? Viu mesmo?

— É, tenho quase certeza.

O rosto do garoto se inundou de um sublime alívio e, por um instante, Sheridan ficou com pena dele. Que diabo, ele não era um monstro nem um maníaco, pelo amor de Deus. Mas suas dívidas tinham ficado cada vez maiores e aquele miserável do senhor Reggie não tinha o menor constrangimento em deixar que ele se enrascasse. Dessa vez não eram 17 mil, nem 20 mil, nem mesmo 25 mil. Dessa vez eram 35 mil, toda uma montanha de paus, a menos que quisesse um novo conjunto de cotovelos por volta do sábado seguinte.

Parou na parte de trás, junto do compactador de lixo. Ninguém estava estacionado ali atrás. Bom. Na porta, havia um compartimento com borda elástica para mapas e outras coisas. Sheridan enfiou a mão esquerda e tirou um par de algemas Kreig de aço azulado. Os aros estavam abertos.

— Por que estamos parando aqui, moço? — perguntou o garoto. O medo tinha voltado à sua voz, mas de outro tipo: de repente, ele tinha percebido que, afinal de contas, talvez se perder do seu bom e velho Popsy no shopping não fosse a pior coisa que lhe podia acontecer.

— Na verdade, não estamos não — disse Sheridan tranquilamente. Na segunda vez em que tinha feito isso, aprendera que não se devia subestimar um menino de 6 anos se ele ficasse excitado. O segundo garoto lhe dera um pontapé no saco e quase tinha conseguido escapar. — Apenas me lembrei de que tinha me esquecido de pôr os óculos quando comecei a dirigir. Poderia perder a carteira. Estão naquela caixa de óculos ali no chão. Ela deslizou para o seu lado. Passe para mim, tá bem?

O garoto se abaixou para pegar a caixa de óculos, que estava vazia. Sheridan se inclinou e de um golpe fechou uma das algemas na mão esticada com a maior facilidade, sim, senhor. E aí começou o problema. Não tinha acabado de pensar em como era um grave erro subestimar até mesmo um menino de 6 anos? O peste lutou como um filhote de lobo da floresta, contorcendo-se com uma força muscular em que Sheridan não teria acreditado se não a estivesse sentindo. Sacudiu e lutou e lançou-se para a porta, ofegante e emitindo uns estranhos gritos como se fosse um pássaro. Pegou a maçaneta. A porta se abriu, mas a luz do teto não se acendeu: Sheridan a tinha quebrado depois daquela segunda expedição.

Sheridan pegou o garoto pela gola circular de sua camiseta dos Penguins e arrastou-o de volta para dentro. Tentou fechar a outra algema na barra especial atrás do assento do passageiro e errou. O garoto lhe mordeu a mão duas vezes, tirando sangue. Deus meu, seus dentes eram afiados como navalhas. A dor foi profunda e subiu como se fosse uma ponta de aço pelo braço todo. Deu um soco na boca do garoto. Ele caiu para trás, desnorteado, com o sangue de Sheridan nos lábios e no queixo, gotejando na enrugada gola da camiseta. Sheridan prendeu a outra algema na barra e depois caiu para trás no seu próprio assento, chupando o dorso da mão direita.

A dor era realmente forte. Puxou a mão da boca e olhou para ela na luz mortiça do painel. Dois cortes rasos e irregulares, cada um com talvez uns 5 centímetros de comprimento, corriam de um ponto logo acima dos nós dos dedos em direção ao pulso. O sangue pulsava em pequenos filetes fracos. Mesmo assim, não sentiu vontade de acertar o garoto de novo e não era para não danificar a mercadoria do Turco, apesar da maneira quase exagerada com que ele o advertira a esse respeito. No seu sotaque seboso, o Turco dissera: *Você danifica o merrcadorria e você danifica o valorr.*

Não, ele não culpava o garoto por ter lutado. Teria feito o mesmo. Entretanto, teria que desinfetar o ferimento logo que pudesse, talvez até precisasse tomar uma injeção. Tinha lido em algum lugar que as mordidas humanas são as piores. Mesmo assim, não podia deixar de admirar a valentia do garoto.

Engatou a marcha para a frente e deu a volta no balcão de hambúrgueres, passou pela janela de atendimento direto a carros e voltou para a pista de acesso. Dobrou à esquerda. O Turco tinha uma casa grande, num estilo de fazenda, em Taluda Heights, no limite da cidade. Sheridan iria até lá por ruas secundárias, só para estar seguro. Cinquenta quilômetros. Talvez 45 minutos, talvez uma hora.

Passou por uma placa onde se lia OBRIGADO POR COMPRAR NO BELO COUSINTOWN MALL, dobrou à esquerda e deixou o furgão se arrastar a uma velocidade perfeitamente legal de 65 quilômetros por hora. Pescou um lenço de dentro do bolso de trás, dobrou-o por cima da mão direita e se concentrou em seguir os faróis até os 40 mil que o Turco tinha prometido por um menino-criança.

— O senhor vai se arrepender — disse o garoto.

Sheridan olhou em volta com impaciência, tirado de um devaneio no qual tinha acabado de ganhar 20 mãos consecutivas e estava com o senhor Reggie se arrastando aos *seus* pés, para variar, suando exageradamente e implorando-lhe que parasse, o que ele queria fazer, arruiná-lo?

O garoto estava chorando novamente e suas lágrimas tinham aquela estranha coloração rosada, muito embora estivessem agora bem longe das luzes brilhantes do shopping. Sheridan se perguntou, pela primeira vez, se o garoto teria algum tipo de doença contagiosa. Supunha que era um pouco tarde para se preocupar com coisas como essa, de modo que a tirou da cabeça.

— Quando meu Popsy encontrar o senhor, o senhor vai se arrepender — continuou o garoto.

— Tá bem — disse Sheridan, e acendeu um cigarro. Saiu da rodovia estadual 28 e entrou num trecho asfaltado de mão e contramão, sem faixa pintada no meio. Havia uma comprida área pantanosa do lado esquerdo e bosques contínuos à direita.

O garoto puxou as algemas e fez um ruído como se fosse soluço.

— Pode desistir. Não vai adiantar nada.

Mesmo assim, o garoto puxou de novo. E dessa vez houve um som como um gemido, do qual Sheridan não gostou *nem um pouco*. Olhou para o lado e ficou espantado de ver que a barra de metal do lado do assento, que ele mesmo tinha soldado no lugar, estava deformada pela torção. *Que merda!*, pensou. *Ele tem dentes como navalhas e agora descubro que é forte como a porra duma vaca. Se ele é assim quando está se sentindo mal, Deus me livre de que o pegasse num dia em que estivesse se sentindo bem*.

Encostou no acostamento de terra solta e disse:

— Pare com isso!

— *Não paro!*

O garoto deu outro puxão nas algemas e Sheridan viu que a barra se entortou um pouco mais. Deus meu, como era possível que *qualquer* garoto fizesse isso?

É o pânico, respondeu para si mesmo. *É por isso que consegue fazê-lo.*

Mas nenhum dos outros tinha sido capaz de fazer isso e muitos deles tinham ficado muitíssimo mais aterrorizados do que esse garoto a essa altura do jogo.

Abriu o porta-luvas no centro do painel. Retirou uma seringa hipodérmica. O Turco a tinha dado para ele com a recomendação de só usá-la se fosse absolutamente necessário. Drogas, tinha dito o Turco (pronunciando *drrocas*), podiam danificarr o mercadorria.

— Está vendo isso?

O garoto deu uma rápida olhada de esguelha na seringa e fez que sim com a cabeça.

— Quer que eu a use?

O garoto prontamente sacudiu a cabeça para os lados. Sheridan ficou feliz de ver que, forte ou não, tinha o mesmo pavor instantâneo de qualquer garoto diante de uma agulha.

— Você foi muito esperto. Isso iria apagá-lo. — Fez uma pausa. Não queria dizê-lo. Afinal, que diabo, ele era de fato um bom sujeito, quando não estava com o seu na reta. Mas tinha que dizê-lo. — Podia até matá-lo.

O garoto ficou olhando fixamente para ele, os lábios trêmulos, as bochechas murchas de medo.

— Você para os puxões nas algemas e eu ponho a seringa de lado. Combinado?

— Combinado — sussurrou o garoto.

— Jura?

— Juro. — O garoto ergueu o lábio superior, mostrando uns dentes brancos. Um deles estava manchado com o sangue de Sheridan.

— Jura pela felicidade da sua mãe?

— Nunca tive mãe.

— Que merda — disse Sheridan aborrecido, e pôs o furgão em movimento de novo. Estava indo um pouco mais depressa agora e não era só porque finalmente tinha saído da estrada principal. O garoto era sinistro. Sheridan queria entregá-lo para o Turco, pegar seu dinheiro e cair fora.

— Meu Popsy é forte de verdade, moço.

— É mesmo? — falou Sheridan, pensando em seguida: *Aposto que é, garoto. O único cara no asilo que é capaz de apertar o próprio rabo nos bancos, certo?*

— Ele vai me encontrar.

— Hã, hã.

— Ele é capaz de sentir meu cheiro.

Sheridan acreditou. *Ele* podia sentir o cheiro do garoto. Algo que tinha aprendido nas suas expedições anteriores era que o medo tinha um odor próprio. Mas isso não dava para acreditar: o garoto tinha um cheiro que era como uma mistura de suor, lama e ácido de bateria queimando lentamente. Sheridan estava ficando cada vez mais convencido de que havia alguma coisa muito errada com esse garoto... mas logo isso seria problema do senhor Mago, não seu, e *caveat emptor**, como aqueles camaradas antigos vestindo togas costumavam dizer, *caveat* porra *emptor*.

Sheridan abriu um pouco a janela. Do lado esquerdo, o pântano seguia a perder de vista. Lascas de luar faiscavam na água estagnada.

— Popsy pode voar.

— Tá bem — falou Sheridan —, depois de umas duas garrafas de Night Train, aposto que ele voa como uma puta duma águia.

— Popsy...

— Chega dessa merda de Popsy, garoto, tá bem?

O garoto se calou.

Seis quilômetros adiante, o pântano à esquerda se alargava numa lagoa ampla e vazia. Sheridan fez uma curva entrando por um trecho de terra batida que margeava o lado norte da lagoa. Oito quilômetros a oeste dali, dobraria à direita para entrar na rodovia 41 e de lá seria uma linha reta até Taluda Heights.

Deu uma olhada para a lagoa, um lençol liso e prateado sob o luar... e então o luar sumiu. Apagado.

Vindo de cima, havia um ruído parecido com lençóis grandes batendo, pendurados num varal.

— Popsy! — gritou o garoto.

— Cale a boca. Foi só um pássaro.

Mas de repente ficou assustado, muito assustado. Olhou para o garoto. O lábio superior do garoto estava novamente puxado para trás, deixando os dentes à mostra. Os dentes eram muito brancos, muito grandes.

Não... grandes, não. Grandes não era a palavra certa. *Compridos* era a palavra certa. Especialmente os dois no alto, de cada lado. Os... como é que se chamavam? Os caninos.

Sua cabeça começou a girar de novo, como se ele tivesse injetado uma droga.

---

* Expressão latina que significa "o risco é do comprador". (N. da E.)

Eu disse a ele que estava com sede.

Por que Popsy iria a um lugar onde eles...

(Comem, ele ia dizer comem?)

Ele vai me encontrar.

Ele é capaz de sentir meu cheiro.

Popsy pode voar.

Alguma coisa pousou no teto do furgão com um baque pesado e desajeitado.

— Popsy! — gritou o garoto novamente, quase delirante de contentamento, e de repente Sheridan não podia mais ver a estrada — uma imensa asa membranosa, pulsando com veias, cobriu o para-brisa de um lado a outro.

Popsy pode voar.

Sheridan gritou e meteu o pé no freio, na esperança de derrubar a coisa do teto para cima do capô.

Houve aquele som de gemido do metal sob tensão à sua direita, dessa vez seguido de um estalido curto e seco. Um momento depois, os dedos do garoto estavam se cravando no seu rosto, rasgando sua face.

— *Ele me roubou, Popsy!* — gritava o garoto para o teto do furgão, com aquela voz que parecia de pássaro. — *Ele me roubou, ele me roubou, o homem mau me roubou!*

Você não entende, garoto, pensou Sheridan. Tateou em busca da seringa e encontrou-a. *Não sou um mau sujeito. Apenas me meti numa enrascada.*

Depois uma mão, mais parecendo uma garra do que uma mão, arrebentou a janela lateral e arrancou a seringa que Sheridan estava segurando, junto com dois de seus dedos. Em seguida, Popsy retirou toda a porta do lado do motorista da sua moldura, as dobradiças agora parecendo retorcidos e brilhantes pedaços de metal inútil. Sheridan viu uma capa enfunada, negra por fora e forrada de seda vermelha por dentro, e a gravata da criatura... e embora fosse na realidade um cachecol, era azul mesmo, exatamente como o menino tinha dito.

Popsy arrancou Sheridan do carro, as garras penetrando através de seu blusão e da camisa na carne dos ombros. Os olhos verdes de Popsy de repente ficaram vermelhos como rosas de sangue.

— Nós fomos ao shopping porque meu neto queria uns bonequinhos das tartarugas Ninja — sussurrou Popsy, e seu hálito era como carne estragada. — Aqueles que mostram na TV. Todas as crianças os querem. Você devia tê-lo deixado em paz. Você devia *nos* ter deixado em paz.

Sheridan foi sacudido como uma boneca de trapo. Gritou e foi sacudido novamente. Ouviu Popsy indagando num tom solícito se o garoto ainda estava com sede. Ouviu o garoto dizendo que sim, muita, o homem mau o tinha amedrontado e sua garganta estava *muito* seca. Viu a unha do polegar de Popsy apenas por um segundo antes de ela desaparecer por baixo do queixo, a unha grossa e cheia de arestas. Antes que percebesse o que estava acontecendo, sua garganta foi cortada por aquela unha. As últimas coisas que viu antes de sua visão ir diminuindo até ficar tudo negro foram o garoto pondo as mãos em concha para pegar o fluxo, do jeito que o próprio Sheridan tinha posto as mãos em concha debaixo da bica do quintal para beber água num dia quente de verão quando era garoto, e Popsy, acariciando o cabelo do menino suavemente, com amor de avô.

A gente se acostuma

Outono na Nova Inglaterra e o solo ralo aparece em pedaços através das ambrósias-americanas e solidagos, esperando pela neve ainda a quatro semanas de distância. Os bueiros estão entupidos de folhas, o céu passou a ser de um cinza perpétuo, e os pés de milho se alinham em fileiras como soldados que descobriram algum modo fantástico de morrer em pé. As abóboras, agora se desmanchando por dentro ao apodrecerem, estão empilhadas contra os lados de galpões crepusculares, com o cheiro do hálito de velhas. Nessa época do ano, não faz nem calor nem frio, apenas um ar pálido que nunca está parado, batendo através de campos limpos, sob céus brancos em que os pássaros voam para o sul em formações em V. Esse vento levanta a poeira dos acostamentos de terra solta das estradas secundárias tal qual dervixes dançantes, divide os campos utilizados como um pente reparte os cabelos e fuça seu caminho por dentro de carros quebrados, apoiados sobre blocos em fundos de quintais.

A casa dos Newall, lá na estrada municipal nº 3, fica sobre aquela parte de Castle Rock conhecida como a Curva. De alguma forma, é impossível ter qualquer sensação boa em relação àquela casa. Ela tem uma aparência mortal, que só parcialmente pode ser explicada por precisar de pintura. O gramado da frente é uma massa de ressecados montículos arredondados que a geada em breve levantará em posturas ainda mais grotescas. Uma fumaça fina se eleva da Loja do Brownie, no pé da colina. Houve uma época em que a Curva era uma parte bastante importante de Castle Rock, mas essa época passou mais ou menos quando a Coreia terminou. No velho coreto do outro lado da rua, em frente ao Brownie, duas crianças pequenas empurram entre elas um carrinho de bombeiros vermelho. Estão com as fisionomias cansadas e inexpressivas, quase como os rostos de pessoas velhas. Suas mãos de fato parecem cortar o ar quando elas empurram o caminhão entre si, parando apenas de vez em quando para limpar os narizes que estão sempre escorrendo.

Dentro da loja, Harley McKissick está na gerência, corpulento e com o rosto vermelho, enquanto o velho John Clutterbuck e Lenny Partridge estão sentados perto da estufa, com os pés para cima. Paul Corliss está encostado no balcão. A loja tem um cheiro antigo, um cheiro de salame, papel pega-moscas, café e fumo; de suor e Coca-Cola marrom-escura; de pimenta e cravo e do Tônico Capilar O'Dell, que parece com sêmen e transforma cabelos em esculturas. Um cartaz manchado de moscas, com um anúncio de um cozido realizado em 1986, ainda está encostado na janela ao lado de outro anunciando uma apresentação *country* de Ken Corriveau na Feira do Condado de Castle de 1984. A luz e o calor de quase dez verões tinham caído sobre este último cartaz e agora Ken Corriveau (que está fora do negócio de música *country* há pelo menos metade desses dez anos e agora vende Fords lá em Chamberlain) parece ao mesmo tempo desbotado e tostado. Na parte dos fundos da loja, há um enorme *freezer* de vidro que veio de Nova York em 1933, e por toda parte paira o aroma vago mas delicioso de grãos de café.

Os velhos olham as crianças e falam em tons baixos e desconexos. John Clutterbuck, cujo neto, Andy, está ocupado nesse outono bebendo até morrer, estava falando sobre o aterro de lixo da cidade. Durante o verão, o aterro fede que é uma merda, diz ele. Ninguém nega isso, é verdade, mas ninguém está interessado no assunto tampouco, porque *não* é verão, estão no outono, e a enorme estufa a óleo está emitindo um calorzinho soporífero. O termômetro Winston atrás do balcão está marcando 27 graus. A testa de Clutterbuck tem uma enorme depressão acima da sua sobrancelha esquerda, no lugar em que bateu com a cabeça num acidente de carro em 1963. Crianças pequenas às vezes pedem para tocá-la. O velho Clut já ganhou muito dinheiro de veranistas que não acreditam que sua cabeça é capaz de reter o conteúdo de um copo d'água de tamanho médio.

— Paulson — diz Harley McKissick calmamente.

Um Chevrolet velho encostou atrás do queimador de óleo de Lenny Partridge. Do lado há um cartaz de papelão, preso com fita adesiva grossa. No cartaz se lê: GARY PAULSON CADEIRAS PALHINHA ANTIGUIDADES VENDE-SE E COMPRA-SE. Abaixo das palavras, há um número de telefone para ligar. Gary Paulson desce lentamente do carro, um homem velho de calças verdes desbotadas com fundilhos enormes. Arrasta para fora uma bengala retorcida, segurando-se firmemente no batente da porta até a bengala ficar plantada bem do jeito que lhe agrada. A bengala tem uma empunhadura de plástico branco de uma bicicleta de criança enfiada sobre sua ponta escura, como uma camisinha. Ela faz pequenos círculos na poeira inerte quando Paulson começa sua viagem cuidadosa do carro até a porta do Brownie.

As crianças no coreto erguem os olhos para ele, depois acompanham a olhada que dá (com ar temeroso, parece) para a massa adernante e crepitante da casa dos Newall na crista acima deles. Depois, retomam a brincadeira com seu carrinho de bombeiros.

Joe Newall fez aquisições em Castle Rock em 1904 e teve propriedades em Castle Rock até 1929, mas sua fortuna foi feita na cidade vizinha, Gates Falls, onde estavam as fábricas de fiação e tecelagem. Era um homem magricela, com uma fisionomia mal-humorada e agitada e olhos de córneas amarelas. Comprou do The First National Bank of Oxford uma grande extensão de campo aberto lá na Curva. Isso foi nos tempos em que ali era uma cidadezinha próspera, inclusive com um empreendimento lucrativo que combinava uma serraria e uma fábrica de móveis. O banco tinha recebido essas terras de Phil Budreau, numa concordata que contara com a assistência do xerife do Município, Nickerson Campbell. Phil Budreau, benquisto, mas considerado um tanto tolo por seus vizinhos, escapuliu para Kittery e lá passou cerca de 12 anos mexendo com carros e motocicletas. Depois, foi para a França, para lutar contra os chucrutes, caiu de um avião durante uma missão de reconhecimento (ou pelo menos essa era a história que se contava) e morreu.

O torrão de Budreau ficou em silêncio e abandonado durante a maior parte desses anos, enquanto Joe Newall morava numa casa alugada em Gates Falls e cuidava da formação de sua fortuna. Ele era mais conhecido por suas políticas de dispensa de empregados do que pela forma como recuperou uma serraria que estava à beira da ruína quando ele a comprou a preço de banana em 1902. Os empregados da serraria o chamavam de Joe Despedidor, porque se alguém faltasse a um único turno era posto na rua, sem que quaisquer desculpas fossem aceitas ou sequer ouvidas.

Casou-se com Cora Leonard, sobrinha de Carl Stowe, em 1914. O casamento tinha grande merecimento, sobretudo aos olhos de Joe Newall, pois Cora era a única parente viva de Carl e certamente entraria num belo pacote quando Carl fosse desta para outra melhor (isto é, desde que Joe se mantivesse em bons termos com ele, e não pretendia nada menos em relação ao velho, que tinha sido Danado de Esperto em seus bons tempos, mas que, se dizia, tinha ficado Bastante Mole em seus anos de declínio). Havia outras fábricas de fiação e tecelagem na área que podiam ser compradas por uma ninharia e depois recuperadas... isto é, se um homem dispusesse de um pouco de capital para utilizar como alavanca. Joe logo dispôs dessa alavanca: o tio rico de sua mulher morreu um ano depois do casamento.

Portanto, o casamento tinha merecimento, ah, sim, sem dúvida alguma. Entretanto, a própria Cora não tinha merecimento. Era como um saco de batatas, incrivelmente larga nos quadris, incrivelmente cheia de bunda, no entanto quase tão lisa de peito como um menino e dotada de um pescoço fino e comprido como um tubo, em cima do qual sua cabeça desproporcionalmente grande se balançava como um estranho e pálido girassol. Suas bochechas ficavam penduradas como massa de pastel, seus lábios como tiras de fígado, seu rosto tão silencioso como uma lua cheia numa noite de inverno. Suava enormes manchas escuras em volta dos sovacos de seus vestidos até em fevereiro e carregava sempre consigo um cheiro azedo de suor.

Joe começou a construir uma casa para sua mulher nas terras de Budreau em 1915, e um ano depois ela parecia estar terminada. Era pintada de branco e abrangia 12 aposentos, que brotavam de muitos ângulos estranhos. Joe Newall não era uma figura popular em Castle

Rock, em parte porque fizera seu dinheiro fora da cidade, em parte porque Budreau, seu predecessor, tinha sido um sujeito muito legal sob todos os aspectos (embora um tolo, sempre se diziam uns aos outros, como se tolice e simpatia andassem juntas e fosse um crime esquecer-se disso), mas sobretudo porque sua maldita casa tinha sido construída com mão de obra de fora da cidade. Pouco antes de serem instaladas as calhas e canos de descida d'água, um desenho obsceno, acompanhado de uma palavra anglo-saxã de uma sílaba, foi rabiscado em giz amarelo macio na porta da frente bem iluminada.

Ao chegar 1920, Joe Newall era um homem rico. Suas três fábricas de fiação e tecelagem em Gates Falls iam de vento em popa, abarrotadas com os lucros de uma guerra mundial e à vontade com encomendas da recém-surgida classe média. Ele começou a construir uma nova ala na casa. A maioria das pessoas da cidade julgou-a desnecessária — afinal, só havia eles dois lá em cima — e quase todos foram de opinião de que ela não acrescentava nada a não ser feiura a uma casa que a maioria deles já considerava feia além de qualquer limite. Essa nova ala se elevava um andar acima da casa principal e olhava cegamente pela serra abaixo, que naqueles tempos era coberta por pinheiros esparsos.

A notícia de que apenas eles dois em breve se tornariam apenas eles três transpirou de Gates Falls, a fonte mais provável sendo Doris Gingercroft, que naquela época era a enfermeira do doutor Robertson. Então pareceu que a ala acrescentada era uma espécie de comemoração. Depois de seis anos de felicidade matrimonial e de quatro vivendo na Curva, durante os quais ela foi vista apenas de longe, quando passava pelo jardim da frente ou ocasionalmente colhendo flores — dálias, rosas silvestres, lírios, orquídeas silvestres, madressilvas — no campo para lá das edificações, viu-se que Cora Leonard Newall tinha, depois de todo esse tempo, desabrochado.

Ela nunca fazia compras no Brownie. Cora comprava na loja Kitty Korner, lá no centro de Gates, todas as quintas-feiras à tarde.

Em janeiro de 1921, Cora deu à luz um monstro, sem braços e, ao que se dizia, um pequeno punhado de dedos perfeitos saindo de uma das cavidades oculares. Morreu menos de seis horas depois de contrações inconscientes terem empurrado para a luz seu rosto vermelho e sem raciocínio. Joe Newall acrescentou à ala uma cúpula 17 meses depois, no final da primavera de 1922 (na parte ocidental do Maine não há início da primavera, apenas final da primavera e o inverno chegando). Continuou a comprar fora da cidade e não queria ter nada a ver com a loja de Bill "Brownie" McKissick. Ele também jamais havia cruzado o portal da igreja metodista da Curva. O bebê disforme que tinha escorregado do ventre de sua mulher havia sido enterrado no lote dos Newall em Gates em vez de Homeland. A inscrição na pequena lápide dizia

SARAH TAMSON TABITHA FRANCINE NEWALL
14 DE JANEIRO DE 1921
PERMITA DEUS QUE ELA REPOUSE EM PAZ

Na loja, eles conversavam sobre Joe Newall, a mulher de Joe e a casa de Joe. Enquanto isso, o garoto de Brownie, Harley, ainda jovem demais para se barbear (porém, mesmo assim, com sua velhice enterrada dentro dele, hibernando, esperando, talvez sonhando), mas velho o bastante para empilhar legumes e carregar sacos de 10 quilos de batatas para a prateleira do lado de fora sempre que mandado, ficava em pé, escutando. Na maioria das vezes, era da casa que eles falavam: era vista como uma afronta à sensibilidade e uma agressão à vista.

— Mas a gente se acostuma com ela — observava às vezes Clayton Clutterbuck (pai de John). Nunca alguém retorquia a isso. Era uma afirmação inteiramente sem sentido... no entanto, ao mesmo tempo, era um fato indiscutível. Se você estivesse no pátio do Brownie, talvez apenas examinasse as frutinhas silvestres para escolher a melhor caixa quando elas estavam na estação, mais cedo ou mais tarde seus olhos iam se erguendo para a casa na crista da mesma forma que um cata-vento vira para o nordeste antes de uma tempestade de março. Mais cedo ou mais tarde você precisava olhar e, à medida que o tempo foi passando, para a maioria das pessoas isso acontecia mais depressa. Porque, como dizia Clayton Clutterbuck, você se acostumava com o lugar dos Newall.

Em 1924, Cora caiu na escadaria entre a cúpula e a ala nova, quebrando o pescoço e a coluna. Um boato correu pela cidade (provavelmente originado numa Feira de Bolos de Caridade das Senhoras) de que, na ocasião, ela estava completamente nua. Ela foi enterrada ao lado da filha malformada e de curta existência.

Joe Newall — que, como a maioria das pessoas agora concordava, tinha um toque de maluco — continuou a fazer dinheiro aos montões. Construiu dois galpões e um celeiro lá no topo da colina, todos ligados à casa principal através da ala nova. O celeiro ficou pronto em 1927 e sua finalidade se tornou clara quase imediatamente: aparentemente, Joe tinha resolvido se tornar um fazendeiro de classe. Comprou 16 vacas de um sujeito em Mechanic Falls. Comprou uma máquina de ordenhar novinha em folha do mesmo sujeito. Ela parecia um polvo metálico para os que olharam na parte traseira do caminhão de entrega e a viram quando o motorista parou no Brownie para tomar uma cerveja gelada antes de subir a colina.

Com as vacas e a máquina de ordenhar instaladas, Joe contratou um retardado mental de Motton para tomar conta do seu investimento. Todos que se ocuparam da questão ficaram perplexos ao ver um dono de serraria supostamente mão-fechada e durão fazer uma coisa dessas. A única explicação parecia ser que Newall estava ficando ruim da cabeça. Mas ele assim fez e, é claro, todas as vacas morreram.

O funcionário do serviço de saúde pública do município apareceu para examinar as vacas e Joe lhe mostrou um atestado assinado por um veterinário (um veterinário de *Gates Falls*, as pessoas sempre diziam depois disso, erguendo as sobrancelhas de modo significativo) certificando que as vacas tinham morrido de meningite bovina.

— Isso quer dizer má sorte em inglês — disse Joe.

— O senhor está querendo fazer piada?

— Interprete como quiser — disse Joe. — Por mim está bem.

— O senhor quer mandar aquele idiota se calar? — falou o funcionário do serviço de saúde pública. Estava olhando pelo caminho de acesso para o retardado mental, que estava encostado na caixa de correio rural de Newall, uivando. As lágrimas rolavam por sua face gorducha e suja. De vez em quando, ele se desencostava e se aplicava uma boa bofetada, como se soubesse que tudo aquilo era culpa sua.

— Ele também está bem.

— Nada aqui me parece estar bem — disse o homem da saúde pública —, muito menos todas as 16 vacas mortas, deitadas de costas com as pernas espetadas no ar como mourões de cerca. Posso vê-las daqui.

— Ótimo — disse Newall —, porque isso é o mais perto que vai chegar.

O funcionário da saúde pública atirou o papel do veterinário de Gates Falls no chão e pisou-o com força com uma das botas. Olhou para Joe Newall, o rosto tão vermelho que os emaranhados de capilares estourados nos lados do seu nariz ficaram violeta.

— Quero ver aquelas vacas. Carregar uma daqui, se for preciso.

— Não.

— Você não é dono do mundo, Newall. Conseguirei uma ordem judicial.

— Vamos ver se você consegue.

O funcionário da saúde pública foi embora no seu carro. Joe ficou olhando. Lá no final do caminho de acesso, o retardado mental, vestido num macacão do catálogo de encomendas postais da Sears & Roebuck, salpicado de esterco, continuava encostado na caixa de correio rural de Newall, uivando. Ficou lá durante todo aquele dia quente de agosto, uivando a plenos pulmões com seu rosto achatado de mongoloide erguido para o céu amarelo.

— Gemendo aos berros como um bezerro ao luar — foi como o jovem Gary Paulson o descreveu.

O funcionário do serviço de saúde pública municipal era Clem Upshaw, de Sirois Hill. Ele talvez tivesse deixado a questão de lado depois de seu termostato baixar um pouco, mas Brownie McKissick, que o apoiara para o cargo que agora ocupava (e que deixava de pôr na conta uma boa quantidade de cerveja), instou-o a não largar o assunto. O pai de Harley McKissick não era o tipo de homem que geralmente recorria à mão do gato, ou que precisava fazê-lo, mas queria marcar uma posição a propósito de propriedade privada com Joe Newall. Queria que Joe entendesse que a propriedade privada é uma grande coisa, sim, uma coisa *americana*, mas que a propriedade privada ainda está presa à cidade e, em Castle Rock, as pessoas ainda acreditavam que a comunidade vem em primeiro lugar, mesmo em se tratando de gente rica que podia construir um pouco mais de casa sobre sua casa quando seu capricho assim indicasse. Então Clem Upshaw foi até Lackery, que naquela época era a sede do município, e conseguiu a ordem.

Enquanto ele a estava obtendo, um caminhão grande passou pelo retardado uivando e subiu até o celeiro. Quando Clem Upshaw voltou com sua ordem, só restava uma vaca, olhando para ele com olhos negros que tinham ficado foscos e distantes por baixo de sua camada de casca de feno. Clem concluiu que pelo menos essa vaca tinha morrido de meningite bovina e então foi embora. Depois que tinha partido, o caminhão de mudança voltou para pegar a última vaca.

Em 1928, Joe começou outra ala. Foi então que os homens reunidos no Brownie concluíram que o homem era maluco. Esperto sim, mas maluco. Benny Ellis afirmava que Joe tinha arrancado o único olho da sua filha e o mantinha sobre a mesa da cozinha, num jarro com o que Benny chamava de "fombol", junto com os dedos amputados que saíam da outra cavidade ocular quando o bebê nasceu. Benny era um leitor assíduo de revistas de terror, revistas cujas capas mostravam mulheres nuas sendo carregadas por formigas gigantes e pesadelos semelhantes, e sua história sobre o jarro de Joe Newall era claramente inspirada pelo seu material de leitura. Como consequência, logo havia pessoas por toda Castle Rock — não apenas a Curva — que afirmavam que tudo isso era verdade. Algumas afirmavam que Joe guardava até coisas menos mencionáveis naquele jarro.

A segunda ala foi concluída em agosto de 1929 e duas noites depois um calhambeque em alta velocidade, com dois grandes círculos de sódio por olhos, guinchou sacolejando pelo caminho de acesso à propriedade de Joe Newall e a carcaça podre e fedorenta de um gambá grande foi atirada de encontro à ala nova. O animal se esborrachou acima de uma das janelas, lançando um leque de sangue pelos painéis de vidro numa padronagem quase parecida com um ideograma chinês.

Em setembro desse ano, um incêndio varreu a sala de cardação da principal fábrica de Newall em Gates Falls, provocando um prejuízo no valor de 50 mil dólares. Em outubro, a bolsa despencou. Em novembro, Joe Newall se enforcou em uma viga num dos aposentos inacabados — provavelmente estava destinado a ser um quarto de dormir — da ala mais nova. Ainda era forte o cheiro da resina na madeira fresca. Foi encontrado por Cleveland Torbutt, o gerente assistente das Fábricas Gates e sócio de Joe (ou pelo menos era o que se comentava) numa quantidade de empreendimentos em Wall Street que agora não valiam nem titica de galinha velha. O corpo foi tirado da corda pelo médico-legista do município, que por acaso era o irmão de Clem Upshaw, Noble.

Joe foi enterrado junto à sua mulher e filha no último dia de novembro. Foi um dia claro e frio e a única pessoa de Castle Rock que compareceu à cerimônia fúnebre foi Alvin Coy, que conduziu o coche funerário de Hay & Peabody. Alvin relatou que um dos presentes era uma mulher jovem e bem-feita de corpo, com um casaco de guaxinim e um chapéu-sino preto. Sentado no Brownie e comendo um picles direto da barrica, Alvin dava um sorriso mordaz e dizia para seus companheiros que podia garantir que ela era uma dançarina de cabaré. Não tinha nenhuma semelhança com o lado da família de Cora Leonard Newall e não tinha fechado os olhos durante a oração.

Gary Paulson entra na loja com uma lentidão estudada, fechando cuidadosamente a porta atrás de si.

— Tarde — disse Harley McKissick num tom neutro.

— Ouvi dizer que você faturou no carteado ontem à noite — diz o Velho Clut enquanto se prepara para acender o cachimbo.

— Foi — diz Gary. Ele tem 84 anos e, como os demais, pode se lembrar de quando a Curva era um bocado mais animada do que agora. Perdeu dois filhos em duas guerras, ambos antes daquela confusão no Vietnã, e isso foi uma coisa dura. Seu terceiro, um bom menino, morreu numa colisão com um caminhão transportador de toras de madeira para os lados de Presque Ile, lá por 1973, foi isso. De algum modo, essa foi mais fácil de aguentar, só Deus sabe por quê. Hoje em dia, Gary às vezes baba pelos cantos da boca e faz repetidos sons estalando os lábios quando tenta sugar a saliva de volta para a boca antes que escape e corra para baixo, para o queixo. Ultimamente, ele não sabe muita coisa mesmo, mas sabe que a velhice é uma droga como maneira de passar os últimos anos da sua vida.

— Café? — pergunta Harley.

— Acho que não.

Lenny Partridge, que provavelmente nunca se recuperará das costelas quebradas em um estranho acidente na estrada dois outonos antes, encolhe os pés para que o homem mais velho possa passar por ele e abaixar-se cuidadosamente na cadeira no canto (o próprio Gary refez a palhinha do assento dessa cadeira lá por 1982). Paulson estala os lábios, sorve a saliva de volta e cruza suas mãos cheias de calombos por cima do cabo de sua bengala. Tem a aparência cansada e abatida.

— Vai chover pra valer — diz finalmente. — Estou sentindo dor à beça.

— É um outono ruim — fala Paul Corliss.

Silêncio. O calor da estufa enche a loja que vai fechar quando Harley morrer ou talvez até antes disso se sua filha mais moça conseguir o que quer. O calor enche a loja e recobre os ossos dos velhos, pelo menos tenta, e fuça para cima pelos vidros sujos, com seus cartazes antigos dando para o pátio onde havia bombas de gasolina até que a Mobil as retirou em 1977. São velhos que, na sua maioria, viram seus filhos partirem para lugares mais lucrativos. Agora, a loja não faz negócios que se possam mencionar, a não ser com alguns locais e os ocasionais turistas de verão, de passagem, que acham curiosos homens velhos como esses, homens velhos que se sentam em volta da estufa com suas ceroulas térmicas mesmo em julho. O Velho Clut sempre afirmou que gente nova virá para essa parte da Rock, mas nos últimos dois anos as coisas têm estado pior do que nunca: parece que o raio da cidade inteira está morrendo.

Por fim, Gary pergunta:

— Quem está construindo a nova ala naquela bendita casa dos Newall?

Todos se voltam para olhá-lo. Por um instante, o fósforo que o Velho Clut tinha acabado de riscar paira de forma mística sobre seu cachimbo, queimando a madeira, fazendo-o ficar preto. O nódulo de enxofre na ponta fica cinzento e se enrosca para cima. Finalmente, o Velho Clut deixa cair o fósforo dentro do fornilho e dá umas baforadas.

— Ala nova? — pergunta Harley.

— É.

Um círculo azul de fumaça do cachimbo do Velho Clut sobe por cima da estufa e se espalha como uma delicada rede de pescar. Lenny Partridge inclina o queixo para cima para esticar as papadas do pescoço e depois passa a mão devagar pela garganta, produzindo um ruído áspero.

— Que *eu* saiba, ninguém — diz Harley, de algum modo indicando pelo tom da sua voz que isso abrange qualquer pessoa que valha alguma coisa, pelo menos nessa parte do mundo.

— Eles não tiveram um comprador naquele lugar desde 1981 — diz o Velho Clut. Quando o Velho Clut fala neles, quer se referir a ambos: a Southern Maine Weaving e o The Bank of Southern Maine, mas também quer dizer mais: refere-se aos "Wops"* de Massachusetts. A Southern Maine Weaving passou a ter a propriedade de três fábricas de Joe, e da casa no topo da colina, cerca de um ano depois de Joe se matar, mas no que toca aos homens reunidos em volta da estufa no Brownie, esse nome é apenas uma cortina de fumaça... ou o que eles às vezes chamam de A Lei, como na frase: — *Ela conseguiu uma ordi di porteção em cima dele i agora ele num pode nem vê seus garotos pru causa da Lei.* — Esses homens odeiam A Lei, pois ela interfere nas suas vidas e nas de seus amigos, porém isso os deixa inteiramente fascinados quando consideram como certas pessoas a fazem funcionar a fim de avançar seus próprios esquemas nefandos para fazer dinheiro.

A Southern Maine Weaving, que é a mesma coisa que The Bank of Southern Maine e a mesma coisa que os *Wops* de Massachusetts, tiveram um período longo e lucrativo com as fábricas que Joe Newall salvara da extinção, porém o que fascina os velhos que passam seus dias no Brownie é a maneira como eles não conseguiram livrar-se da casa.

— É como uma meleca que não se consegue tirar com um peteleco da ponta do dedo — disse Lenny Partridge uma vez e todos assentiram com a cabeça. — Nem mesmo aqueles chupadores de espaguete do Malden e Revere conseguem se livrar *dessa* pedra de moinho.

O Velho Clut e seu neto, Andy, estão atualmente brigados e a propriedade da casa feia de Joe Newall foi a causa... embora haja outras questões, mais pessoais, girando logo abaixo da superfície, sem dúvida — quase sempre há. O assunto surgira uma noite depois que avô e neto, ambos viúvos agora, tiveram um jantar bem bom na casa do Jovem Clut na cidade.

O jovem Andy, que ainda não tinha perdido seu emprego na polícia da cidade, tentou (de modo um pouco abusado) explicar a seu avô

---

* Termo pejorativo para designar imigrantes (e descendentes) oriundos da Europa Meridional, especialmente da Itália. (N. do T.)

que a Southern Maine Weaving não tivera nada a ver com quaisquer das propriedades de Newall durante anos, que o verdadeiro proprietário da casa na Curva era The Bank of Southern Maine e que as duas empresas nada tinham a ver uma com a outra. O Velho John disse a Andy que era um tolo se acreditava nisso, pois todos sabiam, disse ele, que ambos, o banco e a companhia de tecidos, eram fachadas para os *Wops* de Massachusetts e que a única diferença entre eles era um par de palavras. Eles simplesmente ocultavam as conexões mais óbvias com grandes maços de papéis, explicou o Velho Clut. Em outras palavras, A Lei.

O Jovem Clut teve o mau gosto de rir disso. O Velho Clut ficou vermelho, jogou o guardanapo sobre seu prato e levantou-se. — *Ria* — disse ele. — *Pode continuar rindo. Por que não? A única coisa que um bêbado faz melhor do que rir daquilo que não entende é chorar sobre o que não sabe*. — Isso fez *Andy* ficar furioso e ele disse algo sobre Melissa ser a razão pela qual ele bebia e John perguntou a seu neto por quanto tempo ia culpar sua esposa morta por sua bebedeira. Andy ficou lívido quando o velho falou isso e mandou-o sair da sua casa, o que John fez, e nunca mais voltou. Nem quer voltar. À parte as palavras ásperas, não suporta ver Andy ir para o inferno num carrinho de mão desse jeito.

Especulação ou não, uma coisa não se pode negar: a casa no topo da colina está vazia há 11 anos agora, ninguém jamais morou lá durante muito tempo, e The Bank of Southern Maine em geral é a instituição que acaba tentando vendê-la por meio de uma das corretoras imobiliárias locais.

— As últimas pessoas que a compraram vieram do norte do estado de Nova York, não foi? — pergunta Paul Corliss, e é tão raro falar que todos se viram para ele. Até Gary.

— Sim senhor — diz Lenny. — Era um casal simpático. O homem ia pintar o celeiro de vermelho e transformá-lo numa espécie de loja de antiguidades, não ia?

— Isso — disse o Velho Clut. — Então o menino deles pegou a arma que eles guar...

— As pessoas são tão *descuidadas*... — intervém Harley.

— Ele morreu? — pergunta Lenny. — O menino?

A pergunta esbarra no silêncio. Parece que ninguém sabe. Então, por fim, quase com relutância, Gary fala.

— Não — diz ele. — Mas ficou cego. Levaram-no para Auburn. Ou talvez tenha sido Leeds.

— Eles eram pessoas agradáveis — disse Lenny. — Eu realmente pensei que eles talvez a abandonassem. Mas estavam empenhados naquela casa. Acharam que todo mundo estava caçoando deles dizendo como ela trazia azar, por eles serem de Longe. — Fez uma pausa como que meditando. — Talvez agora eles pensem de outra forma... onde quer que estejam.

Faz-se silêncio enquanto os velhos pensam nas pessoas do norte do estado de Nova York ou, talvez, nos seus próprios órgãos e equipamento sensorial que vão falhando. Na semi-escuridão por trás da estufa, o óleo gorgulha. Em algum lugar mais além, uma persiana bate com força, para a frente e para trás, no ar inquieto do outono.

— Tem uma ala nova sendo construída, sim senhor — diz Gary. Ele fala com calma mas enfaticamente, como se algum dos outros tivesse contrariado sua afirmação. — Vi quando estava vindo pela River Road. A maior parte da estrutura já está pronta. O raio da coisa parece que é pra ter 30 metros de comprimento e 10 de largura. Nunca a tinha notado antes. Bordo de boa qualidade, parece. Onde alguém consegue bordo de boa qualidade como esse nos dias de hoje?

Ninguém responde. Ninguém sabe.

Por fim, muito hesitante, Paul Corliss diz:

— Tem certeza de que você não está pensando em outra casa, Gary? É possível que você...

— É possível *porra nenhuma* — diz Gary, com a mesma calma mas com ainda maior energia. — É o lugar dos *Newall*, uma *ala nova* no lugar dos Newall, já com a estrutura erguida, e se você ainda tem alguma dúvida, simplesmente saia e dê uma olhada você mesmo.

Dito isso, não há mais nada a dizer: acreditam nele. Entretanto, nem Paul nem qualquer outro corre para fora para levantar a cabeça e ver a ala nova que está sendo acrescentada à casa dos Newall. Consideram que é um assunto de certa importância e, por conseguinte, nada que se deva apressar. Passa mais tempo. Harley McKissick já pensou que, se tempo fosse madeira para polpa, todos eles estariam ricos. Paul vai até o antigo refrigerador horizontal a água, para bebidas não alcoólicas, e pega um Crush. Dá 60 centavos a Harley, que registra a compra. Quando fecha a gaveta da caixa registradora com uma batida, ele percebe que a atmosfera na loja mudou de algum modo. Há outros assuntos a discutir.

Lenny Partridge tosse, franze o rosto, aperta as mãos de leve sobre o peito, onde as costelas partidas nunca ficaram boas de verdade, e pergunta a Gary quando vão ser as exéquias de Dana Roy.

— Amanhã — responde Gary —, lá em Gorham. É lá que sua mulher foi sepultada.

Lucy Roy morreu em 1968. Dana, que até 1979 tinha sido eletricista na U.S. Gypsum lá em Gates Falls (esse homens, sistematicamente e sem preconceito, referem-se à companhia como U.S. Gyp Em),* morreu de câncer nos intestinos há dois dias. Tinha vivido toda sua vida em Castle Rock e gostava de dizer às pessoas que só tinha saído do Maine três vezes nos seus 80 anos, uma vez para visitar uma tia em Connecticut, uma para ver os Boston Red Sox jogarem em Fenway Park (— E perderam, aqueles vagabundos — ele sempre acrescentava nesse ponto) e outra para assistir a uma convenção de eletricistas em Portsmouth, New Hampshire.

— Uma droga de perda de tempo — sempre dizia dessa convenção. — Nada a não ser enchê a cara e andá com as muié, e nenhuma das muié nem valia pena oiá, muito menos aquela outra coisa. — Ele era um companheiro desses homens e seu falecimento lhes faz sentir uma estranha mistura de tristeza e triunfo.

— Eles tiraram 1,30 metro das suas bases — conta Gary aos outros homens. — Não adiantou de nada. Estava por toda parte dentro dele.

— *Ele* conhecia Joe Newall — disse Lenny de repente. — Ele esteve lá em cima com seu pai, quando seu pai estava instalando a eletricidade de Joe. Não podia ter mais de 6 ou 8 anos, julgaria eu. Lembro que ele disse que Joe lhe dava um pirulito de cada vez, mas ele jogava fora no caminhão do seu pai, voltando pra casa. Dizia que tinha um gosto amargo e esquisito. Então, mais tarde, depois de eles botarem todas as fábricas pra funcionar de novo, no final dos anos 1930, eu acho, ele esteve encarregado da fiação. Se lembra disso, Harley?

— Lembro.

Agora que o assunto voltou para Joe Newall por meio de Dana Roy, os homens ficam sentados em silêncio, coçando o cérebro para

* Jogo de palavras em inglês baseado no significado do verbo *to gyp* – trapacear, enganar. (N. do T.)

encontrar histórias a respeito de um dos dois homens. Mas quando, finalmente, o Velho Clut fala, diz uma coisa espantosa.

— Foi o irmão maior de Dana Roy, Will, que atirou aquele gambá morto no lado da casa daquela vez. Tenho quase certeza que foi.

— Will? — Lenny ergue as sobrancelhas. — Acho que Will Roy era sério demais para fazer uma coisa dessas.

Gary Paulson diz, muito tranquilamente:

— É sim, *foi* Will.

Viram-se para olhar para ele.

— E foi a mulher que deu um pirulito a Dana naquele dia que ele foi com o pai — diz Gary. — Cora, não Joe. E Dana não tinha 6 ou 8 anos. O gambá foi atirado por volta da Queda da Bolsa de Valores e Cora já estava morta então. Não, Dana talvez se lembrasse algo sobre isso, mas ele não podia ter mais de 2 anos. Foi por volta de 1916 que ele ganhou aquele pirulito, porque foi em 1916 que Eddie Roy fez a fiação da casa. Nunca mais voltou lá. *Frank*, o menino do meio — ele está morto faz dez ou 12 anos agora —, *ele sim* teria 6 ou 8, talvez. Frank viu o que Cora fez com o menor, isso eu sei, mas não quando contou para Will. Não tem importância. Finalmente, Will resolveu fazer alguma coisa a respeito. A essa altura, a mulher estava morta, de modo que ele se vingou na casa que Joe tinha construído para ela.

— Esquece essa parte — diz Harley, fascinado. — O que que ela fez com Dana? É isso que *eu* quero saber.

Gary fala calmamente, quase meticulosamente:

— O que Frank me contou, uma noite em que tinha tomado umas e outras, foi que a mulher lhe deu o pirulito com uma das mãos e meteu a mão nas suas cuecas com a outra. Bem na frente do menino mais velho.

— Ela nunca! — diz o Velho Clut, chocado além do seu controle.

Gary apenas olha para ele com seus olhos amarelados, amortecidos, e não diz nada.

Silêncio novamente, salvo pelo vento e a persiana batendo. As crianças do coreto pegaram seu carrinho de bombeiros e foram com ele para algum outro lugar. E a tarde sem fim continua interminavelmente, a luz como a de um quadro de Andrew Wyeth, branca, estática e cheia de um significado idiota. O solo deu seu fruto escasso e espera, inutilmente, pela neve.

Gary gostaria de lhes contar sobre a enfermaria no Hospital Cumberland Memorial, onde Dana Roy ficou morrendo, com uma crosta negra em volta das narinas e fedendo como peixe deixado sob o sol. Gostaria de lhes falar dos ladrilhos azuis e frescos e das enfermeiras com seus cabelos presos para trás em redes, na maioria umas coisinhas jovens com pernas bonitinhas e seios firmes e joviais, sem a menor ideia de que 1923 tinha sido um ano de verdade, tão de verdade quanto as dores que atormentam os ossos dos velhos. Sente que gostaria de lhes fazer um sermão sobre o mal do tempo e talvez até sobre o mal de certos lugares, e lhes explicar por que Castle Rock agora é como um dente enegrecido que finalmente está pronto para cair. Mais que tudo, gostaria de lhes informar que Dana Roy fazia um barulho como se alguém tivesse enchido seu peito de feno e ele estivesse tentando respirar através do feno, e que ele parecia já ter começado a apodrecer. Contudo, não pode dizer nenhuma dessas coisas porque não sabe como e então ele apenas suga a saliva de volta e não diz nada.

— Ninguém gostava muito do velho Joe — diz o Velho Clut... e então, de repente, seu rosto se ilumina. — Mas, meu Deus, a gente se acostumava com ele!

Os outros não respondem.

Dezenove dias mais tarde, uma semana antes de a primeira neve chegar para cobrir a terra inútil, Gary Paulson tem um sonho surpreendentemente sexual... salvo por ser na maior parte uma lembrança.

Em 14 de agosto de 1923, quando estava passando pela casa dos Newall no caminhão da fazenda do seu pai, Gary Martin Paulson, de 13 anos de idade, calhou de ver Cora Leonard Newall afastando-se da caixa de correio no final do caminho de acesso. Segurava o jornal numa das mãos. Viu Gary e estendeu a mão livre para agarrar a bainha do seu vestido caseiro. Não sorriu. Aquele enorme rosto de lua estava pálido e sem expressão quando ela levantou o vestido, revelando seu sexo para ele. Era a primeira vez em que ele via esse mistério debatido tão avidamente pelos meninos que ele conhecia. E, ainda sem sorrir mas apenas olhando para ele com ar sério, ela moveu seus quadris para a frente e para trás diante de seu rosto espantado, boquiaberto, enquanto ele passava por ela. E enquanto passava, sua mão caiu sobre seu colo e, momentos depois, ejaculou nas suas calças de flanela.

Foi seu primeiro orgasmo. Nos anos que se passaram desde então, fez amor com uma boa quantidade de mulheres, começando com Sally Ouelette, debaixo da ponte de Lata, nos idos 1926, e cada vez que chegava perto do momento do orgasmo — cada um deles — via Cora Leonard Newall. Ele a via de pé, ao lado da caixa de correio, sob um céu quente, cor cinza metálico, a via levantando o vestido para revelar um tufo quase inexistente de pelos ruivos abaixo do abaulado cor de creme de sua barriga, via a fenda exclamatória com seus lábios vermelhos mudando a coloração para o que ele sabe que seria o mais deliciosamente delicado rosa (Cora) coral. Contudo, não fora a visão da sua vulva abaixo daquela expansão algo promíscua de ventre que o atormentara ao longo dos anos, a ponto de todas as mulheres se tornarem Cora no momento da descarga. Ou não fora *apenas* isso. O que sempre o fazia ficar louco de tesão quando se lembrava (e quando fazia amor não tinha como evitá-lo) era a maneira como ela tinha mexido os quadris para ele... uma, duas, três vezes. Isso e a falta de expressão no seu rosto, uma neutralidade tão profunda que parecia mais debilidade mental, como se ela fosse a soma do limitado desejo e entendimento sexual de todo rapaz: uma escuridão apertada e ansiosa, não mais do que isso, um Éden limitado brilhando num tom rosa-Cora.

Sua vida sexual foi tanto delineada como delimitada por essa experiência, uma experiência fértil por excelência. Porém, ele nunca a contou, embora mais de uma vez, depois de uns copos a mais, tivesse se sentido tentado. Guardou-a zelosamente. E é com esse incidente que está sonhando, o pênis perfeitamente ereto pela primeira vez em quase nove anos, quando um pequeno vaso no seu cerebelo se rompe, formando um coágulo que o mata mansamente, respeitosamente, poupando-o de quatro semanas ou quatro meses de paralisia, tubos flexíveis nos braços, o cateter, as enfermeiras silenciosas com seus cabelos nas redes e seus belos seios altos. Morre no seu sono, o pênis murchando, o sonho se esmaecendo como a imagem restante de uma tela de televisão desligada num quarto escuro. Entretanto, seus companheiros ficariam intrigados se algum deles estivesse ali para ouvir as duas últimas palavras que pronuncia — expiradas mas ainda bastante nítidas:

— *A lua!*

Um dia depois de ele ser sepultado em Homeland, uma nova cúpula começou a ser erguida na ala nova da casa dos Newall.

A Dentadura Mecânica

Olhar para o interior do balcão envidraçado era como olhar através de um painel de vidro sujo para o segundo terço da sua meninice, aqueles anos entre os 7 e os 14, quando ficava fascinado com coisas assim. Hogan inclinou-se mais para perto, esquecendo o uivo crescente do vento do lado de fora e o som áspero picoteante da areia batendo nas janelas. O balcão estava cheio de quinquilharias fabulosas, a maior parte com certeza feita em Taiwan ou na Coreia, mas não havia dúvida quanto à melhor peça de toda a coleção. Era a maior Dentadura Mecânica que havia visto na vida. Era também a única que tinha visto com pés: sapatos grandes de plástico laranja, com polainas brancas. Um barato mesmo.

Hogan ergueu os olhos para a mulher gorda atrás do balcão. Ela estava usando em cima da pele uma camiseta em que se lia NEVADA É A TERRA DE DEUS (as palavras se expandindo e se encolhendo por cima de seus seios enormes) e cerca de meio hectare de jeans cobria a parte inferior. Estava vendendo um maço de cigarros para um rapaz pálido, cujos longos cabelos louros estavam presos para trás num rabo de cavalo com um cadarço de sapato. O rapaz, que tinha a fisionomia de um rato de laboratório inteligente, estava pagando em moedas de pequeno valor, contando-as trabalhosamente com mãos sujas.

— Senhora, com licença — falou Hogan.

Ela olhou rapidamente para ele e então a porta dos fundos se abriu ruidosamente. Um magricela, usando uma faixa sobre a boca e o nariz, entrou. O vento fazia a areia grossa do deserto rodopiar em volta dele como um ciclone e sacudiu a belezinha da garota no calendário da Valvoline fixado na parede com tachinhas. O recém-chegado estava puxando um carrinho de quatro rodas. Nele havia três gaiolas de tela de arame empilhadas. Na de cima, havia uma tarântula. Nas gaiolas abaixo, havia um par de cascavéis. Estavam se enroscando e desenroscando depressa, sacudindo seus chocalhos agitadas.

— Feche o raio da porta, Scooter, ou você nasceu num celeiro? — berrou a mulher de trás do balcão.

Olhou de relance para ela, os olhos vermelhos e irritados pela areia soprada pelo vento.

— Me dá uma chance, mulher! Não tá vendo que estou com as mãos ocupadas? Você não *enxerga*? Meu Deus! — Ele estendeu a mão por cima do carrinho e bateu a porta. A areia esvoaçante caiu morta no chão e ele puxou o carrinho em direção ao depósito nos fundos, ainda resmungando.

— Esses são os últimos? — perguntou a mulher.

— Todos menos Lobo. — Ele pronunciava *Loubo*. — Vou metê-lo no telheiro atrás das bombas de gasolina.

— Não vai, não! — retrucou a mulher grandalhona. — Lobo é nossa atração principal, caso você tenha se esquecido. Traz ele aqui pra dentro. O rádio diz que isso vai ficar pior antes de melhorar. Bem pior.

— Quem você acha que está enganando? — O magricela (marido dela, imaginou Hogan) ficou parado, olhando para ela, com uma espécie de truculência cansada, as mãos nos quadris. — Aquela droga de coisa não é mais do que uma cruza de coiote e cachorro de Minnesota, e qualquer pessoa que dê mais do que meia olhada nele pode ver isso claramente.

O vento dava rajadas, gemendo ao longo das calhas do telhado do Armazém e Minizoo do Scooter, atirando punhados de areia seca contra as janelas. *Estava* ficando pior e Hogan só podia esperar que conseguisse dirigir para fora dali. Tinha prometido a Lita e Jack que estaria em casa antes das 19h, 20h no máximo, e era um homem que gostava de cumprir o que prometia.

— Apenas tome conta dele — disse a mulher grandalhona e voltou-se irritada para o menino com cara de rato.

— Senhora? — repetiu Hogan.

— Espere um instante, se segure aí — disse a senhora Scooter. Falava com o ar de quem está praticamente mergulhada em fregueses, embora Hogan e o menino com cara de rato fossem, na realidade, os únicos presentes.

— Tá faltando dez centavos, Sunny Jim — falou para o garoto louro depois de uma olhada rápida para as moedas sobre o balcão.

O menino olhou-a com olhos arregalados e inocentes.

— Acho que a senhora não faria isso fiado pra mim, não é?

— Duvido que o papa de Roma fume Merit 100, mas, se fumasse, não faria fiado nem pra *ele*.

A expressão de inocência de olhos arregalados desapareceu. O menino com cara de rato olhou para ela por um instante com uma expressão de antipatia soturna (essa expressão parecia muito mais adequada para o rosto do garoto, pensou Hogan) e depois começou devagar a inspecionar seus bolsos novamente.

Simplesmente deixe pra lá e dê o fora daqui, pensou Hogan. *Você nunca chegará a Los Angeles antes das 20h se não se mexer, com ou sem tempestade de vento. Esse é um daqueles lugares que só tem duas velocidades: devagar e parado. Conseguiu sua gasolina, pagou, de modo que apenas considere que está ganhando a partida e volte para a estrada antes que a tempestade piore.*

Quase seguiu o conselho do lado esquerdo do seu cérebro... e então olhou novamente para a Dentadura Mecânica no balcão envidraçado, lá de pé naqueles sapatos grandes de papelão laranja. E com polainas brancas! Elas é que eram mesmo de matar. *Jack vai adorá-los*, disse-lhe seu lado direito do cérebro. *E para falar a verdade, Bill, amigo velho, se acontecer de* Jack *não os querer*, você *quer. Você pode ver outro exemplar de Dentadura Mecânica Gigante em algum momento da sua vida, tudo é possível, mas uma que ande sobre grandes pés laranja? Ahn, ahn. Duvido muito mesmo.*

Dessa vez deu ouvido ao lado direito do cérebro... e tudo o mais se seguiu daí.

O garoto com o rabo de cavalo ainda estava procurando nos bolsos. A expressão soturna no seu rosto aumentava cada vez que tirava as mãos vazias. Hogan não era a favor do fumo — seu pai, fumante de dois maços por dia, tinha morrido de câncer no pulmão —, mas podia imaginar-se esperando para só ser atendido dali a uma hora.

— Ei! Garoto!

O garoto olhou para ele e Hogan lhe atirou uma moeda de 25 centavos.

— Ei! Obrigado, meu chapa!

— Não há de quê.

O garoto concluiu sua transação com a robusta senhora Scooter, meteu os cigarros num bolso e jogou os 15 centavos restantes no outro. Não fez qualquer gesto de oferecer o troco a Hogan, que na verdade não o esperava. Naqueles dias, meninos e meninas assim formavam legiões, enchendo as rodovias de costa a costa, rolando por aí como ervas soltas do deserto. Talvez eles sempre tenham estado por aí, mas, para Hogan, a geração atual parecia tanto desagradável como um pouco amedrontadora, como as cascavéis que Scooter agora estava guardando no quarto dos fundos.

As cobras em exposições pequenas, de beira de estrada, como essa, não eram capazes de matá-lo, pois o veneno era retirado duas vezes por semana e vendido a clínicas que o utilizavam para fazer medicamentos. Podia-se ter certeza disso do mesmo modo que se podia ter certeza dos bêbados aparecendo no banco de sangue todas as terças e quintas-feiras. Mas ainda assim as cobras podiam dar uma mordida que doía um bocado, caso se chegasse muito perto e as enfurecesse. Isso, pensou Hogan, era o que a geração atual de garotos de estrada tinha em comum com elas.

A senhora Scooter veio deslizando do balcão, as palavras na camiseta subindo e descendo e indo de um lado para o outro enquanto ela vinha.

— Quê qu'cê qué? — perguntou. O tom ainda era truculento. O Oeste tinha uma reputação de amabilidade e, durante os vinte anos que tinha passado vendendo por ali, Hogan chegara a achar que essa reputação era, a maioria das vezes, merecida. Essa mulher, porém, tinha todo o charme de uma dona de loja no Brooklin que foi assaltada três vezes nas últimas duas semanas. Hogan supôs que esse tipo estava se tornando parte do cenário no Novo Oeste do mesmo modo que os garotos de estrada. Triste, porém verdade.

— Quanto custa isso? — perguntou Hogan apontando pelo vidro sujo para o que um cartaz identificava como DENTADURA MECÂNICA TAMANHO GIGANTE — *ELA ANDA!* O balcão envidraçado estava repleto de novidades: puxa-dedos chineses, chicletes de pimenta, o Pó de Espirrar do dr. Biruta, cargas para cigarros (Uma Gargalhada Só! segundo a embalagem, mas Hogan calculou que mais provavelmente era uma ótima maneira de arrancar os dentes), óculos de raios X, vômito de plástico (*Muito Realista!*), descargas elétricas de mão.

— Num sei — disse a senhora Scooter. — Onde está a caixa, me pergunto.

A dentadura era o único artigo no balcão que não estava embalado, mas *era* mesmo gigante, pensou Hogan. Na verdade, supergigante, cinco vezes o tamanho de exemplares de dentaduras de dar corda que tanto o tinham entretido quando era um garoto crescendo no Maine. Caso se tirassem os pés de brincadeira, ela pareceria os dentes de algum gigante bíblico abatido: os molares eram grandes blocos brancos e os caninos pareciam estacas de barraca afundadas nas gengivas de plástico de um vermelho exagerado. Uma chave se projetava de uma das gengivas. Os dentes eram mantidos apertados por meio de um elástico grosso.

A senhora Scooter soprou a poeira da Dentadura Mecânica, depois virou-a, procurando nas solas dos sapatos laranja uma etiqueta com o preço. Não a encontrou.

— *Eu* não sei — disse ela, mal-humorada, olhando para Hogan como se ele próprio pudesse ter retirado a etiqueta. — Só Scooter iria comprar uma porcaria dessas. Está aqui desde que Noé desceu do barco. Tenho que perguntar a ele de novo.

De repente, Hogan sentiu-se farto da mulher e do Armazém e Minizoo do Scooter. Era uma Dentadura Mecânica sensacional e Jack certamente ia adorá-la, mas tinha prometido: às 20h, no mais tardar.

— Pode deixar — falou. — Era apenas uma...

— O preço dessa dentadura devia ser 15,95 dólares, se o senhor acredita — disse Scooter atrás deles. — Eles não são apenas de plástico, são dentes de metal pintado de branco. Se funcionasse, podiam lhe dar uma dentada e tanto... mas ela a deixou cair no chão há uns dois ou três anos, quando estava espanando o interior do balcão envidraçado, e se quebrou.

— Ah — disse Hogan desapontado. — Que pena! Sabe, nunca vi uma com pés.

— Agora há muitas como essa — disse Scooter. — Elas são vendidas em lojas de novidades em Vegas e em Dry Springs. Mas nunca vi uma tão grande como essa. Era engraçado pra burro ficar olhando ela caminhar pelo chão, batendo as mandíbulas como um crocodilo. Pena que a velha deixou ela cair.

Scooter deu uma olhada na sua direção, mas sua mulher estava olhando para fora, para a areia soprada pelo vento. Seu rosto tinha uma expressão que Hogan não conseguia decifrar direito: era tristeza, desgosto ou ambos?

Scooter olhou de volta para Hogan.

— Poderia vendê-la por 3,50, se o senhor a quiser. Estamos nos livrando das novidades, de qualquer maneira. Vamos colocar fitas para alugar nesse balcão. — Fechou a porta do depósito. A faixa agora estava puxada para baixo, caída sobre a frente empoeirada da camisa. Seu rosto estava abatido e muito magro. Hogan viu o que podia ser a sombra de doença grave espreitando logo abaixo do bronzeado do deserto.

— Você não poderia fazer coisa nenhuma, Scooter! — bradou a grandalhona e voltou-se para ele... quase voltou-se *contra* ele.

— Cala a boca — retrucou Scooter. — Você faz minhas obturações doerem.

— Eu disse pra você ir buscar Lobo...

— Myra, se você o quer lá no depósito, vá buscá-lo você mesma. — Começou a avançar para cima dela e Hogan ficou surpreso — na verdade, quase abismado — quando ela recuou. — De qualquer maneira, não passa de um mestiço cão-coiote de Minnesota. Três dólares cravados, amigo, e essa Dentadura Mecânica é sua. Junte mais um dólar e pode levar o Loubo da Myra também. Se tiver cinco, transfiro o lugar todo pro senhor. De todo modo, não vale mais nem um peido de cachorro desde que construíram a autoestrada.

O garoto de cabelos compridos estava de pé junto à porta, rasgando a parte de cima do maço de cigarros que Hogan o tinha ajudado a comprar e assistindo a essa pequena ópera cômica com uma expressão de diversão perversa. Seus olhos miúdos verde-acinzentados brilhavam, saltando de Scooter para sua mulher.

— Pro inferno com você — disse Myra com a voz rouca e Hogan percebeu que ela estava a ponto de chorar. — Se você não vai buscar meu bebê querido, eu vou. — Ela passou marchando por ele, quase dando nele com um seio do tamanho de um pedregulho. Hogan achou que, se tivesse batido, teria jogado o homenzinho deitado no chão.

— Olhe — disse Hogan —, acho que vou indo.

— Oh, diabos — falou Scooter. — Não ligue para Myra. Eu estou com câncer e ela na menopausa e não é problema meu se ela está tendo mais dificuldade do que eu para viver com o que tem. Leve a maldita dentadura. Aposto que tem um menino que vai gostar dela. Além disso, provavelmente é só uma engrenagem que saiu do lugar com a queda. Aposto que um homem habilidoso pode fazer ela andar e mastigar de novo.

Ele olhou em volta, com uma expressão desprotegida e pensativa. Do lado de fora, o vento se elevou num grito curto e agudo quando o garoto abriu a porta e saiu. Aparentemente, tinha resolvido que o espetáculo havia terminado. Uma nuvem de areia fina rodopiou pelo corredor do centro, entre os enlatados e as comidas de cachorro.

— Eu fui muito habilidoso numa época — confidenciou Scooter.

Durante um momento longo, Hogan ficou calado. Não conseguia pensar em nada — literalmente mesmo, não conseguia pensar numa única coisa — para dizer. Baixou os olhos para a Dentadura Mecânica Gigante pousada no balcão envidraçado, arranhado e fosco, quase desesperado por romper o silêncio. Agora que Scooter estava de pé bem à sua frente, podia ver que os olhos do homem eram enormes e escuros, brilhando de dor e algum entorpecente forte... Darvon ou, talvez, morfina. Falou as primeiras palavras que lhe vieram à mente:

— Puxa, ela não *parece* quebrada.

Pegou a dentadura. Era de metal mesmo — pesada demais para ser de qualquer outra coisa — e, quando olhou por entre as mandíbulas ligeiramente entreabertas, ficou surpreso com o tamanho da mola mestra que fazia funcionar a coisa. Calculou que era preciso uma daquele tamanho para fazer a dentadura não só bater como também andar. O que tinha dito Scooter? *Se funcionasse, podia lhe dar uma dentada e tanto.* Hogan deu uma puxada para testar o elástico, depois retirou-o. Ainda estava olhando para os dentes a fim de não ter que olhar para os olhos de Scooter, escuros e atormentados de dor. Pegou a chave e por fim arriscou erguer os olhos. Ficou aliviado de ver que agora o homem magro estava sorrindo um pouco.

— O senhor se importa? — perguntou Hogan.

— Eu não, peregrino. Pode mandar brasa.

Hogan deu um sorriso e girou a chave. No início estava bem, houve uma série de pequenos cliques de cremalheiras e era possível ver a mola mestra se enrolando. Então, na terceira volta, ouviu-se um barulho de *spronk!* lá dentro e a chave simplesmente ficou girando solta no seu orifício.

— Viu?

— Vi — disse Hogan. Pousou a dentadura no balcão. Ela ficou ali, sobre seus incríveis pés laranja e não fez nada.

Scooter cutucou os molares apertados do lado esquerdo com a ponta de um dedo ossudo. As mandíbulas da dentadura se abriram. Um pé laranja se ergueu e deu um meio passo sonolento para a frente. Depois os dentes pararam de se mover e todo o conjunto caiu de lado. A Dentadura Mecânica ficou apoiada sobre a chave de dar corda, um sorriso de esguelha, descorporificado, ali no meio da terra de ninguém. Depois de um ou dois minutos, os grandes dentes se juntaram novamente com um clique lento. Foi tudo.

Hogan, que nunca tivera uma premonição na vida, subitamente começou a ter uma nítida certeza que era, ao mesmo tempo, bizarra e nauseante. *Dentro de um ano, esse homem estará há oito meses na sua sepultura e, se alguém exumar seu caixão e abrir a tampa, verá dentes exatamente como esses se projetando de seu rosto morto ressecado como uma armadilha de esmalte.*

Deu uma olhada nos olhos de Scooter, brilhando como pedras preciosas escuras em montagens embaçadas, e de repente não era mais uma questão de *querer* dar o fora dali. Ele *tinha* que dar o fora dali.

— Bem — falou (torcendo desesperadamente para que Scooter não estendesse a mão para apertar a sua) —, preciso ir andando. Tudo de bom para o senhor.

Scooter de fato *estendeu* a mão, mas não para ser apertada. Em vez disso, colocou o elástico de novo em volta da Dentadura Mecânica (Hogan não entendeu por que, já que ela não estava funcionando), colocou-a sobre seus pés engraçados de plástico e empurrou-a sobre a superfície arranhada do balcão.

— Muito obrigado por sua gentileza — disse. — E leve essa dentadura. É grátis.

— Oh... bem, obrigado, mas não poderia...

— Claro que pode — disse Scooter. — Leve-a e dê para seu menino. Ele vai gostar de tê-la numa prateleira no seu quarto mesmo estando quebrada. Entendo um pouco de meninos. Criei três.

— Como soube que eu tenho um filho? — perguntou Hogan.

Scooter piscou o olho. O gesto era, ao mesmo tempo, patético e terrível.

— Vi no seu rosto — disse. — Vamos, leve-a.

O vento deu outra rajada, desta vez tão forte que fez gemer as tábuas da edificação. A areia batendo nas janelas parecia neve fina. Hogan pegou a dentadura pelos pés de plástico, mais uma vez surpreso de ver como era pesada.

— Tome. — Scooter tirou de baixo do balcão uma sacola de papel, quase tão enrugada e amassada nas quinas como seu próprio rosto. — Coloque-a aqui. Esse seu paletó esporte é realmente muito bom. Se colocar essa mordedora no bolso, vai deformá-lo.

Colocou a sacola sobre o balcão como se compreendesse o quanto Hogan não queria tocar nele.

— Obrigado — disse Hogan. Colocou a Dentadura Mecânica na sacola e enrolou a parte de cima. — Jack também lhe agradece. É o meu filho.

Scooter sorriu, mostrando dentes tão falsos (mas nem de longe tão grandes) quanto os que estavam na sacola de papel.

— O prazer foi meu, doutor. Dirija com cuidado até sair do vendaval. Quando chegar ao pé das montanhas, estará tudo bem.

— Eu sei. — Hogan pigarreou. — Obrigado mais uma vez. Espero que o senhor... ahn... se recupere logo.

— Seria bom — disse Scooter sem revelar emoção —, mas acho que isso não está nas cartas, o senhor não acha?

— Ahn. Bem. — Hogan percebeu constrangido que não tinha a menor ideia sobre como encerrar esse encontro. — Cuide-se.

Scooter balançou a cabeça afirmativamente.

— O senhor também.

Hogan recuou até a porta, abriu-a e precisou segurá-la com força para impedir que o vento a arrancasse da sua mão e a batesse contra a parede. Uma areia fina lhe arranhou o rosto e ele semicerrou os olhos para se proteger dela.

Saiu, fechou a porta atrás de si e levantou a lapela do seu paletó esporte realmente muito bom para cobrir a boca e o nariz enquanto atravessava a varanda, descia os degraus e andava até seu furgão-acampamento Dodge, com acessórios especiais, que estava estacionado logo adiante das bombas de gasolina. O vento lhe puxava os cabelos e a areia lhe pinicava o rosto. Estava dando a volta para chegar à porta do lado do motorista quando alguém lhe puxou o braço.

— Doutor! Ei, doutor!

Virou-se. Era o menino de cabelos louros, pálido, com cara de rato. Estava encolhido para se proteger do vento e da areia, vestido apenas com uma camiseta e um jeans 501 desbotado. Atrás dele, a senhora Scooter estava arrastando um animal esquálido na ponta de uma corrente com coleira corrediça, indo para a porta dos fundos da loja. Lobo, o cão-coiote de Minnesota, parecia um filhote meio morto de fome de pastor alemão e, ainda por cima, do final da ninhada.

— O quê? — berrou Hogan, sabendo muito bem do que se tratava.

— Pode me dar uma carona? — gritou de volta o garoto, mais alto do que o vento.

Normalmente, Hogan não dava carona, pelo menos desde o que lhe acontecera cinco anos antes. Tinha parado para uma jovem nos arredores de Tonopah. De pé à beira da estrada, a moça parecia uma daquelas crianças desamparadas dos cartazes da UNICEF, uma garota que parecia ter perdido a mãe e sua última amiga juntas na mesma casa incendiada cerca de uma semana antes. Entretanto, depois que ela entrou no carro, Hogan tinha visto a pele ruim e os olhos alucinados da viciada irrecuperável. Já era tarde demais. Ela lhe tinha metido uma pistola na cara e mandado que entregasse a carteira. A pistola era velha e enferrujada. A coronha estava enrolada com uma fita isolante meio arrebentada. Hogan teve dúvidas se estava carregada ou, caso estivesse, se seria capaz de disparar... mas tinha mulher e filho esperando por ele em Los

Angeles e, mesmo que fosse solteiro, será que 140 pratas justificavam arriscar a própria vida? Achara que não, mesmo naquela época, quando mal tinha começado a se firmar no seu novo campo de trabalho e considerava 140 pratas muito mais importantes. Entregou a carteira à jovem. A essa altura, o namorado dela estava parado ao lado do furgão (que naquela época era um Ford Econoline, nem perto de ser tão bom quanto o Dodge XRT com acessórios) num Chevy Nova sujo, de cor azul. Hogan pediu à moça que lhe deixasse ficar com a carteira de habilitação e as fotos de Lita e Jack.

— Foda-se, benzinho — dissera ela, batendo-lhe no rosto com força, com a carteira dele, antes de sair e correr para o carro azul.

Caronas davam problemas.

Mas a tempestade estava piorando e o garoto não tinha nem um blusão. O que devia lhe dizer? Foda-se, benzinho, vá se arrastar para baixo de uma pedra com os outros lagartos até o vento diminuir?

— Está bem — falou Hogan.

— Obrigado, meu chapa! Muito obrigado!

O garoto correu para a porta do lado do passageiro, tentou abri-la, viu que estava trancada e apenas ficou ali, parado, esperando para poder entrar, encolhendo os ombros até as orelhas. O vento estufou a parte de trás da camiseta como uma vela, deixando ver um pouco das suas costas magras e cheias de espinhas.

Hogan, ao dar a volta indo para o lado do motorista, deu uma olhada para trás, na direção do Armazém e Minizoo do Scooter. Lá estava Scooter, de pé à janela, olhando para ele. Ergueu a mão espalmada, com ar solene. Hogan ergueu a sua em resposta, depois enfiou a chave na fechadura e girou-a. Abriu a porta, apertou o botão de destravar ao lado do controle da janela elétrica e fez sinal ao garoto para que entrasse.

Ele entrou e depois teve que usar as duas mãos para fechar a porta. O vento uivava em volta do furgão, na verdade fazendo-o balançar um pouco de um lado para o outro.

— Puxa! — exclamou o garoto, esfregando os dedos rapidamente pelos cabelos. Tinha perdido o cadarço do sapato e os cabelos agora lhe caíam sobre os ombros em mechas escorridas. — Que tempestade, hein? Das grandes!

— É — falou Hogan. Havia um console entre os dois assentos dianteiros, que eram do tipo que os folhetos gostavam de chamar de "poltronas de comandante", e Hogan colocou a sacola de papel em um dos porta-copos. Depois girou a chave de ignição. O motor pegou imediatamente, com um ronco bem-humorado.

O garoto se torceu no banco e lançou um olhar de apreciação para a parte de trás do furgão. Havia uma cama (agora dobrada na forma de sofá), um pequeno fogão a gás liquefeito, vários compartimentos de depósito onde Hogan mantinha suas diversas maletas de amostras e uma cabine com o lavatório no fundo.

— No esquema, cara! — falou o garoto. — Todo o conforto. — Olhou de volta para Hogan. — Para onde você está indo?

— Los Angeles.

O garoto sorriu.

— Ei, genial! Eu também! — Tirou do bolso o maço que acabara de comprar de Merit e sacudiu-o para fazer sair um cigarro.

Hogan tinha acendido os faróis e engatado a marcha para a frente. Agora empurrou a alavanca de volta para a posição de estacionamento e virou-se para o garoto.

— Vamos deixar umas duas coisas bem claras — disse.

O garoto fez o seu olhar inocente, de olhos arregalados.

— Claro, meu chapa. Sem grilo.

— Primeiro, via de regra não dou carona. Tive uma experiência ruim com uma carona uns anos atrás. Fiquei vacinado, por assim dizer. Vou levá-lo além do sopé das colinas de Santa Clara, mas é só. Há um posto de parada de ônibus do outro lado chamado Sammy's. É perto da autoestrada. É lá que nos separamos. Está bem?

— Tá bem. Claro. Pode crer. — Sempre com os olhos arregalados.

— Segundo, se você de fato precisa fumar, nós nos separamos agora mesmo. *Isso* está bem?

Por um momento apenas, Hogan vislumbrou o outro olhar do garoto, o que era mau e vigilante. Mesmo com o pouco que o conhecia, Hogan estava quase disposto a apostar que ele só tinha dois tipos de olhar. E logo estava de novo o que era só inocência de olhos arregalados, apenas um refugiado inofensivo saído do Mundo de Wayne. Enfiou o cigarro atrás da orelha e mostrou as mãos vazias para Hogan. Quando ele as levantou, Hogan notou a tatuagem com letra cursiva no bíceps esquerdo do garoto: DEF LEPPARD PRA SEMPRE.

— Nada de cigarro — falou o garoto. — Entendi.

— Muito bem. Bill Hogan. — Estendeu a mão.

— Bryan Adams — disse o garoto e apertou de leve a mão de Hogan.

Hogan meteu o câmbio para a frente novamente e começou a ir lentamente na direção da estrada 46. Enquanto dirigia, seus olhos baixaram por um instante sobre uma caixa de cassete sobre o painel. Era *Reckless*, de Bryan Adams.

Claro, pensou. *Você é Bryan Adams e eu, na verdade, sou Don Henley. Nós apenas paramos no Armazém e Minizoo para ter material para nossos novos discos, não é, meu chapa?*

Ao entrar na rodovia, forçando a vista para enxergar através da poeira levantada pelo vento, quando deu por si estava pensando novamente na jovem, aquela nos arredores de Tonopah, que tinha lhe batido na cara com sua própria carteira antes de fugir. Estava começando a ter uma sensação ruim.

Então uma forte rajada de vento tentou empurrá-lo para a pista que ia para leste e ele se concentrou na direção.

Rodaram em silêncio durante algum tempo. Quando Hogan deu uma olhada uma vez para a direita, viu o garoto recostado para trás, com os olhos fechados: talvez durma, talvez cochile, talvez apenas finja porque não queria conversar. Tanto melhor, pois Hogan tampouco queria conversar. Para começar, não sabia o que teria a dizer para o senhor Bryan Adams, de Lugar Nenhum, Estados Unidos. Era fácil imaginar que o jovem senhor Adams não estava nem um pouco interessado no mercado de rótulos ou de leitores de código de barras, que era o que Hogan vendia. E depois, só manter o furgão na estrada tinha se tornado uma espécie de desafio.

Como havia prevenido a senhora Scooter, a tempestade estava aumentando. A estrada era um fantasma quase invisível, cruzada a intervalos irregulares por faixas de areia cáqui. Essas dunas eram como quebra-molas e forçavam Hogan a se arrastar a não mais de 40 quilômetros por hora. Podia se conformar com isso. Em alguns trechos, porém, a areia tinha se espalhado de modo mais uniforme por cima da superfície da estrada, camuflando-a e obrigando Hogan a cair para 20, navegando pelo fraco retorno de seus faróis nas pilastras refletoras que marchavam ao longo dos lados da estrada.

De vez em quando, um carro ou um caminhão vindo na direção oposta emergia da areia levantada pelo vento como um fantasma pré-histórico com luminosos olhos redondos. Um desses, um velho Lincoln Mark IV do tamanho de uma lancha de alto-mar, estava vindo bem pelo centro da 46. Hogan meteu a mão na buzina e se espremeu para a direita, sentindo a areia sugar os pneus, sentindo seus lábios se retraírem sobre os dentes num rosnado impotente. Bem quando estava certo de que o outro motorista ia forçá-lo a cair na vala, o Lincoln deu uma guinada de volta para sua mão, deixando espaço apenas suficiente para Hogan passar. Achou que tinha ouvido um clique metálico do seu para-choque tocando o para-choque traseiro do Mark IV, mas, por causa do incessante grito agudo do vento, era quase certo que não passara da sua própria imaginação. Mas o que, sim, conseguiu foi dar uma olhada no motorista: um velho careca, sentado rígido atrás do volante, mirando a areia revolta no ar com um olhar concentrado que quase parecia louco. Hogan brandiu o punho fechado para ele, mas o velho doido não olhou nem de relance. *Provavelmente nem se deu conta de que eu estava aqui,* pensou Hogan, *muito menos do pouco que faltou para que batesse em mim.*

De qualquer maneira, durante alguns segundos esteve muito perto de sair da estrada. Podia sentir a areia retendo cada vez mais as rodas do lado direito, sentiu o furgão a ponto de virar de lado. Seu instinto foi dar uma guinada forte para a esquerda. Em vez disso, acelerou mais e apenas foi tentando levá-lo naquela direção, sentindo o suor empapar os sovacos da sua última camisa limpa. Afinal, a sucção nos pneus diminuiu e ele começou a sentir de novo o controle do furgão. Hogan deixou escapar a respiração num suspiro longo.

— Dirigiu bem, meu chapa.

Estava com a atenção tão concentrada que tinha se esquecido do passageiro e, na sua surpresa, quase guinou tudo para a esquerda, o que os teria novamente posto em dificuldades. Olhou para o lado e viu que o garoto o estava observando. Seus olhos verde-acinzentados tinham um brilho inquietante, sem qualquer indício de sono.

— Na realidade, foi pura sorte — disse Hogan. — Se houvesse um lugar para parar, daria uma parada... mas conheço esse trecho da estrada. É chegar ao Sammy's ou se danar. Quando estivermos no sopé das colinas, vai melhorar.

Não acrescentou que poderiam levar três horas para cobrir os 110 quilômetros dali até lá.

— Você é um vendedor, certo?

— Acertou em cheio.

Gostaria que o garoto ficasse calado. Queria se concentrar na direção. Uns faróis de neblina surgiram da escuridão à frente como fantasmas amarelos. Atrás deles, veio um Iroc Z com placas da Califórnia. O furgão e o Z passaram devagar um pelo outro como duas velhinhas no corredor de um asilo de idosos. Pelo canto do olho, Hogan viu o garoto tirar o cigarro de trás da orelha e começar a brincar com ele. Bryan Adams, vejam só. Por que o garoto lhe tinha dado um nome falso? Parecia uma cena de um filme antigo da Republic, dos que ainda se podiam ver no Corujão, um filme de crime, preto e branco, em que o caixeiro-viajante (provavelmente com Ray Milland no papel) dá carona para o jovem durão convicto (representado por Nick Adams, digamos) que acabou de fugir da prisão em Gabbs ou Deeth ou algum lugar assim...

— O que que você vende, cara?

— Rótulos.

— Rótulos?

— Isso mesmo. Os que têm o código de barras impresso. É um pequeno retângulo com uma determinada quantidade de listras negras.

O garoto surpreendeu Hogan ao balançar a cabeça afirmativamente.

— Claro. Passam eles depressinha sobre um troço com olho elétrico no supermercado e o preço aparece na caixa registradora como se fosse mágica, certo?

— É. Só que não é mágica nem olho elétrico. É um leitor a *laser*. Vendo esses leitores também. Tanto os grandes como os portáteis.

— Beleza, meu camaradinha. — O toque de sarcasmo na voz do garoto era discreto... mas estava lá.

— Bryan?

— Que que é?

— Meu nome é Bill, não é meu chapa, nem cara e, sem dúvida, não é meu camaradinha.

Percebeu que estava desejando cada vez mais poder voltar atrás no tempo para a loja do Scooter e simplesmente dizer não quando o garoto lhe pedira a carona. Os Scooter não eram gente má e teriam deixado o garoto ficar até que a tempestade tivesse se esgotado nessa noite. Talvez a senhora Scooter até lhe desse 5 pratas para tomar conta da tarântula, das cascavéis e do Loubo, o Fantástico Cão-Coiote de Minnesota. Hogan percebeu que cada vez gostava menos daqueles olhos verde-acinzentados. Sentia o peso deles sobre seu rosto como se fossem duas pedrinhas.

— Tá... Bill. Bill, o Cara dos Rótulos.

Bill não retrucou. O garoto enfiou os dedos uns nos outros, flexionou as mãos para trás e fez estalar as juntas.

— Bem, é como minha velha mamãe costumava dizer: pode não ser muita coisa, mas é um meio de vida. Certo, Cara dos Rótulos?

Hogan grunhiu alguma coisa que não queria dizer nada e se concentrou na direção. A impressão de que cometera um erro tinha se transformado em certeza. Quando dera carona àquela moça daquela vez, Deus o deixara escapar. *Por favor,* rezou. *Uma vez mais, está bem, meu Deus? Melhor ainda, faça com que eu esteja errado a respeito desse garoto, que seja pura paranoia causada pelo barômetro baixo, ventos fortes e a coincidência de um nome que, afinal de contas, não é tão pouco comum assim.*

Aí vinha um enorme caminhão Mack na direção oposta, o buldogue prateado sobre a grade do radiador parecendo tentar enxergar no meio da areia no vento. Hogan espremeu-se para a direita até que sentiu a areia empilhada ao longo da borda da estrada novamente, agarrando faminta os pneus do carro. A caixa prateada comprida que o Mack estava rebocando bloqueou tudo do lado esquerdo de Hogan. Estava a 15 centímetros de distância, talvez até menos do que isso, e parecia não acabar de passar.

Quando finalmente passou, o garoto louro perguntou:

— Você parece que está se dando muito bem, Bill. Um carrão como esse deve ter lhe custado pelo menos umas 30 das grandes. Então, por que...

— Foi muito menos do que isso. — Hogan não sabia se "Bryan Adams" pôde perceber o tom áspero na sua voz, mas *ele próprio* podia, sem dúvida alguma. — Muito do trabalho eu mesmo fiz.

— De qualquer modo, com certeza você não está caindo de fome. Então, por que você não está acima de toda essa merda, voando pelos céus amigos?

Era uma pergunta que Hogan às vezes se fazia ao longo dos muitos quilômetros vazios entre Tempse e Tucson ou entre Las Vegas e Los Angeles. Era o tipo de pergunta que você *tinha* que se fazer quando não conseguia encontrar nada no rádio que não fosse umas porcarias de música sintética ou músicas bem antigas e já tinha escutado o último cassete da lista atual dos mais vendidos dos Livros Gravados, quando não havia nada para ver a não ser quilômetros de córregos secos e mato rasteiro, tudo de propriedade do Tio Sam.

Poderia dizer que desenvolvia uma melhor percepção de seus clientes e de suas necessidades viajando pela região em que eles viviam e onde vendiam seus produtos, o que era verdade, mas essa não era a razão. Poderia dizer como ter que conferir suas maletas de amostras, que eram volumosas demais para caber debaixo da poltrona do avião, era um pé no saco e como esperar até que aparecessem na outra ponta da esteira de bagagem era sempre uma aventura. (Uma vez uma maleta cheia de 5 mil rótulos de refrigerante apareceu em Hilo, no Havaí, em vez de em Hillside, no Arizona.) Isso *também* era verdade, mas tampouco era a razão.

A razão era que, em 1982, estava a bordo de um voo regional da Western Pride e o avião tinha caído nas montanhas 27 quilômetros ao norte de Reno. Seis dos 19 passageiros e os dois tripulantes a bordo tinham morrido. Hogan tinha fraturado umas vértebras. Tinha passado quatro meses de cama e outros dez usando uma armação pesada que sua mulher, Lita, chamava de A Dama de Ferro. Eles (quem quer que *eles* fossem) diziam que, se você caísse do cavalo, devia montar de novo imediatamente. William I. Hogan dizia que isso era besteira e, com exceção de um voo à custa de mãos crispadas e dois comprimidos de Valium para comparecer ao enterro de seu pai em Nova York, desde então nunca mais voara.

Saiu desses pensamentos subitamente, dando-se conta de duas coisas: teve a estrada inteiramente à sua disposição desde a passagem do Mack e o garoto ainda estava olhando para ele com aqueles olhos perturbadores, esperando que ele respondesse à pergunta.

— Uma vez passei por um mau pedaço num voo regional — falou. — Desde então, praticamente me restrinjo ao meio de transporte em que se pode ir rodando para o acostamento se o motor pifar.

— Você bem que passou por uma porção de maus pedaços, Bill-meu-chapa — disse o garoto. Um tom de falsa piedade se insinuara na sua voz. — E agora, que pena, você está a ponto de passar por outro. — Houve um clique metálico seco. Hogan olhou para o lado e não se surpreendeu ao ver o garoto segurando um canivete de mola com uma lâmina brilhante de 20 centímetros.

Que merda, pensou Hogan. Agora que estava ali, agora que estava bem na sua frente, não ficou com muito medo. Apenas cansado. *Que merda, faltando apenas 650 quilômetros para chegar em casa. Diabos.*

— Encosta aí, Bill-meu-chapa. Devagar e bonitinho.

— O que você quer?

— Se você realmente não sabe a resposta para essa pergunta, você é mais burro do que parece. — Um leve sorriso brincava nos cantos da boca do garoto. A tatuagem caseira no seu braço ondeou quando o músculo por baixo se retesou. — Quero seu dinheiro e acho que também quero seu puteiro móvel, pelo menos por algum tempo. Mas não se preocupe: há esse pequeno parador de caminhões não muito longe daqui. Sammy's. Perto da autoestrada. Alguém lhe dará uma carona. As pessoas que não param vão olhar para você como se você fosse merda de cachorro que eles encontraram nos seus sapatos, é claro, e talvez você tenha que implorar um pouco, mas tenho certeza de que acabará conseguindo uma carona. Agora, *encosta aí.*

Hogan se espantou um pouco por constatar que estava com raiva ao mesmo tempo que estava cansado. Tinha ficado com raiva naquela outra vez, quando a moça da estrada tinha roubado sua carteira? Sinceramente, não conseguia se lembrar.

— Não me venha com essa merda — disse, virando-se para o garoto. — Dei-lhe uma carona quando você precisou e não o obriguei a implorar por ela. Se não fosse por mim, você ainda estaria comendo areia com seu polegar levantado. Então, por que você simplesmente não põe isso aí de lado? Vamos...

De repente o garoto deu um golpe rápido para a frente com o canivete e Hogan sentiu um fio de dor queimando no dorso da mão direita. O furgão foi para um lado, depois estremeceu ao passar por um daqueles quebra-molas de areia.

— Encoste *aí*, eu falei. Ou você vai caminhar, Cara dos Rótulos, ou vai ficar caído na vala mais próxima com sua garganta cortada e um dos seus próprios aparelhos de ler preços enfiado no rabo. E quer saber de uma coisa? Vou fumar um atrás do outro daqui até Los Angeles e cada vez que acabar um cigarro vou apagá-lo na porra do seu painel.

Hogan olhou para a mão e viu uma linha diagonal de sangue que se estendia do último nó do mindinho até a base do polegar. E ali estava a raiva de novo... só que agora era mesmo fúria e, se o cansaço ainda estivesse por ali, estava enterrado em algum lugar no meio daquele olho vermelho irracional. Tentou invocar a imagem mental de Lita e Jack para diminuir esse sentimento antes que tomasse conta dele e o levasse a fazer alguma coisa maluca, mas as imagens estavam confusas e fora de foco. *Havia* uma imagem nítida na sua cabeça, mas era a imagem errada: o rosto da moça nos arredores de Tonopah, a moça com a boca que rosnava abaixo dos olhos tristes da criança do cartaz, a moça que tinha dito *Foda-se, benzinho* antes de bater-lhe no rosto com sua própria carteira.

Apertou o pedal do acelerador e o furgão começou a andar mais rápido. A agulha vermelha passou de 50.

O garoto pareceu ficar surpreso, depois intrigado, depois com raiva.

— O que que você está fazendo? Eu disse para encostar! Você quer ficar com seus intestinos no colo, ou o quê?

— Não sei — disse Hogan. Manteve o pé no acelerador. Agora a agulha estava tremendo logo acima de 65. O furgão passou por cima de uma série de costeletas de areia e estremeceu como um cachorro com febre. — O que que *você* quer, garoto? Que tal um pescoço partido? Basta uma girada no volante. Eu coloquei *o meu* cinto de segurança. Noto que você se esqueceu do seu.

Os olhos verde-acinzentados do garoto estavam bem abertos agora, brilhando com uma mistura de medo e fúria. Eles diziam: você tem que encostar. É assim que tem que funcionar quando estou segurando um canivete apontado para você. Você *não sabe* disso?

— Você não vai bater conosco — disse o garoto, mas Hogan achou que ele estava tentando convencer a si mesmo.

— Por que não? — Hogan virou-se de novo para o garoto. — Afinal de contas, tenho certeza de que sairei andando e o furgão está no seguro. A aposta é sua, cretino. Que tal, hein?

— Você... — começou a falar o garoto, quando seus olhos se esbugalharam e perdeu todo o interesse em Hogan. — *Cuidado!* — gritou.

Hogan virou os olhos para a frente num relance e viu quatro enormes faróis vindo na sua direção em meio às coisas que voavam lá fora. Era um caminhão-tanque, provavelmente carregando gasolina ou propano. Uma buzina a ar cortou o espaço como o grito de um ganso gigantesco e enfurecido: *RONC! RONC! RONNNNNC!*

O furgão tinha ido para o lado enquanto Hogan estava tentando lidar com o garoto. Agora era *ele* que estava na metade da pista do lado oposto. Deu um puxão no volante para a direita, sabendo que não ia adiantar, sabendo que já era tarde demais. Mas o caminhão que se aproximava também estava se movendo, se apertando para o outro lado do mesmo modo que Hogan tinha tentado se apertar para dar passagem para o Mark IV. Os dois veículos passaram dançando um pelo outro através da areia que voava no vento com menos de um suspiro entre eles. Hogan sentiu as rodas do lado direito entrarem na areia de novo e sabia que dessa vez não tinha nenhuma chance de manter o furgão na estrada, não a mais de 65 quilômetros por hora. Enquanto o vulto difuso do enorme caminhão de aço (estava escrito CARTER'S/IMPLEMENTOS AGRÍCOLAS E FERTILIZANTES ORGÂNICOS no lado) sumia de vista, sentiu o volante ficar emperrado nas suas mãos, puxando mais para a direita. E pelo canto do olho viu o garoto se inclinando para a frente com o canivete.

Teve vontade de gritar para o garoto: *O que que há com você, ficou maluco?* Porém, mesmo que tivesse tempo de articular a frase, seria uma pergunta idiota. É claro que o garoto estava maluco, bastava olhar bem naqueles olhos verde-acinzentados para ver. Em primeiro lugar, Hogan é que devia estar maluco para dar uma carona ao garoto. Mas nada disso tinha importância agora. Agora tinha que lidar com uma situação e, caso se desse ao luxo de achar que isso não podia acontecer com ele, caso se deixasse pensar assim por um segundo que fosse, provavelmente seria encontrado no dia seguinte ou no outro dia com a garganta cortada e os olhos comidos nas órbitas pelos urubus. Isso estava acontecendo mesmo, isso era uma coisa real.

O garoto tentou o melhor que podia enfiar o canivete no pescoço de Hogan, mas a essa altura o furgão tinha começado a se inclinar, afundando cada vez mais na vala entupida de areia. Hogan esquivou-se para trás, largando inteiramente o volante e achou que tinha escapado até que sentiu o calor úmido do sangue empapando o lado do pescoço. O canivete tinha aberto sua face direita do maxilar até a têmpora. Agitou a mão direita, tentando agarrar o pulso do garoto e então a roda dianteira esquerda do furgão bateu numa rocha do tamanho de um orelhão e o furgão deu uma cambalhota alta, como um veículo de dublê num daqueles filmes que esse garoto errante certamente adorava. Rolou no ar, todas as quatro rodas girando, ainda a 50 quilômetros por hora segundo o velocímetro, e Hogan sentiu o cinto de segurança se travar fazendo doer o peito e a barriga. Era como reviver o desastre de avião: agora, como naquela ocasião, não conseguia se convencer de que isso estava mesmo acontecendo.

O garoto foi jogado para cima e para a frente, ainda segurando o canivete. Bateu com a cabeça no teto enquanto a parte de cima e a parte de baixo do furgão trocavam de lugar. Hogan viu sua mão esquerda abanando furiosamente e percebeu, espantado, que o garoto *ainda* estava tentando apunhalá-lo. Era mesmo uma cascavel. Nisso Hogan tinha razão, mas ninguém havia ordenhado suas bolsas de veneno.

Nesse momento, o furgão atingiu o solo duro do deserto, que decepou o bagageiro, e a cabeça do garoto bateu de novo no teto, com muito mais força dessa vez. O canivete escapou-lhe da mão. Os compartimentos da parte traseira do furgão se abriram, espalhando catálogos de amostras e leitores de rótulos a *laser* para todos os lados. Hogan teve uma vaga noção do som de um grito que não era humano (o rinchar comprido e arrastado do teto do XRT deslizando sobre a superfície de cascalho do deserto do outro lado da vala) e pensou: *Então é assim que seria estar dentro de uma lata quando alguém estivesse usando um abridor.*

O para-brisa se partiu, estufando-se para dentro num escudo pendurado toldado por um milhão de rachaduras em zigue-zague. Hogan apertou os olhos e ergueu as mãos para proteger o rosto enquanto o furgão continuava a rolar, batendo do lado de Hogan o suficiente para quebrar a janela do motorista e deixar entrar um chocalhar de pedras e terra poeirenta antes de se pôr de pé lentamente. Balançou como se fosse virar para o lado do garoto... e então parou por completo.

Hogan ficou sentado onde estava, sem se mexer, durante uns cinco segundos, os olhos arregalados, as mãos agarrando com força os braços do assento, sentindo-se um pouco como o Capitão Kirk logo após um ataque dos Klingons. Tinha consciência de que havia um bocado de terra e vidro esmigalhado no seu colo e também alguma outra coisa, mas não sabia o que era. Também sentia o vento soprando mais terra pelas janelas quebradas do furgão.

Nesse instante, sua visão ficou momentaneamente bloqueada por um objeto que se movia rapidamente. O objeto era uma mistura de pele branca, terra marrom, nós de dedos esfolados e sangue rubro. Era um punho, que atingiu Hogan em cheio no nariz. A agonia foi imediata e intensa, como se alguém tivesse disparado uma pistola de sinalização diretamente no interior do seu cérebro. Por um momento, perdeu a visão, engolida por um imenso lampejo branco. Tinha começado a recuperá-la quando as mãos do garoto de repente se apertaram em volta do seu pescoço e ele não conseguia mais respirar.

O garoto, senhor Bryan Adams, de Lugar Nenhum, Estados Unidos, estava debruçado por cima do console entre os dois assentos. O sangue de uma meia dúzia de diferentes ferimentos no couro cabeludo tinha escorrido sobre sua testa e cara como se fosse pintura de guerra. Os olhos verde-acinzentados olhavam fixamente para Hogan numa fúria firme e alucinada.

— *Olha o que você fez, seu merda!* — berrou o garoto. — *Olha o que você me fez!*

Hogan tentou mover o corpo para trás e conseguiu meia respiração quando as mãos do garoto escorregaram momentaneamente, mas, com o cinto de segurança ainda preso — ainda por cima travado, pelo que podia sentir —, na verdade não tinha para onde se mexer. Quase imediatamente, as mãos do garoto voltaram à posição, dessa vez com os polegares apertando-lhe a traqueia, forçando-a a se fechar.

Hogan tentou levantar suas mãos, mas elas foram bloqueadas pelos braços do garoto, rijos como barras de prisão. Tentou empurrar os braços do garoto, mas eles não se moviam. Agora podia escutar outro vento: um vento forte, turbilhonando dentro da cabeça.

— *Olha o que você me fez, seu merda imbecil! Estou sangrando!*

Era a voz do garoto, porém mais longe do que antes.

Ele está me matando, pensou Hogan, e uma voz retrucou: *Certo. Foda-se, benzinho.*

Isso trouxe a raiva de volta. Tateou no colo em busca do que quer que estivesse ali além da terra e do vidro. Havia uma sacola de papel com algum objeto volumoso — Hogan não conseguia se lembrar direito o que era. Fechou a mão em volta dele e projetou o punho com força para cima, na direção da parte inferior do maxilar do garoto. Bateu com um baque pesado. O garoto gritou de dor e susto e imediatamente suas mãos se soltaram da garganta de Hogan enquanto caía para trás.

Hogan respirou fundo, convulsivamente, e ouviu um barulho como se fosse uma chaleira apitando para ser retirada do fogão. *Sou eu que estou fazendo esse barulho? Meu Deus, isso sou eu?*

Respirou fundo de novo. Aspirou uma porção de poeira que estava no ar, irritou sua garganta e lhe deu tosse, mas mesmo assim era uma maravilha. Olhou para seu punho e viu o contorno da Dentadura Mecânica claramente delineada dentro da sacola de papel.

E, de repente, sentiu-a *se mexer.*

Houve algo tão chocantemente humano nesse movimento que Hogan deu um grito e deixou cair a sacola imediatamente. Era como se tivesse apanhado um maxilar humano que estava tentando falar com sua mão.

A sacola bateu nas costas do garoto e depois rolou para o chão atapetado do furgão, enquanto "Bryan Adams" tentava, estonteado, pôr-se de joelhos. Hogan ouviu o elástico se arrebentar... e depois o inconfundível clique dos dentes, abrindo e fechando.

Provavelmente é só uma engrenagem que saiu do lugar, havia dito Scooter. *Aposto que um homem que seja habilidoso pode fazer ela andar e mastigar de novo.*

Ou, talvez, simplesmente uma boa batida teria esse resultado, pensou Hogan. *Se sobreviver a isso e se algum dia voltar por aqueles lados, preciso dizer ao Scooter que tudo que é preciso fazer para consertar uma Dentadura Mecânica com defeito é capotar com seu furgão e depois usá-la para golpear um carona psicopata que está tentando estrangulá-lo: tão fácil que qualquer criança pode fazer.*

Os dentes batiam e estalavam dentro da sacola marrom rasgada, os lados se agitavam, fazendo-a parecer um pulmão amputado que se recusava a morrer. O garoto se arrastou para longe da sacola sem sequer olhar para ela. Arrastou-se para a parte de trás do furgão, sacudindo a cabeça de um lado para o outro, tentando aliviá-la. O sangue voou das mechas dos seus cabelos num pulverizado fino.

Hogan encontrou o fecho do cinto de segurança e apertou-o para soltá-lo. Não aconteceu nada. O quadrado no centro do fecho não cedeu nem um pouco e o cinto propriamente dito ainda estava travado, apertado como um torniquete, penetrando pelo rolo de gordura da meia-idade acima da cintura das calças e apertando forte numa diagonal sobre seu peito. Tentou balançar-se para a frente e para trás, na esperança de que isso destravaria o cinto. O fluxo de sangue do rosto aumentou e podia sentir sua face batendo para um lado e para o outro como uma faixa de papel de parede ressecado, mas era só isso. Sentiu o pânico lutando para emergir através do choque estupefato e virou a cabeça por cima do ombro direito para ver o que o garoto estava aprontando.

Não era nada bom. Ele tinha enxergado seu canivete no extremo oposto do furgão, caído sobre um bolo de manuais e folhetos. Pegou-o, sacudiu os cabelos para tirá-los de cima do rosto e olhou para Hogan por cima dos ombros. Estava sorrindo e havia algo nesse sorriso que fez as bolas de Hogan se apertarem e encolherem ao mesmo tempo, até que teve a impressão de que tinha dois caroços de pêssego enfiados nas suas cuecas tipo sunga.

Ah, aqui está!, dizia o sorriso do garoto. *Por alguns instantes fiquei preocupado — bastante preocupado mesmo —, mas tudo vai dar certo no final das contas. As coisas ficaram um pouco improvisadas por uns momentos, mas agora voltamos ao roteiro.*

— Tá preso, Cara dos Rótulos? — perguntou o garoto mais alto do que o uivo constante do vento. — Está, não está? Que bom que você prendeu o cinto, não foi? Bom para mim.

O garoto tentou se levantar, quase conseguiu, mas seus joelhos cederam. Passou-lhe pelo rosto uma expressão de surpresa tão grande que, em outras circunstâncias, teria sido engraçado. Depois, ele tornou a sacudir os cabelos empastados de sangue da frente do rosto e começou a se arrastar na direção de Hogan, a mão esquerda segurando o cabo do canivete, de imitação de osso. A tatuagem Def Leppard ondeava com cada flexão do seu bíceps exausto, fazendo Hogan pensar na maneira como as palavras na camiseta de Myra — NEVADA É A TERRA DE DEUS — pareciam marolas quando ela se movia.

Hogan agarrou o fecho do cinto de segurança com ambas as mãos e apertou os polegares sobre a placa de desengate com o mesmo entusiasmo com que o garoto tinha apertado os seus sobre sua traqueia. Não houve resultado algum. O cinto estava preso. Torceu o pescoço para olhar novamente para o garoto.

Ele tinha chegado até onde estava a cama dobrável e ali parara. Aquela expressão de grande surpresa e como se estivesse achando graça tinha reaparecido no seu rosto. Estava olhando fixo bem para a frente, o que queria dizer que estava olhando para alguma coisa no chão, e Hogan de repente se lembrou da dentadura. Ela ainda estava batendo os dentes.

Baixou os olhos a tempo de ver a Dentadura Mecânica Gigante marchar com seus engraçados sapatos laranja para fora da extremidade aberta da sacola de papel rasgada. Os molares, os caninos e os incisivos mastigavam depressa, produzindo um barulho parecido com gelo num misturador de coquetéis. Os sapatos, a rigor, com suas elegantes polainas brancas, quase pareciam *saltar* sobre o carpete cinza. Hogan começou a pensar em Fred Astaire sapateando de um lado para o outro do palco, Fred Astaire com uma bengala enfiada debaixo do braço e um chapéu palheta inclinado de forma marota sobre um olho.

— Que merda! — disse o garoto, meio rindo. — Era *por isso* que você estava pechinchando lá atrás? Ah, cara! Mato *você*, Cara dos Rótulos, e estou fazendo um favor pro mundo.

A chave, pensou Hogan. *A chave do lado dos dentes, a que se usa para dar corda... não está girando.*

De repente, teve outro daqueles lampejos precognitivos e compreendeu exatamente o que ia acontecer. O garoto ia esticar a mão para apanhá-la.

Subitamente os dentes pararam de andar e mastigar. Simplesmente ficaram ali, no chão ligeiramente inclinado do furgão, as mandíbulas levemente entreabertas. Mesmo sem olhos, pareciam olhar intrigadas para o garoto.

— Dentadura Mecânica — disse maravilhado o senhor Bryan Adams, de Lugar Nenhum, Estados Unidos. Esticou a mão direita e enrolou-a em volta da dentadura, exatamente como Hogan sabia que ele ia fazer.

— Morda-o! — gritou Hogan. — *Arranque* com uma dentada a merda dos dedos dele!

O garoto levantou a cabeça bruscamente, os olhos verde-acinzentados arregalados de espanto. Por um instante ficou olhando boquiaberto para Hogan — com aquela expressão de completa surpresa idiota

— e depois começou a rir. Seu riso era alto e agudo, um complemento perfeito do vento uivando por dentro do furgão e enfunando as cortinas como compridas mãos fantasmas.

— Me morde! Me morde! *Me mooorde!* — cantarolou o garoto, como se fosse a frase de efeito da piada mais engraçada que jamais ouvira. — Ei, Cara dos Rótulos! Pensei que *eu* é que tinha batido com a cabeça!

O garoto segurou o cabo do canivete com os dentes e enfiou o indicador da mão esquerda entre as mandíbulas da Dentadura Mecânica Gigante.

— *E-orde!* — falou em volta do cabo. Deu umas risadinhas e remexeu o dedo entre as mandíbulas enormes. — *E-orde! A'os, e-orde!*

A dentadura não se mexeu. Nem os pés laranja. A premonição de Hogan desabou ao seu redor como ocorre com os sonhos quando se acorda. O garoto remexeu mais uma vez o dedo entre as mandíbulas da Dentadura Mecânica, começou a retirá-lo... e então começou a gritar a plenos pulmões:

— *Que merda!* MERDA! *Filho* DA MÃE!

Por um momento Hogan sentiu seu coração dar um salto e depois percebeu que, embora o garoto ainda estivesse gritando, o que ele estava de fato fazendo era *rindo*. Rindo dele. A dentadura tinha ficado perfeitamente imóvel durante todo esse tempo.

O garoto pegou a dentadura na mão para examiná-la melhor ao mesmo tempo que segurava o canivete na outra mão. Sacudiu o canivete comprido para a Dentadura Mecânica como um professor sacudindo sua ponteira para um aluno travesso:

— Você não deve morder — disse. — Isso é muito fei...

Um dos pés laranja deu um passo súbito para a frente na palma suja da mão do garoto. Ao mesmo tempo, as mandíbulas se abriram e, antes que Hogan percebesse inteiramente o que estava acontecendo, a Dentadura Mecânica tinha se fechado sobre o nariz do garoto.

Dessa vez, o grito de Bryan Adams foi de verdade, feito de agonia e de surpresa completa. Com a mão direita estapeava a dentadura, tentando tirá-la dali, mas ela estava travada no seu nariz com a mesma força que o cinto de segurança estava travado em volta da cintura de Hogan. Sangue e filamentos de tecido dilacerado explodiram por entre os caninos como se fossem fios vermelhos. O garoto flexionou o corpo e deu um salto para trás. Por um instante, Hogan pôde ver seu corpo se revolvendo para todos os lados, os cotovelos agitados e os pés dando pontapés no ar. Aí viu o brilho do canivete.

O garoto gritou novamente e sentou-se de repente. Seus cabelos compridos tinham caído sobre o rosto como uma cortina e a dentadura fechada se projetava no meio deles como o leme de um estranho barco. De alguma maneira, o garoto conseguira meter a lâmina do canivete entre a dentadura e o que sobrava do seu nariz.

— Mata ele! — berrou Hogan com a voz rouca. Tinha enlouquecido. Em algum nível se dava conta de que *devia* ter enlouquecido, mas no momento isso não tinha importância. — *Vamos, mata ele!*

O garoto gritou — um som longo e penetrante como um apito — e torceu o canivete. A lâmina se partiu, embora conseguisse antes forçar as mandíbulas incorpóreas a pelo menos se abrirem um pouco. A dentadura caiu de seu rosto para o colo. A maior parte do nariz do garoto caiu com ela.

O garoto sacudiu os cabelos para trás. Seus olhos verde-acinzentados estavam vesgos, tentando olhar para o toco triturado no centro do seu rosto. A boca estava curvada numa expressão de dor. Os tendões do pescoço se destacavam como cabos de aço de polias.

O garoto tentou pegar a dentadura. Agilmente, ela se afastou para trás nos seus pés de papelão laranja. Ela estava se balançando para cima e para baixo, marcando passo, sorrindo para o garoto, que agora estava acocorado. O sangue tinha empapado a frente da sua camiseta.

Então o garoto disse alguma coisa que confirmou, para Hogan, sua convicção de que tinha enlouquecido. Só numa fantasia nascida do delírio poderiam tais palavras ser ditas:

— Dá beu bariz de volta, sua filha-de-uba-puta!

O garoto tentou novamente pegar a dentadura e dessa vez ela correu *para a frente*, passou por baixo da mão que tentava agarrá-la, entre suas pernas abertas e ouviu-se o som de um *tchump!* carnoso quando as mandíbulas se fecharam sobre a protuberância no jeans desbotado logo abaixo do lugar onde terminava o zíper da calça do garoto.

Bryan Adams esbugalhou os olhos subitamente. Sua boca também se abriu toda, de repente. Suas mãos se ergueram à altura dos ombros e se estenderam para os lados e, por um momento, parecia um estranho imitador de Al Jolson se preparando para cantar *Mammy*. O canivete voou por cima do seu ombro para a parte de trás do furgão.

— *Meu Deus! Meu Deus! Meu Deeeeee...*

Os pés laranja moviam-se depressa, como se estivessem dançando um puladinho. As mandíbulas cor-de-rosa da Dentadura Mecânica Gigante se balançavam rapidamente para cima e para baixo — como se estivessem dizendo *sim! sim! sim!* — e depois para um lado e outro, com a mesma rapidez — como se estivessem dizendo *não! não! não!*

— *...eeeeeeeEEEEEEEE...*

Quando o tecido do jeans do garoto começou a se rasgar — e, pelo barulho, não era a única coisa que estava se rasgando —, Bill Hogan desmaiou.

Voltou a si duas vezes. A primeira deve ter sido pouco depois, porque a tempestade ainda estava uivando por dentro e em volta do furgão e a luminosidade era mais ou menos a mesma. Começou a se virar, mas uma pontada monstruosa de dor subiu-lhe pelo pescoço. Um forte mau jeito no pescoço, é claro, e provavelmente não tão ruim quanto poderia ter sido... ou seria no dia seguinte, aliás.

Sempre supondo que vivesse até o dia seguinte.

O garoto. Preciso ver e certificar-me de que está morto.

Não, não precisa, não. É claro que ele está morto. Se não estivesse, você é quem estaria.

Agora começou a ouvir um som diferente vindo de trás dele: o bater e clicar ritmado da dentadura.

Está vindo atrás de mim. Deu cabo do garoto, mas ainda está com fome, e agora está vindo atrás de mim.

Colocou novamente as mãos sobre o fecho do cinto de segurança, mas o trinco estava irremediavelmente engasgado e, de qualquer modo, parecia não ter força nas mãos.

A dentadura estava chegando cada vez mais perto — estava bem atrás do seu assento agora, a julgar pelo som — e a mente confusa de Hogan ouvia uma canção no seu mastigar incessante: *Clique-clique-clique-claque! Sou a dentadura e estou voltando! Veja-me caminhar, veja-me mastigar, eu o comi, agora vou comer você!*

Hogan fechou os olhos.

O barulho dos cliques parou.

Agora só havia o gemido interminável do vento e o pipocar da areia batendo do lado amassado do furgão XRT.

Hogan ficou esperando. Depois de muito, muito tempo, ouviu um único clique, seguido por um ruído diminuto de fibras sendo rasgadas. Houve uma pausa, depois o clique e o ruído de rasgar se repetiu.

O que que ela está fazendo?

Na terceira vez em que ouviu o clique e o leve som de algo se rasgando, sentiu o encosto de seu assento se mover um pouco e entendeu. A dentadura estava se puxando para cima, para onde ele estava. De alguma forma, ela estava se puxando até ele.

Hogan pensou na dentadura se fechando na protuberância abaixo do zíper do jeans do garoto e tentou se fazer desmaiar de novo. A areia entrou voando pelo para-brisa quebrado e fez cócegas na sua face e na sua testa.

Clique... raaac. Clique... raaac. Clique... raaac.

A última foi bem perto. Hogan não queria olhar para baixo, mas não conseguiu se conter. E além do seu quadril direito, onde o fundo do assento se encontrava com as costas, viu um vasto sorriso branco. Ela se moveu para cima com uma lentidão agonizante, empurrando-se com os pés laranja que ainda estavam invisíveis, enquanto trincava entre os incisivos uma pequena dobra do forro cinza do assento... depois, as mandíbulas se soltaram e ela deu um salto convulso para cima.

Dessa vez, os dentes se prenderam no bolso da calça de Hogan e ele desmaiou novamente.

Quando voltou a si pela segunda vez, o vento tinha diminuído e estava quase escuro. O ar tinha adquirido uma estranha tonalidade violácea que Hogan não conseguia se lembrar de jamais ter visto antes no deserto. Os redemoinhos de areia que corriam pelo chão do deserto adiante do para-brisa destroçado pareciam crianças fantasmas em fuga.

Por um instante, não conseguia se lembrar de absolutamente nada do que lhe acontecera para que tivesse ido parar ali. A última lembrança nítida a que conseguia chegar era de olhar para o marcador de gasolina, ver que estava em um oitavo de tanque, depois erguer os olhos e ver uma placa do lado da estrada que dizia ARMAZÉM & MINIZOO DO SCOOTER • GASOLINA • LANCHES • CERVEJA GELADA • *VEJA CASCAVÉIS VIVAS*!

Percebeu que, se quisesse, poderia se agarrar à sua amnésia por algum momento. Com um pouco de tempo, seu subconsciente poderia até ser capaz de manter permanentemente isoladas certas lembranças perigosas. Mas também podia ser perigoso *não* se lembrar. *Muito* perigoso. Porque...

O vento deu uma rajada. A areia chocalhou de encontro ao painel muito amassado do lado do motorista. Quase parecia estar dizendo:

(dentes! dentes! dentes!)

A frágil superfície da sua amnésia se espatifou, deixando que tudo se derramasse para fora e todo o calor se foi da superfície da pele de Hogan. Emitiu um grasnado enferrujado ao se lembrar do som (*tchump!*) que a Dentadura Mecânica tinha feito ao se fechar sobre as bolas do garoto e fechou as mãos sobre seu próprio saco, os olhos girando medrosamente nas órbitas enquanto ele procurava pela dentadura foragida.

Não a viu, mas a facilidade com que os ombros acompanharam o movimento das suas mãos era algo novo. Olhou para o colo e lentamente retirou as mãos do meio das pernas. O cinto de segurança já não o mantinha prisioneiro. Estava caído no tapete cinza, em dois pedaços. A lingueta de metal da parte que se enfiava ainda estava enterrada no fecho, mas adiante dela havia apenas um tecido vermelho esfarrapado. O cinto não tinha sido cortado, tinha sido mastigado até se romper.

Olhou pelo espelho retrovisor e viu outra coisa: as portas de trás do furgão estavam abertas e havia apenas um contorno vermelho impreciso, com a forma de um homem, no lugar do tapete cinza onde o garoto tinha estado. O senhor Bryan Adams, de Lugar Nenhum, Estados Unidos, tinha desaparecido.

Bem como a Dentadura Mecânica.

Hogan saiu lentamente do furgão, como um velho padecendo de uma artrite terrível. Descobriu que se ficasse com a cabeça perfeitamente horizontal não doía muito... mas quando se esquecia e a movia em qualquer direção, uma série de descargas explosivas corriam por seu pescoço, pelos ombros e pela parte superior das costas. Até pensar em deitar a cabeça para trás era insuportável.

Foi devagar até a traseira do furgão, passando a mão de leve pela superfície amassada e com a pintura descascada, ouvindo e sentindo o vidro que triturava sob os pés. Ficou por muito tempo parado junto à extremidade do lado do motorista. Estava com medo de dobrar a esquina. Tinha medo que, quando dobrasse, visse o garoto acocorado, segurando o canivete na mão esquerda e dando aquele sorriso vazio. Mas não podia simplesmente ficar ali, mantendo a cabeça em cima de seu pescoço distendido como uma grande garrafa de nitroglicerina, enquanto ia escurecendo em volta dele, de modo que, por fim, fez a volta.

Ninguém. O garoto tinha sumido mesmo. Ou pelo menos foi o que pareceu a princípio.

O vento deu uma rajada, soprando os cabelos de Hogan sobre seu rosto machucado, depois parou por completo. Quando parou, ele ouviu um barulho áspero de algo se arrastando vindo de uns 20 metros para além do furgão. Olhou naquela direção e viu as solas dos tênis do garoto acabando de desaparecer por cima do topo de um córrego seco. Os tênis estavam abertos formando um V mole. Parou de se mover por um instante, como se o que quer que estivesse puxando o corpo do garoto precisasse descansar depois de alguns movimentos para recuperar as forças, e depois começaram a se mover de novo, em pequenos trancos.

Subitamente um quadro de terrível e insuportável nitidez se formou na mente de Hogan. Viu a Dentadura Mecânica Gigante parada bem na borda do córrego seco com seus engraçados pés laranja, parada ali com as polainas tão finas que faziam os coroas mais elegantes da Califórnia parecerem caipiras de Fargo, Dakota do Norte, parada ali na luminosidade violeta cintilante que tinha se espalhado sobre essas terras desertas a oeste de Las Vegas. Estava segurando bem apertado um chumaço espesso dos cabelos louros e compridos do garoto.

A Dentadura Mecânica estava andando para trás.

A Dentadura Mecânica estava arrastando o senhor Bryan Adams embora para Lugar Nenhum, Estados Unidos.

Hogan virou na direção oposta e caminhou devagar no rumo da estrada, segurando sua cabeça de nitroglicerina reta e firme em cima do pescoço. Levou cinco minutos para ultrapassar a vala e outros 15 para conseguir uma carona, mas acabou conseguindo as duas coisas. E, durante esse tempo, não olhou para trás nem uma vez.

Nove meses depois, em junho, num dia claro e quente de verão, calhou de Bill Hogan passar novamente pelo Armazém & Minizoo do Scooter... com a diferença de que o lugar tinha mudado de nome. A placa agora dizia RECANTO DA MYRA • GASOLINA • CERVEJA GELADA • VÍDEOS. Abaixo das palavras havia uma figura de um lobo — ou talvez apenas de um Loubo — arreganhando os dentes para a lua. O próprio

Lobo, o Fantástico Cão-Coiote de Minnesota, estava deitado numa jaula na sombra do telhado da varanda. As patas traseiras estavam esparramadas de modo exagerado e o focinho estava metido entre as patas dianteiras. Não se levantou quando Hogan desceu do carro para encher o tanque. Não havia o menor sinal das cascavéis e da tarântula.

— Olá, Loubo — disse ele enquanto subia os degraus. O ocupante da jaula rolou de costas e deixou que sua comprida língua vermelha ficasse pendurada convidativamente do lado da boca enquanto olhava para Hogan.

Dentro, a loja parecia maior e mais limpa. Hogan calculou que isso em parte se devia ao fato de o dia não estar tão ameaçador lá fora, mas não era só isso. Por exemplo, as janelas tinham sido lavadas e isso fazia uma grande diferença. As paredes de tábuas tinham sido substituídas por painéis de pinho que ainda tinham o cheiro fresco da resina. Nos fundos, tinha sido instalado um balcão de comidas rápidas com cinco banquetas. O balcão envidraçado ainda estava lá, mas as cargas explosivas para cigarros, os aparelhos de dar choque e o Pó de Espirrar do dr. Biruta tinham sumido. O balcão estava cheio de caixas de fitas. Um aviso feito a mão dizia: CLASSIFICAÇÃO ADULTA NA SALA DOS FUNDOS • TEM 18 OU NÃO TEM VEZ.

A mulher na caixa registradora estava de pé, de perfil para Hogan, com os olhos abaixados para uma máquina de calcular na qual digitava números. Por um instante, Hogan teve certeza de que era uma filha do senhor e da senhora Scooter, o complemento feminino dos três meninos que Scooter contara que tinha criado. Então ela ergueu a cabeça e Hogan viu que era a própria senhora Scooter. Era difícil acreditar que essa podia ser a mesma mulher cujos peitos elefantinos quase arrebentavam a camiseta NEVADA É A TERRA DE DEUS, mas era ela mesma. A senhora Scooter tinha perdido pelo menos 25 quilos e tinha tingido o cabelo de castanho claro, liso e brilhante. Só as rugas estreladas em volta dos olhos e da boca eram as mesmas.

— Botô sua gasolina? — perguntou ela.

— Botei. Foram 15 dólares. — Entregou-lhe uma nota de 20 e ela abriu a caixa registradora. — O lugar parece muito diferente desde a última vez em que entrei aqui.

— De fato, tem uma porção de mudanças desde que o Scooter morreu — concordou ela e puxou uma de 5 da caixa. Iniciou o gesto de entregá-la, quando olhou direito para ele pela primeira vez e hesitou. — Espera aí... o senhor não é o sujeito que quase foi morto no dia que tivemos aquela tempestade no ano passado?

Confirmou com a cabeça e estendeu a mão:

— Bill Hogan.

Ela não titubeou, apenas esticou a mão por cima do balcão e lhe deu um único aperto forte. A morte do marido parecia ter melhorado seu estado de espírito... ou talvez fosse apenas porque seu período de menopausa finalmente tivesse terminado.

— Lamento o que aconteceu com seu marido. Parecia um boa-praça.

— Scoot? É, era um bom sujeito antes de ficar doente — concordou ela. — E o senhor? Se recuperou inteiramente?

Hogan fez que sim com a cabeça.

— Usei uma armação no pescoço durante umas seis semanas, e não foi pela primeira vez, mas agora estou bem.

Ela estava olhando para a cicatriz que descia sinuosamente pelo lado direito do rosto.

— Ele fez isso? Aquele garoto?

— Foi.

— Cortou-o bem feio.

— Foi.

— Ouvi dizer que ele se feriu no acidente e depois se arrastou para o meio do deserto para morrer. — Estava olhando para Hogan com uma expressão astuciosa. — Foi mais ou menos isso?

Hogan deu um pequeno sorriso.

— Mais ou menos, eu acho.

— J.T., o policial estadual desta área, disse que os bichos tinham feito a festa com ele. Os ratos do deserto são muito mal-educados a esse respeito.

— Não sei nada sobre essa parte.

— J. T. disse que a própria mãe do garoto não o teria reconhecido. — Colocou uma das mãos sobre o peito muito reduzido e olhou para ele com ar sério: — Que o diabo me carregue se estiver mentindo.

Hogan deu uma gargalhada alta. Nas semanas e meses que se sucederam ao dia da tempestade, isso era algo que vinha fazendo com frequência cada vez maior. Às vezes achava que, desde aquele dia, tinha chegado a um arranjo ligeiramente diferente com a vida.

— Teve sorte por ele não ter matado o senhor — disse a senhora Scooter. — O senhor escapou mesmo por um triz. Deus deve de ter protegido o senhor.

— Tem razão — concordou Hogan. Baixou a vista para o balcão envidraçado com os videoteipes. — Vejo que a senhora tirou as novidades daqui.

— Aquelas porcarias velhas? Claro que sim! Foi a primeira coisa que fiz depois... — De repente, seus olhos se arregalaram. — Ah, espere aí! Puxa vida! Tenho um troço que lhe pertence! Se eu me esquecesse, acho que o Scooter viria me puxar a perna!

Hogan franziu a testa, intrigado, mas a mulher já estava indo para trás do balcão. Ficou na ponta dos pés e retirou alguma coisa de uma prateleira alta por cima das estantes de cigarros. Hogan viu, sem surpresa alguma, que era a Dentadura Mecânica Gigante. A mulher pousou-a ao lado da caixa registradora.

Hogan olhou fixamente para aquele sorriso congelado e despreocupado com uma profunda sensação de *déjà-vu*. Ali estava ela, o maior exemplar de Dentadura Mecânica do mundo, de pé, com seus engraçados sapatos laranja ao lado do mostruário de Slim Jim, fresca como a brisa da montanha, sorrindo para ele como que dizendo: *Oi! Você tinha se esquecido de mim? Eu não me esqueci de* VOCÊ, *meu amigo. De jeito nenhum.*

— Encontrei-a na varanda no dia seguinte, depois que passou a tempestade — disse a senhora Scooter. Ela deu uma risada. — Bem do velho Scoot lhe dar alguma coisa de graça, depois metê-la numa sacola com um buraco no fundo. Eu ia jogá-la fora, mas ele falou que tinha dado para o senhor e que eu devia botá-la numa prateleira qualquer. Disse que se um viajante tinha vindo uma vez, era muito provável que viria de novo... e aqui está o senhor.

— Certo — concordou Hogan. — Aqui estou eu.

Pegou a dentadura e enfiou o dedo entre as mandíbulas ligeiramente abertas. Correu com a polpa do dedo pelos molares de trás e, na sua cabeça, ouviu o garoto, o senhor Bryan Adams, de Lugar Nenhum, Estados Unidos, cantarolando: *Me morde! Me morde! Me moooorde!*

Será que os dentes de trás ainda tinham umas raias cor de ferrugem fosca do sangue do menino? Hogan achou que podia enxergar *alguma coisa* bem lá atrás, mas talvez fosse apenas uma sombra.

— Eu guardei porque Scooter disse que o senhor tinha um filho.

Hogan confirmou com a cabeça.

— Tenho sim. — *E,* pensou, *o menino ainda tem pai. Estou segurando a causa disso. A questão é: ela andou toda essa distância até aqui com seus pezinhos laranja porque aqui é sua casa... ou porque de alguma maneira sabia o que Scooter sabia? Que, mais cedo ou mais tarde, um viajante sempre retorna ao lugar onde esteve, do mesmo modo que se supõe que um assassino sempre revisita a cena do seu crime?*

— Bem, o senhor ainda a quer, ela ainda é sua — disse ela. Por um instante, ela ficou com um ar sério... e depois deu uma gargalhada. — Porra, provavelmente eu teria jogado ela fora de qualquer jeito, mas é que eu esqueci dela. Claro, continua quebrada.

Hogan girou a chave que se projetava da gengiva. Deu duas voltas, fazendo pequenos cliques da corda se enrolando, depois simplesmente ficou rodando livre no orifício. Quebrada. Claro que estava. E continuaria assim até que resolvesse que não *queria* estar quebrada durante algum tempo. A questão não era como ela tinha chegado ali de volta e a questão não era nem *por quê.*

A questão era: o que ela queria?

Cutucou com o dedo o sorriso de aço branco mais uma vez e sussurrou:

— Morde, você quer me morder?

A dentadura apenas ficou ali parada nos seus pés laranja alinhadíssimos e sorriu.

— Parece que ela não está a fim de falar — disse a senhora Scooter.

— Parece que não — disse Hogan e, de repente, começou a pensar no garoto. O senhor Bryan Adams, de Lugar Nenhum, Estados Unidos. Agora havia uma porção de garotos como ele. Uma porção de adultos também, vagando pelas rodovias como ervas soltas do deserto, sempre prontos para pegar sua carteira, dizer *Foda-se, benzinho* e fugir. Você podia parar de dar carona (ele tinha parado) e podia instalar um sistema de alarme contra ladrão na sua casa (ele tinha instalado um também), mas continuava sendo um mundo duro em que os aviões caíam dos céus e os alucinados eram capazes de aparecer em qualquer lugar e sempre havia motivo para aumentar um pouco mais o seguro. Afinal de contas, tinha uma esposa.

E um filho.

Podia ser uma coisa boa que Jack tivesse uma Dentadura Mecânica Gigante sobre sua escrivaninha. Só por via das dúvidas, se acontecesse alguma coisa.

Só por via das dúvidas.

— Muito obrigado por tê-la guardado — disse ele, pegando a Dentadura Mecânica com cuidado, pelos pés. — Acho que meu garoto vai se divertir muito com ela, mesmo estando quebrada.

— Agradeça a Scoot, não a mim. Quer uma sacola? — Deu um sorriso: — Tenho uma de plástico e não está furada, garanto.

Hogan balançou a cabeça e enfiou a Dentadura Mecânica no bolso do seu paletó esporte.

— Vou levá-la assim — disse ele, e retribuiu o sorriso dela. — Para tê-la à mão.

— Como quiser. — Quando ele se dirigia para a porta, ela falou alto: — Pare por aqui de novo! Faço um sanduíche de salada de galinha danado de bom!

— Aposto que faz e vou parar sim — disse Hogan. Saiu, desceu os degraus e ficou parado por um momento debaixo do sol quente do deserto, sorrindo. Estava se sentindo bem. Frequentemente se sentia bem, agora. Tinha passado a achar que era assim mesmo que devia ser.

À sua esquerda, Loubo, o Fantástico Cão-Coiote de Minnesota, levantou-se, enfiou seu focinho pelos losangos do arame do lado da jaula e latiu. No bolso de Hogan, a Dentadura Mecânica deu um clique. O som era suave, mas Hogan ouviu... e sentiu-a se mexer. Deu um tapinha no bolso.

— Calma, grandalhona — disse mansamente.

Caminhou rapidamente pelo pátio, sentou-se atrás da direção do seu furgão Chevrolet novo e saiu rumo a Los Angeles. Tinha prometido a Lita e a Jack que estaria em casa antes das 19h, 20h no máximo, e era um homem que gostava de cumprir o que prometia.

Dedicatória

Dobrando a esquina onde ficam os porteiros, as limusines, os táxis e as portas giratórias da entrada do Le Palais, um dos mais antigos e mais elegantes hotéis de Nova York, há uma outra porta, pequena, sem qualquer indicação e que, na maioria das vezes, passa despercebida.

Numa manhã, Martha Rosewall se aproximou dela às 6h45, com seu saco de lona azul liso numa das mãos e um sorriso no rosto. O saco era normal; o sorriso, visto muito mais raramente. Não estava infeliz com seu trabalho. Ser a Camareira-Chefe do décimo ao 12º andares do Le Palais podia não parecer um cargo importante ou gratificante para algumas pessoas, mas para uma mulher que tinha usado roupas feitas com sacos de arroz e de farinha quando era uma menina vivendo em Babylon, no Alabama, parecia muito importante mesmo e muito gratificante também. Contudo, independentemente do cargo, mecânico ou estrela de cinema, nas manhãs comuns a pessoa chega ao trabalho com uma expressão comum no rosto. Uma expressão que diz "*A maior parte de mim ainda está na cama*" e pouco mais do que isso. Entretanto, para Martha Rosewall, essa não era uma manhã comum.

As coisas começaram a deixar de ser comuns para ela quando voltou do trabalho para casa na tarde anterior e encontrou o pacote que seu filho lhe tinha mandado de Ohio. Aquilo por que tanto ansiara e tanto esperara havia finalmente chegado. Tinha dormido só aos pedacinhos na noite passada: tinha que ficar se levantando e indo conferir se o que ele tinha mandado era real e ainda estava ali. Ela acabou dormindo com ele debaixo do travesseiro, como uma noiva com um pedaço do seu bolo de casamento.

Agora usou sua própria chave para abrir a pequena porta, depois da esquina da entrada principal do hotel, e desceu três degraus até um corredor comprido, pintado de verde e com carrinhos de lavanderia Dandux ao longo das paredes. Estavam empilhados até em cima com roupas de cama recém-lavadas e passadas. O corredor estava impregnado com esse cheiro limpo, um cheiro que Martha sempre associava, de alguma forma vaga, com o cheiro de pão recém-saído do forno. Um Muzak baixinho vinha do saguão de entrada, mas Martha não o ouvia mais, como tampouco ouvia o zumbir dos elevadores ou o barulho da louça na cozinha.

A meio caminho no corredor havia uma porta assinalada CHEFES DE CAMAREIRAS. Entrou, pendurou o casaco e atravessou pela sala grande onde as Chefes — eram 11 ao todo — tomavam seu cafezinho, resolviam problemas de oferta e procura e tentavam manter em dia a papelada interminável. Mais além dessa sala, com sua enorme escrivaninha, o quadro de avisos que ocupava toda uma parede e cinzeiros eternamente transbordando, havia um vestiário. Suas paredes eram de tijolos simples de concreto pintados de verde. Havia bancos, armários de metal e duas compridas barras de aço das quais pendiam cabides do tipo que não pode ser roubado.

No fundo do vestiário, havia a porta que levava à área de chuveiros e banheiros. Essa porta se abriu nesse momento e Darcy Sagamore apareceu, enrolada num roupão peludo do Le Palais e numa coluna de vapor quente. Deu uma olhada no rosto radiante de Martha e veio para ela com os braços abertos, rindo.

— Chegou, não foi? — exclamou. — Está com você! Pode se ver pela sua cara! Sim senhor e sim senhora!

Martha não sabia que ia chorar até que vieram as lágrimas. Abraçou Darcy e encostou o rosto nos seus cabelos negros úmidos.

— Tudo bem, querida — disse Darcy. — Vá em frente e ponha tudo para fora.

— É só que tenho tanto orgulho dele, Darcy, tanto *orgulho* mesmo.

— Claro que tem. É por isso que você está chorando e isso está certo... mas quero vê-lo logo que você parar. — Sorriu então. — Mas você pode ficar segurando. Se eu deixasse cair uma gota *nesse* bebê, acho mesmo que você era capaz de me arrancar os olhos.

Assim, com a reverência reservada para um objeto muito sagrado (e, para Martha Rosewall, ele era), retirou o primeiro romance do seu filho de dentro do saco de lona azul. Ela o tinha embrulhado com cuidado em papel fino e posto por baixo do seu uniforme de náilon marrom. Agora ela retirou o papel fino com cuidado para que Darcy pudesse examinar o tesouro.

Darcy olhou cuidadosamente para a capa, que mostrava três fuzileiros navais, um com uma faixa de gaze enrolada em volta da cabeça, atacando pela encosta de uma colina acima com as armas atirando. O título era *Esplendor da Glória*, impresso em letras de fogo vermelho-alaranjadas. E abaixo do desenho estava o seguinte: *Um romance de Peter Rosewall.*

— Está certo, isso é muito bom, *maravilhoso*, mas agora me mostre o outro! — Darcy falou no tom de uma mulher que quer deixar de lado o que é apenas interessante e ir direto para o centro da questão.

Martha assentiu com a cabeça e virou, sem titubear, para a página de dedicatória, onde Darcy leu: "*Este livro é dedicado a minha mãe, MARTHA ROSEWALL. Mamãe, não teria conseguido sem você.*" Abaixo da dedicatória impressa estava acrescentado à mão, com uma letra fina, inclinada e de algum modo antiquada, o seguinte: "*E não é mentira. Amo você, mamãe! Pete.*"

— Puxa, isso não é mesmo a coisa mais doce? — falou Darcy e enxugou os olhos escuros com a base da mão.

— É mais do que doce — disse Martha. Embrulhou o livro de novo no papel fino. — É verdade. — Deu um sorriso e nele sua velha amiga Darcy Sagamore viu alguma coisa mais que amor. Viu triunfo.

Depois de bater a saída no relógio de ponto às 15h, Martha e Darcy comumente davam uma passada na La Pâtisserie, o café do hotel. Em ocasiões especiais, entravam no Le Cinq, o pequeno minibar junto ao saguão de entrada, para tomar algo mais forte. Esse dia era, sem a menor dúvida, uma ocasião para o Le Cinq. Darcy instalou sua amiga confortavelmente num dos compartimentos e deixou-a lá com uma tigela de biscoitos Goldfish, enquanto falava por um instante com Ray, que estava encarregado do bar nessa tarde. Martha viu-o dar um sorriso para Darcy, assentir com a cabeça e fazer um círculo com o indicador e o polegar da mão direita. Darcy voltou ao compartimento com um ar de satisfação no rosto. Martha olhou-a com certa desconfiança.

— Que *tanta conversa* era essa?

— Você já vai ver.

Cinco minutos depois, Ray veio até elas trazendo um balde de prata com gelo, sobre um suporte de pé, e colocou-o ao lado delas. Dentro, havia uma garrafa de champanhe Perrier-Jouët e duas taças geladas.

— Que é isso! — disse Martha num tom de voz que era meio de susto, meio de riso. Olhou para Darcy, espantada.

— Silêncio — falou Darcy e, elogiavelmente, Martha fez silêncio.

Ray tirou a rolha da garrafa, colocou-a ao lado de Darcy e serviu um pouco na sua taça. Darcy abanou com a mão num sinal de aprovação e piscou o olho para Ray.

— Divirtam-se, senhoras — disse Ray, e atirou um beijinho para Martha. — E dê os parabéns a seu filho por mim, querida. — Afastou-se antes que Martha, ainda estupefata, pudesse dizer qualquer coisa.

Darcy serviu as duas taças até a borda e ergueu a sua. Depois de um instante, Martha fez o mesmo. Bateram as taças de leve.

— Ao começo da carreira do seu filho — brindou Darcy. Beberam. Darcy tocou a borda da sua taça na de Martha pela segunda vez. — E ao próprio garoto — disse. Beberam de novo e Darcy fez suas taças se tocarem pela terceira vez antes que Martha pudesse pousar a sua. — E ao amor de uma mãe!

— Amém, querida — disse Martha e, embora seus lábios estivessem sorrindo, seus olhos não estavam. Em cada um dos dois primeiros brindes, ela tomou um gole discreto. Dessa vez esvaziou a taça.

Darcy tinha conseguido a garrafa de champanhe para que ela e sua melhor amiga pudessem comemorar o sucesso de Peter Rosewall com o estilo que isso merecia, mas não era a única razão. Estava curiosa sobre o que Martha tinha dito:

É mais do que doce, é verdade. E estava curiosa quanto àquela expressão de triunfo.

Esperou até que Martha tivesse terminado sua terceira taça de champanhe e então falou:

— O que você quis dizer a respeito da dedicatória, Martha?

— O quê?

— Você disse que não era apenas doce, que era verdade.

Martha ficou olhando para ela sem falar durante tanto tempo que Darcy achou que ela não ia dar resposta alguma. Então ela soltou uma risada tão amarga que era chocante, pelo menos para Darcy. Não fazia a menor ideia de que a alegre e baixinha Martha Rosewall podia ser tão amarga, apesar da vida dura que tivera. Mas havia também um tom de triunfo, num contraponto inquietante.

— O livro dele vai ser um best-seller e os críticos vão devorá-lo como sorvete — disse Martha. — Acredito nisso, mas não porque Pete o diz... embora ele o diga, é claro. Acredito porque foi isso que aconteceu com *ele*.

— Quem?

— O pai de Pete — disse Martha. Cruzou as mãos sobre a mesa e olhou para Darcy tranquilamente.

— Mas... — começou Darcy e parou. Johnny Rosewall nunca tinha escrito um livro na vida, está claro. O estilo de Johnny era mais para assinar papagaios e de vez em quando escrever com aerossol em paredes de tijolos "*Fodi sua mamãe*". Parecia que Martha estava dizendo que...

Esqueça as coisas complicadas, pensou Darcy. *Você sabe muito bem o que ela vai dizer: podia estar* casada *com Johnny quando ficou grávida de Pete, mas alguém um pouco mais intelectual era responsável pelo garoto.*

Salvo que isso não batia. Darcy nunca conhecera Johnny, mas tinha visto uma meia dúzia de fotos dele nos álbuns de Martha e tinha conhecido Pete muito bem. Na verdade, tão bem que, nos dois últimos anos do curso secundário e nos dois primeiros da faculdade, passara a considerá-lo em parte como seu próprio filho. E a semelhança física entre o menino que tinha passado tanto tempo na sua cozinha e o homem nos álbuns de retrato...

— Bem, Johnny foi o pai *biológico* de Pete — disse Martha, como se estivesse lendo seus pensamentos. — Basta olhar para o nariz e os olhos dele para ver *isso*. Só não foi seu pai *natural*... tem mais desse espumante? Ele desce que é uma beleza. — Agora que Martha estava um pouco alta, o sotaque sulista ressurgia em sua voz como uma criança saindo do seu esconderijo.

Darcy despejou quase tudo que havia sobrado do champanhe na taça de Martha. Ela ficou segurando pela haste, olhando através do líquido, deliciando-se com a maneira pela qual ele transformava em ouro a amortecida luz da tarde no Le Cinq. Depois bebeu um pouco, pousou a taça e novamente deu aquela risada amarga e entrecortada.

— Você não faz a menor ideia do que estou falando, não é?

— Não, meu bem, não faço.

— Bem, vou contar para você — disse Martha. — Depois de todos esses anos, preciso contar para alguém, agora mais do que nunca, agora que ele publicou seu livro e teve sucesso depois de todos aqueles anos se preparando para isso acontecer. Deus sabe que não posso contar a *ele*, sobretudo não a ele. Mas, afinal, os filhos sortudos nunca sabem quanto suas mães os amam ou os sacrifícios que elas fazem, não é?

— Acho que não — disse Darcy. — Martha, meu bem, talvez você deva pensar se você quer mesmo me contar o que quer que você...

— Não, eles não têm nem ideia — falou Martha e Darcy se deu conta de que sua amiga não tinha escutado uma só palavra do que ela dissera. Martha Rosewall estava num outro mundo, todo seu. Quando seus olhos tornaram a focalizar Darcy, os cantos da sua boca exibiram um pequeno sorriso peculiar, do qual ela não gostou muito.

— Nem ideia — repetiu. — Se alguém quiser saber o que essa palavra *dedicatória* realmente significa, acho que tem que perguntar a uma mãe. O que *você* acha, Darcy?

Mas Darcy só conseguia menear a cabeça, sem saber o que dizer. Martha, entretanto, balançou a cabeça afirmativamente, como se Darcy tivesse concordado plenamente e começou a falar.

Ela não precisava recapitular os fatos básicos. As duas mulheres tinham trabalhado juntas no Le Palais durante 11 anos e tinham sido amigas íntimas durante a maior parte desse tempo.

Darcy teria dito (pelo menos até esse dia no Le Cinq) que o mais básico desses fatos básicos era que Martha tinha se casado com um homem que não valia lá grande coisa, que estava muito mais interessado na sua bebida e nas suas drogas — para não mencionar praticamente qualquer mulher que resolvesse sacudir os quadris para ele — do que na mulher com quem tinha se casado.

Martha o conheceu apenas alguns meses depois de chegar a Nova York, não passava de uma garota inocente e estava grávida de dois meses quando disse o "*Sim*". Tinha dito a Darcy mais de uma vez que, grávida ou não, pensara bem antes de concordar em se casar com Johnny. Ficara grata por ele ter querido permanecer ao seu lado, pois, mesmo então, era sensata o bastante para saber que muitos homens teriam disparado pela rua e sumido em cinco minutos depois de as palavras "estou grávida" terem saído da boca da moça. Mas não estava inteiramente cega quanto aos seus defeitos. Tinha uma boa ideia do que sua mãe e seu pai, especialmente seu pai, teriam achado de John Rosewall com seu Thunderbird preto e seus sapatos bicolores de ponta fina, que Johnny comprara porque tinha visto Memphis Slim usando um par exatamente como esses quando fazia o papel de Apollo.

Martha perdera esse primeiro filho no terceiro mês. Depois de uns cinco meses, mais ou menos, resolveu fazer um balanço dos ganhos e perdas do casamento, sobretudo das perdas. Tinha havido muitas noites chegando tarde em casa, muitas desculpas esfarrapadas, muitos olhos roxos. Johnny, dizia ela, ficava apaixonado pelos punhos quando estava bêbado.

— Ele sempre foi bonitão — disse ela a Darcy uma vez —, mas um sem-vergonha bonitão continua sendo um sem-vergonha.

Antes que pudesse fazer as malas, Martha descobriu que estava grávida de novo. Dessa vez, a reação de Johnny foi imediata e hostil: bateu-lhe na barriga com um cabo de vassoura, numa tentativa de fazê-la abortar. Duas noites depois, ele e dois dos seus amigos — homens que partilhavam do apreço de Johnny pelas roupas vistosas e pelos sapatos bicolores — tentaram assaltar uma loja de bebidas na rua 116 Leste. O dono tinha uma escopeta embaixo do balcão. Pegou-a para atirar. Johnny Rosewall estava portando uma pistola .32 cromada, que tinha conseguido só Deus sabia onde. Apontou-a para o proprietário, puxou o gatilho e a pistola explodiu. Um dos fragmentos do cano penetrou no cérebro de Johnny pelo olho direito, matando-o instantaneamente.

Martha trabalhou no Le Palais até seu sétimo mês (isso foi muito antes do tempo de Darcy Sagamore, é claro), quando a senhora Proulx mandou-a para casa antes que ela deixasse o filho cair no corredor do décimo andar ou, quem sabe, no elevador da lavanderia. Roberta Proulx tinha lhe dito que ela era uma boa empregada e que poderia voltar para o emprego mais tarde se quisesse, mas que àquela altura ela precisava ir embora.

Martha foi e dois meses depois deu à luz um menino de 3,5 quilos, a quem chamou de Peter. Esse mesmo Peter que, com o passar do tempo, escreveu um romance intitulado *Esplendor da Glória*, que todos, inclusive o Book-of-the-Month Club e a Universal Pictures, julgavam fadado à fama e à fortuna.

Darcy tinha ouvido tudo isso antes. Ela ouviu o resto da história — a parte *inacreditável* do resto — naquela tarde e noite, começando no Le Cinq, com taças de champanhe entre elas e uma prova do romance de Pete no saco de lona aos pés de Martha Rosewall.

— Vivíamos longe do centro, é claro — disse Martha, olhando para sua taça de champanhe e rodando-a pela haste entre os dedos. — Na rua Stanton, subindo o Station Park. Já voltei lá desde então. Está pior do que era, bem pior, mas mesmo naquele tempo não era nenhuma beleza de lugar. Naquela época havia uma mulher de meter medo, que vivia no fim da rua Stanton com o Station Park. As pessoas a chamavam de Mama Delorme e muitas delas juravam que ela era uma *bruja*. Eu própria não acreditava em nada dessas coisas e uma vez perguntei a Octavia Kinsolving, que vivia no mesmo edifício que eu e Johnny, como as pessoas podiam continuar acreditando nessas besteiras numa época em que os satélites artificiais giravam a toda em volta da Terra e havia cura para praticamente todas as doenças debaixo do sol. Tavia era uma mulher instruída — tinha estudado na Juilliard — e só estava morando no lado pesado da rua 110 porque precisava sustentar a mãe e três irmãos menores. Achei que ela iria concordar comigo, mas ela apenas deu uma gargalhada e balançou a cabeça.

— Você vai me dizer que acredita em *brujas*? — perguntei.

— Não — respondeu ela —, mas acredito *nela*. Ela é diferente. Talvez em cada mil, 10 mil ou um milhão de mulheres que dizem que são meio bruxas, há uma que realmente é. Se isso é verdade, Mama Delorme é uma dessas.

Eu apenas ri. As pessoas que não precisam de uma *bruja* podem se dar ao luxo de rir disso, da mesma maneira que as pessoas que não precisam de orações podem se dar ao luxo de rir *disso*. Estou falando de quando eu tinha me casado pela primeira vez, sabe, e naquele tempo eu ainda achava que podia endireitar Johnny. Você entende isso?

Darcy disse que sim com a cabeça.

— Então sofri o aborto. Johnny foi a principal causa, eu acho, embora naquela época eu não quisesse admitir isso nem para mim mesma. Ele me espancava a maior parte do tempo e bebia o tempo *todo*. Pegava o dinheiro que eu lhe dava e depois tirava ainda mais da minha bolsa. Quando lhe dizia que queria que parasse de tirar dinheiro da minha bolsa, ele fazia uma cara toda triste e alegava que nunca tinha feito uma coisa dessas. Isso se estivesse sóbrio. Se estivesse bêbado, apenas dava uma gargalhada. Escrevi para minha mãe lá em casa. Doeu-me ter que escrever aquela carta, me senti envergonhada e chorei enquanto estava escrevendo, mas precisava saber o que ela achava. Ela escreveu de volta e me disse para dar o fora, para cair fora imediatamente antes que ele me mandasse para o hospital ou coisa pior. Minha irmã mais velha, Cassandra (sempre a chamávamos de Kissy) foi mais longe. Mandou-me uma passagem do ônibus interestadual com duas palavras escritas no envelope com batom cor-de-rosa: VÁ AGORA.

Martha tomou outro gole de champanhe.

— Bem, não fui. Preferi achar que tinha dignidade demais. Acho que não passou de orgulho idiota. De qualquer modo, o resultado foi o mesmo. Fiquei. Então, depois de perder o bebê, fui e fiquei grávida de novo, só que no princípio eu não sabia. Não sentia náuseas, sabe... mas também não tive no primeiro.

— Você não foi a essa Mama Delorme porque estava grávida, foi? — perguntou Darcy. Sua presunção imediata fora de que Martha tinha achado que talvez a feiticeira lhe desse alguma coisa para fazê-la abortar... ou que tinha resolvido fazer um aborto mesmo.

— Não — disse Martha. — Fui porque Tavia disse que Mama Delorme podia me dizer com certeza o que era a coisa que eu tinha encontrado no bolso do casaco de Johnny. Um pó branco num pequeno frasco de vidro.

— Xiiii — falou Darcy.

Martha sorriu sem achar graça.

— Quer saber como as coisas podiam piorar? — perguntou. — Provavelmente não, mas vou lhe contar de qualquer modo. Ruim é quando seu homem bebe e não tem um emprego fixo. Ruim *mesmo* é quando ele bebe, não tem emprego e bate em você. Pior ainda é quando você mete a mão no bolso do seu casaco, esperando encontrar um dólar para comprar papel higiênico lá no mercado Sunland, e em vez disso encontra um pequeno frasco de vidro com uma colher. E sabe o que é o pior de tudo? Ficar olhando para aquele pequeno frasco apenas esperando que a substância dentro dele seja cocaína e não heroína.

— Você levou-a para Mama Delorme?

Martha deu um riso de pena.

— O frasco *todo*? Não *senhora*. Não estava achando muita graça na vida, mas não queria *morrer*. Se ele chegasse em casa, de onde quer que estivesse, e descobrisse que o frasco de dois gramas tinha sumido, teria me revirado como se eu fosse um campo de ervilha. O que eu fiz foi pegar um pouco e botar no celofane que tirei de um maço de cigarros. Então fui até Tavia e ela me disse para ir a Mama Delorme e eu fui.

— Como é que ela era?

Martha balançou a cabeça, incapaz de descrever para sua amiga exatamente como era Mama Delorme ou como tinha sido estranha aquela meia hora no apartamento da mulher num terceiro andar ou ainda como ela desceu quase correndo as escadas loucamente inclinadas, com medo de a mulher a estar seguindo. O apartamento era escuro e fedorento, impregnado de um cheiro de velas, de papel de parede velho, de canela e de sachê azedo. Numa parede, havia uma imagem de Jesus; na outra, uma de Nostradamus.

Finalmente, Martha disse:

— Era uma mulher esquisita como nunca tinha visto. Não tenho a menor ideia, até hoje, da sua idade. Ela podia ter 70, 90 ou 110. Tinha uma cicatriz rósea e branca que subia pelo lado do nariz para a testa e entrava pelo cabelo. Parecia uma queimadura. Tinha repuxado o olho direito para baixo de maneira que parecia que ela estava piscando. Estava sentada numa cadeira de balanço, com o tricô no colo. Entrei e ela falou: "Tenho três coisas para lhe dizer, mocinha. A primeira é que você não acredita em mim. A segunda é que o frasco que você encontrou no casaco de seu marido está cheio de heroína Anjo Branco. A terceira é que você está na terceira semana com um bebê do sexo masculino ao qual dará o nome do seu pai natural."

Martha olhou em volta para ter certeza de que ninguém tinha se sentado numa das mesas próximas, confirmou para si mesma que ainda estavam sós, e então se inclinou para Darcy, que olhava para ela num silêncio fascinado.

— Mais tarde, quando eu consegui pensar direito novamente, disse a mim mesma que, no que se referia àquelas duas primeiras coisas, ela não tinha feito nada que um bom mágico de teatro não fosse capaz de fazer — ou um desses sujeitos mentalistas de turbante branco. Se Tavia Kinsolving tivesse telefonado para a velha para dizer que eu estava indo lá, podia também ter dito *por que* estava indo. Você percebe como teria sido fácil? E, para uma mulher como Mama Delorme, esses pequenos detalhes teriam sido importantes, porque se alguém quer ser *conhecida* como uma *bruja*, precisa *se comportar* como uma *bruja*.

— Acho que é assim mesmo — falou Darcy.

— Quanto a me dizer que eu estava grávida, isso também podia ter sido um palpite de sorte. Ou... bem... algumas mulheres simplesmente *sabem*.

Darcy concordou com a cabeça.

— Tive uma tia que era danada de boa para saber se uma mulher tinha ficado grávida. Às vezes, ela sabia antes de a mulher saber e às vezes antes de a mulher ter feito qualquer *negócio* para ficar grávida, se você entende o que quero dizer.

Martha riu e balançou a cabeça afirmativamente.

— Ela dizia que o cheiro delas mudava — continuou Darcy — e que às vezes se podia sentir esse novo cheiro logo no dia seguinte da mulher em questão ter engravidado, caso tivesse o nariz apurado.

— É sim — disse Martha. — Já ouvi a mesma coisa, mas no meu caso nada disso valia. Ela simplesmente *sabia* e lá no fundo, lá embaixo naquela parte de mim que estava tentando acreditar que tudo não passava de muita tapeação, eu *sabia* que ela sabia. Estar com ela era acreditar em bruxaria, pelo menos na bruxaria dela. E essa sensação não desaparecia, do jeito que um sonho desaparece quando você acorda ou sua crença num bom farsante desaparece quando você sai da sua influência.

— O que você fez?

— Bem, havia perto da porta uma cadeira com um assento de palhinha que estava cedendo e acho que isso foi minha sorte, porque, quando ela disse o que disse, o mundo ficou cinzento e meus joelhos desarmaram. Ia me sentar de qualquer jeito, mas, se a cadeira não estivesse ali, teria me sentado no chão. Ela apenas ficou esperando que me recompusesse e continuou a tricotar. Era como se ela já tivesse visto isso uma centena de vezes antes. Imagino que tivesse. Quando finalmente meu coração começou a se acalmar, abri a boca e o que saiu foi: vou deixar meu marido. Ela retrucou imediatamente: "Não, é ele que vai deixar *você*. Você vai vê-lo ir embora, é só isso. Aguenta firme, mulher. Vai ter um pouco de dinheiro. Você vai pensar que ele machucou o bebê mas ele não fez isso." "Como" — disse eu, mas parecia que isso era tudo que eu conseguia dizer e fiquei repetindo isso sem parar. "Como, como, como", bem como aquele John Lee Hooker num disco velho de *blues*. Até hoje, 26 anos depois, sinto o cheiro daquelas antigas velas queimadas e do querosene da cozinha e o cheiro azedo do papel de parede ressecado, como queijo velho. Posso vê-la, pequena e frágil no seu velho vestido azul com bolinhas que tinham sido brancas mas que, quando a conheci, tinham ficado com aquela cor amarelada de jornal velho. Era tão pequena, mas havia uma tal sensação de poder que vinha dela, como uma luz brilhante, muito brilhante.

Martha se levantou, foi até o bar, falou com Ray e voltou com um copo grande cheio d'água. Bebeu-o quase todo de uma vez só.

— Está melhor? — perguntou Darcy.

— Um pouco, estou sim. — Martha encolheu os ombros, depois sorriu. — Acho que não é bom ficar falando nisso. Se você tivesse estado lá, você teria sentido. Você *a* teria sentido. Pra começar, Mama Delorme me disse que já não tinha nenhuma importância como eu ia fazer qualquer coisa ou o porquê de eu ter me casado com aquele merda. O que era importante agora era que eu encontrasse o pai natural da criança. Qualquer pessoa que estivesse ouvindo iria pensar que o que ela estava dizendo era como se eu estivesse enganando meu homem, mas nem me passou pela cabeça ficar zangada com ela. Estava confusa demais para ficar zangada. Perguntei: "O que a senhora quer dizer? *Johnny é* o pai natural da criança." Ela meio que bufou e bateu com a mão no ar como que dizendo *bobagem* e falou: "Não há nada natural *nesse* homem." Depois ela se inclinou para mais perto de mim e comecei a sentir um pouco de medo. Havia tanto *saber* nela e eu sentia como se muito desse saber não fosse agradável. Ela disse: "Menina, todo bebê que uma mulher tem, foi o homem que disparou do seu peru. Você sabe disso, não sabe?" Achei que não era assim que eles explicavam nos livros de medicina, mas mesmo assim senti minha cabeça se movendo para a frente e para trás, como se ela tivesse estendido através do aposento mãos que eu não conseguia ver e que faziam minha cabeça concordar por mim. Sacudindo a cabeça afirmativamente como para si mesma, ela disse: "É isso mesmo. É assim que Deus planejou para ser... como uma gangorra. Um homem dispara crianças pra fora do seu peru, de modo que as crianças são sobretudo dele. Mas é uma mulher que as carrega, as pare e as cria, de modo que essas crianças são sobretudo *dela*. O mundo é feito assim, mas há uma exceção para todas as regras, uma que *comprova* a regra, e essa é uma delas. O homem que botou você com filho não vai ser o pai natural dessa criança. Não seria o pai natural dela nem se fosse estar por perto. Ele ia ter raiva dela, mais provavelmente ia espancá-la até a morte antes do seu primeiro aniversário, porque ia saber que não era dele. Um homem nem sempre consegue perceber isso ou ver isso, mas saberá se a criança for bastante diferente... e essa criança vai ser tão diferente do ignorante do Johnny Rosewall como o dia é da noite. Portanto, menina, diga-me: quem é o pai natural da criança?" E ela meio que se inclinou na minha direção. Tudo que eu conseguia fazer era sacudir a cabeça e dizer a ela que não sabia do que ela estava falando. Mas acho que alguma coisa em mim — alguma coisa lá dentro daquela parte da sua mente que só tem mesmo uma chance de pensar em seus sonhos — *sabia*. Talvez eu esteja apenas inventando isso por tudo que sei agora, mas acho que não. Acho que por um momento apenas o nome *dele* pairou lá na minha cabeça. Disse: "Não sei o que é que a senhora quer que eu diga; não sei nada de pais naturais ou não naturais.

Nem sei com certeza se estou grávida, mas se estou, o filho *tem* que ser de Johnny, porque ele é o único homem com quem eu fui pra cama na vida!" Bem, ela se recostou na cadeira por um instante e depois sorriu. Seu sorriso era como um raio de sol e me acalmou um pouco. Ela disse: "Não quis assustar você, querida. Não era isso absolutamente que eu tinha em mente. É só que eu tive a visão e às vezes isso é forte. Vou só preparar um chá e isso irá acalmá-la. Você vai gostar. É especial para mim." Queria dizer a ela que não desejava nenhum chá, mas parecia que não conseguia. Parecia um esforço excessivo abrir a boca e minhas pernas estavam sem forças. Ela tinha uma quitinete pequena e engordurada, que era quase tão escura quanto uma caverna. Fiquei sentada na cadeira perto da porta e observei-a usar uma colher para colocar folhas de chá num velho bule de porcelana e pôr uma chaleira sobre o fogareiro a gás. Fiquei sentada pensando que não queria nada que fosse especial para ela, nem tampouco nada que viesse daquela pequena quitinete engordurada. Estava pensando que iria apenas tomar um golinho para ser bem-educada e depois cair fora dali o mais depressa possível e nunca mais voltar. Mas então ela trouxe duas pequenas xícaras de porcelana limpas como a neve e uma bandeja com açúcar e creme e roscas de pão saídas do forno. Ela serviu o chá e ele tinha um aroma bom, quente e forte. Meio que me fez despertar e, antes que me desse conta, tinha tomado duas xícaras e também comido uma das roscas. Ela tomou o chá, comeu uma rosca e ficamos falando de assuntos mais naturais: quem nós conhecíamos nessa rua, de onde no Alabama eu tinha vindo, onde gostava de fazer compras e coisas assim. Então olhei no meu relógio e vi que já se tinha passado mais de uma hora e meia. Comecei a me levantar, tive uma sensação de tonteira e me deixei cair de volta na cadeira.

Darcy estava olhando para ela, com os olhos arregalados.

— Disse para ela: "A senhora me dopou." Estava assustada, mas a parte assustada estava bem lá no fundo, dentro de mim. Ela me disse: "Menina, quero ajudar você, mas você não quer revelar o que eu preciso saber e sei perfeitamente bem que você não vai fazer o que tem que fazer, mesmo depois que *tiver* me contado, sem um empurrão. Então eu dei um jeito. Você vai tirar um cochilo, só isso, mas antes você vai me dizer o nome do pai natural do bebê." E sentada ali, naquela cadeira com o fundo de palhinha cedendo e escutando todos os ruídos e a barulheira daquela parte distante da cidade bem ali do lado de fora da janela da sala de visita, eu o vi tão bem como estou vendo você agora, Darcy. Seu nome era Peter Jefferies e tinha de branco o que eu tenho de preta, de alto o que eu de baixa e de culto o que tenho de ignorante. Éramos o mais diferente que duas pessoas podiam ser, salvo por uma coisa: nós dois vínhamos do Alabama, eu de Babylon, lá nas baixadas perto da divisa com a Flórida, e ele de Birmingham. Ele nem sabia que eu existia, eu era apenas uma negra que limpava a suíte em que ele sempre ficava no 11º andar deste hotel. E quanto a mim, só me preocupava em ficar fora do seu caminho, porque escutei ele falando, tinha visto como ele agia e sabia muito bem que tipo de homem ele era. Não era só que ele não usaria um copo que uma pessoa de cor tivesse usado antes dele sem que fosse lavado, pois já tinha visto muito disso para me incomodar. É que, quando você passasse de um certo ponto no caráter desse homem, branco ou preto não tinham nada a ver com o que ele era. Ele pertencia à tribo dos filhos da puta e essa gente tem de todas as cores de pele. Sabe de uma coisa? Ele era como Johnny em vários aspectos, ou do jeito que Johnny seria se tivesse sido esperto e tivesse instrução e se Deus tivesse pensado em dar a Johnny uma grande dose de talento lá dentro dele, em vez de só ter cabeça para drogas e nariz para uma xoxota molhada. Não queria saber de nada com ele a não ser ficar longe dele, nada mesmo. Mas quando Mama Delorme se inclinou por cima de mim, tão perto que senti como se o cheiro de canela vindo dos seus poros ia me sufocar, foi o nome dele que saiu imediatamente. Eu disse: "Peter Jefferies. Peter Jefferies, o homem que fica no 1.163 quando não está escrevendo seus livros lá no Alabama. Ele é o pai natural. Mas ele é *branco*!" Ela se inclinou mais perto e disse: "Ele não é não, meu bem. Nenhum homem é branco. Dentro, onde eles vivem, são todos pretos. Você não acredita, mas é verdade. Dentro de todos eles é meia-noite, a qualquer hora do dia de Deus. Mas um homem pode transformar a noite em luz e é por isso que o que sai de dentro de um homem para fazer um bebê numa mulher é branco. Natural não tem nada a ver com cor. Agora você fecha os olhos, meu bem, porque você está cansada — *tão* cansada. Agora! Diga! Agora! Não resista! Mama Delorme não vai jogar nada em cima de você, criança! Só tenho uma coisa que vou botar na sua mão. Agora — não, não olha, só fecha sua mão sobre ela." Fiz como ela mandou e senti uma coisa quadrada. Parecia vidro ou plástico. Ela falou: "Você vai se lembrar de tudo quando for a hora de se lembrar. Por enquanto, vai só dormir. Shhh... durma... shhh..." E foi exatamente isso que fiz. A primeira coisa de que me lembro depois disso foi estar descendo as escadas, correndo como se o diabo estivesse atrás de mim. Não me lembrava *do que* eu estava correndo, mas não fazia a menor diferença, corri do mesmo jeito. Só voltei lá uma vez e não a vi quando fui.

Martha fez uma pausa e ambas olharam em volta como mulheres que acabavam de despertar de um sonho que haviam partilhado. Le Cinq tinha começado a ficar cheio — eram quase 17h e os executivos estavam entrando aos poucos para *o happy hour*. Embora nenhuma das duas quisesse dizê-lo em voz alta, as duas de repente queriam estar em outro lugar. Não estavam mais usando seus uniformes, mas nenhuma das duas achava que ali era o seu lugar, em meio a esses homens com suas pastas e suas conversas sobre ações, títulos e debêntures.

— Tenho um ensopado e um pacote de seis latas em casa — disse Martha, tímida de repente. — Posso esquentar um e gelar o outro... se você quiser escutar o resto.

— Meu bem, eu acho que *tenho* que escutar o resto — disse Darcy, rindo um pouco nervosa.

— E eu acho que tenho que contar — retrucou Martha, mas sem rir. Nem mesmo sorrir.

— Só tenho que ligar para meu marido. Avisar que vou chegar tarde.

— Faça isso — disse Martha e, enquanto Darcy falava ao telefone, conferiu no saco mais uma vez para ter certeza de que o livro precioso ainda estava lá.

Comeram o ensopado — pelo menos tudo que as duas conseguiam comer — e tomaram uma cerveja cada uma. Martha tornou a perguntar a Darcy se tinha certeza de que queria escutar o resto e ela disse que sim.

— Porque uma parte não é muito agradável. Tenho que ser sincera com você a esse respeito. Uma parte é pior do que esse tipo de revista que os homens solteiros deixam no quarto quando vão embora.

Darcy sabia de que tipo de revistas ela estava falando, mas não podia imaginar qualquer ligação entre sua amiguinha pura e certinha e as coisas que apareciam nelas. Pegou mais uma cerveja para cada uma delas e Martha começou a falar novamente.

— Cheguei em casa antes de ter despertado por completo e, como não conseguia me lembrar de quase nada do que tinha acontecido na casa de Mama Delorme, decidi que a melhor coisa a fazer, a coisa mais segura, era acreditar que tudo tinha sido um sonho. Mas o pó que tinha tirado do frasco de Johnny não era sonho. Ainda estava no bolso do meu vestido, enrolado no celofane do maço de cigarros. Tudo que queria fazer naquele exato momento era me livrar dele e deixar pra lá todas as *brujas* do mundo. Talvez eu não me dedicasse a vasculhar os bolsos de Johnny, mas ele certamente se dedicava a vasculhar os meus para o caso de que eu estivesse segurando um ou 2 dólares que ele podia querer. Mas não foi só isso que encontrei no meu bolso, havia outra coisa também. Tirei-a, olhei para ela e então tive certeza de que tinha estado com a mulher, embora ainda não conseguisse me lembrar de muito do que se passara entre nós. Era uma caixinha quadrada, de plástico, com a tampa transparente e que se abria. Não havia nada dentro dela, exceto um velho cogumelo seco, mas, depois de ouvir o que Tavia tinha dito sobre aquela mulher, pensei que talvez fosse um cogumelo venenoso, talvez desses que dão cólicas noturnas tão ruins que fazem você querer que tivessem lhe matado de uma vez, como alguns deles fazem. Resolvi jogar no vaso e apertar a descarga, junto com aquele pó que ele andava fungando, mas na hora não consegui. Era como se ela estivesse bem ali no quarto comigo, me dizendo para não fazer isso. Estava até com medo de olhar no espelho da sala de visitas e de repente vê-la ali de pé atrás de mim. No fim, joguei o pouco de pó que tinha levado comigo pela pia da cozinha e coloquei a caixinha de plástico no armarinho em cima da pia. Fiquei na ponta dos pés e empurrei-a o mais para trás que pude, bem até o fundo, eu acho. E me esqueci inteiramente dela ali.

Deteve-se por um momento, tamborilando os dedos, nervosa, na mesa e depois disse:

— Acho que devia lhe contar um pouco mais sobre Peter Jefferies. O romance do *meu* Pete é sobre o Vietnã e o que ele sabia sobre o Exército do seu próprio serviço militar; os livros de Peter Jefferies eram sobre o que ele sempre chamava Dois Grandes quando estava bêbado em companhia dos seus amigos. Escreveu o primeiro quando ainda estava no Exército e foi publicado em 1946. Chamava-se *Esplendor do Céu*.

Darcy olhou para ela durante muito tempo sem falar nada e depois disse:

— É mesmo?

— É. Talvez você esteja vendo para onde vou agora. Talvez você entenda um pouco mais o que eu quero dizer com pais naturais. *Esplendor do Céu, Esplendor da Glória*.

— Mas se o seu Pete tivesse lido o livro do senhor Jefferies, não é possível que...

— Claro que é possível — disse Martha, dessa vez fazendo ela própria aquele gesto querendo dizer "bobagem" —, mas não foi isso que aconteceu. Porém, não vou tentar convencer você disso. Ou você vai estar convencida quando eu terminar ou não vai estar. Só queria lhe contar sobre o homem, um pouco.

— Vá em frente — disse Darcy.

— Eu o via com bastante frequência a partir de 1957, quando comecei a trabalhar no Le Palais, bem até 1968 mais ou menos, quando ele começou a ter problemas de coração e de fígado. Do jeito que o homem bebia e mandava brasa, só fiquei surpresa de ele não ter problemas de saúde antes. Em 1969, ele só veio uma meia dúzia de vezes e me lembro de como ele tinha uma má aparência: nunca tinha sido gordo, mas havia perdido tanto peso que estava um fiapo de gente. Mesmo assim, continuou bebendo, com cara amarela e tudo. Escutava ele tossindo e vomitando no banheiro, às vezes chorando de dor e pensava: *Bem, agora sim; acabou-se; ele tem que ver o que está fazendo a si próprio; agora vai parar.* Mas nunca parou. Em 1970, só veio duas vezes. Tinha um homem com ele, no qual se apoiava e que tomava conta dele. Continuava bebendo também, embora qualquer pessoa que desse meia olhada nele percebesse que não tinha nada que estar bebendo. A última vez em que ele veio foi em fevereiro de 1971. Mas era um homem diferente que estava com ele. Acho que o primeiro tinha se cansado. A essa altura, Jefferies estava numa cadeira de rodas. Quando entrei para fazer a limpeza e olhei no banheiro, vi o que estava pendurado para secar na barra da cortina do chuveiro: cuecas para incontinência. Tinha sido um homem bonito, mas isso tinha passado há muito tempo. As últimas vezes que o vi, ele parecia apenas pintado com ocre vermelho. Sabe o que eu estou querendo dizer?

Darcy confirmou com a cabeça.

— Às vezes você podia ver criaturas assim se arrastando pelas ruas, com seus sacos marrons embaixo do braço ou enfiadas nos seus velhos casacos caindo aos pedaços.

— Ele sempre ficava no quarto 1.163, uma daquelas suítes de quina, com a vista que dá para o edifício Chrysler, e eu sempre costumava arrumá-la para ele. Depois de algum tempo, chegou a ficar dum jeito que ele até me chamava pelo nome, mas isso realmente não queria dizer nada: eu usava uma plaquinha com o nome e ele sabia ler, só isso. Acho que ele nunca me viu de verdade. Até 1960, ele sempre deixava 2 dólares em cima da televisão quando ia embora. Depois, até 1964, eram três. Bem no final, eram cinco. Naquele tempo, eram gorjetas muito boas, mas ele não estava na verdade me dando gorjetas, estava obedecendo a um costume. Os costumes são importantes para gente como ele. Ele dava gorjetas pela mesma razão pela qual seguraria a porta para uma senhora, pela mesma razão pela qual, sem dúvida, costumava botar seus dentes de leite debaixo do travesseiro quando era um menininho. A única diferença era que eu era a Fada da Limpeza em vez da Fada dos Dentes. Vinha aqui para conversar com seus editores ou, às vezes, com gente do cinema e da TV, e chamava seus amigos — alguns deles também estavam no ramo de editoras, outros eram agentes ou escritores como ele — e faziam uma festa. Sempre uma festa. Da maioria delas, só sabia pelas bagunças que tinha que limpar no dia seguinte: dúzias de garrafas vazias (principalmente de Jack Daniel's), milhões de guimbas de cigarro, toalhas molhadas nas pias e na banheira, restos de comida servida no quarto por todos os lados. Uma vez encontrei uma travessa cheia de camarões gigantes jogada no vaso. Havia marcas de copo por toda parte e, quase sempre, pessoas roncando nos sofás e pelo chão. Isso era na maioria, mas de vez em quando as festas ainda continuavam quando eu começava a limpeza, às 10h30. Ele abria a porta para mim e eu tinha que limpar em volta deles. Não havia nenhuma mulher nessas festas, eram estritamente para homens e tudo que faziam era beber e falar da guerra. Como tinham ido para guerra. Quem tinham conhecido na guerra. Aonde foram na guerra. Quem foi morto na guerra. O que tinham visto na guerra que nunca podiam contar para suas mulheres (embora não houvesse problema se uma empregada preta por acaso escutasse um pouco). Às vezes, não com muita frequência, também jogavam pôquer valendo muito dinheiro, mas falavam da guerra mesmo enquanto estavam apostando e blefando e fugindo. Cinco ou seis homens, os rostos congestionados do jeito que os rostos dos homens brancos ficam quando eles começam mesmo a mandar ver, sentados em volta de uma mesa com tampo de vidro, com as camisas abertas e as gravatas afrouxadas, a mesa com pilhas de mais dinheiro do que uma mulher como eu vai ganhar na vida inteira. E como falavam da sua guerra! Falavam dela do jeito que as moças falam de seus amantes e namorados.

Darcy disse que estava surpresa que a gerência não tivesse posto Jefferies pra fora, mesmo sendo o escritor famoso que era. Hoje em dia eles eram muito exigentes com essas coisas e uns anos atrás tinham sido ainda piores, pelo menos era o que tinha ouvido dizer.

— Não, não, não — disse Martha, com um leve sorriso. — Você entendeu mal. Você tá pensando que o homem e seus amigos se portavam como esses conjuntos de rock que gostam de arrebentar com as suítes e jogar os sofás pelas janelas. Jefferies não era um soldado raso qualquer, como o meu Pete. Tinha ido para West Point, entrou como Tenente e saiu como Major. Ele tinha *classe*, de uma daquelas antigas famílias do Sul que têm uma casa grande cheia de quadros antigos em que todos estão andando a cavalo e com ar nobre. Ele sabia dar o nó na gravata de quatro modos diferentes e sabia como se curvar quando beijava a mão de uma senhora. Ele tinha classe, tô te dizendo.

O sorriso de Martha ficava um pouco de lado quando ela dizia a palavra, de um jeito que parecia ao mesmo tempo amargo e zombador.

— Acho que ele e seus amigos às vezes ficavam um pouco barulhentos demais, mas raramente faziam baderna, há uma diferença, embora seja difícil de explicar, e *nunca* ficavam fora de controle. Se houvesse uma queixa de algum quarto vizinho, como ele ficava numa suíte de quina, só havia um, e alguém da recepção tinha que telefonar para o quarto do senhor Jefferies e pedir a ele e a seus convidados que baixassem um pouco o volume, ora. Eles sempre atendiam. Entendeu?

— Entendi.

— E não é só isso. Um hotel de classe pode trabalhar *para* homens como o senhor Jefferies. Pode protegê-los. Eles podem tranquilamente dar suas festas e se divertir com suas bebidas, suas cartas ou, talvez, suas drogas.

— Eles usavam drogas?

— Diabos, sei lá. Deus sabe que no final ele usava uma porção delas, mas eram do tipo que têm etiquetas com a receita. Só estou dizendo que classe, agora estou falando daquela noção de classe que têm os cavalheiros brancos do Sul, entende?, chama classe. Fazia muito tempo que ele vinha ao Le Palais e você pode pensar que era importante para a administração que ele fosse um grande autor famoso, mas isso é só porque você não trabalha aqui há tanto tempo como eu. Ele ser famoso *era* importante para eles, mas isso era só a cobertura do bolo. O mais importante era que ele vinha fazia muito tempo, e seu pai, que era um grande proprietário de terras lá perto de Porterville, tinha sido um hóspede regular antes dele. As pessoas que dirigiam o hotel naquela época acreditavam na tradição. Sei que as que dirigem o hotel agora *dizem* que acreditam nela, e talvez acreditem quando lhes convém, mas naquela época elas *realmente* acreditavam nela. Quando sabiam que o senhor Jefferies estava vindo de Birmingham a Nova York pelo Rápido do Sul, você via o quarto bem ao lado daquela suíte de quina ser desocupado, a menos que o hotel estivesse superlotado. Eles nunca cobraram nada dele por aquele quarto vazio ao lado. Estavam apenas poupando o constrangimento de ter que pedir a seus companheiros para manter o barulho baixo.

Darcy balançou a cabeça lentamente.

— É incrível.

— Você tá duvidando, meu bem?

— Oh, não. Eu acredito, mas mesmo assim é incrível.

Aquele sorriso amargo e zombeteiro reapareceu no rosto de Martha Rosewall.

— Nada é demais para a *classe*... para aquele charme das Estrelas e Listas de Robert E. Lee... ou pelo menos não era. Que diabo, até *eu* via que ele tinha classe, que não era do tipo de homem de ir dando berros de *ii-rrá* pela janela ou contar piadas de pretos para seus amigos. Mas ele odiava os pretos do mesmo jeito, não se engane a respeito disso... mas você se lembra do que eu disse sobre ele fazer parte da tribo dos filhos da puta? A verdade é que, quando se tratava de ódio, Peter Jefferies aplicava o critério da igualdade para todos. Quando John Kennedy morreu, por acaso Jefferies estava na cidade e deu uma festa. Todos os seus amigos estavam lá e foi até o dia seguinte. Mal podia aguentar estar ali, as coisas que estavam dizendo. Como as coisas ficariam perfeitas se alguém pegasse aquele irmão dele que não ia ficar satisfeito enquanto não conseguisse que todos os garotos brancos decentes do país estivessem fodendo enquanto os Beatles tocavam no som e os de cor (era assim que chamavam, sobretudo, as pessoas pretas, "os de cor", e eu costumava detestar esse jeito afrescalhado de falar) estivessem correndo alucinados pelas ruas com uma televisão embaixo de cada braço. Ficou tão ruim que eu vi que ia berrar com ele. Só fiquei repetindo para mim mesma para ficar quieta, fazer meu trabalho e dar o fora dali o mais depressa possível. Ficava repetindo para mim mesma para me lembrar que o homem era o pai natural do meu Pete, mesmo que não pudesse me lembrar de nada mais. Ficava repetindo para mim mesma que Pete tinha só três meses de vida, que eu precisava do meu emprego e que ia perdê-lo se não pudesse ficar com a boca calada. Então um deles disse: "E depois que a gente pegar Bobby, vamos pegar aquele frutinha do irmão caçula!" E um dos outros falou: "Depois pegamos todos os filhos homens e vamos ter uma festa *de verdade*!" O senhor Jefferies disse: "É isso mesmo. E quando conseguirmos a última cabeça em cima do último muro do castelo, vamos dar uma festa tão grande que vou alugar o Madison Square Garden!" Nessa altura, tive que ir embora. Estava com dor de cabeça e dor de estômago de tanto tentar ficar com a boca calada. Deixei o quarto limpo até a metade, que é uma coisa que nunca fizera antes e que nunca mais fiz depois, mas às vezes ser preta tem suas vantagens. Ele não sabia que eu estava ali e, sem dúvida, não soube quando fui embora. Nenhum deles soube.

Seus lábios estavam novamente com aquele sorriso amargo e zombeteiro.

— Não vejo como você pode dizer que um homem desses tem classe, nem de brincadeira — disse Darcy —, ou chamá-lo de pai natural de sua criança ainda por nascer, quaisquer que tivessem sido as circunstâncias. Para mim ele parece um animal.

— Não! — falou Martha rispidamente. — Ele *não era* um animal. Ele era um homem. Em alguns aspectos, na *maioria* dos aspectos, ele era um homem mau, mas o que ele era mesmo era um homem. E ele tinha *mesmo* aquele algo mais que você pode chamar de "classe" sem um sorriso de ironia no rosto, embora ela só surgisse por completo nas coisas que ele escreveu.

— Hã! — Darcy olhou com desdém para Martha por baixo do cenho franzido. — Você leu um dos livros dele, leu?

— Meu bem, eu li *todos* eles. Ele só tinha escrito três naquela ocasião em que fui ver Mama Delorme, com aquele pó branco, em 1959, mas eu tinha lido dois deles. Com o tempo consegui ficar completamente em dia, porque ele escrevia ainda mais devagar do que eu lia. — Deu um sorriso. — E isso é bem devagar!

Darcy olhou para a estante de Martha com um ar de dúvida. Lá estavam livros de Alice Walker e Rita Mae Brown, *Linden Hills*, de Gloria Naylor, e *Yellow Black Radio Broke-Down,* de Ishmael Reed, mas as três prateleiras eram mais ou menos dominadas por romances em brochura e histórias de mistérios de Agatha Christie.

— As histórias sobre a guerra não parecem muito ser suas favoritas, Martha, se você entende a que estou me referindo.

— Claro que entendo — disse Martha. Levantou-se e trouxe uma nova lata de cerveja para cada uma. — Vou lhe contar uma coisa engraçada, Dee: se ele tivesse sido um homem agradável, provavelmente eu nunca teria lido qualquer um deles. E vou lhe contar outra ainda mais engraçada: se ele tivesse sido um homem agradável, acho que eles não seriam tão bons quanto eram.

— Do que você está falando, mulher?

— Não sei direito. Apenas escute, tá bem?

— Tá bem.

— Bem, não precisei esperar até o assassinato de Kennedy para perceber que espécie de homem ele era. Isso eu sabia ao chegar o verão de 1958. A essa altura, tinha visto o mau juízo que ele fazia da raça humana em geral: seus amigos não, morreria por eles, mas todos os demais. Costumava dizer que todo mundo estava atrás do dinheiro para acariciar: acariciando o dinheiro, acariciando o dinheiro, todo mundo estava acariciando o dinheiro. Parecia que ele e seus amigos achavam que acariciar o dinheiro era uma coisa realmente ruim, a menos que estivessem jogando pôquer e tivessem toda uma montanha de dinheiro sobre a mesa. A mim parecia que então eles bem que o acariciavam, sim senhora. A mim parecia que eles o acariciavam à beça, ele inclusive. Havia um bocado de coisa muito feia por baixo da sua camada superficial de cavalheiro sulista: achava que as pessoas que estavam tentando fazer boas ações ou melhorar o mundo eram das coisas mais engraçadas que existiam, odiava os pretos e os judeus e achava que devíamos jogar uma bomba de hidrogênio em cima dos russos e acabar com eles antes que eles fizessem isso conosco. "Por que não?", perguntava ele. Eles eram parte do que chamava de "ramo sub-humano da raça". Para ele, isso parecia cobrir os judeus, os pretos, os italianos, os índios e qualquer um cuja família não veraneasse nos Outer Banks. Eu ouvia ele jorrando toda essa ignorância e essa porcaria metida a besta e, naturalmente, comecei a me perguntar por que era um escritor famoso... como podia ser um escritor famoso. Queria saber o que é que os críticos viam nele, mas estava muito mais interessada no que pessoas comuns como eu viam nele, as pessoas que transformavam seus livros em best-sellers logo que eram lançados. Por fim, decidi descobrir por minha própria conta. Fui até a Biblioteca Pública e peguei seu primeiro livro, *Esplendor do Céu*. Estava esperando que acabasse sendo alguma coisa como a história do imperador e seus novos trajes, mas não foi assim. O livro era sobre esses cinco homens e o que aconteceu com eles na guerra e o que aconteceu, ao mesmo tempo, com suas esposas e namoradas aqui no país. Quando vira na capa que era sobre a guerra, eu revirei os olhos, pensando que ia ser como todas aquelas histórias chatas que eles contavam uns aos outros.

— Não foi?

— Li as primeiras dez ou vinte páginas e pensei: isso não é tão bom assim. Não é tão ruim como pensei que ia ser, mas não está acontecendo nada. Então li mais trinta páginas e eu meio que... bem, meio que me perdi. Quando tornei a levantar os olhos do livro, era quase meia-noite e tinha entrado duzentos páginas livro adentro. Pensei com meus botões: Martha, você precisa ir pra cama. Você tem que ir agora mesmo, porque 5h30 chega cedo. Mas li outras quarenta páginas apesar de meus olhos estarem ficando muito pesados e era 0h45 quando eu finalmente me levantei para ir escovar os dentes.

Martha parou, olhando na direção da janela às escuras e para todos os quilômetros de noite do lado de fora, seus olhos toldados pelas recordações, os lábios apertados numa expressão de leve preocupação. Balançou um pouco a cabeça.

— Não entendia como um homem que era tão chato quando você o escutava falando podia escrever de um jeito que você não queria nunca mais fechar o livro e tampouco jamais vê-lo chegar ao fim. Como um homem perverso e de coração frio como ele podia, ainda assim, criar personagens tão reais que dava vontade de chorar por eles quando morriam. Quando Noah foi atropelado e morto por um táxi perto do fim de *Esplendor do Céu*, apenas um mês depois de terminar sua participação na guerra, eu chorei *mesmo*. Não sabia como um homem amargo e cínico como Jefferies podia fazer alguém se preocupar tanto com coisas que não eram absolutamente reais, com coisas que ele tinha criado na sua própria cabeça. E havia outra coisa naquele livro... uma espécie de raio de sol. Estava cheio de dor e coisas ruins, mas também havia doçura nele... e amor...

Assustou Darcy ao dar uma gargalhada alta.

— Havia um sujeito que trabalhava no hotel naquela época, chamado Billy Beck, um jovem simpático que estava se formando em língua inglesa na Fordham quando não estava de porteiro. Às vezes, ele e eu costumávamos conversar...

— Ele também era preto?

— Deus meu, não! — Martha deu outra gargalhada. — Até 1965, nunca houve um porteiro preto no Le Palais. Pretos como carregadores, mensageiros e manobristas, sim, mas porteiro preto de jeito nenhum. Não era considerado correto. Pessoas de classe como o senhor Jefferies não gostariam de porteiros pretos. De qualquer modo, perguntei a Billy como os livros do homem podiam ser tão maravilhosos quando ele era um tal calhorda em pessoa. Billy me perguntou se conhecia a piada do locutor gordo com a voz fina e eu disse que não sabia do que ele estava falando. Então, ele disse que não sabia a resposta para a minha pergunta, mas me contou uma coisa que um professor seu tinha dito sobre Thomas Wolfe. Esse professor disse que alguns escritores, e Wolfe era um desses, não valiam nada até que se sentavam à mesa com uma caneta na mão. Explicou que a caneta, para pessoas como essas, era como a cabine telefônica para Clark Kent. Ele disse que Thomas Wolfe parecia um... — Hesitou, depois sorriu. — ... que ele era como uma campainha de vento. Disse que uma campainha de vento não vale nada por si própria, mas, quando o vento passa por ela, produz um som adorável. Acho que Peter Jefferies era assim. Ele *tinha* classe, tinha sido criado para ter classe e ele a *tinha*, mas a classe nele não era algo que fosse merecimento seu. Era como se Deus tivesse feito um depósito de classe para ele e ele simplesmente a gastava. Vou lhe contar uma coisa em que provavelmente você não vai acreditar: depois que li uns dois dos seus livros, comecei a ter pena dele.

— *Pena?*

— É. Porque os livros eram lindos e o homem que os escrevia era feio como o pecado. Na verdade, ele era como o meu Johnny, mas de certo modo Johnny tinha mais sorte, porque nunca sonhava com uma vida melhor e o senhor Jefferies sonhava. Seus *livros* eram seus sonhos, nos quais ele se deixava acreditar no mundo de que ria e zombava quando estava desperto.

Perguntou a Darcy se queria outra cerveja e ela disse que passava.

— Bem, se mudar de ideia, é só berrar. E talvez mude, porque é bem agora que as águas ficam turvas. Outra coisa sobre o homem — disse Martha. — Ele não era um homem sexy. Pelo menos não da maneira que normalmente se considera um homem como sendo sexy.

— Você quer dizer que ele era um...

— Não, ele não era homossexual, ou *gay* ou o que quer que se deva chamá-los hoje em dia. Ele não tinha tesão por homens, mas também não tinha o que se poderia chamar de tesão por mulheres. Houve duas, talvez três vezes, em todos esses anos, em que fiz a limpeza para ele, em que vi pontas de cigarro com batom nos cinzeiros dos quartos quando fazia a faxina e senti perfume nos travesseiros. Numa dessas vezes também encontrei um lápis de sobrancelha no banheiro: tinha rolado por baixo da porta, para um dos cantos. Imagino que fossem garotas de programa (os travesseiros nunca tinham o cheiro do tipo de perfume que as mulheres direitas usam), mas duas ou três vezes em todos esses anos não é muito, não é mesmo?

— Sem dúvida que não — disse Darcy, pensando em todas as calcinhas que tinha puxado de baixo das camas, todas as camisinhas que vira boiando em latrinas em que não tinham dado descarga, todos os cílios postiços que encontrara em cima ou embaixo de travesseiros.

Martha ficou sentada em silêncio durante alguns minutos, perdida nos seus pensamentos, depois ergueu os olhos.

— Sabe de uma coisa? — disse. — Aquele homem tinha tesão por ele próprio! Parece maluquice, mas é verdade. Certamente não lhe faltava suco: sei por todos os lençóis que troquei.

Darcy balançou a cabeça em sinal de confirmação.

— E sempre havia um potinho de creme neutro no banheiro ou, às vezes, na mesinha de cabeceira. Acho que ele o usava quando se masturbava. Para não ficar com a pele irritada.

As duas mulheres se entreolharam e, de repente, começaram a dar risinhos histéricos.

— Você tem certeza de que ele não era do outro time, meu bem? — perguntou Darcy finalmente.

— Eu disse creme *neutro*, não *vaselina* — falou Martha, e isso foi a conta: durante os próximos cinco minutos, as duas mulheres riram até chorar.

Na verdade, porém, não tinha graça nenhuma e Darcy sabia disso. E quando Martha continuou, ela se limitou a ficar escutando, mal podendo acreditar no que estava ouvindo.

— Foi talvez uma semana depois daquela ocasião na casa de Mama Delorme, ou talvez duas — disse Martha. — Não me lembro. Isso aconteceu há muito tempo. Àquela altura, estava bastante certa de que estava grávida. Não estava vomitando nem nada, mas existe uma *sensação* a respeito. Não vem dos lugares em que você pensaria. É como se suas gengivas, unhas do pé e até o osso do nariz descobrissem o que está acontecendo antes do resto do seu corpo. Ou você tem desejo de alguma coisa como *chop suey* às três da tarde e você diz “Epa, gente! O que que é *isso*?”. Mas você sabe o que é. Entretanto, não disse uma palavra a Johnny. Sabia que ia acabar tendo que dizer pra ele, mas estava com medo de falar.

— Não a culpo — disse Darcy.

— No final de uma manhã, estava no quarto de dormir da suíte de Jefferies e, enquanto ia fazendo a arrumação, estava pensando em Johnny e como poderia lhe dar a notícia sobre o bebê. Jefferies tinha ido a algum lugar, mais provavelmente a uma reunião com um de seus editores. Era uma cama dupla, desarrumada dos dois lados, mas isso não queria dizer nada, pois ele simplesmente tinha um sono irrequieto. Às vezes, quando eu entrava, o lençol de baixo tinha sido puxado inteiramente para fora do colchão. Bem, eu tirei a colcha e os dois cobertores que estavam embaixo, ele tinha sangue fino e sempre dormia debaixo de tudo que pudesse, e então comecei a tirar o lençol de cima de trás para a frente, e vi imediatamente. Era seu líquido, a maior parte já seca. Fiquei ali, olhando para aquilo... oh, não sei por quanto tempo. Era como se estivesse hipnotizada. Eu o vi, deitado ali sozinho, depois que seus amigos tinham ido embora, deitado ali só sentindo o cheiro de fumo que eles tinham deixado para trás e do seu próprio suor. Vi-o deitado ali de costas e depois começando a fazer amor com a Palmita de la Mano. Vi tudo isso tão bem como estou vendo você agora, Darcy. A única coisa que não vi foi em que ele estaria pensando, que espécie de imagens estava formando na sua cabeça... e, considerando a maneira como ele falava e como ele era quando não estava escrevendo seus livros, *ainda bem* que não vi.

Darcy estava olhando para ela, petrificada, sem dizer uma palavra.

— Quando percebi, essa... essa sensação tomou conta de mim. — Parou pensativa, depois sacudiu a cabeça lenta e deliberadamente. — Essa *compulsão* tomou conta de mim. Era como ter desejo de *chop suey* às três da tarde ou sorvete com picles às duas da manhã ou.... de que eram *seus* desejos, Darcy?

— Tiras de *bacon* frito — disse Darcy, com os lábios tão dormentes que mal podia senti-los. — Meu marido saiu e não conseguiu encontrar, mas trouxe um pacote daqueles torresminhos de porco e eu simplesmente os *devorei*.

Martha balançou a cabeça afirmativamente e recomeçou a falar. Trinta segundos depois, Darcy saiu correndo para o banheiro, onde teve dificuldades por um instante com sua goela e depois vomitou toda a cerveja que tinha tomado.

Veja o lado positivo, pensou, tateando, sem forças, em busca da válvula de descarga. *Não precisa se preocupar com a ressaca*. E então, logo em seguida: *Como é que vou olhá-la nos olhos? Apenas isso, como é que vou conseguir fazer isso?*

Acabou não havendo nenhum problema. Quando ela se voltou, Martha estava de pé na porta do banheiro, olhando para ela com uma preocupação amiga.

— Você está bem?

— Estou. — Darcy tentou dar um sorriso e, para seu enorme alívio, sentiu que ele era autêntico. — Eu... eu apenas...

— Eu sei — disse Martha. — Pode acreditar em mim, eu sei. Você quer que eu termine ou você já escutou o bastante?

— Termine — disse Darcy de forma enfática e pegou sua amiga pelo braço. — Mas na sala de visitas. Não quero nem *olhar* para a geladeira, muito menos abrir a porta.

— Eu digo amém.

Um minuto depois, estavam acomodadas nos lados opostos do sofá gasto mas confortável da sala de visitas.

— Tem *certeza*, meu bem?

Darcy confirmou com a cabeça.

— Tá bem. — Porém, Martha ficou em silêncio por mais alguns momentos, olhando para suas mãos finas, entrelaçadas sobre seu colo, examinando o passado como o comandante de um submarino examinaria águas inimigas por meio do seu periscópio. Por fim, levantou a cabeça, virou-se para Darcy e retomou sua história.

— Trabalhei o resto do dia numa espécie de transe. Era como se estivesse hipnotizada. As pessoas falavam comigo, eu respondia, mas parecia que as estava escutando através de uma parede de vidro e falando para elas da mesma maneira. Lembro-me de ter pensado: *Estou hipnotizada, mesmo. Ela me hipnotizou. Aquela velha. Me fez uma dessas sugestões pós-hipnóticas, como quando o hipnotizador no palco do teatro diz "Alguém dirá a palavra chicletes para você e você ficará de quatro e começará a latir como um cachorro", e o sujeito que foi hipnotizado faz isso mesmo que ninguém diga chicletes para ele durante os próximos dez anos. Ela botou alguma coisa naquele chá e me hipnotizou e então me disse para fazer isso. Aquela coisa ruim.* Também sabia por que ela teria feito isso. Uma velha suficientemente supersticiosa para acreditar em curas com águas milagrosas, em como se podia fazer um homem ficar apaixonado colocando uma gotinha de sangue menstrual no seu calcanhar enquanto ele estivesse dormindo, amarrar os cadarços trocados dos sapatos e só Deus sabe o que mais... Se uma mulher assim, com uma ideia fixa sobre pais naturais, era capaz de fazer hipnotismo, seria bem capaz de hipnotizar uma mulher como eu para fazer o que eu fiz. Porque ela *acreditaria* nisso. E eu tinha dado o nome dele para ela, não tinha? Sim, senhora. Nunca me ocorreu então que eu não tinha me lembrado de praticamente nada a respeito da ida à casa de Mama Delorme até depois de ter feito o que fiz no quarto de dormir do senhor Jefferies. Mas naquela noite me ocorreu, sim. Passei o resto do dia bem. Quero dizer, não chorei, não gritei, não dei ataques nem nada parecido. Minha irmã Kissy se portou pior na vez em que ela estava tirando água de um velho poço no fim da tarde e um morcego veio voando por trás dela e se emaranhou nos seus cabelos. Tinha apenas aquela sensação de que estava por trás de uma parede de vidro e cheguei à conclusão de que, se era só isso, podia aguentar. Depois, quando cheguei em casa, imediatamente senti sede. Senti mais sede do que nunca na vida. Era como se tivesse uma tempestade de areia na garganta. Comecei a beber água. Parecia que não conseguia beber o bastante. E comecei a cuspir. Cuspia e cuspia sem parar. Então comecei a me sentir enjoada. Corri para o banheiro e me olhei no espelho. Botei a língua para fora para ver se conseguia enxergar alguma coisa nela, algum sinal do que eu tinha feito, e é claro que não vi nada. Pensei: *Pronto! Tá se sentindo melhor agora?* Mas não estava. Eu me sentia pior. Ajoelhei-me na frente do vaso sanitário e fiz o que você fez, Darcy, só que fiz muito mais. Vomitei até o ponto em que achei que ia desmaiar. Estava chorando e implorando a Deus que por favor me perdoasse, que me deixasse parar de vomitar antes que perdesse meu bebê, se eu estava mesmo grávida. E então me lembrei de mim mesma de pé, lá no seu quarto de dormir, com os dedos metidos na boca, nem sequer pensando no que estava fazendo. Estou lhe dizendo, podia me ver fazendo isso, como se estivesse olhando para mim mesma num filme. E aí tornei a vomitar. A senhora Parker me ouviu, veio até a porta e perguntou se eu estava bem. Isso me ajudou a me controlar um pouco e quando Johnny chegou em casa naquela noite o pior já tinha passado. Estava bêbado, seco por uma briga. Como não dei motivo pra ele brigar, me deu um soco no olho de qualquer maneira e saiu. Quase fiquei contente por ele me ter dado um soco, porque isso me deu alguma outra coisa em que pensar. No dia seguinte, quando entrei na suíte do senhor Jefferies, ele estava sentado na sala de estar, ainda de pijama, rabiscando num dos seus grandes blocos de folhas amarelas. Bem até o final, sempre viajava com uma porção deles, presos com um elástico vermelho grande. Quando ele veio pela última vez ao Le Palais e eu não vi os blocos, percebi que ele tinha decidido morrer. Também não fiquei nem um pouquinho triste.

Martha olhou para a janela da sala de visitas com uma expressão na qual não havia nada de misericórdia ou perdão. Era um olhar frio, que revelava uma absoluta falta de sentimentos.

— Quando vi que ele não tinha saído, fiquei aliviada, porque isso significava que podia deixar a limpeza para depois. Ele não gostava que as empregadas ficassem em volta quando estava trabalhando, entende, e por isso imaginei que ele não ia querer a faxina até que chegasse Yvonne, às 15h. Falei: "Volto mais tarde, senhor Jefferies." Ele disse: "Faça agora. Apenas fique calada enquanto trabalha. Estou com uma dor de cabeça filha da puta e um diabo de uma ideia. A combinação está me matando." Em qualquer outra ocasião, ele teria dito para voltar depois, juro. Parecia até que eu podia escutar aquela velha bruxa dando risada. Fui até o banheiro e comecei a arrumar, tirando as toalhas usadas e colocando limpas, substituindo o sabonete por outro novo, distribuindo caixas de fósforos e, o tempo todo, estava pensando: *Você não pode hipnotizar alguém que não* queira *ser hipnotizada, sua velha. O que quer que você tenha posto no chá naquele dia, o que quer que você tenha dito para eu fazer ou quantas vezes você me mandou fazer, sei o que você é, sei o que é e me fechei para você.* Fui para o quarto de dormir e olhei para a cama. Estava esperando que ela me parecesse um armário para um garoto que tem medo do bicho-papão, mas vi que era apenas uma cama. Sabia que eu não iria fazer nada e isso foi um alívio. Então tirei a roupa de cama e havia outra daquelas manchas pegajosas, ainda secando, como se ele tivesse acordado com tesão há mais ou menos uma hora e tinha dado um jeito em si mesmo. Tinha visto e fiquei esperando para ver se ia sentir alguma coisa em relação a isso. Não senti. Era só o que tinha sobrado de um homem com uma carta e nenhuma caixa de correio onde enfiá-la, como você e eu já vimos centenas de vezes. Aquela velha era tão *bruja* quanto eu. Eu podia ou não estar grávida, mas, se estivesse, a criança era de Johnny. Ele era o único homem com quem eu tinha ido pra cama em toda minha vida e nada que eu encontrasse nos lençóis daquele homem branco — ou, aliás, em qualquer outro lugar — ia fazer isso mudar. Era um dia encoberto, mas, no segundo em que pensei isso, o sol apareceu como se Deus tivesse posto seu amém final no assunto. Não lembro de jamais ter me sentido tão aliviada. Fiquei ali parada, agradecendo a Deus por tudo estar em ordem e durante todo o tempo em que estava recitando essa oração de gratidão estava raspando aquela coisa do lençol — tudo que eu conseguia, pelo menos — e enfiando na boca e engolindo tudo. Era como se estivesse novamente parada fora de mim e me observando. E uma parte de mim estava dizendo: *Você está maluca de estar fazendo isso, garota, mas mais maluca ainda por estar fazendo isso com ele bem aí na sala ao lado. Ele podia se levantar a qualquer momento e entrar aqui para ir ao banheiro e ver você. Do jeito que os tapetes são grossos aqui, você nunca escutaria ele vindo. E isso seria o fim do seu emprego no Le Palais, ou, muito provavelmente, em qualquer outro grande hotel em Nova York. Uma garota pega fazendo o que você está fazendo jamais voltaria a trabalhar nessa cidade como camareira, pelo menos nunca num hotel medianamente sério*. Mas não fazia nenhuma diferença. Continuei até acabar — ou até que uma parte de mim estivesse satisfeita — e então apenas fiquei parada ali por um minuto, olhando para o lençol. Não estava ouvindo nada no outro aposento e tive a sensação de que ele estava bem atrás de mim, de pé na porta. Sabia exatamente qual seria a expressão no seu rosto. Quando eu era menina, tinha um espetáculo itinerante que vinha a Babylon todo ano, em agosto, e eles tinham um homem — *acho* que era um homem — que era exibido como um monstro debaixo da lona. Ele ficava num buraco e um sujeito contava uma história de que ele era o elo perdido e depois jogava uma galinha viva lá dentro. O monstro arrancava a cabeça da galinha com os dentes. Uma vez meu irmão mais velho — Bradford, que morreu num acidente de carro em Biloxi — disse que queria ir ver o monstro. Meu pai disse que lamentava saber disso, mas não proibiu taxativamente Brad de ir, porque Brad já tinha 19 anos e era quase um homem. Ele foi e eu e Kissy pretendíamos perguntar a ele como era quando ele voltasse, mas, quando vimos a expressão no seu rosto, nunca mais perguntamos. Foi essa a expressão que achei que veria no rosto de Jefferies quando me voltasse e o visse na porta. Você entende o que estou dizendo?

Darcy fez que sim com a cabeça.

— E eu *sabia* que ele estava ali. Simplesmente sabia. Por fim, reuni coragem suficiente para me voltar, pensando que ia lhe implorar para não contar à Camareira-Chefe, lhe implorar de joelhos, se fosse preciso, mas ele não estava ali. O tempo todo tinha sido apenas minha consciência culpada. Fui até a porta, olhei e vi que ele ainda estava na sala de estar, escrevendo no seu bloco de folhas amarelas mais rápido do que nunca. Então continuei, troquei a roupa da cama e refresquei o quarto como sempre fazia, mas aquela sensação de que estava por trás de uma parede de vidro tinha voltado, mais intensa do que nunca. Tratei de toalhas e roupa de cama sujas como se deve fazer: para o corredor pela porta do quarto de dormir. A primeira coisa que aprendi quando fui trabalhar no hotel foi que você *nunca* tira roupa suja pela porta da sala de visitas de uma suíte. Depois voltei para onde ele estava. Pretendia dizer a ele que arrumaria a sala de estar mais tarde, quando ele não estivesse trabalhando. Mas, quando vi como ele estava se portando, fiquei tão surpresa que parei ali mesmo na porta, olhando para ele. Ele estava andando pelo quarto tão depressa que seu pijama de seda amarela estava batendo nas suas pernas. Estava com as mãos enfiadas nos cabelos, bagunçando-os para todos os lados. Parecia um daqueles matemáticos geniais nas velhas caricaturas do *Saturday Evening Post*. Tinha os olhos inteiramente desvairados, como se tivesse levado um choque forte. A primeira coisa que pensei foi que ele tinha, afinal de contas, visto o que eu tinha feito e isso tinha, você sabe, feito ele se sentir tão enojado que ficou meio enlouquecido. Acabou que não tinha absolutamente nada a ver comigo... pelo menos *ele* não achava que tivesse. Essa foi a única vez em que ele falou comigo, que não fosse para me perguntar se lhe poderia conseguir mais papel de carta ou outro travesseiro ou para mexer nos controles do ar-condicionado. Falou comigo porque *precisava* falar. Alguma coisa lhe tinha acontecido, alguma coisa muito grande, e ele precisava falar com alguém, senão ia ficar louco, eu acho. "Minha cabeça está estourando — disse ele." "Lamento saber disso, senhor Jefferies", disse eu. "Posso lhe conseguir uma aspirina..." "Não", disse ele. "Não é isso. É essa ideia. É como se eu tivesse ido pescar trutas e em vez disso fisguei um peixe-espada. Ganho a vida escrevendo livros, entende? Ficção." "Sim, senhor, senhor Jefferies", disse eu. "Li dois deles e achei que são muito bons." Olhando para mim como se talvez eu tivesse ficado maluca, ele disse: "Foi *mesmo*? Bem, de qualquer modo, é muito amável da sua parte dizer isso. Acordei hoje de manhã e tive uma ideia." Eu estava pensando com meus botões: Sim, senhor, você teve uma ideia, sem dúvida alguma, tão quente e tão fresca que simplesmente a derramou toda no lençol. Mas não está mais lá, de modo que você não precisa se preocupar. E quase soltei uma gargalhada alta. Só que, Darcy, acho que ele nem teria notado se tivesse feito isso. Apontando para o carrinho do serviço de quarto perto da porta, falou: "Mandei vir o café da manhã e, enquanto estava tomando, tive essa pequena ideia. Achei que podia dar um conto. Sabe, há essa revista... *The New Yorker*... bem, deixa pra lá." Ele não ia explicar o que era a revista *The New Yorker* para uma caipira ignorante como eu.

Darcy deu um sorriso.

— Ele continuou: "Quando estava terminando o café da manhã, começou a parecer mais como um pequeno romance. E então... quando comecei a delinear algumas ideias..." Soltou um risinho agudo. "Acho que não tive uma ideia assim tão boa em dez anos. Talvez nunca tenha tido. Você acha que seria possível que irmãos gêmeos — fraternos, não idênticos — acabassem lutando em lados opostos durante a Segunda Guerra Mundial?" Eu respondi: "Bem, talvez não no *Pacífico*". Numa outra ocasião, não acho que tivesse tido a coragem de falar com ele, Darcy. Teria só ficado ali, com a boca aberta. Mas ainda me sentia como se estivesse atrás do vidro ou como se tivesse tomado uma injeção de novocaína no dentista e o efeito ainda não tivesse passado inteiramente. Ele riu como se isso tivesse sido a coisa mais engraçada que já havia ouvido e disse: "Ha-ha! Não, *lá* não, não poderia ter acontecido *lá*, mas teria sido possível no Teatro de Operações Europeu. E eles podiam se encontrar cara a cara na Batalha do Bolsão." Comecei a dizer: "Bem, talvez...", mas a essa altura ele estava novamente andando depressa pela sala de estar, passando as mãos pelos cabelos e fazendo tudo parecer cada vez mais alucinado. Ele disse: "Sei que parece um melodrama do circuito do Orpheum, alguma besteira boba como *Under Two Flags* ou *Armadale*, mas o conceito de gêmeos... e podia ser explicado de maneira racional... estou vendo exatamente como..." Ele se virou de repente para mim: "Teria um impacto dramático?" Respondi: "Sim, senhor. *Todo* *mundo* gosta de histórias de irmãos que não sabem que são irmãos." Ele replicou: "É claro que gostam. E vou lhe dizer uma outra coisa..." Então ele parou e vi a expressão mais estranha cobrir seu rosto. Era estranha, mas podia lê-la claramente. Era como se ele estivesse se dando conta de que estava fazendo alguma coisa tola, como um homem de repente percebendo que tinha espalhado creme de barbear no rosto e depois pegado seu barbeador elétrico. Estava falando com uma preta arrumadeira de hotel sobre o que talvez fosse a melhor ideia que teve na vida, uma negra arrumadeira de hotel para quem uma história boa mesmo provavelmente seria *The Edge of Night.** Ele tinha se esquecido que eu dissera que tinha lido dois dos seus livros...

— Ou achou que era só bajulação para receber uma gorjeta maior — murmurou Darcy.

— É, isso encaixaria como uma luva com a ideia que ele tinha da natureza humana, sem dúvida alguma. De qualquer modo, aquela expressão mostrava que ele tinha se dado conta de com quem estava falando, era só isso. Ele falou: "Acho que vou prorrogar minha estada. Avise ao pessoal da recepção, está bem?" Deu meia-volta para recomeçar sua andança e a perna bateu com força no carrinho do serviço de quarto. "E tire a merda dessa coisa daqui, está bem?" Comecei a dizer: "O senhor gostaria que eu voltasse mais tarde e..." Diz ele: "É, é, é, volte mais tarde e faça o que quiser, mas agora simplesmente seja boazinha e faça tudo sumir... incluindo você mesma." Foi exatamente o que eu fiz e nunca me senti tão aliviada na minha vida como quando aquela porta da sala de estar se fechou atrás de mim. Empurrei o carrinho do serviço de quarto para o outro lado do corredor. Ele tinha pedido suco e ovos mexidos com *bacon.* Comecei a me afastar quando vi que também havia um cogumelo no seu prato, empurrado para o lado com um resto de ovos e um pedacinho de *bacon.* Olhei para ele e foi como se uma luz se acendesse na minha cabeça. Lembrei-me do cogumelo que *ela me deu — a velha Mama Delorme, dentro da caixinha de plástico. Lembrei-me dele pela primeira vez desde aquele dia. Lembrei-me de que o encontrara no bolso do meu vestido e de onde o tinha colocado. O que estava no seu prato*

* *The Edge of Night* foi uma série exibida pela CBS Radio nas décadas de 1940 e 1950, nos Estados Unidos. (N. da E.)

parecia igual, enrugado e meio seco, como se pudesse ser um cogumelo venenoso em vez de comestível e desses que fariam você ficar muito mal.

Olhou firmemente para Darcy.

— E ele tinha comido um pedaço. Mais da metade, diria eu.

Naquele dia, o senhor Buckley estava na recepção e eu lhe falei que o senhor Jefferies estava pensando em prorrogar sua estada. O Sr. Buckley disse que achava que isso não criaria nenhum problema, embora o senhor Jefferies tivesse planejado ir embora nessa mesma tarde. Fui então até a cozinha do serviço de quarto e falei com Bedelia Aaronson, você deve se lembrar de Bedelia, e perguntei se ela tinha visto alguém fora do comum por ali naquela manhã. Bedelia perguntou a quem estava me referindo e respondi que na verdade não sabia. Ela disse: "Por que você está perguntando, Martinha?", e eu lhe disse que preferia não explicar. Ela falou que não tinha estado ninguém ali, nem mesmo o homem do serviço e mantimentos que estava sempre querendo namorar a moça das encomendas. Estava começando a me afastar e ela disse: "A menos que você esteja se referindo à preta velha." Dei meia-volta e perguntei que preta velha era essa. Bedelia disse: "Bem, imagino que ela veio da rua procurando o banheiro. Acontece uma ou duas vezes por dia. Os pretos às vezes não perguntam o caminho porque ficam com medo que as pessoas do hotel os coloquem para fora mesmo que estejam bem-vestidos... o que, como estou certa que você sabe, eles fazem frequentemente. De qualquer modo, essa pobre velha veio andando por aqui..." Parou e olhou bem para mim. "Você está bem, Martha? Parece que vai desmaiar!" Disse: "Não vou desmaiar. O que é que ela estava fazendo?"

"Ela respondeu: 'Só andando por aí', olhando para os carrinhos do café da manhã, como se não soubesse onde estava. Pobre velhinha! Tinha no mínimo 80 anos. Dava a impressão de que uma rajada forte de vento a mandaria alto lá no céu como se fosse uma pipa... Martha, você vai vir aqui e se sentar. Você está parecendo aquele retrato de Dorian Gray naquele filme.' 'Como ela era? Me diga!' '*Já* lhe disse: uma mulher velha. Para mim, elas são todas iguais. A única coisa diferente nessa era a cicatriz no rosto. Ia subindo até os cabelos. Era...' Mas não ouvi mais nada porque foi aí que desmaiei *mesmo*. Deixaram-me ir para casa cedo e, mal chegando lá, comecei a sentir novamente vontade de cuspir e de beber um bocado d'água, provavelmente ia acabar no vaso como antes, vomitando as tripas. Mas naquele momento fiquei apenas sentada junto à janela, olhando para a rua, e tive uma boa conversa comigo mesma. O que ela tinha feito comigo não era apenas hipnose. Àquela altura, eu sabia disso. Era mais poderoso do que hipnose. Ainda não tinha certeza se acreditava nessa coisa de bruxaria, mas ela tinha feito *alguma coisa* comigo, sem dúvida, e o que quer que fosse, eu simplesmente ia ter que seguir com ela. Não podia largar meu emprego, ainda mais com um marido que estava mostrando que não valia nada e muito provavelmente um bebê a caminho. Não podia nem pedir para ser colocada em outro andar. Um ou dois anos antes, poderia. Mas eu sabia que havia uma conversa de me fazerem Assistente da Camareira-Chefe do décimo ao 12º e isso significava um aumento de salário. Mais do que isso, significava que eu teria meu emprego de volta depois de ter o bebê. Minha mãe tinha um ditado: *O que não tem remédio, remediado está*. Pensei em voltar naquela velha feiticeira e lhe pedir para retirar essa coisa, mas de alguma maneira sabia que ela não faria isso. Ela decidiu que estava fazendo o melhor para mim e uma coisa eu aprendi à medida que ia caminhando por esse mundo, Darcy: a única vez em que você nunca pode ter esperança de mudar a ideia de uma pessoa é quando ela está convencida de que está fazendo um favor a você. Fiquei sentada ali pensando nisso tudo e olhando para a rua lá fora, com todas as pessoas indo e vindo, e meio que cochilei. Não podiam ter sido mais de 15 minutos, mas quando despertei sabia outra coisa. Aquela velha queria que continuasse a fazer o que já tinha feito duas vezes e não poderia fazer isso se Peter Jefferies voltasse para Birmingham. Então ela entrou na cozinha do serviço de quarto e colocou aquele cogumelo na bandeja dele, ele comeu um pedaço e isso tinha lhe dado aquela ideia. Aliás, acabou sendo uma história sensacional. Chama-se *Meninos na Névoa*. Era bem como ele me disse naquele dia: irmãos gêmeos, um deles um soldado americano e o outro um alemão, que se encontram na Batalha do Bolsão. Tornou-se o seu maior sucesso de vendas."

Ela fez uma pausa e acrescentou:

— Isso eu li no seu obituário.

Ele ficou mais uma semana. Todos os dias, quando eu ia lá, ele estava debruçado sobre a escrivaninha na sala de estar, escrevendo sem parar num dos seus blocos de folhas amarelas, ainda de pijama. Todos os dias eu lhe perguntava se queria que voltasse mais tarde e ele me dizia para ir em frente e arrumar o quarto de dormir, mas sem fazer barulho. Sem jamais levantar os olhos do que estava escrevendo enquanto falava. Todos os dias eu entrava dizendo para mim mesma que não ia fazer aquilo e todos os dias a substância estava lá no lençol, ainda fresca, e todos os dias todas as orações e todas as promessas que tinha feito para mim mesma saíam voando pela janela e eu acabava fazendo aquilo de novo. Na verdade, *não era* como lutar contra uma compulsão, em que você discute para a frente e para trás, sua e treme. Era mais como se piscasse os olhos um minuto e descobrisse que já tinha acontecido. Ah, e todos os dias, quando eu chegava, ele estava segurando a cabeça como se ela o estivesse matando. Que dupla nós éramos! Ele tinha meus enjoos matinais e eu seus suores noturnos!

— O que você quer dizer com isso? — perguntou Darcy.

— Era de noite que eu ficava mesmo matutando sobre o que estava fazendo, cuspia e bebia água e talvez tivesse que vomitar uma ou duas vezes. A senhora Parker ficou tão preocupada que eu finalmente disse a ela que achava que estava grávida, mas que não queria que meu marido soubesse até eu ter certeza. Johnny Rosewall era um filho da puta egocêntrico, mas acho que até ele teria notado que havia alguma coisa errada comigo se não estivesse ocupado com algumas preocupações suas, a maior delas sendo o assalto à loja de bebidas que ele e seus amigos estavam planejando. Não que eu soubesse disso, é claro. Só estava contente por ele estar se mantendo fora do meu caminho. Pelo menos tornava a vida um pouco mais fácil. Então, numa manhã entrei na suíte 1.163 e o senhor Jefferies tinha ido embora. Tinha feito suas malas e voltado para o Alabama, para trabalhar no seu livro e pensar na sua guerra. Ah, Darcy, não posso lhe dizer como fiquei feliz! Sentia-me como Lázaro deve ter se sentido quando descobriu que ia ter uma segunda oportunidade de vida. Naquela manhã, pareceu-me que tudo ia dar certo no final das contas, como numa história: contaria a Johnny sobre o bebê e ele iria tomar jeito, jogar fora suas drogas e conseguir um emprego fixo. Seria um marido correto para mim e um bom pai para seu filho — eu já tinha certeza de que ia ser um menino. Entrei no quarto de dormir da suíte do senhor Jefferies e vi a roupa da cama toda revolta como de costume, os cobertores chutados para fora numa ponta e o lençol todo enrolado como se fosse uma bola. Andei até lá me sentindo de novo como se estivesse num sonho e puxei o lençol para trás. Estava pensando: *Bem, está bem, se eu tenho que... mas é a última vez.* Acabou que a última vez já tinha passado. Não havia um só vestígio dele naquele lençol. Qualquer que tivesse sido o encantamento que aquela velha *bruja* tinha lançado sobre nós, tinha se esgotado. Pensei: *Assim está muito bem. Vou ter meu bebê, ele vai ter seu livro e estamos ambos livres da magia dela. Não me importo nem um pouco com isso de pais naturais, desde que Johnny seja um bom pai para esse que está a caminho.*

Contei para Johnny naquela mesma noite — disse Martha, e depois acrescentou secamente: — Ele não achou graça na ideia, como penso que você já sabe.

Darcy confirmou com a cabeça.

— Bateu-me com a ponta daquele cabo de vassoura umas cinco vezes e depois ficou de pé em cima de mim onde eu tinha caído num canto e berrou: "Que que há com você? Tá maluca? Nós não vamos ter nenhum *garoto*! Acho que você tá doida de pedra, mulher!" Depois deu meia-volta e foi embora. Fiquei caída lá por algum tempo, pensando no primeiro aborto e morrendo de medo de que as dores fossem começar a qualquer momento e estivesse a caminho de ter outro aborto. Pensei em minha mãe escrevendo que eu devia ir para longe dele antes que ele me mandasse pro hospital e de Kissy me mandando aquela passagem de ônibus interestadual com VÁ AGORA escrito no envelope. Quando tive certeza de que não ia perder o bebê, levantei-me para fazer minha mala e dar o fora dali, imediatamente, antes que ele pudesse voltar. Mas mal tinha aberto a porta do armário embutido quando pensei em Mama Delorme novamente. Lembrei-me de dizer a ela que ia deixar Johnny e o que ela me disse: "Não, ele é que vai deixar *você*. Você vai vê-lo ir embora, é só isso. Aguenta firme, mulher. Vai ter um pouco de dinheiro. Você vai pensar que ele machucou o bebê mas ele não fez isso." Era como se ela estivesse bem ali, me dizendo o que procurar e o que fazer. Abri o armário embutido sim, mas não era minhas roupas que queria agora. Comecei a procurar nas dele e encontrei umas duas coisas naquele mesmo maldito paletó esporte em que tinha encontrado o frasco de Anjo Branco. Aquele era o seu paletó favorito e acho que de fato ele mostrava tudo que qualquer pessoa precisava saber sobre Johnny Rosewall. Era de cetim brilhante... com ar barato. Eu o odiava. Dessa vez, não foi um frasco de droga que encontrei. Foram uma navalha num bolso e uma pistola pequena, vagabunda, no outro. Tirei a pistola do bolso e examinei-a e, ao mesmo tempo, tive aquela mesma sensação que me veio naquelas vezes no quarto de dormir da suíte do senhor Jefferies: como se estivesse fazendo alguma coisa logo depois de ter despertado de um sono profundo. Fui para a cozinha com a arma na mão e deixei-a no pedacinho de bancada que eu tinha ao lado do fogão. Depois abri o armário que ficava em cima dele e tateei por trás dos condimentos e do chá. A princípio, não consegui encontrar o que ela me deu e um pânico sufocante tomou conta de mim. Estava apavorada do jeito que se fica apavorada em sonhos. Então minha mão esbarrou naquela caixa de plástico e trouxe-a para baixo. Abri-a e tirei o cogumelo. Era uma coisa repulsiva, pesada demais para o tamanho e *morna*. Era como se estivesse segurando um pedaço de carne que ainda não estava bem morta. Aquilo que eu fiz no quarto de dormir do senhor Jefferies? Vou lhe dizer: faria de novo duzentas vezes mais antes de tornar a pegar naquele cogumelo. Segurei-o na mão direita e peguei aquela pequena .32 barata com a esquerda. Então fechei a mão direita com toda a força que tinha e senti o cogumelo esmagado no meu punho e fez um barulho... bem, sei que é quase impossível de acreditar... mas ele fez um barulho como se estivesse gritando. Você acredita que isso pudesse ser assim?

Darcy balançou a cabeça lentamente. Na realidade, ela não sabia se acreditava nisso ou não, mas de uma coisa estava absolutamente convencida: de que *não queria* acreditar nisso.

— Bem, eu também não acredito. Mas foi assim que fez o barulho. E uma outra coisa que você não vai acreditar, mas eu sim, porque eu vi: ele sangrou. Aquele cogumelo sangrou. Vi um filete de sangue sair do meu punho e se espalhar sobre a arma. Mas o sangue sumia assim que atingia o cano. Depois de uns instantes, parou. Abri a mão, esperando que ela estivesse cheia de sangue, mas lá só estava o cogumelo, todo enrugado, com o perfil dos meus dedos marcados nele. Não havia sangue nenhum sobre o cogumelo, na minha mão, na arma, em lugar nenhum. E justamente quando estava começando a pensar que não tinha feito nada além de, de algum modo, ter um sonho acordado, a danada da coisa se mexeu na minha mão. Olhei para baixo e, durante um ou dois segundos, não parecia nem um pouco com o cogumelo: parecia um pênis diminuto que ainda estava vivo. Pensei no sangue escorrendo do meu punho quando o tinha espremido e pensei nela dizendo: "Menina, todo bebê que uma mulher pega foi o homem que disparou do seu peru." Ele se mexeu de novo, estou lhe dizendo que *se mexeu,* e dei um berro e atirei-o na lata do lixo. Então escutei Johnny subindo as escadas de volta, peguei sua arma, corri para o quarto e coloquei-a de novo no bolso do seu paletó. Depois me meti na cama vestida como estava, até de sapatos, e puxei o cobertor até o queixo. Ele entrou e vi que estava procurando criar um caso. Tinha um batedor de tapete numa das mãos. Não sei de onde ele tinha tirado, mas sabia o que pretendia fazer com isso.

"Ele disse: 'Não vai ter nenhum bebê. Venha já pra cá.' Falei para ele: 'Não, não vou ter um bebê. Mas você nem precisa disso aí, pode botar de lado. Você já deu um jeito no bebê, seu pedaço de merda que não presta pra nada.' Sabia que era um risco xingá-lo assim, mas pensei que talvez isso fizesse ele acreditar em mim e deu certo. Em vez de me bater, seu rosto se abriu num enorme sorriso imbecil de drogado. Vou lhe contar: nunca o odiei tanto como naquele momento. Ele perguntou: 'Foi embora?' Respondi: 'Foi embora.' Perguntou: 'Onde está a porcariada?' Falei: 'Onde é que você pensa? A essa altura, muito provavelmente a meio caminho pelo rio Leste abaixo.' Então ele veio pra mim e tentou me beijar, por Deus do céu. Me *beijar* ! Virei o rosto e ele bateu na minha cabeça, mas sem força. Disse: 'Você vai ver que eu sei o que é melhor. Mais tarde teremos bastante tempo para crianças.' Então ele saiu de novo. Duas noites depois, ele e seus amigos tentaram fazer aquele serviço na loja de bebidas, sua pistola explodiu na sua cara e matou-o."

— Você acha que botou um feitiço naquela pistola, acha? — disse Darcy.

— Não — falou Martha calmamente. — *Ela* é que botou... por meu intermédio, dá pra dizer. Ela viu que eu não ajudaria a mim mesma e por isso me *fez* ajudar a mim mesma.

— Mas você *de fato* acha que a arma estava enfeitiçada.

— Não é que eu apenas *ache* que estava — falou Martha serenamente.

Darcy foi até a cozinha tomar um copo d'água. De repente, sua boca estava muito seca.

— Na verdade, esse é o fim — disse Martha quando ela voltou. — Johnny morreu e eu tive Pete. Foi só depois de estar grávida demais para trabalhar que descobri mesmo como tinha muitos amigos. Se tivesse sabido antes, acho que teria deixado Johnny há muito tempo... ou talvez não. Nenhum de nós sabe realmente como o mundo funciona, não importa o que a gente pense ou diga.

— Mas isso não é tudo, não é? — perguntou Darcy.

— Bem, *existem* mais duas coisas — disse Martha. — Coisas pequenas.

Mas, pensou Darcy, ela não tinha um ar de que fossem pequenas.

— Uns quatro meses depois de Pete nascer, voltei à casa de Mama Delorme. Não queria, mas fui. Tinha 20 dólares num envelope. Não podia ter esse gasto, mas, de algum modo, sabia que isso pertencia a ela. Estava escuro. As escadas pareciam ainda mais estreitas do que antes e, quanto mais eu subia, mais podia sentir o cheiro dela e os cheiros da casa dela: velas queimadas, papel de parede ressecado e o cheiro forte de canela do seu chá. Aquela sensação de estar fazendo alguma coisa num sonho, de estar por trás de uma parede de vidro me veio pela última vez. Cheguei à porta dela e bati. Ninguém respondeu, de modo que bati novamente. Continuou sem ninguém responder, então me ajoelhei para enfiar o envelope por baixo da porta. E sua voz veio *bem do outro lado*, como se *ela* também tivesse se ajoelhado. Nunca fiquei tão apavorada em toda minha vida como fiquei quando aquela voz velha e seca veio se filtrando pela fresta por baixo da porta. Era como se estivesse ouvindo uma voz vinda de um túmulo. Ela falou: "Ele vai ser um ótimo menino. Vai ser exatamente feito o pai. Feito o pai *natural*." Eu disse: "Trouxe uma coisa para a senhora." Mal podia ouvir minha própria voz. Ela sussurrou: "Enfie por baixo, queridinha." Enfiei o envelope até a metade e ela puxou o resto. Ouvi-a abrir o envelope e fiquei esperando. Fiquei apenas esperando. Sussurrou: "É suficiente. Você vai embora daqui, queridinha, e nunca mais volte à casa de Mama Delorme, ouviu bem?" Levantei-me e saí correndo de lá o mais rápido que podia.

Martha foi até a estante e voltou uns momentos depois com um livro de capa dura. Darcy ficou imediatamente impressionada com a semelhança entre a ilustração artística nessa capa e na capa do livro de Peter Rosewall. Esse ali era *Esplendor do Céu*, de Peter Jefferies, e a capa mostrava dois soldados atacando uma casamata inimiga. Um deles tinha uma granada, o outro estava disparando um M-1.

Martha remexeu no seu saco de lona azul, tirou o livro do seu filho, retirou o papel fino no qual estava embrulhado e colocou-o com ternura ao lado do livro de Jefferies. *Esplendor do Céu*, *Esplendor da Glória*. Um ao lado do outro, os pontos de comparação eram evidentes.

— *Essa* era a outra coisa — disse Martha.

— É — disse Darcy num tom incrédulo. — Eles *de fato* se parecem. E as histórias? Elas são... bem...

Parou numa certa confusão e olhou para Martha por baixo de suas pestanas. Ficou aliviada ao ver que Martha estava sorrindo.

— Você está perguntando se o meu menino copiou o livro daquele racista malvado? — perguntou Martha sem qualquer sinal de rancor.

— Não! — falou Darcy, talvez com um pouco de ênfase demais.

— Fora o fato de que ambos são sobre guerra, não se parecem em nada — disse Martha. — São tão diferentes como, bem, tão diferentes como preto e branco. — Fez uma pausa e depois acrescentou: — Mas de vez em quando tem algo neles que é o mesmo... algo que você tem a sensação de quase apanhar dobrando a esquina. É aquele raio de sol de que lhe falei: aquela sensação de que o mundo é basicamente melhor do que parece, sobretudo melhor do que parece para aqueles que são espertos demais para serem bons.

— Então não será possível que seu filho tenha sido *inspirado* por Peter Jefferies... que leu o livro no colégio e...

— Claro — disse Martha. — Suponho que o meu Peter realmente leu os livros de Jefferies, seria mais que provável mesmo que não fosse o caso de os que se parecem se atraírem. Mas há algo mais, algo que é um pouco mais difícil de explicar.

Pegou o romance de Jefferies, ficou olhando para ele com ar pensativo por um instante, depois olhou para Darcy.

— Fui e comprei este exemplar cerca de um ano depois de meu filho nascer — disse ela. — Ainda não estava esgotado, embora a livraria tivesse que fazer uma encomenda especial à editora. Quando o senhor Jefferies estava aqui numa de suas visitas, reuni coragem e perguntei se ele podia autografá-lo para mim. Achei que ele podia se ofender por eu estar pedindo, mas acho que ele realmente se sentiu um pouco lisonjeado. Olhe aqui.

Abriu na página da dedicatória de *Esplendor do Céu*.

Darcy leu o que estava impresso ali e teve uma estranha sensação de repetição na sua mente. *Este livro é dedicado a minha mãe,* ALTHEA DIXMONT JEFFERIES, *a melhor mulher que já conheci*. E abaixo disso, Jefferies tinha escrito, numa tinta preta de caneta-tinteiro que agora estava ficando esmaecida: *Para Martha Rosewall, que arruma minha bagunça e nunca se queixa*. Embaixo tinha assinado seu nome e anotado *Agosto 61*.

Os termos da dedicatória feita à mão lhe pareceram primeiro ter um tom de menosprezo... depois como sendo estranhos. Mas antes que tivesse oportunidade de pensar a esse respeito, Martha já tinha aberto o livro do seu filho, *Esplendor da Glória*, na página da dedicatória e o tinha colocado ao lado do livro de Jefferies. Mais uma vez, Darcy leu a parte impressa: *Este livro é dedicado a minha mãe,* MARTHA ROSEWALL. *Mamãe, não teria conseguido sem você.* Embaixo disso, ele tinha escrito com uma caneta que parecia uma Flair de ponta fina: *E não é mentira. Amo você, mamãe! Pete.*

Mas ela na realidade não leu isso, ela apenas olhou para a escrita. Seus olhos saltavam de um para o outro e de volta, entre a página da dedicatória que tinha sido escrita em agosto de 1961 e a que tinha sido escrita em abril de 1985.

— Você está vendo? — perguntou Martha baixinho.

Darcy fez que sim com a cabeça. Ela estava vendo.

A caligrafia fina, inclinada ao revés, um tanto antiquada, era a mesma em ambos os livros... e assim o eram, tendo em conta as variantes geradas pelo amor e pela intimidade, as próprias assinaturas. Apenas o tom das mensagens escritas era diferente, pensou Darcy, e nisso a diferença era tão nítida quanto a diferença entre o preto e o branco.

O dedo semovente

Quando começou o arranhar, Howard Mitla estava sentado, sozinho, no apartamento no Queens onde morava com sua mulher. Howard era um dos contadores públicos juramentados menos conhecidos de Nova York. Violet Mitla, uma das assistentes de dentista menos conhecidas de Nova York, tinha esperado que o noticiário terminasse para ir até a loja da esquina para comprar meio litro de sorvete. *Jeopardy** começava logo depois do noticiário e ela não gostava desse programa. Ela dizia que era porque Alex Trebek parecia um pastor evangélico desonesto, mas Howard sabia a verdadeira razão: *Jeopardy* fazia com que ela se sentisse burra.

O som de arranhar vinha do banheiro que dava para o corredor curtinho que levava ao quarto. Howard se retesou logo que o ouviu. Não podia ser um drogado nem um ladrão lá dentro, graças à tela grossa que tinha colocado sobre todas as janelas há dois anos, à sua custa. Mais parecia um camundongo na pia ou na banheira. Talvez até um rato.

Ficou aguardando durante as primeiras perguntas, na esperança de que o som do arranhar desaparecesse sozinho, mas isso não aconteceu. Quando entraram os comerciais, levantou-se da poltrona a contragosto

---

* Programa popular de perguntas e respostas da televisão norte-americana, em que o apresentador dá a resposta e os concorrente têm que dar a pergunta certa. O título quer dizer risco (no sentido de perigo). (N. do T.)

e foi até a porta do banheiro. Ela estava entreaberta, permitindo que escutasse o som do arranhar ainda melhor.

Provavelmente era um camundongo ou um rato. Patinhas clicando contra a louça.

— Raios — disse Howard, e foi até a cozinha.

No pequeno espaço entre o fogão a gás e a geladeira, estavam alguns utensílios de limpeza: um esfregão, um balde cheio de trapos velhos, uma vassoura com uma pá de lixo enfiada na ponta do cabo. Howard pegou a vassoura numa das mãos, segurando-a bem perto da extremidade de piaçava, e a pá de lixo na outra. Armado dessa maneira, marchou com passos firmes pela sala de estar até a porta do banheiro. Inclinou a cabeça para a frente. Ficou escutando.

Raaque, raaque, riique-raaque.

Um som bem baixo. Provavelmente não era um rato. Entretanto, era isso que sua mente insistia em visualizar. Não apenas um rato, mas um rato de Nova York, uma coisa feia e peluda, com diminutos olhos negros, longos bigodes que pareciam de arame e dentes tortos se projetando por baixo de seu lábio superior em forma de V. Um rato com atitude.

O som era mínimo, quase delicado, mas mesmo assim...

Atrás dele, Alex Trebek falou:

— Esse russo louco levou um tiro, foi esfaqueado e estrangulado... tudo numa mesma noite.

— Quem foi Lênin? — respondeu um dos concorrentes.

— Quem foi Rasputin, cérebro de ervilha — murmurou Howard Mitla. Transferiu a pá de lixo para a mão que segurava a vassoura, depois esgueirou a mão livre para dentro do banheiro e acendeu a luz. Entrou e foi rápido para a banheira, espremida num canto embaixo da janela suja, coberta com tela. Odiava ratos e camundongos, odiava todas as coisinhas peludas que guinchavam e corriam em disparada (e às vezes mordiam), mas tinha descoberto, quando era um menino crescendo em Hell's Kitchen, que, se tinha que liquidar uma delas, o melhor era fazê-lo depressa. Não ia lhe adiantar de nada ficar sentado na poltrona e não tomar conhecimento do ruído. Vi tinha tomado duas cervejas durante o noticiário e o banheiro ia ser sua primeira parada quando ela voltasse do mercadinho. Se houvesse um rato na banheira, ela ia botar a boca no mundo... e exigir que ele cumprisse com seu dever de homem e acabasse com ele de qualquer jeito. Com a maior rapidez.

A banheira estava vazia, exceto pelo chuveirinho de mão, cujo tubo estava pousado no fundo como uma cobra morta.

O arranhar tinha parado quando Howard acendeu a luz ou quando entrou no banheiro, mas agora tinha recomeçado. Atrás dele. Virou-se e deu três passos em direção à pia do banheiro, erguendo o cabo da vassoura enquanto se movia.

O punho enrolado no cabo chegou até a altura do queixo e então ficou congelado. Ele parou de se mover. Seu queixo caiu. Se tivesse se olhado no espelho, respingado de pasta de dentes, por cima da pia, teria visto fios brilhantes de saliva, tão tênues como os fios de uma teia de aranha, reluzindo entre a língua e o céu da boca.

Um dedo tinha se metido para fora do ralo da pia.

Um dedo humano.

Por um instante, ele se imobilizou, como se tivesse percebido que havia sido descoberto. Depois começou a mover-se novamente, tateando seu caminho em volta da pia cor-de-rosa como se fosse uma minhoca. Chegou à tampa de borracha branca, passou por cima dela tateando, depois desceu para a louça de novo. Afinal de contas, o ruído de arranhar não tinha sido feito pelas patas minúsculas de um camundongo. Era a unha na ponta desse dedo, batendo na louça enquanto ia dando voltas e voltas.

Howard soltou um grito espantado e engasgado, largou a vassoura e correu para a porta do banheiro. Bateu com o ombro na parede de azulejos, voltou para trás e tentou de novo. Dessa vez conseguiu sair, bateu a porta atrás de si e simplesmente ficou ali com as costas contra a porta, ofegante. As batidas do seu coração eram um código Morse forte e sem tonalidades, bem no alto e do lado da garganta.

Não podia ter ficado ali parado por muito tempo, pois, quando recobrou o controle dos seus pensamentos, Alex Trebek ainda estava conduzindo os três concorrentes da noite pela fase do Risco Único. Mas, enquanto permaneceu, não teve a menor noção do passar do tempo, de onde estava ou mesmo de quem era.

O que o trouxe de volta foi o som do zumbido eletrônico que assinalava um quadrado de Risco Duplo.

— A categoria é Espaço e Aeronáutica — dizia Alex. — Mildred, no momento você tem 700 dólares. Quanto deseja apostar? — Mildred, que não tinha a impostação de apresentador de programas de perguntas e respostas, murmurou alguma coisa inaudível.

Howard afastou-se da porta e voltou para a sala de estar andando como se estivesse usando pernas de pau. Ainda estava com a pá de lixo numa das mãos. Olhou para ela por um momento e depois deixou-a cair no carpete. Ela bateu no chão com um pequeno baque empoeirado.

— Eu não vi isso — disse Howard Mitla numa vozinha trêmula, e desabou na poltrona.

— Muito bem, Mildred. Valendo 500 dólares: esse local de provas da Força Aérea foi originariamente conhecido como Área de Provas Miroc.

Howard ficou olhando para a TV. Mildred, uma mulherzinha com cara de ratinho, com um aparelho de surdez do tamanho de um rádio-relógio enfiado na orelha, estava pensando intensamente.

— Eu não vi isso — falou com um pouco mais de convicção.

— O que é... Base Aérea de Vandenberg? — disse Mildred.

— O que é a Base Aérea de Edwards, miolo de passarinho — disse Howard.

E, enquanto Alex Trebek confirmava o que Howard Mitla já sabia, ele repetiu:

— Não vi isso *de jeito nenhum*.

Mas logo Violet estaria de volta e ele tinha deixado a vassoura no banheiro.

Alex Trebek disse aos concorrentes, bem como aos espectadores, que todos ainda estavam no páreo e que estariam de volta para jogar o Risco Duplo, no qual os resultados podiam mudar *mesmo*, num piscar de olhos. Um político apareceu na tela e começou a explicar por que devia ser reeleito. Howard pôs-se de pé com relutância. Agora suas pernas estavam parecendo mais com pernas do que com pernas de pau pesadas, mas ainda não queria voltar ao banheiro.

— *Olhe* — disse a si mesmo —, *isso é perfeitamente simples. Coisas assim sempre o são. Você teve uma alucinação momentânea, o tipo de coisa que provavelmente acontece com as pessoas o tempo todo. A única razão pela qual não se sabe disso é porque as pessoas não gostam de falar a respeito... sofrer alucinações é constrangedor. Falar sobre elas faz as pessoas se sentirem do jeito que você vai se sentir se aquela vassoura ainda estiver lá no chão quando Vi voltar e perguntar o que você estava fazendo.*

— Olhe — dizia o político num tom forte de confidência —, quando você desce aos casos concretos, é perfeitamente simples: você quer um homem honesto e competente dirigindo o Serviço Municipal de Registros ou você quer um homem lá do norte do estado, um pistoleiro de aluguel que nunca chegou sequer a...

— Aposto que era ar no encanamento — disse Howard e, embora o ruído que o tinha levado ao banheiro, para início de conversa, não tivesse absolutamente se parecido com ar nos canos, apenas ouvir sua própria voz, racional, novamente sob controle, fez com que se movesse com mais segurança.

E, além disso, Vi logo estaria em casa. Na verdade, a qualquer minuto.

Ficou parado junto à porta, escutando.

Raaque, raaque, raaque. Soava como se o menor cego do mundo estivesse batendo sua bengala lá na louça, tateando seu caminho, conferindo os arredores conhecidos.

— Ar no encanamento! — disse Howard numa voz forte, declamatória, e escancarou a porta com ousadia. Abaixou-se até o chão, agarrou o cabo da vassoura e puxou-a depressa para fora da porta. Não tinha precisado dar mais de dois passos dentro do pequeno aposento, com seu piso de linóleo desbotado e encalombado, sua abertura suja, com a tela entrecruzada para o poço de ventilação, e sem dúvida alguma não olhou para a pia do banheiro.

Ficou parado do lado de fora, escutando.

Raaque, raaque. Riique, raaque.

Colocou a vassoura e a pá de lixo de volta na pequena reentrância na cozinha, entre o fogão e a geladeira, e depois voltou para a sala de estar. Por um momento, ficou parado, olhando para a porta do banheiro. Ela estava entreaberta, lançando um leque de luz amarela no corredorzinho curto.

É melhor você ir apagar a luz. Você sabe como Vi fica uma onça com coisas assim. Você nem precisa entrar. Basta meter a mão pela porta e desligar o interruptor.

Mas, e se alguma coisa tocasse sua mão quando ele estivesse tentando alcançar o interruptor da luz?

E se um outro dedo tocasse no *seu* dedo?

Que tal *isso*, moças e rapazes?

Ainda podia escutar o mesmo ruído. Havia algo de terrivelmente implacável nele. Era de enlouquecer.

Raaque. Riique. Raaque.

Na TV, Alex Trebek estava lendo as categorias do Risco Duplo. Howard foi até ela e aumentou um pouco o volume. Depois, sentou-se novamente na poltrona e disse a si mesmo que não estava ouvindo nada do banheiro, nada mesmo.

Com exceção, talvez, de um pouco de ar no encanamento.

Vi Mitla era uma dessas mulheres que se movem com tal precisão elegante que parecem quase frágeis... mas Howard estava casado há 21 anos e sabia que não havia nada de frágil nela. Ela comia, bebia, trabalhava, dançava e fazia amor exatamente da mesma maneira: *con brio.* Entrou no apartamento como um furacão de bolso. Um braço grande apertava uma sacola de papel pardo de encontro ao lado direito do seu peito. Entrou com ela até a cozinha sem se deter. Howard ouviu a sacola estalando, ouviu a porta da geladeira se abrir e depois se fechar de novo. Quando voltou, atirou seu casaco para Howard.

— Pendure isso pra mim, tá bem? — pediu. — Preciso fazer xixi. E como! Uuiii!

"Uuiii!" era uma das exclamações favoritas de Vi. Sua versão rimava com Piuui, a exclamação de uma criança ante alguma coisa fedorenta.

— Claro, Vi — disse Howard, levantado-se devagar com o casaco azul-marinho de Vi nos braços. Seus olhos não se afastaram dela enquanto ela ia pelo corredor e passava pela porta do banheiro.

— A empresa de energia elétrica adora quando você deixa as luzes acesas, Howie — berrou ela por cima do ombro.

— Deixei de propósito — disse ele. — Sabia que essa ia ser sua primeira parada.

Ela deu uma risada. Ele ouviu o farfalhar de suas roupas.

— Você me conhece bem demais. As pessoas diriam que nos amamos.

Você devia dizer a ela, preveni-la, pensou Howard, embora soubesse que não podia fazer nada disso. O que iria dizer? Cuidado, Vi, tem um dedo saindo do ralo da pia, não deixe que o cara a quem ele pertence o enfie no seu olho se você se debruçar para pegar um copo d'água?

Além disso, tinha sido apenas uma alucinação, produzida por um pouco de ar no encanamento e seu medo de ratos e camundongos. Agora que se tinham passado alguns minutos, isso lhe parecia quase plausível.

De qualquer modo, ficou apenas parado ali, com o casaco de Vi nos braços, esperando para ver se ela ia gritar. E, depois de dez ou 15 segundos intermináveis, foi o que ela fez.

— *Meu Deus, Howard!*

Howard deu um salto, apertando o casaco com mais força de encontro ao peito. Seu coração, que tinha começado a se acalmar, começou a transmitir em código Morse de novo. Tentou falar, mas no início sua garganta estava trancada.

— *O quê?* — conseguiu dizer finalmente. — *O que, Vi? O que é?*

— As toalhas! Metade delas no chão! Puuuxa! O que aconteceu?

— Não sei — berrou de volta. Seu coração estava batendo mais forte do que nunca e era impossível saber se a sensação de náusea e vômito bem no fundo da barriga era de alívio ou de terror. Imaginou que devia ter esbarrado na prateleira das toalhas durante sua primeira tentativa de sair do banheiro, quando bateu na parede.

— Devem ser os fantasminhas — disse ela. — Aliás, não estou querendo ser ranzinza, mas você esqueceu de abaixar a tábua de novo.

— Ah... me desculpe.

— É, é isso que você diz sempre — a voz dela flutuou de volta. — Às vezes eu acho que você quer que eu caia lá dentro e me afogue. Acho *mesmo*! — Houve um baque quando ela própria a abaixou. Howard ficou esperando, o coração disparado, ainda apertando o casaco contra o peito.

— Ele detém o recorde do maior número de eliminações num único jogo de beisebol — leu Alex Trebek.

— Quem foi Tom Seaver? — disparou de volta Mildred rapidamente.

— Roger Clemens, sua imbecil — falou Howard.

Pshuuu! Lá foi a descarga. E o momento pelo qual estava esperando (Howard acabara de se dar conta disso conscientemente) era agora iminente. A pausa parecia interminável. Ouviu então o guincho da arruela na torneira marcada com Q (estava sempre pretendendo trocá-la e sempre se esquecia), seguido da água escorrendo pela pia, seguido pelo ruído de Vi lavando as mãos com movimentos rápidos.

Nenhum grito.

Claro que não, pois não havia *dedo* nenhum.

— Ar no encanamento — disse Howard com mais certeza, e foi pendurar o casaco de sua mulher.

Ela saiu, arrumando a saia.

— Comprei o sorvete de cereja e baunilha, bem como você queria — disse. — Mas antes de prová-lo, por que não toma uma cerveja comigo, Howie? É essa nova. American Grain, se chama. Nunca ouvi falar nela, mas estava em oferta especial, então comprei um pacote de seis. Quem não arrisca, não *granha*, estou certa?

— Quá-quá-quá — riu ele, franzindo o nariz. A vocação de Vi para fazer trocadilhos lhe pareceu bonitinha quando a conheceu, mas com o passar dos anos tinha ficado meio sem graça. Mesmo assim, agora que tinha superado o pânico, uma cerveja parecia ser exatamente do que ele precisava. Então, enquanto Vi foi até a cozinha para trazer um copo da sua nova descoberta, deu-se conta de que não tinha superado o pânico de maneira nenhuma. Imaginava que ter tido uma alucinação era melhor do que ver um dedo de verdade saindo do ralo da pia do banheiro, um dedo que estava vivo e se movendo por ali, mas tampouco era uma ótima coisa para culminar a noite.

Howard tornou a se sentar na poltrona. Enquanto Alex Trebek anunciava a categoria do Risco Final — Os Anos 1960 — começou a pensar nos diversos programas de TV que tinha visto em que um personagem que estava tendo alucinações tinha *a*) epilepsia ou *b*) um tumor no cérebro. Percebeu que podia se lembrar de uma porção deles.

— Sabe — disse Vi, voltando para a sala com dois copos de cerveja —, não gosto desses vietnamitas que tocam o mercadinho. Acho que *nunca* vou gostar deles. Acho que eles são trapaceiros.

— Você já os *pegou* fazendo alguma trapaça? — perguntou Howard. Pessoalmente, ele achava que os Lah eram pessoas excepcionais... mas nessa noite não se importava com o assunto de um ou de outro jeito.

— Não — falou Vi —, nada absolutamente. E isso me faz ficar mais desconfiada ainda. Além disso, eles ficam *sorrindo* o tempo todo. Meu pai costumava dizer: "Jamais confie num homem sorridente." Ele dizia também... Howard, você está se sentindo bem?

— Ele disse *isso*? — perguntou Howard, num esforço débil para aliviar a atmosfera.

— *Très amusant, chéri*. Você está branco feito leite. Você pegou alguma doença?

Não, pensou em dizer, *não peguei nenhuma doença, a palavra é muito suave. Acho que posso estar com epilepsia ou talvez com um tumor no cérebro, Vi. O que você acha disso em termos de pegar alguma doença?*

— Acho que é apenas trabalho — disse. — Contei pra você sobre a nova contabilidade de impostos. O Hospital St. Anne.

— O que tem ela?

— É um ninho de ratos — disse ele, e isso imediatamente o fez pensar no banheiro de novo, a pia e o ralo. — Não se devia permitir que as freiras cuidassem da contabilidade. Alguém devia ter posto isso na Bíblia, só pra ter certeza.

— Você deixa o senhor Lathrop exigir demais de você — disse-lhe Vi com energia. — Isso vai continuar assim até que você defenda seus direitos. Você quer ter um ataque do coração?

Não. *E também não quero epilepsia nem tumor no cérebro. Por favor, meu Deus, faça com que isso tenha sido uma única vez. Tá bem? Só alguma espécie de soluço mental esquisito que acontece uma vez e nunca mais se repete. Tá bem? Por favor? Por favorzinho? Com um pouco de carinho?*

— É claro que não — disse com ar sério. — Outro dia, Arlene Katz estava dizendo que, quando os homens com menos de 50 têm um ataque cardíaco, quase nunca saem do hospital. E você só tem 41. Você tem que defender seus direitos, Howard. Deixe de ser tão mole.

— Acho que você tem razão — disse ele melancólico.

Alex Trebek reapareceu e deu a resposta do Risco Final:

— Esse grupo de *hippies* atravessou os Estados Unidos com o escritor Ken Kesey. — A música do Risco Final começou a tocar. Os dois homens que estavam concorrendo começaram a escrever depressa. Mildred, a mulher com o aparelho de surdez que parecia um forno de microondas na orelha, parecia perdida. Finalmente, ela começou a rabiscar alguma coisa. Fez isso com nítida falta de entusiasmo.

Vi tomou um gole grande do seu copo.

— Ei! — falou ela. — Nada mal! E só 2,67 o pacote de seis!

Howard também tomou um pouco. Não era nada de especial, mas, pelo menos, era líquida e gelada. Calmante.

Nenhum dos concorrentes chegou sequer perto. Mildred também errou, mas ela, pelo menos, estava nas imediações. Ela tinha escrito "Quem eram os Merry Men?".

— Merry *Pranksters*, sua burra — disse Howard.

Vi olhou para ele com admiração.

— Howard, você sabe todas as respostas, não é?

— Até gostaria de saber — disse Howard com um suspiro.

Howard não ligava muito para cerveja, mas mesmo assim, nessa noite, tomou três latas da nova descoberta de Vi. Ela fez um comentário a respeito dizendo que, se soubesse que ele ia gostar tanto assim, teria parado na farmácia para comprar um equipamento de intravenosa. Outro antigo dito espirituoso de Vi. Ele forçou um sorriso. Na realidade, estava esperando que a cerveja o fizesse dormir logo. Estava com medo de que, sem alguma ajuda, pudesse ficar acordado por bastante tempo, pensando no que tinha imaginado que vira na pia do banheiro. Porém, como Vi o tinha informado muitas vezes, a cerveja estava cheia de vitamina P e, por volta das 20h30, depois que ela tinha ido para o quarto para vestir a camisola, Howard foi relutantemente ao banheiro para se aliviar.

Primeiro, ele foi até a pia e obrigou-se a olhar para dentro dela.

Nada.

Isso lhe deu um alívio (ele tinha concluído que, afinal, uma alucinação ainda era melhor do que um dedo de verdade, apesar da possibilidade de um tumor cerebral), mas ainda assim não lhe agradava a ideia de olhar dentro do ralo. A cruz de bronze dentro dele, que devia reter coisas como chumaços de cabelo ou grampos que deixassem cair, tinha desaparecido há muito e portanto só havia um buraco escuro rodeado por um aro de aço polido. Parecia uma cavidade ocular olhando fixo.

Howard pegou a tampa de borracha e meteu-a no ralo.

Assim era melhor.

Afastou-se da pia, levantou a tábua (Vi reclamava irritada quando ele se esquecia de abaixá-la depois de terminar, mas nunca parecia sentir qualquer necessidade premente de pô-la para cima quando *ela* terminava) e dedicou-se ao vaso sanitário. Era um desses homens que só começavam a urinar imediatamente se a necessidade fosse extrema (e que não conseguiam urinar de jeito nenhum em mictórios públicos — a ideia de todos aqueles homens de pé, em fila atrás dele, simplesmente lhe bloqueava os circuitos) e agora fez o que quase sempre fazia naqueles poucos segundos entre apontar o instrumento e começar a prática de tiro ao alvo: recitou mentalmente os números primos.

Tinha chegado a 13 e estava à beira do fluxo quando ouviu um ruído forte vindo de trás dele: *piuque!* Sua bexiga, identificando o som da tampa de borracha forçada violentamente para fora do ralo antes mesmo que o cérebro o fizesse, se fechou imediatamente (e de modo bastante doloroso).

Um momento depois, recomeçou aquele ruído — o ruído de uma unha batendo levemente sobre a louça enquanto o dedo se contorcia e se virava. Howard sentiu a pele ficar gelada e parecia encolher até ficar escassa demais para cobrir a carne por baixo dela. Uma única gota de urina escorreu dele e pingou no vaso antes que seu pênis parecesse realmente encolher na sua mão, retraindo-se como uma tartaruga buscando a segurança do casco.

Howard caminhou lentamente e meio sem equilíbrio até a pia. Olhou para dentro dela.

O dedo estava de volta. Era um dedo muito comprido, mas de resto parecia normal. Howard podia ver a unha, que não estava nem roída nem inusitadamente comprida, e as duas primeiras falanges. Enquanto observava, o dedo continuou a bater e tatear seu caminho em volta da pia.

Howard se agachou e olhou embaixo da pia. O cano que vinha do chão não tinha mais de 7,5 centímetros de diâmetro. Não era suficientemente grande para um braço. Além disso, tinha um cotovelo agudo no lugar em que estava o sifão da pia. Então, a que o dedo estava preso? A que *podia* estar preso?

Howard endireitou o corpo de novo e, durante um momento alarmante, sentiu que sua cabeça poderia simplesmente se soltar do pescoço e sair flutuando pelo ar. Pequenos traços negros passaram diante dos seus olhos.

Vou desmaiar!, pensou. Segurou o lóbulo da orelha direita e deu-lhe um puxão, do mesmo modo que um passageiro assustado que viu um problema adiante nos trilhos puxaria o cordão de Parada e Emergência de um vagão de trem. A tonteira passou... mas o dedo continuava lá.

Não era uma alucinação. Como poderia ser? Ele podia ver a diminuta gotinha de água sobre a unha e um pequenino fio esbranquiçado por baixo: sabonete, quase certamente sabonete. Vi tinha lavado as mãos depois de usar a privada.

Mas podia *ser uma alucinação. Ainda podia ser. Só porque você está vendo água e sabonete nele, isso quer dizer que você não pode estar imaginando tudo? E escute uma coisa, Howard: se você* não *o está imaginando, o que ele está* fazendo *ali? Em primeiro lugar, como é que ele chegou ali? E como é que Vi não o viu?*

Chame-a, então, chame-a até aqui!, sua mente ordenou e, no microssegundo seguinte, cancelou sua própria ordem: *Não! Não faça isso! Porque se você continuar a vê-lo e ela não...*

Howard fechou os olhos bem apertados e por um instante viveu num mundo onde só havia lampejos vermelhos de luz e seu próprio batimento cardíaco descompassado.

Quando os abriu de novo, o dedo ainda estava lá.

— O que é você? — sussurrou com os lábios semicerrados. — *O que* é você e o que está fazendo aqui?

O dedo parou imediatamente suas explorações às cegas. Deu meia-volta e então apontou diretamente para Howard. Ele deu um passo trôpego para trás, as mãos elevando-se até a boca para abafar um grito. Queria tirar os olhos daquela coisa horrível, desgraçada, queria fugir do banheiro às pressas (e deixa pra lá o que Vi poderia pensar, dizer ou ver)... mas naquele instante estava paralisado e incapaz de desviar o olhar daquele dígito rosa-esbranquiçado, que agora mais que tudo parecia um periscópio orgânico.

Então ele flexionou na altura da segunda falange. A ponta do dedo se inclinou, tocou a louça e retomou seus tateios exploratórios circulares.

— Howie? — chamou Vi. — Você caiu dentro do vaso?

— Já estou saindo! — berrou de volta, numa voz enlouquecidamente alegre.

Deu a descarga para lavar a única gota de urina que tinha caído na privada, depois se moveu em direção à porta, passando bem longe da pia. Contudo, *chegou* a se ver no espelho do banheiro: os olhos estavam arregalados, a pele com uma palidez doentia. Deu um beliscão forte em cada bochecha antes de sair do banheiro, que tinha se transformado, em uma hora, no lugar mais horrível e inexplicável em que jamais estivera em toda a sua vida.

Quando Vi veio até a cozinha para ver por que estava demorando tanto, deparou com Howard olhando dentro da geladeira.

— O que você quer? — perguntou ela.

— Uma Pepsi. Acho que vou até o mercadinho do Lah comprar uma.

— Em cima de três cervejas e uma tigela de sorvete de cereja e baunilha? Howard, você vai *rebentar*!

— Não, não vou não — disse ele. Mas, se não conseguisse descarregar o que seus rins estavam segurando, bem que poderia.

— *Tem certeza* de que está se sentindo bem? — Vi estava olhando para ele com ar crítico, mas seu tom de voz era mais delicado agora, com sinais de real preocupação. — Porque você está com péssima aparência. De verdade.

— Bem — disse de forma relutante —, está havendo uma epidemia de gripe no escritório. Imagino...

— *Eu* vou buscar o raio da Pepsi para você, se você de fato precisa dela — disse ela.

— Não vai, não — retrucou Howard apressadamente. — Você já está de camisola. Olhe, eu ponho meu casaco.

— Quando foi a última vez que você fez um exame médico de cabo a rabo, Howard? Faz tanto tempo que já me esqueci.

— Vou verificar amanhã — disse de modo vago, indo para o pequeno vestíbulo onde ficavam pendurados os casacos. — Deve estar numa das pastas de seguro.

— Bem, é *melhor* que faça isso! E se insiste em ser maluco e sair, use meu cachecol!

— Tá bem. Boa ideia. — Vestiu o sobretudo e o abotoou de costas para ela, a fim de que não visse como suas mãos estavam tremendo. Quando se virou, Vi estava acabando de entrar novamente no banheiro. Ficou parado ali num silêncio fascinado durante vários minutos, esperando para ouvir se *dessa* vez ela iria gritar e então a água começou a correr na pia. A isso se seguiu o barulho de Vi escovando os dentes na sua maneira usual: *con brio*.

Ficou parado por mais um momento e, de repente, sua mente ofereceu o veredicto em quatro palavras monocórdias, eminentemente práticas: *Estou perdendo meu controle.*

Era possível... mas isso não alterava o fato de que, se não fizesse xixi o quanto antes, ia sofrer um acidente embaraçoso. Pelo menos esse era um problema que podia resolver, o que lhe deu algum sossego. Abriu a porta, começou a sair, depois parou para tirar o cachecol de Vi do cabide.

Quando é que você vai lhe falar sobre esse último acontecimento fascinante na vida de Howard Mitla?, indagou de repente sua mente.

Howard expulsou essa ideia da cabeça e se concentrou em enfiar as pontas do cachecol dentro das lapelas do sobretudo.

O apartamento dos Mitla ficava no quarto andar de um edifício de nove andares na rua Hawking. À direita e a meia quadra de distância, na esquina de Hawking e do bulevar Queens, estava o Mercadinho e Delicatessen 24 Horas de Lah. Howard virou para a esquerda e andou até o final do edifício. Aqui havia um beco estreito que dava para a coluna de ventilação do prédio. Em ambos os lados do beco estavam enfileirados latões de lixo. Entre eles havia espaços imundos onde pessoas — algumas que não tinham nada de alcoólatras — frequentemente faziam suas incômodas camas de jornal. Parecia que ninguém tinha estabelecido residência no beco nessa noite, pelo que Howard estava profundamente grato.

Colocou-se entre o primeiro e o segundo latão, abriu o zíper e urinou copiosamente. A princípio o alívio foi tão grande que quase se sentiu abençoado apesar dos tormentos da noite, mas à medida que o fluxo diminuía e começou a rever novamente sua posição, a angústia começou a ressurgir.

Numa palavra, sua posição era insustentável.

Ali estava ele, mijando na parede de um edifício no qual possuía um apartamento quente e seguro, olhando por cima do ombro o tempo todo para ver se estava sendo observado. A chegada de um drogado ou de um assaltante enquanto ele estava nessa posição indefesa seria ruim, mas não tinha certeza se não seria ainda pior a chegada de alguém que ele conhecesse, os Fenster do 2C ou os Dattlebaum do 3F, por exemplo. O que poderia dizer? O que aquela tagarela da Alicia Fenster iria dizer para Vi?

Terminou, fechou o zíper da calça e caminhou para a entrada do beco. Depois de uma olhada precavida para ambas as direções, foi até o Lah e comprou uma Pepsi da senhora Lah, sorridente e de pele cor de azeitona.

— O senhor está pálido essa noite, senhor Mit-ra — disse ela através de seu sorriso perene. — Sentindo-se bem?

Ah, estou sim, pensou. *Estou me sentindo medo bem, muito obrigado, senhora Lah. Nunca me senti melhor* nesse *aspecto.*

— Acho que talvez tenha pego algum vírus na pia — falou. Ela começou a franzir a testa apesar do sorriso. Ele percebeu e emendou: — Quero dizer, no escritório.

— É melhor aquecer bem quente — disse ela. A linha de preocupação tinha se apagado da sua testa quase etérea. — Rádio diz tempo frio chegando.

— Muito obrigado — disse e saiu. No caminho de volta para o apartamento, abriu a Pepsi e despejou-a na calçada. Tendo em conta o fato de que seu banheiro aparentemente tinha se tornado território inimigo, o que ele menos precisava nessa noite era beber qualquer coisa.

Quando chegou, pôde ouvir Vi roncando suavemente no quarto. As três cervejas a tinham despachado rápida e eficientemente. Pousou a lata de refrigerante vazia sobre a bancada da cozinha, depois ficou do lado de fora da porta do banheiro. Após alguns momentos, inclinou a cabeça de encontro à madeira.

Raaque-raaque. Riique-riique-raaque.

— Seu filho da puta desgraçado — sussurrou.

Foi para a cama sem escovar os dentes pela primeira vez desde aquelas duas semanas no acampamento High Pines, quando tinha 12 anos e sua mãe se esqueceu de colocar a escova de dentes na sua mala.

E ficou deitado na cama, ao lado de Vi, desperto.

Podia ouvir o ruído do dedo dando suas intermináveis voltas exploratórias pela pia do banheiro, a unha clicando e dando batidinhas. Não podia ouvir *de verdade*, com as duas portas fechadas — e sabia disso —, mas *imaginava* que ouvia, o que era igualmente ruim.

Não, não e não, disse a si mesmo. *Pelo menos você* sabe *que está imaginando isso. Quanto ao próprio dedo, você não tem certeza.*

Isso lhe dava apenas um ligeiro consolo. Continuava não sendo capaz de pegar no sono e não estava mais perto de resolver o problema. *Sabia* que não podia passar o resto da vida dando desculpas para sair e ir mijar no beco ao lado do edifício. Duvidava que pudesse conseguir isso por mais de 48 horas. E o que iria acontecer na próxima vez que tivesse que evacuar, amigos e vizinhos? *Essa* era uma pergunta que nunca vira ser feita numa rodada do Risco Final e não tinha a menor ideia de qual poderia ser a resposta. Não no beco, porém. Pelo menos disso tinha certeza.

Talvez, sugeriu cautelosamente a voz na sua cabeça, *você acabe se acostumando com a danada da coisa.*

Não. A ideia era descabida. Estava casado com Vi há 21 anos e ainda lhe era impossível ir ao banheiro quando ela estava lá dentro com ele. Os circuitos simplesmente ficavam sobrecarregados e se fechavam. Ela podia sentar-se lá no vaso, feliz da vida, fazer xixi e conversar com ele sobre como tinha sido seu dia no consultório do doutor Stone enquanto ele fazia a barba, mas ele não conseguia fazer o mesmo. Ele simplesmente não era feito assim.

Então, se aquele dedo não for embora, é melhor você se preparar para fazer algumas mudanças na maneira como você foi feito, disse-lhe a voz, *porque acho que você terá que fazer algumas modificações na estrutura básica.*

Virou a cabeça e deu uma olhada no relógio sobre a mesinha de cabeceira. Era 1h45... e, deu-se conta pesarosamente, tinha que mijar de novo.

Levantou-se cuidadosamente, saiu do quarto sem fazer barulho, passou pela porta fechada do banheiro com os ruídos do incessante arranhar e batidinhas que ainda vinham de trás dela e foi até a cozinha. Colocou o banco-escadinha na frente da pia da cozinha, subiu nele e mirou cuidadosamente no ralo, o tempo todo com os ouvidos atentos para o barulho de Vi saindo da cama.

Finalmente conseguiu... mas não antes de ter chegado a 347 no seu catálogo de números primos. Foi um recorde de todos os tempos. Recolocou o banco-escadinha no lugar e foi arrastando os pés de volta para a cama, pensando: *Não posso continuar assim. Não por muito mais tempo. Simplesmente não posso.*

Quando passou pela porta do banheiro, arreganhou os dentes na sua direção.

Quando o despertador tocou, às 6h30, jogou-se para fora da cama, foi arrastando os pés até o banheiro e entrou.

O ralo estava vazio.

— Graças a Deus — disse em voz baixa e trêmula. Uma sublime rajada de alívio passou por ele, um alívio tão grande que parecia alguma espécie de revelação sagrada. — Oh, graças a De...

O dedo saltou para cima como se fosse um boneco de mola saltando de uma caixa de brinquedo, como se o som da sua voz o tivesse chamado. Deu três voltas sobre si mesmo, rápido, e então se curvou rigidamente como um perdigueiro irlandês apontando. E estava apontando diretamente para ele.

Howard recuou, o lábio superior subindo e descendo rapidamente num arreganhar de dentes involuntário.

Agora a ponta do dedo se dobrava para cima e para baixo, para cima e para baixo... como se estivesse fazendo uma saudação para ele. Bom dia, Howard, que bom estar aqui.

— Vá se foder — murmurou. Virou-se e ficou de frente para a privada. Tentou valentemente urinar... e nada. Sentiu uma súbita e fantástica efusão de raiva... um impulso de simplesmente se virar e cair em cima do irritante intruso na pia, arrancá-lo da sua caverna, atirá-lo no chão e pisoteá-lo com seus pés descalços.

— Howard? — indagou Vi chorosa. Bateu na porta: — Está terminando?

— Estou — disse ele, tentando ao máximo fazer com que sua voz parecesse normal. Deu a descarga na privada.

Estava claro que Vi não teria sabido nem teria se importado muito se sua voz estava normal ou não e ele estava muito pouco interessado em sua fisionomia. Ela estava padecendo de uma ressaca não planejada.

— Não é a pior que já tive, mas ainda assim é bastante ruim — balbuciou ao passar por ele, suspendeu sua camisola e se deixou cair no vaso. Apoiou a testa numa das mãos. — Chega dessa *coisa*, por favor e muito obrigada. American Grain, vá tomar no cu. Alguém devia dizer a esses garotos que se coloca o fertilizante no lúpulo *antes* de ele brotar, não depois. Uma dor de cabeça por causa de três drogas de cervejas! Deus meu! Bem, se você paga barato, você obtém coisa barata. Especialmente quando são aqueles Lah asquerosos que estão vendendo. Seja um anjo e me dê umas aspirinas, tá bem, Howie?

— Claro — disse ele, e se aproximou da pia com cuidado. O dedo tinha desaparecido novamente. Parecia que Vi o tinha assustado mais uma vez. Pegou o vidro de aspirina do armário de remédios e tirou duas. Quando se esticou para colocar o vidro de volta no lugar, viu a ponta do dedo se projetar momentaneamente para fora do ralo. Saiu não mais de meio centímetro. Uma vez mais ele pareceu dar aquele aceno em miniatura antes de sumir de vista de novo.

Vou me livrar de você, meu amigo, pensou de repente. O sentimento que acompanhou esse pensamento foi de raiva, raiva pura e simples, e o deixou contente. A emoção cruzou por sua mente sacudida e confusa como um daqueles enormes quebra-gelos soviéticos que esmagam e cortam o caminho através de massas de placas de gelo com uma facilidade quase distraída. *Vou pegar você. Ainda não sei como, mas vou pegá-lo.*

Entregou as aspirinas a Vi e disse:

— Só um minuto — vou buscar um copo d'água para você.

— Não se preocupe — disse Vi num tom cansado, e esmigalhou os dois comprimidos com os dentes. — Desse jeito produz efeito mais depressa.

— Mas aposto que também faz misérias por dentro de você — falou Howard. Descobriu que não se importava muito de estar dentro do banheiro desde que Vi estivesse ali com ele.

— Que m'importa — disse num tom ainda mais cansado. Deu a descarga na privada. — Como está se sentindo agora?

— Não muito bem — respondeu com sinceridade.

— Você também está de ressaca?

— Ressaca? Não. Acho que é aquele vírus de gripe de que lhe falei. Minha garganta está dolorida e acho que estou com dedo.

— O quê?

— *Febre* — corrigiu. — Febre, foi o que eu quis dizer.

— Bem, é melhor você ficar em casa. — Foi até a pia, pegou sua escova de dentes do suporte e começou a escovar com força.

— Talvez seja melhor *você* ficar também — disse ele. Entretanto, não queria que Vi ficasse em casa, a queria bem ao lado do doutor Stone enquanto ele enchia cavidades e tratava de canais, mas teria sido mostra de insensibilidade não ter dito *alguma coisa.*

Ergueu os olhos para si próprio no espelho. Sua face já começava a recuperar um pouco de cor e seus olhos exibiam um leve fulgor. Vi também se recuperava *con brio.*

— O dia em que avisar no trabalho que estou doente porque estou de ressaca será o dia em que pararei de beber de vez — disse ela. — Além disso, o doutor vai precisar de mim. Vamos extrair um jogo completo de dentes superiores. Trabalho sujo, mas alguém tem que fazê-lo.

Ela cuspiu bem dentro do ralo e Howard pensou, fascinado: *Da próxima vez que ele aparecer, estará coberto de pasta de dentes. Deus meu!*

— Você fica em casa, se mantém aquecido e toma bastante líquido — disse Vi. Agora tinha falado na sua Voz de Enfermeira-Chefe, o tom que dizia "*Se você não engolir tudo isso, a responsabilidade é toda sua*". — Ponha em dia sua leitura. E, a propósito, mostre àquele Senhor Grande Bosta Lathrop o que ele perde quando você não vai trabalhar. Faça com que ele pense duas vezes.

— Não é má ideia — disse Howard.

Ela lhe deu um beijo ao passar por ele e uma piscadela.

— Sua pobre Violet também sabe uma ou duas coisas — falou.

Quando, meia hora depois, ela saiu para pegar o ônibus, estava cantando com entusiasmo, esquecida da ressaca.

A primeira coisa que Howard fez depois que Vi saiu foi puxar o banco--escadinha para junto da pia da cozinha e despejar no ralo novamente. Era mais fácil com Vi fora de casa: mal chegara a 23, o nono número primo, e já estava entrando em atividade.

Com *esse* problema solucionado — ao menos pelas próximas horas —, voltou ao corredor e enfiou a cabeça pela porta do banheiro. Viu o dedo imediatamente, e isso estava errado. Era *impossível*, porque ele estava bem aqui e a pia deveria ter bloqueado sua visão. Mas não bloqueou, o que significava que...

— O que está fazendo, seu miserável? — grasnou Howard, e o dedo, que estava se revirando para a frente e para trás como se estivesse testando o vento, voltou-se para ele. Tinha pasta de dentes em cima, exatamente como ele sabia que teria. Dobrou-se na sua direção... só que agora ele se dobrou em *três lugares* e *isso*, ainda por cima, era impossível, bastante impossível, porque quando se chega à terceira falange de qualquer dedo você está no dorso da mão.

— *Ele está ficando mais comprido* — falou de forma desconexa. — *Não sei como isso pode acontecer, mas está acontecendo... se posso vê-lo daqui por cima da borda da pia, ele deve estar com pelo menos 10 centímetros de comprimento... talvez mais!*

Fechou suavemente a porta do banheiro e cambaleou de volta para a sala de estar. Suas pernas tinham voltado a parecer pernas de pau defeituosas. Seu quebra-gelo mental tinha desaparecido, esmagado sob um grande peso branco de pânico e espanto. Isso não era um *iceberg*, era uma geleira inteira.

Howard Mitla sentou-se na sua poltrona e fechou os olhos. Nunca havia se sentido tão sozinho, tão desorientado ou tão inteiramente impotente em toda a sua vida. Ficou sentado assim por bastante tempo e finalmente seus dedos começaram a se descontrair nos braços da poltrona. Tinha passado a maior parte da noite inteiramente acordado. Agora ele simplesmente deslizou para o sono enquanto o dedo que se encompridava no ralo da pia do seu banheiro batucava e dava voltas, dava voltas e batucava.

* * *

Sonhou que era um dos concorrentes no *Jeopardy* — não a nova versão, de dinheiro alto, mas o programa original, durante o dia. Em vez de telas de computador, um auxiliar de palco ficava por trás do painel do jogo e simplesmente puxava um cartão para cima quando um concorrente escolhia uma resposta em particular. Alex Trebek tinha sido substituído por Art Fleming, com seu cabelo penteado para trás e seu sorriso arrumadinho de menino-pobre-na-festa. A mulher no meio ainda era Mildred e ainda tinha um comunicador de satélite metido no ouvido, mas seus cabelos estavam para cima, num *bouffant* estilo Jacqueline Kennedy, e os óculos de aros de metal tinham sido substituídos por uma armação de gatinho.

E todo mundo estava vestido de preto e branco, inclusive ele.

— Muito bem, Howard — disse Art e apontou para ele. Seu dedo indicador era uma coisa grotesca, facilmente com 30 centímetros de comprimento, que se projetava de seu punho fechado frouxamente como uma vareta de apontar de um pedagogo. Na unha havia pasta de dentes seca. — É sua vez de escolher.

Howard olhou para o painel e disse:

— Gostaria de Pragas e Víboras, valendo 100, Art.

O quadrado marcado 100 dólares foi retirado, revelando uma resposta que Art agora lia:

— A melhor maneira de se livrar de dedos que causam problemas no ralo do seu banheiro.

— O que é... — disse Howard e então empacou. Os espectadores no estúdio, vestidos de branco e preto, ficaram olhando para ele em silêncio. Um operador de câmera vestido de branco e preto empurrou o tripé para um *close* de seu rosto preto e branco escorrendo suor. — O que é... ahn...

— Apresse-se, Howard, seu tempo está quase esgotado — incentivou Art Fleming, sacudindo seu dedo grotescamente alongado na direção de Howard, mas ele continuava totalmente empacado. Ia perder a pergunta, as cem pratas seriam deduzidas do seu total, ia para a coluna de pontos negativos, ia ser um perdedor absoluto, provavelmente não lhe dariam nem mesmo a porcaria do conjunto de enciclopédias...

* * *

A descarga de um caminhão de entregas lá na rua deu um estouro. Howard se empinou com um tranco que quase o atirou da poltrona.

— *O que é líquido para limpar ralos?* — berrou — *O que é líquido para limpar ralos?*

Era, evidentemente, a pergunta. A pergunta *certa.*

Começou a rir. Ainda estava rindo cinco minutos depois, enquanto enfiava seu sobretudo e saía porta afora.

Howard pegou a garrafa de plástico que o vendedor da Loja de Ferragens Consertador Feliz no Queens boulevard, mascando um palito, tinha acabado de pôr sobre o balcão. Na parte da frente havia uma mulher de avental. Estava de pé, com a mão na cintura enquanto usava a outra para despejar um jorro de limpador de ralo em alguma coisa que era uma pia industrial ou o bidê de Orson Welles. O rótulo proclamava RALO-FÁCIL. *O* DOBRO *da potência da maioria das melhores marcas! Desentope pias de banheiro, chuveiros e ralos* EM MINUTOS! *Dissolve cabelo e matéria orgânica!*

— Matéria orgânica — leu Howard. — Exatamente o que isso quer dizer?

O vendedor, um homem careca com uma porção de verrugas na testa, encolheu os ombros. O palito enfiado entre os lábios rolava de um lado da boca para o outro.

— Comida, acho eu. Mas não colocaria a garrafa ao lado do detergente, se o senhor entende o que quero dizer.

— Ele abriria buracos nas *mãos* de uma pessoa? — perguntou Howard, esperando que sua voz parecesse horrorizada como devia.

O vendedor encolheu os ombros novamente.

— Acho que não é tão potente como a coisa que costumávamos vender, a que tinha lixívia, mas ela agora está proibida. Pelo menos *acho* que está. Mas o senhor está vendo isso, não está? — Bateu com um dedo curto e grosso no símbolo de VENENO, com uma caveira e dois ossos cruzados. Howard deu uma boa olhada no dedo. Deu-se conta de que tinha observado uma porção de dedos enquanto caminhava até a Consertador Feliz.

— Estou sim — disse Howard. — Estou vendo.

— Bem, eles não colocam isso aí só porque ele parece, o senhor sabe, bacana. Se tiver crianças, mantenha isso longe do seu alcance. E não use para fazer gargarejo. — Estourou numa gargalhada, o palito subindo e descendo colado no seu lábio inferior.

— Não usarei — disse Howard. Deu uma volta na garrafa e leu o texto em letras minúsculas. *Contém hidróxido de sódio e hidróxido de potássio. Causa queimaduras graves por contato.* Bem, isso era muito bom. Não sabia se seria bom o bastante, mas havia um modo de descobrir, não é mesmo?

A voz na sua mente falou, em tom duvidoso: *E se só servir para enfurecê-lo, Howard? E aí?*

Bem... e daí? Ele estava no ralo, não estava?

É... mas ele parece estar crescendo.

Mesmo assim, que outra opção tinha? Sobre isso, a voz ficou calada.

— Não quero apressá-lo numa compra tão importante — disse o vendedor —, mas estou sozinho hoje de manhã e tenho que examinar umas faturas, e...

— Vou levar — disse Howard, pegando a carteira. Enquanto fazia isso, seu olho caiu sobre outra coisa: um mostruário abaixo de um cartaz que dizia LIQUIDAÇÃO DE OUTONO. — O que é isso? — perguntou. — Lá?

— Aquilo? — indagou o vendedor. — Aparadores elétricos de sebe. Recebemos umas duas dúzias julho passado, mas não venderam quase nada.

— Levo dois — disse Howard Mitla. Começou a sorrir e o vendedor disse depois à polícia que não tinha gostado daquele sorriso. Nem um pouquinho.

Ao chegar em casa, Howard colocou suas novas aquisições sobre a bancada da cozinha, empurrando para um lado a caixa com os aparadores elétricos de sebe, esperando que não precisasse chegar a *eles*. Certamente não seria preciso. Depois, leu com atenção as instruções na garrafa de Ralo-fácil.

Despeje lentamente um quarto da garrafa no ralo... aguarde 15 minutos. Repita a aplicação se necessário.

Mas certamente *isso* não seria necessário... seria?

Para ter certeza de que não seria, Howard resolveu que despejaria *metade* da garrafa no ralo. Talvez um pouquinho mais.

Lutou com a tampa de segurança e finalmente conseguiu tirá-la. Depois, atravessou a sala de estar e entrou no corredor segurando a garrafa de plástico branco à sua frente com uma expressão soturna — a expressão de um soldado que sabe que receberá ordem para saltar para fora da trincheira a qualquer momento — no seu rosto geralmente manso.

Espere um instante!, gritou a voz na sua mente quando ele estava indo pegar a maçaneta e sua mão hesitou. *Isso é uma loucura! Você SABE que é uma loucura! Você não precisa de um limpador de ralos, você precisa de um psiquiatra! Você precisa ficar deitado num sofá em algum lugar e contar a alguém que você imagina, é isso mesmo, essa é a palavra, IMAGINA, que há um dedo enfiado na pia do banheiro, um dedo que está crescendo!*

— Ah, não — disse Howard, balançando a cabeça para a frente e para trás firmemente. — De jeito nenhum.

Não podia — não podia de jeito nenhum — se ver contando essa história para um psiquiatra... na verdade, para *ninguém*. Imagine se o senhor Lathrop viesse a saber? Aliás, bem que poderia, pelo pai de Vi. Bill DeHorne tinha sido contador público juramentado na firma de Dean, Green e Lathrop durante trinta anos. Tinha conseguido a entrevista inicial de Howard com o senhor Lathrop, tinha escrito uma recomendação entusiástica para ele... na verdade, tinha feito tudo, só faltando lhe dar o emprego. O senhor DeHorne agora estava aposentado, mas ele e John Lathrop ainda se viam bastante. Se Vi descobrisse que o seu Howie estava indo ver um médico de birutas (e como poderia ocultar dela uma coisa como essa?), iria contar para a mãe — Vi contava *tudo* para a mãe. A senhora DeHorne, naturalmente, contaria para seu marido. E o senhor DeHorne...

Howard ficou imaginando os dois homens, o sogro e o patrão, sentados em algum clube imaginário em poltronas de couro de espaldar e laterais altos, dessas poltronas de couro de espaldar e laterais altos com pequenas tachinhas douradas. Em sua imaginação, viu-os bebericando um xerez, com o decantador de cristal numa mesinha à direita do senhor Lathrop. (Na realidade, Howard nunca tinha visto qualquer dos dois homens beber xerez, mas essa fantasia mórbida parecia exigir esse detalhe.) Viu o senhor DeHorne — que agora estava beirando os 70 e muitos e tinha a mesma discrição de uma mosca doméstica — inclinar-se para a frente com ar de segredo e dizer: *John, você não vai acreditar no que se meteu meu genro, Howard. Ele está indo ver um psiquiatra! Ele acha que há um dedo na pia do seu banheiro, entende? Você acha que ele pode estar tomando algum tipo de droga?*

E talvez Howard não pensasse realmente que tudo isso iria acontecer. Ele achava que havia uma possibilidade de que acontecesse — mesmo que não dessa maneira, então de alguma outra maneira —, mas suponha que não acontecesse? *Mesmo assim,* ele não podia se ver indo a um psiquiatra. Algo nele — sem dúvida parente próximo daquele algo que não o deixava urinar num mictório público se houvesse uma fila de homens atrás dele — simplesmente repudiava a ideia. Ele não iria se deitar num daqueles sofás e dizer *Há um dedo saindo da pia do banheiro* para um médico de birutas usando cavanhaque, que o crivaria de perguntas. Seria como *Jeopardy* no inferno.

Novamente estendeu a mão para a maçaneta.

Então chame um bombeiro!, gritou a voz em desespero. *Pelo menos faça isso! Você não precisa dizer a ele o que viu! Apenas diga-lhe que o cano está entupido! Ou diga-lhe que sua mulher deixou a aliança cair pelo ralo! Diga-lhe* QUALQUER COISA!

Mas essa ideia era, de certo modo, ainda mais inútil do que a ideia de ir a um médico de birutas. Estava em Nova York, não em Des Moines. Você podia deixar o Diamante Hope cair pelo ralo da pia do banheiro e ainda ter que esperar uma semana para que um bombeiro viesse à sua casa. Não pretendia passar os próximos sete dias esquivando-se por Queens à procura de postos de gasolina em que um frentista aceitasse 5 dólares pelo privilégio de deixar que Howard Mitla evacuasse num banheiro masculino, sob o calendário da Bardahl.

Então faça depressa, disse a voz, entregando os pontos. *Pelo menos, faça depressa.*

Nisso as duas mentes de Howard estavam unidas. Na verdade, estava com medo de que, se não agisse rápido — e continuasse agindo — não faria coisa alguma.

E pegue-o de surpresa, se puder. Tire os sapatos.

Howard achou que essa era uma ideia extremamente útil. Adotou-a imediatamente, tirando primeiro um e depois o outro sapato. Começou a desejar que tivesse se lembrado de pôr luvas de borracha para o caso de haver respingos e se perguntou se Vi ainda guardava um par debaixo da pia da cozinha. Mas não tinha importância. Estava tenso a ponto de estourar. Se parasse agora para ir lá buscar as luvas de borracha, seria capaz de perder a coragem... talvez momentaneamente, talvez para sempre.

Abriu a porta do banheiro devagar e esgueirou-se para dentro.

O banheiro dos Mitla nunca tinha sido o que se poderia chamar de um lugar alegre, mas a essa hora, quase meio-dia, pelo menos era claro. A visibilidade não seria um problema... e não havia sinal do dedo. Pelo menos ainda não. Howard foi na ponta dos pés pelo banheiro, segurando firme a garrafa de limpador de ralo na mão direita. Debruçou-se sobre a pia e olhou para dentro do buraco circular e escuro no meio da louça rosa desbotada.

Só que ele *não estava* escuro. Alguma coisa estava subindo depressa pela escuridão, correndo por aquele cano estreito e gosmento para vir saudá-lo, para vir saudar seu velho amigo Howard Mitla.

— Tome isso! — berrou Howard e inclinou a garrafa de Ralo-fácil em cima da pia. Saiu um espesso líquido azul-esverdeado, que atingiu o ralo no momento em que o dedo emergiu.

O resultado foi imediato e aterrorizador. O borrão cobriu a unha e a ponta do dedo. Ele ficou frenético, girando sem parar, como um dervixe, em volta da pequena circunferência do ralo, aspergindo pequenos leques azul-esverdeados de Ralo-fácil. Várias gotículas atingiram a camisa de algodão azul-claro que Howard estava usando e imediatamente abriu buracos nela. Esses buracos fervilhavam num rendilhado marrom nas bordas, mas a camisa era bem maior do que ele e nem um pouco da substância passou para seu peito ou sua barriga. Outras gotas pinicaram a pele do seu pulso e a palma da mão direita, mas só sentiu isso mais tarde. Sua adrenalina não estava apenas circulando, era uma torrente.

O dedo espirrou para fora do ralo — junta após junta, de forma impossível. Agora estava fumegante e com um cheiro como se fosse uma bota de borracha queimando numa grelha de churrasco.

— *Tome isso! O almoço está servido, seu miserável!* — gritou Howard, continuando a derramar enquanto o dedo se erguia a uma altura de pouco mais de 30 centímetros, elevando-se para fora do ralo como uma cobra numa cesta de encantador de serpentes. Tinha quase chegado à boca da garrafa de plástico quando hesitou, pareceu estremecer e, de repente, reverteu a marcha, mergulhando rapidamente pelo ralo adentro. Howard debruçou-se mais sobre a pia para vê-lo ir-se e viu apenas um lampejo branco recuando lá no fundo da escuridão. Lentos anéis de fumaça se elevaram do ralo.

Respirou fundo, o que foi um erro. Encheu os dois pulmões com vapores de Ralo-fácil. Subitamente, sentiu um enjoo violento. Vomitou com força na pia e depois cambaleou para trás, ainda engasgado e com engulhos.

— *Consegui!* — gritou em delírio. Sua cabeça estava tonta com o fedor combinado dos corrosivos químicos e da carne queimada. Mesmo assim, estava quase exultante. Tinha se encontrado com o inimigo e, por Deus e todos os santos, ele estava derrotado. *Derrotado!*

— *Opa-lá-lá! Opa-que-se-foda-lá-lá! Consegui! Con...*

Sentiu outro engulho. Meio que se ajoelhou, meio que desfaleceu na frente da privada, ainda segurando firme a garrafa de Ralo-fácil na mão direita e só descobriu tarde demais que Vi tinha baixado tanto o assento como o tampo quando desocupara o trono naquela manhã. Vomitou tudo em cima do tampo cor-de-rosa fosco da privada e depois caiu para a frente por cima de sua própria gosma num desmaio total.

Não podia ter ficado desacordado por muito tempo, porque o banheiro só desfrutava a plena luz do dia por menos de meia hora mesmo no meio do verão. Depois, os outros edifícios cortavam a luz solar direta e mergulhavam o banheiro novamente na penumbra.

Howard ergueu a cabeça devagar, consciente de que estava coberta dos cabelos até o queixo com uma substância pegajosa e fedorenta. Estava ainda mais consciente de outra coisa. Um ruído tiquetaqueante. Vinha de trás dele e estava chegando mais perto.

Para a esquerda, foi virando lentamente a sua cabeça, que parecia um saco de areia cheio demais. Seus olhos foram se arregalando. Segurou a respiração e tentou gritar, mas sua garganta se travou.

O dedo estava indo atrás dele.

Tinha facilmente uns 2 metros de comprimento e estava ficando cada vez mais comprido. Descrevia um arco rígido de dentro da pia, com talvez umas 12 juntas, descendo até o chão, depois se curvava de novo (*Juntas para ambos os lados!,* informou com interesse um comentarista distante na sua mente em desintegração). Agora ele vinha dando umas batidinhas e tateando seu caminho pelo piso de ladrilhos na sua direção. Os últimos 20 a 25 centímetros estavam esbranquiçados e fumegantes. A unha tinha ficado com uma cor preto-esverdeada. Howard achou que podia enxergar o brilho esbranquiçado do osso logo abaixo da primeira junta. Estava muito queimado, mas não estava, por mais que forçasse a imaginação, dissolvido.

— Vá embora — sussurrou Howard e, por um instante, toda aquela geringonça grotesca e cheia de juntas se deteve. Parecia a concepção de um lunático de um brinquedo de festa de ano-novo. Então ela se arrastou diretamente para ele. A última meia dúzia de juntas se flexionou e a ponta do dedo se enrolou em volta do tornozelo de Howard Mitla.

— *Não!* — gritou ele quando os fumegantes Gêmeos de Hidróxido — Sódio e Potássio — perfuraram sua meia de náilon e queimaram sua pele. Deu um tremendo puxão no pé. Por um instante, o dedo ficou segurando, tinha muita força, e depois conseguiu se soltar. Arrastou-se em direção à porta com um chumaço de cabelo coberto de vômito pendurado sobre seus olhos. Enquanto se arrastava, tentou olhar para trás, por cima do ombro, mas não conseguia ver nada através dos cabelos coagulados. Agora seu peito se destravou e emitiu uma série de ganidos apavorados.

Não podia *ver* o dedo, pelo menos temporariamente, mas podia *ouvi-lo* e agora ele estava indo *depressa*, *tiquetique-tiquetique*, bem atrás dele. Ainda tentando olhar por cima do ombro, esbarrou na parede à esquerda da porta do banheiro. As toalhas tornaram a cair da prateleira. Esparramou-se no chão e imediatamente o dedo estava em volta do seu *outro* tornozelo, apertando-o com força com sua ponta tostada, queimando-o.

Começou a puxá-lo de volta para a pia. Estava realmente *puxando-o para trás.*

Howard soltou um uivo profundo e primitivo — um som que nunca antes havia escapado do seu educado conjunto de cordas vocais de contador público juramentado — e ficou se debatendo no limiar da porta. Agarrou-se a ela com a mão direita e deu um enorme puxão, em pânico. A camisa se soltou toda e a costura debaixo do braço direito se abriu com um ronronar suave, mas conseguiu soltar-se, perdendo apenas a esfarrapada metade inferior de uma meia.

Pôs-se de pé, cambaleante, voltou-se e viu o dedo tateando novamente em sua direção. A unha na ponta estava partida bem fundo e sangrando.

Está precisando de uma manicure, meu chapa, pensou Howard e emitiu uma gargalhada angustiada. Depois correu para a cozinha.

Alguém estava batendo na porta. Com força.

— Mitla! Ei, Mitla! O que que está acontecendo aí?

Feeney, lá adiante no corredor. Um bêbado irlandês, grande e barulhento. Retificação: um bêbado irlandês, grande, barulhento e *intrometido*.

— Nada de que eu não possa dar conta, meu amigo andarilho! — berrou Howard enquanto ia para a cozinha. Deu outra gargalhada e atirou os cabelos da testa para trás. Eles foram, mas um segundo depois caíram de volta no mesmo chumaço gelatinoso. — Nada de que eu não possa dar conta, pode acreditar! Pode apostar tudo nisso AGORA!

— De que você me chamou? — retrucou Feeney. Sua voz, que antes tinha um tom truculento, agora também soava ameaçadora.

— Cala a boca! — berrou Howard. — Estou ocupado!

— Quero que pare a gritaria ou vou chamar a polícia!

— Vá tomar no rabo! — berrou Howard para ele. Outra coisa que fazia pela primeira vez. Atirou os cabelos para trás e *clamp!*, eles caíram de volta na testa.

— Não sou obrigado a ouvir as merdas que você fala, seu cretino quatro olhos!

Howard enfiou os dedos pelos cabelos cobertos de vômito e depois os atirou para a frente num gesto curiosamente gaulês que parecia dizer: *Et voilà!* Um suco quente e glóbulos sem forma se espalharam por cima dos armários brancos de cozinha da Vi. Howard nem notou. O dedo hediondo tinha agarrado uma vez cada um dos seus tornozelos e eles estavam queimando como se estivessem usando aros de fogo. Howard também não ligava para isso. Pegou a caixa em que estavam os aparadores elétricos de sebe. Na parte da frente, um senhor sorridente com um cachimbo na boca estava aparando a sebe na frente de uma mansão.

— Você está dando uma festinha com drogas aí? — perguntou Feeney do corredor.

— É melhor você dar o fora daqui, Feeney, senão vou apresentá-lo a um amigo meu! — gritou Howard de volta. Isso lhe pareceu muitíssimo espirituoso. Atirou a cabeça para trás e cantarolou feito tirolês para o teto da cozinha, o cabelo em pé formando um serrilhado e umas pontas esquisitas, brilhando com sucos gástricos. Parecia um homem que tinha se engajado num violento caso amoroso com um tubo de Brylcreem.

— Tá bem, agora chega — disse Feeney. — Agora *chega*. Vou chamar a polícia.

Howard mal o escutou. Dennis Feeney ia ter que esperar, pois tinha coisas mais importantes para fazer. Tinha arrancado o aparador elétrico de sebe da caixa, examinou-o febrilmente, viu o compartimento de pilhas e abriu-o.

— Tamanho C — murmurou, rindo. — Bom! Isso é bom! Não há problema com isso!

Abriu com um puxão uma das gavetas à esquerda da pia, com tanta força que a trava se partiu e a gaveta voou para o outro lado da cozinha, batendo no fogão e caindo de cabeça para baixo no piso de linóleo com um baque e um tilintar. No meio dos badulaques — tenazes, descascadores, raladores, faquinhas de picar e fitas metálicas para fechar sacos de lixo —, havia um pequeno tesouro de pilhas, na maioria de tamanho C e quadradas de nove volts. Ainda dando gargalhadas — parecia que não podia mais *parar* de dar gargalhadas —, Howard caiu de joelhos e vasculhou no meio das coisas espalhadas. Conseguiu fazer um corte bem feio na palma da mão direita na lâmina de uma faca de picar antes de pegar duas das pilhas C, mas não sentiu isso do mesmo modo que não sentira as queimaduras quando tinha sido respingado. Agora que Feeney finalmente fechara sua boca de jumento irlandês relinchando, Howard podia escutar as batidinhas de novo. Mas agora não estavam vindo da pia — hã, hã, de jeito nenhum. A unha toda partida estava batendo na porta do banheiro... ou talvez no chão do corredor. Lembrou-se agora de que tinha se esquecido de fechar a porta.

— Porra, quem se importa? — perguntou Howard e depois berrou: — *Porra, quem se importa, eu falei! Estou pronto pra você, meu amigo! Estou indo para arrebentar e mascar chiclete e meu chiclete acabou todo! Você vai desejar que tivesse ficado lá dentro do ralo!*

Meteu as pilhas com força no compartimento existente no cabo do aparador de sebe e experimentou o interruptor. Nada.

— É só o que faltava! — murmurou Howard. Tirou uma das pilhas, inverteu-a de posição e recolocou-a no lugar. Dessa vez, quando ligou o interruptor, as lâminas começaram a funcionar com um zumbido, cortando para a frente e para trás tão depressa que eram apenas um borrão.

Começou a andar para a porta da cozinha, então obrigou-se a desligar a máquina e voltar até a bancada. Não queria perder tempo colocando a tampa do compartimento de pilhas de volta no lugar, especialmente quando estava preparado para a batalha, mas o último resquício de sanidade que ainda restava em sua mente lhe assegurava que não tinha escolha. Se sua mão escorregasse quando estivesse lidando com a coisa, as pilhas podiam saltar do compartimento aberto e então como é que ele ia ficar? Ora, enfrentando Zé da Gangue com uma pistola descarregada, é claro.

Por isso, tratou de colocar a tampa das pilhas de volta, xingando quando ela não se encaixou e virando-a para o outro lado.

— Agora espere por mim! — berrou por cima do ombro. — Estou indo! Ainda não acabamos!

Finalmente, a tampa das pilhas se encaixou. Howard caminhou rápido pela sala de estar segurando o aparador de sebe como um fuzil em marcha. Seu cabelo ainda estava espetado em pontas e lanças de um *punk.* A camisa, agora rasgada embaixo de um braço e queimada em vários lugares, batia de encontro ao seu estômago redondo e retesado. Os pés descalços batiam no linóleo. Os restos esfarrapados de suas meias de náilon dançavam pendurados em volta de seus tornozelos.

Feeney berrou através da porta.

— Eu os chamei, seu miolo de passarinho! Escutou? Chamei a polícia e espero que os que apareçam sejam todos irlandeses andarilhos, exatamente como eu!

— Pode soprar pelo seu velho cano de escape — disse Howard, mas na realidade não estava prestando atenção em Feeney. Dennis Feeney estava em outro universo, isso era apenas uma voz sem importância, gritando, que lhe chegava pelo subetéreo.

Howard pôs-se a um lado da porta do banheiro, parecendo um policial num seriado de TV... só que alguém tinha lhe dado o acessório errado e estava portando um aparador de sebe em vez de um .38. Apertou firme com o polegar no botão de ligar, situado bem no alto do cabo do aparador de sebe. Respirou fundo... e a voz da sanidade, agora reduzida a um mero lampejo, ofereceu um último pensamento antes de desistir de vez.

Você tem certeza de que quer confiar sua vida a um aparador de sebe elétrico que comprou numa liquidação?

— Não tenho escolha — murmurou Howard, com um sorriso tenso, e se lançou para dentro.

O dedo ainda estava lá, ainda descrevendo um arco para fora da pia naquela curva rígida que lembrava a Howard um brinquedo de festa de ano-novo, daqueles que fazem um ruído misto de buzina e peido e depois se desenrolam na direção do espectador desprevenido quando são soprados. Tinha pego um dos sapatos de Howard. Estava pegando o sapato e batendo com ele sem parar, de modo atrevido, nos ladrilhos. Pelo aspecto das toalhas espalhadas pra todo lado, Howard deduziu que o dedo tinha tentado matar várias delas antes de encontrar o sapato.

Uma estranha e súbita alegria invadiu Howard. Parecia que sua cabeça confusa e dolorida tinha se enchido de uma luz verde.

— *Aqui estou eu, seu imbecil!* — berrou ele. — *Venha me pegar!*

O dedo saltou de dentro do sapato, ergueu-se numa cadeia monstruosa de juntas (Howard podia mesmo ouvir suas muitas juntas estalando) e planou rapidamente pelo ar em sua direção. Howard ligou o aparador de sebe, que começou a funcionar com um zumbido. Até aí tudo bem.

A ponta do dedo, queimada e com bolhas, balançava diante do seu rosto, a unha partida serpenteando misticamente para a frente e para trás. Howard se lançou contra ele. O dedo fez uma finta para a esquerda e se enrolou em volta da sua orelha esquerda. A dor foi espantosa. Howard sentiu e ouviu ao mesmo tempo o horripilante som do dedo tentando arrancar a orelha da sua cabeça. Saltou para a frente, agarrou o dedo com a mão esquerda e cortou-o. O aparador reduziu a velocidade quando as lâminas atingiram o osso, o zumbido agudo se transformando num ronco áspero, mas tinha sido feito para cortar ramos pequenos e duros e na verdade não havia problema. Nenhum problema. Esse era o Segundo Round, isso era o Risco Duplo, no qual os resultados podiam mudar *de verdade*, e Howard Mitla estava ganhando um bocado. O sangue voou numa névoa fina e então o cotoco recuou. Howard foi tropeçando atrás dele, com os últimos 20 centímetros do dedo por um momento pendurados na sua orelha esquerda como um cabide antes de caírem.

O dedo se lançou contra ele. Howard se abaixou e ele passou por cima da sua cabeça. Era cego, é claro. Essa era sua vantagem. Pegar sua orelha daquele jeito tinha sido apenas um golpe de sorte. Lançou-se para a frente com o aparador, num gesto que parecia quase como uma estocada de esgrima, e decepou mais uns 60 centímetros do dedo. O pedaço caiu nos ladrilhos e ficou lá se contorcendo.

Agora o resto dele estava tentando recuar.

— Não, senhor, nada disso — disse Howard ofegante. — Não senhor, de jeito *nenhum*!

Correu para a pia, escorregou numa poça de sangue, quase caiu, mas conseguiu recuperar o equilíbrio. O dedo estava sumindo rapidamente pelo ralo, junta após junta, como um trem de carga entrando por um túnel. Howard pegou-o, tentou segurá-lo e não conseguiu — ele ia escorregando na sua mão como uma corda de secar roupa engraxada e que queimava. De qualquer modo, deu outro corte adiante e conseguiu decepar o último metro da coisa acima do ponto em que estava deslizando rápido por seu punho.

Debruçou-se sobre a pia (dessa vez prendendo a respiração) e olhou bem para dentro da escuridão do ralo. Mais uma vez conseguiu pegar apenas um relance do branco que ia recuando.

— *Volte a qualquer hora!* — berrou Howard Mitla. — *Volte a qualquer hora que quiser! Estarei bem aqui, esperando por você!*

Virou-se, soltando a respiração de uma só vez. O lugar ainda estava com o cheiro do limpador de ralo. Não podia se expor a isso, principalmente quando ainda havia trabalho a fazer. Atrás da torneira da água quente havia um sabonete Dial embrulhado. Howard apanhou-o e atirou-o na janela do banheiro. Quebrou o vidro e ricocheteou na tela de arame trançado atrás dele. Lembrou-se de ter instalado aquela tela, lembrou-se de como tinha ficado orgulhoso por tê-lo feito. Ele, Howard Mitla, contador de maneiras gentis, tinha estado TOMANDO CONTA DA VELHA PROPRIEDADE. Agora ele sabia o que realmente significava ficar TOMANDO CONTA DA VELHA PROPRIEDADE. Tinha havido uma ocasião em que ficara com medo de ir ao banheiro porque podia haver um camundongo na banheira e teria de matá-lo a pancada com um cabo de vassoura? Achava que sim, mas essa ocasião — e essa versão de Howard Mitla — parecia ter sido há muito tempo.

Passou os olhos lentamente pelo banheiro. Estava uma bagunça. Havia poças de sangue e dois grandes pedaços do dedo pelo chão. Um pedaço estava encostado na pia. Finos borrifos de sangue se espalhavam em leque pelas paredes e pontilhavam o espelho do banheiro. A pia estava listrada de sangue.

— Tudo bem — suspirou Howard. — Meninos e meninas, hora da faxina. — Ligou novamente o aparador de sebe e começou a serrar os diversos pedaços que decepara do dedo em pedaços suficientemente pequenos para que pudesse despejar pela privada.

O policial era jovem e *era* irlandês — chamava-se O'Bannion. Quando finalmente chegou à porta fechada do apartamento dos Mitla, diversos moradores estavam de pé atrás dele num pequeno bolo. Com exceção de Dennis Feeney, que tinha uma expressão de muito ofendido, todos pareciam preocupados.

O'Bannion bateu na porta, depois deu várias batidas rápidas e finalmente esmurrou com força.

— É melhor o senhor derrubar a porta — disse a senhora Javier. — Eu o escutei lá do sétimo andar.

— O homem está louco — disse Feeney. — Provavelmente matou a mulher.

— Não — disse a senhora Dattlebaum. — Eu a vi sair esta manhã, do mesmo jeito de sempre.

— Isso não quer dizer que ela não voltou de novo, não é? — perguntou de forma truculenta o senhor Feeney e a senhora Dattlebaum se encolheu.

— Senhor Mitter? — chamou O'Bannion.

— É *Mitla* — disse a senhora Dattlebaum. — Com um *L*.

— Ah, droga — disse O'Bannion e golpeou a porta com o ombro. Ela se abriu de uma só vez e ele entrou, seguido de perto pelo senhor Feeney. — O senhor fica aqui — ordenou O'Bannion.

— Isso é que não — disse Feeney. Estava olhando para dentro da cozinha, para a quantidade de utensílios espalhados pelo chão e manchas de vômito nos armários da cozinha. Seus olhos estavam apertados, brilhantes e interessados. — O sujeito é meu vizinho. E, afinal de contas, fui eu que liguei.

— Não me interessa se o senhor ligou da linha da sua própria privada direta com o Comissa — falou O'Bannion. — Dê o fora daqui ou o senhor vai para a delegacia junto com esse sujeito Mittle.

— *Mitla* — disse Feeney, e se esquivou a contragosto em direção à porta para o corredor, lançando olhares para trás, para a cozinha, enquanto saía.

O'Bannion tinha mandado Feeney embora sobretudo porque não queria que ele visse como estava nervoso. A bagunça na cozinha era uma coisa. O jeito como o lugar fedia era outra — alguma espécie de fedor de laboratório químico por cima e algum outro cheiro por baixo. Estava com medo que o cheiro por baixo pudesse ser sangue.

Deu uma olhada para trás para se certificar de que Feeney tinha retrocedido até o fim — que não estava zanzando no vestíbulo, onde estavam dependurados os casacos — e depois avançou devagar pela sala de estar. Quando estava fora da vista dos espectadores, soltou a correia sobre a coronha de sua pistola e sacou-a. Foi até a cozinha e olhou-a toda. Vazia. Uma bagunça, mas vazia. E... o que era aquilo espalhado na frente dos armários? Não tinha certeza, mas a julgar pelo cheiro...

Um barulho atrás dele, um pequeno ruído de pés se arrastando, interrompeu seus pensamentos e ele se virou rapidamente, erguendo a arma.

— Senhor Mitla?

Não houve resposta, mas o pequeno ruído de pés se arrastando se repetiu. Do fim do corredor. Isso significava o banheiro ou o quarto. O Policial O'Bannion avançou naquela direção, levantando sua arma e apontando o cano para o teto. Agora a estava carregando da mesma maneira que Howard carregara o aparador de sebe.

A porta do banheiro estava entreaberta. O'Bannion tinha bastante certeza de que era dali que viera o ruído e sabia que era dali que vinha o pior do cheiro. Agachou-se, depois abriu a porta empurrando-a com o cano da arma.

— Oh, meu Deus — falou baixinho.

O banheiro parecia um matadouro depois de um dia de muita atividade. Havia sangue borrifado nas paredes e no teto em buquês de jorros escarlate. Havia poças de sangue no chão e mais sangue escorria por dentro e por fora da pia do banheiro em trilhas largas. Ali é que parecia estar o pior dele. Podia ver uma janela quebrada, uma garrafa abandonada do que parecia ser limpador de ralo (que explicaria o cheiro horrível ali dentro) e um par de sapatos de homem bem distantes um do outro. Um deles estava bem danificado.

E, quando a porta se abriu mais, viu o homem.

Howard Mitla tinha se espremido o mais que podia no espaço entre a banheira e a parede quando terminara a operação de livrar-se dos restos. Tinha o aparador de sebe no colo, mas as pilhas estavam descarregadas: afinal de contas, parecia que osso era um pouco mais duro do que ramos. Seu cabelo ainda estava em pé, com seus espetos selvagens. Suas faces e a testa estavam manchadas com brilhantes riscas de sangue. Os olhos estavam arregalados, mas quase inteiramente sem expressão: era uma fisionomia que o Policial O'Bannion associava com drogados e loucos.

Santo Deus, pensou. *O sujeito tinha razão — ele de fato matou sua esposa. Pelo menos, matou alguém. Então, onde está o corpo?*

Deu uma olhada para a banheira, mas não podia enxergar dentro dela. Era o lugar mais provável, mas também parecia ser o único objeto no aposento que não estava com listras e respingos de substância sanguinolenta.

— Senhor Mitla? — perguntou. Não estava apontando a arma diretamente para Howard, mas o cano estava, com toda a certeza, perto disso.

— É, esse é meu nome — disse Howard num tom cortês e inexpressivo. — Howard Mitla, Contador Público Juramentado, ao seu dispor. O senhor veio usar a privada? Pode ir em frente. Não há nada para perturbá-lo agora. Acho que o problema foi resolvido. Pelo menos por enquanto.

— Ahn, o senhor se importaria de largar a arma?

— Arma? — Por um instante Howard olhou para ele com um ar vago, depois pareceu entender. — Isso? — Ergueu o aparador de sebe e o cano do Policial O'Bannion pela primeira vez apontou para o próprio Howard.

— Sim, senhor.

— Claro — falou Howard. Atirou o aparador na banheira de forma descuidada. Houve uma barulheira quando a tampa das pilhas se soltou. — Não tem importância. As pilhas estão descarregadas, de qualquer modo. Mas... o que falei sobre usar a privada? Considerando mais ponderadamente, acho que o aconselharia a não fazer.

— O senhor aconselharia? — Agora que o homem estava desarmado, O'Bannion não tinha certeza do que deveria fazer. Seria muito mais fácil se a vítima estivesse à vista. Achou que seria melhor algemar o sujeito e então pedir ajuda. Tudo de que tinha certeza era de que queria sair desse banheiro fedorento e horripilante.

— É — disse Howard. — Afinal, seu guarda, pense no seguinte: há cinco dedos numa mão... só *numa* mão, atenção... e... já pensou em quantos buracos para o mundo subterrâneo há num banheiro comum? Isto é, contando os buracos nas torneiras... Eu calculo sete. — Howard fez uma pausa e depois acrescentou: — Sete é um número primo, o que quer dizer, um número só divisível por um e por si mesmo.

— O senhor poderia estender as mãos para a frente, por favor? — disse o Policial O'Bannion, tirando as algemas do seu cinturão.

— Vi diz que eu sei todas as respostas — falou Howard —, mas Vi está enganada. — Ergueu as mãos lentamente.

O'Bannion ajoelhou-se diante dele e rapidamente fechou uma algema no pulso direito de Howard.

— Quem é Vi?

— Minha mulher — respondeu Howard. Seus olhos brilhantes e vazios olharam diretamente para o Policial O'Bannion. — Ela nunca teve qualquer dificuldade em ir ao banheiro enquanto alguém mais está lá, sabia? Provavelmente ela poderia ir enquanto *o senhor* estivesse no banheiro.

O Policial O'Bannion começou a ter uma ideia terrível, embora estranhamente plausível: que esse estranho homenzinho tinha matado sua mulher com um aparador de sebe e depois, de alguma maneira, tinha dissolvido seu corpo com limpador de ralo — e tudo porque ela não saía do raio do banheiro quando ele estava tentando esvaziar o dragão.

Fechou a outra algema.

— O senhor matou sua mulher, senhor Mitla?

Por um instante, Howard pareceu quase surpreso. Depois recaiu novamente naquele estado estranho, plástico, de apatia.

— Não — falou. — Vi está no consultório do doutor Stone. Eles estão extraindo um jogo completo de dentes superiores. Vi disse que é um trabalho sujo, mas que alguém tem que fazê-lo. Por que iria matar Vi?

Agora que tinha algemado o sujeito, O'Bannion se sentia um pouco melhor, um pouco mais dono da situação.

— Bem, parece que o senhor despachou *alguém*.

— Era só um dedo — disse Howard. Ainda estava com as mãos estendidas diante de si. A luz refletia e passeava pela corrente entre as algemas como prata líquida. — Mas há mais de um dedo numa mão. E o que dizer do *dono* da mão? — Os olhos de Howard se deslocaram pelo banheiro, que agora tinha passado bastante do estágio de penumbra e estava se enchendo de sombras novamente. — Disse-lhe que voltasse a qualquer hora — sussurrou Howard —, mas estava enlouquecido. Cheguei à conclusão de que eu... eu não sou capaz. Ele cresceu, entende? Ele cresceu quando atingiu o ar.

De repente, alguma coisa se mexeu dentro da privada fechada. Os olhos de Howard se desviaram naquela direção. Os do Policial O'Bannion também. Algo se mexeu novamente. O barulho era como se uma truta tivesse pulado lá dentro.

— Não, com toda a certeza eu *não usaria* a privada — falou Howard. — Se fosse o senhor, seu guarda, me aguentaria. Iria me aguentar o máximo que pudesse e depois usaria o beco ao lado do edifício.

O'Bannion estremeceu.

— *Mantenha o controle, rapaz* — disse para si mesmo com severidade. — *Você mantém seu controle ou vai terminar biruta como esse sujeito.*

Levantou-se para ir examinar a privada.

— Má ideia — falou Howard. — Má ideia *mesmo*.

— O que exatamente aconteceu aqui dentro, senhor Mitla? — perguntou O'Bannion. — E o que foi que o senhor guardou dentro da privada?

— O que aconteceu? Foi como... como... — Howard foi deixando de falar e então começou a sorrir. Era um sorriso de alívio... mas seus olhos ficavam o tempo todo se esgueirando de volta para o tampo da privada. — Foi como no *Jeopardy* — falou. — Na verdade, foi como no Risco Final. A categoria é O Inexplicável. A resposta do Risco Final é: "Porque podem." O senhor sabe qual é a *pergunta* do Risco Final, seu guarda?

Fascinado, não conseguindo tirar os olhos dos de Howard, o Policial O'Bannion sacudiu a cabeça negativamente.

— A pergunta do Risco Final — disse Howard numa voz que estava entrecortada e áspera de gritar — é: "Por que coisas terríveis às vezes acontecem com as melhores pessoas?" *Essa* é a pergunta do Risco Final. Isso tudo vai exigir muita reflexão. Mas disponho de muito tempo. Desde que me mantenha longe dos... dos buracos.

O movimento voltou. Dessa vez foi mais forte. O tampo da privada, todo vomitado, agitou-se bruscamente para cima e para baixo. O Policial O'Bannion se levantou, foi até lá e se debruçou. Howard olhou para ele com certo interesse.

— O Risco Final, seu guarda — disse Howard Mitla. — Quanto o senhor quer apostar?

O'Bannion pensou nisso por um instante... depois pegou o tampo da privada e apostou tudo.

Par de tênis

John Tell estava trabalhando na Tabori Studios havia apenas pouco mais de um mês quando notou os tênis pela primeira vez. A Tabori ficava num edifício que tinha sido chamado de Music City e fora muito importante no começo da época do rock and roll, do ritmo das quarenta mais vendidas e do blues. Naquele tempo, nunca se veria um par de tênis acima do nível do saguão de entrada (a menos que estivessem nos pés de um mensageiro). Porém, aquele tempo tinha passado, junto com os produtores cheios de dinheiro, com seus vincos impecáveis e seus sapatos de couro de crocodilo, de bico fino. Agora, os tênis eram apenas outra peça do uniforme da Music City e quando Tell pela primeira vez viu aquele par não tirou quaisquer conclusões negativas sobre seu dono. Bem, uma talvez: o sujeito bem que precisava de um par novo. Aqueles tênis tinham sido brancos quando novos, mas pela aparência, tinham sido novos há muito tempo.

Isso foi tudo que notou quando viu pela primeira vez os tênis no cômodo onde com tanta frequência se acabava julgando o vizinho pelo calçado, porque era tudo que se via dele. Tell vislumbrou aquele par por baixo da porta da primeira cabine do banheiro masculino do terceiro andar. Passara por ele a caminho da terceira e última cabine. Saiu alguns minutos depois, lavou e enxugou as mãos, penteou o cabelo e depois retornou para o Estúdio F, onde estava ajudando a fazer a mixagem de um álbum de um grupo de heavy metal chamado The Dead Beats. Dizer que Tell já tinha se esquecido dos tênis seria um exagero, porque, para começar, eles nem tinham chegado a ser registrados na tela do seu radar mental.

Paul Jannings estava produzindo as sessões de The Dead Beats. Ele não era famoso do modo como tinham sido os antigos reis do bebop da Music City (Tell achava que o rock and roll já não tinha força suficiente para criar esse tipo de realeza mitológica), mas era bastante conhecido e o próprio Tell o considerava o melhor produtor de discos de rock and roll atuando no campo. Só Jimmy Lovine seria capaz de chegar perto.

Tell o tinha encontrado pela primeira vez numa festa, depois da estreia de um filme sobre um show. Na realidade, reconheceu-o do outro lado da sala. Os cabelos estavam ficando grisalhos e as feições bem marcadas do rosto bonito de Jannings tinham ficado quase lúgubres, mas não havia como confundir o homem que tinha feito as gravações das lendárias Tokyo Sessions com Bob Dylan, Eric Clapton, John Lennon e Al Kooper uns 15 anos antes. Além de Phil Spector, Jannings era o único produtor de discos que Tell poderia ter reconhecido tanto de vista como pelo som característico das gravações — agudos de nitidez cristalina, acentuados por percussão tão pesada que sacudiam as clavículas. Era aquela nitidez de Don McLean que se ouviu primeiro nas gravações das Tokyo Sessions, mas, se os agudos fossem eliminados, o que se ouvia pulsando através dos baixos era puro Sandy Nelson.

A natural timidez de Tell foi superada pela admiração e ele atravessou a sala até onde Jannings estava parado, momentaneamente sozinho. Tinha se apresentado, esperando no máximo um aperto de mãos rápido e algumas poucas palavras superficiais. Em vez disso, os dois tinham enveredado por uma conversa longa e interessante. Trabalhavam no mesmo campo e conheciam as mesmas pessoas, mas mesmo naquele momento Tell tinha se dado conta que havia mais do que isso por trás da magia daquele encontro inicial: Paul Jannings era simplesmente um daqueles raros homens com quem ele sentia que podia falar e, para John Tell, falar era realmente parecido com magia.

Perto do final da conversa, Jannings lhe perguntou se estava procurando trabalho.

— Você já encontrou alguém nesse negócio que não estivesse? — perguntara Tell.

Jannings dera uma gargalhada e pedira seu telefone. Tell o falou sem dar maior importância ao pedido. Pensara que mais provavelmente tinha sido um gesto de cortesia da parte do homem. Mas, três dias depois, Jannings ligou para saber se Tell gostaria de integrar uma equipe de três pessoas para fazer a mixagem do primeiro álbum de The Dead Beats.

— Não tenho muita certeza de que seja possível transformar uma orelha de porca numa bolsa de seda — dissera Jannings —, mas como é a Atlantic Records que está pagando a conta, por que não nos divertirmos tentando?

John Tell não vira nenhuma razão para não tentar e imediatamente assinou o contrato para a empreitada.

Cerca de uma semana depois da primeira vez em que tinha visto os tênis, Tell tornou a vê-los. Só se deu conta do fato de que era o mesmo sujeito porque eles estavam no mesmo lugar — debaixo da porta da primeira cabine no banheiro masculino do terceiro andar. Não havia dúvida de que *eram* os mesmos: brancos (tinham sido, pelo menos), de cano alto, com sujeira nas ranhuras profundas. Notou um ilhós vazio e pensou: *Devia não estar com os seus olhos bem abertos quando enfiou o cadarço nesse daí, meu amigo*. Depois foi até a terceira cabine (que considerava, de um modo meio indefinido, como "sua"). Dessa vez também deu uma olhada nos tênis quando saía e então viu uma coisa esquisita: num deles havia uma mosca morta. Estava sobre a área arredondada do dedão do tênis esquerdo, o que tinha um ilhós vazio, com as perninhas para cima.

Quando chegou de volta no Estúdio F, viu Jannings sentado diante do painel, com a cabeça entre as mãos.

— Você está bem, Paul?

— Não.

— O que que está errado?

— Eu. *Eu* estava errado. Eu *estou* errado. Minha carreira está acabada. Sou um fracassado. Liquidado. Terminado-findo-sumido.

— De que você está falando? — Tell olhou em volta procurando Georgie Ronkler e não o viu em lugar nenhum. Não ficou surpreso. Jannings tinha crises periódicas e Georgie sempre saía quando via uma se aproximando. Alegava que seu carma não lhe permitia lidar com emoções fortes.

— Eu choro em inaugurações de supermercados — dizia Georgie.

— *Não se pode* transformar uma orelha de porca numa bolsa de seda — disse Jannings. Apontou com seu punho para o vidro entre a sala de mixagem e o estúdio de gravação. Parecia um homem fazendo a velha saudação nazista de *Heil Hitler*. — Pelo menos não com porcos como esses.

— Anime-se — disse Tell, embora soubesse que Jannings estava perfeitamente certo. The Dead Beats, composto por quatro calhordas chatos e uma vaca chata, eram pessoalmente repulsivos e profissionalmente incompetentes.

— Anime *isso* aí — disse Jannings, e fez o gesto universal de "vá se foder".

— Meu Deus, detesto acessos de gênio — falou Tell.

Jannings ergueu o olhar para ele e deu uma risadinha. Um segundo depois estavam ambos dando gargalhadas. Cinco minutos depois disso, estavam de volta ao trabalho.

A mixagem — boa ou não — terminou uma semana mais tarde. Tell pediu a Jannings que lhe desse uma recomendação e uma fita.

— Está bem, mas você sabe que não pode tocar a fita para ninguém antes do lançamento do álbum — disse Jannings.

— Sei.

— E não consigo saber por que você iria querer tocar para *qualquer pessoa*. Esses caras fazem os The Butthole Surfers parecerem Beatles.

— Vamos, Paul, não foi *tão* ruim assim. E mesmo que tenha sido, acabou.

Ele sorriu.

— É. Tem isso. E se alguma vez eu voltar a trabalhar nesse negócio, ligo para você.

— Isso seria ótimo.

Apertaram as mãos. Tell saiu do edifício que um dia fora chamado de Music City e a ideia dos tênis debaixo da porta da cabine número 1 no banheiro masculino do terceiro andar não lhe passou mais pela cabeça.

Jannings, que estava nesse negócio há 25 anos, uma vez lhe dissera que quando se tratava de mixagem de *bop* (ele nunca dizia rock and roll, só *bop*), você era ou um merda ou o Super-homem. Durante os dois meses que se seguiram à sessão de mixagem dos Beats, John Tell foi um merda. Não conseguiu trabalho. Começou a ficar nervoso por causa do aluguel. Por duas vezes quase telefonou para Jannings, mas algo nele achou que isso seria um erro.

Então, o responsável pela mixagem musical de um filme chamado *Mestres Caratecas do Massacre* morreu de um infarto fulminante, e Tell recebeu seis semanas de trabalho para terminar a mixagem no edifício Brill (que tinha sido conhecido como o Beco das Frigideiras lá nos áureos tempos da música da Broadway e das Grandes Orquestras). Na maior parte era material de arquivo, de domínio público, e algumas cítaras tilintando, mas dava para pagar o aluguel. E, logo depois do último dia do espetáculo, Tell mal tinha entrado no seu apartamento quando o telefone tocou. Era Paul Jannings, perguntando-lhe se tinha examinado ultimamente a lista de música popular na *Billboard*. Tell respondeu que não.

— Ficou no número 79 — Jannings conseguiu falar num tom ao mesmo tempo aborrecido, achando graça e espantado. — Com uma *bala*.

— O que ficou? — Mas sabia assim que acabou de formular a pergunta.

— "Diving in the Dirt."

Era o nome de uma das faixas do álbum de The Dead Beats, *Beat It 'Til It's Dead*, que estava para sair, a única faixa que a Tell e a Jannings tinha parecido vagamente com material para um single.

— Merda!

— De fato é, mas tenho uma ideia maluca de que vai chegar aos dez primeiros. Você viu o vídeo?

— Não.

— É um barato. É sobretudo Ginger, a garota do grupo, fazendo o papel de namorada caipira num *bayou** qualquer com um sujeito que parece Donald Trump de macacão. O vídeo transmite o que os meus

* Áreas pantanosas do sul dos Estados Unidos, especialmente no Estado de Louisiana. (N. do T.)

amigos intelectuais chamam de "mensagens culturais mistas". — E Jannings deu gargalhadas tão fortes que Tell teve de segurar o fone longe da orelha.

Quando Jannings recuperou o controle, falou:

— De qualquer modo, ele provavelmente fará com que o álbum vá para os dez primeiros. Excremento de cachorro folheado de platina continua sendo excremento de cachorro, mas uma referência de platina é só platina. Ocê cumprende essa coisa, Buana?

— É evidente que sim — disse Tell, abrindo a gaveta da sua escrivaninha para se certificar de que o seu cassete de The Dead Beats, não tocado desde que Jannings o dera a ele no último dia da mixagem, ainda estava ali.

— Então, o que você anda fazendo? — perguntou-lhe Jannings.

— Procurando trabalho.

— Quer trabalhar comigo de novo? Estou fazendo um novo álbum de Roger Daltrey. Começa dentro de duas semanas.

— Deus meu, quero sim!

Ia dar um bom dinheiro, porém era mais do que isso: depois de The Dead Beats e seis semanas de *Mestres Caratecas do Massacre*, trabalhar com o ex-cantor principal do The Who seria como entrar num lugar quente depois de uma noite fria. O que quer que pudesse ser como pessoa, o homem sabia *cantar*. E trabalhar com Jannings novamente também seria bom.

— Onde?

— Mesmo ponto. Tabori, na Music City.

— Estou nessa.

Roger Daltrey não só sabia cantar como, ainda por cima, revelou-se um sujeito bem agradável. Tell achou que as três ou quatro semanas seguintes seriam boas. Tinha um trabalho, tinha um crédito de produção num álbum que tinha pipocado nas tabelas da *Billboard* no número 41 (e o single estava no número 17 e continuava subindo) e se sentia tranquilo quanto ao seu aluguel pela primeira vez desde que viera da Pensilvânia para Nova York há quatro anos.

Era o mês de junho, as árvores estavam cheias de folhas, as garotas estavam usando saias curtas de novo e o mundo parecia um bom lugar para se viver. Tell sentia-se assim no seu primeiro dia de volta ao trabalho com Paul Jannings até cerca das 13h45. Então entrou no banheiro do terceiro andar, viu os mesmos tênis que um dia tinham sido brancos por baixo da porta da primeira cabine e todas as suas sensações boas de repente desabaram.

Não são os mesmos. Não podem *ser os mesmos.*

Mas eram. Aquele único ilhós vazio era o ponto de identificação mais claro, mas tudo o mais neles era o mesmo. Exatamente o mesmo, inclusive suas posições. Tell só podia ver uma diferença de fato: agora havia mais moscas mortas em torno deles.

Foi devagar para a terceira cabine, a "sua" cabine, abaixou as calças e sentou-se. Não se surpreendeu pelo fato de a necessidade que o trouxera ali ter desaparecido por completo. Entretanto, mesmo assim ficou sentado por um tempo, procurando escutar os ruídos. O farfalhar de um jornal. Um pigarrear. Diabos, até mesmo um peido.

Não ouviu nenhum ruído.

Isso é porque estou aqui sozinho, pensou Tell. *Isto é, com exceção do sujeito morto na primeira cabine.*

A porta de entrada do banheiro se abriu com força. Tell quase deu um grito. Alguém foi cantarolando até os mictórios e, quando a água começou a fazer barulho lá, Tell encontrou uma explicação e se descontraiu. Era tão simples que chegava a ser absurdo... e sem dúvida correto. Deu uma olhada no relógio e viu que eram 13h47.

Seu pai costumava dizer que "*um homem metódico é um homem feliz*". O pai de Tell tinha sido um camarada taciturno e aquele provérbio (junto com "*limpe suas mãos antes de limpar o prato*") tinha sido um dos seus poucos aforismos. Caso ser metódico *realmente* significasse ser feliz, então Tell achava que era um homem feliz. Sua necessidade de visitar o banheiro vinha praticamente à mesma hora todos os dias e ele achou que isso também devia se aplicar a seu amigo Par de Tênis, que preferia a Cabine nº 1 do mesmo modo que o próprio Tell preferia a Cabine nº 3.

Se você precisasse passar pelas cabines para chegar aos mictórios, você teria visto aquela cabine vazia uma porção de vezes ou com sapatos diferentes por baixo da porta. Afinal, quais são as probabilidades de que um corpo pudesse ficar sem ser descoberto numa cabine de um banheiro masculino durante...

Calculou mentalmente o tempo desde que estivera ali pela última vez.

...quatro meses, mais ou menos?

A resposta era nenhuma probabilidade. Podia entender que os faxineiros não fossem muito caprichosos na limpeza das cabines — todas aquelas moscas mortas —, mas teriam de conferir a quantidade de papel higiênico todo dia ou de dois em dois dias, não é? E mesmo que se descartassem essas coisas, pessoas mortas começam a cheirar mal, certo? Deus bem sabia que ali não era o lugar mais cheiroso do mundo — e logo depois de uma visita do sujeito gordo que trabalhava mais adiante no corredor, na Janus Music, era quase inabitável —, mas sem dúvida o fedor de um corpo morto seria muito mais forte. Muito mais *chamativo.*

— *Chamativo?* Chamativo? *Meu Deus, que palavra. E como é que você iria saber? Você nunca sentiu o cheiro de um corpo em decomposição em toda sua vida.*

Era verdade, mas estava razoavelmente seguro de que saberia que cheiro estava sentindo se o sentisse. Lógica era lógica e ser metódico era ser metódico, e pronto. O sujeito provavelmente era um funcionário administrativo da Janus ou um redator da Snappy Kards, no outro lado do andar. Pelo que John Tell sabia, o sujeito podia estar ali compondo um versinho para um cartão de cumprimentos naquele exato momento:

Rosas são vermelhas e violetas são azuis
Pensou que eu tava morto, mas isso não está certo
Eu só gosto de cagar quando você está por perto. *

Que droga, pensou Tell e deu um risinho. O camarada que tinha aberto a porta com força, quase fazendo-o gritar de susto, tinha ido para as pias. Agora o barulho que fazia ao ensaboar e enxaguar as mãos parou por um instante. Tell podia visualizar o recém-chegado à escuta, tratando de saber quem estava rindo por trás de umas das portas fechadas das

---

* Em inglês: *Roses are red and violets are blue / You thought I was dead but that wasn't true / I just deliver my mail at the same time as you.*

cabines, perguntando-se se seria uma piada, uma foto pornô ou se o homem era apenas doido. Afinal de contas, havia muitos doidos em Nova York. Viam-se o tempo todo, falando sozinhos e rindo sem nenhum motivo aparente... como Tell tinha acabado de fazer.

Tell tentou imaginar o Par de Tênis também à escuta, mas não conseguiu.

De repente, não sentiu mais vontade de rir.

De repente, só teve vontade de sair dali.

Mas não queria que o homem que estava junto das pias o visse. O homem iria olhar para ele. Seria só por um instante, mas seria o suficiente para saber o que estava pensando. Não se pode confiar em pessoas que riem por trás de portas fechadas de cabines de banheiro.

Clique-claque de sapatos nos velhos ladrilhos brancos, hexagonais, do banheiro; *uuush* da porta sendo aberta; *iiish* dela voltando ao lugar. Era possível abri-la com força, mas as dobradiças pneumáticas a impediam de bater com força ao se fechar. Isso poderia perturbar o recepcionista do terceiro andar enquanto estava sentado fumando seu Camel e lendo o último número de *Krrang*!

Puxa, como isso aqui está silencioso*! Por que o sujeito não se mexe? Pelo menos um pouco?*

Mas havia apenas silêncio, denso, suave e completo, o tipo de silêncio que os mortos escutariam em seus caixões, se ainda pudessem escutar, e mais uma vez Tell se convenceu de que Par de Tênis estava morto, foda-se a lógica, ele estava morto e *tinha* estado morto há quem sabe quanto tempo, estava sentado ali e se você abrisse a porta veria uma coisa caída, coberta de limo, com as mãos penduradas entre as coxas, você veria...

Por um momento, esteve a ponto de berrar:

Ei, Par de Tênis! Você está bem?

Mas, e se Par de Tênis respondesse, não numa voz irritada ou inquisidora, mas num grasnar arranhado? Não havia alguma coisa a respeito de despertar os mortos? A respeito de...

De repente, Tell se levantou, depressa, deu a descarga, abotoou as calças, saiu da cabine e foi subindo o zíper enquanto se dirigia para a porta, sabendo que dentro de alguns segundos ia se sentir um bobo, mas sem se importar com isso. Mas não conseguiu deixar de dar uma olhada para debaixo da primeira cabine quando passou por ela. Tênis brancos, sujos, com cadarço mal enfiado. E moscas mortas. Uma porção delas.

Não havia moscas mortas na minha *cabine! E como é possível que se tenha passado todo esse tempo e ele* ainda *não tenha notado que saltou um ilhós? Ou ele os usa assim o tempo todo, como alguma espécie de posicionamento artístico?*

Tell bateu a porta com força ao sair. O recepcionista logo acima no corredor lhe lançou um olhar de fria curiosidade que reservava para seres meramente mortais (em contraste com divindades em forma humana como Roger Daltrey).

Tell caminhou rápido pelo corredor, rumo aos Estúdios Tabori.

— Paul?

— O que é? — Jannings respondeu sem levantar os olhos do painel. Georgie Ronkler estava de pé, a um lado, observando Jannings intensamente e roendo uma cutícula — as cutículas eram a única coisa que lhe sobravam para roer, pois suas unhas simplesmente não existiam acima do ponto em que se despediam da carne viva e das terminações nervosas mais sensíveis. Estava perto da porta. Se Jannings começasse a ter um acesso, Georgie escapuliria por ela.

— Acho que pode haver alguma coisa errada no...

Jannings gemeu:

— Alguma *outra* coisa?

— De que você está falando?

— Estou falando dessa trilha de bateria. Está muito malfeita e não sei o que podemos fazer para consertar. — Ligou um interruptor e a bateria desabou no estúdio. — Está ouvindo?

— Você está falando das cordas debaixo do tambor?

— É *claro* que estou falando delas! Estão um quilômetro acima do resto da percussão, mas estão *casadas* com ela!

— É, mas...

— É mas Deus meu *porra nenhuma*. Odeio merda como essa! Tenho quarenta trilhas aqui, *quarenta malditas trilhas para gravar uma simples música bop e algum técnico* IDIOTA...

Pelo canto do olho, Tell viu Georgie desaparecer como uma brisa suave.

— Mas olhe, Paul, se você baixar a equalização...

— A equa não tem nada a ver com...

— Cale a boca e ouça por um minuto — falou Tell num tom apaziguador (algo que não poderia ter dito para nenhuma outra pessoa na face da Terra) e deslizou um botão de controle. Jannings parou de esbravejar e começou a escutar. Fez uma pergunta. Tell respondeu. Depois fez uma que Tell não *pôde* responder, mas Jannings pôde ele próprio e, de repente, estavam diante de todo um novo espectro de possibilidades para uma canção intitulada "*Answer to You, Answer to Me*".

Depois de algum tempo, percebendo que a tempestade tinha passado, Georgie Ronkler se esgueirou de volta.

E Tell se esqueceu inteiramente dos tênis.

Eles voltaram à sua mente na noite seguinte. Estava em casa, sentado na privada do seu próprio banheiro, lendo *Wise Blood* enquanto os alto-falantes do quarto tocavam Vivaldi suavemente (embora agora Tell fizesse mixagem de rock and roll como profissão, tinha apenas quatro discos de rock, dois de Bruce Springsteen e dois de John Fogerty).

Ergueu os olhos do livro, um tanto assustado. Uma pergunta de um ridículo cósmico lhe tinha ocorrido de repente: *Há quanto tempo você não dá uma cagada de noite, John?*

Não sabia, mas achou que poderia passar a fazer isso com frequência muito maior no futuro. Ao que parecia, pelo menos um dos seus hábitos poderia mudar.

Quinze minutos depois, sentado na sala de estar, o livro esquecido no colo, ocorreu-lhe outra coisa: nesse dia, não tinha usado o toalete do terceiro andar nem uma vez. Tomara um café do outro lado da rua às 10h e dera uma mijadinha no banheiro masculino do Donut Buddy enquanto Paul e Georgie estavam sentados no balcão, tomando café e conversando sobre dublagens superpostas. Depois, durante sua hora do almoço, tinha dado uma parada rápida no Brew'n Burger... e mais outra no primeiro andar no final dessa tarde, quando descera para deixar um bolo de correspondência que poderia muito bem ter enfiado pela janelinha de correio junto dos elevadores.

Evitando o banheiro masculino do terceiro andar? Foi isso que esteve fazendo hoje sem sequer perceber? Pôde apostar seus Reeboks que tinha sido. Evitando-o como um menino apavorado se desvia um quarteirão no caminho de volta da escola para não passar pela casa mal-assombrada do lugar. Evitando-o como a peste.

— Bem, e daí? — falou em voz alta.

Não conseguiu articular bem a resposta ao e-daí, mas sabia que havia uma resposta. Havia algo só um pouquinho existencial demais, mesmo para Nova York, em ser afugentado de um banheiro público por um par de tênis sujos.

Em voz alta, com muita clareza, Tell falou:

— Isso tem que acabar.

Mas isso foi na quinta-feira de noite e na sexta aconteceu algo que mudou tudo. Foi quando a porta se fechou entre ele e Paul Jannings.

Tell era um homem tímido e não fazia amigos com facilidade. Na cidade do interior da Pensilvânia onde cursara o ensino fundamental, um capricho do destino o tinha colocado no palco com um violão na mão — o último lugar em que jamais esperara estar. O contrabaixista de um grupo chamado The Satin Saturns ficou doente com salmonela um dia antes de uma apresentação que deveria ser bem paga. O violonista principal, que também era da orquestra da escola, sabia que John Tell era capaz de tocar tanto o contrabaixo como manter o ritmo. Esse violonista principal era grande e com potencial para ser violento. John Tell era pequeno, humilde e frágil. O violonista lhe deu a escolha entre tocar o instrumento do músico doente ou tê-lo enfiado pelo rabo até a quinta chave de afinação. A opção tinha influído muito para definir sua maneira de se sentir tocando diante de uma plateia grande.

Porém, ao chegar no final do terceiro número, não estava mais com medo. No final do primeiro bloco, sabia que estava no seu elemento. Anos depois da primeira apresentação, Tell ouviu uma história sobre Bill Wyman, o baixista de The Rolling Stones. Segundo a história, Wyman tinha realmente adormecido durante um espetáculo — não num clubezinho qualquer, veja bem, mas num salão enorme — e caíra do palco, quebrando a clavícula. Tell achava que uma porção de gente achava que a história era apócrifa, mas ele próprio tinha uma noção de que era verdadeira... e, afinal de contas, estava numa posição privilegiada para entender como uma coisa dessas podia acontecer. Os baixistas eram os homens invisíveis do mundo do rock. Havia exceções — Paul McCartney, por exemplo —, mas elas apenas confirmavam a regra.

Talvez pela própria ausência de *glamour* nesse trabalho, havia uma crônica escassez de baixistas. Quando The Satin Saturns se desfez um mês depois (o guitarrista principal e o baterista se pegaram a tapa por causa de uma garota), Tell juntou-se a uma banda formada pelo ritmista dos Saturns e o curso da sua vida estava traçado, assim simples e tranquilamente.

Tell gostava de tocar na banda. Estava ali na frente, olhando de cima para baixo para todo mundo, não apenas na festa, mas fazendo a festa acontecer: era, ao mesmo tempo, quase invisível e absolutamente essencial. De vez em quando tinha que cantar alguma coisa de fundo, mas ninguém esperava que tivesse de fazer um *discurso* ou algo parecido.

Tinha levado essa vida — estudante parte do tempo e cigano de banda em tempo integral — durante dez anos. Ele era bom, mas não ambicioso. Não tinha fogo no coração. Acabou descambando para trabalhos em sessões em Nova York, começou a brincar com painéis e descobriu que gostava ainda mais da vida do outro lado da janela de vidro. Durante todo esse tempo, fizera um bom amigo: Paul Jannings. Isso tinha acontecido depressa e Tell supunha que as pressões típicas que eram parte do trabalho tiveram algo a ver com isso... mas não tudo. Desconfiava que tinha sido sobretudo uma combinação de dois fatores: sua própria solidão básica e a personalidade de Jannings, que de tão forte era quase avassaladora. E não tinha sido muito diferente no que tangia a Georgie, como Tell veio a se dar conta depois do que aconteceu naquela noite de sexta-feira.

Ele e Paul estavam tomando um drinque numa das mesas do fundo no McManus's Pub, conversando sobre a mixagem, o ramo dos espetáculos, os Mets, qualquer coisa, quando inesperadamente a mão direita de Jannings estava debaixo da mesa e apertando delicadamente o meio das pernas de Tell.

Tell se afastou com tanta violência que a vela no centro da mesa caiu e o copo de vinho de Jannings derramou. Um garçom veio até a mesa e endireitou a vela antes que pudesse queimar a toalha e depois foi embora. Tell ficou olhando para Jannings, os olhos arregalados e chocados.

— Desculpe-me — disse Jannings, e de fato parecia estar se desculpando... mas também tinha um ar despreocupado.

— *Jesus Cristo*, Paul! — Foi tudo que pôde pensar em dizer e pareceu irremediavelmente inadequado.

— Pensei que você já estava pronto, só isso — falou Jannings. — Suponho que devia ter sido um pouco mais sutil.

— Pronto? — repetiu Tell. — O que você quer dizer? Pronto para *quê*?

— Para se revelar. Para se dar permissão para se revelar.

— Eu não sou desse jeito — disse Tell, mas seu coração estava batendo muito forte e rápido. Em parte era indignação, em parte era medo da certeza implacável que viu nos olhos de Jannings, mas sobretudo era desapontamento. O gesto de Jannings o fizera fechar-se completamente.

— Vamos deixar isso pra lá, está bem? Vamos pedir alguma coisa e decidir nas nossas mentes que isso nunca aconteceu. — *Até que você o queira*, acrescentaram aqueles olhos implacáveis.

Ah, aconteceu sim senhor. Tell quis dizer, mas não disse. A voz da razão e do senso prático não o permitiram... não lhe permitiram correr o risco de acender o pavio notoriamente curto de Paul Jannings. Era, afinal de contas, um trabalho bom... e o trabalho *per se* não era tudo. Poderia usar a fita de Roger Daltrey no seu portfólio mais até do que mais duas semanas de salário. Seria melhor para ele portar-se diplomaticamente e deixar a atitude de rapaz indignado para outra ocasião. Além disso, ele tinha realmente algum motivo para se sentir indignado? Afinal de contas, não era como se Jannings o tivesse violentado.

E isso era, na verdade, apenas a ponta do *iceberg*. O resto era o seguinte: sua boca se fechava porque era isso que sua boca sempre tinha feito. Fazia mais do que se fechar — ela se fechava rápido como uma armadilha para urso, com todo o seu coração abaixo daqueles dentes apertados entre si e toda sua cabeça acima deles.

— Está bem, isso nunca aconteceu — foi tudo o que disse.

Naquela noite Tell dormiu mal e o pouco sono que teve foi atormentado por sonhos ruins: um de Jannings o agarrando no McManus's era seguido por um dos tênis por baixo da porta da cabine, só que nesse Tell abria a porta e via Paul Jannings sentado lá. Tinha morrido nu e num estado de excitação sexual que de alguma forma prosseguia mesmo depois de morto, mesmo depois de todo esse tempo. A boca de Paul se abria de repente, com um rangido audível. "É isso mesmo: eu *sabia* que você estava pronto", disse o cadáver num bafo de ar podre e esverdeado, e Tell despertou caindo no chão num emaranhado de colcha. Eram quatro da madrugada. Os primeiros traços de luz estavam apenas subindo através das frestas entre os edifícios do lado de fora da sua janela. Vestiu-se e ficou sentado, fumando um cigarro atrás do outro, até que chegasse a hora de ir trabalhar.

Por volta das 11h naquele sábado — estavam trabalhando seis dias por semana para cumprir o prazo de Daltrey —, Tell entrou no banheiro masculino do terceiro andar para urinar. Ficou parado logo adiante da porta, esfregando as têmporas, e então olhou em volta para as cabines.

Não podia enxergar. O ângulo não o permitia.

Então deixe pra lá! Foda-se! Dê sua mijada e caia fora daqui!

Caminhou lentamente até um dos mictórios e abriu o zíper. Levou muito tempo para começar.

Na saída fez outra pausa, a cabeça inclinada para um lado como Nipper, o cachorro no selo dos velhos discos da RCA Victor, e depois virou-se. Caminhou devagar, contornando a quina da parede e parou logo que pôde enxergar por debaixo da porta da primeira cabine. Os tênis brancos e sujos ainda estavam lá. O edifício que tinha sido conhecido como Music City estava quase completamente deserto, deserto-de-manhã-de-sábado, mas os tênis ainda estavam lá.

Os olhos de Tell se fixaram numa mosca logo do lado de fora da cabine. Ficou olhando com uma espécie de avidez sem sentido enquanto ela andou por debaixo da porta da cabine e subiu na ponta suja do dedão de um dos tênis. Ali ela parou e simplesmente caiu morta. Foi rolando para a crescente pilha de cadáveres de insetos em torno dos tênis. Tell viu sem qualquer surpresa (nenhuma que percebesse, pelo menos) que no meio das moscas estavam duas pequenas aranhas e uma barata grande, deitada de costas como uma tartaruga virada de barriga para cima.

Tell saiu do banheiro masculino com passadas largas, sem esforço algum, e sua progressão de volta aos estúdios parecia muito estranha.

Era como se, em vez de ele estar andando, o edifício estivesse passando por ele, em volta dele, como as corredeiras de um rio em volta de uma rocha.

Quando voltar, direi a Paul que não estou me sentindo bem e vou faltar o resto do dia, pensou, mas não iria fazê-lo. Paul tinha estado num dos seus estados de ânimo erráticos e desagradáveis durante a manhã toda e Tell sabia que ele era parte da razão (ou talvez ela toda) para isso. Será que Paul o despediria por despeito? Uma semana antes, teria dado uma gargalhada diante de semelhante ideia. Mas uma semana antes ele ainda acreditava naquilo que tinha chegado a acreditar quando estava perto de se tornar um adulto: os amigos eram de verdade e os fantasmas eram de mentira. Agora estava começando a imaginar que talvez ele tivesse, de algum modo, invertido esses dois postulados.

— O filho pródigo retorna — disse Jannings sem olhar para lugar nenhum quando Tell abriu a segunda das duas portas do estúdio, a que era chamada de porta "do ar morto". — Pensei que você tinha morrido lá dentro, Johnny.

— Não — disse Tell. — Eu não.

Era um fantasma e Tell descobriu de quem um dia antes do término da mixagem de Daltrey — e de sua associação com Paul Jannings. Mas muitas outras coisas aconteceram antes disso. Só que eram todas a mesma coisa, apenas marcos de quilometragem, como os que existem na autoestrada da Pensilvânia, mostrando o avanço sistemático de John Tell rumo a um colapso nervoso. Sabia que isso estava acontecendo mas não podia impedir que acontecesse. Parecia que ele não estava dirigindo nessa estrada específica e sim sendo levado por um motorista.

No início, seu curso de ação tinha parecido simples e claramente definido: evitar esse banheiro masculino em particular e todos os pensamentos e perguntas sobre os tênis. Simplesmente desligar do assunto. Deixá-lo sem saber de nada.

Só que não podia. A imagem dos tênis se aproximava sorrateiramente dele nos momentos mais estranhos e saltava sobre ele como uma antiga mágoa. Ele podia estar sentado em casa, olhando a CNN ou algum programa idiota de entrevistas na TV e, inteiramente de repente, percebia que estava pensando nas moscas ou sobre o que o faxineiro que substituía o papel higiênico obviamente não estava vendo e então olhava para o relógio e via que uma hora se tinha passado. Às vezes mais.

Por algum tempo, ele esteve quase convencido de que era algum tipo de brincadeira malévola. Paul estava metido nela, é claro, e provavelmente também o sujeito gordo da Janus Music. Tell os tinha visto conversando a sós com bastante frequência, e não tinha havido uma vez em que ambos tinham olhado para ele e rido? O recepcionista era outra boa probabilidade, ele com seus Camels e seus olhos baços e céticos. Georgie não, Georgie não seria capaz de ter guardado o segredo mesmo que Paul o tivesse pressionado para colaborar, mas com todos os outros era possível. Durante um ou dois dias, Tell especulou até sobre a possibilidade de que o próprio Roger Daltrey pudesse ter coberto um turno usando os tênis brancos com o cadarço mal enfiado.

Embora identificasse esses pensamentos como fantasias paranoicas, a identificação não conduzia ao desaparecimento. Ele os mandava embora, insistia que não havia nenhuma conspiração liderada por Jannings para pegá-lo e sua mente dizia *É, tá certo, faz sentido pra mim*, e cinco horas depois — ou talvez apenas vinte minutos — imaginava um bando deles sentados na Desmond's Steak House, dois quarteirões rumo ao centro: Paul, o recepcionista que fumava sem parar e gostava de grupos de blusão de couro de *heavy metal*, talvez até o magricela da Snappy Kards, todos eles comendo coquetel de camarões e bebendo. E rindo, é claro. Rindo *dele*, enquanto os tênis brancos e sujos que eles se revezavam para usar descansavam numa sacola de papel pardo amarrotada embaixo da mesa.

Tell podia *ver* essa sacola de papel pardo. Tinha chegado a esse ponto.

Mas essa fantasia de curta duração não era o pior. O pior era apenas o seguinte: o banheiro masculino do terceiro andar tinha adquirido um *poder de atração*. Era como se lá dentro houvesse um ímã poderoso e seus bolsos estivessem cheios de limalha de ferro. Se alguém lhe tivesse dito alguma coisa assim, ele teria dado uma gargalhada (talvez só por dentro, se a pessoa descrevendo a metáfora parecesse muito séria), mas realmente ali experimentou uma sensação como de um desvio, cada vez que passava pelo banheiro masculino a caminho dos estúdios ou dos elevadores. Era uma sensação terrível, como ser puxado em direção a uma janela aberta num edifício alto ou ficar olhando impotente, como se fora de si mesmo, enquanto erguia uma pistola até a boca e chupava o cano.

Queria olhar outra vez. Dava-se conta de que uma olhada mais era tudo de que precisava para acabar com ele, mas não fazia diferença. Queria olhar outra vez.

Cada vez que passava, aquele desvio mental.

Nos seus sonhos, ele abria a porta daquela cabine repetidamente, sem parar. Só para dar uma olhada.

Uma olhada *de verdade*.

E parecia não conseguir contar para ninguém. Sabia que seria melhor se contasse, entendia que se despejasse isso nos ouvidos de outra pessoa o caso iria mudar de formato, talvez até desenvolver uma ponta pela qual seria possível segurá-lo. Duas vezes entrou em bares e conseguiu começar conversas com homens ao seu lado. Isso porque, pensara ele, os bares eram os lugares onde as conversas saíam mais baratas. A preço de liquidação.

Na primeira ocasião, mal tinha aberto a boca quando o homem que tinha escolhido começou um sermão a respeito dos Yankees para George Steinbrenner. Steinbrenner tinha angariado a hostilidade desse homem de forma muito intensa e era impossível introduzir uma só palavra na conversa com esse sujeito sobre qualquer outro assunto. Tell logo desistiu.

Na segunda vez, conseguiu iniciar uma conversa bastante natural com um homem que tinha a aparência de um operário de construção civil. Falaram do tempo, depois de beisebol (mas esse homem, felizmente, não era alucinado pelo assunto) e passaram para como era difícil conseguir um bom emprego em Nova York. Tell estava suando. Sentia-se como se estivesse fazendo algum tipo de trabalho braçal pesado — empurrando um carrinho de mão com cimento por uma ladeira, talvez —, mas também achava que não estava se saindo tão mal assim.

O sujeito que parecia um operário de obra estava bebendo um Black Russian. Tell ficou na cerveja. Parecia-lhe que a estava expelindo pelo suor tão depressa quanto a ingeria, mas depois de ter pago uns dois drinques para o sujeito e este ter pago para Tell um par de canecos, criou coragem para começar.

— Você quer ouvir uma coisa realmente estranha? — falou.

— Você é veado? — perguntou o sujeito que parecia operário de obra antes que Tell pudesse ir adiante. Virou-se no seu banquinho e olhou para Tell com uma curiosidade afável: — Quero dizer, pra mim não faz diferença se você é ou não é, mas estou recebendo essas vibrações e apenas achei que devia lhe dizer que não topo esse tipo de coisa. Abrir logo o jogo, sabe como é?

— Não sou veado — disse Tell.

— Ah. O que é realmente estranho?

— Ahn?

— Você disse que alguma coisa era realmente estranha.

— Ah, na verdade não era tão estranha assim — falou Tell. Depois deu uma olhada no relógio e disse que estava ficando tarde.

Três dias antes do término da mixagem de Daltrey, Tell saiu do Estúdio F para urinar. Ele agora usava o banheiro do sexto andar para essa finalidade. Primeiro tinha usado o do quarto andar, depois o do quinto, mas esses estavam bem em cima do banheiro do terceiro e tinha começado a sentir o dono dos tênis se irradiando silenciosamente para cima, através dos pisos, parecendo sugá-lo. O banheiro dos homens do sexto ficava no lado oposto do edifício e isso parecia resolver o problema.

Passou depressa pela mesa do recepcionista a caminho dos elevadores, piscou e, de repente, em vez de estar dentro do elevador, estava no banheiro do terceiro andar com a porta fazendo *iiish* enquanto se fechava mansamente atrás dele. Nunca tinha sentido tanto medo. Em parte era por causa dos tênis, mas sobretudo era por saber que tinha acabado de perder de três a seis segundos de consciência. Pela primeira vez na vida, sua mente simplesmente teve um curto-circuito.

Não tinha a menor ideia de quanto tempo podia ter ficado ali se a porta não tivesse se aberto subitamente atrás dele, golpeando-o com força nas costas. Era Paul Jannings.

— Desculpe, Johnny — falou ele. — Não fazia a menor ideia de que você vinha aqui para meditar.

Passou por Tell sem esperar por uma resposta (não teria recebido uma de qualquer modo, pensou Tell mais tarde, pois sua língua estava grudada no céu da boca) e encaminhou-se para as cabines. Tell conseguiu andar até o primeiro mictório e abrir o zíper da braguilha, fazendo essas coisas apenas porque achou que Paul iria se deliciar demais se ele tivesse dado meia-volta e saído correndo. Tinha havido uma época, não fazia muito tempo, em que considerou Paul um amigo — talvez seu *único* amigo em Nova York. Como os tempos tinham mudado.

Tell ficou parado diante do mictório por uns dez segundos, depois apertou a descarga. Dirigiu-se para a porta e então parou. Voltou-se, deu dois passos silenciosos na ponta dos pés, inclinou-se e olhou por debaixo da porta da primeira cabine. Os tênis ainda estavam lá, agora rodeados por pequenos montes de moscas mortas.

O mesmo acontecia com os mocassins Gucci de Paul Jannings.

O que Tell estava vendo era como uma dupla exposição ou um dos efeitos baratos de fantasmas do antigo programa de TV *Topper*. Primeiro, ele estava vendo os mocassins de Paul através dos tênis; depois, os tênis pareciam se solidificar e ele os via através dos mocasssins, como se Paul fosse o fantasma. Salvo que, mesmo enquanto ele estava enxergando através deles, os mocassins de Paul faziam vários pequenos movimentos, enquanto os tênis permaneciam imóveis como sempre.

Tell saiu. Sentiu-se tranquilo pela primeira vez em duas semanas.

No dia seguinte, ele fez o que provavelmente devia ter feito imediatamente: levou Georgie Ronkler para almoçar e perguntou-lhe se tinha ouvido quaisquer histórias ou boatos estranhos a respeito do edifício que tinha se chamado Music City. Para ele, era um mistério não ter pensado nisso antes. Tudo que sabia era que os acontecimentos da véspera pareciam ter de algum modo clareado sua mente, como um tapa seco ou um bocado de água gelada na cara. Georgie podia não saber coisa alguma, mas também podia saber. Estava trabalhando com Paul havia pelo menos sete anos e um bocado do trabalho tinha sido realizado na Music City.

— Oh, você quer dizer o fantasma? — perguntou Georgie e deu uma gargalhada. Estavam no Cartin's, um restaurante-delicatéssen na Sexta Avenida e o lugar tinha a barulheira de meio-dia. Georgie deu uma dentada no seu sanduíche de carne moída, mastigou, engoliu e sorveu um gole pelos dois canudos enfiados na garrafa de vaca-preta. — Quem lhe falou sobre isso, Johnny?

— Ah, um dos faxineiros, acho — disse Tell. Sua voz estava perfeitamente normal.

— Tem certeza de que não o viu? — perguntou Georgie e deu uma piscadela. Isso era o máximo que o assistente de muitos anos de Paul era capaz de fazer em termos de provocação.

— Não. — Nem tinha mesmo. Só os tênis. E alguns insetos mortos.

— Certo. Bem, o assunto está bastante morto agora, mas durante algum tempo todo mundo só falava nisso. Em como o sujeito estava tornando o lugar mal-assombrado. Sabe, ele se ferrou lá mesmo, no terceiro andar. Na privada. — Georgie ergueu as mãos, agitou-as dos lados de suas faces com pelo de casca de pêssego, cantarolou algumas linhas do tema de *Além da Imaginação* e tentou fazer um ar amedrontador. Era uma expressão que não era capaz de conseguir.

— É — disse Tell. — Foi isso que eu ouvi. Mas não houve jeito de o faxineiro me contar qualquer coisa mais, ou talvez ele não soubesse nada mais. Ele só deu uma gargalhada e foi embora.

— Aconteceu antes de eu começar a trabalhar com Paul. Foi ele quem me falou a respeito.

— Ele próprio nunca viu o fantasma? — perguntou Tell, sabendo a resposta. Na véspera, Paul tinha estado *sentado* nele. *Cagando* nele, para dizer a verdade perfeitamente vulgar.

— Não, ele costumava rir disso. — Georgie largou o sanduíche. — Você sabe como ele pode ser às vezes. Só um pouco m-mau. — Quando era obrigado a dizer alguma coisa mesmo ligeiramente negativa sobre alguém, Georgie ficava levemente gago.

— Eu sei. Mas deixe Paul pra lá. Quem era esse fantasma? O que aconteceu com ele?

— Ah, ele era apenas um traficante de drogas qualquer — disse Georgie. — Isso foi lá por volta de 1972 ou 1973, eu acho, quando Paul estava apenas começando; naquela época, ele próprio era apenas um mixador-assistente. Logo antes da recessão.

Tell sacudiu a cabeça afirmativamente. De 1975 até mais ou menos 1980, a indústria do rock tinha ficado parada, por baixo. Os jovens gastavam dinheiro em videogames em vez de discos. Talvez pela 50ª vez desde 1955, os entendidos alardearam a morte do rock and roll. E, como em outras ocasiões, ele se revelou um cadáver muito animado. Os video games atingiram seu topo e pararam; surgiu a MTV; uma nova onda de astros chegou da Inglaterra; Bruce Springsteen lançou *Born in the USA*; o rap e o hip-hop começaram a dobrar cifras e virar cabeças.

— Antes da recessão, os executivos de empresas de gravação costumavam, antes dos grandes espetáculos, entregar coca nos bastidores, que levavam em suas maletas 007 — disse Georgie. — Nessa época, eu estava fazendo mixagem de shows e vi acontecer. Havia um sujeito (está morto desde 1978, mas se dissesse o nome você saberia quem era) que costumava receber um vidro de azeitonas de sua produtora antes de cada show. O vidro vinha embrulhado num papel bonito, com fitas, laços e tudo. Só que, em vez de água, as azeitonas vinham embaladas em cocaína. Ele costumava colocá-las nos seus drinques, que chamava de martínis d-d-disparadores.

— Aposto que eram mesmo — disse Tell.

— Bem, naquela época uma porção de gente achava que cocaína era quase como uma vitamina — disse Georgie. — Diziam que não viciava como heroína ou re-rebentava com você no dia seguinte como a bebida. E esse edifício, meu chapa, esse edifício era como uma grande nevada. Pílulas, maconha e haxixe também, mas a cocaína é que era o quente. E esse sujeito...

— Como era o nome dele?

Georgie deu de ombros.

— Não sei. Paul nunca disse e eu nunca ouvi de ninguém nesse edifício. Pelo menos, não que me lembre. Mas ele devia ser como um desses entregadores de delicatéssen que se veem subindo e descendo nos elevadores com café, rosquinhas e b-brioches. Só que, em vez de entregar café etc., esse sujeito entregava drogas. Ele era visto duas ou três vezes por semana, indo até em cima e depois trabalhando no caminho de descida. Usava um sobretudo jogado sobre o braço e nessa mão levava uma pasta de couro de crocodilo. Mantinha o sobretudo por cima do braço mesmo quando estava fazendo calor. Era para que as pessoas não vissem a algema. Mas acho que, m-m-mesmo assim, às vezes elas viam.

— A *o quê*?

— *A-a-algema* — disse Georgie, cuspindo pedaços de pão e carne moída e imediatamente ficando rubro. — Puxa, Johnny, me desculpe.

— Sem problema. Quer outra vaca-preta?

— Sim, por favor — disse Georgie agradecido.

Tell chamou a garçonete.

— Então ele era um entregador — disse ele, principalmente para deixar Georgie à vontade de novo. Ele ainda estava secando os lábios com o guardanapo.

— Isso mesmo. — A nova garrafa de vaca-preta chegou e Georgie bebeu um pouco. — Quando ele saía do elevador no oitavo andar, a pasta algemada ao seu pulso estava cheia de droga. Quando saía no andar térreo de novo, estava cheia de dinheiro.

— O melhor truque desde transformar chumbo em ouro — disse Tell.

— É, mas no final a mágica acabou. Um dia, ele só chegou ao terceiro andar. Alguém deu cabo dele no banheiro masculino.

— Esfaqueou-o?

— O que ouvi foi que alguém abriu a porta da cabine onde ele estava sentado e enfiou um lápis no seu olho.

Apenas por um instante, Tell viu a cena tão vividamente como tinha visto a sacola amarrotada por baixo da mesa do restaurante dos conspiradores imaginários. Um lápis negro, afiado com uma ponta caprichada, deslizando pelo espaço e depois penetrando no círculo assustado da pupila. O estalido do globo ocular. Apertou os olhos.

Georgie concordou com a cabeça.

— N-n-nojento, não é? Mas provavelmente é verdade. Quero dizer, não essa parte. Provavelmente alguém simplesmente, você sabe, apunhalou-o.

— Certo.

— Mas quem quer que tenha sido, precisava ter *alguma coisa* afiada consigo, não é mesmo? — falou Georgie.

— Precisava?

— Claro. Porque a pasta desapareceu.

Tell olhou para Georgie. Podia perceber isso, também. Mesmo antes que Georgie lhe contasse o resto, ele podia perceber.

— Quando os guardas chegaram e tiraram o sujeito da privada, encontraram sua mão esquerda dentro do vaso.

— Ah — disse Tell.

Georgie abaixou os olhos para seu prato. Ainda havia metade do sanduíche.

— Acho que estou ch-ch-cheio — falou com um sorriso sem jeito.

No caminho de volta para o estúdio, Tell perguntou:

— Então imagina-se que o fantasma do sujeito esteja assombrando... o que, aquele banheiro? — E de repente deu uma gargalhada porque, horripilante como era a história, havia alguma coisa de cômico na ideia de um fantasma assombrando um local de cagar.

Georgie sorriu.

— Você sabe como são as pessoas. No princípio, era isso que diziam. Quando comecei a trabalhar com Paul, os caras me diziam que o tinham *visto* lá dentro. Não ele *todo*, somente seus tênis por debaixo da porta da cabine.

— Só os tênis, é? Que palhaçada.

— É. Era assim que você sabia que estavam inventando ou imaginando a história, porque só se ouvia isso de sujeitos que o tinham conhecido quando ele estava vivo. De sujeitos que sabiam que ele usava tênis.

Tell, que tinha sido um menino que não sabia nada e que morava no interior da Pensilvânia quando ocorrera o assassinato, balançou a cabeça afirmativamente. Tinham chegado a Music City. Quando estavam atravessando o saguão de entrada rumo aos elevadores, Georgie disse:

— Mas você sabe a rotatividade do pessoal nesse negócio. Hoje está aqui, amanhã não está mais. Duvido que ainda sobre alguém nesse edifício que estava trabalhando aqui naquela época, salvo Paul e alguns dos f-faxineiros, e nenhum *deles* teria comprado do sujeito.

— Acho que não.

— Não. De modo que você quase nunca torna a escutar a história e ninguém mais *v-vê* o sujeito.

Tinham chegado aos elevadores.

— Georgie, por que você continua com o Paul?

Embora abaixasse a cabeça e as pontas das orelhas ficassem vermelho-vivas, Georgie não pareceu realmente surpreso com essa brusca mudança de direção.

— Por que não? Ele cuida de mim.

Você vai pra cama com ele, Georgie? A pergunta ocorreu-lhe de imediato, uma extensão natural, imaginou Tell, da pergunta anterior, mas não a faria. Na verdade, não *se atreveria* a perguntar. Porque achava que Georgie lhe responderia com sinceridade.

Tell, que mal conseguia chegar a falar com estranhos e quase nunca fazia amigos, de repente abraçou Georgie Ronkler. Georgie o abraçou de volta, sem erguer o olhar para ele. Depois se afastaram um do outro, o elevador chegou, a mixagem continuou e, na tarde seguinte, às 18h15, enquanto Jannings estava recolhendo seus papéis (e ostensivamente deixando de olhar na sua direção), Tell entrou no banheiro masculino do terceiro andar para dar uma olhada no dono dos tênis brancos.

Quando estava falando com Georgie, tivera uma súbita revelação... ou talvez se devesse chamar algo assim intenso de uma epifania. Foi o seguinte: às vezes, para que pudesse livrar-se dos fantasmas que estavam atormentando sua vida, bastava criar coragem suficiente para encará-los de frente.

Dessa vez, não houve perda momentânea de consciência, nem qualquer sensação de medo... apenas aquelas lentas e constantes batidas no peito. Todos os seus sentidos estavam ampliados. Sentiu o cheiro de cloro, das pastilhas cor-de-rosa de desinfetante nos mictórios, peidos antigos. Podia ver fendas diminutas na pintura da parede e descascados nos canos. Podia ouvir o clicar oco de seus calcanhares enquanto caminhava em direção à primeira cabine.

Os tênis estavam quase soterrados pelos cadáveres das moscas e aranhas mortas.

No início, havia só uma ou duas. Porque não havia necessidade de que elas morressem até que os tênis estivessem ali e não estavam ali até que os vi.

— Por que eu? — perguntou com clareza no silêncio.

Os tênis não se mexeram e nenhuma voz respondeu.

— Não o *conheci*, nunca o *encontrei*, não uso esse tipo de coisa que você vendia e nunca usei. Então, por que eu?

Um dos tênis se moveu. Das moscas mortas saiu um farfalhar como de papel. Depois, o tênis — era o que tinha um ilhós saltado — ficou quieto.

Tell empurrou a porta da cabine para abri-la. Uma dobradiça guinchou de modo apropriadamente gótico. E lá estava ele.

Convidado misterioso, registre-se por favor, pensou Tell.

O convidado misterioso estava sentado na latrina, com uma das mãos apoiada frouxamente sobre a coxa. Era bem como Tell o tinha visto nos seus sonhos, com a seguinte diferença: havia somente uma das mãos. O outro braço terminava num cotoco marrom empoeirado, ao qual várias outras moscas tinham aderido. Só então Tell se deu conta de que nunca tinha notado as calças do Par de Tênis (e você não notou sempre como as calças abaixadas se amontoam sobre os sapatos se calhasse de você olhar por baixo de uma cabine de banheiro? Algo inapelavelmente cômico ou apenas indefeso, ou um por causa do outro?). Não tinha porque elas estarem para cima, com o cinto afivelado, o zíper da braguilha fechado. Eram calças boca de sino. Tell tentou se lembrar quando as bocas de sino tinham saído de moda, mas não conseguiu.

Acima das calças, Par de Tênis usava uma camisa de trabalho de cambraia azul, com símbolos de paz costurados na aba de cada bolso. Tinha repartido seu cabelo do lado direito. Tell podia ver moscas mortas no repartido. No gancho nas costas da porta estava pendurado o sobretudo de que Georgie lhe tinha falado. Havia moscas mortas nos seus ombros caídos.

Produziu-se um rinchar não muito diferente do que a dobradiça tinha feito. Tell percebeu que eram os tendões do pescoço do homem morto. Par de Tênis estava erguendo a cabeça. Agora estava olhando para Tell, que viu sem nenhuma surpresa que, salvo pelos cinco centímetros de lápis que se projetavam da órbita do olho direito, era o mesmo rosto que olhava para ele do espelho ante o qual se barbeava todos os dias. Par de Tênis era ele e ele era Par de Tênis.

— *Sabia* que você estava pronto — falou para ele mesmo no tom roufenho e sem entonação de um homem que estava acostumado a não usar suas cordas vocais durante muito tempo.

— Não estou, não — falou Tell. — Vá embora.

— Para saber a verdade sobre isso, foi o que quis dizer — disse Tell a Tell, e o Tell que estava de pé na porta da cabine viu círculos de pó branco em volta das narinas do Tell que estava sentado na latrina. Parecia que ele tinha estado usando tanto quanto vendendo. Tinha vindo ali para dar uma pequena fungada e alguém tinha aberto a porta da cabine e enfiado um lápis no seu olho. Mas quem cometia assassinato com um lápis? Talvez só alguém que tinha cometido o crime por...

— Oh, diga impulso — falou Par de Tênis na sua voz roufenha e sem entonação. — O mundialmente famoso crime por impulso.

E Tell — o Tell que estava de pé na porta da cabine — compreendeu que isso era exatamente o que tinha sido, não importa o que Georgie pudesse pensar. O assassino não olhara por debaixo da porta da cabine e Par de Tênis tinha se esquecido de fechar o trinco da porta. Dois vetores convergentes de coincidência que, em outras circunstâncias, teriam requerido não mais do que um murmurado "Desculpe-me" e uma retirada apressada. Dessa vez, entretanto, algo diferente tinha acontecido. Dessa vez, tinha levado a um assassinato repentino.

— Não esqueci de fechar o trinco — disse-lhe Par de Tênis na rouquidão sem entonação da sua voz. — Estava quebrado.

É, está certo, o trinco estava quebrado. Não fazia diferença alguma. E o lápis? Tell tinha certeza de que o assassino o estava segurando na mão quando empurrou a porta da cabine para abri-la, mas não como uma arma assassina. Ele estava segurando apenas porque às vezes tem-se vontade de ter alguma coisa para segurar: um cigarro, um molho de chaves, uma caneta ou um lápis para manusear. Tell achou que talvez o lápis tivesse ido parar no olho de Par de Tênis antes que qualquer dos dois tivesse qualquer ideia do que o assassino iria fazer ali. Então, provavelmente porque o assassino também era um freguês que sabia o que havia na pasta, tinha fechado a porta novamente, deixando a vítima sentada na latrina, tinha saído do edifício, pegado... bem, pego *alguma coisa*...

— Ele foi a uma loja de ferragens a cinco quarteirões daqui e comprou uma serra de mão — falou Par de Tênis na sua voz sem entonação, e Tell de repente percebeu que não era mais o *seu* rosto: era o rosto de um homem que aparentava uns 30 anos e tinha feições ligeiramente indígenas. O cabelo de Tell era louro quase ruivo e, a princípio, também assim era o cabelo do homem, mas agora era negro, opaco e denso.

Subitamente percebeu outra coisa. Percebeu-o como se percebem coisas nos sonhos: quando as pessoas veem fantasmas, elas *sempre* veem a si próprias primeiro... Por quê? Pela mesma razão que os mergulhadores de altas profundidades fazem uma pausa ao subir para a superfície, sabendo que se subirem depressa demais bolhas de nitrogênio vão formar bolhas no sangue, que os farão padecer de dores agonizantes ou talvez até morrerem. Também havia cãibras de *realidade*.

— A percepção muda uma vez que se passa do que é natural, não é assim? — indagou Tell com a voz rouca. — E é por isso que a vida tem sido tão estranha para mim ultimamente. Alguma coisa dentro de mim estava se preparando para lidar com... bem, lidar com você.

O morto deu de ombros. Umas moscas caíram dos seus ombros.

— Você conta *pra mim*, Repolho. Você é que tem a cabeça sobre os ombros.

— Está certo — disse Tell. — Assim *farei*. Ele comprou a serra, o vendedor colocou-a numa sacola e ele voltou. Não tinha nenhuma preocupação. Afinal, se alguém já tivesse encontrado você, ele o saberia: haveria uma multidão diante da porta. Foi assim que ele raciocinou. Talvez também já houvesse policiais. Se as coisas parecessem normais, ele entraria e pegaria a pasta.

— Ele tentou cortar a corrente primeiro — falou a voz áspera. — Quando isso não deu certo, usou a serra para decepar minha mão.

Olharam um para o outro. Tell percebeu de repente que podia ver o vaso sanitário e os azulejos brancos e sujos da parede do fundo, por trás do cadáver... o cadáver estava, finalmente, transformando-se num fantasma de verdade.

— Agora você sabe? — perguntou a Tell. — Por que era você?

— Sei. Você tinha que contar a alguém.

— Não. História é uma merda — disse o fantasma e depois deu um sorriso tão cheio de maldade profunda que Tell ficou horrorizado. — Mas às vezes *saber* serve para alguma coisa... isto é, se você ainda está vivo. — Fez uma pausa. — Tell, você se esqueceu de perguntar uma coisa importante ao seu amigo Georgie. Alguma coisa sobre a qual talvez ele não tivesse sido tão sincero.

— O quê? — perguntou, mas já não estava certo se queria saber.

— Quem era meu maior freguês no terceiro andar naquela época. Quem me devia quase 8 mil dólares. Quem tinha sido cortado da lista. Quem foi para um centro de reabilitação em Rhode Island e ficou limpo dois meses depois de eu morrer. Quem nem chega perto do pó branco hoje em dia. Georgie não estava aqui naquela época, mas acho que, mesmo assim, ele sabe a resposta para todas essas perguntas. Porque ele ouve as pessoas falando. Você já observou como as pessoas falam perto de Georgie como se ele não estivesse ali?

Tell confirmou com a cabeça.

— E seu *cérebro* não gagueja. Acho que ele sabe, sim senhor. Ele nunca contaria, Tell, mas acho que sabe.

O rosto começou a mudar novamente e agora as feições que emergiam daquela bruma primitiva eram expressivas e bem delineadas. As feições de Paul Jannings.

— Não — sussurrou Tell.

— Ele pegou mais de 30 mil pratas — disse o morto com o rosto de Paul Jannings. — Foi assim que pagou pela reabilitação... com muita sobra para todos os vícios que *não* abandonou.

E subitamente a imagem na privada estava desaparecendo por completo. Em um instante tinha sumido. Tell olhou para o chão e viu que as moscas também tinham sumido.

Não tinha mais vontade de ir ao banheiro. Voltou para a sala de controle, disse a Paul Jannings que ele era um canalha, que não valia nada, deteve-se apenas o suficiente para desfrutar a expressão de completa surpresa no rosto de Paul e depois saiu porta afora. Haveria outros trabalhos. Era suficientemente capaz no que fazia para que isso acontecesse. Entretanto, saber disso era uma espécie de revelação. Não a primeira do dia, mas sem dúvida a melhor do dia.

Quando voltou ao seu apartamento, atravessou a sala de estar e foi direto para a privada. Sua necessidade de se aliviar tinha voltado. Na verdade, tinha se tornado bastante urgente, mas estava tudo bem. Isso também fazia parte de estar vivo.

— Um homem metódico é um homem feliz — falou para as paredes de azulejos brancos. Virou um pouco o corpo, pegou o último número da *Rolling Stone*, que tinha deixado em cima da caixa-d'água da privada, abriu-a na coluna de "Notas Aleatórias" e começou a ler.

Sabe, eles têm uma banda dos diabos

Quando Mary acordou, estavam perdidos. Ela sabia disso e Clark também, embora, a princípio, não quisesse admitir. Estava com sua expressão Estou Puto da Vida Portanto Não Se Meta Comigo, na qual sua boca ia ficando cada vez menor até que parecia que poderia desaparecer por completo. E "perdidos" não era a expressão que Clark empregaria. Ele diria que "tinham dobrado errado em algum lugar" e quase morreria só de chegar a tanto.

Tinham saído de Portland no dia anterior. Clark trabalhava para uma empresa de computadores — uma das gigantes — e tinha sido sua a ideia de que deviam ver alguma coisa do Oregon que ficava fora do bairro de alta classe média em que moravam, agradável mas monótono, uma área chamada por seus habitantes de Cidade do Software.

— Dizem que é lindo lá no meio do mato — dissera para ela. — Quer ir dar uma olhada? Tenho uma semana, e os boatos de transferência já começaram. Se não virmos um pouco do verdadeiro Oregon, acho que os últimos 16 meses não vão ser mais do que um buraco negro na minha memória.

Ela concordou com muita boa vontade (a escola encerrara o período dez dias antes e ela não teria que dar aulas de férias), gostando da sensação agradavelmente improvisada de seja-lá-como-for da viagem, esquecendo-se de que as férias resolvidas assim às pressas frequentemente terminavam tal como essa, com as pessoas em férias perdidas em alguma estradinha remota que ia, aos trancos e barrancos, pelos buracos e pelo mato crescido no meio de lugar nenhum. Ela imaginou que era uma aventura — pelo menos podia encarar desse jeito, se quisesse —, mas tinha completado 32 anos em janeiro e achava que com 32 talvez já fosse um pouco velha demais para aventuras. A essa altura, sua ideia de férias realmente agradáveis era um hotel com uma piscina limpa, roupões de banho nos pés das camas e um secador de cabelo que funcionasse no banheiro.

No entanto, o dia anterior tinha sido ótimo, a paisagem do campo tão maravilhosa que até Clark ficara várias vezes estupefato com o silêncio a que não estava acostumado. Tinham passado a noite numa pousada do interior, logo a oeste de Eugene, tinham feito amor não uma, mas duas vezes (algo para o que ela certamente não estava velha *demais*), e nessa manhã partiram rumo ao sul, pretendendo passar a noite em Klamath Falls. Começaram o dia na rodovia estadual de Oregon 58 e *isso* era perfeito. Mas depois, durante o almoço em Oakridge, Clark tinha sugerido que saíssem da rodovia principal, que estava bastante congestionada com furgões grandes e caminhões de madeira.

— Bem, não sei não... — falou Mary com as dúvidas de uma mulher que já ouviu muitas propostas semelhantes de seu marido e teve que aguentar as consequências de outras tantas. — Odiaria ficar perdida por lá, Clark. Isso parece bastante deserto. — Apertou uma unha muito bem-feita sobre uma mancha verde no mapa, intitulada Área Florestal de Boulder Creek. — Essa palavra aqui é *florestal*, ou seja, nada de postos de gasolina, nada de banheiros e nada de hotéis.

— Poxa, deixa disso — disse ele, empurrando para o lado os restos do seu bife à milanesa. Na vitrola automática, Steve Earles e os Dukes estavam cantando *Six Days on the Road* e, do lado de fora das janelas raiadas de sujeira, um bando de garotos com cara de tédio estava dando voltas e saltos nos seus skates. Pareciam estar ali apenas passando o tempo, esperando crescerem o bastante para arrebentarem com essa cidade de uma vez por todas. E Mary sabia exatamente como se sentiam. — É muito fácil, meu bem. Tomamos a 58 uns poucos quilômetros mais para leste... depois viramos para o sul na estrada estadual 42... Está vendo?

— Hã-hã. — Ela também viu que, enquanto a rodovia 58 era uma linha vermelha grossa, a estrada estadual 42 era apenas um fio preto sinuoso. Mas ela estava entupida de bolo de carne e purê de batata e não queria discutir com o instinto pioneiro de Clark enquanto se sentia como uma jiboia que acabara de engolir um bode. Na realidade, o que ela queria mesmo era recostar para trás o assento do carona da sua velha e adorável Mercedes e tirar uma soneca.

— Depois — prosseguiu ele —, há essa estrada aqui. Não está numerada, de modo que, provavelmente, é apenas uma estrada municipal, mas vem bem até Toketee Falls. E dali é só um pulinho até a federal 97. Então, o que você acha?

— Que provavelmente você vai arranjar um jeito de a gente se perder — disse ela, num gracejo de que acabou se arrependendo mais tarde. — Mas acho que tudo vai estar bem desde que você consiga um lugar com largura suficiente para dar a volta com a Princesa.

— Viva o produto americano! — disse ele com um sorriso largo, puxando o bife à milanesa para a sua frente. Recomeçou a comer, com o molho gelado e tudo.

— Eeeeca! — disse ela, pondo a mão diante do rosto e fazendo uma careta. — Como é que você *consegue*?

— Está bom — disse Clark em tons tão abafados que só uma esposa poderia entender. — Além disso, quando se está viajando, deve-se comer os pratos locais.

— Parece que alguém espirrou com a boca cheia de farelo por cima de um hambúrguer muito velho — disse ela. — Eu repito: eeeeca!

Saíram de Oakridge animados e a princípio tudo tinha ido magnificamente bem. As dificuldades só começaram depois de deixarem a estadual 42 e entrarem numa estrada sem linhas no asfalto, aquela que Clark tivera certeza de que os levaria rapidinho até Toketee Falls. No início, não pareceu que iam ter problemas. Mesmo sendo estrada municipal, o novo caminho era muito melhor do que a 42, cheia de buracos e com ondulações causadas pela geada, mesmo no verão. Na realidade, tinham ido estupendamente bem, revezando-se na troca de cassetes no toca-fitas embutido no painel. Clark gostava de caras como Wilson Pickett, Al Green e Pop Staples. O gosto de Mary se situava em áreas inteiramente diferentes.

— O que você vê nesses branquelos? — perguntou ela quando introduziu o seu favorito do momento, *New York*, de Lou Reed.

— Não me casei com um deles? — disse ela, fazendo-o rir.

O primeiro sinal de problemas surgiu 15 minutos depois, quando chegaram a uma bifurcação da estrada. Um caminho parecia tão promissor quanto o outro.

— Puta merda — disse Clark, parando no acostamento e abrindo o porta-luvas para pegar o mapa. Ficou olhando-o durante muito tempo. — *Isto* não está no mapa.

— Pronto, lá vamos nós — disse Mary. Ela estava no comecinho de um cochilo quando Clark parou ante a bifurcação inesperada e estava um pouco irritada com ele. — Quer meu conselho?

— Não — falou, num tom um pouco irritado consigo mesmo —, mas desconfio que vou recebê-lo de qualquer modo. E *odeio* quando você gira os olhos para mim desse jeito, caso você não saiba.

— De que jeito, Clark?

— Como se eu fosse um cachorro velho que acabou de peidar debaixo da mesa de jantar. Vamos, me diga o que você acha. Pode mandar pra cima de mim. A moedinha de telefone é sua.

— Volte enquanto ainda dá tempo. Esse é o meu conselho.

— Hã-hã. Agora seria bom se você tivesse uma placa dizendo ARREPENDA-SE.

— Isso era pra ser engraçado?

— Não sei, Mary — disse num tom de voz aborrecido e depois ficou ali sentado, alternando olhadas pelo para-brisa cheio de insetos esborrachados e cuidadoso estudo do mapa. Estavam casados há 15 anos e Mary o conhecia bem o bastante para achar que era quase certo que ele iria insistir em continuar... não por raiva da inesperada bifurcação da estrada, mas *por causa* dela.

Quando Clark Willingham está com o rabo na reta, não recua, pensou ela e pôs a mão na frente da boca para esconder o grande sorriso que tinha surgido.

Não foi rápida o bastante. Clark deu-lhe uma olhada, com uma sobrancelha erguida, e ela teve um súbito pensamento desconcertante: se era capaz, depois de todo esse tempo, de ler os pensamentos *dele* como se fosse um livro de crianças, então talvez ele pudesse fazer o mesmo com ela.

— Aconteceu alguma coisa? — perguntou ele com uma voz um pouco fina demais. Foi naquele momento, *antes* mesmo que ela tivesse adormecido, percebia ela agora, que ele tinha apertado a boca. — Quer me dizer o que é, coração?

Ela sacudiu a cabeça.

— Só estava limpando a garganta.

Ele balançou a cabeça num sentido positivo, empurrou os óculos para cima, sobre a testa em constante expansão e levou o mapa até ficar quase encostado na ponta do nariz.

— Bem — disse —, *tem* que ser a bifurcação da esquerda, porque é essa que vai para o sul, na direção de Toketee Falls. A outra vai para leste. Provavelmente é alguma estrada de fazenda ou coisa assim.

— Uma estrada de fazenda com uma faixa amarela correndo pelo meio?

Clark apertou a boca ainda mais.

— Você ia ficar surpresa de ver como esses fazendeiros estão bem de vida — falou.

Ela pensou em mencionar que os exploradores e pioneiros tinham desaparecido há muito tempo, que seu rabo não estava *de fato* na reta, mas resolveu que preferia de longe um cochilo sob o sol da tarde a um bate-boca com seu marido, especialmente depois do delicioso programa duplo da noite anterior. E, afinal de contas, eles iam acabar dando em *algum lugar*, não iam?

Com essa ideia confortadora na cabeça e Lou Reed nos ouvidos, cantando sobre a última grande baleia americana, Mary Willingham cochilou. Quando a estrada que Clark tinha escolhido começou a ficar pior, ela estava dormindo um sono leve e sonhando que estavam de volta no café em Oakridge, onde tinham almoçado. Estava tentando botar uma moeda de 25 centavos na vitrola automática, mas a fenda para enfiar a moeda estava tapada com alguma coisa que parecia carne. Um dos garotos que estavam lá fora no estacionamento passou por ela, com o skate debaixo do braço e seu boné dos Trailblazers virado de trás para a frente.

— *O que essa coisa tem?* — perguntou-lhe Mary.

O garoto veio até ela, deu uma olhada rápida e encolheu os ombros.

— *Ah, não é nada* — disse ele. — *Isso é só o corpo de algum sujeito, quebrado para você e para muitos. A gente não brinca em serviço; estamos falando de cultura de massa, docinho de coco.*

Então levantou a mão, deu um beliscão no bico do seu seio — aliás, não muito afetuoso — e seguiu andando. Quando olhou de novo para a vitrola automática, viu que ela se enchera de sangue e de umas coisas escuras flutuando que se pareciam demais com órgãos humanos.

Talvez seja melhor você dar um descanso nesse álbum do Lou Reed, pensou ela e, dentro da piscina de sangue por trás do vidro, um disco foi deslizando até o prato da vitrola — como se em função do que pensara — e Lou começou a cantar *Busload of Faith*.

Enquanto Mary estava tendo esse sonho cada vez mais desagradável, a estrada continuou a piorar, os remendos do asfalto aumentaram até que ela *toda* era um remendo só. O álbum do Lou Reed — um dos grandes — chegou ao fim e começou a tocar de novo. Clark não reparou. A expressão contente com que tinha começado o dia havia sumido por completo. A boca se encolhera até ficar do tamanho de um botão de rosa. Se Mary estivesse acordada, o teria convencido a voltar muitos quilômetros antes. Sabia disso, tal como sabia o modo como ela iria olhar para ele quando acordasse e visse esse estreito pedaço de asfalto esburacado — que só com muita boa vontade se podia chamar de estrada —, com bosques de pinheiros e árvores parecidas chegando tão perto dos dois lados que mantinham o asfalto remendado permanentemente na sombra. Não haviam passado por nenhum carro indo na direção oposta desde que tinham saído da estadual 42.

Sabia que *devia* dar meia-volta. Mary *odiava* quando ele se metia em cagadas como essa, sempre se esquecendo das muitas vezes em que tinha encontrado o caminho até seu destino, sem um só equívoco, por estradas estranhas (Clark Willingham era um dos milhões de homens norte-americanos que têm absoluta convicção de que possuem uma bússola dentro da cabeça). Mas continuou indo em frente, no início teimosamente seguro de que *tinham* que ir dar em Toketee Falls, depois apenas com esperança de que assim fosse. Além do mais, *não havia* mesmo nenhum lugar para dar meia-volta. Se tentasse fazer isso, iria atolar a Princesa até as calotas numa das valas pantanosas que ladeavam essa estrada de mentira... e só Deus sabia quanto teria que caminhar só para chamar um reboque ou quanto tempo ele levaria para chegar até ali.

Então, finalmente, *chegou* a um lugar onde poderia ter dado meia-volta — outra bifurcação na estrada — e resolveu não voltar. A razão era simples: embora a bifurcação da direita fosse de saibro esburacado, com capim crescendo no centro, a que saía para a esquerda era, mais uma vez, larga, bem pavimentada e dividida ao meio por uma faixa de amarelo luminoso. De acordo com a bússola na cabeça de Clark, esse caminho da bifurcação ia rumo ao sul. Ele quase podia sentir o *cheiro* de Toketee Falls. Quinze quilômetros, talvez 25, 30 no máximo.

Contudo, ele pelo menos *cogitou* dar meia-volta. Quando ele disse isso a Mary mais tarde, viu a dúvida nos seus olhos, mas era verdade. Decidiu seguir em frente porque Mary estava começando a se mexer e ele tinha absoluta certeza de que os solavancos do trecho esburacado por que haviam acabado de passar iriam acordá-la se voltassem... e então ela iria olhar para ele com aqueles seus lindos e grandes olhos azuis. Só olhar. Seria o suficiente.

Além disso, por que deveria gastar uma hora e meia indo para trás, quando Toketee Falls estava só um tiquinho de nada mais adiante? *Olhe só para essa estrada*, pensou ele. *Você acha que uma estrada assim vai simplesmente se acabar?*

Engatou a marcha na Princesa, foi indo pela bifurcação da direita e, é claro, a estrada foi se acabando. Depois da primeira colina, a faixa amarela desapareceu de novo. Depois da segunda, o asfalto terminou e estavam numa estrada de terra esburacada, com os bosques escuros chegando ainda mais perto de ambos os lados e o sol — Clark percebeu isso pela primeira vez — agora deslizando pelo lado errado do céu.

A pavimentação terminara súbito demais para Clark poder frear e fazer a Princesa passar devagar para a nova superfície. Houve um baque duro, como quebra-molas, que acordou Mary. Ela se sentou de um tranco e olhou em volta com os olhos arregalados.

— Onde... — começou a falar e então, para fazer a tarde absolutamente perfeita e completa, a voz rouca de Lou Reed se acelerou até que ele estava gargarejando a letra de *Good Evening, Mr. Waldheim* na velocidade de Alvin e os Chipmunks. — *Oh!* — disse ela e apertou o botão de ejetar. A fita foi cuspida para fora, seguida de uma feia placenta marrom — voltas e voltas de fita brilhante.

A Princesa caiu num buraco que parecia não ter fundo, deu um salto para a esquerda e depois se lançou para cima e para o outro lado como um barco a vela girando através de uma onda de mar revolto.

— Clark?

— Não diga nada — falou ele entre os dentes. — Nós *não* estamos perdidos. O asfalto vai reaparecer dentro de um ou dois minutos, provavelmente depois da próxima colina. *Nós não estamos perdidos.*

Ainda perturbada pelo sonho (mesmo que não conseguisse se lembrar direito do que tinha sido), Mary ficou segurando a fita estragada no colo, com ar de tristeza. Imaginava que podia comprar outra... mas não por ali. Olhou para as árvores encurvadas, que pareciam vir se encostando até junto da estrada como convidados famintos num banquete, e calculou que estavam muito longe da loja mais próxima da Tower Records.

Olhou para Clark, notou suas faces vermelhas e a boca quase inexistente, e resolveu que seria prudente ficar com a sua própria boca fechada, pelo menos por enquanto. Se ficasse calada e sem insinuar acusações, haveria mais probabilidade de que recuperasse o juízo antes que essa estrada de mentira terminasse numa vala de pedras ou num atoleiro.

— Além do mais, não dá mesmo para virar aqui — disse ele, como se ela tivesse sugerido exatamente isso.

— Isso eu estou vendo — respondeu ela em tom neutro.

Deu uma olhada para ela, talvez estivesse querendo brigar, talvez apenas se sentisse encabulado e esperasse que ela não estivesse muito zangada com ele — pelo menos ainda não —, e depois olhou de novo pelo para-brisa. Agora havia capim e mato crescendo no centro dessa estrada também e o leito ficara tão estreito que, se chegassem a encontrar outro carro, um dos dois iria ter que voltar de marcha a ré. E não era só isso. O chão dos lados das trilhas das rodas parecia cada vez menos confiável e as árvores raquíticas pareciam estar lutando entre si para conseguir um lugar no terreno molhado.

Não havia postes em nenhum dos lados da estrada. Ela quase chamou a atenção de Clark para isso, depois resolveu que seria mais esperto calar a boca sobre isso também. Ele continuou dirigindo em silêncio até que chegaram a uma curva em declive. Ele estava esperando, embora sem muita fé, que as coisas melhorassem depois do final da curva, mas o caminho cheio de mato continuou como antes. Estava até mesmo um pouco menos marcado e um pouco mais estreito. Clark começou a recordar das estradas nos épicos fantásticos que tinha lido — escritas por gente como Terry Brooks, Stephen Donaldson e, é claro, J.R.R. Tolkien, o pai espiritual de todos eles. Nessas histórias, os personagens (que geralmente tinham pés cabeludos e orelhas pontiagudas) se metiam por essas estradas abandonadas a despeito de seus maus pressentimentos e geralmente acabavam tendo que lutar com gigantes, duendes ou esqueletos brandindo clavas.

— Clark...

— Eu sei — disse ele e deu um murro no volante de repente com a mão esquerda (um golpe curto e frustrado que só serviu para fazer tocar a buzina). — Eu *sei*. — Parou a Mercedes, que agora ocupava a estrada toda (estrada? que diabo: a essa altura, *trilha* já era palavra importante demais), empurrou o câmbio com força para estacionar e desceu do carro. Mary desceu pelo outro lado, mas devagar.

O odor de bálsamo das árvores era divino, e ela achou que havia algo lindo no silêncio, que não era interrompido pelo som de qualquer motor (nem mesmo o ronco longínquo de um avião) ou voz humana... mas também havia alguma coisa fantasmagórica nele. Mesmo os sons que conseguia ouvir — o *tiu-uít!* de um pássaro nos pinheiros sombreados, o zunido do vento, o ronco áspero do motor a diesel da Princesa — serviam para ressaltar o muro de silêncio que os rodeava.

Olhou para Clark por cima do capô cinza da Princesa e no seu olhar não havia recriminação nem raiva, mas sim um apelo. *Tire-nos daqui, está bem? Por favor!*

— Desculpe, meu bem — disse ele, e a preocupação que viu na sua fisionomia não ajudou nada a acalmá-la. — De verdade.

Ela tentou falar, mas no início sua garganta seca não emitiu nenhum som. Limpou a garganta e tentou de novo.

— O que você acha de voltar de marcha a ré, Clark?

Ele pensou sobre isso durante alguns minutos — o pássaro do *tiu-uít!* teve tempo de piar de novo e ser respondido de algum lugar mais para dentro da floresta — antes de balançar a cabeça.

— Só como último recurso. São pelo menos 3 quilômetros até a última bifurcação da estrada...

— Você quer dizer que tinha *outra* bifurcação?

Ele fez uma pequena careta, baixou os olhos e confirmou com a cabeça.

— Ir de marcha a ré... bem, você está vendo como a estrada é estreita e como as valas são lamacentas. Se saíssemos do leito... — Balançou a cabeça e suspirou.

— Isso quer dizer que vamos seguir em frente.

— Acho que sim. É claro que, se a estrada for inteiramente pro espaço, *terei* que tentar.

— Mas a essa altura estaremos ainda mais para dentro, não é? — Até então estava conseguindo, e bastante bem, pensou ela, impedir que um tom de acusação se insinuasse na sua voz, mas isso estava ficando cada vez mais difícil. Estava puta com ele, muito puta e puta com ela mesma também, por ter deixado que ele os metesse nisso, para início de conversa, e depois por ser cordata com ele como estava sendo agora.

— É, mas acho que há mais probabilidades de encontrar um lugar amplo adiante do que de poder ir bem de marcha a ré por alguns quilômetros nessa merda de estrada. Se acabar tendo *realmente* que sair de ré, irei por etapas: dou ré durante cinco minutos, descanso dez, vou de costas por mais cinco. — Deu um sorriso frouxo. — Vai ser uma aventura.

— Ah, não tenho dúvida de que vai ser isso mesmo, sim — disse Mary, pensando mais uma vez que sua definição para esse tipo de coisa não era *aventura,* mas um *grande pé no saco*. — Você tem certeza de que não está insistindo porque, no fundo do coração, você acredita que vamos encontrar Toketee Falls logo depois da próxima colina?

Por um instante, sua boca pareceu sumir por completo e ela se preparou para uma explosão de fúria machista de autoconfiança. Depois seus ombros caíram e ele apenas balançou a cabeça. Naquele instante, ela viu como seria sua aparência dali a trinta anos e isso a assustou muito mais do que se ver numa estradinha no meio de lugar nenhum.

— Não — disse ele. — Acho que já desisti de Toketee Falls. Uma das grandes regras de viagem nos Estados Unidos é a de que estradas que não têm postes de eletricidade ao longo de qualquer dos dois lados não levam a lugar nenhum.

Então ele também tinha notado.

— Vamos embora — disse ele, tornando a entrar no carro. — Vou tentar como o diabo nos tirar disso. E da próxima vez lhe darei ouvidos.

É, é, pensou Mary com um misto de achar graça e de estar cansada de ressentimento. *Já escutei* essa história *antes,* mas antes que ele pudesse tirar o câmbio do ponto morto, ela pôs sua mão sobre a dele.

— Eu *sei* que você vai fazer isso — falou, transformando o que disse numa promessa. — Agora nos tire dessa confusão.

— Pode ter certeza — disse Clark.

— E tenha cuidado.

— Pode ter certeza disso também. — Lançou-lhe um pequeno sorriso que a fez se sentir um pouco melhor, depois engatou a marcha. A Mercedes grande e cinza, parecendo muito deslocada no fundo desses bosques, novamente foi devagar pela trilha ensombreada.

Dirigiram por mais um quilômetro e meio pelo velocímetro e nada se alterou a não ser a largura da trilha de carroça em que estavam: ela ficou ainda mais estreita. Mary achou que os pinheiros esqueléticos agora não se pareciam com convidados famintos num banquete, mas espectadores com uma curiosidade mórbida num acidente feio. Se a trilha ficasse mais estreita, iriam começar a ouvir os galhos raspando nos lados do carro. Nesse meio-tempo, o chão *sob* as árvores passara de lamacento para pantanoso. Mary podia ver em algumas depressões poças de água parada, cobertas de pólen e agulhas de pinheiro. Seu coração estava batendo depressa demais e por duas vezes se deu conta de que estava roendo as unhas, um hábito que achava que tinha abandonado de vez no ano em que se casou com Clark. Ela começou a perceber que, se ficassem empacados agora, era quase certo que iam ter que passar a noite acampados dentro da Princesa. E havia animais nesses bosques — ela os ouvira se movendo por dentro do mato. Alguns deles faziam barulho suficiente para parecerem grandes como ursos. A ideia de topar com um urso quando estivessem de pé olhando para sua Mercedes irremediavelmente atolada fez com que ela engolisse alguma coisa que dava a sensação e tinha o gosto de uma grande bola de linha.

— Clark, acho melhor a gente desistir e tentar ir de marcha a ré. Já passa das 15h e...

— Olhe — disse ele, apontando para a frente. — É uma placa?

Ela forçou a vista. À frente, a trilha se elevava para o topo de uma colina densamente coberta de árvores. Havia um losango azul brilhante fincado no topo.

— É — disse ela. — É uma placa, sim.

— Ótimo. Você consegue ler?

— Hã-hã. Diz: SE CONSEGUIU CHEGAR ATÉ AQUI, VOCÊ ESTÁ MESMO FODIDO.

Ele lhe dirigiu um olhar de graça e irritação.

— Muito engraçada, Mary.

— Obrigada, Clark. Bem que me esforço.

— Vamos até o topo da colina, lemos a placa e vemos o que está do outro lado. Se não virmos nada promissor, tentaremos dar marcha a ré. De acordo?

— De acordo.

Deu um tapinha na sua perna e depois foi dirigindo com cautela. A Mercedes estava indo tão devagar que podiam ouvir o som macio do matinho no centro da estrada raspando na parte de baixo do carro. Na realidade, Mary agora podia distinguir os dizeres da placa, mas a princípio os rejeitou, achando que tinha que estar enganada — era simplesmente doido demais. Mas estavam chegando ainda mais perto e os dizeres não mudaram.

— Está escrito o que eu acho que está escrito? — perguntou-lhe Clark.

Mary deu uma risada curta e admirada.

— Está sim... mas acho que alguém acha que isso daria uma boa piada. Você não acha?

— Já desisti de achar qualquer coisa, isso só serve para me meter em encrencas. Mas estou vendo alguma coisa que *não* é uma brincadeira. Olhe, Mary!

A uns 7 a 10 metros adiante da placa — logo antes do topo da colina — a estrada se alargava de forma impressionante e voltava a ser asfaltada, com uma faixa no centro. Mary sentiu seus receios rolarem de cima do seu coração como um pedregulho.

Clark estava com um sorriso largo.

— Não é uma *beleza*?

Ela concordou com a cabeça, feliz, sorrindo muito para si mesma. Chegaram junto da placa e Clark parou. Leram-na de novo:

BEM-VINDOS AO
CÉU DO ROCK AND ROLL, OREGON
NÓS COZINHAMOS COM GÁS! E VOCÊS TAMBÉM!
JAYCEES • CÂMARA DE COMÉRCIO • LIONS • ELKS

— *Tem que ser* uma brincadeira — repetiu ela.

— Talvez não.

— Uma cidade chamada Céu do Rock and roll? Clark, *faça-me o favor!*

— Por que não? Existe Truth or Consequence (Verdade ou Consequência) no Novo México, Dry Shark (Tubarão Seco) em Nevada e uma cidadezinha na Pensilvânia chamada Intercourse (Coito). Então, por que não Céu do Rock and roll no Oregon?

Ela soltou uma risada divertida. A sensação de alívio era realmente incrível.

— Você inventou isso.

— O quê?

— Intercourse, Pensilvânia.

— Não inventei, não. Ralph Ginzberg uma vez tentou expedir de lá uma revista chamada *Eros*. Por causa do carimbo do correio. A Polícia Federal não permitiu. Juro. E, quem sabe? Talvez ela tenha sido fundada nos anos 1960 por um bando de *hippies* numa comuna de-volta-à-terra. Depois ficaram conservadores — Lions, Elks, Jaycees —, mas o nome original ficou. — Estava gostando bastante da ideia, que lhe parecia engraçada e estranhamente doce. — Além disso, acho que não tem importância. O que importa é que encontramos um trecho asfaltado de verdade, meu bem. Essa coisa sobre a qual se dirige.

Ela concordou com a cabeça.

— Então, dirija nela... mas tenha cuidado.

— Fique tranquila. — A Princesa passou para a parte pavimentada, que não era asfalto mas sim uma superfície composta lisa, sem nenhum remendo ou junta de expansão à vista. — Cuidado é meu primeiro sobreno...

Nesse instante, chegaram ao topo da colina e a última palavra morreu na sua boca. Pisou no freio com tanta força que seus cintos de segurança se travaram. Colocou o câmbio de volta no ponto morto.

— Meu Deus do céu — disse Clark.

Ficaram sentados na Mercedes com o motor ligado, boquiabertos, olhando para a cidadezinha lá embaixo.

A cidade era uma joia perfeita, aninhada num vale raso e pequeno como uma covinha num rosto. Sua semelhança com os quadros de Norman Rockwell e as ilustrações de cidade do interior de Currier & Ives era, pelo menos para Mary, irrefutável. Tentou dizer a si mesma que era apenas a geografia: o modo como a estrada descia em curvas até o vale, o modo como a cidade estava rodeada por uma floresta verde-escura — léguas de pinheiros velhos, de troncos grossos, crescendo numa profusão ininterrupta para lá dos campos ao redor. Mas era mais do que a geografia, ela achou que Clark também sabia disso. Havia algo tão carinhosamente equilibrado nos campanários das igrejas, por exemplo: uma na ponta norte do centro da cidade e outra no extremo sul. A construção pintada de vermelho como um celeiro, na direção leste, tinha que ser a escola pública, e a grande construção branca do lado oeste, com uma torre de sino no alto e uma antena parabólica de um lado, tinha que ser a prefeitura. As casas particulares tinham todas uma aparência arrumada e aconchegante, o tipo de moradia que se via nos anúncios de casas dos sonhos nas revistas de antes da Segunda Guerra Mundial como *The Saturday Evening Post* e *American Mercury*.

Devia haver fumaça subindo de uma ou duas chaminés, pensou Mary e, depois de prestar um pouco de atenção, viu que havia. De repente, lembrou-se de uma história de *Crônicas Marcianas*, de Ray Bradbury. Chamava-se "Marte é o céu" e nela os marcianos, com grande esperteza, tinham disfarçado seu matadouro de tal modo que parecia a cidade natal das mais doces memórias de todas as pessoas.

— Dê meia-volta — disse ela subitamente. — Aqui tem largura suficiente, se você tiver cuidado.

Ele se virou lentamente para ela, que não se importou muito com a expressão do seu rosto. Estava olhando fixamente para ela como se tivesse ficado maluca.

— Meu bem, o que que você...

— Não estou gostando disso, é só. — Podia sentir seu rosto ficando quente, mas continuou apesar do calor. — Está me fazendo pensar numa história de terror que li quando era adolescente. — Fez uma pausa. — Também me faz pensar na casa feita de doces e balas de "João e Maria".

Ele continuou a fitá-la com seu olhar patenteado de Eu Simplesmente Não Posso Acreditar Nisso e ela percebeu que ele estava decidido a ir até lá embaixo — era apenas mais outra dose da mesma maldita descarga de testosterona que os tinha feito sair da estrada principal, para começar. Ele queria *explorar*, que Deus me perdoe. E também queria uma recordação, é claro. Uma camiseta comprada na farmácia local serviria, uma que tivesse impresso alguma coisa engraçadinha como ESTIVE EM CÉU DO ROCK AND ROLL E, SABE, ELES TÊM UMA BANDA DOS DIABOS.

— Meu bem... — Era aquela voz macia e terna que ele usava quando pretendia induzi-la a alguma coisa ou morreria tentando.

— Ah, pare com isso. Se você quiser ser legal comigo, dê meia-volta e nos leve de volta para a rodovia 58. Se você fizer isso, poderá ter mais açúcar hoje à noite. Até mesmo outra dose dupla, se você estiver em condições.

Ele puxou um suspiro profundo, as mãos no volante, os olhos fitando fixo para a frente. Por fim, sem olhar para ela, disse:

— Olhe pelo vale, Mary. Você está vendo aquela estrada subindo pela colina lá do lado oposto?

— Estou.

— Está vendo como ela é larga? Como é lisa? Como está bem pavimentada?

— Clark, isso dificilmente é...

— Olhe! Acho que até vejo um *ônibus* perfeitamente honesto lá embaixo. — Apontou para um ônibus amarelo se arrastando pela estrada em direção à cidade, sua pele metálica faiscando quente sob o sol da tarde. — Esse é mais um veículo que vimos *neste* lado do mundo.

— Eu ainda...

Ele pegou o mapa que estava sobre o console entre os dois assentos e, quando se virou para ela, Mary percebeu com decepção que a voz alegre de persuasão tinha momentaneamente ocultado o fato de que ele estava mesmo puto com ela.

— Escute, Mary, e preste atenção, porque pode haver perguntas mais tarde. É possível que dê para eu dar meia-volta aqui e talvez não dê: é *mais* largo, mas não tenho certeza de que seja largo o suficiente. E o chão *ainda* me parece um bocado fofo.

— Clark, por favor, não grite comigo. Estou ficando com dor de cabeça.

Ele fez um esforço e moderou o tom de voz.

— Se dermos *mesmo* meia-volta, são 20 quilômetros de volta para a rodovia 58, por aquela mesma estrada de merda por onde acabamos de passar...

— Vinte quilômetros não é tanto assim. — Tentou aparentar firmeza, pelo menos para si mesma, mas podia sentir que estava fraquejando. Ficou com raiva de si, mas isso não mudou nada. Ela nutria uma terrível impressão de que era assim que os homens *sempre* conseguiam o que queriam: não por estarem certos, mas por serem implacáveis. Eles discutiam do mesmo modo que jogavam futebol e, se você aguentasse firme ali, quase sempre terminava a discussão com marcas de chuteira por cima de toda sua psique.

— Não, 20 quilômetros não é tanto assim — dizia ele na sua voz mais docemente razoável de estou-tentando-não-estrangular-você-Mary —, mas, e o que me diz dos cerca de 80 quilômetros que teremos de acrescentar para contornar esse pedaço de bosques depois de chegarmos de volta na 58?

— Você fala como se tivéssemos que pegar um trem, Clark!

— É só que isso me deixa puto da vida. Você dá uma boa olhada lá pra baixo, para essa cidadezinha simpática, com um nome bonitinho, e diz que a faz se lembrar do *Sexta-feira 13, Parte XX* ou alguma outra bosta do gênero e que quer voltar. E aquela estrada do lado de lá — apontou para o lado oposto do vale — vai para o *sul*. Provavelmente é menos de meia hora daqui até Toketee Falls por ela.

— Isso é mais ou menos o que você disse em Oakridge, antes de iniciarmos a parte *Magical Mystery Tour** da nossa viagem.

---

* *Magical Mystery Tour* é o nome do filme protagonizado pelos Beatles em dezembro de 1967 no canal de TV britânico BBC. Sua trilha sonora foi lançada no mesmo ano em álbum com o mesmo nome. (N. da E.)

Olhou para ela por uns instantes mais, a boca encolhida para dentro como se estivesse com cãibra, depois agarrou o câmbio.

— Merda — rosnou. — Nós vamos voltar. Mas se encontrarmos um carro no caminho, Mary, só um, acabaremos vindo de *marcha a ré* para Céu do Rock and Roll. De modo que...

Ela pôs sua mão sobre a dele antes que ele pudesse desengatar a transmissão pela segunda vez nesse dia.

— Vá em frente — disse ela. — Você provavelmente está certo e eu provavelmente estou sendo boba.

Virar de barriga para cima assim tem que estar embutido nos malditos ossos, pensou ela. *É isso ou estou simplesmente cansada demais para brigar.*

Ela retirou a mão, mas ele ainda ficou parado por mais um instante, olhando para ela.

— Só se você tiver certeza — disse ele.

E isso realmente era a coisa mais absurda de todas, não era? Para um homem como Clark, vencer não era suficiente — era preciso também que a votação fosse unânime. Ela havia concedido essa unanimidade verbal muitas vezes em que não se sentia muito unânime no seu coração, mas viu que dessa vez simplesmente não conseguia fazer isso.

— Mas eu *não* tenho certeza — disse ela. — Se você tivesse me *escutado* em vez de ter apenas me aturado, saberia disso. *Provavelmente* você está certo e *provavelmente* eu estou apenas sendo boba. Sua avaliação faz mais sentido do que a minha. Pelo menos isso eu reconheço e estou disposta a ir junto com você, mas isso não muda o que eu sinto. Portanto, você simplesmente vai ter que me desculpar se, desta vez, não me dispuser a colocar minha sainha de animadora de torcida e sair liderando os gritos de *Vai, Clark, vai.*

— Meu Deus! — disse ele. Seu rosto estava com uma expressão incerta que lhe dava um ar nada característico, e de algum modo detestável, de garoto. — Você está mesmo com um humor brabo, não é, meu docinho de coco?

— Acho que sim — falou ela, esperando que ele não pudesse ver o quanto essa expressão afetuosa em especial a irritava. Afinal de contas, ela estava com 32 e ele com quase 41. Sentia-se um pouco velha demais para ser o docinho de coco de quem quer que fosse e achava que Clark estava um pouco velho demais para precisar de um.

Então a expressão perturbada de seu rosto se desanuviou e o Clark do qual gostava — aquele com quem ela realmente acreditava que poderia passar a segunda metade da sua vida — estava de volta.

— Mas você ia ficar uma graça numa sainha de animadora de torcida — disse ele e pareceu medir o comprimento da sua coxa. — Ia sim.

— Você é um bobo, Clark — falou e viu que, sem querer, estava sorrindo para ele.

— A senhora tem razão, madame — disse ele e engatou a marcha da Princesa.

A cidade não tinha arredores, a menos que os poucos campos limpos em volta dela contassem como tal. Num momento, estavam indo por uma pista escura, sombreada pelas árvores, no seguinte havia amplos campos de cor bege de ambos os lados do carro e logo estavam passando por casinhas arrumadinhas.

A cidade era sossegada, mas longe de estar deserta. Havia uns poucos carros deslocando-se preguiçosamente para cima e para baixo nas quatro ou cinco ruas transversais que compunham o centro da cidade, e um punhado de pedestres caminhando nas calçadas. Clark ergueu a mão para saudar um homem barrigudo, de peito nu, que estava ao mesmo tempo regando seu gramado e bebendo uma lata de Olympia. O barrigudo, cujas mechas de cabelos sujos lhe caíam pelos ombros, ficou olhando-os passar, mas não ergueu a mão de volta.

A Main Street tinha aquela mesma atmosfera de Norman Rockwell e aqui ela era tão intensa que quase produzia uma sensação de *déjà-vu*. As calçadas estavam sombreadas por carvalhos antigos e robustos e, de alguma maneira, não podia ser de outra forma. Não era preciso ver o único bar da cidade para saber que tinha que se chamar A Taverna do Pingo de Orvalho e que, na parede atrás do balcão, tinha que haver um relógio com o mostrador iluminado exibindo os Clydesdales da Budweiser. As vagas de estacionamento eram do tipo que fica em ângulo com o meio-fio, havia um cilindro vermelho-branco-azul de barbearia girando do lado de fora de O Corte Fino; havia um pilão com soquete por cima da porta da farmácia local, que se chamava O Farmacêutico Musical. A loja de animais de estimação com um aviso na porta dizendo TEMOS SIAMESES SIM SENHOR se chamava O Coelho Branco. Tudo era tão certinho que dava vontade de rir. O mais certinho de tudo era o centro cívico no meio da cidade. Havia uma faixa dependurada num cabo de aço por cima do tablado e Mary podia ler facilmente, embora estivessem a 100 metros de distância: SHOW ESTA NOITE.

De repente, ela percebeu que conhecia essa cidade — a tinha visto muitas vezes tarde da noite na TV. Esqueça a visão infernal de Marte de Ray Bradbury ou a casa de doces e balas de "João e Maria". Mais do que com esses dois, o lugar se parecia com A Cidadezinha Estranha a que as pessoas estavam sempre chegando em diversos episódios de *Além da Imaginação*.

Inclinou-se para o marido e disse num tom de voz premonitório:

— Clark, não estamos atravessando uma dimensão de som e visão, mas da *mente*. Olhe! — Ela não apontou para nada especificamente, mas uma mulher que estava parada na frente da revendedora Western Auto local viu o gesto e lhe lançou um olhar desconfiado, com os olhos apertados.

— Olhar para o quê? — perguntou ele. Seu tom de voz estava irritado novamente e ela calculou que, dessa vez, era porque ele sabia *exatamente* do que ela estava falando.

— Há uma placa lá na frente! Estamos entrando...

— Ah, Mary, corta essa — disse ele e dobrou de repente para entrar numa vaga mais ou menos na metade da Main Street.

— *Clark!* — ela quase gritou. — O que você está *fazendo*?

Ele apontou pelo para-brisa para um estabelecimento com o nome lá não muito bonitinho de Restaurante Rock-a-Boogie.

— Estou com sede. Vou entrar ali e comprar uma Pepsi gigante pra levar. Você não precisa vir. Pode ficar sentadinha aí. Trave todas as portas, se quiser. — Dizendo isto, abriu a porta do seu lado. Antes que pudesse girar as pernas para fora, ela o agarrou pelo ombro.

— Clark, por favor, não faça isso.

Ele olhou de volta e ela viu logo que devia ter segurado o gracejo sobre *Além da Imaginação* — não porque estivesse errado, mas porque estava certo. Era aquela coisa de machão de novo. Ele não estava parando porque estava com sede. Na verdade, não era isso. Estava parando porque esse lugarejo esquisito também o tinha amedrontado. Talvez um pouco, talvez um bocado, isso ela não sabia, mas sabia, *sim*, que ele não tinha a menor intenção de continuar até que estivesse convicto de *não estar* com medo, nem um tiquinho.

— Não vou demorar nem um minuto. Você quer uma Ginger Ale ou algo assim?

Ela apertou o botão que soltava seu cinto de segurança.

— O que eu quero é não ficar sozinha.

Ele lhe dirigiu um olhar complacente, tipo eu-sabia-que-você-ia--vir-junto, que lhe deu vontade de arrancar algumas mechas do cabelo dele.

— E o que *também* quero é dar um pontapé na sua *bunda* por ter nos metido nessa situação, pra começo de conversa — concluiu ela, ficando contente por ver sua expressão complacente se transformar em surpresa magoada. Ela abriu sua porta. — Vamos, Clark. Dê uma mijada no hidrante mais próximo e aí vamos embora daqui.

— Dar uma mijada...? Mary, de que diabos você está *falando*?

— *Refrigerantes!* — falou ela quase aos berros, enquanto pensava como era incrível a rapidez com que uma boa viagem com um bom homem podia virar uma droga. Deu uma olhada para o outro lado da rua e viu dois rapazes de cabelos compridos parados lá. Também estavam bebendo Olly e observando os forasteiros na cidade. Um usava uma cartola muito gasta. A margarida de plástico espetada na faixa balançava para a frente e para trás com a brisa. Os braços de seu companheiro estavam cobertos de tatuagens azuis desbotadas. Para Mary, pareciam o tipo de sujeito que largava o segundo grau depois de repetir o primeiro ano pela terceira vez a fim de ter mais tempo para meditar sobre as delícias dos engates de transmissão de automóveis e de estuprar namoradas.

O que era bem esquisito era que ambos lhe pareciam conhecidos, de alguma forma.

Viram que ela estava olhando para eles. O Cartola ergueu solenemente a mão e agitou os dedos para ela. Mary desviou rapidamente o olhar e virou-se para Clark.

— Vamos pegar nossos refrigerantes e dar o fora daqui depressa.

— Certo — disse ele. — E não precisa gritar pra mim, Mary. Quero dizer, estou bem *ao seu lado* e...

— Clark, você está vendo aqueles dois sujeitos do outro lado da rua?

— Que dois sujeitos?

Ela tornou a olhar a tempo de ver o Cartola e o Tatuagens se esgueirando pela porta da barbearia. Tatuagens olhou de volta, por cima do ombro e, embora Mary não tivesse certeza, achou que ele tinha piscado o olho para ela.

— Estão acabando de entrar na barbearia. Está vendo os dois?

Clark olhou, mas só viu uma porta se fechando, com o sol fazendo o vidro refletir farpas de luz que faziam os olhos lacrimejar.

— O que há com eles?

— Eles me pareciam conhecidos.

— É?

— É. Mas acho difícil acreditar que qualquer pessoa que eu conheça tenha se mudado para Céu do Rock and Roll, Oregon, para assumir empregos bem-remunerados de vagabundos de esquina.

Clark deu uma risada e pegou seu cotovelo.

— Venha — disse e levou-a para dentro do Restaurante Rock-a-Boogie.

O Rock-a-Boogie contribuiu muito para desfazer os receios de Mary. Ela estava esperando um lugar de talheres engordurados, não muito diferente da espelunca escura (e bastante suja) em Oakridge onde tinham almoçado. Em vez disso, entraram num restaurantezinho simpático e cheio de sol, com um aspecto dos alucinados anos 1950: paredes de ladrilhos azuis, vitrine com armação cromada para tortas, assoalho limpo de carvalho amarelo, ventiladores de pás de madeira girando preguiçosamente no teto. O mostrador do relógio de parede tinha em volta dois aros finos de néon azul e vermelho. Duas garçonetes com uniformes de raiom azul-piscina, que pareciam a Mary peças do figurino que tinham sobrado de *American Graffiti — Loucuras de Verão*, estavam paradas do lado da janelinha de aço inoxidável para passar os pratos entre o restaurante e a cozinha. Uma era jovem — não tinha mais de 20, se tanto — e bonitinha de um jeito desenxabido. A outra, uma mulher baixa com uma cabeleira grande de cabelos ruivos e crespos, tinha um olhar atrevido que Mary achou duro e desesperado. E havia também outra coisa nela: pela segunda vez em poucos minutos, Mary teve a forte sensação de que *conhecia* alguém nessa cidade.

Quando ela e Clark entraram, uma campainha sobre a porta tilintou. As garçonetes olharam para eles.

— Oi, gente — disse a mais jovem. — Já vou atendê-los.

— Que nada, pode demorar um pouco — discordou a ruiva. — Estamos ocupadas à beça. Tá vendo? — Com um gesto amplo do braço, mostrou o salão, deserto como só pode ficar um restaurante de cidade pequena quando a tarde fica perfeitamente equilibrada entre o almoço e o jantar, e deu uma gargalhada alegre com seu próprio gracejo. Tal como a voz, sua gargalhada tinha uma característica rouca e esfarrapada que Mary associava com uísque e cigarros. *Mas é uma voz que eu conheço*, pensou ela. *Juro que é.*

Virou-se para Clark e viu que ele estava olhando fixamente, como se estivesse hipnotizado, para as garçonetes, que tinham retomado sua conversa. Ela teve que puxá-lo pela manga para que lhe desse atenção, depois puxar de novo quando ele se encaminhou para as mesas agrupadas no lado esquerdo do salão. Ela queria que se sentassem no balcão. Queria pegar seus malditos refrigerantes em copos de plástico para viagem e depois cair fora dessa joça.

— O que é? — sussurrou ela.

— Nada — disse ele. — Acho.

— Você estava com cara de quem perdeu a língua ou coisa parecida.

— Por alguns segundos, parecia que tinha perdido — falou e, antes que ela pudesse lhe pedir que explicasse, tinha se desviado para olhar para o *jukebox*.

Mary se sentou no balcão.

— Já vou atendê-la, dona — repetiu a garçonete mais jovem e depois se curvou para mais perto para ouvir alguma coisa que sua colega com voz de uísque estava dizendo. Olhando para seu rosto, Mary deduziu que ela não estava de fato muito interessada no que a mais velha tinha a dizer.

— Mary, esse é um grande *jukebox*! — disse Clark, parecendo maravilhado. — É tudo coisa dos anos 1950! The Moonglows... The Five Satins... Shep e os Limelites... La Vern Baker! Meu Deus, La Vern Baker cantando *Tweedle Dee*! Não escuto essa música desde que era garoto!

— Bem, pode economizar seu dinheiro. Nós só vamos pegar nossas bebidas para viagem, está lembrado?

— É, é.

Deu uma última olhada na Rock-Ola, expeliu o ar de modo irritado e depois se juntou a ela no balcão. Mary tirou um menu de um suporte junto do saleiro e do pimenteiro, sobretudo para não ter que olhar para a ruga entre os olhos dele, na testa franzida, e para o jeito como tinha esticado para a frente o lábio inferior. Sem pronunciar uma palavra (o que era, descobrira ela, um dos efeitos de longo prazo mais questionáveis de se estar casada), dizia ele: *Olhe. Conquistei nosso caminho através de lugares selvagens enquanto você dormia, matei búfalos, lutei contra os índios, trouxe-a sã e salva para esse pequeno oásis cômodo no meio de paragens desconhecidas, e o que recebo em troca? Você nem sequer me deixa tocar* Tweedle Dee *no* jukebox*!*

Não dê importância, pensou ela. *Iremos logo embora, portanto, não dê importância.*

Bom conselho. Ela o seguiu dedicando toda a sua atenção ao menu. Ele se harmonizava com os uniformes de raiom, o relógio de néon, o *jukebox* e a decoração em geral (a qual, ainda que admiravelmente discreta, só podia ser descrita como Rebop de Meados do Século). O cachorro-quente não era um cachorro-quente, era um Hound Dog. O *cheeseburger* era um Chubby Checker e o *cheeseburger* duplo era um Big Bopper. A especialidade da casa era uma *pizza* reforçada — o menu prometia "Tudo Em Cima Exceto o (Sam) Cozinheiro!".

— Engraçadinho — disse ela. — Poppa-uuu-mau-mau e tudo o mais.

— O quê? — perguntou Clark. Ela balançou a cabeça.

A garçonete jovem veio até eles, tirando seu bloco de pedidos do bolso do avental. Deu-lhes um sorriso, mas Mary achou-o superficial. A mulher tinha um ar cansado e de quem não está passando bem. Tinha uma frieira acima do lábio superior e seus olhos ligeiramente injetados se moviam sem parar pelo salão. Parecia que passavam por tudo menos por seus fregueses.

— Posso servi-los, pessoal?

Clark fez um movimento para pegar o menu da mão de Mary. Ela tirou-o do seu alcance.

— Uma Pepsi grande e uma Ginger Ale grande. Para viagem, por favor — disse.

— Vocês têm mais é que experimentar a torta de cereja! — berrou a ruiva com sua voz rouca. A mulher mais jovem fez uma careta ao ouvi-la. — Rick acabou de fazer! Olha, vocês vão até pensar que morreram e foram pro céu! — Lançou-lhes um sorriso grande e colocou as mãos nos quadris. — Bem, vocês tão mesmo no Céu, mas vocês entenderam.

— Obrigada — disse Mary —, mas estamos realmente com pressa e...

— Claro, por que não? — disse Clark numa voz distante, sonhadora. — Dois pedaços de torta de cereja.

Mary chutou-lhe a canela — *com força* — mas Clark não pareceu notar. Estava novamente olhando fixo para a ruiva e agora sua boca estava como que presa numa mola. A ruiva estava nitidamente consciente do seu olhar fixo, mas parecia não se importar. Ergueu uma das mãos e preguiçosamente afofou seus cabelos inacreditáveis.

— Dois refrigerantes para viagem, dois pedaços de torta para comer aqui — disse a garçonete jovem. Deu-lhes outro sorriso nervoso, enquanto seus olhos irrequietos examinavam a aliança de Mary, o açucareiro, um dos ventiladores do teto. — Vocês querem a torta *à la mode*? — Debruçou-se e colocou dois guardanapos e dois garfos sobre o balcão.

— Que... — começou a dizer Clark e Mary se adiantou rapidamente e com firmeza:

— *Não.*

A vitrine cromada das tortas ficava atrás da extremidade oposta do balcão. Logo que a garçonete caminhou naquela direção, Mary se inclinou para ele e falou entre os dentes:

— Por que está fazendo isso comigo, Clark? Você *sabe* que eu quero dar o fora daqui!

— Aquela garçonete. A ruiva. Ela não é...

— E pare de ficar com os olhos grudados nela! — sussurrou Mary zangada. — Você parece um garoto tentando espiar por baixo da saia de uma menina na sala de estudos!

Ele desviou os olhos... mas com certo esforço.

— Ela não é igualzinha a Janis Joplin ou estou ficando maluco?

Espantada, Mary deu outra olhada na ruiva. Ela havia se virado um pouco de lado para falar com o cozinheiro de refeições rápidas através da janelinha para passar pratos, mas Mary ainda podia enxergar dois terços do seu rosto e isso foi suficiente. Ela quase podia ouvir o clique dentro da cabeça quando sobrepôs o rosto da ruiva ao rosto numa das capas de disco que ainda possuía — discos de vinil gravados num ano em que ninguém tinha *walkman* da Sony e a ideia do CD teria parecido coisa de ficção científica, álbuns de discos agora guardados em caixas de papelão da loja de bebidas do bairro, depositadas em algum canto do sótão poeirento. Álbuns com títulos como *Big Brother and The Holding Company*, *Cheap Thrills* e *Pearl*. E o rosto de Janis Joplin — aquele rosto doce e caseiro que ficara velho, duro e magoado cedo demais. Clark tinha razão: o rosto dessa mulher era igualzinho ao rosto naqueles álbuns antigos.

Só que era mais do que um rosto e Mary sentiu o medo invadir seu peito, fazendo o coração de repente parecer leve, trôpego e em perigo.

Era a *voz* dela.

Com o ouvido da memória, ela ouviu o uivo ascendente, de dar calafrio, de Janis no início de *Piece of My Heart*. Ela colocou aquele berro de *blues*, meio embriagado, por cima da voz de uísque e Marlboros da ruiva, tal como tinha colocado um rosto sobre o outro, e se deu conta de que, se a ruiva começasse a cantar aquela música, sua voz seria idêntica à da falecida jovem do Texas.

Porque ela é *a falecida menina do Texas. Parabéns, Mary — você teve que esperar até os 32 anos, mas finalmente conseguiu passar de ano: finalmente você viu seu primeiro fantasma.*

Ela tentou repelir a ideia, tentou sugerir para si mesma que uma combinação de fatores, a começar pelo estresse de ter estado perdida, a tinha levado a exagerar o significado de uma semelhança casual. Entretanto, esses pensamentos racionais não tinham a menor chance contra a certeza absoluta que sentia por dentro: ela estava vendo um fantasma.

A vida dentro do seu corpo sofreu uma estranha e súbita mudança. Seu coração passou de batidas a uma disparada: ele parecia um corredor decidido, partindo a toda numa eliminatória olímpica. A adrenalina se expandiu, ao mesmo tempo fazendo seu estômago se contrair e seu diafragma se aquecer como se tivesse tomado um gole de conhaque. Podia sentir o suor nas axilas e a umidade nas têmporas. O mais extraordinário de tudo foi o modo como as cores pareceram se derramar sobre o mundo, fazendo tudo — o néon em volta do mostrador do relógio, a janelinha de aço inoxidável de passar pratos da cozinha, os borrifos de cor por trás da fachada do *jukebox* — adquirir simultaneamente um aspecto artificial e real *demais*. Ela podia ouvir os ventiladores revolvendo o ar sobre suas cabeças, um som baixo e ritmado como uma mão afagando seda, e sentir o aroma antigo de carne grelhada elevando-se de uma chapa invisível no aposento ao lado. E, ao mesmo tempo, ela de repente se sentiu prestes a perder o equilíbrio sobre o banquinho e deslizar para o chão num desmaio total.

Controle-se, mulher!, disse para si mesma, frenética. *Você está tendo um ataque de pânico, é só isso — não há fantasmas, não há duendes, não há demônios, apenas um bom e tradicional ataque de pânico de corpo inteiro, que você já teve antes, no começo das provas finais na faculdade, no primeiro dia como professora na escola, e aquela vez antes de ter que fazer um discurso para a Associação de Pais e Alunos. Você sabe o que é e pode dar conta disso. Ninguém vai* desmaiar *por aqui, portanto, controle-se, está entendendo?*

Cruzou os dedos dos pés dentro dos seus tênis de cano baixo e apertou-os com toda a força que podia, concentrando-se nessa sensação, usando-a num esforço para se obrigar a voltar à realidade e se afastar daquele lugar claro demais que ela sabia que era o limiar de um desmaio.

— Meu bem? — soou a voz de Clark, vindo de muito longe. — Você está bem?

— Estou, estou muito bem. — Sua voz também estava vindo de muito longe... mas ela sabia que estava mais perto do que estaria se tivesse tentado falar apenas 15 segundos antes. Ainda apertando os dedos dos pés bem juntos, pegou o guardanapo que a garçonete tinha deixado, querendo sentir sua textura — era uma outra ligação com o mundo e outro meio de romper a sensação de pânico, irracional (*era* irracional, não era? claro que era), que se tinha apossado dela com tanta intensidade. Levantou-o até a altura do rosto, pretendendo enxugar a testa com ele, e viu que havia alguma coisa escrita do lado de baixo, em traços fantasmagóricos a lápis, que tinham partido o papel frágil em pequenos tufos. Mary leu o bilhete, impresso em letras maiúsculas irregulares:

CAIAM FORA ENQUANTO AINDA PODEM.

— Mary? O que é?

A garçonete com a frieira e os olhos irrequietos e medrosos estava voltando com a torta deles. Mary deixou o guardanapo cair no colo.

— Nada — disse calmamente. Enquanto a garçonete punha os pratos na frente deles, Mary se obrigou a olhar nos olhos da moça. — Obrigada — falou.

— Não seja por isso — murmurou a jovem, olhando diretamente para Mary por apenas um instante antes que seus olhos começassem novamente a patinar sem rumo pelo salão.

— Vejo que mudou de ideia sobre a torta — estava dizendo seu marido no seu tom mais irritantemente indulgente de Clark Está Sempre Certo. *Mulheres!*, dizia seu tom de voz. *Meu Deus, elas são impressionantes, não é? Algumas vezes simplesmente levá-las até o poço não é suficiente: você tem que segurar a cabeça delas para elas começarem a beber. Faz tudo parte do trabalho. Não é fácil ser homem, mas faço o melhor que posso.*

— Bem, ela está com uma cara muito boa — disse ela, admirada do seu tom de voz normal. Deu-lhe um sorriso radiante, percebendo que a ruiva que se parecia com Janis Joplin estava de olho neles.

— Não consigo parar de pensar em como ela se parece com... — começou Clark e, dessa vez, Mary chutou sua canela com toda a força que tinha, sem brincadeira. Ele aspirou o ar num silvo de dor, os olhos ficando arregalados, mas, antes que pudesse dizer qualquer coisa, ela enfiou o guardanapo com o bilhete a lápis na mão dele.

Ele inclinou a cabeça. Olhou para o bilhete. E Mary ficou rezando — rezando de verdade mesmo — pela primeira vez em talvez uns vinte anos. *Por favor, meu Deus, faça com que ele veja que não é uma brincadeira. Faça-o ver que não é uma brincadeira porque aquela mulher não apenas* se parece *com Janis Joplin, aquela mulher* é *Janis Joplin, e estou com essa sensação horrível a respeito desta cidade, uma sensação realmente horrível.*

Ele ergueu a cabeça e o coração dela parou. Sua fisionomia estava confusa e exasperada, mas nada mais. Abriu a boca para falar... e ela continuou se abrindo até dar a impressão de que alguém tinha retirado os pinos dos pontos onde suas mandíbulas se juntavam.

Mary voltou-se na direção do seu olhar. O cozinheiro de refeições rápidas, vestido com roupas brancas imaculadas e usando um pequeno casquete de papel inclinado sobre um olho, tinha saído da cozinha e estava encostado na parede de ladrilhos, com os braços cruzados sobre o peito. Estava falando com a ruiva enquanto a garçonete mais jovem estava parada junto deles, observando-os com uma combinação de terror e abatimento.

Se ela não sair daqui logo, será só abatimento, pensou Mary. *Ou, talvez, apatia.*

O cozinheiro era quase impossivelmente bonito — tão bonito que Mary se viu incapaz de avaliar com precisão sua idade. Entre 35 e 45, provavelmente, mas isso era o máximo a que podia chegar. Tal como a ruiva, parecia conhecido. Ele deu uma olhada para eles, mostrando um par de olhos azuis bem separados, cercados de fabulosos cílios grossos, e sorriu um pouco para eles antes de voltar sua atenção para a ruiva. Disse alguma coisa que a fez soltar uma gargalhada espalhafatosa.

— Meu Deus, aquele ali é o Rick Nelson — sussurrou Clark. — Não pode ser, é impossível, ele morreu num desastre de avião há seis ou sete anos, mas *é ele*.

Mary abriu a boca para dizer que ele devia estar enganado, pronta para qualificar tal ideia de absurda muito embora ela mesma agora achasse impossível achar que a garçonete ruiva fosse qualquer outra pessoa que não a berradora de blues Janis Joplin, morta há anos. Antes que pudesse dizer qualquer coisa, aquele clique voltou, o mesmo que transformava uma vaga semelhança em identificação positiva. Clark tinha conseguido dar um nome ao rosto primeiro porque era nove anos mais velho. Clark ficava ouvindo rádio e vendo *American Bandstand* lá na época em que Rick Nelson era Ricky Nelson, e canções como *Be-Bop Baby* e *Lonesome Town* eram sucessos correntes e não apenas artefatos empoeirados limitados às estações de sucessos do passado que serviam aos agora grisalhos filhos do *baby boom*. Clark viu primeiro quem era, mas agora que ele o tinha apontado, ela não podia deixar de vê-lo.

O que foi que a garçonete ruiva tinha dito?

Vocês têm mais é que experimentar a torta de cereja! Rick acabou de fazer!

Ali, a menos de 7 metros de distância, a vítima do desastre fatal de avião estava contando uma piada — provavelmente suja, a julgar pelas expressões dos rostos deles — para a vítima de uma *overdose* fatal.

A ruiva jogou a cabeça para trás e novamente soltou sua gargalhada enferrujada para o teto. O cozinheiro sorriu, as covinhas nos cantos de seus lábios cheios se acentuando de um modo bonitinho. E a garçonete mais jovem, a que tinha a frieira e os olhos assustados, deu uma olhada para Clark e Mary, como se estivesse perguntando: *Vocês estão observando isso? Estão* vendo *isso?*

Clark ainda estava olhando fixamente para o cozinheiro e a garçonete com aquela expressão alarmada de conhecimento atônito, sua fisionomia tão comprida e tensa que parecia algo visto num espelho de parque de diversões.

Eles vão ver isso, se é que já não viram, pensou Mary, *e perderemos qualquer chance que ainda tínhamos de sair deste pesadelo. Acho melhor você se encarregar dessa situação, garota, e depressa. A questão é: o que você vai fazer?*

Ela estendeu a mão para a dele, com a intenção de agarrá-la e apertá-la, depois resolveu que isso não seria suficiente para alterar sua expressão de queixo caído. Em vez disso, esticou mais a mão e apertou-lhe as bolas... o mais forte que ousou apertar. Clark deu um salto como se alguém o tivesse tocado com um bastão de choque elétrico e girou sobre ela tão rápido que quase caiu do banquinho.

— Deixei minha carteira no carro — disse ela. Sua voz soou quebradiça e alta demais para suas próprias orelhas. — Você poderia pegá-la para mim, Clark?

Olhou para ele, os lábios sorrindo, os olhos presos nos dele em concentração total. Tinha lido, provavelmente em alguma revista feminina cheia de besteira enquanto esperava o cabeleireiro terminar seu penteado, que quando você vivia com o mesmo homem durante dez ou vinte anos, você forjava com seu parceiro um elo telepático de baixa intensidade. O artigo prosseguia indicando que esse elo vinha muito a calhar quando seu maridinho estava trazendo seu chefe para jantar sem telefonar antes ou quando você queria que ele trouxesse uma garrafa de

Amaretto da loja de bebidas e uma lata de creme de leite do supermercado. Agora ela estava tentando — tentando com todas as suas forças — enviar uma mensagem muito mais importante.

Vá, Clark. Por favor, vá. Darei dez segundos a você e depois irei correndo. E se você não estiver no lugar do motorista com a chave na ignição, tenho a sensação de que poderíamos estar muito fodidos aqui.

E, ao mesmo tempo, uma Mary mais profunda estava dizendo timidamente: *Isso tudo é um sonho, não é? Quero dizer...* é mesmo, *não é?*

Clark estava olhando para ela atentamente, seus olhos lacrimejando do beliscão que ela lhe tinha aplicado... mas, pelo menos, não estava se queixando disso. Seus olhos se desviaram por um instante para a ruiva, e o cozinheiro de refeições rápidas, e ele viu que ainda estavam entretidos com sua própria conversa (agora parecia que era *ela* quem estava contando uma piada) e depois voltou a olhar para ela.

— Ela pode ter escorregado para debaixo do assento — disse na sua voz alta demais, esganiçada demais, antes que ele pudesse responder. — É aquela vermelha.

Depois de outro momento de silêncio — que parecia não acabar mais —, Clark assentiu com um leve movimento de cabeça.

— *OK* — disse, e ela podia abençoá-lo por seu tom de voz bem normal —, mas não vale roubar minha torta enquanto eu estiver lá fora.

— Apenas trate de voltar antes de eu terminar a minha e não terá problema — disse ela, e meteu uma garfada de torta de cereja na boca. Não tinha absolutamente nenhum sabor para ela, mas sorriu. Meu Deus, sim. Sorriu como a Miss Nova York que tinha sido um dia.

Clark começou a descer do banquinho e então, de algum lugar lá fora, veio uma série de toques de guitarra — não acordes, apenas dedilhados. Clark deu um salto e Mary estirou rápido uma mão para agarrá-lo pelo braço. O coração dela, que vinha se acalmando, partiu novamente naquela corrida desenfreada e de meter medo.

A ruiva e o cozinheiro — até a garçonete mais jovem, que, felizmente, não se parecia com nenhuma pessoa famosa — olharam despreocupadamente na direção das janelas de vidro temperado do Rock-a-Boogie.

— Não se incomode com isso, benzinho — disse a ruiva. — Eles estão só começando a afinar pro show de hoje à noite.

— É isso mesmo — disse o cozinheiro de pratos rápidos. Olhou para Mary com seus olhos azuis de vá-pro-inferno. — Temos um show aqui na cidade quase todas as noites.

É, pensou Mary. *É claro. É claro que têm.*

Uma voz, ao mesmo tempo sem entonação e parecendo a de um deus, rolou sobre o centro cívico, uma voz cujo volume era quase capaz de sacudir as janelas. Mary, que tinha assistido a uma boa quantidade de shows de rock, foi capaz de situá-la num contexto nítido imediatamente. A voz evocava imagens de sujeitos itinerantes, com ar entediado, de cabelos compridos, andando de um lado para o outro no palco antes de se apagarem as luzes, evitando com graça natural tropeçar nas florestas de amplificadores e microfones, ajoelhando-se de vez em quando para ligar dois cabos elétricos um no outro.

— *Testando!* — berrava a voz. — *Um... Dois... Três!*

Mais outros toques de guitarra, ainda não um acorde, mas dessa vez mais perto de ser. Depois, uma sequência de bateria. Depois, uma sequência rápida de pistão extraída do coro de *Instant Karma*, acompanhado por um batuque suave de bongôs. A faixa estilo Norman Rockwell, esticada no centro cívico estilo Norman Rockwell, anunciara SHOW ESTA NOITE e Mary, que crescera em Elmira, estado de Nova York, tinha ido a muitos shows ao ar livre quando criança. Eles *tinham sido* realmente shows estilo Norman Rockwell, com a banda (composta por homens usando suas roupas do Corpo de Bombeiros Voluntários em vez dos uniformes de banda que não tinham dinheiro para comprar) tocando seus números, que incluíam marchas de Sousa ligeiramente desafinadas e o Quarteto da Barbearia (Com Mais Dois) local tocando coisas como *Shenandoah* e *I've Got a Gal from Kalamazoo.*

Desconfiava que os shows em Céu do Rock and Roll talvez fossem muito diferentes daquelas apresentações musicais da sua infância, em que ela e suas amigas corriam pelo gramado agitando varetas luminosas enquanto o crepúsculo ia se transformando em noite.

Desconfiava que *estes* shows ao ar livre estariam mais para Goya do que para Rockwell.

— Vou pegar sua carteira — disse ele. — Aproveite sua torta.

— Obrigada, Clark. — Colocou na boca outra garfada sem sabor de torta e ficou olhando-o encaminhar-se para a porta. Ele estava andando com um gingado em câmera lenta exagerado, que pareceu aos seus olhos febris como absurdo e de algum modo horripilante. O andar gingado e meio de lado de Clark estava dizendo: *Não tenho a menor ideia de que estou neste mesmo salão com uma dupla de cadáveres famosos. Para que me preocupar?*

Ela queria gritar: *Ande depressa! Esqueça-se da ginga de pistoleiro e mexa-se!*

A campainha tilintou na porta quando Clark esticou a mão para pegar a maçaneta e mais dois texanos mortos entraram. O que usava óculos escuros era Roy Orbinson. O de óculos de aro de tartaruga era Buddy Holly.

Todos os meus ex vêm do Texas, pensou Mary alucinadamente e ficou esperando que pusessem as mãos no seu marido e o levassem embora.

— Com licença, senhor — disse educadamente o homem de óculos escuros e, em vez de agarrar Clark, moveu-se para o lado para deixá-lo passar. Clark cumprimentou-o com a cabeça, sem falar, Mary de repente teve certeza de que ele não *conseguia* falar, e saiu para a luz do sol.

Deixando-a ali sozinha com os mortos. E esse pensamento pareceu levar naturalmente a outro, ainda mais horrível: Clark ia embora no carro sem ela. Subitamente, ela estava certa disso. Não porque quisesse e sem dúvida não porque fosse um covarde — essa situação ia além de questões de coragem e covardia e ela supunha que a única razão pela qual os dois não estavam balbuciando e babando no chão era porque tudo acontecera muito *depressa* —, mas porque ele simplesmente não seria capaz de agir de outro modo. O réptil que vivia no chão do seu cérebro, o que se encarregava da autopreservação, iria simplesmente se arrastar de dentro da sua toca na lama e tomar conta das coisas.

Você tem que sair daqui, Mary, disse a voz na sua cabeça — a que pertencia ao seu próprio réptil — e o tom dessa voz lhe deu medo. Era mais razoável do que devia ser, dada a situação, e ela desconfiou que, a qualquer momento, o bom raciocínio podia ceder lugar a gritos de loucura.

Mary tirou um pé da barra que corria por baixo do balcão e colocou-o no chão, tentando com isso preparar-se mentalmente para a fuga, porém, antes que pudesse reunir forças, uma mão fina caiu sobre seu ombro e ela ergueu os olhos para o rosto sorridente e sabido de Buddy Holly.

Ele tinha morrido em 1959, um tópico de conhecimento trivial que ela recordava daquele filme em que Gary Busey o tinha representado. A data estava a mais de trinta anos de distância, mas Buddy Holly ainda era um homem desajeitado de 23 anos que parecia ter 17, os olhos dançando por trás dos óculos e o pomo-de-adão subindo e descendo como um macaco num galho. Estava usando um paletó quadriculado feio e uma gravata de cadarço. O prendedor da gravata era uma cabeça de boi grande e cromada. A cara e o gosto de um caipira, você teria dito, mas havia algo no jeito da boca que, de algum modo, era sabido demais, *soturno* demais e, por um instante, a mão agarrou seu ombro com tanta força que ela podia sentir os calos nas pontas dos dedos — calos de guitarra.

— Ei, você aí, docinho — falou e ela podia sentir o cheiro de chicletes de canela no seu hálito. Havia uma rachadura prateada, fina como um fio de cabelo, cortando em zigue-zague a lente esquerda dos óculos. — Nunca vi *você* por essas bandas antes.

Por incrível que parecesse, ela estava levando outra garfada de torta à boca, sem que sua mão hesitasse, nem mesmo quando um pouco do recheio de cereja caiu de volta no prato. Mais incrivelmente ainda, ela estava deslizando o garfo por um leve sorriso bem-educado.

— Não — disse ela. Por alguma razão, tinha certeza de que não podia deixar esse homem ver que ela o tinha reconhecido. Se isso acontecesse, qualquer pequena chance que ela e Clark ainda tivessem iria se evaporar. — Meu marido e eu estamos apenas... você sabe, passando por aqui.

E será que Clark, naquele exato momento, estava passando por ali, mantendo-se desesperadamente dentro do limite de velocidade enquanto o suor lhe escorria pelo rosto e seus olhos ficavam indo e vindo entre o espelho retrovisor e o para-brisa? Estava?

O homem de paletó esporte quadriculado deu um sorriso grande, exibindo dentes que eram grandes demais e afiados demais.

— É, eu sei como isso é, sim senhora. Vocês já viram que joça é isso aqui e tão indo pra outra droga de lugar. É isso, mais ou menos, *não é*?

— Pensei que isto aqui era a joça — disse Mary formalmente, o que fez os dois recém-chegados primeiro se entreolharem, com as sobrancelhas erguidas, e depois estourarem na gargalhada. A garçonete jovem olhou de um para o outro com seus olhos injetados e amedrontados.

— Vocês não viram nada ainda — disse Buddy Holly. — Sabe, você e seu homem deviam pensar em ficar um pouquinho mais por aqui. Pelo menos, fiquem pro show de hoje à noite. A gente faz um show bom pra cacete, de verdade mesmo, pode crer. — De repente, Mary percebeu que o olho atrás da lente rachada se enchera de sangue. Quando o sorriso de Holly se abriu mais, apertando os cantos dos olhos, uma única gota escarlate transbordou da pálpebra inferior e correu por sua face como uma lágrima. — Não é mesmo, Roy?

— É sim, dona — disse o homem de óculos escuros. — Só vendo pra acreditar.

— Estou certa de que é verdade — disse ela numa voz sumida. É, Clark tinha ido embora. Agora Mary tinha certeza. O Garotão da Testosterona tinha corrido como um coelho e ela imaginava que logo logo a jovem com a frieira iria levá-la para o quarto dos fundos, onde estariam esperando por ela seu próprio uniforme de raiom e bloco de pedidos.

— É uma coisa de escrever pra casa contando — disse-lhe Holly com orgulho. — Juro mesmo. — A gota de sangue caiu do seu rosto e virou cor-de-rosa sobre o banquinho que Clark deixara há tão pouco tempo. — Fique por aqui. Não vai se arrepender. — Olhou para o amigo como que pedindo apoio.

O homem de óculos escuros juntara-se ao cozinheiro e às garçonetes. Deixou a mão cair sobre o quadril da ruiva, que pôs sua própria mão por cima da dele e deu-lhe um sorriso. Mary viu que as unhas dos dedos curtos e grossos da mulher tinham sido roídas até o sabugo. Uma cruz de Malta estava dependurada no V aberto da camisa de Roy Orbinson. Ele confirmou com a cabeça e lhe lançou seu próprio sorriso:

— Adoraríamos tê-la conosco, dona, e não só por esta noite, não... encoste aqui e fique por um tempo, como costumamos dizer lá na minha terra.

— Vou perguntar ao meu marido — ouviu sua própria voz dizer e completou a ideia mentalmente: *Isto é, se chegar a voltar a vê-lo.*

— Faça isso, docinho! — disse Holly para ela. — Vai fazer isso, vai? — Então, incrivelmente, ele lhe deu um último apertão no ombro e se afastou, deixando-lhe o caminho livre até a porta. Mais incrível, podia ver a grade do radiador e o emblema de paz e amor do capô característicos da Mercedes ainda do lado de fora.

Buddy juntou-se a seu amigo Roy, piscando para ele (e produzindo outra lágrima de sangue), depois esticou a mão por trás de Janis e enfiou-lhe o dedo na bunda. Ela deu um grito indignada e, ao fazê-lo, uma torrente de vermes voou da sua boca. A maioria caiu no chão aos seus pés, mas alguns ficaram agarrados ao seu lábio inferior, contorcendo-se de forma obscena.

A jovem garçonete virou-se para o lado fazendo uma triste careta de nojo e erguendo uma mão para cobrir o rosto. E, para Mary Willingham, que de repente entendeu que era muito provável que eles estivessem o tempo todo brincando com ela, sair correndo deixou de ser algo que ela tivesse planejado e se tornou uma reação instintiva. Levantou-se do banquinho de um salto e correu a toda para a porta.

— Ei! — gritou a ruiva. — Ei, você não pagou a torta! Nem os refrigerantes! Isso aqui não é nenhuma Boca Livre, sua vaca! Rick! Buddy! Peguem ela!

Mary quis agarrar a maçaneta e sentiu-a escorregar nos dedos. Ouviu atrás de si a batida dos pés que se aproximavam. Agarrou a maçaneta novamente, conseguiu girá-la dessa vez e deu um puxão tão forte que arrancou a campainha de cima da porta. Uma mão fina com calos duros nas pontas dos dedos agarrou-a logo acima do cotovelo. Desta vez, os dedos não estavam apenas apertando, mas beliscando. Ela sentiu um nervo de repente ser atingido, primeiro mandando um filete de dor desde seu cotovelo até o lado esquerdo da mandíbula e depois fazendo seu braço ficar insensível.

Girou o punho direito para trás, como se fosse um taco curto de *croquet*, acertando o que pareceu ser a placa fina do osso pélvico acima das virilhas de um homem. Ouviu um fungar de dor — aparentemente, mortos ou não, eles sentiam dor — e a mão que segurava seu braço se afrouxou. Mary se soltou e atirou-se pela porta, os cabelos em pé em volta da cabeça como se fossem uma peluda coroa de pavor.

Seus olhos frenéticos se concentraram na Mercedes, ainda estacionada na rua. Deu graças a Deus por Clark ter ficado. E, ao que parecia, ele tinha captado *toda* a sua onda mental: em vez de estar se arrastando por baixo do assento do passageiro à busca de sua carteira, estava sentado ao volante e, no instante em que ela saiu voando do Rock-a-Boogie, ligou o motor da Princesa.

O homem com a cartola ornamentada com uma flor e seu companheiro tatuado estavam parados novamente do lado de fora da barbearia, olhando sem reação enquanto Mary abriu num puxão a porta do lado do passageiro. Ela achou que agora reconhecia o Cartola — tinha três álbuns de Lynyrd Skynyrd e estava bastante segura de que ele era Ronnie van Zant. Mal percebeu isso e viu quem era seu companheiro ilustrado: Duane Allman, morto quando sua motocicleta derrapou para baixo de uma jamanta há vinte anos. Ele tirou alguma coisa do bolso de seu blusão de jeans e deu uma dentada. Sem se surpreender em absoluto, Mary viu que era um pêssego.

Rick Nelson saiu voando do Rock-a-Boogie. Buddy Holly estava bem atrás dele, todo o lado esquerdo do seu rosto agora empapado de sangue.

— *Entre!* — berrou Clark para ela. — *Entre na merda do carro, Mary!*

Ela se atirou de cabeça no banco do carona e ele estava dando marcha a ré antes que ela pudesse tentar bater a porta. Os pneus traseiros da Princesa uivaram e soltaram nuvens de fumaça azul. Quando Clark meteu o pé no freio, Mary foi atirada para a frente com uma força de partir o pescoço e sua cabeça bateu no painel acolchoado. Ela ficou tateando atrás de si buscando a porta aberta enquanto Clark dizia palavrões e empurrava com força a alavanca para engatar a marcha.

Rick Nelson se atirou sobre o capô cinza da Princesa. Seus olhos flamejavam. Os lábios estavam entreabertos, mostrando uns dentes impossivelmente brancos num sorriso grande e hediondo. Seu casquete de cozinheiro tinha caído e os cabelos castanho-escuros caíam por cima de suas têmporas em mechas e cachos oleosos.

— Vocês vão vir ao show! — berrou ele.

— *Vá se foder!* — berrou Clark de volta. A marcha engatou e ele pisou no acelerador até o fundo. O motor a diesel da Princesa, normalmente tranquilo, deu um grito baixo e saltou para a frente. A aparição continuou agarrada no capô, arreganhando os dentes e com um sorriso largo para eles.

— *Ponha o cinto de segurança!* — berrou Clark para Mary quando ela se sentou.

Ela pegou a fivela e enfiou-a no encaixe, olhando com fascinação horrorizada enquanto a coisa no capô esticava a mão esquerda para a frente e agarrava o limpador de para-brisa diante dela. Começou a se puxar para a frente. O limpador se partiu. A coisa no capô olhou para ele, jogou-o fora e esticou a mão para o limpador do lado de Clark.

Antes que ele pudesse pegá-lo, Clark pisou fundo no freio de novo — com os dois pés dessa vez. O cinto de segurança de Mary se travou, entrando dolorosamente na parte abaixo do seio esquerdo. Por um instante, ela teve uma sensação terrível de *pressão* dentro de si, como se uma mão impiedosa estivesse empurrando seus intestinos para cima pelo funil de sua garganta. A coisa sobre o capô foi atirada para fora do carro e caiu na rua. Mary ouviu um ruído de algo quebradiço sendo triturado e o sangue se espalhou pela pista num desenho de estrela em volta da cabeça.

Ela deu uma olhada para trás e viu os outros correndo na direção do carro. Janis os estava liderando, sua fisionomia retorcida numa careta de ódio e excitação como se fosse uma bruxa.

Na frente deles, o cozinheiro de refeições rápidas sentou-se com a facilidade desengonçada de uma marionete. O rosto continuava ostentando o sorriso largo.

— *Clark, eles estão vindo!* — gritou Mary.

Ele deu uma olhada de relance pelo espelho retrovisor, depois pisou fundo no acelerador de novo. A Princesa saltou para a frente. Mary teve tempo de ver o homem sentado na rua erguer um braço para proteger o rosto e desejou que só tivesse tido tempo para ver isso, mas havia algo mais também, algo pior: por baixo da sombra do braço erguido, ela viu que ele continuava sorrindo.

Então duas toneladas de engenharia alemã o atingiram e arrastaram-no para debaixo do carro. Ouviu uns ruídos de coisas estalando, que lhe lembraram garotos rolando numa pilha de folhas secas. Tapou os ouvidos com as mãos — tarde demais, tarde demais — e gritou.

— Não ligue — disse Clark. Estava olhando sério pelo retrovisor. — Não podemos tê-lo machucado muito... ele está se levantando novamente.

— *O quê?*

— Salvo pela marca do pneu atravessando sua camisa, ele está... — Parou subitamente, olhando para ela. — Quem bateu em você, Mary?

— O quê?

— Sua boca está sangrando. Quem bateu em você?

Ela tocou o canto da boca com um dedo, olhou para a mancha vermelha nele, depois provou-a.

— Sangue não, torta — disse ela, e soltou um riso fragmentado, desesperado. — Tire-nos daqui, Clark, por favor, tire-nos daqui.

— Fique tranquila — disse ele e voltou sua atenção para a Main Street, que era larga e, pelo menos por enquanto, estava vazia. Mary notou que com ou sem amplificadores e guitarras elétricas no centro cívico, não havia postes de eletricidade ao longo da rua. Não tinha a menor ideia de onde Céu do Rock and Roll recebia sua energia elétrica (bem... talvez *alguma* ideia), mas certamente não era da Central de Força e Luz de Oregon.

A Princesa estava ganhando velocidade do modo como fazem todos os carros a diesel — não muito rápido, mas com uma espécie de potência inexorável — e ia deixando uma escura nuvem marrom de fumaça no seu rastro. Mary teve uma visão borrada de uma loja de departamentos, uma livraria e uma loja de artigos para bebê chamada Canção de Ninar de Rock and Roll. Viu um jovem com cabelos encaracolados até os ombros de pé na frente do Empório de Bilhares do Saco-de e Balança, com os braços cruzados sobre o peito e um pé, calçando uma bota de couro de cobra, apoiado na parede de tijolos caiada de branco. Tinha um rosto bonito, num estilo carregado e com a boca fazendo bico. Mary o reconheceu imediatamente.

Clark também.

— Aquele era o Lizard King em pessoa — disse numa voz seca, sem emoção.

— Eu sei. Eu vi.

É, ela viu, mas as imagens eram como papel seco explodindo em chamas sob um foco de luz implacável que parecia encher-lhe o cérebro. Era como se a intensidade do seu horror a tivesse transformado numa lente de aumento humana e ela percebia que, se saíssem dali, não lhes restariam quaisquer recordações dessa Cidadezinha Estranha. As recordações seriam apenas cinzas sopradas pelo vento. Era assim que essas coisas funcionavam, obviamente. Uma pessoa não conseguia guardar tais imagens infernais, tais *experiências* infernais, e continuar racional, de modo que a mente se transformava numa fornalha, reduzindo a cinzas cada uma delas à medida que iam sendo criadas.

Deve ser por isso que a maioria das pessoas pode se dar ao luxo de não acreditar em fantasmas e casas mal-assombradas, pensou ela. *Porque, quando a mente fica voltada para o aterrorizador e o irracional, como alguém que seja virado e obrigado a olhar para a cara da Medusa, ela esquece. Ela* tem *que esquecer. E, meu Deus!, a não ser sair daqui, esquecer é a única coisa no mundo que eu quero.*

Viu uma pequena aglomeração de pessoas paradas na área asfaltada de um posto de gasolina Cities Service, num cruzamento perto da extremidade oposta da cidade. Tinham rostos comuns e amedrontados e usavam roupas comuns. Um homem com um macacão de mecânico manchado de óleo. Uma mulher com um uniforme de enfermeira — talvez branco um dia, agora um cinza encardido. Um casal de mais idade, ela usando sapatos ortopédicos e ele um aparelho para surdez num ouvido, agarrados um ao outro como crianças que estão com medo de se terem perdido no fundo da floresta escura. Mary compreendeu, sem precisar que lhe dissessem, que essas pessoas, junto com a garçonete mais jovem, eram os *verdadeiros* moradores de Céu do Rock and Roll, Oregon. Tinham sido capturados do mesmo modo que insetos são capturados por uma planta carnívora.

— Clark, *por favor*, tire-nos daqui — disse ela. — *Por favor*. — Alguma coisa estava tentando subir-lhe pela garganta e ela botou as duas mãos sobre a boca, certa de que iria vomitar. Em vez de vomitar, ela soltou um arroto sonoro que lhe queimou a garganta como fogo e tinha o sabor da torta que comera no Rock-a-Boogie.

— Vai dar tudo certo. Tenha calma, Mary.

A estrada — ela não podia mais pensar nela como Main Street agora que conseguia ver o fim da cidade logo adiante — passava pela frente do Departamento Municipal de Bombeiros de Céu do Rock and Roll à esquerda e a escola à direita (mesmo no seu estado aguçado de terror, havia algo de existencial em relação a uma cidadela do saber chamada Escola Primária de Rock and Roll). Três crianças estavam paradas no *playground* ao lado da escola, olhando com ar apático enquanto a Princesa passava em disparada. Lá na frente, a estrada dava a volta numa rocha em que estava fincado um cartaz em forma de guitarra: VOCÊ ESTÁ SAINDO DE CÉU DO ROCK AND ROLL • BOA NOITE, MEU BEM, BOA NOITE.

Clark meteu a Princesa pela curva sem diminuir a velocidade e, no lado oposto, havia um ônibus bloqueando a pista.

Não era nenhum ônibus escolar amarelo comum, como o que tinham visto ao longe quando estavam entrando na cidade. Este era um carnaval alucinado de cem cores e mil arabescos psicodélicos, uma recordação gigante do Verão do Amor. As janelas estavam cobertas de decalcomanias de borboletas e sinais de paz e amor. Enquanto Clark dava um berro e afundava os pés no freio, ela leu, com um desassombro fatalista, as palavras que flutuavam no lado pintado do ônibus como se fossem balões cheios demais: O ÔNIBUS MÁGICO.

Clark fez tudo que podia, mas não chegou bem a parar. A Princesa deslizou por dentro do Ônibus Mágico a uns 15 ou 20 quilômetros por hora, as rodas travadas e os pneus soltando fumaça ferozmente. Ouviu-se um estrondo oco quando a Mercedes acertou bem no meio do ônibus todo pintado. Mary foi atirada novamente para a frente, de encontro ao cinto de segurança. O ônibus balançou um pouco nas molas, mas foi só isso.

— Dê marcha a ré e passe pelo lado! — gritou ela para Clark, embora estivesse quase tomada por uma intuição sufocante de que estava tudo terminado. O motor da Princesa estava fazendo um barulho entrecortado e Mary podia ver o vapor subindo pela frente do seu capô amassado. Parecia o bafo de um dragão ferido. Quando Clark engatou a marcha a ré, o carro tossiu duas vezes, estremeceu como um cachorro velho molhado e morreu.

Podiam escutar uma sirene que se aproximava por trás deles. Ela ficou imaginando quem seria o xerife da cidade. Não John Lennon, cujo lema de vida tinha sido Questione a Autoridade, nem o Lizard King, que evidentemente era um dos rapazes maus jogadores de sinuca da cidade. Quem? E, na verdade, fazia alguma diferença? *Talvez*, pensou ela, *seja Jimi Hendrix*. Isso parecia maluquice, mas ela entendia de rock and roll, provavelmente mais do que Clark, e se lembrava de ter lido em algum lugar que Hendrix tinha sido mestre de saltos na 101ª Divisão Aerotransportada. E não se costumava dizer que ex-militares geralmente davam os melhores policiais?

Você está ficando doida, disse para si mesma e confirmou com a cabeça. De certa forma, era um alívio.

— E agora, o quê? — perguntou a Clark num tom desanimado.

Ele abriu a porta, tendo que empurrá-la com o ombro porque ela havia ficado meio presa na moldura.

— Vamos correr — disse ele.

— Para quê?

— Você os viu. Você quer ficar como eles?

Isso reacendeu um pouco do medo em Mary. Ela soltou o cinto de segurança e abriu a porta do seu lado. Clark deu a volta em torno da Princesa e pegou a sua mão. Quando se viraram na direção do Ônibus Mágico, a mão que segurava a dele se apertou de fazer doer quando viu quem estava descendo: um homem alto, com uma camisa branca aberta no peito, calças escuras e óculos escuros encurvados sobre os olhos. Seus cabelos negro-azulados estavam penteados das têmporas para trás num impecável e abundante rabo de pato. Não havia como confundir aquela fisionomia impossivelmente, quase alucinadamente, bonita. Nem mesmo os óculos escuros a conseguiam ocultar. Os lábios carnudos se abriram num pequeno sorriso malicioso.

Um carro-patrulha azul e branco da polícia, com o letreiro D.P. DE CÉU DO ROCK AND ROLL escritos nas portas, contornou a curva e deu uma freada para parar a centímetros do para-choque traseiro da Princesa. O homem ao volante era negro, mas afinal não era Jimi Hendrix. Mary não tinha certeza, mas achou que o representante local da lei era Otis Redding.

O homem de óculos escuros e jeans negros agora estava parado bem diante deles, com os polegares enfiados no cinto, as mãos pálidas dependuradas como aranhas mortas.

— E aí, como é que vão as coisas? — Não havia como confundir aquele sotaque arrastado, lento, ligeiramente sarcástico de Memphis. — Quero dar as boas-vindas aos dois à nossa cidade. Espero que possam ficar com a gente por um tempo. A cidade não é muito bonita, mas somos hospitaleiros e tomamos conta da nossa gente. — Esticou uma mão na qual faiscavam três anéis absurdamente grandes. — Sou o prefeito aqui dessas bandas. Meu nome é Elvis Presley.

Crepúsculo, de uma noite de verão.

Ao entrarem no Centro Cívico, Mary lembrou-se mais uma vez dos shows a que tinha assistido em Elmira quando era criança e sentiu uma ponta de nostalgia e tristeza penetrar o casulo de choque em que sua mente e suas emoções a tinham envolvido. Tão parecido... mas também tão diferente. Não havia crianças agitando varetas luminosas. As únicas crianças presentes eram umas dez ou 12, reunidas num grupo o mais longe que podiam ficar do tablado, seus rostos pálidos tensos e atentos. As crianças que ela e Clark tinham visto no pátio de recreio da escola primária, quando tinham dado sua corrida abortada rumo às colinas, estavam entre elas.

E não era nenhuma antiquada orquestra de sopro que ia tocar dentro de uns 15 a trinta minutos. Por todo o tablado (que aos olhos de Mary parecia tão grande quanto a Concha Acústica de Hollywood) estavam espalhados os implementos e acessórios do que tinha que ser a maior — e a mais barulhenta, a julgar pelos amplificadores — banda de rock and roll do mundo, uma combinação apocalíptica de bebop que no seu volume máximo provavelmente teria força bastante para estilhaçar janelas de vidro a 8 quilômetros de distância. Já tinha contado uma dúzia de guitarras em seus suportes quando parou de contar. Havia quatro conjuntos de baterias... bongôs... congas... uma seção de ritmo... pequenos palcos circulares elevados onde iriam ficar os cantores de fundo... um bosque metálico de microfones.

O gramado do centro cívico estava cheio de cadeiras dobráveis — Mary calculou algo entre setecentas e mil —, mas achou que não havia mais do que cinquenta espectadores de fato presentes e provavelmente menos até. Ela viu o mecânico, agora vestido com calças jeans limpas e uma camisa Perma-Press. A jovem pálida, que um dia teria sido bonitinha, sentada ao seu lado, provavelmente era sua mulher. A enfermeira estava sentada sozinha no meio de uma longa fileira vazia. Seu rosto estava voltado para cima e ela estava olhando as primeiras estrelas cintilantes aparecerem. Mary desviou o olhar dela. Sentiu que, se ficasse olhando para aquela fisionomia triste e abatida por muito tempo, seu coração iria se partir.

No momento, não havia nenhum sinal dos moradores mais famosos da cidade. Claro que não. Suas tarefas do dia agora estavam terminadas e eles estariam todos nos bastidores, se arrumando e conferindo suas deixas. Preparando-se para o show bom pra cacete de hoje de noite.

Clark se deteve mais ou menos a um quarto da extensão do corredor central da plateia gramada. Um sopro da brisa da tarde revolveu seus cabelos, e Mary achou que eles pareciam secos feito palha. Na testa e em volta da boca de Clark, havia rugas fundas que Mary nunca vira antes. Ele parecia ter perdido 15 quilos desde o almoço em Oakridge. O Garotão da Testosterona sumira por completo e Mary desconfiava que ele talvez tivesse desaparecido para sempre. Ela percebeu que não ligava muito, de um jeito ou de outro.

E, a propósito, docinho, como é que você acha que está sua aparência?

— Onde é que você quer se sentar? — perguntou Clark. Sua voz estava fina e desinteressada, a voz de um homem que ainda acredita que pode estar sonhando.

Mary localizou a garçonete com a frieira. Ela estava no lado do corredor, umas quatro fileiras para baixo, agora vestida com saia e blusa de algodão cinza-claro. Tinha um suéter atirado sobre os ombros.

— Lá — disse Mary —, ao lado dela. — Clark levou-a nessa direção sem pergunta nem objeção.

A garçonete virou-se para olhar para Mary e Clark. Mary viu que seus olhos pelo menos estavam calmos nessa noite, o que era um alívio. Um instante depois entendeu por quê: a garota estava inacreditavelmente chapada. Mary baixou os olhos, não querendo mais encontrar aquele olhar embaçado e, ao fazê-lo, viu que a mão esquerda da garçonete estava envolta numa volumosa atadura branca. Mary percebeu horrorizada que na mão da jovem faltava pelo menos um dedo, talvez dois.

— Oi — disse. — Eu me chamo Sissy Thomas.

— Olá, Sissy. Chamo-me Mary Willingham. Este é meu marido, Clark.

— Prazer em conhecê-los — disse a garçonete.

— Sua mão... — Mary deixou a frase inacabada, sem saber direito como continuar.

— Frankie fez isso — falou Sissy com a profunda indiferença de alguém que está descendo a rua dos Sonhos num cavalo cor-de-rosa. — Frankie Lymon. Todo mundo diz que, quando estava vivo, era o sujeito mais doce que você podia conhecer e que só ficou mau depois que veio para cá. Ele foi um dos primeiros... dos pioneiros, como imagino que vocês diriam. Não sei nada disso. Quero dizer, se ele foi doce antes. Só sei que agora ele é mais perverso do que escorpião. Não me importo. Eu teria feito isso de novo. Só queria que vocês tivessem escapado. Além disso, Crystal toma conta de mim.

Sissy indicou com a cabeça a enfermeira, que tinha parado de olhar para as estrelas e agora estava olhando para eles.

— Crystal cuida muito bem mesmo. Ela pode tratar de vocês, se quiserem, vocês não precisam perder dedos se quiserem ficar doidões nesta cidade.

— Minha esposa e eu não usamos drogas — disse Clark, com ar pomposo.

Sissy ficou olhando para ele calada por alguns instantes. Então falou:

— Mas vão usar.

— Quando começa o show? — Mary podia sentir o casulo do choque começando a se desfazer e não estava gostando muito dessa sensação.

— Daqui a pouco.

— Quanto tempo dura?

Sissy demorou quase um minuto para responder. Mary já estava se preparando para repetir a pergunta, pensando que a garota não tinha escutado ou entendido, quando ela disse:

— Muito tempo. Quero dizer, o show vai terminar lá pela meia-noite, sempre termina, é uma postura municipal, mas mesmo assim... eles duram muito tempo. Porque o tempo aqui é diferente. Poderia ser...

ah, não sei... acho que quando os caras ficam quentes mesmo, às vezes eles continuam durante um ano ou mais.

Mary sentiu uma névoa cinza e fria começar a lhe subir lentamente pelos braços e pelas costas. Tentou imaginar como seria ter que ficar assistindo a um show de rock durante um ano e não conseguiu. *Isto é um sonho e vou acordar,* disse para si mesma. Porém, esse pensamento, bastante convincente quando estavam parados junto do Ônibus Mágico, debaixo do sol, escutando o que dizia Elvis Presley, agora estava perdendo sua força e credibilidade.

— Ir aqui por essa estrada não vai adiantar nada pra vocês — Elvis lhes tinha dito. — Ela vai dar no pântano Umpqua. Lá não tem nenhuma estrada, só uma porção de mato. E areia movediça. — Tinha feito uma pausa então, as lentes de seus óculos escuros faiscando como fornalhas escuras no sol de fim de tarde. — E outras coisas.

— Ursos — tinha dito espontaneamente o policial atrás deles, que podia ser Otis Redding.

— Ursos, é sim — concordara Elvis. Depois, seus lábios se curvaram naquele sorriso sabido demais de que Mary se lembrava muito bem da TV e do cinema. — E outras coisas.

— Se nós ficarmos para o show... — Mary começou a dizer.

— O show! — Elvis assentiu enfaticamente com a cabeça. — Ah, é, vocês têm que ficar pro show! Nós tocamos rock de verdade. Vocês vão ver só se a gente não toca um rock da pesada.

— É a verdade mais pura e verdadeira — acrescentou o policial.

— *Se nós ficarmos para o show...* poderemos ir embora depois que terminar?

Elvis e o guarda trocaram um olhar que parecia sério, mas que dava a sensação de um sorriso.

— Bem, a senhora sabe, dona — disse por fim o outrora Rei do rock and roll —, a gente tá bem no meio do sertão e atrair o público dá a maior trabalheira, custa um bocado... é claro que, depois de ouvir a gente, todo mundo fica pra ouvir mais... pra falar a verdade, a gente estava com esperança de vocês ficarem um pouquinho mais com a gente também. Sabe como é, ver o show é feito desfrutar a hospitalidade da gente. — A essa altura, tinha empurrado os óculos escuros para o alto da testa, revelando, por um instante, cavidades oculares enrugadas e vazias. Depois elas voltaram a ser os olhos azul-escuros de Elvis, olhando-os com um interesse sombrio. — Acho até — continuou ele — que vocês podem resolver ficar morando aqui.

Agora havia mais estrelas no céu, que estava quase inteiramente escuro. Uns refletores laranja estavam se acendendo por cima do palco, suaves como as flores que se abrem à noite, iluminando as hastes dos microfones uma a uma.

— Eles nos deram empregos — disse Clark desanimado. — *Ele* nos deu empregos. O prefeito. O que se parece com Elvis Presley.

— Ele *é* Elvis Presley — disse Sissy Thomas, mas Clark simplesmente continuou olhando fixamente para o palco. Ainda não estava preparado nem para *pensar* nisso, muito menos para ouvir isso.

— Mary deve ir trabalhar no Salão de Beleza Bebop amanhã — prosseguiu. — Ela se formou em inglês e tem um diploma de professora, mas deve passar os próximos só-Deus-sabe-quantos anos como a garota que aplica o xampu. — Depois ele olhou para mim e falou: — E você aí? Qual é a sua especialidade? — Clark estava falando numa imitação maldosa do sotaque arrastado de Memphis e, por fim, os olhos chapados da garçonete começaram a mostrar uma expressão autêntica. Mary achou que era medo.

— Você não devia zombar assim — disse ela. — Zombar pode meter você em encrencas por aqui... e você não vai querer se meter em encrencas, não é? — Ergueu lentamente a mão envolvida na atadura. Clark olhou fixamente para ela, os lábios úmidos e trêmulos, até que baixou o olhar de volta para o colo e, quando ele tornou a falar, foi num tom mais baixo.

— Disse a ele que era um especialista em *software* para computador e ele disse que não havia nenhum computador na cidade... embora eles "adorariam ter um ou dois representantes da Ticketron na cidade". Depois, o outro sujeito riu e disse que havia uma vaga para ajudante de depósito na mercearia e...

Um refletor forte de luz branca varou a parte dianteira do palco. Um homem baixo com um paletó esporte tão berrante que fazia o de Buddy Holly parecer careta entrou no facho de luz, as mãos erguidas como se quisessem conter uma avalanche de aplausos.

— Quem é esse? — Mary perguntou a Sissy.

— Algum apresentador antigo que costumava dirigir uma porção desses shows. Seu nome é Alan Tweed ou Alan Breed ou algo parecido. Raramente o vemos a não ser aqui. Acho que ele bebe. Dorme o dia inteiro, isso eu *sei*.

E mal o nome tinha saído da boca da jovem, o casulo que protegera Mary desapareceu e o último elemento de descrença se dissolveu. Ela e Clark *tinham* caído em Céu do Rock and Roll, mas isso era, na verdade, o Inferno do Rock and Roll. Isso não tinha acontecido porque eles eram pessoas más, nem porque os antigos deuses os estavam castigando. Tinha acontecido porque se perderam na floresta, era só isso, e perder-se na floresta era algo que podia acontecer com qualquer pessoa.

— *Tenho um grande show para vocês nesta noite!* — gritava o mestre de cerimônias entusiasticamente ao microfone. — *Temos o Big Bopper... Freddie Mercury, que acaba de chegar da cidade de Londres... Jim Croce... meu chapa, Johnny Ace...*

— Há quanto tempo você está aqui, Sissy? — perguntou Mary, inclinando-se para ela.

— Não sei. É fácil perder a noção do tempo. Seis anos, pelo menos. Ou talvez oito. Ou nove.

— *...Keith Moon, do The Who... Brian Jones, dos Stones... aquela gracinha da pequena Florence Ballard, das Supremes... Mary Wells...*

— Que idade você tinha quando chegou? — continuou Mary, articulando seu pior medo.

— *Cass Elliot... Janis Joplin...*

— Vinte e três.

— *King Curtis... Johnny Burnette...*

— E quantos anos você tem agora?

— *Slim Harpo... Bob "Bear" Hite... Stevie Ray Vaughan...*

— Vinte e três — disse Sissy, e no palco Alan Freed continuava berrando nomes para o centro cívico quase vazio, enquanto as estrelas iam surgindo, primeiro uma centena, depois mil, depois demais para contar, estrelas que tinham surgido de repente e agora faiscavam por toda parte na escuridão. Ele recitava os nomes das overdoses de droga, overdoses de álcool, das vítimas de desastres de avião e das mortes à bala, das que tinham sido encontradas em becos e das que tinham sido encontradas em piscinas e das que tinham sido encontradas em valas ao lado de estradas com colunas de direção espetadas no peito e a maior parte de suas cabeças arrancada dos ombros. Cantou os nomes dos jovens e dos velhos, mas a maioria era dos jovens e, quando ele falou os nomes de Ronnie van Zant e Steve Gaines, ela ouviu as palavras de uma das suas canções repicando na sua cabeça, aquela que dizia *Oooh, aquele cheiro, você não está sentindo aquele cheiro*, e, de fato, sem dúvida, ela certamente *podia* sentir aquele cheiro. Mesmo aqui, no ar límpido do Oregon, ela podia senti-lo e, quando pegou a mão de Clark, era como se estivesse pegando a mão de um cadáver.

— *Muuuuuuuiiiiiiiiiitttttoooooo* BEEEEEEEEMMMMM*!* — gritava Alan Freed. Por trás dele, no escuro, dezenas de sombras estavam entrando no palco, com o caminho sendo iluminado por itinerantes com pequenas lanternas Penlite. — *Vocês estão prontos para a feeeessta?*

Não houve nenhuma resposta dos espectadores esparsos no centro cívico, mas Freed estava agitando as mãos e dando gargalhadas como se um público imenso estivesse ficando doido berrando que sim. Só havia um pouco de luz no céu para que Mary pudesse ver o velho esticar a mão para desligar seu aparelho de surdez.

— *Estão prontos para entrar no* BOOOOOOOGIE*?*

Dessa vez ele teve resposta — de um grito demoníaco de saxofones das sombras atrás dele.

— Então vamos lá... PORQUE O ROCK AND ROLL NUNCA MORRERÁ!

Enquanto as luzes do palco se acendiam e a banda introduzia a primeira canção do longo, longo show daquela noite — *I'll Be Doggone*, com Marvin Gaye nos vocais —, Mary pensou: *É disso que eu tinha medo. É exatamente disso que eu tinha medo.*

Parto em casa

Considerando-se que provavelmente era o fim do mundo, Maddie Pace achou que estava fazendo um bom trabalho. Um trabalho bom *pra cacete*. Na realidade, ela achava que talvez estivesse dando conta do Fim de Tudo melhor do que qualquer pessoa na Terra. E tinha *certeza absoluta* que estava dando conta melhor do que qualquer mulher *grávida* na Terra.

Dando conta.

Maddie Pace, dentre todas as pessoas.

Maddie Pace, que às vezes não conseguia dormir se, depois de uma visita do reverendo Johnson, enxergava um único fiapo de sujeira debaixo da mesa de jantar. Maddie Pace, que, como Maddie Sullivan, costumava deixar seu noivo, Jack, maluco quando ficava imóvel diante de um *menu*, debatendo qual seria seu prato principal durante, às vezes, até meia hora.

— Maddie, por que você simplesmente não tira cara ou coroa? — tinha lhe perguntado uma vez, depois de ela ter conseguido reduzir o problema a uma escolha entre vitela na brasa e costeletas de cordeiro, mas não podia ir adiante. — Já tomei cinco garrafas dessa maldita cerveja alemã e, se você não se decidir bem depressa, vai haver um pescador de lagosta bêbado *debaixo* da mesa antes que a gente consiga ter qualquer comida *em cima* dela!

De modo que ela sorriu nervosamente, pediu a vitela na brasa e depois passou a maior parte do trajeto de volta para casa se perguntando se as costeletas não estariam mais saborosas e, portanto, se não teria sido melhor escolhê-las, apesar do seu preço ligeiramente mais alto.

Contudo, não tivera dificuldade alguma em dar conta do pedido de casamento feito por Jack. Ela aceitou o pedido — bem como a ele — rapidamente e com enorme alívio. Depois da morte de seu pai, Maddie e sua mãe levavam uma vida meio sem rumo, nebulosa, na ilha Alta Menor, ao largo da costa do estado do Maine. Quando estava alto e entre seus amigos na taverna do Fudgy ou no quarto dos fundos da barbearia Prout's, George Sullivan gostava de dizer: "Se não estivesse por perto para dizer a essas mulheres onde se agachar e se inclinar para mover uma roda, não sei que diabos elas iriam fazer."

Quando seu pai morreu de um infarto fulminante das coronárias, Maddie tinha 19 anos e tomava conta da biblioteca da cidadezinha nas noites de segunda a sexta, com um salário de 41,50 dólares semanais. Sua mãe cuidava da casa — ou melhor, cuidava quando George lhe recordava (às vezes com um bom tapa na orelha) que ela tinha uma casa que precisava ser cuidada.

Quando chegou a notícia da sua morte, as duas mulheres olharam-se num desânimo silencioso e quase em pânico, dois pares de olhos se fazendo a mesma pergunta: *E agora, o que nós vamos fazer?*

Nenhuma das duas sabia, mas ambas sentiam — e sentiam com muita intensidade — que a avaliação que ele fazia delas estava correta: precisavam dele. Eram apenas mulheres e precisavam dele para dizer-lhes não apenas o que fazer, mas também como fazê-lo. Elas não falavam nisso porque ficavam envergonhadas, mas era verdade: elas não tinham a mais vaga noção do que viria a seguir e a ideia de que eram prisioneiras das ideias e expectativas limitadas de George Sullivan nunca lhes passara pela cabeça. Elas não eram mulheres burras, nenhuma das duas, mas *eram* mulheres da ilha.

Dinheiro não era problema. George acreditava firmemente em seguro e, quando caiu morto durante a prorrogação para decidir um empate das finais da liga de boliche em Os Dez Grandes de Big Duke, em Machias, sua mulher herdou mais de 100 mil dólares. E a vida na ilha era barata, caso você tivesse sua própria casa, cuidasse bem da sua horta e soubesse como guardar seus legumes quando chegava o outono. O *problema* era não ter nada em que se concentrar. O *problema* estava em como suas vidas pareciam ter perdido seu centro quando George caiu de cara no chão, vestindo a camisa de boliche com o patrocínio do posto de gasolina Amoco da Ilha, bem por cima da linha de falta da pista 19 (e ainda por cima conquistando o *spare* de que seu time precisava para ganhar). Com o desaparecimento de George, suas vidas se transformaram numa espécie de borrão lúgubre.

Às vezes, Maddie pensava: *É como estar perdida num nevoeiro pesado. Só que, em vez de procurar uma estrada, uma casa, a aldeia ou apenas algum ponto de referência, como aquele pinheiro que foi atingido por um raio lá na ponta, estou procurando a roda. Se algum dia conseguir encontrá-la, talvez consiga dizer* a mim mesma *para me agachar e apoiar meu ombro de encontro a ela.*

Por fim, ela encontrou sua roda: acabou sendo Jack Pace. Algumas pessoas dizem que as mulheres se casam com seus pais e os homens com suas mães, e embora uma afirmação assim tão ampla dificilmente possa se aplicar o tempo todo, no caso de Maddie estava perto o bastante da verdade para ser aceita pelo serviço público. Seu pai tinha sido visto por seus pares com medo e admiração: "Não se meta com George Sullivan, meu querido", costumavam dizer. "Basta você olhar enviesado que ele lhe arrebenta o nariz com um murro."

Isso também era verdade dentro de casa. Tinha sido prepotente e, às vezes, violento fisicamente. Mas também soubera que coisas querer e como trabalhar para tê-las. Como a picape Ford, a motosserra ou aquele meio hectare que delimitava sua propriedade ao sul. A terra de Pop Cook. Todos sabiam que George Sullivan se referia a Pop Cook como um velho canalha que fedia nos sovacos, mas o aroma do velho não alterava o fato de que ainda havia um bocado de árvores de madeira de lei naquele meio hectare. Pop não sabia disso porque tinha ido viver do outro lado do estreito em 1987, quando sua artrite realmente se instalou, e George fizera saber em Alta Menor que o que aquele canalha do Pop Cook não sabia não lhe faria mal algum e, além disso, que quebraria as juntas de qualquer homem ou mulher que lançasse alguma luz sobre as trevas da ignorância de Pop. Ninguém fez isso, e os Sullivans acabaram conseguindo a terra e a madeira de lei que nela havia. É claro que as boas árvores tinham todas sido abatidas num período de três anos, mas George disse que isso não tinha a menor importância, pois a terra sempre restituía o que se tinha pago por ela. Isso foi o que George disse e elas acreditaram. Elas acreditavam nele e tinham trabalhado, todos os três. Ele dizia: "Você tem que meter o ombro nessa roda e empurrar essa porra, tem que empurrar com *forr-rrça* porque ela não se move fácil." Então foi isso que fizeram.

Naquela época, a mãe de Maddie mantinha uma barraquinha de venda de hortaliças na estrada de East Head e havia sempre uma porção de turistas que compravam os legumes que ela plantava (que, é claro, eram os que George tinha dito a ela para plantar) e, muito embora nunca tivessem sido exatamente o que sua mãe chamava de "a família Cheiadagrana", dava para viver. Mesmo nos anos em que a pesca da lagosta era ruim e tinham que esticar suas finanças ainda mais para continuar pagando o que deviam ao banco pela compra do meio hectare de Pop Cook, tinham o bastante para viver.

Jack Pace era um homem de melhor temperamento de um jeito que George Sullivan jamais pensara ser, mas, mesmo assim, seu bom humor só ia até certo ponto. Maddie desconfiava que, com o tempo, ele poderia chegar ao que às vezes se denominava de corretivo doméstico — o braço torcido quando o jantar estava frio, um tapa de vez em quando ou umas boas palmadas. Quando a rosa perdesse o perfume, por assim dizer. Havia até uma parte dela que esperava com prazer por isso. As revistas femininas diziam que os casamentos em que o homem mandava no galinheiro eram uma coisa do passado e que um homem que batesse numa mulher devia ser preso por agressão física, mesmo que o homem em questão fosse o marido legítimo da mulher em questão. Maddie às vezes lia artigos desse tipo lá no cabeleireiro, mas duvidava que as mulheres que os escreviam tivessem a mais leve ideia de que lugares como as ilhas de fora sequer existiam. Na verdade, Alta Menor tinha produzido uma escritora — Selena St. George —, mas ela escrevia sobretudo a respeito de política e não retornara à ilha durante anos, a não ser para um único jantar do Dia de Ação de Graças.

— Eu não vou ser pescador de lagosta a vida inteira, Maddie — dissera-lhe Jack na semana antes do casamento, e ela acreditou nele. Um ano antes, quando ele a tinha convidado para sair pela primeira vez (ela disse sim quase antes de todas as palavras lhe terem saído da boca e ficara ruborizada até a raiz dos cabelos ao ouvir sua própria sofreguidão nua), ele teria dito: "Num vou ser pescador de lagosta a vida inteira."; Uma pequena mudança... mas que fazia toda a diferença do mundo. Ele tinha passado a ir à escola noturna três vezes por semana, tomando a velha *Princesa da Ilha* para ir e voltar. Podia estar cansado de língua de fora depois de um dia puxando os puçás, mas ia assim mesmo, fazendo uma pausa só para tomar um banho de chuveiro para tirar os cheiros fortes de lagosta e água salobra e para engolir dois comprimidos de No-Doz com café quente. Depois de algum tempo, quando viu que ele realmente pretendia ir adiante com isso, Maddie começou a lhe dar uma sopa quente para tomar na volta da barca. Se não fizesse isso, ele não comeria nada a não ser aquelas porcarias daqueles cachorros-quentes que vendiam no quiosque a bordo da *Princesa*.

Ela se lembrava de ficar se torturando para decidir sobre as sopas enlatadas na loja — havia *tantas*! Será que ia querer de tomate? Algumas pessoas não gostavam de sopa de tomate. Na verdade, algumas pessoas *detestavam* sopa de tomate, mesmo que se fizesse com leite em vez de água. Sopa de legumes? De peru? De creme de galinha? Seus olhos desamparados ficaram vagando pela prateleira durante quase dez minutos, até que Charlene Nedeau perguntou se podia ajudá-la em algo. Só que Charlene falou num tom sarcástico e Mary calculou que iria contar para todas as suas amigas no colégio no dia seguinte e iriam ficar dando risinhos no banheiro feminino, sabendo muito bem o que estava errado com ela — a pobrezinha da cara de fuinha da Maddie Sullivan, incapaz de se decidir a respeito de uma coisa tão simples como uma lata de *sopa*. Como ela tinha chegado a ser capaz de resolver aceitar o pedido de casamento de Jack Pace era motivo de espanto e admiração para todas elas. Porém, é claro, elas não sabiam a história da roda que você precisava encontrar e como, depois de encontrá-la, você tinha que ter alguém para lhe dizer quando se agachar e onde exatamente empurrar a danada da coisa.

Maddie tinha saído da loja sem sopa alguma e com uma dor de cabeça de estourar.

Quando ela conseguiu reunir coragem suficiente para perguntar a Jack qual era sua sopa favorita, ele dissera: "Sopa de galinha e talharim. A que vem em lata."

Havia outras de que ele gostasse em especial?

A resposta foi não, só de galinha e talharim — a que vem em lata. Era a única sopa de que Jack Pace precisava na vida, e essa era a única resposta (pelo menos sobre esse assunto em particular) de que Maddie precisava na sua vida. No dia seguinte, com passos leves e o coração alegre, Maddie subiu os tortos degraus de madeira da loja e comprou as quatro latas de sopa de galinha e talharim que estavam na prateleira. Quando perguntou a Bob Nedeau se tinha mais, ele respondeu que tinha o raio de uma *caixa* inteira dessa coisa lá atrás.

Ela comprou a caixa inteira e deixou-o tão pasmo que ele acabou carregando a caixa de papelão até o caminhão para ela e se esqueceu completamente de perguntar por que ela queria *tantas* latas — lapso pelo qual, nessa noite, levou uma enorme bronca da mulher e da filha, ambas mexeriqueiras.

— É melhor você apenas acreditar nisso e nunca se esquecer — dissera Jack naquela ocasião pouco antes que atassem os laços (ela *acreditou* e nunca esquecera). — Mais do que um pescador de lagostas. Meu pai diz que estou cheio de merda. Ele diz que se puxar puçás era o bastante para seu pai e para o pai de seu pai e, pelo jeito que ele falava, assim para trás até o desgraçado do Jardim do Éden, devia ser o bastante para mim. Mas num é, quero dizer, *não é*, e vou subir na vida. — Seu olhar caiu sobre ela, um olhar severo, cheio de determinação, mas era também um olhar amoroso, cheio de esperança e confiança. — O que eu pretendo ser é mais do que um pescador de lagosta e mais do que a mulher de um pescador de lagosta é o que eu pretendo que você seja. Você vai ter uma casa no continente.

— Certo, Jack.

— E não vou ter um desgraçado de um Chevrolet. — Respirou fundo e tomou as mãos dela nas suas. — Eu vou ter um *Oldsmobile*.

Olhou-a bem fundo nos olhos, como se a estivesse desafiando a zombar de sua ambição inteiramente desmedida. Ela não fez tal coisa, é claro. Ela disse certo, Jack, pela terceira ou quarta vez naquela noite. Ela o tinha dito para ele milhares de vezes durante o ano em que foram noivos, e ela esperava confiante dizê-lo um milhão de vezes antes que a morte terminasse com seu casamento levando um deles — ou, melhor ainda, ambos ao mesmo tempo. *Certo, Jack* — algum dia houvera, na história do mundo, duas palavras que soassem tão bem quando postas juntas?

— Mais do que um desgraçado de um pescador de lagosta, não importa o que o meu velho pense ou quanto ele ria. — Ele pronunciou esta última palavra bem claramente: *rrria*. — Vou conseguir e você sabe quem vai me ajudar?

— Sei — tinha respondido Maddie calmamente. — *Eu* vou.

Ele dera uma gargalhada e a tomara nos braços.

— Você é muito convencida, meu coraçãozinho — dissera para ela.

E assim se casaram, como dizem os contos de fada, e, para Maddie, aqueles poucos primeiros meses — meses em que eram saudados quase por todo lugar com gritos joviais de "Aí estão os recém-casados!" — *foram* um conto de fada. Ela dispunha de Jack para se apoiar, Jack para ajudá-la a tomar decisões, e essa era a melhor parte. A decisão doméstica mais difícil que lhe foi imposta naquele primeiro ano foi que cortinas ficariam melhor na sala de estar — havia *tantas* para escolher no catálogo, e sua mãe sem dúvida não ajudava em nada. A mãe de Maddie tinha muita dificuldade para decidir entre diferentes marcas de papel higiênico.

Afora isso, aquele ano consistiu basicamente em alegria e segurança — a alegria de amar Jack na sua cama funda enquanto o vento do inverno raspava a ilha como a lâmina de uma faca por cima de uma tábua de cortar pão, a segurança de ter Jack para lhe dizer o que era que eles queriam e como iam consegui-lo. O amor era bom — tão bom que às vezes, quando ela pensava em Jack durante o dia, seus joelhos ficavam bambos e sua barriga estremecia —, mas melhor ainda era o seu jeito de saber as coisas e sua crescente fé nos instintos dele. Portanto, durante um tempo, *foi* mesmo um conto de fadas.

Então Jack morreu e as coisas começaram a ficar esquisitas. E não só para Maddie.

Para todo mundo.

Pouco antes de o mundo escorregar para dentro desse pesadelo incompreensível, Maddie descobriu que estava o que sua mãe sempre chamara de *grav*, uma palavra curta que era como o som que se fazia quando se tinha que puxar uma carga de catarro da garganta (pelo menos era assim que sempre soara para Maddie). A essa altura, ela e Jack tinham se mudado para a casa ao lado dos Pulsifers, na ilha Gennesault, que era conhecida simplesmente como Jenny por seus residentes e pelos que moravam na vizinha Alta Menor.

Ela passara por uma das suas angustiantes discussões interiores quando não menstruou pela segunda vez e, depois de quatro noites sem dormir, marcou uma consulta com o doutor McElwain, no continente. Olhando para trás, ficou contente. Se tivesse esperado para ver se ia deixar de menstruar pela terceira vez, Jack não teria desfrutado de nem mesmo um mês de alegria e ela teria perdido os cuidados e as pequenas gentilezas com que ele a tinha coberto.

Olhando para trás — agora que ela estava *dando conta* —, sua indecisão parecia absurda, mas no fundo do seu coração ela sabia que ir fazer o teste tinha exigido enorme coragem. Desejara ficar enjoada de forma mais convincente ao despertar para ter mais certeza, ansiara para que as náuseas a tirassem dos seus sonhos. Marcou a consulta quando Jack estava fora trabalhando e tinha ido enquanto ele estava fora, mas era impossível *esgueirar-se às escondidas* até o continente na balsa, pois gente demais de ambas as ilhas a veria. Alguém mencionaria com naturalidade a Jack que tinha visto sua esposa na *Princesa* noutro dia e então Jack iria querer saber de que se tratava, e se ela tivesse se enganado, ele a olharia como se ela fosse uma pateta.

Mas não tinha se enganado. Ela estava com criança (e deixa pra lá aquela palavra que soava como alguém com um resfriado forte tentando limpar a garganta) e Jack Pace tinha tido exatamente 27 dias para esperar a chegada do seu primeiro filho até que uma onda brava o tinha apanhado e atirado pela borda do *Minha Senhora do Amor*, o lagosteiro que herdara do seu Tio Mike. Jack nadava bem e tinha subido à superfície como uma rolha — Dave Eamons contara a ela com muita tristeza —, mas justo quando subiu veio outra onda grande, desviando o barco diretamente para cima dele. E embora Dave se recusasse a dizer mais alguma coisa, Maddie nasceu e foi criada como uma menina das ilhas e sabia: na realidade, podia *ouvir* o baque surdo quando o barco, com seu nome enganador, tinha atingido em cheio a cabeça do marido, fazendo espirrar sangue, cabelos, pedaços de osso e talvez a parte do cérebro dele que o fazia repetir sem parar o nome da esposa, no meio da noite, enquanto gozava dentro dela.

Usando uma japona pesada com capuz e com as calças e as botas cheias d'água, Jack Pace afundara como uma pedra. Eles acabaram por enterrar um caixão vazio no pequeno cemitério na extremidade norte da ilha Jenny e o reverendo Johnson (em Jenny e em Alta Menor você tinha uma opção quanto à religião: podia ser metodista ou, se isso não fosse do seu agrado, podia ser metodista não praticante) tinha oficiado perante esse caixão vazio como o fizera perante tantos outros. O ofício terminou e, aos 22 anos de idade, Maddie se viu viúva com um pão no forno e ninguém para lhe dizer onde estava a roda, muito menos quando encostar o ombro nela ou até onde empurrá-la.

Inicialmente, pensou em voltar para Alta Menor, para junto da mãe, e esperar a hora, mas um ano com Jack lhe tinha dado alguma visão e sabia que sua mãe estava tão perdida quanto ela mesma — talvez *mais* perdida —, e isso fez com que se perguntasse se voltar seria a decisão certa.

— Maddie — Jack lhe disse novamente (ele estava morto para o mundo, mas parecia que não dentro da cabeça dela, ali ele estava tão vivo quanto qualquer homem morto poderia estar... ou, pelo menos, ela assim pensava *então*) —, a única coisa que você poderá jamais decidir é não decidir.

Sua mãe tampouco era melhor. Falavam-se por telefone e Maddie ficou aguardando esperançosa que sua mãe simplesmente lhe *dissesse* para voltar para casa, mas a senhora Sullivan era incapaz de dizer qualquer coisa a alguém com mais de 10 anos de idade. "Talvez você devesse vir de volta para cá", dissera uma vez, de modo hesitante, e Maddie não conseguia saber se isso queria dizer *por favor, venha para casa* ou *por favor, não aceite um oferecimento que na verdade só foi feito como uma formalidade*. Ela passou noites compridas e insones tentando decidir qual das duas tinha sido e só conseguiu ficar ainda mais confusa.

Então a coisa esquisita começou e a maior bênção foi que em Jenny só havia um cemitério pequeno (e tantas das sepulturas com aqueles caixões vazios — algo que um dia lhe parecera uma pena e agora parecia outra bênção, uma graça divina). Em Alta Menor havia dois, ambos bastante grandes, de modo que começou a parecer mais seguro ficar em Jenny e esperar.

Ela ia esperar e ver se o mundo ia viver ou morrer.

Se vivesse, ela esperaria pelo bebê.

* * *

E agora, depois de uma vida de obediência passiva e vagas resoluções que geralmente passavam como sonhos uma ou duas horas depois de se levantar da cama, ela estava finalmente *dando conta*. Sabia que parte disso não era mais do que o efeito de ser golpeada por um choque atrás do outro, começando com a morte do marido e terminando com uma das últimas transmissões captadas pela antena parabólica dos Pulsifers: um jovem horrorizado, que tinha sido obrigado a atuar como repórter da CNN, dizendo que parecia certo que o presidente dos Estados Unidos, a primeira dama, o secretário de Estado, o excelentíssimo senhor senador mais antigo do Oregon e o emir do Kuwait tinham sido devorados vivos no Salão Leste da Casa Branca por zumbis.

— Quero repetir isso — dissera o repórter improvisado, com os pontos vermelhos de sua acne sobressaindo na testa e no queixo como se fossem estigmas sagrados. A boca e as faces começaram a tremer e suas mãos se sacudiam de forma espasmódica. — Quero repetir que um bando de cadáveres acaba de almoçar o presidente e sua esposa e todo um grupo de figurões da política que estavam na Casa Branca para comer salmão poché e cerejas jubileu. — Depois, o garoto tinha começado a rir alucinadamente e a gritar o mais alto que podia: *"Vai, Yale! Bula-bula!"* Por fim, saiu da tela em disparada, deixando a mesa de notícias da CNN desocupada pela primeira vez segundo a recordação de Maddie. Ela e os Pulsifers tinham ficado sentados num silêncio decepcionado enquanto a mesa de notícias sumiu e apareceu um anúncio dos discos de Boxcar Willie — não podem ser encontrados em nenhuma loja, você pode conseguir essa coleção incrível unicamente discando para o 0800 e o número que está aparecendo agora na parte inferior da sua tela. Um dos lápis de cor da pequena Cheyne Pulsifer estava na mesinha ao lado da poltrona em que Maddie estava sentada, e por alguma razão maluca ela o pegou e escreveu o número num pedaço de papel de rascunho, antes que o senhor Pulsifer se levantasse e desligasse a TV sem dizer uma palavra.

Maddie lhes deu boa-noite e agradeceu por terem partilhado com ela sua TV e suas pipocas de microondas.

— Você tem certeza de que está bem, Maddie querida? — perguntou-lhe Candi Pulsifer pela quinta vez nessa noite, e Maddie disse que estava ótima pela quinta vez nessa noite, que estava *dando conta*, e Candi disse que *sabia* que ela estava, mas que ela seria bem-vinda para ficar quando quisesse no quarto do andar de cima, que tinha sido de Brian. Maddie abraçou Candi, beijou-a no rosto, recusou o convite com os agradecimentos mais delicados que pôde imaginar e finalmente conseguiu escapar. Só depois de andar debaixo de vento os 700 metros até sua própria casa e chegar à cozinha foi que percebeu que ainda estava com o pedaço de papel de rascunho no qual tinha anotado o número 0800. Discou-o e nada aconteceu. Nenhuma voz gravada dizendo-lhe que todos os circuitos nesse momento estavam ocupados ou que o telefone estava enguiçado, nenhuma sirene chorosa indicando que a linha estava interrompida, nenhum bope nem bipe, nenhum clique nem claque. Apenas um silêncio suave. Foi então que Maddie teve certeza de que o fim tinha chegado ou estava chegando. Quando você não podia mais chamar o número 0800 e encomendar os discos de Boxcar Willie que não estavam à venda em nenhuma loja, quando pela primeira vez desde que podia se lembrar não havia Telefonistas a Postos, o fim do mundo era inevitável.

Apalpou sua barriga arredondada e ficou ali junto do telefone preso na parede da cozinha e disse pela primeira vez em voz alta, sem notar que tinha falado: "Vai ter que ser um parto em casa. Mas tudo bem, garota, desde que você esteja preparada e se mantenha preparada. Você tem que se lembrar que simplesmente não há outro jeito. *Tem* que ser parto em casa."

Ficou esperando o medo, que não veio.

— Posso dar conta disso muito bem — disse ela, e dessa vez ouviu sua voz e se sentiu à vontade ante a segurança de suas próprias palavras.

Um bebê.

Quando o bebê viesse, o próprio fim do mundo acabaria.

— Éden — disse ela, e sorriu. Seu sorriso era doce, o sorriso de uma Madona. Não tinha importância quantas pessoas mortas em decomposição (talvez Boxcar Willie entre elas, pelo muito que sabia ela) estavam vagando pela face da Terra.

Ela ia ter um bebê, ia realizar seu parto em casa e a possibilidade do Éden continuaria existindo.

* * *

As primeiras notícias vieram de um vilarejo australiano no limite do sertão, um lugar com o nome inesquecível de Fiddle Dee. Talvez ainda mais inesquecível fosse o nome da primeira cidadezinha norte-americana em que os mortos-vivos foram vistos: Thumper, na Flórida. A primeira história apareceu no tabloide favorito dos supermercados dos Estados Unidos, *Inside View*.

A manchete berrava: OS MORTOS VOLTAM À VIDA EM CIDADEZINHA DA FLÓRIDA! Começava com uma recapitulação de um filme chamado *A Noite dos Mortos-vivos*, que Maddie nunca vira, e continuava mencionando outro — *Amor de Macumba* —, que ela também nunca vira. A matéria era acompanhada de três fotos. Uma era de uma cena do *A Noite dos Mortos-vivos*, mostrando o que parecia um bando de fugitivos de um asilo de loucos, à noite, parados em frente de uma casa de fazenda isolada. Uma era do *Amor de Macumba*, mostrando uma loura cujo sutiã do biquíni parecia conter seios do tamanho de abóboras premiadas. A loura estava com as mãos levantadas e gritando de pavor diante do que poderia ser um negro mascarado. A terceira dizia que tinha sido tirada em Thumper, Flórida. Era uma foto borrada, pouco nítida, de uma pessoa, de sexo desconhecido, parada na frente de uma videolocadora. O artigo descrevia a figura como estando "envolta nos paramentos da sepultura", mas podia ser alguém enrolado num lençol sujo.

Não era grande coisa. PÉ-GRANDE ESTUPRA MENINO DO CORAL na semana anterior, pessoas mortas voltando à vida nessa semana, o anão assassino de multidões na próxima semana.

Não era grande coisa pelo menos até que começou a aparecer também em outros lugares. Não era grande coisa até que as primeiras notícias ("Vocês talvez devam pedir às crianças que saiam da sala" — Tom Brokaw tinha feito a introdução com a voz grave) apareceram nas redes nacionais de TV, monstros em decomposição com ossos nus aparecendo através da pele ressecada; vítimas de acidentes de trânsito, a maquiagem das casas funerárias varrida pelo vento de modo que se viam seus rostos dilacerados e seus crânios partidos; mulheres com os cabelos arrumados como se fossem colmeias cobertas de sujeira em que ainda havia vermes e besouros se contorcendo e se arrastando, suas fisionomias se alternando entre vazias e atentas com uma espécie de inteligência calculista e idiota. Não era grande coisa até que surgiram as primeiras fotos numa edição da revista *People* que tinha sido vendida em envelopes opacos e com uma etiqueta laranja que dizia NÃO PODE SER VENDIDA PARA MENORES DE IDADE!

Então passou a ser grande coisa.

Você percebia que podia ser uma coisa muito grande mesmo quando via um homem em estado de decomposição, ainda vestido com os restos cobertos de lama de um terno da Brooks Brothers, com o qual tinha sido enterrado, dilacerando a garganta de uma mulher aos berros, com uma camiseta em que se lia PROPRIEDADE DOS OILERS DE HOUSTON.

Foi então que começaram as acusações e as ameaças de uso das armas e, durante três semanas, o mundo todo teve sua atenção desviada das criaturas escapando de seus túmulos como mariposas grotescas, escapando de casulos contaminados pelo espetáculo das duas grandes potências nucleares no que parecia um curso de colisão inexorável.

Os comentaristas de televisão da China comunista declararam que não havia nenhum zumbi nos Estados Unidos. Isso era uma mentira difundida por interesse próprio para camuflar um ato imperdoável de guerra química contra a República Popular da China, uma versão mais terrível (e proposital) do que tinha acontecido em Bhopal, na Índia. Seriam tomadas represálias se os camaradas mortos que estavam saindo de suas tumbas não caíssem decentemente mortos dentro de dez dias. Todo o corpo diplomático norte-americano foi expulso do solo pátrio, e houve vários incidentes em que turistas americanos morreram linchados.

O presidente (que iria, ele próprio, pouco depois se transformar num Zumbi Especial de Alto Nível) reagiu como uma baleia (com que passara a se parecer ao engordar 25 quilos depois de sua reeleição para um segundo mandato), chamando o outro de elefante. O governo dos Estados Unidos, disse ele ao povo norte-americano, dispunha de provas irrefutáveis de que os únicos mortos-vivos na China tinham sido soltos propositadamente e que, enquanto o Panda-chefe podia ficar lá com sua cara de olhos puxados alegando que havia 8 mil cadáveres vivos zanzando em busca da forma definitiva de coletivismo, *nós* tínhamos prova cabal de que havia menos de 40. Havia sido os *chineses* que tinham cometido um ato — um ato *hediondo* — de guerra química, trazendo americanos leais de volta à vida com uma ânsia de devorar nada mais do que outros americanos leais, e se esses americanos — alguns dos quais tinham sido bons membros do Partido Democrata — não caíssem decentemente mortos dentro dos próximos *cinco* dias, a China Vermelha ia se transformar numa grande cratera de massa derretida.

O Sistema Norte-Americano de Defesa estava no Estágio 2 de Condição de Defesa quando um astrônomo britânico chamado Humphrey Dagbolt divisou o satélite. Ou a espaçonave. Ou a criatura. Ou que diabo fosse. Dagbolt nem era um astrônomo profissional, mas apenas um amador que gostava de olhar as estrelas do oeste da Inglaterra — ninguém em especial, se teria dito —, e, no entanto, é quase certo que ele salvou o mundo de algum tipo de entrevero termonuclear, se não mesmo de uma guerra atômica total. Levando-se tudo em conta, não tinha sido um trabalho ruim de uma semana realizado por um homem com desvio de septo e um caso agudo de psoríase.

A princípio parecia que os dois sistemas políticos que estavam cara a cara não *queriam* acreditar no que Dagbolt tinha descoberto, mesmo depois que o Real Observatório de Londres declarara que suas fotografias e seus dados eram autênticos. Finalmente, porém, os silos de mísseis foram fechados e os telescópios pelo mundo afora se concentraram, quase a contragosto, na Estrela Verminosa.

A missão espacial conjunta sino-americana, destinada a investigar o indesejável recém-chegado, foi lançada do planalto de Lanzhou menos de três semanas depois da publicação, no *Guardian,* das primeiras fotografias, com o astrônomo amador favorito de todo o mundo a bordo, com desvio de septo e tudo. Realmente, teria sido difícil deixar de incluir Dagbolt na missão — ele se tornara um herói mundial, o cidadão britânico mais famoso desde Winston Churchill. Quando, um dia antes do lançamento, um repórter lhe perguntou se estava com medo, Dagbolt tinha relinchado sua risada estranhamente charmosa, parecida com a de Robert Morley, esfregou o lado do seu nariz realmente enorme e exclamou: "Petrificado, meu caro rapaz! Inteiramente petri-trificado!"

Como se veria depois, tinha toda razão para estar petrificado.

Todos eles tinham.

* * *

Todos os três governos participantes consideraram os 61 segundos finais da transmissão recebida da *Xiaoping/Truman* demasiado horripilantes para serem divulgados e por isso nenhum comunicado formal jamais foi emitido. É claro que não tinha importância, pois quase 20 mil radioamadores estavam monitorando a espaçonave e parece que pelo menos 19 mil dentre eles estavam gravando as transmissões em fita quando ela foi — bem, haveria alguma outra palavra para isso? — invadida.

Voz chinesa: Vermes! Ela parece ser uma bola maciça de...

Voz americana: Meu Deus! Cuidado! Está vindo na nossa direção!

Dagbolt: Está havendo algum tipo de extrusão. A escotilha de bombordo está...

Voz chinesa: Ruptura! Ruptura! Vistam os trajes espaciais, amigos!

(Gritaria indecifrável.)

Voz americana: ...e parece estar comendo o metal...

Voz chinesa feminina (Ching-Ling Soong): Oh, faça-o parar, pare os olhos...

(Som de uma explosão.)

Dagbolt: Houve uma descompressão explosiva. Estou vendo três, ahn, quatro mortos e há vermes... por toda parte há vermes...

Voz americana: O visor! O visor! *O visor!*

(Aos gritos.)

Voz chinesa: Cadê minha mamãe? Oh, cadê minha mamãe?

(Gritos. Sons parecidos com os de um velho desdentado sugando purê de batatas.)

Dagbolt: A cabine está cheia de vermes, isto é, coisas que parecem vermes, o que quer dizer que de fato *são* vermes, como se percebe, que aparentemente se extricaram do satélite principal, o que nós assumimos ser, o que equivale a dizer que se quer dizer, a cabine está cheia de pedaços de corpos flutuando. Esses vermes do espaço aparentemente secretam alguma espécie de ácido...

(Foguetes de aceleração disparados a essa altura: a duração do disparo é de 7,2 segundos. Isso pode ter sido uma tentativa de fuga ou, possivelmente, de abalroar o objeto central. Em qualquer hipótese, a manobra não deu certo. Parece provável que as próprias câmaras de combustão estivessem entupidas de vermes e o capitão Lin Yang — ou qualquer outro oficial que estivesse no comando — tenha achado que, como resultado do entupimento, uma explosão dos tanques de combustível seria iminente. Daí o término do disparo.)

Voz americana: Oh, meu Deus, eles estão na minha cabeça, estão comendo a porra do meu cére...

(Estática.)

Dagbolt: Acredito que a prudência aconselha uma retirada estratégica para o compartimento de carga da popa. O resto da tripulação está morta. Não há qualquer dúvida a esse respeito. Pena. Gente corajosa. Até mesmo aquele americano gordo que ficava metendo o dedo no nariz. Porém, num outro sentido, não creio que...

(Estática.)

Dagbolt: ...mortos, no final das contas, porque Ching-Ling Soong — ou melhor, a cabeça decepada de Ching-Ling Soong, quer-se dizer... acaba de passar flutuando por mim e seus olhos estavam abertos e piscando. Ela pareceu reconhecer-me e...

(Estática.)

Dagbolt: ...o mantêm...

(Explosão. Estática.)

Dagbolt: ...ao meu redor. Repito, inteiramente ao meu redor. Coisas se contorcendo. Eles... a propósito, alguém sabe se...

(Dagbolt, gritando e xingando, depois apenas gritando. Os sons do velho desdentado novamente.)

(Fim da transmissão.)

A *Xiaoping/Truman* explodiu três segundos depois. A extrusão da esfera irregular apelidada de Estrela Verminosa tinha sido observada por mais de 300 telescópios na superfície terrestre durante o embate curto e bastante penoso. Quando os 61 segundos finais começaram, a nave começou a ficar encoberta por alguma coisa que sem dúvida tinha a *aparência* de vermes. Ao se chegar à última transmissão, a nave em si não podia ser vista em absoluto — havia apenas a massa de coisas se contorcendo que se acoplara a ela. Instantes depois da última explosão, um satélite meteorológico tirou uma única fotografia dos destroços flutuando no espaço, alguns dos quais certamente eram pedaços das coisas feito vermes. Foi muito mais fácil identificar uma perna humana decepada, vestida num traje espacial chinês, flutuando no meio daquelas coisas.

E, de certa forma, nada disso nem tinha importância. Os cientistas e os dirigentes políticos de ambos os países sabiam exatamente onde a Estrela Verminosa estava localizada: acima do buraco em expansão na camada de ozônio da Terra. Estava enviando alguma coisa de lá para baixo e não eram flores encomendadas por telefone.

A seguir, vieram os mísseis. A Estrela Verminosa se deslocou facilmente do seu caminho e depois retornou ao seu lugar acima do buraco.

Na TV ligada à antena parabólica dos Pulsifers, mais pessoas mortas se levantaram e andaram, mas agora havia uma mudança crucial. No começo, os zumbis só haviam mordido pessoas vivas que tinham chegado perto demais, mas nas semanas antes que a Sony de alta tecnologia dos Pulsifers começasse a só mostrar largas faixas de neve, as pessoas mortas começaram a *tentar* chegar perto das pessoas vivas.

Parecia que elas tinham chegado à conclusão de que *gostavam* do que estavam mordendo.

O esforço final para destruir a coisa foi feito pelos Estados Unidos. O presidente autorizou uma tentativa de destruir a Estrela Verminosa com uma quantidade de bombas nucleares em órbita, valentemente descartando suas declarações anteriores de que os Estados Unidos jamais haviam posto em órbita armas atômicas SDI e jamais o fariam. O resto das pessoas também as descartou. Talvez estivessem mais ocupadas rezando para que desse certo.

Foi uma boa ideia, porém, infelizmente, não funcionou. Nem um único dos orbitadores SDI conseguiu disparar um único míssil. Foi um total de 24 fracassos completos.

Isso é a tecnologia moderna.

E então, depois de todos esses choques sobre a Terra e nos céus, houve a questão do pequeno cemitério ali mesmo em Jenny. Mas nem isso pareceu importar muito para Maddie, porque, afinal de contas, ela não estava lá. Com o fim da civilização agora claramente se aproximando e a ilha isolada — *felizmente* isolada, na opinião dos moradores — do resto do mundo, os velhos costumes se tinham restabelecido com uma força silenciosa mas indiscutível. A essa altura, todos sabiam o que ia acontecer, era apenas uma questão de quando. Isso e estar preparado para quando acontecesse.

As mulheres estavam excluídas.

Foi Bob Daggett, naturalmente, quem elaborou a lista de plantão. Isso estava perfeitamente correto, já que Bob tinha sido chefe dos conselheiros municipais em Jenny fazia cerca de mil anos. No dia seguinte à morte do presidente (ninguém se referiu à ideia de ele e a primeira-dama vagando sem rumo pelas ruas de Washington, D.C., roendo braços e pernas humanos como quem estivesse comendo coxinhas de galinha num piquenique — era demasiado insuportável, mesmo que o canalha e sua mulher loura *fossem* do Partido Democrata), Bob Daggett convocou a primeira Assembleia Municipal só para homens desde algum tempo antes da Guerra Civil. Maddie não esteve lá, mas soube. Dave Eamons lhe contou tudo que ela precisava saber.

— Homens, vocês todos conhecem a situação — disse Bob. Estava pálido como um homem com icterícia e as pessoas se lembraram de que sua filha, a que ainda estava vivendo na ilha, tinha apenas 4 anos. As outras três estavam em outros lugares... o que equivalia dizer no continente.

Mas, que diabos, caso se tratasse disso, *todos* eles tinham gente sua no continente.

— Aqui em Jenny temos um cemitério — prosseguiu Bob — e não aconteceu nada ali ainda, mas isso não quer dizer que *não vá* acontecer nada. Não aconteceu nada ainda em uma porção de lugares... mas parece que, quando isso começa, nada vira algo com uma velocidade danada.

Ouviu-se um zum-zum de concordância dos homens reunidos no ginásio de esportes da escola pública, que era o único lugar suficientemente grande para eles todos. Havia cerca de setenta ao todo, variando em idades de Johnny Crane, que tinha acabado de completar 18, até o tio-avô de Bob, Frank, que tinha 80, um olho de vidro e mascava fumo de rolo. Não havia nenhuma escarradeira no ginásio, é claro, de modo que Frank Daggett tinha trazido um vidro vazio de maionese no qual podia cuspir o suco do fumo, como estava fazendo naquele instante.

— Vá logo para onde a porca torce o rabo, Bobby — disse ele. — Não há nenhum cargo público para você se candidatar e o tempo está passando.

Houve outro zum-zum de assentimento e Bob Daggett ficou ruborizado. De alguma forma, seu tio-avô sempre conseguia fazê-lo parecer um bobo ineficiente e, se havia uma coisa no mundo que detestava mais do que parecer um bobo ineficiente, era ser chamado de Bobby. Ele tinha propriedades, pelo amor de Deus! E *sustentava* esse velho cagão — era ele quem lhe comprava o maldito fumo de mascar!

Mas isso não era coisa que fosse dizer. Os olhos do velho Frank pareciam de aço.

— Muito bem — disse Bob secamente. — Aqui está. Queremos 12 homens por turno de guarda. Dentro de poucos minutos vou organizar uma lista de plantão. Turnos de quatro horas.

— Posso ficar de guarda muitíssimo mais tempo do que quatro horas! — falou em voz alta Matt Arsenault, e Davey disse a Maddie que Bob, depois da reunião, disse que nenhum sujeito que vivia da previdência social como Matt Arsenault teria a ousadia de se manifestar desse jeito numa reunião de pessoas melhores do que ele se o velho, na frente de todos os homens da ilha, não o tivesse chamado de Bobby, como se ele fosse um garoto e não um homem que estava a três meses de seu 50º aniversário.

— Talvez você possa e talvez não possa — disse Bob —, mas vamos ter uma porção de corpos quentes e ninguém vai pegar no sono quando estiver de guarda.

— Eu não vou...

— Eu não disse *você* — falou Bob, mas o jeito como pousou os olhos em Matt Arsenault indicaram que poderia ter querido *se referir* a ele. — Isto não é brincadeira de crianças. Sente-se e cale a boca.

Matt Arsenault abriu a boca para dizer mais alguma coisa, depois olhou ao redor, para os outros homens — inclusive para Frank Daggett — e prudentemente ficou calado.

— Se você tiver um fuzil, traga-o quando for sua vez — continuou Bob. Sentia-se um pouco melhor com Arsenault mais ou menos posto no seu lugar. — Isto é, a menos que seja calibre 22. Se você não tiver algo de calibre maior do que esse, venha buscar um aqui.

— Não sabia que a escola tinha um estoque deles à mão — disse Cal Partridge, e houve uma onda de risadas.

— Não tem agora, mas vai ter — disse Bob —, porque cada um de vocês homens que tiver mais de um fuzil de calibre acima de 22 vai trazê-lo para cá. — Olhou para John Wirley, o diretor da escola. — Podemos guardá-los no seu gabinete, John?

Wirley assentiu com a cabeça. Ao seu lado, o reverendo Johnson estava esfregando as mãos sem parar, de um modo compungido.

— Isso é uma ideia de merda — disse Orrin Campbell. — Tenho mulher e duas crianças em casa. Devo deixá-las sem nada para se defender se um bando de cadáveres chegar para um jantar de Dia de Ação de Graças antecipado enquanto eu estou de guarda?

— Se fizermos nosso trabalho no cemitério, nenhum sairá — retrucou Bob com voz dura. — Alguns de vocês têm armas de mão. Não precisamos delas aqui. Vejam quais são as mulheres que sabem atirar e quais não sabem, e lhes deem as pistolas. Vamos organizá-las em grupos.

— Elas podem jogar bingo com grão de feijão — cacarejou o velho Frank, e Bob sorriu. Assim era melhor, por Deus do céu.

— Durante as noites, vamos precisar de caminhões postados em volta de modo a termos bastante luz. — Olhou para Sonny Dotson, que operava o posto Amoco da ilha, o único posto de gasolina em Jenny. O negócio principal de Sonny não era abastecer carros e caminhões, porra, não havia muitos lugares na ilha para ir dirigindo e podia-se comprar combustível dez centavos mais barato no continente, mas sim encher o tanque dos lagosteiros e das lanchas que ele operava na sua marina improvisada durante o verão. — Você vai fornecer a gasolina, Sonny?

— Vou receber vales?

— Você vai receber é a salvação da sua pele — disse Bob. — Quando as coisas voltarem ao normal, se algum dia voltarem, acho que você receberá o que lhe for devido.

Sonny olhou em volta, só viu olhares duros e deu de ombros. Ele estava com um ar sombrio, mas na verdade parecia mais confuso do que outra coisa, disse Davey a Maddie no dia seguinte.

— Não tenho mais do que quatrocentos galões de gasolina — disse ele. — A maior parte é diesel.

— Há cinco geradores na ilha — disse Burt Dorfman (quando Burt falava, todos prestavam atenção: sendo o único judeu na ilha, era visto como uma criatura ao mesmo tempo quixotesca e amedrontadora, como um oráculo que trabalha a metade do tempo). — Todos eles funcionam a diesel. Posso fazer uma instalação com lâmpadas, se for preciso.

Murmúrios baixos. Se Burt dizia que podia fazer, era porque podia. Era um eletricista judeu e havia um consenso nas ilhas de fora, não expresso mas forte, de que esse era o melhor tipo que havia.

— Vamos iluminar aquele cemitério como se fosse um palco do cacete — disse Bob.

Andy Kingsbury ficou de pé.

— Ouvi no noticiário que às vezes você pode dar um tiro numa coisa dessas na cabeça e ela fica caída no chão, e às vezes não fica.

— Nós temos motosserras — disse Bob num tom duro —, e o que não permanecer morto... bem, podemos nos assegurar que não vai andar vivo muito longe.

E além da lista de plantão, isso foi mais ou menos tudo.

Passaram-se seis dias e seis noites e as sentinelas postadas em volta do pequeno cemitério em Jenny estavam começando a se sentir um pouquinho tolas ("Não sei se estou de guarda ou coçando o saco", disse Orrin Campbell numa tarde para uma dezena de homens parados perto da porta do cemitério, jogando pôquer) quando a coisa aconteceu... e quando aconteceu, aconteceu depressa.

Dave contou a Maddie que ouviu um barulho como o vento uivando na chaminé numa noite de tempestade e então caiu a lápide que marcava o lugar do descanso final do menino do senhor e senhora Fournier, Michael, que tinha morrido de leucemia com 17 anos (aquilo tinha sido uma coisa ruim, ele sendo seu único filho e eles sendo pessoas tão boas e tudo). Um instante depois, uma mão em farrapos, com um anel de formatura da Academia Yarmouth coberto de musgo num dedo, ergueu-se do solo, abrindo caminho através do capim duro. Nesse processo o terceiro dedo foi arrancado.

O chão se movia para cima e para baixo (como a barriga de uma mulher grávida se preparando para deixar cair sua carga, quase disse

Dave, que rapidamente se conteve), como uma vaga grande rolando numa enseada estreita, e então o próprio rapaz se sentou, só que ele não era nada que se pudesse reconhecer, não depois de quase dois anos debaixo da terra. Havia pequenas lascas de madeira espetadas no que restava do seu rosto, disse Davey, e pedaços de tecido azul lustroso nos chumaços do seu cabelo. "Aquilo tinha sido o forro do caixão", disse-lhe Davey, baixando os olhos para as mãos que não paravam de se entrelaçar. "Sei disso tanto quanto sei meu próprio nome." Fez uma pausa e depois acrescentou: "Graças a Deus que o pai de Mike não estava naquele turno."

Maddie balançou a cabeça num gesto de concordância.

Os homens que estavam de guarda, se borrando de medo e ao mesmo tempo sentindo náuseas, abriram fogo sobre o cadáver ressuscitado do ex-campeão de xadrez do segundo grau e jogador (segunda base) da seleção de beisebol, cortando-o em pedaços. Outros tiros, disparados num pânico descontrolado, arrancaram lascas da lápide de mármore, e foi sorte pura que os homens armados estivessem mais ou menos agrupados quando começaram os festejos. Se estivessem divididos em duas alas, como pretendera inicialmente Bob Daggett, muito provavelmente teriam massacrado uns aos outros. Tal como se passou, nem um só ilhéu ficou ferido, embora Bud Meechum tivesse, no dia seguinte, encontrado um buraco meio suspeito na manga da sua camisa.

— Provavelmente foi só um espinho de amora-preta, e pronto — disse ele. — Tem muita dela lá naquela ponta da ilha, vocês sabem. — Ninguém ia negar isso, mas as manchas negras em volta do buraco fizeram sua mulher assustada achar que sua camisa tinha sido perfurada por um espinho de calibre bastante grosso.

O rapaz Fournier caiu de costas, a maior parte dele imóvel, outras partes ainda estrebuchando... mas a essa altura o cemitério inteiro parecia estar se rasgando, como se um terremoto estivesse acontecendo ali — mas *só* ali e em nenhum outro lugar.

Isso tinha acontecido quase uma hora antes do crepúsculo.

Burt Dorfman tinha ligado uma sirene numa bateria de trator e Bob Daggett ligou o interruptor. Em vinte minutos, a maioria dos homens da cidade estava no cemitério da ilha.

O que foi muito bom, aliás, disse Dave Eamons, porque alguns dos mortos-vivos quase escaparam. O velho Frank Daggett, ainda a duas horas do ataque do coração que iria levá-lo justo quando a excitação estava terminando, organizou os novos homens de modo que não atirassem uns nos outros e nos últimos dez minutos o cemitério de Jenny parecia Bull Run.* Ao final dos festejos, a fumaça de pólvora estava tão espessa que alguns dos homens se engasgaram com ela. O cheiro azedo de vômito era quase mais pesado do que o cheiro de pólvora... e era mais intenso também e ficava mais tempo pairando no ar.

E mesmo assim alguns deles se contorciam e se arrastavam como cobras com a espinha partida — na maioria, os mais frescos.

— Burt — disse Frank Daggett. — Você está com aquelas motosserras aí?

— Estou com elas — disse Burt, e então saiu da sua boca um zumbido longo, um ruído como de uma cigarra cavando seu buraco na casca de uma árvore, quando ele teve um engulho seco. Não conseguia tirar os olhos dos cadáveres se retorcendo, das lápides derrubadas, das covas escancaradas das quais os mortos tinham vindo. — No caminhão.

— Carregadas de gasolina? — Havia umas veias azuis estufadas na antiga careca de Frank.

— Estão. — Burt estava com a mão sobre a boca. — Desculpe-me.

Frank falou num tom ríspido:

— Solte a porra da sua barriga o quanto quiser, mas mexa-se e pegue aquelas motosserras nesse meio-tempo. E você... você... você... você...

O último "você" era o seu sobrinho-neto Bob.

— Não consigo, Tio Frank — disse Bob num tom enojado. Olhou em volta e viu cinco ou seis dos seus amigos e vizinhos caídos de qualquer jeito no capim alto. Não tinham morrido, tinham desmaiado. A maioria tinha visto seus próprios parentes se erguerem da terra. Buck Harkness, caído lá perto de um choupo, tinha participado do fogo cruzado que

---

* A Primeira Batalha de Bull Run foi a primeira grande batalha da Guerra Civil Americana. (N. da E.)

havia cortado sua falecida esposa em tiras; desmaiara ao ver seus miolos decompostos, cheios de vermes, explodirem pela parte de trás da cabeça num horripilante jorro cinzento. — Não consigo. Não co...

A mão de Frank, deformada pela artrite mas dura como pedra, estalou no seu rosto.

— Você consegue e você vai, meu amiguinho — disse ele.

Bob foi com os outros homens.

Frank Daggett ficou observando-os com ar decidido e esfregou o peito, que tinha começado a enviar pulsações tensas de dor pelo braço esquerdo, até o cotovelo. Era velho, mas não era burro e tinha uma ideia muito boa do que eram essas dores e do que elas significavam.

— Ele me disse que achava que ia ter um estouro e bateu no peito quando disse isso — continuou Dave e colocou a mão sobre a elevação musculosa junto do mamilo esquerdo para mostrar.

Maddie balançou a cabeça para mostrar que tinha entendido.

— Ele disse: "Se alguma coisa me acontecer antes que essa lambança esteja liquidada, Davey, você e Burt e Orrin assumem o comando. Bobby é um bom menino, mas acho que ele perdeu a coragem, pelo menos por algum tempo... e, você sabe, às vezes, quando um homem perde a coragem, ela não volta."

Maddie confirmou novamente com a cabeça, pensando em como estava contente — muito, muito contente — por não ser homem.

— Então nós fizemos isso — disse Dave. — Nós liquidamos com aquela lambança.

Maddie balançou a cabeça uma terceira vez, mas dessa vez ela deve ter feito algum ruído, porque Dave lhe disse que pararia se ela não aguentasse, teria muito prazer em parar.

— Posso aguentar — disse ela com serenidade. — Você ficaria surpreso com o quanto eu sou capaz de aguentar, Davey. — Ele lhe lançou uma olhada rápida, curioso, quando ela disse isso, mas Maddie tinha desviado os olhos antes que ele pudesse ver o segredo que havia neles.

Dave não sabia o segredo porque ninguém em Jenny o sabia. Era assim que Maddie queria e era assim que ela pretendia continuar. Tinha havido um momento em que ela, talvez, na escuridão azul do seu choque, agiu como se estivesse dando conta. E então aconteceu algo que a fez dar-se conta. Quatro dias antes de o cemitério da ilha vomitar seus cadáveres, Maddie Pace se viu diante de uma escolha simples: dar conta ou morrer.

Ela estava sentada na sala de estar, tomando um copo de vinho de ameixas que ela e Jack tinham preparado durante o mês de agosto do ano anterior — uma época que agora parecia incrivelmente longínqua — e fazendo uma coisa tão trivial que dava vontade de rir. Estava tricotando coisinhas. Sapatinhos, para ser exato. Mas o que mais havia para fazer? Parecia que, por algum tempo, ninguém iria cruzar o estreito e ir até a loja Gente Miúda, no Ellsworth Mall.

Algo tinha batido de encontro à janela.

Um morcego, pensou ela, erguendo os olhos. Mas suas agulhas ficaram paradas nas mãos. Parecia que alguma coisa maior tinha se movido aos trancos lá fora na escuridão cheia de vento. O lampião a querosene estava com a chama alta e produzindo demasiados reflexos nos vidros da janela para que ela pudesse ter certeza. Esticou a mão para baixá-la e ouviu o baque novamente. Os vidros das janelas balançaram. Ela escutou um tamborilar de massa ressecada caindo no peitoril. Lembrou-se de que Jack tinha planejado recalafetar todas as janelas nesse outono e então pensou: *Talvez seja por isso que ele voltou.* Isso era maluquice, ele estava no fundo do oceano, mas...

Ficou sentada com a cabeça inclinada de lado, o tricô agora imóvel em suas mãos. Um sapatinho cor-de-rosa. Ela já tinha feito um par azul. Repentinamente, parecia que ela podia ouvir *muito mais* coisas. O vento. O estrondo abafado das ondas no Beiral do Grilo. A casa dando pequenos grunhidos, como uma mulher idosa se acomodando na cama. O tique-taque do relógio no corredor.

— Jack? — perguntou ela à noite silenciosa que agora não estava mais silenciosa. — É você, querido? — Então a janela da sala de visita estourou para dentro e o que entrou por ela não foi bem Jack, mas um esqueleto com algumas tiras de carne mofada penduradas nele.

A bússola ainda estava em volta do seu pescoço. Tinha-lhe crescido uma barba de limo.

* * *

O vento fez as cortinas baterem como uma nuvem por cima dele enquanto se estatelou no chão e depois se ergueu de quatro e olhou para ela com duas cavidades negras onde haviam crescido umas cracas.

Emitiu uns sons rosnados. Sua boca descarnada se abriu e os dentes se fecharam com força. Ele estava com fome... mas dessa vez a sopa de galinha e talharim não ia servir. Nem mesmo aquela que vinha em latas.

Por trás daqueles buracos escuros incrustados de cracas havia uma substância cinzenta dependurada se balançando e ela percebeu que estava olhando para o que restava do cérebro de Jack. Ficou sentada onde estava. Petrificada, enquanto ele se pôs de pé e veio em sua direção, deixando uns rastros de algas pretas no carpete, com os dedos estirados. Fedia a sal e a profundezas. As mãos se esticaram. Os dentes mordiam mecanicamente, para cima e para baixo. Maddie viu que ele estava usando os restos da camisa de xadrez preto e vermelho que lhe tinha comprado na loja L. L. Bean no último Natal. Custara os olhos da cara, mas ele tinha repetido várias vezes como ela era quente e olhem só como tinha durado, quanto ainda restava dela mesmo depois de ter estado debaixo d'água todo esse tempo.

As teias de aranha frias de osso, que era tudo que sobrava dos seus dedos, tocaram na sua garganta antes que o bebê desse um pontapé dentro da sua barriga — pela primeira vez — e o choque de horror, que ela pensou que era calma, sumiu e ela enfiou uma das agulhas de tricô no olho da coisa.

Emitindo uns sons horríveis de engasgo, que pareciam a sucção de uma bomba de esgoto, ele cambaleou para trás, tentando agarrar a agulha, enquanto o sapatinho cor-de-rosa inacabado balançava na frente da cavidade onde tinha estado seu nariz. Ela ficou olhando enquanto uma lesma do mar se arrastou da cavidade nasal para cima do sapatinho, deixando um rastro de gosma atrás de si.

Jack caiu por cima da mesinha de centro que ela comprara numa liquidação de quintal logo depois de terem se casado — ela não tinha conseguido se decidir a respeito dela, havia se debatido em agonia por causa disso, até que finalmente Jack disse que ou ela ia comprar a mesinha para a sala de visita deles ou ele ia dar à dona que estava fazendo a venda o dobro do que estava pedindo pelo raio da coisa e depois despedaçá-la em lenha com...

Ele bateu no chão e ouviu-se um ruído quebradiço de coisa partida quando sua forma frágil e febril se partiu em duas. A mão direita puxou a agulha de tricô, coberta de uma gosma feita do tecido decomposto dos miolos da cavidade ocular e atirou-a para o lado. A metade superior se arrastou na sua direção. Os dentes não paravam de ranger.

...com o...

Ela achou que ele estava tentando dar um sorriso e então o bebê deu outro pontapé e ela se lembrou de como ele tinha falado de um modo estranhamente cansado e irritado na liquidação de quintal de Mabel Hanratty naquele dia: *Compre-a, Maddie, pelo amor de Deus! Estou cansado! Quero ir pra casa e jantar! Se você não se decidir, vou dar a essa coruja velha o dobro do que ela quer e transformar a mesinha em lenha com o meu...*

Uma fria e úmida mão agarrando seu tornozelo, dentes poluídos preparados para morder. Para matá-la e ao bebê. Ela se desvencilhou, deixando apenas o chinelo, que ele mastigou e depois cuspiu fora.

Quando ela voltou da entrada, ele estava se arrastando sem rumo pela cozinha — pelo menos sua metade superior estava —, com a bússola raspando nos ladrilhos. Ele ergueu a cabeça ao ouvi-la e parecia haver uma espécie de indagação idiota naquelas cavidades oculares negras logo antes de ela lhe descer o machado com força, partindo seu crânio em dois como ele tinha ameaçado fazer com a mesinha de centro.

A cabeça caiu em dois pedaços, os miolos escorrendo pelos ladrilhos como farelo de aveia podre, miolos que pululavam de vermes e lesmas do mar gelatinosas, miolos que fediam como uma marmota que tivesse explodido com os gases da decomposição num prado no auge do verão.

Ainda assim suas mãos se debatiam e tamborilavam nos ladrilhos da cozinha, fazendo um ruído como se fossem besouros.

Com o machado, ela cortou... cortou... cortou.

Finalmente, não havia mais nenhum movimento.

Sentiu uma dor aguda atravessada na barriga e, por um instante, ficou presa por um pânico terrível: *É um aborto? Será que vou ter um aborto?* Mas a dor passou e o bebê deu outro pontapé, com mais força do que antes.

Ela voltou à sala de estar, levando um machado que agora fedia a vísceras.

As pernas dele tinham conseguido, de alguma forma, ficar de pé.

— Jack, eu o amava tanto — disse ela —, mas isto não é você.

Desceu o machado num arco que assobiou no ar, partindo-o ao meio pelo osso pélvico, cortando o carpete e enfiando a ponta do machado fundo no assoalho maciço de carvalho por baixo.

As pernas se separaram, tremeram descoordenadamente durante uns cinco minutos e depois começaram a ficar imóveis. Por fim, até os artelhos pararam de se mexer.

Levou-o, pedaço a pedaço, para o porão, usando suas luvas de forno e enrolando cada pedaço com as mantas de insulação que Jack tinha guardado no galpão e que ela nunca tinha jogado fora — ele e a tripulação as jogavam por cima das gaiolas nos dias de frio para que as lagostas não congelassem.

Uma mão decepada se fechou em torno do seu pulso. Ela ficou parada, esperando, o coração batendo-lhe forte no peito, e, por fim, a mão se afrouxou de novo. E isso foi o fim de tudo. O fim *dele*.

Havia por baixo da casa uma cisterna fora de uso, poluída, que Jack estava pensando em encher de terra. Maddie deslizou a pesada tampa de cimento para o lado, de modo que sua sombra caiu sobre o chão de terra como um eclipse parcial, e depois atirou os pedaços dele lá dentro, esperando para ouvir o impacto de cada um na água. Quando terminou de jogar tudo, empurrou a tampa pesada de volta ao seu lugar.

— Descanse em paz — sussurrou, e uma voz interior lhe sussurrou de volta que seu marido estava descansando *em pedaços*, então ela começou a chorar, seu choro se transformou em gritos histéricos e ela arrancou os cabelos e arranhou os seios até que ficaram ensanguentados. E pensou: *Estou louca, é assim que ficam as pessoas lou...*

Porém, antes que pudesse concluir o pensamento, desabou desmaiada e o desmaio se transformou em sono e, na manhã seguinte, ela estava se sentindo muito bem.

Mas ela nunca contaria.

Nunca.

* * *

— Posso aguentar — repetiu para Dave Eamons, afastando a imagem da agulha de tricô, com o sapatinho balançando na ponta, espetada na cavidade ocular gosmenta com algas da coisa que um dia tinha sido seu marido e cocriador da criança no seu ventre. — De verdade.

Então ele contou a ela, talvez porque precisava contar a alguém para não ficar maluco, mas passou por alto pelas passagens piores. Contou-lhe que tinham cortado com as motosserras os cadáveres que se recusavam terminantemente a retornar para a terra dos mortos, mas não lhe contou que alguns pedaços continuavam a se contorcer — mãos sem braços abrindo-se e fechando-se sem propósito, pés divorciados de suas pernas enfiando-se na terra crivada de balas do cemitério, como se estivessem tentando fugir — e que esses pedaços tinham sido empapados com óleo diesel e incendiados. Maddie não precisava que lhe contassem essa parte. Da sua casa, tinha visto a pira.

Depois, o único carro de bombeiros da ilha Gennesault tinha dirigido sua mangueira sobre as chamas que se apagavam, embora não houvesse muito risco de que se propagassem, com um vento forte do leste lançando as fagulhas para além do litoral de Jenny. Quando tudo que sobrou foi um conglomerado gorduroso e fedorento (onde ainda havia algumas protuberâncias esporádicas, como espasmos num músculo cansado), Matt Arsenault ligou seu velho Caterpillar D-9. Por cima da lâmina de aço cheia de marcas e por baixo de seu boné desbotado de maquinista, o rosto de Matt estava branco feito queijo. E ele soterrou toda aquela massa infernal.

A lua estava subindo quando Frank puxou para um lado Bob Daggett, Dave Eamons e Cal Partridge. Foi a Dave que se dirigiu.

— Sabia que estava vindo e aqui está ele — falou.

— Do que você está falando, tio? — perguntou Bob.

— Meu coração — disse Frank. — A droga da coisa perdeu um pino.

— Espere aí, Tio Frank...

— Deixa disso de Tio Frank pra cá e Tio Frank pra lá — disse o velho. — Não tenho tempo pra ficar ouvindo você tocar música de roda na gaita de boca. Vi a metade dos meus amigos ir embora do mesmo jeito. Não chega a ser um dia nas corridas de cavalos, mas podia ser pior: é muito melhor do que levar uma cacetada com o porrete do câncer.

"Mas agora tem esse outro negócio triste pra gente se preocupar" — ele continuou — "e tudo que tenho a dizer sobre esse assunto é que quando eu cair, pretendo *ficar* caído. Cal, enfie esse seu fuzil na minha orelha esquerda. Dave, quando levantar meu braço esquerdo, você mete o seu no meu sovaco. E Bobby, você coloca o seu bem em cima do meu coração. Vou dizer o pai-nosso e, quando chegar no amém, vocês três vão puxar seus gatilhos ao mesmo tempo."

— Tio Frank... — conseguiu dizer Bob. Estava oscilando nos calcanhares.

— Eu lhe disse para não começar com isso — falou Frank. — E não *se atreva* a desmaiar na minha frente, seu maricas. Agora venha com esse rabo de caipira para cá.

Bob assim fez.

Frank olhou para os três homens, as fisionomias mais pálidas do que a de Matt Arsenault quando tinha passado com a pá de trator por cima de homens e mulheres que tinha conhecido desde que era um garoto de calças curtas e botinas de couro.

— Não façam uma lambança disso, meninos — disse Frank. Estava se dirigindo a todos eles, mas seus olhos estavam especialmente fixos em seu sobrinho-neto. — Se vocês estão achando que talvez vão dar pra trás, lembrem-se de que eu faria o mesmo por qualquer um de vocês.

— Pare com o discurso — disse Bob com a voz rouca. — Amo você, Tio Frank.

— Bobby Daggett, você não é o homem que seu pai foi, mas também amo você — disse Frank calmamente. E então, com um grito de dor, jogou a mão esquerda para cima, bem alto sobre a cabeça, como um sujeito em Nova York que precisa de um táxi com urgência, e começou sua última prece. — Pai nosso que estais no céu — *Deus meu*, como dói! —, santificado seja o Vosso nome — oh, filho *da mãe!* —, venha a nós o Vosso reino, seja feita a Vossa vontade, assim na Terra como... como...

O braço erguido de Frank agora estava se agitando de modo descontrolado. Dave Eamons, com seu rifle enfiado no sovaco do velho esperto, olhava para seu braço como um lenhador olharia para uma árvore grande que parecia que ia se portar mal e cair para o lado errado. Grandes gotas de suor tinham se formado no rosto pálido do velho. Seus lábios tinham se arreganhado sobre os dentes certinhos e amarelados de sua dentadura postiça e Dave podia sentir o cheiro de Polident no seu hálito.

— ... como no céu! — o velho soltou num tranco: — Não nos deixeis cair em tentação, maslivrai-nosdomal AMÉM!

Todos os três dispararam e Cal Partridge e Bob Daggett desmaiaram, mas Frank nem por um instante tentou se levantar e sair andando.

Frank Daggett tinha decidido *ficar* morto, e foi exatamente o que fez.

Uma vez tendo começado essa história, Dave tinha que ir até o fim. Por isso se xingou por tê-la começado. Pela primeira vez na vida, estava com a razão: isso não era história para uma mulher grávida.

Mas Maddie o tinha beijado e dito que achava que ele agira de forma maravilhosa e que Frank Daggett também agira de forma maravilhosa. Dave foi embora se sentindo um pouco aturdido, como se tivesse acabado de levar um beijo em cada face por uma mulher que nunca tinha encontrado antes.

De uma maneira muito concreta, isso era verdade.

Ela ficou observando-o descer pelo caminho até a trilha de terra que era uma das duas estradas em Jenny e dobrar à esquerda. Estava oscilando um pouco para os lados sob o luar, oscilando de cansaço, pensou ela, mas também cambaleando de choque. Sentiu uma gratidão em relação a ele... em relação a todos eles. Teve vontade de dizer a Dave que o amava e dar-lhe um beijo bem na boca em vez de apenas roçar-lhe a face com os lábios, mas ele poderia ter interpretado mal alguma coisa assim, embora estivesse caindo de cansaço e ela estivesse grávida de quase cinco meses.

Mas ela *de fato* o amava, amava a *todos* eles, porque eles tinham passado o diabo para fazer com que essa língua de terra 60 quilômetros pelo Atlântico adentro fosse um lugar seguro para ela.

E seguro para seu bebê.

— Vai ser um parto em casa — disse com voz suave enquanto Dave desaparecia de vista por trás do vulto escuro da antena parabólica dos Pulsifers. Seus olhos se ergueram para a lua. — Vai ser um parto em casa... e vai dar tudo certo.

Impressão e Acabamento:
Geográfica
editora